STEFAN ZWEIG

Meistererzählungen

S. FISCHER

Einmalige Sonderausgabe

Copyright by Herbert Reichner Verlag, Wien 1938
Copyright by Bermann-Fischer Verlag A.B., Stockholm 1943 / 1946
Copyright © by S. Fischer Verlag GmbH, Frankfurt am Main 1960, 1970
Alle Rechte vorbehalten
Druck und Bindung: Clausen & Bosse, Leck
Printed in Germany
ISBN-13: 978-3-10-397022-7
ISBN-10: 3-10-397022-6

Inhalt

Brennendes Geheimnis	7
Der Amokläufer	86
Brief einer Unbekannten	151
Die Frau und die Landschaft	198
Verwirrung der Gefühle	225
Vierundzwanzig Stunden aus dem Leben einer Frau	323
Episode am Genfer See	398
Die unsichtbare Sammlung	408
Schachnovelle	426
Bibliographischer Nachweis	492

Brennendes Geheimnis

Der Partner

Die Lokomotive schrie heiser auf: der Semmering war erreicht. Eine Minute rasteten die schwarzen Wagen im silbrigen Licht der Höhe, warfen ein paar bunte Menschen aus, schluckten andere ein, Stimmen gingen geärgert hin und her, dann schrie vorne wieder die heisere Maschine und riß die schwarze Kette rasselnd in die Höhle des Tunnels hinab. Rein ausgespannt, mit klaren, vom nassen Wind reingefegten Hintergründen lag wieder die hingebreitete Landschaft.

Einer der Angekommenen, jung, durch gute Kleidung und eine natürliche Elastizität des Schrittes sympathisch auffallend, nahm den andern rasch voraus einen Fiaker zum Hotel. Ohne Hast trappten die Pferde den ansteigenden Weg. Es lag Frühling in der Luft. Jene weißen, unruhigen Wolken flatterten am Himmel, die nur der Mai und der Juni hat, jene weißen, selbst noch jungen und flattrigen Gesellen, die spielend über die blaue Bahn rennen, um sich plötzlich hinter hohen Bergen zu verstecken, die sich umarmen und fliehen, sich bald wie Taschentücher zerknüllen, bald in Streifen zerfasern und schließlich im Schabernack den Bergen weiße Mützen aufsetzen. Unruhe war auch oben im Wind, der die mageren, noch vom Regen feuchten Bäume so unbändig schüttelte, daß sie leise in den Gelenken krachten und tausend Tropfen wie Funken von sich wegsprühten. Manchmal schien auch Duft vom Schnee kühl aus den Bergen herüberzukommen, dann spürte man im Atem etwas, das süß und scharf war zugleich. Alles in Luft und Erde war Bewegung und gärende Ungeduld. Leise schnaubend liefen die Pferde den jetzt niedersteigenden Weg, die Schellen klirrten ihnen weit voraus.

Im Hotel war der erste Weg des jungen Mannes zu der Liste der anwesenden Gäste, die er – bald enttäuscht – durchflog. ›Wozu bin ich eigentlich hier‹, begann es unruhig in ihm zu fragen. ›Allein hier auf dem Berg zu sein, ohne Gesellschaft, ist ärger als das Bureau. Offenbar bin ich zu früh gekommen oder zu spät. Ich habe nie Glück mit meinem Urlaub. Keinen einzigen bekannten Namen finde ich unter all den Leuten. Wenn wenigstens ein paar Frauen da wären, irgendein kleiner, im Notfall sogar argloser Flirt, um diese Woche nicht gar zu trostlos zu verbringen.‹ Der junge Mann, ein Baron von nicht sehr klangvollem österreichischem Beamtenadel, in der Statthalterei angestellt, hatte sich diesen kleinen Urlaub ohne jegliches Bedürfnis genommen, eigentlich nur, weil sich all seine Kollegen eine Frühjahrswoche durchgesetzt hatten und er die seine dem Dienst nicht schenken wollte. Er war, obwohl innerer Befähigung nicht entbehrend, eine durchaus gesellschaftliche Natur, als solche beliebt, in allen Kreisen gern gesehen und sich seiner Unfähigkeit zur Einsamkeit voll bewußt. In ihm war keine Neigung, sich selber allein gegenüberzustehen, und er vermied möglichst diese Begegnungen, weil er intimere Bekanntschaft mit sich selbst gar nicht wollte. Er wußte, daß er die Reibfläche von Menschen brauchte, um all seine Talente, die Wärme und den Übermut seines Herzens aufflammen zu lassen, und er allein frostig und sich selber nutzlos war, wie ein Zündholz in der Schachtel.

Verstimmt ging er in der leeren Hall auf und ab, bald unschlüssig in den Zeitungen blätternd, bald wieder im Musikzimmer am Klavier einen Walzer antastend, bei dem ihm aber der Rhythmus nicht recht in die Finger sprang. Schließlich setzte er sich verdrossen hin, sah hinaus, wie das Dunkel langsam niederfiel, der Nebel als Dampf grau aus den Fichten brach. Eine Stunde zerbröselte er so, nutzlos und nervös. Dann flüchtete er in den Speisesaal.

Dort waren erst ein paar Tische besetzt, die er alle mit eiligem Blick überflog. Vergeblich! Keine Bekannten, nur dort – er gab lässig einen Gruß zurück – ein Trainer, dort wieder ein Gesicht von der Ringstraße her, sonst nichts. Keine Frau, nichts, was ein auch flüchtiges Abenteuer versprach. Sein Mißmut wurde ungeduldiger. Er war einer jener jungen Menschen, deren hübschem Gesicht viel geglückt ist und in denen nun beständig alles für eine neue Begegnung, ein neues Erlebnis bereit ist, die immer gespannt sind, sich ins Unbekannte eines Abenteuers zu schnellen, die nichts überrascht, weil sie alles lauernd berechnet haben, die nichts Erotisches übersehen, weil schon ihr erster Blick jeder Frau in das Sinnliche greift, prüfend und ohne Unterschied, ob es die Gattin ihres Freundes ist oder das Stubenmädchen, das die Türe zu ihr öffnet. Wenn man solche Menschen mit einer gewissen leichtfertigen Verächtlichkeit Frauenjäger nennt, so geschieht es, ohne zu wissen, wieviel beobachtende Wahrheit in dem Worte versteinert ist, denn tatsächlich, alle leidenschaftlichen Instinkte der Jagd, das Aufspüren, die Erregtheit und die seelische Grausamkeit flackern in dem rastlosen Wachsein solcher Menschen. Sie sind beständig auf dem Anstand, immer bereit und entschlossen, die Spur eines Abenteuers bis hart an den Abgrund zu verfolgen. Sie sind immer geladen mit Leidenschaft, aber nicht der des Liebenden, sondern der des Spielers, der kalten, berechnenden und gefährlichen. Es gibt unter ihnen Beharrliche, denen weit über die Jugend hinaus das ganze Leben durch diese Erwartung zum ewigen Abenteuer wird, denen sich der einzelne Tag in hundert kleine, sinnliche Erlebnisse auflöst – ein Blick im Vorübergehen, ein weghuschendes Lächeln, ein im Gegenübersitzen gestreiftes Knie – und das Jahr wieder in hundert solcher Tage, für die das sinnliche Erlebnis ewig fließende, nährende und anfeuernde Quelle des Lebens ist.

Hier waren keine Partner zu einem Spiele, das übersah der Suchende sofort. Und keine Gereiztheit ist ärgerlicher als die des Spielers, der mit den Karten in der Hand im Bewußtsein seiner Überlegenheit vor dem grünen Tisch sitzt und vergeblich den Partner erwartet. Dar Baron rief nach einer Zeitung. Mürrisch ließ er die Blicke über die Zeilen rinnen, aber seine Gedanken waren lahm und stolperten wie betrunken den Worten nach.

Da hörte er hinter sich ein Kleid rauschen und eine Stimme, leicht ärgerlich und mit affektiertem Akzent sagen: »*Mais tais-toi donc, Edgar!*«

An seinem Tisch knisterte im Vorüberschreiten ein seidenes Kleid, hoch und üppig schattete eine Gestalt vorbei und hinter ihr in einem schwarzen Samtanzug ein kleiner, blasser Bub, der ihn neugierig mit dem Blick anstreifte. Die beiden setzten sich gegenüber an den reservierten Tisch, das Kind sichtbar um eine Korrektheit bemüht, die der schwarzen Unruhe in seinen Augen zu widersprechen schien. Die Dame – und nur auf sie hatte der junge Baron acht – war sehr soigniert und mit sichtbarer Eleganz gekleidet, ein Typus überdies, den er sehr liebte, eine jener leicht üppigen Jüdinnen im Alter knapp vor der Überreife, offenbar auch leidenschaftlich, aber erfahren, ihr Temperament hinter einer vornehmen Melancholie zu verbergen. Er vermochte zunächst noch nicht in ihre Augen zu sehen und bewunderte nur die schön geschwungene Linie der Augenbrauen, rein über einer zarten Nase gerundet, die ihre Rasse zwar verriet, aber doch durch edle Form das Profil scharf und interessant machte. Die

Haare waren, wie alles Weibliche an diesem vollen Körper, von einer auffallenden Üppigkeit, ihre Schönheit schien im sichern Selbstgefühl vieler Bewunderungen satt und prahlerisch geworden zu sein. Sie bestellte mit sehr leiser Stimme, wies den Buben, der mit der Gabel spielend klirrte, zurecht – all dies mit anscheinender Gleichgültigkeit gegen den vorsichtig anschleichenden Blick des Barons, den sie nicht zu bemerken schien, während es doch in Wirklichkeit nur seine rege Wachsamkeit war, die ihr diese gebändigte Sorgfalt aufzwang.

Das Dunkel im Gesichte des Barons war mit einem Male aufgehellt, unterirdisch belebend liefen die Nerven hin, strafften die Falten, rissen die Muskeln auf, daß seine Gestalt aufschnellte und Lichter in den Augen flackerten. Er war selber den Frauen nicht unähnlich, die erst die Gegenwart eines Mannes brauchen, um aus sich ihre ganze Gewalt herauszuholen. Erst ein sinnlicher Reiz spannte seine Energie zu voller Kraft. Der Jäger in ihm witterte hier eine Beute. Herausfordernd suchte sein Auge ihrem Blick zu begegnen, der ihn manchmal mit einer glitzernden Unbestimmtheit des Vorbeisehens kreuzte, nie aber blank eine klare Antwort bot. Auch um den Mund glaubte er manchmal ein Fließen wie von beginnendem Lächeln zu spüren, aber all dies war unsicher, und eben diese Unsicherheit erregte ihn. Das einzige, was ihm versprechend schien, war dieses stete Vorbeischauen, weil es Widerstand war und Befangenheit zugleich, und dann die merkwürdig sorgfältige, auf einen Zuschauer sichtlich eingestellte Art der Konversation mit dem Kinde. Eben das aufdringlich Vorgehaltene dieser Ruhe bedeutete, das fühlte er, ein erstes Beunruhigtsein. Auch er war erregt: das Spiel hatte begonnen. Er verzögerte sein Diner, hielt diese Frau eine halbe Stunde fast unablässig mit dem Blick fest, bis er jede Linie ihres Gesichtes nachgezeichnet, an jede Stelle ihres üppigen Körpers unsichtbar gerührt hatte. Draußen fiel drückend das Dunkel nieder, die Wälder seufzten in kindischer Furcht, als jetzt die großen Regenwolken graue Hände nach ihnen reckten, immer finstrer drängten die Schatten ins Zimmer hinein, immer mehr schienen die Menschen hier zusammengepreßt durch das Schweigen. Das Gespräch der Mutter mit ihrem Kinde wurde, das merkte er, unter der Drohung dieser Stille immer gezwungener, immer künstlicher, bald, fühlte er, würde es zu Ende sein. Da beschloß er eine Probe. Er stand als erster auf, ging langsam, mit einem langen Blick auf die Landschaft an ihr vorbeisehend, zur Türe. Dort zuckte er rasch, als hätte er etwas vergessen, mit dem Kopf herum. Und ertappte sie, wie sie ihm lebhaften Blickes nachsah.

Das reizte ihn. Er wartete in der Hall. Sie kam bald nach, den Buben an der Hand, blätterte im Vorübergehen unter den Zeitschriften, zeigte dem Kind ein paar Bilder. Aber als der Baron, wie zufällig, an den Tisch trat, anscheinend, um auch eine Zeitschrift zu suchen, in Wahrheit, um tiefer in das feuchte Glitzern ihrer Augen zu dringen, vielleicht sogar ein Gespräch zu beginnen, wandte sie sich weg, klopfte ihrem Sohn leicht auf die Schulter: »*Viens, Edgar! Au lit!*« und rauschte kühl an ihm vorbei. Ein wenig enttäuscht, sah ihr der Baron nach. Er hatte eigentlich auf ein Bekanntwerden noch an diesem Abend gerechnet, und diese schroffe Art enttäuschte ihn. Aber schließlich, in diesem Widerstand war Reiz, und gerade das Unsichere entzündete seine Begier. Immerhin: er hatte seinen Partner, und ein Spiel konnte beginnen.

Rasche Freundschaft

Als der Baron am nächsten Morgen in die Hall trat, sah er dort das Kind der schönen Unbekannten in eifrigem Gespräch mit den beiden Liftboys, denen es Bilder in einem Buch von Karl May zeigte. Seine Mama war nicht zugegen, offenbar noch mit der Toilette beschäftigt. Jetzt erst besah sich der Baron den Buben. Es war ein scheuer, unentwickelter nervöser Junge von etwa zwölf Jahren mit fahrigen Bewegungen und dunkel herumjagenden Augen. Er machte, wie Kinder in diesen Jahren so oft, den Eindruck von Verschrecktheit, gleichsam als ob er eben aus dem Schlaf gerissen und plötzlich in fremde Umgebung gestellt sei. Sein Gesicht war nicht unhübsch, aber noch ganz unentschieden, der Kampf des Männlichen mit dem Kindlichen schien eben erst einsetzen zu wollen, noch war alles darin nur wie geknetet und noch nicht geformt, nichts in reinen Linien ausgesprochen, nur blaß und unruhig gemengt. Überdies war er gerade in jenem unvorteilhaften Alter, wo Kinder nie in ihre Kleider passen, Ärmel und Hosen schlaff um die mageren Gelenke schlottern und noch keine Eitelkeit sie mahnt, auf ihr Äußeres zu wachen.

Der Junge machte hier, unschlüssig herumirrend, einen recht kläglichen Eindruck. Eigentlich stand er allen im Wege. Bald schob ihn der Portier beiseite, den er mit allerhand Fragen zu belästigen schien, bald störte er am Eingang; offenbar fehlte es ihm an freundschaftlichem Umgang. So suchte er in seinem kindlichen Schwatzbedürfnis sich an die Bediensteten des Hotels heranzumachen, die ihm, wenn sie gerade Zeit hatten, antworteten, das Gespräch aber sofort unterbrachen, wenn ein Erwachsener in Sicht kam oder etwas Vernünftiges getan werden mußte. Der Baron sah lächelnd und mit Interesse dem unglücklichen Buben zu, der auf alles mit Neugier schaute und dem alles unfreundlich entwich. Einmal faßte er einen dieser neugierigen Blicke fest an, aber die schwarzen Augen krochen sofort ängstlich in sich hinein, sobald er sie auf der Suche ertappte, und duckten sich hinter gesenkten Lidern. Das amüsierte den Baron. Der Bub begann ihn zu interessieren, und er fragte sich, ob ihm dieses Kind, das offenbar nur aus Furcht so scheu war, nicht als raschester Vermittler einer Annäherung dienen könnte. Immerhin: er wollte es versuchen. Unauffällig folgte er dem Buben, der eben wieder zur Türe hinauspendelte und in seinem kindischen Zärtlichkeitsbedürfnis die rosa Nüstern eines Schimmels liebkoste, bis ihn – er hatte wirklich kein Glück – auch hier der Kutscher ziemlich barsch wegwies. Gekränkt und gelangweilt stand er jetzt wieder herum mit seinem leeren und ein wenig traurigen Blick. Da sprach ihn der Baron an.

»Na, junger Mann, wie gefällts dir da?« setzte er plötzlich ein, bemüht, die Ansprache möglichst jovial zu halten.

Das Kind wurde feuerrot und starrte ängstlich auf. Es zog die Hand irgendwie in Furcht an sich und wand sich hin und her vor Verlegenheit. Das geschah ihm zum erstenmal, daß ein fremder Herr mit ihm ein Gespräch begann.

»Ich danke, gut«, konnte er gerade noch herausstammeln. Das letzte Wort war schon mehr gewürgt als gesprochen.

»Das wundert mich«, sagte der Baron lachend, »es ist doch eigentlich ein fader Ort, besonders für einen jungen Mann, wie du einer bist. Was treibst du denn den ganzen Tag?«

Der Bub war noch immer zu sehr verwirrt, um rasch zu antworten. War es wirklich möglich, daß dieser fremde elegante Herr mit ihm, um den sich sonst keiner kümmerte, ein Gespräch suchte? Der Gedanke machte ihn scheu und stolz zugleich. Mühsam raffte er sich zusammen.

»Ich lese, und dann, wir gehen viel spazieren. Manchmal fahren wir auch im Wagen, die Mama und ich. Ich soll mich hier erholen, ich war krank. Ich muß darum auch viel in der Sonne sitzen, hat der Arzt gesagt.«

Die letzten Worte sagte er schon ziemlich sicher. Kinder sind immer stolz auf eine Krankheit, weil sie wissen, daß Gefahr sie ihren Angehörigen doppelt wichtig macht.

»Ja, die Sonne ist schon gut für junge Herren, wie du einer bist, sie wird dich schon braun brennen. Aber du solltest doch nicht den ganzen Tag dasitzen. Ein Bursch wie du sollte herumlaufen, übermütig sein und auch ein bißchen Unfug anstellen. Mir scheint, du bist zu brav, du siehst auch so aus wie ein Stubenhocker mit deinem großen dicken Buch unterm Arm. Wenn ich denke, was ich in deinem Alter für ein Galgenstrick war, jeden Abend bin ich mit zerrissenen Hosen nach Hause gekommen. Nur nicht zu brav sein!«

Unwillkürlich mußte das Kind lächeln, und das nahm ihm die Angst. Es hätte gern etwas erwidert, aber all dies schien ihm zu frech, zu selbstbewußt vor diesem lieben fremden Herrn, der so freundlich mit ihm sprach. Vorlaut war er nie gewesen und immer leicht verlegen, und so kam er jetzt vor Glück und Scham in die ärgste Verwirrung. Er hätte so gern das Gespräch fortgesetzt, aber es fiel ihm nichts ein. Glücklicherweise kam gerade der große gelbe Bernhardiner des Hotels vorbei, schnüffelte sie beide an und ließ sich willig liebkosen.

»Hast du Hunde gern?« fragte der Baron.

»O sehr, meine Großmama hat einen in ihrer Villa in Baden, und wenn wir dort wohnen, ist er immer den ganzen Tag mit mir. Das ist aber nur im Sommer, wenn wir dort zu Besuch sind.«

»Wir haben zu Hause, auf unserem Gut, ich glaube, zwei Dutzend. Wenn du hier brav bist, kriegst du einen von mir geschenkt. Einen braunen mit weißen Ohren, einen ganz jungen. Willst du?« Das Kind errötete vor Vergnügen.

»O ja.«

Es fuhr ihm so heraus, heiß und gierig. Aber gleich hinterher stolperte, ängstlich und wie erschrocken, das Bedenken.

»Aber Mama wird es nicht erlauben. Sie sagt, sie duldet keinen Hund zu Hause. Sie machen zuviel Schererei.«

Der Baron lächelte. Endlich hielt das Gespräch bei der Mama.

»Ist die Mama so streng?«

Das Kind überlegte, blickte eine Sekunde zu ihm auf, gleichsam fragend, ob man diesem fremden Herrn schon vertrauen dürfe. Die Antwort blieb vorsichtig.

»Nein, streng ist die Mama nicht. Jetzt, weil ich krank war, erlaubt sie mir alles. Vielleicht erlaubt sie mir sogar einen Hund.«

»Soll ich sie darum bitten?«

»Ja, bitte tun Sie das«, jubelte der Bub. »Dann wird es die Mama sicher erlauben. Und wie sieht er aus? Weiße Ohren hat er, nicht wahr? Kann er apportieren?«

»Ja, er kann alles.« Der Baron mußte lächeln über die heißen Funken, die er so rasch aus den Augen des Kindes geschlagen hatte. Mit einem Male war die anfängliche Befangenheit gebrochen, und die von der Angst zurückgehaltene Leidenschaftlichkeit sprudelte über. In blitzschneller Verwandlung war das scheue verängstigte Kind von früher ein ausgelassener Bub. ›Wenn nur die Mutter auch so wäre‹, dachte unwillkürlich der Baron, ›so heiß hinter ihrer Angst!‹ Aber schon sprang der Bub mit zwanzig Fragen an ihm hinauf:

»Wie heißt der Hund?«

»Karo.«

»Karo«, jubelte das Kind. Es mußte irgendwie lachen und jubeln über jedes Wort, ganz betrunken von dem unerwarteten Geschehen, daß sich jemand seiner in Freundlichkeit angenommen hatte. Der Baron staunte selbst über seinen raschen Erfolg und beschloß, das heiße Eisen zu schmieden. Er lud den Knaben ein, mit ihm ein bißchen spazierenzugehen, und der arme Bub, seit Wochen ausgehungert nach einem geselligen Beisammensein, war von diesem Vorschlag entzückt. Unbedacht plauderte er alles aus, was ihm sein neuer Freund mit kleinen, wie zufälligen Fragen entlockte. Bald wußte der Baron alles über die Familie, vor allem, daß Edgar der einzige Sohn eines Wiener Advokaten sei, offenbar aus der vermögenden jüdischen Bourgeoisie. Und durch geschickte Umfragen erkundete er rasch, daß die Mutter sich über den Aufenthalt am Semmering durchaus nicht entzückt geäußert und den Mangel an sympathischer Gesellschaft beklagt habe, ja er glaubte sogar, aus der ausweichenden Art, mit der Edgar die Frage beantwortete, ob die Mama den Papa sehr gern habe, entnehmen zu können, daß hier nicht alles zum besten stünde. Beinahe schämte er sich, wie leicht es ihm wurde, dem arglosen Buben all diese kleinen Familiengeheimnisse zu entlocken, denn Edgar, ganz stolz, daß irgend etwas von dem, was er zu erzählen hatte, einen Erwachsenen interessieren konnte, drängte sein Vertrauen dem neuen Freunde geradezu auf. Sein kindisches Herz klopfte vor Stolz – der Baron hatte im Spazierengehen ihm seinen Arm um die Schulter gelegt –, in solcher Intimität öffentlich mit einem Erwachsenen gesehen zu werden, und allmählich vergaß er seine eigene Kindheit, schnatterte frei und ungezwungen wie zu einem Gleichaltrigen. Edgar war, wie sein Gespräch zeigte, sehr klug, etwas frühreif wie die meisten kränklichen Kinder, die viel mit Erwachsenen beisammen waren, und von einer merkwürdig überreizten Leidenschaft der Zuneigung oder Feindlichkeit. Zu nichts schien er ein ruhiges Verhältnis zu haben, von jedem Menschen oder Ding sprach er entweder in Verzückung oder mit einem Hasse, der so heftig war, daß er sein Gesicht unangenehm verzerrte und es fast bösartig und häßlich machte. Etwas Wildes und Sprunghaftes, vielleicht noch bedingt durch die kürzlich überstandene Krankheit, gab seinen Reden fanatisches Feuer, und es schien, daß seine Linkischkeit nur mühsam unterdrückte Angst vor der eigenen Leidenschaft war.

Der Baron gewann mit Leichtigkeit sein Vertrauen. Eine halbe Stunde bloß, und er hatte dieses heiße und unruhig zuckende Herz in der Hand. Es ist ja so unsäglich leicht, Kinder zu betrügen, diese Arglosen, um deren Liebe so selten geworben wird. Er brauchte sich selbst nur in die Vergangenheit zu vergessen, und so natürlich, so ungezwungen wurde ihm das kindliche Gespräch, daß auch der Bub ihn ganz als seinesgleichen empfand und nach wenigen Minuten jedes Distanzgefühl verlor. Er war nur selig von Glück, hier in diesem einsamen Ort plötzlich einen Freund gefunden zu haben, und welch einen Freund! Vergessen waren sie alle in Wien, die kleinen Jungen mit ihren dünnen Stimmen, ihrem unerfahrenen Geschwätz, wie weggeschwemmt waren ihre Bilder von dieser einen neuen Stunde! Seine ganze schwärmerische Leidenschaft gehörte jetzt diesem neuen, seinem großen Freunde, und sein Herz dehnte sich vor Stolz, als dieser ihn jetzt zum Abschied nochmals einlud, morgen vormittags wiederzukommen, und der neue Freund ihm nun zuwinkte von der Ferne, ganz wie ein Bruder. Diese Minute war vielleicht die schönste seines Lebens. Es ist so leicht, Kinder zu betrügen. – Der Baron lächelte dem Davonstürmenden nach. Der Vermittler war nun gewonnen. Der Bub würde jetzt, das wußte er, seine Mutter mit Erzählungen bis zur Erschöpfung quälen, jedes einzelne

Wort wiederholen – und dabei erinnerte er sich mit Vergnügen, wie geschickt er einige Komplimente an ihre Adresse eingeflochten, wie er immer nur von Edgars »schöner Mama« gesprochen hatte. Es war ausgemachte Sache für ihn, daß der mitteilsame Knabe nicht früher ruhen würde, ehe er seine Mama und ihn zusammengeführt hätte. Er selbst brauchte nun keinen Finger zu rühren, um die Distanz zwischen sich und der schönen Unbekannten zu verringern, konnte nun ruhig träumen und die Landschaft überschauen, denn er wußte, ein paar heiße Kinderhände bauten ihm die Brücke zu ihrem Herzen.

Terzett

Der Plan war, wie sich eine Stunde später erwies, vortrefflich und bis in die letzten Einzelheiten gelungen. Als der junge Baron, mit Absicht etwas verspätet, den Speisesaal betrat, zuckte Edgar vom Sessel auf, grüßte eifrig mit einem beglückten Lächeln und winkte ihm zu. Gleichzeitig zupfte er seine Mutter am Ärmel, sprach hastig und erregt auf sie ein, mit auffälligen Gesten gegen den Baron hindeutend. Sie verwies ihm geniert und errötend sein allzu reges Benehmen, konnte es aber doch nicht vermeiden, einmal hinüberzusehen, um dem Buben seinen Willen zu tun, was der Baron sofort zum Anlaß einer respektvollen Verbeugung nahm. Die Bekanntschaft war gemacht. Sie mußte danken, beugte aber von nun ab das Gesicht tiefer über den Teller und vermied sorgfältig während des ganzen Diners nochmals hinüberzublicken. Anders Edgar, der unablässig hinguckte, einmal sogar versuchte hinüberzusprechen, eine Unstatthaftigkeit, die ihm sofort von seiner Mutter energisch verwiesen wurde. Nach Tisch wurde ihm bedeutet, daß er schlafen zu gehen habe, und ein emsiges Wispern begann zwischen ihm und seiner Mama, dessen Endresultat war, daß es seinen heißen Bitten verstattet wurde, zum andern Tisch hinüberzugehen und sich bei seinem Freund zu empfehlen. Der Baron sagte ihm ein paar herzliche Worte, die wieder die Augen des Kindes zum Flackern brachten, plauderte mit ihm ein paar Minuten. Plötzlich aber, mit einer geschickten Wendung, drehte er sich, aufstehend, zum andern Tisch hinüber, beglückwünschte die etwas verwirrte Nachbarin zu ihrem klugen, aufgeweckten Sohn, rühmte den Vormittag, den er so vortrefflich mit ihm verbracht hatte – Edgar stand dabei, rot vor Freude und Stolz –, und erkundigte sich schließlich nach seiner Gesundheit, so ausführlich und mit so viel Einzelfragen, daß die Mutter zur Antwort gezwungen war. Und so gerieten sie unaufhaltsam in ein längeres Gespräch, dem der Bub beglückt und mit einer Art Ehrfurcht lauschte. Der Baron stellte sich vor und glaubte zu bemerken, daß sein klingender Name auf die Eitle einen gewissen Eindruck machte. Jedenfalls war sie von außerordentlicher Zuvorkommenheit gegen ihn, wiewohl sie sich nichts vergab und sogar frühen Abschied nahm, des Buben halber, wie sie entschuldigend beifügte.

Der protestierte heftig, er sei nicht müde und gerne bereit, die ganze Nacht aufzubleiben. Aber schon hatte seine Mutter dem Baron die Hand geboten, der sie respektvoll küßte.

Edgar schlief schlecht in dieser Nacht. Es war eine Wirrnis in ihm von Glückseligkeit und kindischer Verzweiflung. Denn heute war etwas Neues in seinem Leben geschehn. Zum ersten Male hatte er in die Schicksale von Erwachsenen eingegriffen. Er vergaß, schon im Halbtraum, seine eigene Kindheit und dünkte sich mit einem Male groß. Bisher hatte er, einsam erzogen und oft kränklich, wenig Freunde gehabt. Für all sein Zärtlichkeitsbedürfnis war niemand dagewesen als die Eltern, die sich wenig um ihn kümmerten, und die Dienstboten. Und die Gewalt einer Liebe wird immer falsch bemessen, wenn man sie nur nach ihrem Anlaß wertet und nicht nach der Spannung, die ihr vorausgeht, jenem hohlen, dunkeln Raum von Enttäuschung und Einsamkeit, die vor allen großen Ereignissen des Herzens liegt. Ein überschweres, ein unverbrauchtes Gefühl hatte hier gewartet und stürzte nun mit ausgebreiteten Armen dem ersten entgegen, der es zu verdienen schien. Edgar lag im Dunkeln, beglückt und verwirrt, er wollte lachen und mußte weinen. Denn er liebte diesen Menschen, wie er nie einen Freund, nie Vater und Mutter und nicht einmal Gott geliebt hatte. Die ganze unreife Leidenschaft seiner früheren Jahre umklammerte das Bild dieses Menschen, dessen Namen er vor zwei Stunden noch nicht gekannt hatte.

Aber er war doch klug genug, um durch das Unerwartete und Eigenartige dieser neuen Freundschaft nicht bedrängt zu sein. Was ihn so sehr verwirrte, war das Gefühl seiner Unwertigkeit, seiner Nichtigkeit. ›Bin ich denn seiner würdig, ich, ein kleiner Bub, zwölf Jahre alt, der noch die Schule vor sich hat, der abends vor allen andern ins Bett geschickt wird?‹ quälte er sich ab. ›Was kann ich ihm sein, was kann ich ihm bieten?‹ Gerade dieses qualvoll empfundene Unvermögen, irgendwie sein Gefühl zeigen zu können, machte ihn unglücklich. Sonst, wenn er einen Kameraden liebgewonnen hatte, war es sein Erstes, die paar kleinen Kostbarkeiten seines Pultes, Briefmarken und Steine, den kindischen Besitz der Kindheit, mit ihm zu teilen, aber all diese Dinge, die ihm gestern noch von hoher Bedeutung und seltenem Reiz waren, schienen ihm mit einem Male entwertet, läppisch und verächtlich. Denn wie konnte er derlei diesem neuen Freunde bieten, dem er nicht einmal wagen durfte, das Du zu erwidern; wo war ein Weg, eine Möglichkeit, seine Gefühle zu verraten? Immer mehr und mehr empfand er die Qual, klein zu sein, etwas Halbes, Unreifes, ein Kind von zwölf Jahren, und noch nie hatte er so stürmisch das Kindsein verflucht, so herzlich sich gesehnt, anders aufzuwachen, so wie er sich träumte: groß und stark, ein Mann, ein Erwachsener wie die andern.

In diese unruhigen Gedanken flochten sich rasch die ersten farbigen Träume von dieser neuen Welt des Mannseins. Edgar schlief endlich mit einem Lächeln ein, aber doch, die Erinnerung der morgigen Verabredung unterhöhlte seinen Schlaf. Er schreckte schon um sieben Uhr mit der Angst auf, zu spät zu kommen. Hastig zog er sich an, begrüßte die erstaunte Mutter, die ihn sonst nur mit Mühe aus dem Bett bringen konnte, in ihrem Zimmer und stürmte, ehe sie weitere Fragen stellen konnte, hinab. Bis neun Uhr trieb er sich ungeduldig umher, vergaß sein Frühstück, einzig besorgt, den Freund für den Spaziergang nicht lange warten zu lassen.

Um halb zehn kam endlich der Baron sorglos angeschlendert. Er hatte natürlich längst die Verabredung vergessen, jetzt aber, da der Knabe gierig auf ihn losschnellte, mußte er lächeln über so viel Leidenschaft und zeigte sich bereit, sein Versprechen einzuhalten. Er nahm den Buben wieder unterm Arm, ging mit dem Strahlenden auf und nieder, nur daß er sanft, aber nachdrücklich abwehrte, schon jetzt den gemeinsamen Spaziergang zu beginnen. Er schien auf irgend etwas zu warten, wenigstens deutete darauf sein nervös die Türen abgreifender Blick. Plötzlich straffte er sich empor. Edgars Mama war hereingetreten und kam, den Gruß erwidernd, freundlich auf beide zu. Sie lächelte zustimmend, als sie von dem beabsichtigten Spaziergang vernahm, den ihr Edgar als etwas zu Kostbares verschwiegen hatte, ließ sich aber rasch von der Einladung des Barons zum Mitgehen bestimmen. Edgar wurde sofort mürrisch und biß die Lippen. Wie ärgerlich, daß sie gerade jetzt vorbeikommen mußte! Dieser Spaziergang hatte doch ihm allein gehört, und wenn er seinen Freund auch der Mama vorgestellt hatte, so war das nur eine Liebenswürdigkeit von ihm gewesen, aber teilen wollte er ihn deshalb nicht. Schon regte sich in ihm etwas wie Eifersucht, als er die Freundlichkeit des Barons zu seiner Mutter bemerkte.

Sie gingen dann zu dritt spazieren, und das gefährliche Gefühl seiner Wichtigkeit und plötzlichen Bedeutsamkeit wurde in dem Kinde noch genährt durch das auffällige Interesse, das beide ihm widmeten. Edgar war fast ausschließlich Gegenstand der Konversation, indem sich die Mutter mit etwas erheuchelter Besorgnis über seine Blässe und Nervosität aussprach, während der Baron wieder dies lächelnd abwehrte und sich rühmend über die nette Art seines »Freundes«, wie er ihn nannte, erging. Es war Edgars schönste Stunde. Er hatte Rechte, die ihm niemals im Laufe seiner Kindheit zugestanden worden waren. Er durfte mitreden, ohne sofort zur Ruhe verwiesen zu werden, sogar allerhand vorlaute Wünsche äußern, die ihm bislang übel aufgenommen worden wären. Und es war nicht verwunderlich, daß in ihm das trügerische Gefühl üppig wuchernd wuchs, daß er ein Erwachsener sei. Schon lag die Kindheit in seinen hellen Träumen hinter ihm, wie ein weggeworfenes entwachsenes Kleid.

Mittag saß der Baron, der Einladung der immer freundlicheren Mutter Edgars folgend, an ihrem Tisch. Aus dem Vis-à-vis war ein Nebeneinander geworden, aus der Bekanntschaft eine Freundschaft. Das Terzett war im Gang, und die drei Stimmen der Frau, des Mannes und des Kindes klangen rein zusammen.

Angriff

Nun schien es dem ungeduldigen Jäger an der Zeit, sein Wild anzuschleichen. Das Familiäre, der Dreiklang in dieser Angelegenheit mißfiel ihm. Es war ja ganz nett, so zu dritt zu plaudern, aber schließlich, Plaudern war nicht seine Absicht. Und er wußte, daß das Gesellschaftliche mit dem Maskenspiel seiner Begehrlichkeit das Erotische zwischen Mann und Frau immer retardiert, den Worten die Glut, dem Angriff sein Feuer nimmt. Sie sollte über der Konversation nie seine eigentliche Absicht vergessen, die er – dessen war er sicher – von ihr bereits verstanden wußte.

Daß sein Bemühen bei dieser Frau nicht vergeblich sein würde, hatte viel Wahrscheinlichkeiten. Sie war in jenen entscheidenden Jahren, wo eine Frau zu bereuen beginnt, einem eigentlich nie geliebten Gatten treu geblieben zu sein, und wo der purpurne Sonnenuntergang ihrer Schönheit ihr noch eine letzte dringlichste Wahl zwischen dem Mütterlichen und dem Weiblichen gewährt. Das Leben, das schon längst beantwortet schien, wird in dieser Minute noch einmal zur Frage, zum letzten Male zittert die magische Nadel des Willens zwischen der Hoffnung auf erotisches Erleben und der endgültigen Resignation. Eine Frau hat dann die gefährliche Entscheidung, ihr eigenes Schicksal oder das ihrer Kinder zu leben, Frau oder Mutter zu sein. Und der Baron, scharfsichtig in diesen Dingen, glaubte bei ihr gerade dieses gefährliche Schwanken zwischen Lebensglut und Aufopferung zu bemerken. Sie vergaß beständig im Gespräch, ihren Gatten zu erwähnen, der offenbar nur ihren äußeren Bedürfnissen, nicht aber ihren durch vornehme Lebensführung gereizten Snobismus zu befriedigen schien, und wußte innerlich eigentlich herzlich wenig von ihrem Kinde. Ein Schatten von Langeweile, als Melancholie in den dunklen Augen verschleiert, lag über ihrem Leben und verdunkelte ihre Sinnlichkeit. Der Baron beschloß, rasch vorzugehen, aber gleichzeitig jeden Anschein von Eile zu vermeiden. Im Gegenteil, er wollte, wie der Angler den Haken lockend zurückzieht, dieser neuen Freundschaft seinerseits äußerliche Gleichgültigkeit entgegensetzen, wollte um sich werben lassen, während er doch in Wahrheit der Werbende war. Er nahm sich vor, einen gewissen Hochmut zu outrieren, den Unterschied ihres sozialen Standes scharf herauszukehren, und der Gedanke reizte ihn, nur durch das Betonen seines Hochmutes, durch ein Äußeres, durch einen klingenden aristokratischen Namen und kalte Manieren diesen üppigen, vollen, schönen Körper gewinnen zu können.

Das heiße Spiel begann ihn schon zu erregen, und darum zwang er sich zur Vorsicht. Den Nachmittag verblieb er in seinem Zimmer mit dem angenehmen Bewußtsein, gesucht und vermißt zu werden. Aber diese Abwesenheit wurde nicht so sehr von ihr bemerkt, gegen die sie eigentlich gezielt war, sondern gestaltete sich für den armen Buben zur Qual. Edgar fühlte sich den ganzen Nachmittag unendlich hilflos und verloren; mit der Knaben eigenen, hartnäckigen Treue wartete er die ganzen langen Stunden unablässig auf seinen Freund. Es wäre ihm wie ein Vergehen gegen die Freundschaft erschienen, wegzugehen oder irgend etwas allein zu tun. Unnütz trollte er sich in den Gängen herum, und je später es wurde, um so mehr füllte sich sein Herz mit Unglück an. In der Unruhe seiner Phantasie träumte er schon von einem Unfall oder einer unbewußt zugefügten Beleidigung und war schon nahe daran, zu weinen vor Ungeduld und Angst.

Als der Baron dann abends zu Tisch kam, wurde er glänzend empfangen. Edgar sprang, ohne auf den abmahnenden Ruf seiner Mutter und das Erstaunen der anderen Leute zu achten, ihm entgegen, umfaßte stürmisch seine

Brust mit den mageren Ärmchen. »Wo waren Sie? Wo sind Sie gewesen?« rief er hastig. »Wir haben Sie überall gesucht.« Die Mutter errötete bei dieser unwillkommenen Einbeziehung und sagte ziemlich hart: »*Sois sage, Edgar. Assieds-toi!*« (Sie sprach nämlich immer französisch mit ihm, obwohl ihr diese Sprache gar nicht so sehr selbstverständlich war und sie bei umständlichen Erläuterungen leicht auf Sand geriet.) Edgar gehorchte, ließ aber nicht ab, den Baron auszufragen. »Aber vergiß doch nicht, daß der Herr Baron tun kann, was er will. Vielleicht langweilt ihn unsere Gesellschaft.« Diesmal bezog sie sich selber ein, und der Baron fühlte mit Freude, wie dieser Vorwurf um ein Kompliment warb.

Der Jäger in ihm wachte auf. Er war berauscht, erregt, so rasch hier die richtige Fährte gefunden zu haben, das Wild ganz nahe vor dem Schuß nun zu fühlen. Seine Augen glänzten, das Blut flog ihm leicht durch die Adern, die Rede sprudelte ihm, er wußte selbst nicht wie, von den Lippen. Er war, wie jeder stark erotisch veranlagte Mensch, doppelt so gut, doppelt er selbst, wenn er wußte, daß er Frauen gefiel, so wie manche Schauspieler erst feurig werden, wenn sie die Hörer, die atmende Masse vor ihnen ganz im Bann spüren. Er war immer ein guter, mit sinnlichen Bildern begabter Erzähler gewesen, aber heute – er trank ein paar Gläser Champagner dazwischen, den er zu Ehren der neuen Freundschaft bestellt hatte – übertraf er sich selbst. Er erzählte von indischen Jagden, denen er als Gastfreund eines hohen aristokratischen englischen Freundes beigewohnt hatte, klug dies Thema wählend, weil es indifferent war und er anderseits spürte, wie alles Exotische und für sie Unerreichbare diese Frau erregte. Wen er aber damit bezauberte, das war vor allem Edgar, dessen Augen vor Begeisterung flammten. Er vergaß zu essen, zu trinken und starrte dem Erzähler die Worte von den Lippen weg. Nie hatte er gehofft, einen Menschen wirklich zu sehen, der diese ungeheuren Dinge erlebt hatte, von denen er in seinen Büchern las, die Tigerjagden, die braunen Menschen, die Hindus und das Dschaggernat, das furchtbare Rad, das tausend Menschen unter seinen Speichen begrub. Bislange hatte er nie daran gedacht, daß es solche Menschen wirklich gäbe, so wenig wie er die Länder der Märchen glaubte, und diese Sekunde sprengte in ihm irgendein großes Gefühl zum ersten Male auf. Er konnte den Blick von seinem Freunde nicht wenden, starrte mit gepreßtem Atem auf die Hände da hart vor ihm, die einen Tiger getötet hatten. Kaum wagte er etwas zu fragen, und dann klang seine Stimme fiebrig erregt. Seine rasche Phantasie zauberte ihm immer das Bild zu den Erzählungen herauf, er sah den Freund hoch auf einem Elefanten mit purpurner Schabracke, braune Männer rechts und links mit kostbaren Turbans und dann plötzlich den Tiger, der mit seinen gebleckten Zähnen aus dem Dschungel vorsprang und dem Elefanten die Pranke in den Rüssel schlug. Jetzt erzählte der Baron noch Interessanteres, wie listig man Elefanten fing, indem man durch alte, gezähmte Tiere die jungen, wilden und übermütigen in die Verschläge locken ließ: die Augen des Kindes sprühten Feuer. Da sagte – ihm war, als fiele plötzlich ein Messer vor ihm nieder – die Mama plötzlich, mit einem Blick auf die Uhr: »*Neuf heures! Au lit!*«

Edgar wurde blaß vor Schreck. Für alle Kinder ist das Zu-Bette-geschickt-Werden ein furchtbares Wort, weil es für sie die offenkundigste Demütigung vor den Erwachsenen ist, das Eingeständnis, das Stigma der Kindheit, des Kleinseins, der kindischen Schlafbedürftigkeit. Aber wie furchtbar war solche Schmach in diesem interessantesten Augenblick, da sie ihn solche unerhörte Dinge versäumen ließ.

»Nur das eine noch, Mama, das von den Elefanten, nur das laß mich hören!«

Er wollte zu betteln beginnen, besann sich aber rasch auf seine neue Würde als Erwachsener. Einen einzigen Versuch wagte er bloß. Aber seine Mutter war heute merkwürdig streng. »Nein, es ist schon spät. Geh nur hinauf! *Sois sage, Edgar*. Ich erzähl dir schon alle die Geschichten des Herrn Barons genau wieder.«

Edgar zögerte. Sonst begleitete ihn seine Mutter immer zu Bette. Aber er wollte nicht betteln vor dem Freunde. Sein kindischer Stolz wollte diesem kläglichen Abgang noch einen Schein von Freiwilligkeit retten.

»Aber wirklich, Mama, du erzählst mir alles, alles! Das von den Elefanten und alles andere!«

»Ja, mein Kind.«

»Und sofort! Noch heute!«

»Ja, ja, aber jetzt geh nur schlafen. Geh!« Edgar bewunderte sich selbst, daß es ihm gelang, dem Baron und seiner Mama die Hand zu reichen, ohne zu erröten, obschon das Schluchzen ihm schon ganz hoch in der Kehle saß. Der Baron beutelte ihm freundschaftlich den Schopf, das zwang noch ein Lächeln über sein gespanntes Gesicht. Aber dann mußte er rasch zur Türe eilen, sonst hätten sie gesehen, wie ihm die dicken Tränen über die Wangen liefen.

Die Elefanten

Die Mutter blieb noch eine Zeitlang unten mit dem Baron bei Tisch, aber sie sprachen nicht von Elefanten und Jagden mehr. Eine leise Schwüle, eine rasch auffliegende Verlegenheit kam in ihr Gespräch, seit der Bub sie verlassen hatte. Schließlich gingen sie hinüber in die Hall und setzten sich in eine Ecke. Der Baron war blendender als je, sie selbst leicht befeuert durch die paar Glas Champagner, und so nahm die Konversation rasch einen gefährlichen

Charakter an. Der Baron war eigentlich nicht hübsch zu nennen, er war nur jung und blickte sehr männlich aus seinem dunkelbraunen energischen Bubengesicht mit dem kurzgeschorenen Haar und entzückte sie durch die frischen, fast ungezogenen Bewegungen. Sie sah ihn gern jetzt von der Nähe und fürchtete auch nicht mehr seinen Blick. Doch allmählich schlich sich in seine Reden eine Kühnheit, die sie leicht verwirrte, etwas, das wie Greifen an ihrem Körper war, ein Betasten und wieder Lassen, irgendein unfaßbar Begehrliches, das ihr das Blut in die Wangen trieb. Aber dann lachte er wieder leicht, ungezwungen, knabenhaft, und das gab all den kleinen Begehrlichkeiten den losen Schein kindlicher Scherze. Manchmal war ihr, als müßte sie ein Wort schroff zurückweisen, aber kokett von Natur, wurde sie durch diese kleinen Lüsternheiten nur gereizt, mehr abzuwarten. Und hingerissen von dem verwegenen Spiel versuchte sie am Ende sogar, ihm nachzutun. Sie warf kleine, flatternde Versprechungen auf den Blicken hinüber, gab sich in Worten und Bewegungen schon hin, duldete sogar sein Heranrücken, die Nähe dieser Stimme, deren Atem sie manchmal warm und zuckend an den Schultern spürte. Wie alle Spieler vergaßen sie die Zeit und verloren sich so gänzlich in dem heißen Gespräch, daß sie erst aufschreckten, als die Hall sich um Mitternacht abzudunkeln begann.

Sie sprang sofort empor, dem ersten Erschrecken gehorchend, und fühlte mit einem Male, wie verwegen weit sie sich vorgewagt hatte. Ihr war sonst das Spiel mit dem Feuer nicht fremd, aber jetzt spürte ihr aufgereizter Instinkt, wie nahe dieses Spiel schon dem Ernste war. Mit Schauern entdeckte sie, daß sie sich nicht mehr ganz sicher fühlte, daß irgend etwas in ihr zu gleiten begann und sich beängstigend dem Wirbel zudrehte. Im Kopf wogte alles in einem Wirbel von Angst, von Wein und heißen Reden, eine dumme, sinnlose Angst überfiel sie, jene Angst, die sie schon einige Male in ihrem Leben in solchen gefährlichen Sekunden gekannt hatte, aber nie so schwindelnd und gewalttätig. »Gute Nacht, gute Nacht. Auf morgen früh«, sagte sie hastig und wollte entlaufen. Entlaufen nicht ihm so sehr, wie der Gefahr dieser Minute und einer neuen, fremdartigen Unsicherheit in sich selbst. Aber der Baron hielt die dargebotene Abschiedshand mit sanfter Gewalt, küßte sie, und nicht nur in Korrektheit ein einziges Mal, sondern vier- oder fünfmal mit den Lippen von den feinen Fingerspitzen bis hinauf zum Handgelenk, zitternd, wobei sie mit einem leichten Frösteln seinen rauhen Schnurrbart über den Handrücken kitzeln fühlte. Irgendein warmes und beklemmendes Gefühl flog von dort mit dem Blut durch den ganzen Körper, Angst schoß heiß empor, hämmerte drohend an die Schläfen, ihr Kopf glühte, die Angst, die sinnlose Angst zuckte jetzt durch ihren ganzen Körper, und sie entzog ihm rasch die Hand.

»Bleiben Sie doch noch«, flüsterte der Baron. Aber schon eilte sie fort mit einer Ungelenkigkeit der Hast, die ihre Angst und Verwirrung augenfällig machte. In ihr war jetzt die Erregtheit, die der andere wollte, sie fühlte, wie alles in ihr verworren war. Die grausam brennende Angst jagte sie, der Mann hinter ihr möchte ihr folgen und sie fassen, gleichzeitig aber, noch im Entspringen, spürte sie schon ein Bedauern, daß er es nicht tat. In dieser Stunde hätte das geschehen können, was sie seit Jahren unbewußt ersehnte, das Abenteuer, dessen nahen Hauch sie wollüstig liebte, um ihm bisher immer im letzten Augenblick zu entweichen, das große und gefährliche, nicht nur der flüchtige, aufreizende Flirt. Aber der Baron war zu stolz, einer günstigen Sekunde nachzulaufen. Er war seines Sieges zu gewiß, um diese Frau räuberisch in einer schwachen, weintrunkenen Minute zu nehmen, im Gegenteil, den fairen Spieler reizte nur der Kampf und die Hingabe bei vollem Bewußtsein. Entrinnen konnte sie ihm nicht.

Ihr zuckte, das merkte er, das heiße Gift schon in den Adern.

Oben auf der Treppe blieb sie stehen, die Hand an das keuchende Herz gepreßt. Sie mußte ausruhen eine Sekunde. Ihre Nerven versagten. Ein Seufzer brach aus der Brust, halb Beruhigung, einer Gefahr entronnen zu sein, halb Bedauern; aber das alles war verworren und wirrte im Blut nur als leises Schwindligsein weiter. Mit halbgeschlossenen Augen, wie eine Betrunkene tappte sie weiter zu ihrer Türe und atmete auf, da sie jetzt die kühle Klinke faßte. Jetzt empfand sie sich erst in Sicherheit!

Leise bog sie die Türe ins Zimmer. Und schrak schon zurück in der nächsten Sekunde. Irgend etwas hatte sich gerührt in dem Zimmer, ganz rückwärts im Dunkeln. Ihre erregten Nerven zuckten grell, schon wollte sie um Hilfe schreien, da kam es leise von drinnen, mit ganz schlaftrunkener Stimme: »Bist du es, Mama?«

»Um Gottes willen, was machst du da?« Sie stürzte hin zum Divan, wo Edgar zusammengeknüllt lag und sich eben vom Schlafe aufraffte. Ihr erster Gedanke war, das Kind müsse krank sein oder Hilfe bedürftig.

Aber Edgar sagte, ganz verschlafen noch und mit leisem Vorwurf: »Ich habe so lange auf dich gewartet, und dann bin ich eingeschlafen.«

»Warum denn?«

»Wegen der Elefanten.«

»Was für Elefanten?«

Jetzt erst begriff sie. Sie hatte ja dem Kinde versprochen, alles zu erzählen, heute noch, von der Jagd und den Abenteuern. Und da hatte sich dieser Bub auf ihr Zimmer geschlichen, dieser einfältige, kindische Bub, und im sicheren Vertrauen gewartet, bis sie kam, und war drüber eingeschlafen. Die Extravaganz empörte sie. Oder eigentlich, sie fühlte Zorn gegen sich selbst, ein leises Raunen von Schuld und Scham, das sie überschreien wollte. »Geh

— 31 —

sofort zu Bett, du ungezogener Fratz«, schrie sie ihn an. Edgar staunte ihr entgegen. Warum war sie so zornig mit ihm, er hatte doch nichts getan? Aber diese Verwunderung reizte die schon Aufgeregte noch mehr. »Geh sofort in dein Zimmer«, schrie sie wütend, weil sie fühlte, daß sie ihm unrecht tat. Edgar ging ohne ein Wort. Er war eigentlich furchtbar müde und spürte nur stumpf durch den drückenden Nebel von Schlaf, daß seine Mutter ein Versprechen nicht gehalten hatte und daß man in irgendeiner Weise gegen ihn schlecht war. Aber er revoltierte nicht. In ihm war alles stumpf durch die Müdigkeit; und dann, er ärgerte sich sehr, hier oben eingeschlafen zu sein, statt wach zu warten. »Ganz wie ein kleines Kind«, sagte er empört zu sich selber, ehe er wieder in Schlaf fiel.

Denn seit gestern haßte er seine eigene Kindheit.

Geplänkel

Der Baron hatte schlecht geschlafen. Es ist immer gefährlich, nach einem abgebrochenen Abenteuer zu Bette zu gehen: eine unruhige, von schwülen Träumen gefährdete Nacht ließ es ihn bald bereuen, die Minute nicht mit hartem Griff gepackt zu haben. Als er morgens, noch von Schlaf und Mißmut umwölkt, hinunterkam, sprang ihm der Knabe aus einem Versteck entgegen, schloß ihn begeistert in die Arme und begann ihn mit tausend Fragen zu quälen. Er war glücklich, seinen großen Freund wieder eine Minute für sich zu haben und nicht mit der Mama teilen zu müssen. Nur ihm sollte er erzählen, nicht mehr Mama, bestürmte er ihn, denn die hätte, trotz ihres Versprechens, ihm nichts von all den wunderbaren Dingen wiedergesagt. Er überschüttete den unangenehm Aufgeschreckten, der seine Mißlaune nur schlecht verbarg, mit hundert kindischen Belästigungen. In diese Fragen mengte er überdies stürmische Bezeugungen seiner Liebe, glückselig, wieder mit dem Langgesuchten und seit frühmorgens Erwarteten allein zu sein.

Der Baron antwortete unwirsch. Dieses ewige Auflauern des Kindes, die Läppischkeit der Fragen, wie überhaupt die unbegehrte Leidenschaft begann ihn zu langweilen. Er war müde, nun tagaus, tagein mit einem zwölfjährigen Buben herumzuziehen und mit ihm Unsinn zu schwatzen. Ihm lag jetzt nur daran, das heiße Eisen zu schmieden und die Mutter allein zu fassen, was eben durch des Kindes unerwünschte Anwesenheit zum Problem wurde. Ein erstes Unbehagen vor dieser unvorsichtig geweckten Zärtlichkeit bemächtigte sich seiner, denn vorläufig sah er keine Möglichkeit, den allzu anhänglichen Freund loszuwerden.

Immerhin: es kam auf den Versuch an. Bis zehn Uhr, der Stunde, die er mit der Mutter zum Spaziergang verabredet hatte, ließ er das eifrige Gerede des Buben achtlos über sich hinplätschern, warf hin und wieder einen Brokken Gespräch hin, um ihn nicht zu beleidigen, durchblätterte aber gleichzeitig die Zeitung. Endlich, als der Zeiger fast senkrecht stand, bat er Edgar, wie sich plötzlich erinnernd, für ihn ins andere Hotel bloß einen Augenblick hinüberzugehen, um dort nachzufragen, ob der Graf Grundheim, sein Vater, schon angekommen sei.

Das arglose Kind, glückselig, endlich einmal seinem Freund mit etwas dienlich sein zu können, stolz auf seine Würde als Bote, sprang sofort weg und stürmte so toll den Weg hin, daß die Leute ihm verwundert nachstarrten. Aber ihm war gelegen, zu zeigen, wie flink er war, wenn man ihm Botschaften vertraute. Der Graf war, so sagte man ihm dort, noch nicht eingetroffen, ja zur Stunde gar nicht angemeldet. Diese Nachricht brachte er in neuerlichem Sturmschritt zurück. Aber in der Hall war der

Baron nicht mehr zu finden. So klopfte er an seine Zimmertür – vergeblich! Beunruhigt rannte er alle Räume ab, das Musikzimmer und das Kaffeehaus, stürmte aufgeregt zu seiner Mama, um Erkundigungen einzuziehen: auch sie war fort. Der Portier, an den er sich schließlich ganz verzweifelt wandte, sagte ihm zu seiner Verblüffung, sie seien beide vor einigen Minuten gemeinsam weggegangen!

Edgar wartete geduldig. Seine Arglosigkeit vermutete nichts Böses. Sie konnten ja nur eine kurze Weile wegbleiben, dessen war er sicher, denn der Baron brauchte ja seinen Bescheid. Aber die Zeit streckte breit ihre Stunden, Unruhe schlich sich an ihn heran. Überhaupt, seit dem Tage, da sich dieser fremde, verführerische Mensch in sein kleines, argloses Leben gemengt hatte, war das Kind den ganzen Tag angespannt, gehetzt und verwirrt. In einen so feinen Organismus, wie den der Kinder, drückt jede Leidenschaft wie in weiches Wachs ihre Spuren. Das nervöse Zittern der Augenlider trat wieder auf, schon sah er blässer aus. Edgar wartete und wartete, geduldig zuerst, dann wild erregt und schließlich schon dem Weinen nah. Aber argwöhnisch war er noch immer nicht. Sein blindes Vertrauen in diesen wundervollen Freund vermutete ein Mißverständnis, und geheime Angst quälte ihn, er mochte vielleicht den Auftrag falsch verstanden haben.

Wie seltsam aber war erst dies, daß sie jetzt, da sie endlich zurückkamen, heiter plaudernd blieben und gar keine Verwunderung bezeigten. Es schien, als hätten sie ihn gar nicht sonderlich vermißt: »Wir sind dir entgegengegangen, weil wir hofften, dich am Weg zu treffen, Edi«, sagte der Baron, ohne sich nach dem Auftrag zu erkundigen. Und als das Kind, ganz erschrocken, sie könnten ihn vergebens gesucht haben, zu beteuern begann, er sei nur auf dem geraden Wege der Hochstraße gelaufen, und wissen wollte, welche Richtung sie gewählt hätten, da schnitt die

Mama kurz das Gespräch ab. »Schon gut, schon gut! Kinder sollen nicht so viel reden.«

Edgar wurde rot vor Ärger. Das war nun schon das zweite Mal so ein niederträchtiger Versuch, ihn vor seinem Freund herabzusetzen. Warum tat sie das, warum versuchte sie immer, ihn als Kind darzustellen, das er doch – er war davon überzeugt – nicht mehr war? Offenbar war sie ihm neidisch auf seinen Freund und plante, ihn zu sich herüberzuziehen. Ja, und sicherlich war sie es auch, die den Baron mit Absicht den falschen Weg geführt hatte. Aber er ließ sich nicht von ihr mißhandeln, das sollte sie sehen. Er wollte ihr schon Trotz bieten. Und Edgar beschloß, heute bei Tisch kein Wort mit ihr zu reden, nur mit seinem Freund allein.

Doch das wurde ihm hart. Was er am wenigsten erwartet hatte, trat ein: man bemerkte seinen Trotz nicht. Ja, sogar ihn selber schienen sie nicht zu sehen, ihn, der doch gestern Mittelpunkt ihres Beisammenseins gewesen war! Sie sprachen beide über ihn hinweg, scherzten zusammen und lachten, als ob er unter den Tisch gesunken wäre. Das Blut stieg ihm zu den Wangen, in der Kehle saß ein Knollen, der ihm den Atem erwürgte. Mit Schauern wurde er seiner entsetzlichen Machtlosigkeit bewußt. Er sollte also hier ruhig sitzen und zusehen, wie seine Mutter ihm den Freund wegnahm, den einzigen Menschen, den er liebte, und sollte sich nicht wehren können, nicht anders als durch Schweigen? Ihm war, als müßte er aufstehen und plötzlich mit beiden Fäusten auf den Tisch losschlagen. Nur damit sie ihn bemerkten. Aber er hielt sich zusammen, legte bloß Gabel und Messer nieder und rührte keinen Bissen mehr an. Aber auch dies hartnäckige Fasten merkten sie lange nicht, erst beim letzten Gang fiel es der Mutter auf, und sie fragte, ob er sich nicht wohl fühle. ›Widerlich‹, dachte er sich, ›immer denkt sie nur das eine, ob ich nicht krank bin, sonst ist ihr alles einerlei.‹ Er antwortete kurz, er habe keine Lust, und damit gab sie sich zufrieden. Nichts, gar nichts erzwang ihm Beachtung. Der Baron schien ihn vergessen zu haben, wenigstens richtete er nicht ein einziges Mal das Wort an ihn. Heißer und heißer quoll es ihm in die Augen, und er mußte die kindische List anwenden, rasch die Serviette zu heben, ehe es jemand sehen konnte, daß Tränen über seine Wangen sprangen und ihm salzig die Lippen näßten. Er atmete auf, wie das Essen zu Ende war.

Während des Diners hatte seine Mutter eine gemeinsame Wagenfahrt nach Maria-Schutz vorgeschlagen. Edgar hatte es gehört, die Lippe zwischen den Zähnen. Nicht eine Minuten wollte sie ihn also mehr mit seinem Freunde allein lassen. Aber sein Haß stieg erst wild auf, als sie ihm jetzt beim Aufstehen sagte: »Edgar, du wirst noch alles für die Schule vergessen, du solltest doch einmal zu Hause bleiben, ein bißchen nachlernen!« Wieder ballte er die kleine Kinderfaust. Immer wollte sie ihn vor seinem Freund demütigen, immer daran öffentlich erinnern, daß er noch ein Kind war, daß er in die Schule gehen mußte und nur geduldet unter Erwachsenen war. Diesmal war ihm die Absicht aber doch zu durchsichtig. Er gab gar keine Antwort, sondern drehte sich kurzweg um.

»Aha, wieder beleidigt«, sagte sie lächelnd und dann zum Baron: »Wäre das wirklich so arg, wenn er einmal eine Stunde arbeiten möchte?«

Und da – im Herzen des Kindes wurde etwas kalt und starr – sagte der Baron, er, der sich seinen Freund nannte, er, der ihn als Stubenhocker verhöhnt hatte: »Na, eine Stunde oder zwei könnten wirklich nicht schaden.«

War das ein Einverständnis? Hatten sie sich wirklich beide gegen ihn verbündet? In dem Blick des Kindes flammte der Zorn. »Mein Papa hat verboten, daß ich hier lerne, Papa will, daß ich mich hier erhole«, schleuderte er heraus mit dem ganzen Stolz auf seine Krankheit, verzweifelt sich an das Wort, an die Autorität seines Vaters anklammernd. Wie eine Drohung stieß er es heraus. Und was das merkwürdigste war: das Wort schien tatsächlich in den beiden ein Mißbehagen zu erwecken. Die Mutter sah weg und trommelte nur nervös mit den Fingern auf den Tisch. Ein peinliches Schweigen stand breit zwischen ihnen. »Wie du meinst, Edi«, sagte schließlich der Baron mit einem erzwungenen Lächeln. »Ich muß ja keine Prüfung machen, ich bin schon längst bei allen durchgefallen.«

Aber Edgar lächelte nicht zu dem Scherz, sondern sah ihn nur an mit einem prüfenden, sehnsüchtig eindringenden Blick, als wollte er ihm bis in die Seele greifen. Was ging da vor? Etwas war verändert zwischen ihnen, und das Kind wußte nicht, warum. Unruhig ließ es die Augen wandern. In seinem Herzen hämmerte ein kleiner, hastiger Hammer: der erste Verdacht.

Brennendes Geheimnis

›Was hat sie so verwandelt?‹ sann das Kind, das ihnen im rollenden Wagen gegenübersaß. ›Warum sind sie nicht mehr zu mir wie früher? Weshalb vermeidet Mama immer meinen Blick, wenn ich sie ansehe? Warum sucht er immer vor mir Witze zu machen und den Hanswurst zu spielen? Beide reden sie nicht mehr zu mir wie gestern und vorgestern, mir ist beinahe, als hätten sie andere Gesichter bekommen. Mama hat heute so rote Lippen, sie muß sie gefärbt haben. Das habe ich nie gesehen an ihr. Und er zieht immer die Stirne kraus, als sei er beleidigt. Ich habe ihnen doch nichts getan, kein Wort gesagt, das sie verdrießen konnte? Nein, ich kann nicht die Ursache sein, denn sie sind selbst zueinander anders wie vordem. Sie sind so, als ob sie etwas angestellt hätten, das sie sich nicht zu sagen getrauen. Sie plaudern nicht mehr wie gestern, sie lachen auch nicht, sie sind befangen, sie verbergen etwas. Irgendein Geheimnis ist zwischen ihnen, das sie mir nicht verraten wollen. Ein Geheimnis, das ich ergründen muß um jeden Preis. Ich kenne es schon, es muß dasselbe sein, vor dem sie mir immer die Türe verschließen, von dem in den Büchern die Rede ist und in den Opern, wenn die Männer und die Frauen mit ausgebreiteten Armen gegeneinander singen, sich umfassen und sich wegstoßen. Es muß irgendwie dasselbe sein wie das mit meiner französischen Lehrerin, die sich mit Papa so schlecht vertrug und die dann weggeschickt wurde. All diese Dinge hängen zusammen, das spüre ich, aber ich weiß nur nicht, wie. Oh, es zu wissen, endlich zu wissen, dieses Geheimnis, ihn zu fassen, diesen Schlüssel, der alle Türen aufschließt, nicht länger mehr Kind sein, vor dem man alles versteckt und verhehlt, sich nicht mehr hinhalten lassen und betrügen. Jetzt oder nie! Ich will es ihnen entreißen, dieses furchtbare Geheimnis.‹ Eine Falte grub sich in seine Stirne, beinahe alt sah der schmächtige Zwölfjährige aus, wie er so ernst vor sich hin grübelte, ohne einen einzigen Blick an die Landschaft zu wenden, die sich in klingenden Farben rings entfaltete, die Berge im gereinigten Grün ihrer Nadelwälder, die Täler im noch zarten Glanz des verspäteten Frühlings. Er sah nur immer die beiden ihm gegenüber im Rücksitz des Wagens an, als könnte er mit diesen heißen Blicken wie mit einer Angel das Geheimnis aus den glitzernden Tiefen ihrer Augen herausreißen. Nichts schärft Intelligenz mehr als ein leidenschaftlicher Verdacht, nichts entfaltet mehr alle Möglichkeiten eines unreifen Intellekts, als eine Fährte, die ins Dunkel läuft. Manchmal ist es ja nur eine einzige dünne Tür, die Kinder von der Welt, die wir die wirkliche nennen, abtrennt, und ein zufälliger Windhauch sprengt sie ihnen auf.

Edgar fühlte sich mit einem Male dem Unbekannten, dem großen Geheimnis so greifbar nahe wie noch nie, er spürte es knapp vor sich, zwar noch verschlossen und unenträtselt, aber nah, ganz nah. Das erregte ihn und gab ihm diesen plötzlichen, feierlichen Ernst. Denn unbewußt ahnte er, daß er am Rand seiner Kindheit stand.

Die beiden gegenüber fühlten irgendeinen dumpfen Widerstand vor sich, ohne zu ahnen, daß er von dem Knaben ausging. Sie fühlten sich eng und gehemmt zu dritt im Wagen. Die beiden Augen ihnen gegenüber mit ihrer dunkel in sich flackernden Glut behinderten sie. Sie wagten kaum zu reden, kaum zu blicken. Zu ihrer vormaligen leichten, gesellschaftlichen Konversation fanden sie jetzt nicht mehr zurück, schon zu sehr verstrickt in dem Ton der heißen Vertraulichkeiten, jener gefährlichen Worte, in denen die schmeichelnde Unzüchtigkeit von heimlichen Betastungen zittert. Ihr Gespräch stieß immer auf Lücken und Stockungen. Es blieb stehen, wollte weiter, aber stolperte immer wieder über das hartnäckige Schweigen des Kindes.

Besonders für die Mutter war sein verbissenes Schweigen eine Last. Sie sah ihn vorsichtig von der Seite an und erschrak, als sie plötzlich in der Art, wie das Kind die Lippen verkniff, zum erstenmal eine Ähnlichkeit mit ihrem Mann erkannte, wenn er gereizt oder verärgert war. Der Gedanke war ihr unbehaglich, gerade jetzt an ihren Mann erinnert zu werden, da sie mit einem Abenteuer Versteck spielen wollte. Wie ein Gespenst, ein Wächter des Gewissens, doppelt unerträglich hier in der Enge des Wagens, zehn Zoll gegenüber mit seinen dunkel arbeitenden Augen und dem Lauern hinter der blassen Stirn, schien ihr das Kind. Da schaute Edgar plötzlich auf, eine Sekunde lang. Beide senkten sie sofort den Blick: sie spürten, daß sie sich belauerten, zum erstenmal in ihrem Leben. Bisher hatten sie einander blind vertraut, jetzt aber war etwas zwischen Mutter und Kind, zwischen ihr und ihm plötzlich anders geworden. Zum ersten Male in ihrem Leben begannen sie, sich zu beobachten, ihre beiden Schicksale voneinander zu trennen, beide schon mit einem heimlichen Haß gegeneinander, der nur noch zu neu war, als daß sie sich ihn einzugestehen wagten.

Alle drei atmeten sie auf, als die Pferde wieder vor dem Hotel hielten. Es war ein verunglückter Ausflug gewesen, alle fühlten es, und keiner wagte es zu sagen. Edgar sprang zuerst ab. Seine Mutter entschuldigte sich mit Kopfschmerzen und ging eilig hinauf. Sie war müde und wollte allein sein. Edgar und der Baron blieben zurück. Der Baron zahlte dem Kutscher, sah auf die Uhr und schritt gegen die Hall zu, ohne den Buben zu beachten. Er ging vorbei an ihm mit seinem feinen, schlanken Rücken, diesem rhythmisch leichten Wiegegang, der das Kind so bezauberte und den es gestern schon nachzuahmen versucht hatte. Er ging vorbei, glatt vorbei. Offenbar hatte er den Knaben vergessen und ließ ihn stehen neben dem Kutscher, neben den Pferden, als gehörte er nicht zu ihm.

In Edgar riß irgend etwas entzwei, wie er ihn so vorübergehen sah, ihn, den er trotz alldem noch immer so abgöttisch liebte. Verzweiflung brach aus seinem Herzen, als er so vorbeiging, ohne ihn mit dem Mantel zu streifen, ohne ihm ein Wort zu sagen, der sich doch keiner Schuld bewußt war. Die mühsam bewahrte Fassung zerriß, die künstlich erhöhte Last der Würde glitt ihm von den zu schmalen Schultern, er wurde wieder ein Kind, klein und demütig wie gestern und vordem. Es riß ihn weiter wider seinen Willen. Mit rasch zitternden Schritten ging er dem Baron nach, trat ihm, der eben die Treppe hinauf wollte, in den Weg und sagte gepreßt, mit schwer verhaltenen Tränen:

»Was habe ich Ihnen getan, daß Sie nicht mehr auf mich achten? Warum sind Sie jetzt immer so mit mir? Und die Mama auch? Warum wollen Sie mich immer wegschicken? Bin ich Ihnen lästig, oder habe ich etwas getan?«

Der Baron schrak auf. In der Stimme war etwas, das ihn verwirrte und weich stimmte. Mitleid überkam ihn mit dem arglosen Buben. »Edi, du bist ein Narr! Ich war nur schlechter Laune heute. Und du bist ein lieber Bub, den ich wirklich gern hab.« Dabei schüttelte er ihn am Schopf tüchtig hin und her, aber doch das Gesicht halb abgewendet, um nicht diese großen, feuchten, flehenden Kinderaugen sehen zu müssen. Die Komödie, die er spielte, begann ihm peinlich zu werden. Er schämte sich eigentlich schon, mit der Liebe dieses Kindes so frech gespielt zu haben, und diese dünne, von unterirdischem Schluchzen geschüttelte Stimme tat ihm weh. »Geh jetzt hinauf, Edi, heute abend werden wir uns wieder vertragen, du wirst schon sehen«, sagte er begütigend.

»Aber Sie dulden nicht, daß mich Mama gleich hinaufschickt, nicht wahr?«

»Nein, nein, Edi, ich dulde es nicht«, lächelte der Baron. »Geh nur jetzt hinauf, ich muß mich anziehen für das Abendessen.«

Edgar ging, beglückt für den Augenblick. Aber bald begann der Hammer im Herzen sich wieder zu rühren. Er war um Jahre älter geworden seit gestern; ein fremder Gast, das Mißtrauen, saß jetzt schon fest in seiner kindischen Brust.

Er wartete. Es galt ja die entscheidende Probe. Sie saßen zusammen bei Tisch. Es wurde neun Uhr, aber die Mutter schickte ihn nicht zu Bett. Schon wurde er unruhig. Warum ließ sie ihn gerade heute so lange hier bleiben, sie, die sonst so genau war? Hatte ihr am Ende der Baron seinen Wunsch und das Gespräch verraten? Brennende Reue überfiel ihn plötzlich, ihm heute mit seinem vollen vertrauenden Herzen nachgelaufen zu sein. Um zehn erhob sich plötzlich seine Mutter und nahm Abschied vom Baron. Und seltsam, auch der schien durch diesen frühen Aufbruch keineswegs verwundert zu sein, suchte auch nicht, wie sonst immer, sie zurückzuhalten. Immer heftiger schlug der Hammer in der Brust des Kindes.

Nun galt es scharfe Probe. Auch er stellte sich nichtsahnend und folgte ohne Widerrede seiner Mutter zur Tür. Dort aber zuckte er plötzlich auf mit den Augen. Und wirklich, er fing in dieser Sekunde einen lächelnden Blick auf, der über seinen Kopf von ihr gerade zum Baron hinüberging, einen Blick des Einverständnisses, irgendeines Geheimnisses. Der Baron hatte ihn also verraten. Deshalb also der frühe Aufbruch: er sollte heute eingewiegt werden in Sicherheit, um ihnen morgen nicht mehr im Wege zu sein.

»Schuft«, murmelte er.

»Was meinst du?« fragte die Mutter.

»Nichts«, stieß er zwischen den Zähnen heraus. Auch er hatte jetzt sein Geheimnis. Es hieß Haß, grenzenloser Haß gegen sie beide.

Schweigen

Edgars Unruhe war nun vorbei. Endlich genoß er ein reines, klares Gefühl: Haß und offene Feindschaft. Jetzt, da er gewiß war, ihnen im Weg zu sein, wurde das Zusammensein für ihn zu einer grausam komplizierten Wollust. Er weidete sich im Gedanken, sie zu stören, ihnen nun endlich mit der ganzen geballten Kraft seiner Feindseligkeit entgegenzutreten. Dem Baron wies er zuerst die Zähne. Als der morgens herabkam und ihn im Vorübergehen herzlich mit einem »Servus, Edi« begrüßte, knurrte Edgar, der, ohne aufzuschauen, im Fauteuil sitzen blieb, ihm

nur ein hartes »Morgen« zurück. »Ist die Mama schon unten?« Edgar blickte in die Zeitung: »Ich weiß nicht.«
Der Baron stutzte. Was war das auf einmal? »Schlecht geschlafen, Edi, was?« Ein Scherz sollte wie immer hinüberhelfen. Aber Edgar warf ihm nur wieder verächtlich ein »Nein« hin und vertiefte sich neuerdings in die Zeitung. »Dummer Bub«, murmelte der Baron vor sich hin, zuckte die Achseln und ging weiter. Die Feindschaft war erklärt.

Auch gegen seine Mama war Edgar kühl und höflich. Einen ungeschickten Versuch, ihn auf den Tennisplatz zu schicken, wies er ruhig zurück. Sein Lächeln, knapp an den Lippen aufgerollt und leise von Erbitterung gekräuselt, zeigte, daß er sich nicht mehr betrügen lasse. »Ich gehe lieber mit euch spazieren, Mama«, sagte er mit falscher Freundlichkeit und blickte ihr in die Augen. Die Antwort war ihr sichtlich ungelegen. Sie zögerte und schien etwas zu suchen. »Warte hier auf mich«, entschied sie endlich und ging zum Frühstück.

Edgar wartete. Aber sein Mißtrauen war rege. Ein unruhiger Instinkt arbeitete nun zwischen jedem Wort dieser beiden eine geheime feindselige Absicht heraus. Der Argwohn gab ihm jetzt manchmal eine merkwürdige Hellsichtigkeit der Entschlüsse. Und statt, wie ihm angewiesen war, in der Hall zu warten, zog Edgar es vor, sich auf der Straße zu postieren, wo er nicht nur einen Hauptausgang, sondern alle Türen überwachen konnte. Irgend etwas in ihm witterte Betrug. Aber sie sollten ihm nicht mehr entwischen. Auf der Straße drückte er sich, wie er es in seinen Indianerbüchern gelernt hatte, hinter einen Holzstoß. Und lachte nur zufrieden, als er nach etwa einer halben Stunde seine Mutter tatsächlich aus der Seitentür treten sah, einen Busch prachtvoller Rosen in der Hand und gefolgt vom Baron, dem Verräter.

Beide schienen sehr übermütig. Atmeten sie schon auf,

ihm entgangen zu sein, allein für ihr Geheimnis? Sie lachten im Gespräch und schickten sich an, den Waldweg hinabzugehen.

Jetzt war der Augenblick gekommen. Edgar schlenderte gemächlich, als hätte ein Zufall ihn hergeführt, hinter dem Holzstoß hervor. Ganz, ganz gelassen ging er auf sie zu, ließ sich Zeit, sehr viel Zeit, um sich ausgiebig an ihrer Überraschung zu weiden. Die beiden waren verblüfft und tauschten einen befremdeten Blick. Langsam, mit gespielter Selbstverständlichkeit kam das Kind heran und ließ seinen höhnischen Blick nicht von ihnen. »Ah, da bist du, Edi, wir haben dich schon drin gesucht«, sagte endlich die Mutter. ›Wie frech sie lügt‹, dachte das Kind. Aber die Lippen blieben hart. Sie hielten das Geheimnis des Hasses hinter den Zähnen.

Unschlüssig standen sie alle drei. Einer lauerte auf den andern. »Also gehen wir«, sagte resigniert die verärgerte Frau und zerpflückte eine der schönen Rosen. Wieder dieses leichte Zittern um die Nasenflügel, das bei ihr Zorn verriet. Edgar blieb stehen, als ginge ihn das nichts an, sah ins Blaue, wartete, bis sie gingen, dann schickte er sich an, ihnen zu folgen. Der Baron machte noch einen Versuch. »Heute ist Tennisturnier, hast du das schon einmal gesehen?« Edgar blickte ihn nur verächtlich an. Er antwortete ihm gar nicht mehr, zog nur die Lippen krumm, als ob er pfeifen wollte. Das war sein Bescheid. Sein Haß wies die blanken Zähne.

Wie ein Alp lastete nun seine unerbetene Gegenwart auf den beiden. Sträflinge gehen so hinter dem Wärter, mit heimlich geballten Fäusten. Das Kind tat eigentlich gar nichts und wurde ihnen doch in jeder Minute mehr unerträglich mit seinen lauernden Blicken, die feucht waren von verbissenen Tränen, seiner gereizten Mürrischkeit, die alle Annäherunsversuche wegknurrte. »Geh voraus«, sagte plötzlich wütend die Mutter, beunruhigt durch sein fortwährendes Lauschen. »Tanz mir nicht immer vor den Füßen, das macht mich nervös!« Edgar gehorchte, aber immer nach ein paar Schritten wandte er sich um, blieb wartend stehen, wenn sie zurückgeblieben waren, sie mit seinem Blick wie der schwarze Pudel mephistophelisch umkreisend und einspinnend in dieses feurige Netz von Haß, in dem sie sich unentrinnbar gefangen fühlten.

Sein böses Schweigen zerriß wie eine Säure ihre gute Laune, sein Blick vergällte ihnen das Gespräch von den Lippen weg. Der Baron wagte kein einziges werbendes Wort mehr, er spürte, mit Zorn, diese Frau ihm wieder entgleiten, ihre mühsam angefachte Leidenschaftlichkeit jetzt wieder auskühlen in der Furcht vor diesem lästigen, widerlichen Kind. Immer versuchten sie wieder zu reden, immer brach ihre Konversation zusammen. Schließlich trotteten sie alle drei schweigend über den Weg, hörten nur mehr die Bäume flüsternd gegeneinander schlagen und ihren eigenen verdrossenen Schritt. Das Kind hatte ihr Gespräch erdrosselt.

Jetzt war in allen dreien die gereizte Feindseligkeit. Mit Wollust spürte das verratene Kind, wie sich ihre Wut wehrlos gegen seine mißachtete Existenz ballte. Mit zwinkernd höhnischen Blicken streifte er ab und zu das verbissene Gesicht des Barons. Er sah, wie der zwischen den Zähnen Schimpfworte knirschte und an sich halten mußte, um sie nicht gegen ihn zu speien, merkte zugleich auch mit diabolischer Lust den aufsteigenden Zorn seiner Mutter, und daß beide nur einen Anlaß ersehnten, sich auf ihn zu stürzen, ihn wegzuschieben oder unschädlich zu machen. Aber er bot keine Gelegenheit, sein Haß war in langen Stunden berechnet und gab sich keine Blößen.

»Gehen wir zurück!« sagte plötzlich die Mutter. Sie fühlte, daß sie nicht länger an sich halten könnte, daß sie etwas tun müßte, aufschreien zumindest unter dieser Folter. »Wie schade«, sagte Edgar ruhig, »es ist so schön.«

Beide merkten, daß das Kind sie verhöhnte. Aber sie wagten nichts zu sagen, dieser Tyrann hatte in zwei Tagen zu wundervoll gelernt, sich zu beherrschen. Kein Zucken im Gesicht verriet die schneidende Ironie. Ohne Wort gingen sie den langen Weg wieder heim. In ihr flackerte die Erregung noch nach, als sie dann beide allein im Zimmer waren. Sie warf den Sonnenschirm und ihre Handschuhe ärgerlich weg. Edgar merkte sofort, daß ihre Nerven erregt waren und nach Entladung verlangten, aber er wollte einen Ausbruch und blieb mit Absicht im Zimmer, um sie zu reizen. Sie ging auf und ab, setzte sich wieder hin, ihre Finger trommelten auf dem Tisch, dann sprang sie wieder auf. »Wie zerrauft du bist, wie schmutzig du umhergehst! Es ist eine Schande vor den Leuten. Schämst du dich nicht in deinem Alter?« Ohne ein Wort der Gegenrede ging das Kind hin und kämmte sich. Dieses Schweigen, dieses obstinate kalte Schweigen mit dem Zittern von Hohn auf den Lippen machte sie rasend. Am liebsten hätte sie ihn geprügelt. »Geh auf dein Zimmer«, schrie sie ihn an. Sie konnte seine Gegenwart nicht mehr ertragen. Edgar lächelte und ging.

Wie sie jetzt beide zitterten vor ihm, wie sie Angst hatten, der Baron und sie, vor jeder Stunde des Zusammenseins, dem unbarmherzig harten Griff seiner Augen! Je unbehaglicher sie sich fühlten, in um so satterem Wohlbehagen beglänzte sich sein Blick, um so herausfordernder wurde seine Freude. Edgar quälte die Wehrlosen jetzt mit der ganzen, fast noch tierischen Grausamkeit der Kinder. Der Baron konnte seinen Zorn noch dämmen, weil er immer hoffte, dem Buben noch einen Streich spielen zu können, und nur an sein Ziel dachte. Aber sie, die Mutter, verlor immer wieder die Beherrschung. Für sie war es eine Erleichterung, ihn anschreien zu können. »Spiel nicht mit der Gabel«, fuhr sie ihn bei Tisch an. »Du bist ein unerzogener Fratz, verdienst noch gar nicht unter Erwachsenen zu sitzen.« Edgar lächelte nur immer, lächelte, den Kopf ein wenig schief zur Seite gelegt. Er wußte, daß dieses Schreien Verzweiflung war, und empfand Stolz, daß sie sich so verrieten. Er hatte jetzt einen ganz ruhigen Blick, wie der eines Arztes. Früher wäre er vielleicht boshaft gewesen, um sie zu ärgern, aber man lernt viel und rasch im Haß. Jetzt schwieg er nur, schwieg und schwieg, bis sie zu schreien begann unter dem Druck seines Schweigens.

Seine Mutter konnte es nicht länger ertragen. Als sie jetzt vom Essen aufstanden und Edgar wieder mit dieser selbstverständlichen Anhänglichkeit ihnen folgen wollte, brach es plötzlich los aus ihr. Sie vergaß alle Rücksicht und spie die Wahrheit aus. Gepeinigt von seiner schleichenden Gegenwart, bäumte sie sich wie ein von Fliegen gefoltertes Pferd. »Was rennst du mir immer nach wie ein dreijähriges Kind? Ich will dich nicht immer in der Nähe haben. Kinder gehören nicht zu Erwachsenen. Merk dir das! Beschäftige dich doch einmal eine Stunde mit dir selbst. Lies etwas oder tu, was du willst. Laß mich in Ruh! Du machst mich nervös mit deinem Herumschleichen, deiner widerlichen Verdrossenheit.«

Endlich hatte er es ihr entrissen, das Geständnis! Edgar lächelte, während der Baron und sie jetzt verlegen schienen. Sie wandte sich ab und wollte weiter, wütend über sich selbst, daß sie ihr Unbehagen dem Kind eingestanden hatte. Aber Edgar sagte nur kühl: »Papa will nicht, daß ich allein hier herumgehe. Papa hat mir das Versprechen abgenommen, daß ich nicht unvorsichtig bin und bei dir bleibe.«

Er betonte das Wort »Papa«, weil er damals bemerkt hatte, daß es eine gewisse lähmende Wirkung auf die beiden übte. Auch sein Vater mußte also irgendwie verstrickt sein in dieses heiße Geheimnis. Papa mußte irgendeine geheime Macht über die beiden haben, die er nicht kannte, denn schon die Erwähnung seines Namens schien ihnen Angst und Unbehagen zu bereiten. Auch diesmal entgegneten sie nichts. Sie streckten die Waffen. Die Mutter ging voran, der Baron mit ihr. Hinter ihnen kam Edgar, aber nicht demütig wie ein Diener, sondern hart, streng und unerbittlich wie ein Wächter. Unsichtbar klirrte er mit der Kette, an der sie rüttelten und die nicht zu zersprengen war. Der Haß hatte seine kindische Kraft gestählt, er, der Unwissende, war stärker als sie beide, denen das Geheimnis die Hände band.

Die Lügner

Aber die Zeit drängte. Der Baron hatte nur mehr wenige Tage, und die wollten genützt sein. Widerstand gegen die Hartnäckigkeit des gereizten Kindes war, das fühlten sie, vergeblich, und so griffen sie zum letzten, zum schmählichsten Ausweg: zur Flucht, um nur für eine oder zwei Stunden seiner Tyrannei zu entgehen.

»Gib diese Briefe rekommandiert zur Post«, sagte die Mutter zu Edgar. Sie standen beide in der Hall, der Baron sprach draußen mit einem Fiaker.

Mißtrauisch übernahm Edgar die beiden Briefe. Er hatte bemerkt, daß früher ein Diener irgendeine Botschaft seiner Mutter übermittelt hatte. Bereiteten sie am Ende etwas gemeinsam gegen ihn vor?

Er zögerte. »Wo erwartest du mich?«

»Hier.«

»Bestimmt?«

»Ja.«

»Daß du aber nicht weggehst! Du wartest also hier in der Hall auf mich, bis ich zurückkomme?« Er sprach im

Gefühl seiner Überlegenheit mit seiner Mutter schon befehlshaberisch. Seit vorgestern hatte sich viel verändert.

Dann ging er mit den beiden Briefen. An der Tür stieß er mit dem Baron zusammen. Er sprach ihn an, zum erstenmal seit zwei Tagen.

»Ich gebe nur die zwei Briefe auf. Meine Mama wartet auf mich, bis ich zurückkomme. Bitte gehen Sie nicht früher fort.«

Der Baron drückte sich rasch vorbei. »Ja, ja, wir warten schon.«

Edgar stürmte zum Postamt. Er mußte warten. Ein Herr vor ihm hatte ein Dutzend langweiliger Fragen. Endlich konnte er sich des Auftrags entledigen und rannte sofort mit den Rezipissen zurück. Und kam eben zurecht, um zu sehen, wie seine Mutter und der Baron im Fiaker davonfuhren.

Er war starr vor Wut. Fast hätte er sich niedergebückt und ihnen einen Stein nachgeschleudert. Sie waren ihm also doch entkommen, aber mit einer wie gemeinen, wie schurkischen Lüge! Daß seine Mutter log, wußte er seit gestern. Aber daß sie so schamlos sein konnte, ein offenes Versprechen zu mißachten, das zerriß ihm ein letztes Vertrauen. Er verstand das ganze Leben nicht mehr, seit er sah, daß die Worte, hinter denen er die Wirklichkeit vermutet hatte, nur farbige Blasen waren, die sich blähten und in nichts zersprangen. Aber was für ein furchtbares Geheimnis mußte das sein, das erwachsene Menschen so weit trieb, ihn, ein Kind, zu belügen, sich wegzustehlen wie Verbrecher? In den Büchern, die er gelesen hatte, mordeten und betrogen die Menschen, um Geld zu gewinnen oder Macht oder Königreiche. Was aber war hier die Ursache, was wollten diese beiden, warum versteckten sie sich vor ihm, was suchten sie unter hundert Lügen zu verhüllen? Er zermarterte sein Gehirn. Dunkel spürte er, daß dieses Geheimnis der Riegel der Kindheit sei, daß, es erobert zu haben, bedeutete, erwachsen zu sein, endlich, endlich ein Mann. Oh, es zu fassen! Aber er konnte nicht mehr klar denken. Die Wut, daß sie ihm entkommen waren, verbrannte und verqualmte ihm den klaren Blick.

Er lief hinaus in den Wald, gerade konnte er sich noch ins Dunkel retten, wo ihn niemand sah, und da brach es heraus, in einem Strom heißer Tränen. »Lügner, Hunde, Betrüger, Schurken« – er mußte diese Worte laut herausschreien, sonst wäre er erstickt. Die Wut, die Ungeduld, der Ärger, die Neugier, die Hilflosigkeit und der Verrat der letzten Tage, im kindischen Kampf, im Wahn seiner Erwachsenheit niedergehalten, sprengten jetzt die Brust und wurden Tränen. Es war das letzte Weinen seiner Kindheit, das letzte wildeste Weinen, zum letztenmal gab er sich weibisch hin an die Wollust der Tränen. Er weinte in dieser Stunde fassungsloser Wut alles aus sich heraus, Vertrauen, Liebe, Gläubigkeit, Respekt – seine ganze Kindheit.

Der Knabe, der dann zum Hotel zurückging, war ein anderer. Er war kühl und handelte vorbedacht. Zunächst ging er in sein Zimmer, wusch sorgfältig das Gesicht und die Augen, um den beiden nicht den Triumph zu gönnen, die Spuren seiner Tränen zu sehen. Dann bereitete er die Abrechnung vor. Und wartete geduldig, ohne jede Unruhe.

Die Hall war recht gut besucht, als der Wagen mit den beiden Flüchtigen draußen wieder hielt. Ein paar Herren spielten Schach, andere lasen ihre Zeitung, die Damen plauderten. Unter ihnen hatte reglos, ein wenig blaß mit zitternden Blicken das Kind gesessen. Als jetzt seine Mutter und der Baron zur Türe hereinkamen, ein wenig geniert, ihn so plötzlich zu sehen, und schon die vorbereitete Ausrede stammeln wollten, trat er ihnen aufrecht und ruhig entgegen und sagte herausfordernd: »Herr Baron, ich möchte Ihnen etwas sagen.«

Dem Baron wurde es unbehaglich. Er kam sich irgendwie ertappt vor. »Ja, ja, später, gleich!«

Aber Edgar warf die Stimme hoch und sagte hell und scharf, daß alle rings es hören konnten: »Ich will aber jetzt mit Ihnen reden. Sie haben sich niederträchtig benommen. Sie haben mich angelogen. Sie wußten, daß meine Mama auf mich wartet, und sind...«

»Edgar!« schrie die Mutter, die alle Blicke auf sich gerichtet sah, und stürzte gegen ihn los.

Aber das Kind kreischte jetzt, da es sah, daß sie seine Worte überschreien wollten, plötzlich gellend auf:

»Ich sage es Ihnen nochmals vor allen Leuten. Sie haben infam gelogen, und das ist gemein, das ist erbärmlich.«

Der Baron stand blaß, die Leute starrten auf, einige lächelten.

Die Mutter packte das vor Erregung zitternde Kind. »Komm sofort auf dein Zimmer, oder ich prügle dich hier vor allen Leuten«, stammelte sie heiser.

Edgar aber war schon wieder ruhig. Es tat ihm leid, so leidenschaftlich gewesen zu sein. Er war unzufrieden mit sich selbst, denn eigentlich wollte er ja den Baron kühl herausfordern, aber die Wut war wilder gewesen als sein Wille. Ruhig, ohne Hast wandte er sich zur Treppe.

»Entschuldigen Sie, Herr Baron, seine Ungezogenheit. Sie wissen ja, er ist ein nervöses Kind«, stotterte sie noch, verwirrt von den ein wenig hämischen Blicken der Leute, die sie ringsum anstarrten. Nichts in der Welt war ihr fürchterlicher als Skandal, und sie wußte, daß sie nun Haltung bewahren mußte. Statt gleich die Flucht zu ergreifen, ging sie zuerst zum Portier, fragte nach Briefen und anderen gleichgültigen Dingen und rauschte dann hinauf, als ob nichts geschehen wäre. Aber hinter ihr wisperte ein leises Kielwasser von Zischeln und unterdrücktem Gelächter.

Unterwegs verlangsamte sich ihr Schritt. Sie war immer ernsten Situationen gegenüber hilflos und hatte eigentlich Angst vor dieser Auseinandersetzung. Daß sie schuldig war, konnte sie nicht leugnen, und dann: sie fürchtete sich vor dem Blick des Kindes, diesem neuen, fremden, so merkwürdigen Blick, der sie lähmte und unsicher machte. Aus Furcht beschloß sie, es mit Milde zu versuchen. Denn bei einem Kampf war, das wußte sie, dieses gereizte Kind jetzt der Stärkere.

Leise klinkte sie die Türe auf. Der Bub saß da, ruhig und kühl. Die Augen, die er zu ihr aufhob, waren ganz ohne Angst, verrieten nicht einmal Neugierde. Er schien sehr sicher zu sein.

»Edgar«, begann sie möglichst mütterlich, »was ist dir eingefallen? Ich habe mich geschämt für dich. Wie kann man nur so ungezogen sein, schon gar als Kind zu einem Erwachsenen! Du wirst dich dann sofort beim Herrn Baron entschuldigen.«

Edgar schaute zum Fenster hinaus. Das »Nein« sagte er gleichsam zu den Bäumen gegenüber.

Seine Sicherheit begann sie zu befremden.

»Edgar, was geht denn vor mit dir? Du bist ja ganz anders als sonst? Ich kenne mich gar nicht mehr in dir aus. Du warst doch sonst immer ein kluges, artiges Kind, mit dem man reden konnte. Und auf einmal benimmst du dich so, als sei der Teufel in dich gefahren. Was hast du denn gegen den Baron? Du hast ihn doch sehr gern gehabt. Er war immer so lieb gegen dich.«

»Ja, weil er dich kennenlernen wollte.«

Ihr wurde unbehaglich. »Unsinn! Was fällt dir ein. Wie kannst du so etwas denken?«

Aber da fuhr das Kind auf.

»Ein Lügner ist er, ein falscher Mensch. Was er tut, ist Berechnung und Gemeinheit. Er hat dich kennenlernen wollen, deshalb war er freundlich zu mir und hat mir einen Hund versprochen. Ich weiß nicht, was er dir versprochen hat und warum er zu dir freundlich ist, aber auch von dir will er etwas, Mama, ganz bestimmt. Sonst wäre er nicht so höflich und freundlich. Er ist ein schlechter Mensch. Er lügt. Sieh dir ihn nur einmal an, wie falsch er immer schaut. Oh, ich hasse ihn, diesen erbärmlichen Lügner, diesen Schurken...«

»Aber Edgar, wie kann man so etwas sagen.« Sie war verwirrt und wußte nicht zu antworten. In ihr regte sich ein Gefühl, das dem Kind recht gab.

»Ja, er ist ein Schurke, das lasse ich mir nicht ausreden. Das mußt du selbst sehen. Warum hat er denn Angst vor mir? Warum versteckt er sich vor mir? Weil er weiß, daß ich ihn durchschaue, daß ich ihn kenne, diesen Schurken!«

»Wie kann man so etwas sagen, wie kann man so etwas sagen.« Ihr Gehirn war ausgetrocknet, nur die Lippen stammelten blutlos immer wieder die beiden Sätze. Sie begann jetzt plötzlich eine furchtbare Angst zu haben und wußte eigentlich nicht, ob vor dem Baron oder vor dem Kinde.

Edgar sah, daß seine Mahnung Eindruck machte. Und es verlockte ihn, sie zu sich herüberzureißen, einen Genossen zu haben im Hasse, in der Feindschaft gegen ihn. Weich ging er auf seine Mutter zu, umfaßte sie, und seine Stimme wurde schmeichlerisch vor Erregung.

»Mama«, sagte er, »du mußt es doch selbst bemerkt haben, daß er nichts Gutes will. Er hat dich ganz anders gemacht. Du bist verändert und nicht ich. Er hat dich aufgehetzt gegen mich, nur um dich allein zu haben. Sicher will er dich betrügen. Ich weiß nicht, was er dir versprochen hat. Ich weiß nur, er wird es nicht halten. Du solltest dich hüten vor ihm. Wer einen belügt, belügt auch den andern. Er ist ein böser Mensch, dem man nicht trauen soll.«

Diese Stimme, weich und fast in Tränen, klang wie aus ihrem eigenen Herzen. In ihr war seit gestern ein Mißbehagen erwacht, das ihr dasselbe sagte: eindringlicher und eindringlicher. Aber sie schämte sich, dem eigenen Kinde recht zu geben. Und rettete sich, wie viele, aus der Verlegenheit eines überwältigenden Gefühls in die Rauheit des Ausdrucks. Sie reckte sich auf.

»Kinder verstehen so etwas nicht. Du hast in solche Sachen nicht dreinzureden. Du hast dich anständig zu benehmen. Das ist alles.«

Edgars Gesicht fror wieder kalt ein. »Wie du meinst«, sagte er hart, »ich habe dich gewarnt.«

»Also du willst dich nicht entschuldigen?«

»Nein.«

Sie standen sich schroff gegenüber. Sie fühlte, es ging um ihre Autorität.

»Dann wirst du hier oben speisen. Allein. Und nicht eher an unseren Tisch kommen, bis du dich entschuldigt hast. Ich werde dich noch Manieren lehren. Du wirst dich nicht vom Zimmer rühren, bis ich es dir erlaube. Hast du verstanden?«

Edgar lächelte. Dieses tückische Lächeln schien schon mit seinen Lippen verwachsen zu sein. Innerlich war er zornig gegen sich selbst. Wie töricht von ihm, daß er wieder einmal sein Herz hatte entlaufen lassen und sie, die Lügnerin, noch warnen wollte.

Die Mutter rauschte hinaus, ohne ihn noch einmal anzusehen. Sie fürchtete diese schneidenden Augen. Das Kind war ihr unbehaglich geworden, seit sie fühlte, daß es seine Augen offen hatte und ihr gerade das sagte, was sie nicht wissen und nicht hören wollte. Schreckhaft war es ihr, eine innere Stimme, ihr Gewissen, abgelöst von sich selber, als Kind verkleidet, als ihr eigenes Kind herumgehen und sie warnen, sie verhöhnen zu sehen. Bisher war dieses Kind neben ihrem Leben gewesen, ein Schmuck, ein Spielzeug, irgendein Liebes und Vertrautes, manchmal vielleicht eine Last, aber immer etwas, das in derselben Strömung im gleichen Takt ihres Lebens lief. Zum erstenmal bäumte das sich heute auf und trotzte gegen ihren Willen. Etwas wie Haß mischte sich jetzt immer in die Erinnerung an ihr Kind.

Aber dennoch: jetzt, da sie die Treppe, ein wenig müde, niederstieg, klang die kindische Stimme aus ihrer eigenen Brust. »Du solltest dich hüten vor ihm.« – Die Mahnung ließ sich nicht zum Schweigen bringen. Da glänzte ihr im Vorüberschreiten ein Spiegel entgegen, fragend blickte sie hinein, tiefer und immer tiefer, bis sich dort die Lippen leise lächelnd auftaten und sich rundeten wie zu einem gefährlichen Wort. Noch immer klang von innen die Stimme; aber sie warf die Achseln hoch, als schüttelte sie all diese unsichtbaren Bedenken von sich herab, gab dem Spiegel einen hellen Blick, raffte das Kleid und ging hinab mit der entschlossenen Geste eines Spielers, der sein letztes Goldstück klingend über den Tisch rollen läßt.

Spuren im Mondlicht

Der Kellner, der Edgar das Essen in seinen Stubenarrest gebracht hatte, schloß die Türe. Hinter ihm knackte das Schloß. Das Kind fuhr wütend auf: das war offenbar im Auftrag seiner Mutter geschehen, daß man ihn einsperrte wie ein bösartiges Tier. Finster rang es sich aus ihm.

›Was geschieht nun da drunten, während ich hier eingeschlossen bin? Was mögen die beiden jetzt bereden? Geschieht am Ende jetzt dort das Geheime, und ich muß es versäumen? Oh, dieses Geheimnis, das ich immer und überall spüre, wenn ich unter Erwachsenen bin, vor dem sie die Türe zuschließen in der Nacht, das sie in leises Gespräch versenken, trete ich unversehens herein, dieses große Geheimnis, das mir jetzt seit Tagen nahe ist, hart vor den Händen und das ich noch immer nicht greifen kann! Was habe ich nicht schon getan, um es zu fassen! Ich habe Papa damals Bücher aus dem Schreibtisch gestohlen und sie gelesen, und alle diese merkwürdigen Dinge waren darin, nur daß ich sie nicht verstand. Es muß irgendwie ein Siegel daran sein, das erst abzulösen ist, um es zu finden, vielleicht in mir, vielleicht in den anderen. Ich habe das Dienstmädchen gefragt, sie gebeten, mir diese Stellen in den Büchern zu erklären, aber sie hat mich ausgelacht. Furchtbar, Kind zu sein, voll von Neugier und doch niemand fragen zu dürfen, immer lächerlich zu sein vor diesen Großen, als ob man etwas Dummes oder Nutzloses wäre. Aber ich werde es erfahren, ich fühle, ich werde es jetzt bald wissen. Ein Teil ist schon in meinen Händen, und ich will nicht früher ablassen, ehe ich das Ganze besitze!‹

Er horchte, ob niemand käme. Ein leichter Wind flog draußen durch die Bäume und brach den starren Spiegel des Mondlichtes zwischen dem Geäste in hundert schwanke Splitter.

›Es kann nichts Gutes sein, was die beiden vorhaben, sonst hätten sie nicht solche erbärmliche Lügen gesucht, um mich fortzukriegen. Gewiß, sie lachen jetzt über mich, die Verfluchten, daß sie mich endlich los sind, aber ich werde zuletzt lachen. Wie dumm von mir, mich hier einsperren zu lassen, ihnen eine Sekunde Freiheit zu geben, statt an ihnen zu kleben und jede ihrer Bewegungen zu belauschen. Ich weiß, die Großen sind ja immer unvorsichtig, und auch sie werden sich verraten. Sie glauben immer von uns, daß wir noch ganz klein sind und abends immer schlafen, sie vergessen, daß man sich auch schlafend stellen kann und lauschen, daß man sich dumm geben kann und sehr klug sein. Jüngst, wie meine Tante ein Kind bekam, haben sie es lange vorausgewußt und sich nur vor mir verwundert gestellt, als seien sie überrascht worden. Aber ich habe es auch gewußt, denn ich habe sie reden gehört, vor Wochen am Abend, als sie glaubten, ich schliefe. Und so werde ich auch diesmal sie überraschen, diese Niederträchtigen. Oh, wenn ich durch die Türe spähen könnte, sie heimlich jetzt beobachten, während sie sich sicher wähnen. Sollte ich nicht vielleicht läuten jetzt, dann käme das Mädchen, sperrte die Tür auf und fragte, was ich wollte. Oder ich könnte poltern, könnte Geschirr zerschlagen, dann sperrte man auch auf. Und in dieser Sekunde könnte ich hinausschlüpfen und sie belauschen. Aber nein, das will ich nicht. Niemand soll sehen, wie niederträchtig sie mich behandeln. Ich bin zu stolz dazu. Morgen will ich es ihnen schon heimzahlen.‹

Unten lachte eine Frauenstimme. Edgar schrak zusammen: das könnte seine Mutter sein. Die hatte ja Grund zu lachen, ihn zu verhöhnen, den Kleinen, Hilflosen, hinter dem man den Schlüssel abdrehte, wenn er lästig war, den man in den Winkel warf wie ein Bündel nasser Kleider. Vorsichtig beugte er sich zum Fenster hinaus. Nein, sie war es nicht, sondern fremde übermütige Mädchen, die einen Burschen neckten.

Da, in dieser Minute bemerkte er, wie wenig hoch sich eigentlich sein Fenster über die Erde erhob. Und schon, kaum daß er's merkte, war der Gedanke da: hinausspringen, jetzt, wo sie sich ganz sicher wähnten, sie belauschen. Er fieberte vor Freude über seinen Entschluß. Ihm war, als hielte er damit das große, das funkelnde Geheimnis der Kindheit in den Händen. ›Hinaus, hinaus‹, zitterte es in ihm. Gefahr war keine. Menschen gingen nicht vorüber, und schon sprang er. Es gab ein leises Geräusch von knirschendem Kies, das keiner vernahm.

In diesen zwei Tagen war ihm das Beschleichen, das Lauern zur Lust seines Lebens geworden. Und Wollust fühlte er jetzt gemengt mit einem leisen Schauer von Angst, als er auf ganz leisen Sohlen um das Hotel schlich, sorgsam den stark ausstrahlenden Widerschein der Lichter vermeidend. Zunächst blickte er, die Wange vorsichtig an die Scheibe pressend, in den Speisesaal. Ihr gewohnter Platz war leer. Er spähte dann weiter, von Fenster zu Fenster. Ins Hotel selbst wagte er sich nicht hinein, aus Furcht, er könnte ihnen zwischen den Gängen unversehens in den Weg laufen. Nirgends waren sie zu finden. Schon wollte er verzweifeln, da sah er zwei Schatten aus der Türe vorfallen und – er zuckte zurück und duckte sich in das Dunkel – seine Mutter mit ihrem nun unvermeidlichen Begleiter heraustreten. Gerade war er also zurecht gekommen. Was sprachen sie? Er konnte es nicht verstehen. Sie redeten leise, und der Wind rumorte zu unruhig in den Bäumen. Jetzt aber zog deutlich ein Lachen vorüber, die Stimme seiner Mutter. Es war ein Lachen, das er an ihr gar nicht kannte, ein seltsam scharfes, wie gekitzeltes, gereiztes nervöses Lachen, das ihn fremd anmutete und vor dem er erschrak. Sie lachte. Also konnte es nichts Gefährliches sein, nicht etwas ganz Großes und Gewaltiges, das man vor ihm verbarg. Edgar war ein wenig enttäuscht.

Aber warum verließen sie das Hotel? Wohin gingen sie jetzt allein in der Nacht? Hoch oben mußten mit riesigen Flügeln Winde dahinstreifen, denn der Himmel, eben noch rein und mondklar, wurde jetzt dunkel. Schwarze Tücher, von unsichtbaren Händen geworfen, wickelten manchmal den Mond ein, und die Nacht wurde dann so undurchdringlich, daß man kaum den Weg sehen konnte, um bald wieder hell zu glänzen, wenn sich der Mond befreite. Silber floß kühl über die Landschaft. Geheimnisvoll war dieses Spiel zwischen Licht und Schatten und aufreizend wie das Spiel einer Frau mit Blöße und Verhüllungen. Gerade jetzt entkleidete die Landschaft wieder ihren blanken Leib: Edgar sah schräg über dem Weg die wandelnden Silhouetten oder vielmehr die eine, denn so aneinandergepreßt gingen sie, als drängte sie eine innere Furcht zusammen. Aber wohin gingen sie jetzt, die beiden? Die Föhren ächzten, es war eine unheimliche Geschäftigkeit im Wald, als wühlte die wilde Jagd darin. ›Ich folge ihnen‹, dachte Edgar, ›sie können meinen Schritt nicht hören in diesem Aufruhr von Wind und Wald.‹ Und er sprang, indes die unten auf der breiten, hellen Straße gingen, oben im Gehölz von einem Baum zum anderen leise weiter von Schatten zu Schatten. Er folgte ihnen zäh und unerbittlich, segnete den Wind, der seine Schritte unhörbar machte, und verfluchte ihn, weil er ihm immer die Worte von drüben wegtrug. Nur einmal, wenn er hätte ihr Gespräch hören können, war er sicher, das Geheimnis zu halten.

Die beiden unten gingen ahnungslos. Sie fühlten sich selig allein in dieser weiten verwirrten Nacht und verloren sich in ihrer wachsenden Erregung. Keine Ahnung warnte sie, daß oben im vielverzweigten Dunkel jedem ihrer Schritte gefolgt wurde und zwei Augen sie mit der ganzen Kraft von Haß und Neugier umkrallt hielten. Plötzlich blieben sie stehen. Auch Edgar hielt sofort inne und preßte sich enge an einen Baum. Ihn befiel eine stürmische Angst. Wie, wenn sie jetzt umkehrten und vor ihm das Hotel erreichten, wenn er sich nicht retten konnte in sein Zimmer und die Mutter es leer fand? Dann war alles verloren, dann wußten sie, daß er sie heimlich belauerte, und er durfte nie mehr hoffen, ihnen das Geheimnis zu entreißen. Aber die beiden zögerten, offenbar in einer Meinungsverschiedenheit. Glücklicherweise war Mondlicht, und er konnte alles deutlich sehen. Der Baron deutete auf einen dunklen schmalen Seitenweg, der in das Tal hinabführte, wo das Mondlicht nicht wie hier auf der Straße einen weiten vollen Strom rauschte, sondern nur in Tropfen und seltsamen Strahlen durchs Dickicht sickerte. ›Warum will er dort hinab?‹ zuckte es in Edgar. Seine

Mutter schien »Nein« zu sagen, er aber, der andere, sprach ihr zu. Edgar konnte an der Art seiner Gestikulation merken, wie eindringlich er sprach. Angst befiel das Kind. Was wollte dieser Mensch von seiner Mutter? Warum versuchte er, dieser Schurke, sie ins Dunkel zu schleppen? Aus seinen Büchern, die für ihn die Welt waren, kamen plötzlich lebendige Erinnerungen von Mord und Entführung, von finsteren Verbrechen. Sicherlich, er wollte sie ermorden, und dazu hatte er ihn weggehalten, sie einsam hierhergelockt. Sollte er um Hilfe schreien? Mörder! Der Ruf saß ihm schon ganz oben in der Kehle, aber die Lippen waren vertrocknet und brachten keinen Laut heraus. Seine Nerven spannten sich vor Aufregung, kaum konnte er sich geradehalten, erschreckt vor Angst griff er nach einem Halt – da knackte ihm ein Zweig unter den Händen.

Die beiden wandten sich erschreckt um und starrten ins Dunkel. Edgar blieb stumm an den Baum gelehnt mit angepreßten Armen, den kleinen Körper tief in den Schatten geduckt. Es blieb Totenstille. Aber doch, sie schienen erschreckt. »Kehren wir um«, hörte er seine Mutter sagen. Es klang geängstigt von ihren Lippen. Der Baron, offenbar selbst beunruhigt, willigte ein. Die beiden gingen langsam und eng aneinandergeschmiegt zurück. Ihre innere Befangenheit war Edgars Glück. Auf allen vieren, ganz unten im Holz, kroch er, die Hände sich blutig reißend bis zur Wendung des Waldes, von dort lief er mit aller Geschwindigkeit, daß ihm der Atem stockte, bis zum Hotel und da mit ein paar Sprüngen hinauf. Der Schlüssel, der ihn eingesperrt hatte, steckte glücklicherweise von außen, er drehte ihn um, stürzte ins Zimmer und schon hin aufs Bett. Ein paar Minuten mußte er rasten, denn das Herz schlug ungestüm an seine Brust wie ein Klöppel an die klingende Glockenwand.

Dann wagte er sich auf, lehnte am Fenster und wartete, bis sie kamen. Es dauerte lange. Sie mußten sehr, sehr langsam gegangen sein. Vorsichtig spähte er aus dem umschatteten Rahmen. Jetzt kamen sie langsam daher, Mondlicht auf den Kleidern. Gespensterhaft sahen sie aus in diesem grünen Licht, und wieder überfiel ihn das süße Grauen, ob das wirklich ein Mörder sei und welch furchtbares Geschehen er durch seine Gegenwart verhindert hatte. Deutlich sah er in die kreidehellen Gesichter. In dem seiner Mutter war ein Ausdruck von Verzücktheit, den er an ihr nicht kannte, er hingegen schien hart und verdrossen. Offenbar, weil ihm seine Absicht mißlungen war.

Ganz nahe waren sie schon. Erst knapp vor dem Hotel lösten sich ihre Gestalten voneinander. Ob sie heraufsehen würden? Nein, keiner blickte herauf. ›Sie haben mich vergessen‹, dachte der Knabe mit einem wilden Ingrimm, mit einem heimlichen Triumph, ›aber ich nicht euch. Ihr denkt wohl, daß ich schlafe oder nicht auf der Welt bin, aber ihr sollt eueren Irrtum sehen. Jeden Schritt will ich euch überwachen, bis ich ihm, dem Schurken, das Geheimnis entrissen habe, das furchtbare, das mich nicht schlafen läßt. Ich werde euer Bündnis schon zerreißen. Ich schlafe nicht.‹

Langsam traten die beiden in die Türe. Und als sie jetzt, einer hinter dem anderen, hineingingen, umschlangen sich wieder für eine Sekunde die fallenden Silhouetten, als einziger scharzer Streif schwand ihr Schatten in die erhellte Tür. Dann lag der Platz im Mondlicht wieder blank vor dem Hause wie eine weite Wiese von Schnee.

Der Überfall

Edgar trat atmend zurück vom Fenster. Das Grauen schüttelte ihn. Noch nie war er in seinem Leben ähnlich Geheimnisvollem so nah gewesen. Die Welt der Aufregungen, der spannenden Abenteuer, jene Welt von Mord und Betrug aus seinen Büchern war in seiner Anschauung immer dort gewesen, wo die Märchen waren, hart hinter den Träumen, im Unwirklichen und Unerreichbaren. Jetzt auf einmal aber schien er mitten hineingeraten in diese grauenhafte Welt, und sein ganzes Wesen wurde fieberhaft geschüttelt durch so unverhoffte Begegnung. Wer war dieser Mensch, der geheimnisvolle, der plötzlich in ihr ruhiges Leben getreten war? War er wirklich ein Mörder, daß er immer das Entlegene suchte und seine Mutter hinschleppen wollte, wo es dunkel war? Furchtbares schien bevorzustehen. Er wußte nicht, was zu tun. Morgen, das war er sicher, wollte er dem Vater schreiben oder telegraphieren. Aber konnte es nicht noch jetzt geschehen, heute abend? Noch war ja seine Mutter nicht in ihrem Zimmer, noch war sie mit diesem verhaßten, fremden Menschen.

Zwischen der inneren Tür und der äußeren, leicht beweglichen Tapetentür, war ein schmaler Zwischenraum, nicht größer als das Innere eines Kleiderschrankes. Dort in diese Handbreit Dunkel preßte er sich hinein, um auf ihre Schritte im Gang zu lauern. Denn nicht einen Augenblick, so hatte er beschlossen, wollte er sie allein lassen. Der Gang lag jetzt um Mitternacht leer, matt nur beleuchtet von einer einzelnen Flamme.

Endlich – die Minuten dehnten sich ihm fürchterlich – hörte er behutsame Schritte heraufkommen. Er horchte angestrengt. Es war nicht ein rasches Losschreiten, wie wenn jemand gerade in sein Zimmer will, sondern schleifende, zögernde, sehr verlangsamte Schritte, wie einen unendlich schweren und steilen Weg empor. Dazwischen immer wieder Geflüster und ein Innehalten. Edgar zitterte vor Erregung. Waren es am Ende die beiden, blieb er noch immer mit ihr? Das Flüstern war zu entfernt. Aber die Schritte, wenn auch noch zögernd, kamen immer näher.

Und jetzt hörte er auf einmal die verhaßte Stimme des Barons leise und heiser etwas sagen, das er nicht verstand, und dann gleich die seiner Mutter in rascher Abwehr: »Nein, nicht heute! Nein.«

Edgar zitterte, sie kamen näher, und er mußte alles hören. Jeder Schritt gegen ihn zu tat ihm, so leise er auch war, weh in der Brust. Und die Stimme, wie häßlich schien sie ihm, diese gierig werbende, widerliche Stimme des Verhaßten! »Seien Sie nicht grausam. Sie waren so schön heute abend.« Und die andere wieder: »Nein, ich darf nicht, ich kann nicht, lassen Sie mich los.«

Es ist so viel Angst in der Stimme seiner Mutter, daß das Kind erschrickt. Was will er denn noch von ihr? Warum fürchtet sie sich? Sie sind immer näher gekommen und müssen jetzt schon ganz vor seiner Tür sein. Knapp hinter ihnen steht er, zitternd und unsichtbar, eine Hand weit, geschützt nur durch die dünne Scheibe Tuch. Die Stimmen sind jetzt atemnah.

»Kommen Sie, Mathilde, kommen Sie!« Wieder hört er seine Mutter stöhnen, schwächer jetzt, in erlahmendem Widerstand.

Aber was ist dies? Sie sind ja weitergegangen im Dunkeln. Seine Mutter ist nicht in ihr Zimmer, sondern daran vorbeigegangen! Wohin schleppt er sie? Warum spricht sie nicht mehr? Hat er ihr einen Knebel in den Mund gestopft, preßt er ihr die Kehle zu? Die Gedanken machen ihn wild. Mit zitternder Hand stößt er die Türe eine Spannweite auf. Jetzt sieht er im dunkelnden Gang die beiden. Der Baron hat seiner Mutter den Arm um die Hüfte geschlungen und führt sie, die schon nachzugeben scheint, leise fort. Jetzt macht er halt vor seinem Zimmer. ›Er will sie wegschleppen‹, erschrickt das Kind, ›jetzt will er das Furchtbare tun.‹

Ein wilder Ruck, er schlägt die Türe zu und stürzt hinaus, den beiden nach. Seine Mutter schreit auf, wie jetzt da aus dem Dunkel plötzlich etwas auf sie losstürzt, scheint in eine Ohnmacht gesunken, vom Baron nur mühsam gehalten. Der aber fühlt in dieser Sekunde eine kleine, schwache Faust in seinem Gesicht, die ihm die Lippe hart an die Zähne schlägt, etwas, was sich katzenhaft an seinen Körper krallt. Er läßt die Erschreckte los, die rasch entflieht, und schlägt blind, ehe er noch weiß, gegen wen er sich wehrt, mit der Faust zurück.

Das Kind weiß, daß es der Schwächere ist, aber es gibt nicht nach. Endlich, endlich ist der Augenblick da, der lang ersehnte, all die verratene Liebe, den aufgestapelten Haß leidenschaftlich zu entladen. Er hämmert mit seinen kleinen Fäusten blind darauflos, die Lippen verbissen in einer fiebrigen, sinnlosen Gereiztheit. Auch der Baron hat ihn jetzt erkannt, auch er steckt voll Haß gegen diesen heimlichen Spion, der ihm die letzten Tage vergällte und das Spiel vedarb; er schlägt derb zurück, wohin es eben trifft. Edgar stöhnt auf, läßt aber nicht los und schreit nicht um Hilfe. Sie ringen eine Minute stumm und verbissen in dem mitternächtigen Gang. Allmählich wird dem Baron das Lächerliche seines Kampfes mit einem halbwüchsigen Buben bewußt, er packt ihn fest an, um ihn wegzuschleudern. Aber das Kind, wie es jetzt seine Muskeln nachlassen spürt und weiß, daß es in der nächsten Sekunde der Besiegte, der Geprügelte sein wird, schnappt in wilder Wut nach dieser starken, festen Hand, die ihn im Nacken fassen will. Unwillkürlich stößt der Gebissene einen dumpfen Schrei aus und läßt frei – eine Sekunde, die das Kind benützt, um in sein Zimmer zu flüchten und den Riegel vorzuschieben.

Eine Minute nur hat dieser mitternächtige Kampf gedauert. Niemand rechts und links hat ihn gehört. Alles ist still, alles scheint in Schlaf ertrunken. Der Baron wischt sich die blutende Hand mit dem Taschentuch, späht beunruhigt in das Dunkel. Niemand hatte gelauscht. Nur oben flimmert – ihm dünkt höhnisch – ein letztes unruhiges Licht.

Gewitter

›War das Traum, ein böser, gefährlicher Traum?‹ fragte sich Edgar am nächsten Morgen, als er mit versträhntem Haar aus einer Wirrnis von Angst erwachte. Den Kopf quälte dumpfes Dröhnen, die Gelenke ein erstarrtes, hölzernes Gefühl, und jetzt, wie er an sich hinabsah, merkte er erschreckt, daß er noch in den Kleidern stak. Er sprang auf, taumelte an den Spiegel und schauerte zurück vor seinem eigenen blassen, verzerrten Gesicht, das über der Stirne zu einem rötlichen Striemen verschwollen war. Mühsam raffte er seine Gedanken zusammen und erinnerte sich jetzt beängstigt an alles, an den nächtigen Kampf draußen im Gang, sein Zurückstürzen ins Zimmer, und daß er dann, zitternd im Fieber, angezogen und fluchtbereit sich auf das Bett geworfen habe. Dort mußte er eingeschlafen sein, hinabgestürzt in diesen dumpfen, verhangenen Schlaf, in dessen Träumen dann all dies noch einmal wiedergekehrt war, nur anders und noch furchtbarer, mit einem feuchten Geruch von frischem, fließendem Blut.

Unten gingen Schritte knirschend über den Kies, Stimmen flogen wie unsichtbare Vögel herauf, und die Sonne griff tief ins Zimmer hinein. Es mußte schon spät am Vormittag sein, aber die Uhr, die er erschreckt befragte, deutete auf Mitternacht, er hatte in seiner Aufregung vergessen, sie gestern aufzuziehen. Und diese Ungewißheit, irgendwo lose in der Zeit zu hängen, beunruhigte ihn, verstärkt durch das Gefühl der Unkenntnis, was eigentlich geschehen war. Er richtete sich rasch zusammen und ging hinab, Unruhe und ein leises Schuldgefühl im Herzen.

Im Frühstückszimmer saß seine Mama allein am gewohnten Tisch. Edgar atmete auf, daß sein Feind nicht zugegen war, daß er sein verhaßtes Gesicht nicht sehen mußte, in das er gestern im Zorn seine Faust geschlagen hatte. Und doch, wie er nun an den Tisch herantrat, fühlte er sich unsicher.

»Guten Morgen«, grüßte er.

Seine Mutter antwortete nicht. Sie blickte nicht einmal auf, sondern betrachtete mit merkwürdig starren Pupillen in der Ferne die Landschaft. Sie sah sehr blaß aus, hatte die Augen leicht umrändert und um die Nasenflügel jenes nervöse Zucken, das so verräterisch für ihre Erregung war. Edgar verbiß die Lippen. Dieses Schweigen verwirrte ihn. Er wußte eigentlich nicht, ob er den Baron gestern schwer verletzt hatte und ob sie überhaupt um diesen nächtlichen Zusammenstoß wissen konnte. Und diese Unsicherheit quälte ihn. Aber ihr Gesicht blieb so starr, daß er gar nicht versuchte, zu ihr aufzublicken, aus Angst, die jetzt gesenkten Augen möchten plötzlich hinter den verhangenen Lidern aufspringen und ihn fassen. Er wurde ganz still, wagte nicht einmal, Lärm zu machen, ganz vorsichtig hob er die Tasse und stellte sie wieder zurück, verstohlen hinblickend auf die Finger seiner Mutter, die sehr nervös mit dem Löffel spielten und in ihrer Gekrümmtheit geheimen Zorn zu verraten schienen. Eine Viertelstunde saß er so in dem schwülen Gefühl der Erwartung auf etwas, das nicht kam. Kein Wort, kein einziges erlöste ihn. Und jetzt, da seine Mutter aufstand, noch immer, ohne seine Gegenwart bemerkt zu haben, wußte er nicht, was er tun sollte: allein hier beim Tisch sitzen bleiben oder ihr folgen. Schließlich erhob er sich doch, ging demütig hinter ihr her, die ihn geflissentlich übersah, und spürte immer dabei, wie lächerlich sein Nachschleichen war. Immer kleiner machte er seine Schritte, um mehr und mehr hinter ihr zurückzubleiben, die, ohne ihn zu beachten, in ihr Zimmer ging. Als Edgar endlich nachkam, stand er vor einer hart geschlossenen Türe.

Was war geschehen? Er kannte sich nicht mehr aus. Das sichere Bewußtsein von gestern hatte ihn verlassen. War er am Ende gestern im Unrecht gewesen mit diesem Überfall? Und bereiteten sie gegen ihn eine Strafe vor oder eine neue Demütigung? Etwas mußte geschehen, das fühlte er, etwas Furchtbares mußte sehr bald geschehen. Zwischen ihnen war die Schwüle eines aufziehenden Gewitters, die elektrische Spannung zweier geladener Pole, die sich im Blitz erlösen mußte. Und diese Last des Vorgefühls schleppte er durch vier einsame Stunden mit sich herum, von Zimmer zu Zimmer, bis sein schmaler Kindernacken niederbrach von unsichtbarem Gewicht, und er mittags, nun schon ganz demütig, an den Tisch trat.

»Guten Tag«, sagte er wieder. Er mußte dieses Schweigen zerreißen, dieses furchtbar drohende, das über ihm als schwarze Wolke hing.

Wieder antwortete die Mutter nicht, wieder sah sie an ihm vorbei. Und mit neuem Erschrecken fühlte sich Edgar jetzt einem besonnenen, geballten Zorn gegenüber, wie er ihn bisher in seinem Leben noch nicht gekannt hatte. Bisher waren ihre Streitigkeiten immer nur Wutausbrüche mehr der Nerven als des Gefühls gewesen, rasch verflüchtigt in ein Lächeln der Begütigung. Diesmal aber hatte er, das spürte er, ein wildes Gefühl aus dem untersten Grund ihres Wesens aufgewühlt und erschrak vor dieser unvorsichtig beschworenen Gewalt. Kaum vermochte er zu essen. In seiner Kehle quoll etwas Trockenes auf, das ihn zu erwürgen drohte. Seine Mutter schien von alldem nichts zu merken. Nur jetzt, beim Aufstehen, wandte sie sich wie gelegentlich zurück und sagte:

»Komm dann hinauf, Edgar, ich habe mit dir zu reden.«

Es klang nicht drohend, aber doch so eisig kalt, daß Edgar die Worte schauernd fühlte, als hätte man ihm eine eiserne Kette plötzlich um den Hals gelegt. Sein Trotz war zertreten. Schweigend, wie ein geprügelter Hund, folgte er ihr hinauf in das Zimmer.

Sie verlängerte ihm die Qual, indem sie einige Minuten schwieg. Minuten, in denen er die Uhr schlagen hörte und draußen ein Kind lachen und in sich selbst das Herz an die Brust hämmern. Aber auch in ihr mußte eine große Unsicherheit sein, denn sie sah ihn nicht an, während sie jetzt zu ihm sprach, sondern wandte ihm den Rücken.

»Ich will nicht mehr über dein Betragen von gestern reden. Es war unerhört, und ich schäme mich jetzt, wenn ich daran denke. Du hast dir die Folgen selber zuzuschreiben. Ich will dir jetzt nur sagen, es war das letztemal, daß du allein unter Erwachsenen sein durftest. Ich habe eben an deinen Papa geschrieben, daß du einen Hofmeister bekommst oder in ein Pensionat geschickt wirst, um Manieren zu lernen. Ich werde mich nicht mehr mit dir ärgern.«

Edgar stand mit gesenktem Kopf da. Er spürte, daß dies nur eine Einleitung, eine Drohung war, und wartete beunruhigt auf das Eigentliche.

»Du wirst dich jetzt sofort beim Baron entschuldigen.«

Edgar zuckte auf, aber sie ließ sich nicht unterbrechen.

»Der Baron ist heute abgereist, und du wirst ihm einen Brief schreiben, den ich dir diktieren werde.«

Edgar rührte sich wieder, aber seine Mutter war fest.

»Keine Widerrede. Da ist Papier und Tinte, setze dich hin.«

Edgar sah auf. Ihre Augen waren gehärtet von einem unbeugsamen Entschluß. So hatte er seine Mutter nie gekannt, so hart und gelassen. Furcht überkam ihn. Er setzte sich hin, nahm die Feder, duckte aber das Gesicht tief auf den Tisch.

»Oben das Datum. Hast du? Vor der Überschrift eine Zeile leer lassen. So! Sehr geehrter Herr Baron! Rufzeichen. Wieder eine Zeile freilassen. Ich erfahre soeben zu meinem Bedauern – hast du? – zu meinem Bedauern, daß Sie den Semmering schon verlassen haben, – Semmering mit zwei m – und so muß ich brieflich tun, was ich persönlich beabsichtigt hatte, nämlich – etwas rascher, er muß nicht kalligraphiert sein! – Sie um Entschuldigung bitten für mein gestriges Betragen. Wie Ihnen meine Mama gesagt haben wird, bin ich noch Rekonvaleszent von einer schweren Erkrankung und sehr reizbar. Ich sehe dann oft Dinge, die übertrieben sind und die ich im nächsten Augenblick bereue...«

Der gekrümmte Rücken über dem Tisch schnellte auf. Edgar drehte sich um: sein Trotz war wieder wach.

»Das schreibe ich nicht, das ist nicht wahr!«

»Edgar!«

Sie drohte mit der Stimme.

»Es ist nicht wahr. Ich habe nichts getan, was ich zu bereuen habe. Ich habe nichts Schlechtes getan, wofür ich mich zu entschuldigen hätte. Ich bin dir nur zu Hilfe gekommen, wie du gerufen hast!«

Ihre Lippen wurden blutlos, die Nasenflügel spannten sich.

»Ich habe um Hilfe gerufen? Du bist toll!«

Edgar wurde zornig. Mit einem Ruck sprang er auf.

»Ja, du hast um Hilfe gerufen, da draußen im Gang, gestern nacht, wie er dich angefaßt hat. ›Lassen Sie mich, lassen Sie mich‹, hast du gerufen. So laut, daß ich's bis ins Zimmer hinein gehört habe.«

»Du lügst, ich war nie mit dem Baron im Gang hier. Er hat mich nur bis zur Treppe begleitet...«

In Edgar stockte das Herz bei dieser kühnen Lüge. Die Stimme verschlug sich ihm, er starrte sie an mit gläsernen Augensternen.

»Du... warst nicht... im Gang? Und er... er hat dich nicht gehalten? Nicht mit Gewalt herumgefaßt?«

Sie lachte. Ein kaltes, trockenes Lachen.

»Du hast geträumt.«

Das war zuviel für das Kind. Er wußte jetzt ja schon, daß die Erwachsenen logen, daß sie kleine, kecke Ausreden hatten, Lügen, die durch enge Maschen schlüpften, und listige Zweideutigkeiten. Aber dies freche, kalte Ableugnen, Stirn gegen Stirn, machte ihn rasend.

»Und da diese Striemen habe ich auch geträumt?«

»Wer weiß, mit wem du dich herumgeschlagen hast. Aber ich brauche ja mit dir keine Diskussion zu führen, du hast zu parieren, und damit Schluß. Setze dich hin und schreib!«

Sie war sehr blaß und suchte mit letzter Kraft ihre Anpassung aufrechtzuerhalten.

Aber in Edgar brach irgendwie etwas jetzt zusammen, irgendeine letzte Flamme von Gläubigkeit. Daß man die Wahrheit so einfach mit dem Fuß ausstampfen konnte wie ein brennendes Zündholz, das ging ihm nicht ein. Eisig zog's sich in ihm zusammen, alles wurde spitz, boshaft, ungefaßt, was er sagte:

»So, das habe ich geträumt? Das im Gang und den Striemen da? Und daß ihr beide gestern dort im Mondschein promeniert seid, und daß er dich den Weg hinabführen wollte, das vielleicht auch? Glaubst du, ich lasse mich einsperren im Zimmer wie ein kleines Kind! Nein, ich bin nicht so dumm, wie ihr glaubt. Ich weiß, was ich weiß.«

Frech starrte er ihr in das Gesicht, und das brach ihre Kraft: das Gesicht ihres eigenen Kindes zu sehen, knapp vor sich und verzerrt vor Haß. Ungestüm brach ihr Zorn heraus.

»Vorwärts, du wirst sofort schreiben! Oder...«

»Oder was...?« Herausfordernd frech war jetzt seine Stimme geworden.

»Oder ich prügle dich wie ein kleines Kind.«

Edgar trat einen Schritt näher, höhnisch und lachte nur.

Da fuhr ihm schon ihre Hand ins Gesicht. Edgar schrie auf. Und wie ein Ertrinkender, der mit den Händen um sich schlägt, nur ein dumpfes Brausen in den Ohren, rotes Flirren vor den Augen, so hieb er blind mit den Fäusten zurück. Er spürte, daß er in etwas Weiches schlug, jetzt gegen das Gesicht, hörte einen Schrei...

Dieser Schrei brachte ihn zu sich. Plötzlich sah er sich selbst, und das Ungeheure wurde ihm bewußt: daß er seine Mutter schlug. Eine Angst überfiel ihn, Scham und Entsetzen, das ungestüme Bedürfnis, jetzt weg zu sein, in den Boden zu sinken, fort zu sein, fort, nur nicht mehr unter diesen Blicken. Er stürzte zur Türe und die Treppe rasch hinab, durch das Haus auf die Straße, fort, nur fort, als hetzte hinter ihm eine rasende Meute.

Erste Einsicht

Weiter drunten am Weg blieb er endlich stehen. Er mußte sich an einem Baum festhalten, so sehr zitterten seine Glieder in Angst und Erregung, so röchelnd brach ihm der Atem aus der überhetzten Brust. Hinter ihm war das Grauen vor der eigenen Tat gerannt, nun faßte es seine Kehle und schüttelte ihn wie im Fieber hin und her. Was sollte er jetzt tun? Wohin fliehen? Denn hier schon, mitten im nahen Wald, eine Viertelstunde nur vom Haus, wo er wohnte, befiel ihn das Gefühl der Verlassenheit. Alles schien anders, feindlicher, gehässiger, seit er allein und ohne Hilfe war. Die Bäume, die gestern ihn noch brüderlich umrauscht hatten, ballten sich mit einem Male finster wie eine Drohung. Um wieviel aber mußte all dies, was noch vor ihm war, fremder und unbekannter sein? Dieses Alleinsein gegen die große, unbekannte Welt machte das Kind schwindelig. Nein, er konnte es noch nicht ertragen, noch nicht allein ertragen. Aber zu wem sollte er fliehen? Vor seinem Vater hatte er Angst, der war leicht erregbar, unzugänglich und würde ihn sofort zurückschicken. Zurück aber wollte er nicht, eher noch in die gefährliche Fremdheit des Unbekannten hinein; ihm war, als könnte er nie mehr das Gesicht seiner Mutter sehen, ohne zu denken, daß er mit der Faust hineingeschlagen hatte.

Da fiel ihm seine Großmutter ein, diese alte, gute, freundliche Frau, die ihn von Kindheit an verzärtelt hatte, immer sein Schutz gewesen war, wenn ihm zu Hause eine Züchtigung, ein Unrecht drohte. Bei ihr in Baden wollte er sich verstecken, bis der erste Zorn vorüber war, wollte dort einen Brief an die Eltern schreiben und sich entschuldigen. In dieser Viertelstunde war er schon so gedemütigt, bloß durch den Gedanken, allein mit seinen unerfahrenen Händen in der Welt zu stehen, daß er seinen Stolz verwünschte, diesen dummen Stolz, den ihm ein fremder Mensch mit einer Lüge ins Blut gejagt hatte. Er wollte ja nichts sein als das Kind von vordem, gehorsam, geduldig, ohne die Anmaßung, deren lächerliche Übertriebenheit er jetzt fühlte.

Aber wie hinkommen nach Baden? Wie stundenweit das Land überfliegen? Hastig griff er in sein kleines, ledernes Portemonnaie, das er immer bei sich trug. Gott sei Dank, da blinkte es noch, das neue, goldene Zwanzigkronenstück, das ihm zum Geburtstag geschenkt worden war. Nie hatte er sich entschließen können, es auszugeben. Aber fast täglich hatte er nachgesehen, ob es noch da sei, sich an seinem Anblick geweidet, daran reich gefühlt und dann immer die Münze in dankbarer Zärtlichkeit mit seinem Taschentuch blank geputzt, bis sie funkelte wie eine kleine Sonne. Aber – der jähe Gedanke erschreckte ihn – würde das genügen? Er war so oft schon in seinem Leben mit der Bahn gefahren, ohne daran auch nur zu denken, daß man dafür bezahlen mußte, oder schon gar wieviel das kosten könnte, ob eine Krone oder hundert. Zum ersten Male spürte er, daß es da Tatsachen des Lebens gab, an die er nie gedacht hatte, daß all die vielen Dinge, die ihn umringten, die er zwischen den Fingern gehabt und mit denen er gespielt hatte, irgendwie mit einem eigenen Wert gefüllt waren, einem besonderen Gewicht. Er, der sich noch vor einer Stunde allwissend dünkte, war, das spürte er jetzt, an tausend Geheimnissen und Fragen achtlos vorbeigegangen und schämte sich, daß seine arme Weisheit schon über die erste Stufe ins Leben hineinstolperte. Immer verzagter wurde er, immer kleiner seine unsicheren Schritte bis hinab zur Station. Wie oft hatte er geträumt von dieser Flucht, gedacht, ins Leben hinauszustürmen, Kaiser zu werden oder König, Soldat oder Dichter, und nun sah er zaghaft auf das kleine helle Haus hin, und dachte nur einzig daran, ob die zwanzig Kronen ausreichen würden, ihn bis zu seiner Großmutter zu bringen. Die Schienen glänzten weit ins Land hinaus, der Bahnhof war leer und verlassen. Schüchtern schlich sich Edgar an die Kasse hin und flüsterte, damit niemand anderer ihn hören könnte, wieviel eine Karte nach Baden koste. Ein verwundertes Gesicht sah hinter dem dunklen Verschlag heraus, zwei Augen lächelten hinter den Brillen auf das zaghafte Kind:

»Eine ganze Karte?«

»Ja«, stammelte Edgar. Aber ganz ohne Stolz, mehr in Angst, es möchte zuviel kosten.

»Sechs Kronen!«

»Bitte!«

Erleichtert schob er das blanke, vielgeliebte Stück hin, Geld klirrte zurück, und Edgar fühlte sich mit einem Male wieder unsäglich reich, nun, da er das braune Stück Pappe in der Hand hatte, das ihm die Freiheit verbürgte, und in seiner Tasche die gedämpfte Musik von Silber klang.

Der Zug sollte in zwanzig Minuten eintreffen, belehrte ihn der Fahrplan. Edgar drückte sich in eine Ecke. Ein paar Leute standen am Perron, unbeschäftigt und ohne Gedanken. Aber dem Beunruhigten war, als sähen alle nur ihn an, als wunderten sich alle, daß so ein Kind schon allein fahre, als wäre ihm die Flucht und das Verbrechen an die Stirne geheftet. Er atmete auf, als endlich von ferne der Zug zum ersten Male heulte und dann heranbrauste. Der Zug, der ihn in die Welt tragen sollte. Beim Einsteigen erst bemerkte er, daß seine Karte für die dritte Klasse galt. Bisher war er nur immer erster Klasse gefahren, und wiederum fühlte er, daß hier etwas verändert sei, daß es Verschiedenheiten gab, die ihm entgangen waren. Andere Leute hatte er zu Nachbarn wie bisher. Ein paar italienische Arbeiter mit harten Händen und rauhen Stimmen, Spaten und Schaufel in den Händen, saßen gerade gegenüber und blickten mit dumpfen, trostlosen Augen vor sich hin. Sie mußten offenbar schwer am Weg gearbeitet haben, denn einige von ihnen waren müde und schliefen im ratternden Zug, an das harte und schmutzige Holz gelehnt, mit offenem Munde. Sie hatten gearbeitet, um Geld zu verdienen, dachte Edgar, konnte sich aber nicht denken, wieviel es gewesen sein mochte; er fühlte aber wiederum, daß Geld eine Sache war, die man nicht immer hatte, sondern die irgendwie erworben werden mußte. Zum erstenmal kam ihm jetzt zum Bewußtsein, daß er eine Atmosphäre von Wohlbehagen selbstverständlich gewohnt war und daß rechts und links von seinem Leben Abgründe tief ins Dunkel hineinklafften, an die sein Blick nie gerührt hatte. Mit einem Male bemerkte er, daß es Berufe gab und Bestimmungen, daß rings um sein Leben Geheimnisse geschart waren, nah zum Greifen und doch nie beachtet. Edgar lernte viel von dieser einen Stunde, seit er allein stand, er begann vieles zu sehn aus diesem engen Abteil mit den Fenstern ins Freie. Und leise begann in seiner dunklen Angst etwas aufzublühen, das noch nicht Glück war, aber doch schon ein Staunen vor der Mannigfaltigkeit des Lebens. Er war geflüchtet aus Angst und Feigheit, das empfand er in jeder Sekunde, aber doch zum ersten Male hatte er selbständig gehandelt, etwas erlebt von dem Wirklichen, an dem er bisher vorbeigegangen war. Zum ersten Male war er vielleicht der Mutter und dem Vater selbst Geheimnis geworden, wie ihm bislang die Welt. Mit anderen Blicken sah er aus dem Fenster. Und es war ihm, als ob er zum ersten Male alles Wirkliche sähe, als ob ein Schleier von den Dingen gefallen sei und sie ihm nun alles zeigten, das Innere ihrer Absicht, den geheimen Nerv ihrer Tätigkeit. Häuser flogen vorbei wie vom Wind weggerissen, und er mußte an die Menschen denken, die drinnen wohnten, ob sie reich seien oder arm, glücklich oder unglücklich, ob sie auch die Sehnsucht hatten wie er, alles zu wissen, und ob vielleicht Kinder dort seien, die auch nur mit den Dingen bisher gespielt hatten wie er selbst. Die Bahnwächter, die mit wehenden Fahnen am Weg standen, schienen ihm zum ersten Male nicht, wie bisher, lose Puppen und totes Spielzeug, Dinge, hingestellt von gleichgültigem Zufall, sondern er verstand, daß das ihr Schicksal war, ihr Kampf gegen das Leben. Immer rascher rollten die Räder, nun ließen die runden Serpentinen den Zug zum Tale niedersteigen, immer sanfter wurden die Berge, immer ferner, schon war die Ebene erreicht. Einmal noch sah er zurück, da waren sie schon blau und schattenhaft, weit und unerreichbar, und ihm war, als läge dort, wo sie langsam in dem nebligen Himmel sich lösten, seine eigene Kindheit.

Verwirrende Finsternis

Aber dann in Baden, als der Zug hielt und Edgar sich allein auf dem Perron befand, wo schon die Lichter entflammt waren, die Signale grün und rot in die Ferne glänzten, verband sich unversehens mit diesem bunten Anblick eine plötzliche Bangnis vor der nahen Nacht. Bei Tag hatte er sich noch sicher gefühlt, denn ringsum waren ja Menschen, man konnte sich ausruhen, auf eine Bank setzen oder vor den Läden in die Fenster starren. Wie aber würde er dies ertragen können, wenn die Menschen sich wieder in die Häuser verloren, jeder ein Bett hatte, ein Gespräch und dann eine beruhigte Nacht, während er im Gefühl seiner Schuld allein herumirren mußte, in einer fremden Einsamkeit. Oh, nur bald ein Dach über sich haben, nicht eine Minute mehr unter freiem fremdem Himmel stehen, das war sein einzig klares Gefühl.

Hastig ging er den wohlbekannten Weg, ohne nach rechts und links zu blicken, bis er endlich vor die Villa kam, die seine Großmutter bewohnte. Sie lag schön an einer breiten Straße, aber nicht frei den Blicken dargeboten, sondern hinter Ranken und Efeu eines wohlbehüteten Gartens, ein Glanz hinter einer Wolke von Grün, ein weißes, altväterisch freundliches Haus. Edgar spähte durch das Gitter wie ein Fremder. Innen regte sich nichts, die Fenster waren verschlossen, offenbar waren alle mit Gästen rückwärts im Garten. Schon berührte er die kühle Klinke, als ein Seltsames geschah: mit einem Male schien ihm das, was er sich jetzt seit zwei Stunden so leicht, so selbstverständlich gedacht hatte, unmöglich. Wie sollte er eintreten, wie sie begrüßen, wie diese Fragen ertragen und wie beantworten? Wie diesen ersten Blick aushalten, wenn er berichten mußte, daß er heimlich seiner Mutter entflohen sei? Und wie gar das Ungeheuerliche seiner Tat erklären, die er selbst schon nicht mehr begriff! Innen ging jetzt eine Tür. Mit einem Male befiel ihn eine törichte Angst, es möchte jemand kommen, und er lief weiter, ohne zu wissen wohin.

Vor dem Kurpark hielt er an, weil er dort Dunkel sah und keine Menschen vermutete. Dort konnte er sich vielleicht niedersetzen und endlich, endlich ruhig denken, ausruhen und über sein Schicksal klarwerden. Schüchtern trat er ein. Vorne brannten ein paar Laternen und gaben den noch jungen Blättern einen gespenstigen Wasserglanz von durchsichtigem Grün; weiter rückwärts aber, wo er den Hügel niedersteigen mußte, lag alles wie eine einzige, dumpfe, schwarze, gärende Masse in der wirren Finsternis einer verfrühten Frühlingsnacht. Edgar schlich scheu an den paar Menschen vorbei, die hier unter dem Lichtkreis der Laternen plaudernd oder lesend saßen: er wollte allein sein. Aber auch droben in der schattenden Finsternis der unbeleuchteten Gänge war keine Ruhe. Alles war da erfüllt von einem leisen, lichtscheuen Rieseln und Reden, das vielfach gemischt war mit dem Atem des Windes zwischen den biegsamen Blättern, dem Schlürfen ferner Schritte, dem Flüstern verhaltener Stimmen, mit irgendeinem wollüstigen, seufzenden, angstvoll stöhnenden Getön, das von Menschen und Tieren und der unruhig schlafenden Natur gleichzeitig ausgehen mochte. Es war eine gefährliche Unruhe, eine geduckte, versteckte und beängstigende rätselhafte, die hier atmete, irgendein unterirdisches Wühlen im Wald, das vielleicht nur mit dem Frühling zusammenhing, das ratlose Kind aber seltsam verängstigte.

Er preßte sich ganz klein auf eine Bank hin in dieses abgründige Dunkel und versuchte nun zu überlegen, was er zu Hause erzählen sollte. Aber die Gedanken glitten ihm glitschig weg, ehe er sie fassen konnte, gegen seinen eigenen Willen mußte er immer nur lauschen und lauschen auf das gedämpfte Tönen, die mystischen Stimmen des Dunkels. Wie furchtbar diese Finsternis war, wie verwirrend und doch wie geheimnisvoll schön! Waren es Tiere oder Menschen oder nur die gespenstige Hand des Windes, die all dieses Rauschen und Knistern, dieses Surren und Locken ineinanderwebte? Er lauschte. Es war der Wind, der unruhig durch die Bäume schlich, aber – jetzt sah er es deutlich – auch Menschen, verschlungene Paare, die von unten, von der hellen Stadt heraufkamen und die Finsternis mit ihrer rätselhaften Gegenwart belebten. Was wollten sie? Er konnte es nicht begreifen. Sie sprachen nicht miteinander, denn er hörte keine Stimmen, nur die Schritte knirschten unruhig im Kies, und hie und da sah er in der Lichtung ihre Gestalten flüchtig wie Schatten vorüberschweben, immer aber so in eins verschlungen, wie er damals seine Mutter mit dem Baron gesehen hatte. Dieses Geheimnis, das große, funkelnde und verhängnisvolle, es war also auch hier. Immer näher hörte er jetzt Schritte herankommen und nun auch ein gedämpftes Lachen. Angst befiel ihn, die Nahenden möchten ihn hier finden, und noch tiefer ins Dunkel drückte er sich hinein. Aber die beiden, die jetzt durch die undurchdringliche Finsternis den Weg herauftasteten, sahen ihn nicht. Verschlungen gingen sie vorbei, schon atmete Edgar auf, da stockte plötzlich ihr Schritt, knapp vor seiner Bank. Sie preßten die Gesichter aneinander, Edgar konnte nichts deutlich sehen, er hörte nur, wie ein Stöhnen aus dem Munde der Frau brach, der Mann heiße, wahnsinnige Worte stammelte, und irgendein schwüles Vorgefühl durchdrang seine Angst mit einem wollüstigen Schauer. Eine Minute blieben sie so, dann knirschte wieder der Kies unter ihren weiterwandernden Schritten, die dann bald in der Finsternis verklangen.

Edgar schauerte zusammen. Das Blut stürzte ihm jetzt wieder in die Adern zurück, heißer und wärmer als zuvor. Und mit einem Male fühlte er sich unerträglich einsam in dieser verwirrenden Finsternis, urmächtig kam das Bedürfnis über ihn nach irgendeiner befreundeten Stimme, einer Umarmung, nach einem hellen Zimmer, nach Menschen, die er liebte. Ihm war, als wäre die ganze ratlose Dunkelheit dieser wirren Nacht nun in ihn gesunken und zersprenge ihm die Brust.

Er sprang auf. Nur heim, heim, irgendwo zu Hause sein im armen, im hellen Zimmer, in irgendeinem Zusammenhang mit Menschen. Was konnte ihm denn geschehen? Sollte man ihn schlagen und beschimpfen, er fürchtete nichts mehr, seit er dieses Dunkel gespürt hatte und die Angst vor der Einsamkeit.

Es trieb ihn vorwärts, ohne daß er sich spürte, und plötzlich stand er neuerdings vor der Villa, die Hand wieder an der kühlen Klinke. Er sah, wie jetzt die Fenster erleuchtet durch das Grün glimmerten, sah in Gedanken hinter jeder hellen Scheibe den vertrauten Raum mit seinen Menschen darin. Schon dieses Nahsein gab ihm Glück, schon dieses erste, beruhigende Gefühl, daß er nah sei zu Menschen, von denen er sich geliebt wußte. Und wenn er noch zögerte, so war es nur, um dieses Vorgefühl inniger zu genießen.

Da schrie hinter ihm eine Stimme mit gellem Erschrekken:

»Edgar, da ist er ja!«

Das Dienstmädchen seiner Großmama hatte ihn gesehen, stürzte auf ihn los und faßte ihn bei der Hand. Die Türe wurde innen aufgerissen, bellend sprang ein Hund an ihm empor, aus dem Hause kam man mit Lichtern, er hörte Stimmen mit Jubel und Schreckrufen, einen freudigen Tumult von Schreien und Schritten, die sich näherten, Gestalten, die er jetzt erkannte. Vorerst seine Großmutter mit ausgestrecktem Arm und hinter ihr – er glaubte zu träumen – seine Mutter. Mit verweinten Augen, zitternd und verschüchtert, stand er selbst inmitten dieses heißen

Ausbruchs überschwenglicher Gefühle, unschlüssig, was er tun, was er sagen sollte, und selber unklar, was er fühlte: Angst oder Glück.

Der letzte Traum

Das war so geschehen: Man hatte ihn hier längst schon gesucht und erwartet. Seine Mutter, trotz ihres Zornes erschreckt durch das rasende Wegstürzen des erregten Kindes, hatte ihn am Semmering suchen lassen. Schon war alles in furchtbarster Aufregung und voll gefährlicher Vermutungen, als ein Herr die Nachricht brachte, er habe das Kind gegen drei Uhr am Bahnschalter gesehen. Dort erfuhr man rasch, daß Edgar eine Karte nach Baden genommen hatte, und sie fuhr, ohne zu zögern, ihm sofort nach. Telegramme nach Baden und Wien an seinen Vater liefen ihr voran, Aufregung verbreitend, und seit zwei Stunden war alles in Bewegung nach dem Flüchtigen.

Jetzt hielten sie ihn fest, aber ohne Gewalt. In einem unterdrückten Triumph wurde er hineingeführt ins Zimmer, aber wie seltsam war ihm dies, daß er alle die harten Vorwürfe, die sie ihm sagten, nicht spürte, weil er in ihren Augen doch die Freude und die Liebe sah. Und sogar dieser Schein, dieser geheuchelte Ärger dauerte nur einen Augenblick. Dann umarmte ihn wieder die Großmutter mit Tränen, niemand sprach mehr von seiner Schuld, und er fühlte sich von einer wundervollen Fürsorge umringt. Da zog ihm das Mädchen den Rock aus und brachte ihm einen wärmeren, da fragte ihn die Großmutter, ob er nicht Hunger habe oder irgend etwas wollte, sie fragten und quälten ihn mit zärtlicher Besorgnis, und wie sie seine Befangenheit sahen, fragten sie nicht mehr. Wollüstig empfand er das so mißachtete und doch entbehrte Gefühl wieder, ganz Kind zu sein, und Scham befiel ihn über die Anmaßung der letzten Tage, all dies entbehren zu wollen, es einzutauschen für die trügerische Lust einer eigenen Einsamkeit.

Nebenan klingelte das Telefon. Er hörte die Stimme seiner Mutter, hörte einzelne Worte: »Edgar... zurück... herkommen... letzter Zug«, und wunderte sich, daß sie ihn nicht wild angefahren hatte, nur umfaßt mit so merkwürdig verhaltenem Blick. Immer wilder wurde die Reue in ihm, und am liebsten hätte er sich hier all der Sorgfalt seiner Großmutter und seiner Tante entwunden und wäre hineingegangen, sie um Verzeihung zu bitten, ihr ganz in Demut, ganz allein zu sagen, er wolle wieder Kind sein und gehorchen. Aber als er jetzt leise aufstand, sagte die Großmutter leise erschreckt:

»Wohin willst du?«

Da stand er beschämt. Sie hatten schon Angst für ihn, wenn er sich regte. Er hatte sie alle verschreckt, nun fürchteten sie, er wolle wieder entfliehen. Wie würden sie begreifen können, daß niemand mehr diese Flucht bereute als er selbst!

Der Tisch war gedeckt, und man brachte ihm ein eiliges Abendessen. Die Großmutter saß bei ihm und wandte keinen Blick. Sie und die Tante und das Mädchen schlossen ihn in einen stillen Kreis, und er fühlte sich von dieser Wärme wundersam beruhigt. Nur daß seine Mutter nicht ins Zimmer trat, machte ihn wirr. Wenn sie hätte ahnen können, wie demütig er war, sie wäre bestimmt gekommen!

Da ratterte draußen ein Wagen und hielt vor dem Haus. Die anderen schreckten so sehr auf, daß auch Edgar unruhig wurde. Die Großmutter ging hinaus, Stimmen flogen laut hin und her durch das Dunkel, und auf einmal wußte er, daß sein Vater gekommen war. Scheu merkte Edgar, daß er jetzt wieder allein im Zimmer stand, und selbst dieses kleine Alleinsein verwirrte ihn. Sein Vater war streng, war der einzige, den er wirklich fürchtete. Edgar horchte hinaus, sein Vater schien erregt zu sein, er sprach laut und geärgert. Dazwischen klangen begütigend die Stimmen seiner Großmutter und der Mutter, offenbar wollten sie ihn milder stimmen. Aber die Stimme blieb hart, hart wie die Schritte, die jetzt herankamen, näher und näher, nun schon im Nebenzimmer waren, knapp vor der Türe, die jetzt aufgerissen wurde.

Sein Vater war sehr groß. Und unsäglich klein fühlte sich jetzt Edgar vor ihm, wie er eintrat, nervös und anscheinend wirklich im Zorn.

»Was ist dir eingefallen, du Kerl, davonzulaufen? Wie kannst du deine Mutter so erschrecken?«

Seine Stimme war zornig und in den Händen eine wilde Bewegung. Hinter ihm war mit leisem Schritt jetzt die Mutter hereingetreten. Ihr Gesicht war verschattet.

Edgar antwortete nicht. Er hatte das Gefühl, sich rechtfertigen zu müssen, aber doch, wie sollte er das erzählen, daß man ihn betrogen hatte und geschlagen? Würde er es verstehen?

»Nun, kannst du nicht reden? Was war los? Du kannst es ruhig sagen! War dir etwas nicht recht? Man muß doch einen Grund haben, wenn man davonläuft! Hat dir jemand etwas zuleide getan?« Edgar zögerte. Die Erinnerung machte ihn wieder zornig, schon wollte er anklagen. Da sah er – und sein Herz stand still dabei –, wie seine Mutter hinter dem Rücken des Vaters eine sonderbare Bewegung machte. Eine Bewegung, die er erst nicht verstand. Aber jetzt sah sie ihn an, in ihren Augen war eine flehende Bitte. Und leise, ganz leise hob sie den Finger zum Mund im Zeichen des Schweigens.

Da brach, das Kind fühlte es, plötzlich etwas Warmes, eine ungeheure wilde Beglückung durch seinen ganzen Körper. Er verstand, daß sie ihm das Geheimnis zu hüten gab, daß auf seinen kleinen Kinderlippen ein Schicksal lag. Und wilder, jauchzender Stolz erfüllte ihn, daß sie ihm vertraute, jäh überkam ihn ein Opfermut, ein Wille, seine eigene Schuld noch zu vergrößern, um zu zeigen, wie sehr er schon Mann war. Er raffte sich zusammen:

»Nein, nein... es war kein Anlaß. Mama war sehr gut zu mir, aber ich war ungezogen, ich habe mich schlecht benommen... und da... da bin ich davongelaufen, weil ich mich gefürchtet habe.«

Sein Vater sah ihn verdutzt an. Er hatte alles erwartet, nur nicht dieses Geständnis. Sein Zorn war entwaffnet.

»Na, wenn es dir leid tut, dann ist's schon gut. Dann will ich heute nichts mehr darüber reden. Ich glaube, du wirst es dir ein anderes Mal doch überlegen! Daß so etwas nicht mehr vorkommt.«

Er blieb stehen und sah ihn an. Seine Stimmme wurde jetzt milder.

»Wie blaß du aussiehst. Aber mir scheint, du bist schon wieder größer geworden. Ich hoffe, du wirst solche Kindereien nicht mehr tun; du bist ja wirklich kein Bub mehr und könntest schon vernünftig sein!«

Edgar blickte die ganze Zeit über nur auf seine Mutter. Ihm war, als funkelte etwas in ihren Augen. Oder war dies nur der Widerschein der Flamme? Nein, es glänzte dort feucht und hell, und ein Lächeln war um ihren Mund, das ihm Dank sagte. Man schickte ihn jetzt zu Bett, aber er war nicht traurig darüber, daß sie ihn allein ließen. Er hatte ja so viel zu überdenken, so viel Buntes und Reiches. All der Schmerz der letzten Tage verging in dem gewaltigen Gefühl des ersten Erlebnisses, er fühlte sich glücklich in einem geheimnisvollen Vorgefühl künftiger Geschehnisse. Draußen rauschten im Dunkel die Bäume in der verfinsterten Nacht, aber er kannte kein Bangen mehr. Er hatte alle Ungeduld vor dem Leben verloren, seit er wußte, wie reich es war. Ihm war, als hätte er es zum erstenmal heute nackt gesehen, nicht mehr verhüllt von tausend Lügen der Kindheit, sondern in seiner ganzen wollüstigen, gefährlichen Schönheit. Er hatte nie gedacht, daß Tage so vollgepreßt sein konnten vom vielfältigen Übergang des Schmerzes und der Lust, und der Gedanke beglückte ihn, daß noch viele solche Tage ihm bevorstänen, ein ganzes Leben warte, ihm sein Geheimnis zu entschleiern. Eine erste Ahnung der Vielfältigkeit des Lebens hatte ihn überkommen, zum ersten Male glaubte er das Wesen der Menschen verstanden zu haben, daß sie einander brauchten, selbst wenn sie sich feindlich schienen, und daß es sehr süß sei, von ihnen geliebt zu werden. Er war unfähig, an irgend etwas oder irgend jemanden mit Haß zu denken, er bereute nichts, und selbst für den Baron, den Verführer, seinen bittersten Feind, fand er ein neues Gefühl der Dankbarkeit, weil er ihm die Tür aufgetan hatte zu dieser Welt der ersten Gefühle.

Das war alles sehr süß und schmeichlerisch nun im Dunkel zu denken, leise schon verworren mit Bildern aus Träumen, und beinahe war es schon Schlaf. Da war ihm, als ob plötzlich die Türe ginge und leise etwas käme. Er glaubte sich nicht recht, war auch schon zu schlafbefangen, um die Augen aufzutun. Da spürte er atmend über sich ein Gesicht weich, warm und mild das seine streifen und wußte, daß seine Mutter es war, die ihn jetzt küßte und ihm mit der Hand übers Haar fuhr. Er fühlte die Küsse und fühlte die Tränen, sanft die Liebkosung erwidernd, und nahm es nur als Versöhnung, als Dankbarkeit für sein Schweigen. Erst später, viele Jahre später, erkannte er in diesen stummen Tränen ein Gelöbnis der alternden Frau, daß sie von nun ab nur ihm, nur ihrem Kinde gehören wollte, eine Absage an das Abenteuer, ein Abschied von allen eigenen Begehrlichkeiten. Er wußte nicht, daß auch sie ihm dankbar war, aus einem unfruchtbaren Abenteuer gerettet zu sein, und ihm nun mit dieser

Umarmung die bitter-süße Last der Liebe für sein zukünftiges Leben wie ein Erbe überließ. All dies verstand das Kind von damals nicht, aber es fühlte, daß es sehr beseligend sei, so geliebt zu sein, und daß es durch diese Liebe schon verstrickt war mit dem großen Geheimnis der Welt.

Als sie dann die Hand von ihm ließ, die Lippen sich den seinen entwanden und die leise Gestalt entrauschte, blieb noch ein Warmes zurück, ein Hauch über seinen Lippen. Und schmeichlerisch flog ihn Sehnsucht an, oft noch solche weiche Lippen zu spüren und so zärtlich umschlungen zu werden, aber dieses ahnungsvolle Vorgefühl des so ersehnten Geheimnisses war schon umwölkt vom Schatten des Schlafes. Noch einmal zogen all die Bilder der letzten Stunden farbig vorbei, noch einmal blätterte sich das Buch seiner Jugend verlockend auf. Dann schlief das Kind ein, und es begann der tiefere Traum seines Lebens.

Der Amokläufer

Im März des Jahres 1912 ereignete sich im Hafen von Neapel bei dem Ausladen eines großen Überseedampfers ein merkwürdiger Unfall, über den die Zeitungen umfangreiche, aber sehr phantastisch ausgeschmückte Berichte brachten. Obzwar Passagier der ›Oceania‹, war es mir ebensowenig wie den anderen möglich, Zeuge jenes seltsamen Vorfalles zu sein, weil er sich zur Nachtzeit während des Kohlenladens und der Löschung der Fracht abspielte, wir aber, um dem Lärm zu entgehen, alle an Land gegangen waren und dort in Kaffeehäusern oder Theatern die Zeit verbrachten. Immerhin meine ich persönlich, daß manche Vermutungen, die ich damals nicht öffentlich äußerte, die wirkliche Aufklärung jener erregenden Szene in sich tragen, und die Ferne der Jahre erlaubt mir wohl, das Vertrauen eines Gespräches zu nutzen, das jener seltsamen Episode unmittelbar vorausging.

Als ich in der Schiffsagentur von Kalkutta einen Platz für die Rückreise nach Europa auf der ›Oceania‹ bestellen wollte, zuckte der Clerk bedauernd die Schultern. Er wisse noch nicht, ob es möglich sei, mir eine Kabine zu sichern, das Schiff wäre jetzt knapp vor dem Einbruch der Regenzeit immer schon von Australien her ausverkauft, er müsse erst das Telegramm von Singapore abwarten. Am nächsten Tage teilte er mir erfreulicherweise mit, er könne mir noch einen Platz vormerken, freilich sei es nur eine wenig komfortable Kabine unter Deck und in der Mitte des Schiffes. Ich war schon ungeduldig, heimzukehren: so zögerte ich nicht lange und ließ mir den Platz zuschreiben.

Der Clerk hatte mich richtig informiert. Das Schiff war überfüllt und die Kabine schlecht, ein kleiner gepreßter, rechteckiger Winkel in der Nähe der Dampfmaschine, einzig vom trüben Blick der kreisrunden Glasscheibe erhellt. Die stockende, verdickte Luft roch nach Öl und Moder: nicht für einen Augenblick konnte man dem elektrischen Ventilator entgehen, der wie eine toll gewordene stählerne Fledermaus einem surrend über der Stirne kreiste. Von unten her ratterte und stöhnte wie ein Kohlenträger, der unablässig dieselbe Treppe hinaufkeucht, die Maschine, von oben hörte man unaufhörlich das schlurfende Hin und Her der Schritte vom Promenadendeck. So flüchtete ich, kaum daß ich den Koffer in das muffige Grab aus grauen Traversen verstaut hatte, wieder zurück auf Deck, und wie Ambra trank ich, aufsteigend aus der Tiefe, den süßlichen weichen Wind, der vom Lande her über die Wellen wehte.

Aber auch das Promenadendeck war voll Enge und Unruhe: es flatterte und flirrte von Menschen, die mit der flackernden Nervosität eingesperrter Untätigkeit unausgesetzt plaudernd auf und nieder gingen. Das zwitschernde Geschäker der Frauen, das rastlos kreisende Wandern auf dem Engpaß des Decks, wo vor den Stühlen der Schwarm in schwatzhafter Unruhe vorbeiwogte, um sich unablässig zu begegnen, tat mir irgendwie weh. Ich hatte eine neue Welt gesehen, rasch ineinanderstürzende Bilder in rasender Jagd in mich eingetrunken. Nun wollte ich mirs übersinnen, zerteilen, ordnen, nachbildend das heiß in den Blick Gedrängte gestalten, aber hier auf dem gedrängten Boulevard gab es nicht eine Minute Ruhe und Rast. Die Zeilen in einem Buch zerrannen vor den flüchtigen Schatten der Vorüberplaudernden. Es war unmöglich, mit sich selbst auf dieser schattenlosen wandernden Schiffsgasse allein zu sein.

Drei Tage lang versuchte ichs, sah resigniert auf die Menschen, auf das Meer, aber das Meer blieb immer dasselbe, blau und leer, nur im Sonnenuntergang plötzlich mit allen Farben jäh übergossen. Und die Menschen, sie kannte ich auswendig nach dreimal vierundzwanzig Stunden. Jedes Gesicht war mir vertraut bis zum Überdruß, das scharfe Lachen der Frauen reizte, das polternde Streiten zweier nachbarlicher holländischer Offiziere ärgerte nicht mehr. So blieb nur Flucht: aber die Kabine war heiß und dunstig, im Salon produzierten unablässig englische Mädchen ihr schlechtes Klavierspiel bei abgehackten Walzern. Schließlich drehte ich entschlossen die Zeitordnung um, tauchte in die Kabine schon nachmittags hinab, nachdem ich mich zuvor mit ein paar Gläsern Bier betäubte, um das Souper und den Tanzabend zu überschlafen.

Als ich aufwachte, war es ganz dunkel und dumpf in dem kleinen Sarg der Kabine. Den Ventilator hatte ich abgestellt, so schwälte die Luft fettig und feucht an die Schläfen. Meine Sinne waren irgendwie betäubt: ich brauchte Minuten, um mich an Zeit und Ort zurückzufinden. Mitternacht mußte jedenfalls schon vorbei sein, denn ich hörte weder Musik noch den rastlosen Schlurf der Schritte: nur die Maschine, das atmende Herz des Leviathans, stieß keuchend den knisternden Leib des Schiffes fort ins Unsichtbare.

Ich tastete empor auf Deck. Es war leer. Und wie ich den Blick aufhob über den dünstenden Turm des Schornsteins und die geisterhaft glänzenden Spieren, drang mit einmal magische Helle mir in die Augen. Der Himmel strahlte. Es war dunkel gegen die Sterne, die ihn weiß durchwirbelten, aber doch: er strahlte; es war, als verhüllte dort ein samtener Vorhang ungeheures Licht, als wären die sprühenden Sterne nur Luken und Ritzen, durch die jenes unbeschreiblich Helle vorglänzte. Nie hatte ich den Himmel gesehen wie in jener Nacht, so strahlend, so stahlblau hart und doch funkelnd, triefend, rauschend, quellend von Licht, das vom Mond verhangen niederschwoll und von den Sternen und das irgendwie aus einem geheimnisvollen Innen zu brennen schien. Weißer Lack, flimmerten im Monde alle Randlinien des Schiffes grell gegen das samtdunkle Meer, die Taue, die Rahen, alles Schmale, alle Konturen waren aufgelöst in diesem flutenden Glanz: gleichsam im Leeren schienen die Lichter auf den Masten und darüber das runde Auge des Ausgucks zu hängen, irdische gelbe Sterne zwischen den strahlenden des Himmels.

Gerade aber zu Häupten stand mir das magische Sternbild, das Südkreuz, mit flimmernden diamantenen Nägeln ins Unsichtbare gehämmert, schwebend scheinbar, indes nur das Schiff Bewegung schuf, das leise bebend sich mit atmender Brust nieder und auf, nieder und auf, ein gigantischer Schwimmer, durch die dunklen Wogen stieß. Ich stand und sah empor: mir war wie in einem Bade, wo Wasser warm von oben fällt, nur daß dies Licht war, das mir weiß und auch lau die Hände überspülte, die Schultern, das Haupt mild umgoß und irgendwie nach innen zu dringen schien, denn alles Dumpfe in mir war plötzlich aufgehellt. Ich atmete befreit, rein, und jäh beseligt spürte ich auf den Lippen wie ein klares Getränk die Luft, die weiche, gegorene, leicht trunken machende Luft, in der Atem von Früchten, Duft von fernen Inseln war. Nun, nun zum ersten Male, seit ich die Planken betreten, überkam mich die heilige Lust des Träumens, und jene andere sinnlichere, meinen Körper weibisch hinzugeben an dieses Weiche, das mich umdrängte. Ich wollte mich hinlegen, den Blick hinauf zu den weißen Hieroglyphen. Aber die Ruhesessel, die Deckchairs waren verräumt, nirgends fand sich auf dem leeren Promenadendeck ein Platz zu träumerischer Rast.

So tastete ich weiter, allmählich dem Vorderteil des Schiffes zu, ganz geblendet vom Licht, das immer heftiger aus den Gegenständen auf mich zu dringen schien. Fast tat es schon weh, dies kalkweiße, grell brennende Sternenlicht, ich aber hatte Verlangen, mich irgendwo im Schatten zu vergraben, hingestreckt auf eine Matte, den Glanz nicht an mir zu fühlen, sondern nur über mir, an den Dingen gespiegelt, so wie man eine Landschaft sieht aus verdunkeltem Zimmer. Endlich kam ich, über Taue stolpernd, und vorbei an den eisernen Gewinden bis an den Kiel und sah hinab, wie der Bug in das Schwarze stieß und geschmolzenes Mondlicht schäumend zu beiden Seiten der Schneide aufsprühte. Immer wieder hob, immer wieder senkte sich der Pflug in die schwarzflutende Scholle, und ich fühlte alle Qual des besiegten Elements, fühlte alle Lust der irdischen Kraft in diesem funkelnden Spiel. Und im Schauen verlor ich die Zeit. War es eine Stunde, daß ich so stand, oder waren es nur Minuten: im Auf und Nieder schaukelte mich die ungeheure Wiege des Schiffes über die Zeit hinaus. Ich fühlte nur, daß in mich Müdigkeit kam, die wie eine Wollust war. Ich wollte schlafen, träumen und doch nicht weg aus dieser Magie, nicht hinab in meinen Sarg. Unwillkürlich ertastete ich mit meinem Fuß unter mir ein Bündel Taue. Ich setzte mich hin, die Augen geschlossen und doch nicht Dunkels voll, denn über sie, über mich strömte der silberne Glanz. Unten fühlte ich die Wasser leise rauschen, über mir mit unhörbarem Klang den weißen Strom dieser Welt. Und allmählich schwoll dieses Rauschen mir ins Blut: ich fühlte mich selbst nicht mehr, wußte nicht, ob dies Atmen mein eigenes war oder des Schiffes fernpochendes Herz, ich strömte, verströmte in diesem ruhelosen Rauschen der mitternächtigen Welt.

Ein leises, trockenes Husten hart neben mir ließ mich auffahren. Ich schrak aus meiner fast schon trunkenen Träumerei. Meine Augen, geblendet vom weißen Geleucht über den bislang geschlossenen Lidern, tasteten auf: mir knapp gegenüber im Schatten der Bordwand glänzte etwas wie der Reflex einer Brille, und jetzt glühte ein dicker, runder Funke auf, die Glut einer Pfeife. Ich hatte, als ich mich hinsetzte, einzig niederblickend in die schaumige Bugschneide und empor zum Südkreuz, offenbar diesen Nachbarn nicht bemerkt, der regungslos hier die ganze Zeit gesessen haben mußte. Unwillkürlich, noch dumpf in den Sinnen, sagte ich auf deutsch: »Verzeihung!« »Oh, bitte...« antwortete die Stimme deutsch aus dem Dunkel.

Ich kann nicht sagen, wie seltsam und schaurig das war, dies stumme Nebeneinandersitzen im Dunkeln, knapp neben einem, den man nicht sah. Unwillkürlich hatte ich das Gefühl, als starre dieser Mensch auf mich, genau wie ich auf ihn starrte: aber so stark war das Licht über uns, das weißflimmernd flutende, daß keiner von keinem mehr sehen konnte als den Umriß im Schatten. Nur den Atem meinte ich zu hören und das fauchende Saugen an der Pfeife.

Das Schweigen war unerträglich. Ich wäre am liebsten weggegangen, aber das schien doch zu brüsk, zu plötzlich. Aus Verlegenheit nahm ich mir eine Zigarette heraus. Das Zündholz zischte auf, eine Sekunde lang zuckte Licht über den engen Raum. Ich sah hinter Brillengläsern ein fremdes Gesicht, das ich nie an Bord gesehen, bei keiner Mahlzeit, bei keinem Gang, und sei es, daß die plötzliche Flamme den Augen wehtat, oder war es eine Halluzination: es schien grauenhaft verzerrt, finster und koboldhaft. Aber ehe ich Einzelheiten deutlich wahrnahm, schluckte das Dunkel wieder die flüchtig erhellten Linien fort, nur den Umriß sah ich einer Gestalt, dunkel ins Dunkel gedrückt, und manchmal den kreisrunden roten Feuerring der Pfeife im Leeren. Keiner sprach, und dies Schweigen war schwül und drückend wie die tropische Luft.

Endlich ertrug ichs nicht mehr. Ich stand auf und sagte höflich: »Gute Nacht.«

»Gute Nacht«, antwortete es aus dem Dunkel, eine heisere harte, eingerostete Stimme.

Ich stolperte mich mühsam vorwärts durch das Takelwerk an den Pfosten vorbei. Da klang ein Schritt hinter mir her, hastig und unsicher. Es war der Nachbar von vordem. Unwillkürlich blieb ich stehen. Er kam nicht ganz heran, durch das Dunkel fühlte ich ein Irgendetwas von Angst und Bedrücktheit in der Art seines Schrittes.

»Verzeihen Sie«, sagte er dann hastig, »wenn ich eine Bitte an Sie richte. Ich... ich...« – er stotterte und konnte nicht gleich weitersprechen vor Verlegenheit – »ich... ich habe private... ganz private Gründe, mich hier zurückzuziehen... ein Trauerfall... ich meide die Gesellschaft an Bord... Ich meine nicht Sie... nein, nein... Ich möchte nur bitten... Sie würden mich sehr verpflichten, wenn Sie zu niemandem an Bord davon sprechen würden, daß Sie mich hier gesehen haben... Es sind... sozusagen private Gründe, die mich jetzt hindern, unter die Leute zu gehen... ja... nun... es wäre mir peinlich, wenn Sie davon Erwähnung täten, daß jemand hier nachts... daß ich...« Das Wort blieb ihm wieder stecken. Ich beseitigte rasch seine Verwirrung, indem ich ihm eiligst zusicherte, seinen Wunsch zu erfüllen. Wir reichten einander die Hände. Dann ging ich in meine Kabine zurück und schlief einen dumpfen, merkwürdig verwühlten und von Bildern verwirrten Schlaf.

Ich hielt mein Versprechen und erzählte niemandem an Bord von der seltsamen Begegnung, obzwar die Versuchung keine geringe war. Denn auf einer Seereise wird das Kleinste zum Geschehnis, ein Segel am Horizont, ein Delphin, der aufspringt, ein neuentdeckter Flirt, ein flüchtiger Scherz. Dabei quälte mich die Neugier, mehr von diesem ungewöhnlichen Passagier zu wissen: ich durchforschte die Schiffsliste nach einem Namen, der ihm zugehören konnte, ich musterte die Leute, ob sie zu ihm in Beziehung stehen könnten: den ganzen Tag bemächtigte sich meiner eine nervöse Ungeduld, und ich wartete eigentlich nur auf den Abend, ob ich ihm wieder begegnen würde. Rätselhafte psychologische Dinge haben über mich eine geradezu beunruhigende Macht, es reizt mich bis ins Blut, Zusammenhänge aufzuspüren, und sonderbare Menschen können mich durch ihre bloße Gegenwart zu einer Leidenschaft des Erkennenwollens entzünden, die nicht viel geringer ist als jene des Besitzenwollens bei einer Frau. Der Tag wurde mir lang und zerbröckelte leer zwischen den Fingern. Ich legte mich früh ins Bett: ich wußte, ich würde um Mitternacht aufwachen, es würde mich erwecken.

Und wirklich: ich erwachte um die gleiche Stunde wie gestern. Auf dem Radiumzifferblatt der Uhr deckten sich die beiden Zeiger in einem leuchtenden Strich. Hastig stieg ich aus der schwülen Kabine in die noch schwülere Nacht.

Die Sterne strahlten wie gestern und schütteten ein diffuses Licht über das zitternde Schiff, hoch oben flammte des Kreuz des Südens. Alles war wie gestern – in den Tropen sind die Tage, die Nächte zwillingshafter als in unseren Sphären – nur in mir war nicht dies weiche, flutende, träumerische Gewiegtsein wie gestern. Irgend etwas zog mich, verwirrte mich, und ich wußte, wohin es mich zog: hin zu dem schwarzen Gewind am Kiel, ob er wieder dort starr sitze, der Geheimnisvolle. Von oben her schlug die Schiffsglocke. Dies riß mich fort. Schritt für Schritt, widerwillig und doch gezogen, gab ich mir nach. Noch war ich nicht am Steven, da zuckte plötzlich dort etwas auf wie ein rotes Auge: die Pfeife. Er saß also dort.

Unwillkürlich schreckte ich zurück und blieb stehen. Im nächsten Augenblick wäre ich gegangen. Da regte es sich drüben im Dunkel, etwas stand auf, tat zwei Schritte, und plötzlich hörte ich knapp vor mir seine Stimme höflich und gedrückt.

»Verzeihen Sie«, sagte er, »Sie wollen offenbar wieder an Ihren Platz, und ich habe das Gefühl, Sie flüchteten zurück, als Sie mich sahen. Bitte, setzen Sie sich nur hin, ich gehe schon wieder.«

Ich eilte, ihm meinerseits zu sagen, daß er nur bleiben solle, ich sei bloß zurückgetreten, um ihn nicht zu stören.

»Mich stören Sie nicht«, sagte er mit einer gewissen Bitterkeit, »im Gegenteil, ich bin froh, einmal nicht allein zu sein. Seit zehn Tagen habe ich kein Wort gesprochen... eigentlich seit Jahren nicht... und da geht es so schwer, eben vielleicht weil man schon erstickt daran, alles in sich hineinzuwürgen... Ich kann nicht mehr in der Kabine sitzen, in diesem... diesem Sarg... ich kann nicht mehr... und die Menschen ertrage ich wieder nicht, weil sie den ganzen Tag lachen... Das kann ich nicht ertragen jetzt... ich höre es hinein bis in die Kabine und stopfe mir die Ohren zu... freilich, sie wissen ja nicht, daß... nun sie wissen eben nicht, und dann, was geht das die Fremden an...«

Er stockte wieder. Und sagte dann ganz plötzlich und hastig: »Aber ich will Sie nicht belästigen... verzeihen Sie meine Geschwätzigkeit.«

Er verbeugte sich und wollte fort. Aber ich widersprach ihm dringlich. »Sie belästigen mich durchaus nicht. Auch ich bin froh, hier ein paar stille Worte zu haben ... Nehmen Sie eine Zigarette?«

Er nahm eine. Ich zündete an. Wieder riß sich das Gesicht flackernd vom schwarzen Bordrand los, aber jetzt voll mir zugewandt: die Augen hinter der Brille forschten in mein Gesicht, gierig und mit einer irren Gewalt. Ein Grauen überlief mich. Ich spürte, daß dieser Mensch sprechen wollte, sprechen mußte. Und ich wußte, daß ich schweigen müsse, um ihm zu helfen.

Wir setzten uns wieder. Er hatte einen zweiten Deckchair dort, den er mir anbot. Unsere Zigaretten funkelten, und an der Art, wie der Lichtring der seinen unruhig im Dunkel zitterte, sah ich, daß seine Hand bebte. Aber ich schwieg, und er schwieg. Dann fragte plötzlich seine Stimme leise: »Sind Sie sehr müde?«

»Nein, durchaus nicht.«

Die Stimme aus dem Dunkel zögerte wieder. »Ich möchte Sie gerne um etwas fragen ... das heißt, ich möchte Ihnen etwas erzählen. Ich weiß, ich weiß genau, wie absurd das ist, mich an den ersten zu wenden, der mir begegnet, aber ... ich bin ... ich bin in einer furchtbaren psychischen Verfassung ... ich bin an einem Punkt, wo ich unbedingt mit jemandem sprechen muß ... ich gehe sonst zugrunde ... Sie werden das schon verstehen, wenn ich ... ja, wenn ich Ihnen eben erzähle ... Ich weiß, daß Sie mir nicht werden helfen können ... aber ich bin irgendwie krank von diesem Schweigen ... und ein Kranker ist immer lächerlich für die andern ...«

Ich unterbrach ihn und bat ihn, sich doch nicht zu quälen. Er möge mir nur erzählen ... ich könne ihm natürlich nichts versprechen, aber man habe doch die Pflicht, seine Bereitwilligkeit anzubieten. Wenn man jemanden in einer Bedrängnis sehe, da ergebe sich doch natürlich die Pflicht zu helfen ...

»Die Pflicht ... seine Bereitwilligkeit anzubieten ...

die Pflicht, den Versuch zu machen ... Sie meinen also auch, Sie auch, man habe die Pflicht ... die Pflicht, seine Bereitwilligkeit anzubieten.«

Dreimal wiederholte er den Satz. Mir graute vor dieser stumpfen, verbissenen Art des Wiederholens. War dieser Mensch wahnsinnig? War er betrunken?

Aber als ob ich die Vermutung laut mit den Lippen ausgesprochen hätte, sagte er plötzlich mit einer ganz andern Stimme: »Sie werden mich vielleicht für irr halten oder für betrunken. Nein, das bin ich nicht – noch nicht. Nur das Wort, das Sie sagten, hat mich so merkwürdig berührt ... so merkwürdig, weil es gerade das ist, was mich jetzt quält, nämlich ob man die Pflicht hat ... die Pflicht ...«

Er begann wieder zu stottern. Dann brach er kurz ab und begann mit einem neuen Ruck.

»Ich bin nämlich Arzt. Und da gibt es oft solche Fälle, solche verhängnisvolle ... ja, sagen wir Grenzfälle, wo man nicht weiß, ob man die Pflicht hat ... nämlich, es gibt ja nicht nur eine Pflicht, die gegen den andern, sondern eine für sich selbst und eine für den Staat und eine für die Wissenschaft ... Man soll helfen, natürlich, dazu ist man doch da ... aber solche Maximen sind immer nur theoretisch ... Wie weit soll man denn helfen? ... Da sind Sie, ein fremder Mensch, und ich bin Ihnen fremd, und ich bitte Sie, zu schweigen darüber, daß Sie mich gesehen haben ... gut, Sie schweigen, Sie erfüllen diese Pflicht ... Ich bitte Sie, mit mir zu sprechen, weil ich krepiere an meinem Schweigen ... Sie sind bereit, mir zuzuhören ... gut ... Aber das ist ja leicht ... Wenn ich Sie aber bitten würde, mich zu packen und über Bord zu werfen ... da hört sich doch die Gefälligkeit, die Hilfsbereitschaft auf. Irgendwo endets doch ... dort, wo man anfängt mit seinem eigenen Leben, seiner eigenen Verantwortung ... irgendwo muß es doch enden ... irgendwo muß diese Pflicht doch aufhören ... Oder vielleicht soll sie gerade beim Arzt nicht aufhören dürfen? Muß der ein Heiland, ein Allerweltshelfer sein, bloß weil er ein Diplom mit lateinischen Worten hat, muß der wirklich sein Leben hinwerfen und sich Wasser ins Blut schütten, wenn irgendeine ... irgendeiner kommt und will, daß er edel sei, hilfreich und gut? Ja, irgendwo hört die Pflicht auf ... dort, wo man nicht mehr kann, gerade dort ...«

Er hielt wieder inne und riß sich auf.

»Verzeihen Sie ... ich rede gleich so erregt ... aber ich bin nicht betrunken ... noch nicht betrunken ... auch das kommt jetzt oft bei mir vor, ich gestehe es Ihnen ruhig ein, in dieser höllischen Einsamkeit ... Bedenken Sie, ich habe sieben Jahre fast nur zwischen Eingeborenen und Tieren gelebt ... da verlernt man das ruhige Reden. Wenn man sich dann auftut, flutets gleich über ... Aber warten Sie ... ja, ich weiß schon ... ich wollte Sie fragen, wollte Ihnen so einen Fall vorlegen, ob man die Pflicht habe zu helfen ... so ganz engelhaft rein zu helfen, ob man ... Übrigens ich fürchte, es wird lang werden. Sind Sie wirklich nicht müde?«

»Nein, durchaus nicht.«

»Ich ... ich danke Ihnen ... Nehmen Sie nicht?«

Er hatte irgendwo hinter sich ins Dunkel getappt. Etwas klirrte gegeneinander, zwei, drei, jedenfalls mehrere Flaschen, die er neben sich gestellt. Er bot mir ein Glas Whisky, an dem ich flüchtig nippte, während er mit einem Ruck das seine hinabgoß. Einen Augenblick stand Schweigen zwischen uns. Da schlug die Glocke: halb eins.

»Also ... ich möchte Ihnen einen Fall erzählen. Nehmen Sie an, ein Arzt in einer ... einer kleineren Stadt ... oder eigentlich am Lande ... ein Arzt, der ... ein Arzt, der ...« Er stockte wieder. Dann riß er sich plötzlich den Sessel heran zu mir.

»So geht es nicht. Ich muß Ihnen alles direkt erzählen, von Anfang an, sonst verstehen Sie es nicht ... Das, das läßt sich nicht als Exempel, als Theorie entwickeln ... ich muß Ihnen meinen Fall erzählen. Da gibt es keine Scham, kein Verstecken ... vor mir ziehen sich auch die Leute nackt aus und zeigen mir ihren Grind, ihren Harn und ihre Exkremente ... wenn man geholfen haben will, darf man nicht herumreden und nichts verschweigen ... Also ich werde Ihnen keinen Fall erzählen von einem sagenhaften Arzt ... ich ziehe mich nackt aus und sage: ich ... das Schämen habe ich verlernt in dieser dreckigen Einsamkeit, in diesem verfluchten Land, das einem die Seele auffrißt und das Mark aus den Lenden saugt.«

Ich mußte irgendeine Bewegung gemacht haben, denn er unterbrach sich.

»Ach, Sie protestieren ... ich verstehe, Sie sind begeistert von Indien, von den Tempeln und den Palmenbäumen, von der ganzen Romantik einer Zweimonatsreise. Ja, so sind sie zauberhaft, die Tropen, wenn man sie in der Eisenbahn, im Auto, in der Rikscha durchstreift: ich habe das auch nicht anders gefühlt, als ich zum erstenmal herüber kam vor sieben Jahren. Was träumte ich da nicht alles, die Sprache wollte ich lernen und die heiligen Bücher im Urtext lesen, die Krankheiten studieren, wissenschaftlich arbeiten, die Psyche der Eingeborenen ergründen – so sagt man ja im europäischen Jargon – ein Missionar der Menschlichkeit, der Zivilisation werden. Alle, die kommen, träumen denselben Traum. Aber in diesem unsichtbaren Glashaus dort geht einem die Kraft aus, das Fieber – man kriegts ja doch, mag man noch so viel Chinin in sich fressen – greift einem ans Mark, man wird schlapp und faul, wird weich, eine Qualle. Irgendwie ist man als Europäer von seinem wahren Wesen abgeschnitten, wenn man aus den großen Städten weg in so eine verfluchte Sumpfstation kommt: auf kurz oder lang hat jeder seinen Knax weg, die einen saufen, die andern rauchen Opium, die dritten prügeln und werden Bestien – irgendeinen Schuß Narrheit kriegt jeder ab. Man sehnt sich nach Europa, träumt davon, wieder einen Tag auf einer Straße zu gehen, in einem hellen steinernen Zimmer unter weißen Menschen zu sitzen, Jahr um Jahr träumt man davon, und kommt dann die Zeit, wo man Urlaub hätte, so ist man schon zu träge, um zu gehen. Man weiß, drüben ist man vergessen, fremd, eine Muschel in diesem Meer, auf die jeder tritt. So bleibt man und versumpft und verkommt in diesen heißen, nassen Wäldern. Es war ein verfluchter Tag, an dem ich mich in dieses Drecknest verkauft habe ...

Übrigens: ganz so freiwillig war das ja auch nicht. Ich hatte in Deutschland studiert, war recte Mediziner geworden, ein guter Arzt sogar, mit einer Anstellung an der Leipziger Klinik; irgendwo in einem verschollenen Jahrgang der Medizinischen Blätter haben sie damals viel Aufhebens gemacht von einer neuen Injektion, die ich als erster praktiziert hatte. Da kam eine Weibergeschichte, eine Person, die ich im Krankenhaus kennenlernte: sie hatte ihren Geliebten so toll gemacht, daß er sie mit dem Revolver anschoß, und bald war ich ebenso toll wie er. Sie hatte eine Art, hochmütig und kalt zu sein, die mich rasend machte – mich hatten immer schon Frauen in der Faust, die herrisch und frech waren, aber diese bog mich zusammen, daß mir die Knochen brachen. Ich tat, was sie wollte, ich – nun, warum soll ichs nicht sagen, es sind acht Jahre her – ich tat für sie einen Griff in die Spitalskasse, und als die Sache aufflog, war der Teufel los. Ein Onkel deckte noch den Abgang, aber mit der Karriere war es vorbei. Damals hörte ich gerade, die holländische Regierung werbe Ärzte an für die Kolonien und biete ein

Handgeld. Nun, ich dachte gleich, es müßte ein sauberes Ding sein, für das man Handgeld biete, ich wußte, daß die Grabkreuze auf diesen Fieberplantagen dreimal so schnell wachsen wie bei uns, aber wenn man jung ist, glaubt man, das Fieber und der Tod springt immer nur auf die andern. Nun, ich hatte da nicht viel Wahl, ich fuhr nach Rotterdam, verschrieb mich auf zehn Jahre, bekam ein ganz nettes Bündel Banknoten, die Hälfte schickte ich nach Hause an den Onkel, die andere Hälfte jagte mir eine Person dort im Hafenviertel ab, die alles von mir herauskriegte, nur weil sie jener verfluchten Katze so ähnlich war. Ohne Geld, ohne Uhr, ohne Illusionen bin ich dann abgesegelt von Europa und war nicht sonderlich traurig, als wir aus dem Hafen steuerten. Und dann saß ich so auf Deck wie Sie, wie alle saßen, und sah das Südkreuz und die Palmen, das Herz ging mir auf – ah, Wälder, Einsamkeit, Stille, träumte ich! Nun – an Einsamkeit bekam ich gerade genug. Man setzte mich nicht nach Batavia oder Surabaya, in eine Stadt, wo es Menschen gibt und Klubs und Golf und Bücher und Zeitungen, sondern – nun, der Name tut ja nichts zur Sache – in irgendeine der Distriktstationen, zwei Tagereisen von der nächsten Stadt. Ein paar langweilige, verdorrte Beamte, ein paar Halfcast, das war meine ganze Gesellschaft, sonst weit und breit nur Wald, Plantagen, Dickicht und Sumpf.

Im Anfang wars noch erträglich. Ich trieb allerhand Studien; einmal, als der Vizeresident auf der Inspektionsreise mit dem Automobil umgeworfen und sich ein Bein zerschmettert hatte, machte ich ohne Gehilfen eine Operation, über die viel geredet wurde, ich sammelte Gifte und Waffen der Eingeborenen, ich beschäftigte mich mit hundert kleinen Dingen, um mich wach zu halten. Aber all dies ging nur, solang die Kraft von Europa her in mir noch funktionierte; dann trocknete ich ein. Die paar Europäer langweilten mich, ich brach den Verkehr ab, trank und träumte in mich hinein. Ich hatte ja nur noch zwei Jahre, dann war ich frei mit Pension, konnte nach Europa zurückkehren, noch einmal ein Leben anfangen. Eigentlich tat ich nichts mehr als warten, stilliegen und warten. Und so säße ich heute noch, wenn nicht sie ... wenn das nicht gekommen wäre.«

Die Stimme im Dunkeln hielt inne. Auch die Pfeife glimmte nicht mehr. So still war es, daß ich mit einem Male wieder das Wasser hörte, das sich schäumend am Kiel brach, und den fernen, dumpfen Herzstoß der Maschine. Ich hätte mir gern eine Zigarette angezündet, aber ich hatte Furcht vor dem grellen Aufschlag des Zündholzes und dem Reflex in seinem Gesicht. Er schwieg und schwieg. Ich wußte nicht, ob er zu Ende sei, ob er duselte, ob er schlief, so tot war sein Schweigen.

Da schlug die Schiffsglocke einen geraden, kräftigen Schlag: ein Uhr. Er fuhr auf; ich hörte wieder das Glas klingen. Offenbar tastete die Hand suchend zum Whisky hinab. Ein Schluck gluckste leise – dann plötzlich begann die Stimme wieder, aber jetzt gleichsam gespannter, leidenschaftlicher.

»Ja also ... warten Sie ... ja also, das war so. Ich sitze da droben in meinem verfluchten Netz, sitze wie die Spinne im Netz regungslos seit Monaten schon. Es war gerade nach der Regenzeit, Wochen und Wochen hatte es auf das Dach geplätschert, kein Mensch war gekommen, kein Europäer, täglich, täglich hatte ich dagesessen mit meinen gelben Weibern im Haus und meinem guten Whisky. Ich war damals gerade ganz ›down‹, ganz europakrank; wenn ich irgendeinen Roman las von hellen Straßen und weißen Frauen, begannen mir die Finger zu zittern. Ich kann Ihnen den Zustand nicht ganz schildern, es ist eine Art Tropenkrankheit, eine wütige, fiebrige und doch kraftlose Nostalgie, die einen manchmal packt. So saß ich damals, ich glaube über einem Atlas, und träumte mir Reisen aus. Da klopft es aufgeregt an die Tür, der Boy steht draußen und eines von den Weibern, beide haben die Augen ganz aufgerissen vor Erstaunen. Sie machen große Gebärden: eine Dame sei hier, eine Lady, eine weiße Frau.

Ich fahre auf. Ich habe keinen Wagen kommen gehört, kein Automobil. Eine weiße Frau hier in dieser Wildnis?

Ich will die Treppe hinab, reiße mich aber noch zurück. Ein Blick in den Spiegel, hastig richte ich mich ein wenig zurecht. Ich bin nervös, unruhig, irgendwie gequält von unangenehmem Vorgefühl, denn ich weiß niemanden auf der Welt, der aus Freundschaft zu mir käme. Endlich gehe ich hinunter.

Im Vorraum wartet die Dame und kommt mir hastig entgegen. Ein dicker Automobilschleier verhüllt ihr Gesicht. Ich will sie begrüßen, aber sie fängt mir rasch das Wort ab. ›Guten Tag, Doktor‹, sagt sie auf englisch in einer fließenden (etwas zu leicht fließenden und wie im voraus eingelernten) Art. ›Verzeihen Sie, daß ich Sie überfalle. Aber wir waren gerade in der Station, unser Auto hält drüben‹ – warum fährt sie nicht bis vors Haus, schießt es mir blitzschnell durch den Kopf – ›da erinnerte ich mich, daß Sie hier wohnen. Ich habe schon so viel von Ihnen gehört, Sie haben ja eine wirkliche Zauberei mit dem Vizeresidenten gemacht, sein Bein ist wieder tadellos allright, er spielt Golf wie früher. Ah, ja, alles spricht noch davon drunten bei uns, und wir wollten alle unseren brummigen Surgeon und noch die zwei andern hergeben, wenn Sie zu uns kämen. Überhaupt, warum sieht man Sie nie drunten, Sie leben ja wie ein Joghi ...‹

Und so plappert sie weiter, hastig und immer hastiger,

ohne mich zu Worte kommen zu lassen. Etwas Nervöses und Fahriges ist in diesem talkigen Geschwätz, und ich werde selbst unruhig davon. Warum spricht sie so viel, frage ich mich innerlich, warum stellt sie sich nicht vor, warum nimmt sie den Schleier nicht ab? Hat sie Fieber? Ist sie krank? Ist sie toll? Ich werde immer nervöser, weil ich die Lächerlichkeit empfinde, so stumm vor ihr zu stehen, übergossen von ihrer prasselnden Geschwätzigkeit. Endlich stoppt sie ein wenig, und ich kann sie hinaufbitten. Sie macht dem Boy eine Bewegung, zurückzubleiben, und geht vor mir die Treppe empor.

›Nett haben Sie es hier‹, sagt sie, in meinem Zimmer sich umsehend. ›Ah, die schönen Bücher! Die möchte ich alle lesen!‹ Sie tritt an das Regal und mustert die Büchertitel. Zum erstenmal, seit ich ihr entgegengetreten, schweigt sie für eine Minute.

›Darf ich Ihnen einen Tee anbieten?‹ frage ich.

Sie wendet sich nicht um und sieht nur auf die Büchertitel. ›Nein, danke, Doktor ... wir müssen gleich wieder weiter ... ich habe nicht viel Zeit ... war ja nur ein kleiner Ausflug ... Ach, da haben Sie auch den Flaubert, den liebe ich so sehr ... wundervoll, ganz wundervoll, die ›Education sentimentale‹ ... ich sehe, Sie lesen auch französisch ... Was Sie alles können! ... ja, die Deutschen, die lernen alles auf der Schule ... Wirklich großartig, so viel Sprachen zu können! ... Der Vizeresident schwört auf Sie, sagt immer, Sie seien der einzige, dem er unter das Messer ginge ... unser guter Surgeon drüben taugt gerade zum Bridgespiel ... Übrigens wissen Sie – (sie wendete sich noch immer nicht um) heute kams mir selbst in den Sinn, ich sollte Sie einmal konsultieren ... und weil wir eben vorüberfuhren, dachte ich ... nun, Sie haben jetzt wohl zu tun ... ich komme lieber ein andermal.‹

›Deckst du endlich die Karten auf!‹ dachte ich mir sofort. Aber ich ließ nichts merken, sondern versicherte ihr, es würde mir nur eine Ehre sein, jetzt und wann immer sie wolle, ihr zu dienen.

›Es ist nichts Ernstes‹, sagte sie, sich halb umwendend und gleichzeitig in einem Buch blätternd, das sie vom Regal genommen hatte, ›nichts Ernstes ... Kleinigkeiten ... Weibersachen ... Schwindel, Ohnmachten. Heute früh schlug ich, als wir eine Kurve machten, plötzlich hin, raide morte ... der Boy mußte mich aufrichten im Auto und Wasser holen ... nun, vielleicht ist der Chauffeur zu rasch gefahren ... meinen Sie nicht, Doktor?‹

›Ich kann das so nicht beurteilen. Haben Sie öfter derlei Ohnmachten?‹

›Nein ..., das heißt ja ... in der letzten Zeit ... gerade in der allerletzten Zeit ... ja ... solche Ohnmachten und Übelkeiten.‹ Sie steht schon wieder vor dem Bücherschrank, tut das Buch hinein, nimmt ein anderes heraus und blättert darin. Merkwürdig, warum blättert sie immer so ... so nervös, warum schaut sie unter dem Schleier nicht auf? Ich sage mit Absicht nichts. Es reizt mich, sie warten zu lassen. Endlich fängt sie wieder an in ihrer nonchalanten, plapperigen Art.

›Nicht wahr, Doktor, nichts Bedenkliches das? Keine Tropensache ... nichts Gefährliches ...‹

›Ich müßte erst sehen, ob Sie Fieber haben. Darf ich um Ihren Puls bitten ...‹

Ich gehe auf sie zu. Sie weicht leicht zur Seite.

›Nein, nein, ich habe kein Fieber ... gewiß, ganz gewiß nicht ... ich habe mich selbst gemessen jeden Tag, seit ... seit diese Ohnmachten kamen. Nie Fieber, immer tadellos 36,4 auf den Strich. Auch mein Magen ist gesund.‹

Ich zögere einen Augenblick. Die ganze Zeit schon prickelt in mir ein Argwohn: ich spüre, diese Frau will etwas von mir, man kommt nicht in eine Wildnis, um über Flaubert zu sprechen. Eine, zwei Minuten lasse ich sie warten. ›Verzeihen Sie‹, sage ich dann geradewegs, ›darf ich einige Fragen ganz frei stellen?‹

›Gewiß, Doktor! Sie sind doch Arzt‹, antwortet sie, aber schon wendet sie mir wieder den Rücken und spielt mit den Büchern.

›Haben Sie Kinder gehabt?‹

›Ja, einen Sohn.‹

›Und haben Sie ... haben Sie vorher ... ich meine damals ... haben Sie da ähnliche Zustände gehabt?‹

›Ja.‹

Ihre Stimme ist jetzt ganz anders. Ganz klar, ganz bestimmt, gar nicht mehr plapprig, gar nicht mehr nervös.

›Und wäre es möglich, daß Sie ... verzeihen Sie die Frage ... daß Sie jetzt in einem ähnlichen Zustande sind?‹

›Ja.‹

Wie ein Messer scharf und schneidend läßt sie das Wort fallen. In ihrem abgewandten Kopf zuckt nicht eine Linie.

›Vielleicht wäre es da am besten, gnädige Frau, ich nehme eine allgemeine Untersuchung vor ... darf ich Sie vielleicht bitten, sich ... sich in das andere Zimmer hinüber zu bemühen?‹

Da wendet sie sich plötzlich um. Durch den Schleier fühle ich einen kalten, entschlossenen Blick mir gerade entgegen.

›Nein ... das ist nicht nötig ... ich habe volle Gewißheit über meinen Zustand.‹«

Die Stimme zögerte einen Augenblick. Wieder blinkert im Dunkel das gefüllte Glas.

»Also hören Sie ... aber versuchen Sie zuerst einen Augenblick sich das zu überdenken. Da drängt sich zu einem, der in seiner Einsamkeit vergeht, eine Frau herein, die erste weiße Frau betritt seit Jahren das Zimmer ... und plötzlich spüre ichs, es ist etwas Böses im

— 105 —

Zimmer, eine Gefahr. Irgendwie überliefs mich: mir graute vor der stählernen Entschlossenheit dieses Weibes, die da mit plapprigen Reden hereingekommen war und dann mit einemmal ihre Forderung zückt, wie ein Messer. Denn was sie von mir wollte, wußte ich ja, wußte ich sofort – es war nicht das erstemal, daß Frauen so etwas von mir verlangten, aber sie kamen anders, kamen verschämt oder flehend, kamen mit Tränen und Beschwörungen. Hier aber war eine ... ja, eine stählerne, eine männliche Entschlossenheit ... von der ersten Sekunde spürte ichs, daß diese Frau stärker war als ich ... daß sie mich in ihren Willen zwingen konnte, wie sie wollte ... Aber ... aber ... es war auch etwas Böses in mir ... der Mann, der sich wehrte, irgendeine Erbitterung, denn ... ich sagte es ja schon ... von der ersten Sekunde, ja, noch ehe ich sie gesehen, empfand ich diese Frau als Feind.

Ich schwieg zunächst. Schwieg hartnäckig und erbittert. Ich spürte, daß sie mich unter dem Schleier ansah – gerade und fordernd ansah, daß sie mich zwingen wollte zu sprechen, aber ... ausweichend ... ja unbewußt ahmte ich ihre plapprige, gleichgültige Art nach. Ich tat, als ob ich sie nicht verstünde, denn – ich weiß nicht, ob Sie das nachfühlen können – ich wollte sie zwingen, deutlich zu werden, ich wollte nicht anbieten, sondern ... gebeten sein ... gerade von ihr, weil sie so herrisch kam ... und weil ich wußte, daß ich bei Frauen nichts so unterliege als dieser hochmütigen kalten Art.

Ich redete also herum, dies sei ganz unbedenklich, solche Ohnmachten gehörten zum regulären Lauf der Dinge, im Gegenteil, sie verbürgten beinahe eine gute Entwicklung. Ich zitierte Fälle aus den klinischen Zeitungen ... ich sprach, ich sprach, lässig und leicht, immer die Angelegenheit ganz wie eine Banalität betrachtend und ... wartete immer, daß sie mich unterbrechen würde. Denn ich wußte, sie würde es nicht ertragen.

Da fuhr sie schon scharf dazwischen, mit einer Handbewegung gleichsam das ganze beruhigende Gerede wegstreifend.

›Das ist es nicht, Doktor, was mich unsicher macht. Damals, als ich meinen Buben bekam, war ich in besserer Verfassung ... aber jetzt bin ich nicht mehr allright ... ich habe Herzzustände ...‹

›Ach, Herzzustände‹, wiederholte ich, scheinbar beunruhigt, ›da will ich doch gleich nachsehen.‹ Und ich machte eine Bewegung, als ob ich aufstehen und das Hörrohr holen wollte.

Aber schon fuhr sie dazwischen. Die Stimme war jetzt ganz scharf und bestimmt – wie am Kommandoplatz.

›Ich *habe* Herzzustände, Doktor, und ich muß Sie bitten, zu glauben, was ich Ihnen sage. Ich möchte nicht viel Zeit mit Untersuchungen verlieren – Sie könnten mir, meine ich, etwas mehr Vertrauen entgegenbringen. Ich wenigstens habe mein Vertrauen zu Ihnen genug bezeugt.‹

Jetzt war es schon Kampf, offene Herausforderung. Und ich nahm sie an.

›Zum Vertrauen gehört Offenheit, rückhaltlose Offenheit. Reden Sie klar, ich bin Arzt. Und vor allem, nehmen Sie den Schleier ab, setzen Sie sich her, lassen Sie die Bücher und die Umwege. Man kommt nicht zum Arzt im Schleier.‹

Sie sah mich an, aufrecht und stolz. Einen Augenblick zögerte sie. Dann setzte sie sich nieder, zog den Schleier hoch. Ich sah ein Gesicht, ganz so wie ich es – gefürchtet hatte, ein undurchdringliches Gesicht, hart, beherrscht, von einer alterslosen Schönheit, ein Gesicht mit grauen englischen Augen, in denen alles Ruhe schien und hinter die man doch alles Leidenschaftliche träumen konnte. Dieser schmale, verpreßte Mund gab kein Geheimnis her, wenn er nicht wollte. Eine Minute lang sahen wir einander an – sie befehlend und fragend zugleich, mit einer so kalten, stählernen Grausamkeit, daß ich es nicht ertrug und unwillkürlich zur Seite blickte.

Sie klopfte leicht mit dem Knöchel auf den Tisch. Also auch in ihr war Nervosität. Dann sagte sie plötzlich rasch: ›Wissen Sie, Doktor, was ich von Ihnen will, oder wissen Sie es nicht?‹

›Ich glaube es zu wissen. Aber seien wir lieber ganz deutlich. Sie wollen Ihrem Zustand ein Ende bereiten ... Sie wollen, daß ich Sie von Ihrer Ohnmacht, Ihren Übelkeiten befreie, indem ich ... indem ich die Ursache beseitige. Ist es das?‹

›Ja.‹

Wie ein Fallbeil zuckte das Wort.

›Wissen Sie auch, daß solche Versuche gefährlich sind ... für beide Teile ...?‹

›Ja.‹

›Daß es gesetzlich mir untersagt ist?‹

›Es gibt Möglichkeiten, wo es nicht untersagt, sondern sogar geboten ist.‹

›Aber diese erfordern eine ärztliche Indikation.‹

›So werden Sie diese Indikation finden. Sie sind Arzt.‹

Klar, starr, ohne zu zucken, blickten mich ihre Augen dabei an. Es war ein Befehl, und ich Schwächling bebte in Bewunderung vor der dämonischen Herrischkeit ihres Willens. Aber ich krümmte mich noch, ich wollte nicht zeigen, daß ich schon zertreten war. – ›Nur nicht zu rasch! Umstände machen! Sie zur Bitte zwingen‹, funkelte in mir irgendein Gelüst.

›Das liegt nicht immer im Willen des Arztes. Aber ich bin bereit, mit einem Kollegen im Krankenhaus ...‹

›Ich will Ihren Kollegen nicht ... ich bin zu Ihnen gekommen.‹

›Darf ich fragen, warum gerade zu mir?‹

Sie sah mich kalt an.

›Ich habe keine Bedenken, es Ihnen zu sagen. Weil Sie abseits wohnen, weil Sie mich nicht kennen – weil Sie ein guter Arzt sind, und weil sie ...‹ – jetzt zögerte sie zum ersten Male – ›wohl nicht mehr lange in dieser Gegend bleiben werden, besonders wenn Sie ... wenn Sie eine größere Summe nach Hause bringen können.‹

Mich überliefs kalt. Diese eherne, diese Merchant-, diese Kaufmannsklarheit der Berechnung betäubte mich. Bisher hatte sie ihre Lippen noch nicht zur Bitte aufgetan – aber alles längst auskalkuliert, mich erst umlauert und dann aufgespürt. Ich spürte, wie das Dämonische ihres Willens in mich eindrang, aber ich wehrte mich mit all meiner Erbitterung. Noch einmal zwang ich mich, sachlich – ja fast ironisch zu sein.

›Und diese große Summe würden Sie ... würden Sie mir zur Verfügung stellen?‹

›Für Ihre Hilfe und sofortige Abreise.‹

›Wissen Sie, daß ich dadurch meine Pension verliere?‹

›Ich werde Sie Ihnen entschädigen.‹

›Sie sind sehr deutlich ... Aber ich will noch mehr Deutlichkeit. Welche Summe haben Sie als Honorar in Aussicht genommen?‹

›Zwölftausend Gulden, zahlbar auf Scheck in Amsterdam.‹

Ich ... zitterte ... ich zitterte vor Zorn und ... ja auch vor Bewunderung. Alles hatte sie berechnet, die Summe und die Art der Zahlung, durch die ich zur Abreise genötigt war, sie hatte mich eingeschätzt und gekauft, ohne mich zu kennen, hatte über mich verfügt im Vorgefühl ihres Willens. Am liebsten hätte ich ihr ins Gesicht geschlagen ... Aber wie ich zitternd aufstand – auch sie war aufgestanden – und ihr gerade Auge in Auge starrte, da überkam mich plötzlich bei dem Blick auf diesen verschlossenen Mund, der nicht bitten, auf ihre hochmütige Stirn, die sich nicht beugen wollte... eine... eine Art gewalttätiger Gier. Sie mußte irgend etwas davon fühlen, denn sie spannte ihre Augenbrauen hoch, wie wenn man jemand Lästigen wegweisen will: der Haß zwischen uns war plötzlich nackt. Ich wußte, sie haßte mich, weil sie mich brauchte, und ich haßte sie, weil... weil sie nicht bitten wollte. Diese eine, diese eine Sekunde Schweigen sprachen wir zum erstenmal ganz aufrichtig zueinander. Dann biß sich plötzlich wie ein Reptil mir ein Gedanke ein, und ich sagte ihr... ich sagte ihr...

Aber warten Sie, so würden Sie es falsch verstehen, was ich tat... was ich sagte... ich muß Ihnen erst erklären, wie... wieso dieser wahnsinnige Gedanke in mich kam...«

Wieder klirrte leise im Dunkel das Glas. Und die Stimme wurde erregter.

»Nicht daß ich mich entschuldigen will, mich rechtfertigen, mich reinwaschen... Aber Sie verstehen es sonst nicht... Ich weiß nicht, ob ich je so etwas wie ein guter Mensch gewesen bin, aber... ich glaube, hilfreich war ich immer... In dem dreckigen Leben da drüben war das ja die einzige Freude, die man hatte, mit der Handvoll Wissenschaft, die man sich ins Hirn gepreßt, irgendeinem Stück Leben den Atem erhalten zu können... so eine Art Herrgottsfreude... Wirklich, es waren meine schönsten Augenblicke, wenn so ein gelber Bursch kam, blauweiß vor Schrecken, einen Schlangenbiß im hochgeschwollenen Fuß, und schon heulte, man solle ihm das Bein nicht abschneiden, und ich kriegte es noch fertig, ihn zu retten. Stundenweit bin ich gefahren, wenn irgendein Weib im Fieber lag – auch so wie diese es wollte, habe ich geholfen, schon in Europa drüben in der Klinik. Aber da spürte mans wenigstens, daß dieser Mensch einen *brauchte,* da wußte mans, daß man jemand vom Tode rettete oder vor der Verzweiflung – und das brauchte man eben selbst zum Helfen, dies Gefühl, daß der andere einen braucht.

Aber diese Frau – ich weiß nicht, ob ich es Ihnen schildern kann – sie regte mich auf, reizte mich von dem Augenblick, da sie scheinbar promenierend hereinkam, durch ihren Hochmut zu einem Widerstand, sie reizte alles – wie soll ichs sagen – sie reizte alles Gedrückte, alles Versteckte, alles Böse in mir zur Gegenwehr. Daß sie Lady spielte, unnahbar kühl ein Geschäft entrierte, wo es um Tod und Leben ging, das machte mich toll ... Und dann ... dann ... schließlich wird man doch nicht schwanger vom Golfspielen ... ich wußte ... das heißt, ich mußte plötzlich mit einer – und das war jener Gedanke – mit einer entsetzlichen Deutlichkeit mich daran erinnern, daß diese Kühle, diese Hochmütige, diese Kalte, die steil die Augenbrauen über ihre stählernen Augen hochzog, als ich sie nur abwehrend ... ja fast wegstoßend anblickte, daß sie sich zwei oder drei Monate vorher heiß im Bett mit einem Mann gewälzt hatte, nackt wie ein Tier und vielleicht stöhnend vor Lust, die Körper ineinander verbissen wie zwei Lippen ... Das, das war der brennende Gedanke, der mich überfiel, als sie mich so hochmütig, so unnahbar kühl, ganz wie ein englischer Offizier anblickte ... und da, da spannte sich alles in mir ... ich war besessen von der Idee, sie zu erniedrigen ... von dieser Sekunde sah ich durch das Kleid ihren Körper nackt ... von dieser Sekunde an lebte ich nur im Gedanken, sie zu besitzen, ein Stöhnen aus ihren harten Lippen zu pressen, diese Kalte, diese Hochmütige in Wollust zu fühlen so wie jener, jener andere, den ich nicht kannte. Das ... das wollte ich Ihnen erklären ... Ich habe nie, so verkommen ich war, sonst als Arzt die Situation zu nutzen gesucht ... Aber diesmal war es ja nicht Geilheit, nicht Brunst, nichts Sexuelles, wahrhaftig nicht... ich würde es ja eingestehen... nur die Gier, eines Hochmuts Herr zu werden... Herr als Mann... Ich sagte es Ihnen, glaube ich schon, daß hochmütige, scheinbar kühle Frauen von je über mich Macht hatten... aber jetzt, jetzt kam noch dies dazu, daß ich sieben Jahre hier lebte, ohne eine weiße Frau gehabt zu haben, daß ich Widerstand nicht kannte... Denn diese Mädchen hier, diese zwitschernden kleinen zierlichen Tierchen, die zittern ja vor Ehrfurcht, wenn ein Weißer, ein ›Herr‹ sie nimmt... sie löschen aus in Demut, immer sind sie einem offen, immer bereit, mit ihrem leisen, glucksenden Lachen einem zu dienen... aber gerade diese Unterwürfigkeit, dieses Sklavische verschweint einem den Genuß... Verstehen Sie jetzt, verstehen Sie es, wie das dann auf mich hinschmetternd wirkte, wenn da plötzlich eine Frau kam, voll von Hochmut und Haß, verschlossen bis an die Fingerspitzen, zugleich funkelnd von Geheimnis und beladen mit früherer Leidenschaft... wenn eine solche Frau in den Käfig eines solchen Mannes, einer so vereinsamten, verhungerten, abgesperrten Menschenbestie frech eintritt... Das... das wollte ich nur sagen, damit Sie das andere verstehen... das, was jetzt kam. Also... voll von irgendeiner bösen Gier, vergiftet von dem Gedanken an sie, nackt, sinnlich, hingegeben, ballte ich mich gleichsam zusammen und täuschte Gleichgültigkeit vor. Ich sagte kühl: ›Zwölftausend Gulden?... Nein, dafür werde ich es nicht tun.‹

Sie sah mich an, ein wenig blaß. Sie spürte wohl schon, daß in diesem Widerstand nicht Geldgier war. Aber doch sagte sie:

›Was verlangen Sie also?‹

Ich ging auf den kühlen Ton nicht mehr ein. ›Spielen wir mit offenen Karten. Ich bin kein Geschäftsmann... ich bin nicht der arme Apotheker aus Romeo und Julia, der für ›corrupted gold‹ sein Gift verkauft ... ich bin vielleicht das Gegenteil eines Geschäftsmannes ... auf diesem Wege werden Sie Ihren Wunsch nicht erfüllt sehen.‹

›Sie wollen es also nicht tun?‹

›Nicht für Geld.‹

Es wurde ganz still für eine Sekunde zwischen uns. So still, daß ich sie zum erstenmal atmen hörte.

›Was können Sie denn sonst wünschen?‹

Jetzt hielt ich mich nicht mehr.

›Ich wünsche zuerst, daß Sie ... daß Sie zu mir nicht wie zu einem Krämer reden, sondern wie zu einem Menschen. Daß Sie, wenn Sie Hilfe brauchen, nicht ... nicht gleich mit Ihrem schändlichen Geld kommen ... sondern bitten ... mich, den Menschen, bitten, Ihnen, dem Menschen, zu helfen ... Ich bin nicht nur Arzt, ich habe nicht nur Sprechstunden ... ich habe auch andere Stunden ... vielleicht sind Sie in eine solche Stunde gekommen ...‹

Sie schweigt einen Augenblick. Dann krümmt sich ihr Mund ganz leicht, zittert und sagt rasch:

›Also wenn ich Sie bitten würde ... dann würden Sie es tun?‹

›Sie wollen schon wieder ein Geschäft machen – Sie wollen nur bitten, wenn ich erst verspreche. Erst müssen Sie mich bitten – dann werde ich Ihnen antworten.‹

Sie wirft den Kopf hoch wie ein trotziges Pferd. Zornig sieht sie mich an.

›Nein – ich werde Sie nicht bitten. Lieber zugrunde gehen!‹

Da packte mich der Zorn, der rote, sinnlose Zorn.

›Dann werde ich fordern, wenn Sie nicht bitten wollen. Ich glaube, ich muß nicht erst deutlich sein – Sie wissen, was ich von Ihnen begehre. Dann – dann werde ich Ihnen helfen.‹

Einen Augenblick starrte sie mich an. Dann – oh, ich

kann, ich kann nicht sagen, wie entsetzlich das war – dann spannten sich ihre Züge, und dann ... dann *lachte* sie mit einem Male ... lachte sie mir mit einer unsagbaren Verächtlichkeit ins Gesicht ... mit einer Verächtlichkeit, die mich zerstäubte ... und die mich berauschte zugleich ... Es war wie eine Explosion, so plötzlich, so aufspringend, so mächtig losgesprengt von einer ungeheuren Kraft, dieses Lachen der Verächtlichkeit, daß ich ... ja, daß ich hätte zu Boden sinken können und ihre Füße küssen. Eine Sekunde dauerte es nur ... es war wie ein Blitz, und ich hatte das Feuer im ganzen Körper ... da wandte sie sich schon und ging hastig auf die Tür zu.

Unwillkürlich wollte ich ihr nach ... mich entschuldigen ... sie anflehen ... meine Kraft war ja ganz zerbrochen ... da kehrte sie sich noch einmal um und sagte ... nein, sie *befahl:*

›Unterstehen Sie sich nicht, mir zu folgen oder nachzuspüren ... Sie würden es bereuen.‹

Und schon krachte hinter ihr die Türe zu.«

Wieder ein Zögern. Wieder ein Schweigen ... Wieder nur dies Rauschen, als ob das Mondlicht strömte. Und dann endlich wieder die Stimme.

»Die Tür schlug zu ... aber ich stand unbeweglich an der Stelle ... ich war gleichsam hypnotisiert von dem Befehl ... ich hörte sie die Treppe hinabsteigen, die Haustür zumachen ... ich hörte alles, und mein ganzer Wille drängte ihr nach ... sie ... ich weiß nicht was ... sie zurückzurufen oder zu schlagen oder zu erdrosseln ... aber ihr nach ... ihr nach ... Und doch konnte ich nicht. Meine Glieder waren gleichsam gelähmt wie von einem elektrischen Schlag ... ich war eben getroffen, getroffen bis ins Mark hinein von dem herrischen Blitz dieses Blickes ... Ich weiß, das ist nicht zu erklären, nicht zu erzählen ... es mag lächerlich klingen, aber ich stand und stand ... ich brauchte Minuten, vielleicht fünf, vielleicht zehn Minuten, ehe ich einen Fuß wegreißen konnte von der Erde ...

Aber kaum daß ich einen Fuß gerührt, war ich schon heiß, war ich schon rasch ... im Nu eilte ich die Treppe hinab ... Sie konnte ja nur die Straße hinabgegangen sein zur Zivilisation ... ich stürzte in den Schuppen, das Rad zu holen, sehe, daß ich den Schlüssel vergessen habe, reiße den Verschlag auf, daß der Bambus splittert und kracht ... und schon schwinge ich mich auf das Rad und sause ihr nach ... ich muß sie ... ich muß sie erreichen, ehe sie zu ihrem Automobil gelangt ... ich muß sie sprechen ... Die Straße staubt an mir vorbei ... jetzt merke ich erst, wie lange ich oben starr gestanden haben mußte ... da ... auf der Kurve im Wald knapp vor der Station sehe ich sie, wie sie hastig mit steifem geradem Schritt hineilt, begleitet von dem Boy ... Aber auch sie muß mich gesehen haben, denn sie spricht jetzt mit dem Boy, der zurückbleibt, und geht allein weiter ... Was will sie tun? Warum will sie allein sein? ... Will sie mit mir sprechen, ohne daß er es hört? ... Blindwütig trete ich in die Pedale hinein ... Da springt mir plötzlich quer von der Seite etwas über den Weg ... der Boy ... ich kann gerade noch das Rad zur Seite reißen und krache hin ...

Ich stehe fluchend auf ... unwillkürlich hebe ich die Faust, um dem Tölpel eines hinzuknallen, aber er springt zur Seite ... Ich rüttle mein Fahrrad hoch, um wieder aufzusteigen ... Aber da springt der Halunke vor, faßt das Rad und sagt in seinem erbärmlichen Englisch: ›You remain here.‹

Sie haben nicht in den Tropen gelebt ... Sie wissen nicht, was das für eine Frechheit ist, wenn ein solcher gelber Halunke einem weißen ›Herrn‹ das Rad faßt und ihm, dem ›Herrn‹, befiehlt, dazubleiben. Statt aller Antwort schlage ich ihm die Faust ins Gesicht... er taumelt, aber er hält das Rad fest... seine Augen, seine engen, feigen Augen sind weit aufgerissen, in sklavischer Angst... aber er hält die Stange, hält sie teuflisch fest... ›You remain here‹, stammelt er noch einmal. Zum Glück hatte ich keinen Revolver bei mir. Ich hätte ihn sonst niedergeknallt. ›Weg, Kanaille!‹ sage ich nur. Er starrt mich geduckt an, läßt aber die Stange nicht los. Ich schlage ihm noch einmal auf den Schädel, er läßt noch immer nicht. Da faßt mich die Wut... ich sehe, daß sie schon fort, vielleicht schon entkommen ist... und versetze ihm einen regelrechten Boxerschlag unters Kinn, daß er hinwirbelt. Jetzt habe ich wieder mein Rad... aber wie ich aufspringe, stockt der Lauf... bei dem gewaltsamen Zerren hat sich die Speiche verbogen... Ich versuche mit fiebernden Händen sie geradezudrehen... Es geht nicht... so schmeiße ich das Rad quer auf den Weg neben den Halunken hin, der blutend aufsteht und zur Seite weicht... Und dann – nein, Sie können nicht fühlen, wie lächerlich das dort vor allen Menschen ist, wenn ein Europäer... nun, ich wußte nicht mehr, was ich tat... ich hatte nur den einen Gedanken: ihr nach, sie erreichen... und so *lief* ich, lief wie ein Rasender die Landstraße entlang vorbei an den Hütten, wo das gelbe Gesindel staunend sich vordrängte, einen weißen Mann, den Doktor, *laufen* zu sehen.

Schweißtriefend kam ich in der Station an... Meine erste Frage: Wo ist das Auto?... Eben weggefahren... Verwundert sehen mich die Leute an: als Rasender muß ich ihnen erscheinen, wie ich da naß und schmierig ankam, die Frage voranschreiend, ehe ich noch stand... Unten an der Straße sehe ich weiß den Qualm des Autos wirbeln... es ist ihr gelungen... gelungen, wie alles ihrer harten, grausam harten Berechnung gelingen muß.

Aber die Flucht hilft ihr nichts... In den Tropen gibt

es kein Geheimnis unter den Europäern ... einer kennt den anderen, alles wird zum Ereignis ... Nicht umsonst ist ihr Chauffeur eine Stunde im Bungalow der Regierung gestanden ... in einigen Minuten weiß ich alles ... Weiß, wer sie ist ... daß sie unten in – nun in der Regierungsstadt wohnt, acht Eisenbahnstunden von hier ... daß sie – nun sagen wir, die Frau eines Großkaufmannes ist, rasend reich, vornehm, eine Engländerin ... ich weiß, daß ihr Mann jetzt fünf Monate in Amerika war und nächster Tage eintreffen soll, um sie mit nach Europa zu nehmen ...

Sie aber – und wie Gift brennt sich mir der Gedanke in die Adern hinein – sie kann höchstens zwei oder drei Monate in anderen Umständen sein ...«

»Bisher konnte ich Ihnen noch alles begreiflich machen ... vielleicht nur deshalb, weil ich bis zu diesem Augenblicke mich noch selbst verstand ... mir als Arzt immer die Diagnose meines Zustandes selbst stellte. Aber von da an begann es wie ein Fieber in mir ... ich verlor die Kontrolle über mich ... das heißt, ich wußte genau, wie sinnlos alles war, was ich tat; aber ich hatte keine Macht mehr über mich ... ich verstand mich selbst nicht mehr ... ich lief nur in der Besessenheit meines Zieles vorwärts ... Übrigens warten Sie ... vielleicht kann ich es Ihnen doch begreiflich machen ... Wissen Sie, was Amok ist?«

»Amok? ... Ich glaube mich zu erinnern ... eine Art Trunkenheit bei den Malaien ...«

»Es ist mehr als Trunkenheit ... es ist Tollheit, eine Art menschlicher Hundswut ... ein Anfall mörderischer, sinnloser Monomanie, der sich mit keiner anderen alkoholischen Vergiftung vergleichen läßt ... ich habe selbst während meines Aufenthaltes einige Fälle studiert – für andere ist man ja immer sehr klug und sehr sachlich –

ohne aber je das furchtbare Geheimnis ihres Ursprungs freilegen zu können ... Irgendwie hängt es mit dem Klima zusammen, mit dieser schwülen, geballten Atmosphäre, die auf die Nerven wie ein Gewitter drückt, bis sie einmal losspringen ... Also Amok ... ja, Amok, das ist so: Ein Malaie, irgendein ganz einfacher, ganz gutmütiger Mensch, trinkt sein Gebräu in sich hinein ... er sitzt da, stumpf, gleichmütig, matt ... so wie ich in meinem Zimmer saß ... und plötzlich springt er auf, faßt den Dolch und rennt auf die Straße ... rennt geradeaus, immer nur geradeaus ... ohne zu wissen wohin ... Was ihm in den Weg tritt, Mensch oder Tier, das stößt er nieder mit seinem Kris, und der Blutrausch macht ihn nur noch hitziger ... Schaum tritt dem Laufenden vor die Lippen, er heult wie ein Rasender ... aber er rennt, rennt, rennt, sieht nicht mehr nach rechts, sieht nicht nach links, rennt nur mit seinem gellen Schrei, seinem blutigen Kris in dieses entsetzliche Geradeaus ... Die Leute in den Dörfern wissen, daß keine Macht einen Amokläufer aufhalten kann ... so brüllen sie warnend voraus, wenn er kommt: ›Amok! Amok!‹, und alles flüchtet ... er aber rennt, ohne zu hören, rennt, ohne zu sehen, stößt nieder, was ihm begegnet ... bis man ihn totschießt wie einen tollen Hund oder er selbst schäumend zusammenbricht ...

Einmal habe ich das gesehen, vom Fenster meines Bungalows aus ... es war grauenhaft ... aber nur dadurch, daß ichs gesehen habe, begreife ich mich selbst in jenen Tagen ... denn so, genau so, mit diesem furchtbaren Blick geradeaus, ohne nach rechts oder links zu sehen, mit dieser Besessenheit stürmte ich los ... dieser Frau nach ... Ich weiß nicht mehr, wie ich alles tat, in so rasendem Lauf, in so unsinniger Geschwindigkeit flog es vorbei ... Zehn Minuten, nein, fünf, nein zwei ... nachdem ich alles von dieser Frau wußte, ihren Namen, ihr

Haus, ihr Schicksal, jagte ich schon auf einem rasch geborgten Rad in mein Haus zurück, warf einen Anzug in den Koffer, steckte Geld zu mir und fuhr zur Station der Eisenbahn mit meinem Wagen ... fuhr, ohne mich abzumelden beim Distriktbeamten ... ohne einen Vertreter zu ernennen, ließ das Haus offen stehen und liegen, wie es war ... Um mich standen Diener, die Weiber staunten und fragten, ich antwortete nicht, wandte mich nicht um ... fuhr zur Eisenbahn und mit dem nächsten Zug hinab in die Stadt ... Eine Stunde im ganzen, nachdem diese Frau in mein Zimmer getreten, hatte ich meine Existenz hinter mich geworfen und rannte Amok ins Leere hinein ...

Geradeaus rannte ich, mit dem Kopf gegen die Wand ... um sechs Uhr abends war ich angekommen ... um sechs Uhr zehn war ich in ihrem Haus und ließ mich melden ... Es war ... Sie werden es verstehen ... das Sinnloseste, das Stupideste, was ich tun konnte ... aber der Amokläufer rennt ja mit leeren Augen, er sieht nicht, wohin er rennt ... Nach einigen Minuten kam der Diener zurück ... höflich und kühl ... die gnädige Frau sei nicht wohl und könne nicht empfangen.

Ich taumelte die Türe hinaus ... Eine Stunde schlich ich noch um das Haus herum, besessen von der wahnwitzigen Hoffnung, sie würde vielleicht nach mir suchen ... dann nahm ich mir erst ein Zimmer im Strandhotel und zwei Flaschen Whisky auf das Zimmer ... die und eine doppelte Dosis Veronal halfen mir ... ich schlief endlich ein ... und dieser dumpfe, schlammige Schlaf war die einzige Pause in diesem Rennen zwischen Leben und Tod.«

Die Schiffsglocke klang. Zwei harte, volle Schläge, die noch im weichen Teich der fast reglosen Luft zitternd weiterschwangen und dann verebbten in das leise, unaufhörliche Rauschen, das unter dem Kiele und zwischen der leidenschaftlichen Rede beharrlich mitlief. Der Mensch im Dunkeln mir gegenüber mußte erschreckt aufgefahren sein, seine Rede stockte. Wieder hörte ich die Hand hinab zur Flasche fingern, wieder das leise Glucksen. Dann begann er, gleichsam beruhigt, mit einer festeren Stimme.

»Die Stunden von diesem Augenblick an kann ich Ihnen kaum erzählen. Ich glaube heute, daß ich damals Fieber hatte, jedenfalls war ich in einer Art Überreiztheit, die an Tollheit grenzte – ein Amokläufer, wie ich Ihnen sagte. Aber vergessen Sie nicht, es war Dienstag nachts, als ich ankam, Samstag aber sollte – dies hatte ich inzwischen erfahren – ihr Gatte mit dem P. & O.-Dampfer von Yokohama eintreffen, es blieben also nur drei Tage, drei knappe Tage für den Entschluß und für die Hilfe. Verstehen Sie das: ich wußte, daß ich ihr sofort helfen mußte, und konnte doch kein Wort zu ihr sprechen. Und gerade dieses Bedürfnis, mein lächerliches, mein tollwütiges Benehmen zu entschuldigen, das hetzte mich weiter. Ich wußte um die Kostbarkeit jedes Augenblickes, ich wußte, daß es für sie um Leben und Tod ginge, und hatte doch keine Möglichkeit, mich nur mit einem Flüstern, mit einem Zeichen ihr zu nähern, denn gerade das Stürmische, das Tölpische meines Nachrennens hatte sie erschreckt. Es war ... ja, warten Sie ... es war, wie wenn einer einem nachrennt, um ihn zu warnen vor einem Mörder, und der andere hält ihn selbst für den Mörder, und so rennt er weiter in sein Verderben ... sie sah nur den Amokläufer in mir, der sie verfolgte, um sie zu demütigen, aber ich ... das war ja der entsetzliche Widersinn ... ich dachte gar nicht mehr an das ... ich war ja schon ganz vernichtet, ich wollte ihr nur helfen, ihr nur dienen ... einen Mord hätte ich getan, ein Verbrechen, um ihr zu helfen ... Aber sie, sie verstand es nicht. Als ich morgens aufwachte und gleich wieder hinlief zu ihrem Haus, stand der Boy vor der Tür, derselbe Boy, den ich ins Gesicht geschlagen, und wie er mich von ferne sah – er mußte auf mich gewartet haben –, huschte er hinein in die Tür. Vielleicht tat er es nur, um mich im geheimen anzumelden... vielleicht... ah, diese Ungewißheit, wie peinigt sie mich jetzt... vielleicht war schon alles bereit, mich zu empfangen... aber da, wie ich ihn sah, mich erinnerte an meine Schmach, da war ich es wieder, der nicht wagte, noch einmal den Besuch zu wiederholen... Die Knie zitterten mir. Knapp vor der Schwelle drehte ich mich um und ging wieder fort... ging fort, während sie vielleicht in ähnlicher Qual auf mich wartete.

Ich wußte jetzt nicht mehr, was tun in der fremden Stadt, die an meinen Fersen wie Feuer glühte... Plötzlich fiel mir etwas ein, schon rief ich einen Wagen und fuhr zum Vizeresidenten, zu demselben, dem ich damals in meiner Station geholfen, und ließ mich melden... Irgend etwas muß schon in meinem äußern Wesen befremdend gewesen sein, denn er sah mich mit einem gleichsam erschreckten Blick an, und seine Höflichkeit hatte etwas Beunruhigtes... vielleicht erkannte er schon den Amokläufer in mir... Ich sagte ihm kurz entschlossen, ich erbäte meine Versetzung in die Stadt, ich könne auf meinem Posten nicht mehr länger existieren... ich müsse sofort übersiedeln... Er sah mich... ich kann Ihnen nicht sagen, wie er mich ansah... so wie eben ein Arzt einen Kranken ansieht... ›Ein Nervenzusammenbruch, lieber Doktor‹, sagte er dann, ›ich verstehe das nur zu gut. Nun, es wird sich schon richten lassen; aber warten Sie... sagen wir vier Wochen... ich muß erst einen Ersatz finden.‹

›Ich kann nicht warten, nicht einen Tag‹, antwortete ich. Wieder kam dieser merkwürdige Blick. ›Es muß gehen, Doktor‹, sagte er ernst, ›wir dürfen die Station nicht ohne Arzt lassen. Aber ich verspreche Ihnen, daß ich noch heute alles einleite.‹ Ich blieb stehen, mit verbissenen Zähnen: zum erstenmal spürte ich deutlich, daß ich ein verkaufter Mensch, ein Sklave sei. Schon ballte sich alles zu einem Trotz zusammen, aber er, der Geschmeidige, kam mir zuvor: ›Sie sind menschenentwöhnt, Doktor, und das wird schließlich eine Krankheit. Wir haben uns alle gewundert, daß Sie nie herkamen, nie Urlaub nahmen. Sie brauchten mehr Geselligkeit, mehr Anregung. Kommen Sie doch wenigstens diesen Abend, wir haben heute Empfang bei der Regierung, Sie finden die ganze Kolonie, und manche möchten Sie längst kennenlernen, haben oft nach Ihnen gefragt und Sie hierher gewünscht.‹

Das letzte Wort riß mich auf. Nach mir gefragt? Sollte sie es gewesen sein? Ich war plötzlich ein anderer: sofort dankte ich ihm höflichst für seine Einladung und sicherte mein Kommen pünktlich zu. Und ich war auch pünktlich, viel zu pünktlich. Muß ich Ihnen erst sagen, daß ich, von meiner Ungeduld gejagt, der erste in dem großen Saale des Regierungsgebäudes war, schweigend umgeben von den gelben Dienern, die mit ihren nackten Sohlen wippend hin und her eilten und mich – wie mir in meinem verwirrten Bewußtsein dünkte – hinterrücks belächelten. Eine Viertelstunde war ich der einzige Europäer inmitten all der geräuschlosen Vorbereitungen und so allein mit mir, daß ich das Ticken der Uhr in meiner Westentasche hörte. Dann kamen endlich ein paar Regierungsbeamte mit ihren Familien, schließlich auch der Gouverneur, der mich in ein längeres Gespräch zog, in dem ich beflissen und, wie ich glaube, geschickt antwortete, bis ... bis ich plötzlich, von einer geheimnisvollen Nervosität befallen, alle Geschmeidigkeit verlor und zu stammeln begann. Obzwar mit dem Rücken gegen die Saaltür gelehnt, spürte ich mit einem Male, daß sie eingetreten, daß sie anwesend sein müßte: ich könnte Ihnen nicht sagen, wieso mich diese plötzliche Gewißheit verwirrend faßte, aber noch während ich mit dem Gouverneur sprach, den Klang seiner Worte im Ohr, spürte ich im Rücken irgendwo ihre Gegenwart. Glücklicherweise endete der Gouverneur bald das Gespräch – ich glaube, ich hätte mich sonst plötzlich brüsk umgewandt, so stark war dieses geheimnisvolle Ziehen in meinen Nerven, so brennend gereizt meine Begier. Und wirklich, kaum, daß ich mich umwandte, sah ich sie schon ganz genau an jener Stelle, wo sie unbewußt mein Gefühl geahnt. Sie stand in einem gelben Ballkleid, das ihre schmalen, reinen Schultern wie mattes Elfenbein vorleuchten ließ, plaudernd inmitten einer Gruppe. Sie lächelte, aber doch, mir war, als hätte ihr Gesicht einen gespannten Zug. Ich trat näher – sie konnte mich nicht sehen oder wollte mich nicht sehen – und blickte in dieses Lächeln, das gefällig und höflich um die schmalen Lippen zitterte. Und dieses Lächeln berauschte mich von neuem, weil es ... nun weil ich wußte, daß es Lüge war, Kunst oder Technik, Meisterschaft der Verstellung. Mittwoch ist heute, fuhr mir durch den Kopf, Samstag kommt das Schiff mit dem Gatten ... wie kann sie so lächeln, so ... so sicher, so sorglos lächeln und den Fächer lässig in der Hand spielen lassen, statt ihn zu zerkrampfen in Angst? Ich ... ich, der Fremde ... ich zitterte seit zwei Tagen vor jener Stunde ... ich, der Fremde, lebte ihre Angst, ihr Entsetzen mit allen Exzessen des Gefühls mit ... und sie ging auf den Ball und lächelte, lächelte, lächelte ...

Rückwärts setzte die Musik ein. Der Tanz begann. Ein älterer Offizier hatte sie aufgefordert, sie ließ mit einer Entschuldigung den plaudernden Kreis und schritt an seinem Arm gegen den anderen Saal zu, an mir vorbei. Wie sie mich erblickte, spannte sich plötzlich ihr Gesicht gewaltsam zusammen – aber nur eine Sekunde lang, dann nickte sie mir mit einem höflichen Erkennen (ehe ich mich noch zu grüßen oder nichtgrüßen entschlossen hatte) wie einem zufälligen Bekannten zu: ›Guten Abend, Doktor‹ und war schon vorbei. Niemand hätte ahnen können, was in diesem graugrünen Blick verborgen war, und ich, ich selbst wußte es nicht. Warum grüßte sie ... warum erkannte sie mich nun mit einmal an? ... War das Abwehr, war es Annäherung, war es nur die Verlegenheit der Überraschung? Ich kann Ihnen nicht schildern, in welcher Erregtheit ich zurückblieb, alles war aufgewühlt, war explosiv in mir zusammengepreßt, und wie ich sie so sah, lässig walzend am Arme des Offiziers, auf der Stirne den kühlen Glanz der Sorglosigkeit, indes ich doch wußte, daß sie ... daß sie so wie ich nur *daran* ... daran dachte ... daß wir zwei hier allein ein furchtbares Geheimnis gemeinsam hatten ... und sie walzte ... in diesen Sekunden wurde meine Angst, meine Gier und meine Bewunderung noch mehr Leidenschaft als jemals. Ich weiß nicht, ob mich jemand beobachtet hat, aber gewiß verriet ich mich in meinem Verhalten noch viel mehr, als sie sich verbarg – ich konnte eben nicht in eine andere Richtung schauen, ich mußte ... ja, ich mußte sie ansehen, ich sog, ja, ich zerrte von ferne an ihrem verschlossenen Gesicht, ob die Maske nicht für eine Sekunde fallen wollte. Und sie mußte diesen starken Blick unangenehm empfunden haben. Als sie am Arme ihres Tänzers zurückschritt, sah sie mich im Blitzlicht einer Sekunde an, scharf befehlend, wie wegweisend: wieder spannte sich jene kleine Falte des hochmütigen Zornes, die ich schon von damals kannte, böse über ihrer Stirn.

Aber ... aber ... ich sagte es Ihnen ja ... ich lief Amok, ich sah nicht nach rechts und nicht nach links. Ich verstand sie sofort – dieser Blick hieß: Sei nicht auffällig! Bezähme dich! – Ich wußte, daß sie ... wie soll ich es sagen?... daß sie Diskretion des Benehmens hier im offenen Saal von mir wollte... ich verstand, daß, wenn ich jetzt heimginge, ich morgen gewiß sein könne, von ihr empfangen zu werden... daß sie es nur jetzt, nur jetzt vermeiden wollte, meiner auffälligen Vertraulichkeit ausgesetzt zu sein, daß sie – und wie sehr mit Recht – von meinem Ungeschick eine Szene fürchtete... Sie sehen... ich wußte alles, ich verstand diesen befehlenden grauen Blick, aber... aber es war zu stark in mir, ich mußte sie sprechen. Und so schwankte ich hin zu der Gruppe, in der sie plaudernd stand, schob mich – obwohl ich nur einige der Anwesenden kannte – ganz an den lockeren Kreis heran nur aus Begier, sie sprechen zu hören, und doch immer scheu mich duckend wie ein geprügelter Hund vor ihrem Blick, wenn er kalt an mir vorbeistreifte, als sei ich eine der Leinenportieren, an der ich lehnte, oder die Luft, die sie leicht bewegte. Aber ich stand, durstig nach einem Wort, das sie zu mir sprechen sollte, nach einem Zeichen des Einverständnisses, stand und stand starren Blicks inmitten des Geplauders wie ein Block. Unbedingt mußte es schon auffällig geworden sein, unbedingt, denn keiner richtete ein Wort an mich, und sie mußte leiden unter meiner lächerlichen Gegenwart.

Wie lange ich so gestanden hätte, ich weiß es nicht... eine Ewigkeit vielleicht... ich *konnte* ja nicht fort aus dieser Bezauberung des Willens. Gerade die Hartnäckigkeit meiner Wut lähmte mich... Aber sie ertrug es nicht länger... plötzlich wandte sie sich mit der prachtvollen Leichtigkeit ihres Wesens gegen die Herren und sagte: ›Ich bin ein wenig müde... ich will heute einmal früher zu Bett gehen... Gute Nacht!‹... und schon streifte sie mit einem gesellschaftlich fremden Kopfnicken an mir vorbei... ich sah noch die hochgezogene Falte auf der Stirn und dann nur mehr den Rücken, den weißen, kühlen, nackten Rücken. Eine Sekunde lang dauerte es, bevor ich begriff, daß sie fortging ... daß ich sie nicht mehr sehen, nicht mehr sprechen könnte diesen Abend, diesen letzten Abend der Rettung ... einen Augenblick lang also stand ich noch starr, bis ichs begriff ... dann ... dann ...

Aber warten Sie ... warten Sie ... Sie werden sonst das Sinnlose, das Stupide meiner Tat nicht verstehen ... ich muß Ihnen erst den ganzen Raum schildern ... Es war der große Saal des Regierungsgebäudes, ganz von Lichtern erhellt und fast leer, der ungeheure Saal ... die Paare waren zum Tanz gegangen, die Herren zum Spiel ... nur an den Ecken plauderten einige Gruppen ... der Saal war also leer, jede Bewegung auffällig und im grellen Licht sichtbar ... und diesen großen weiten Saal schritt sie langsam und leicht mit ihren hohen Schultern durch, ab und zu einen Gruß mit ihrer unbeschreiblichen Haltung erwidernd ... mit dieser herrlichen erfrorenen hoheitlichen Ruhe, die mich an ihr so entzückte ... Ich ... ich war zurückgeblieben, ich sagte es Ihnen ja, ich war gleichsam gelähmt, bevor ich es begriff, daß sie fortging ... und da, als ich es begriff, war sie schon am anderen Ende des Saales knapp vor der Türe ... Da ... oh, ich schäme mich jetzt noch, es zu denken ... da packte es mich plötzlich an und ich *lief* – hören Sie: ich lief ... ich ging nicht, ich *lief* mit polternden Schuhen, die laut widerhallten, quer durch den Saal ihr nach ... Ich hörte meine Schritte, ich sah alle Blicke erstaunt auf mich gerichtet ... ich hätte vergehen können vor Scham ... noch während ich lief, war mir schon der Wahnsinn bewußt ... aber ich konnte ... ich konnte nicht mehr zurück ... Bei der Tür holte ich sie ein ... Sie wandte sich um ... ihre Augen stießen wie ein grauer Stahl in mich hinein, ihre Nasenflügel zitterten vor Zorn ... ich wollte eben zu stammeln anfangen ... da ... da ... *lachte* sie plötzlich hellauf ... ein helles, unbesorgtes, herzliches

Lachen, und sagte laut ... so laut, daß es alle hören konnten ... ›Ach, Doktor, jetzt fällt Ihnen erst das Rezept für meinen Buben ein ... ja, die Herren der Wissenschaft ...‹ Ein paar, die in der Nähe standen, lachten gutmütig mit ... ich begriff, ich taumelte unter der Meisterschaft, mit der sie die Situation gerettet hatte ... griff in die Brieftasche und riß ein leeres Blatt vom Block, das sie lässig nahm, ehe sie ... noch einmal mit einem kalten, dankenden Lächeln ... ging ... Mir war leicht in der ersten Sekunde ... ich sah, daß mein Irrsinn durch ihre Meisterschaft gutgemacht, die Situation gewonnen ... aber ich wußte auch sofort, daß alles für mich verloren sei, daß diese Frau mich um meiner hitzigen Narrheit haßte ... haßte mehr als den Tod ... daß ich nun hundertmal und hundertmal vor ihre Türe kommen könnte und sie mich wegweisen würde wie einen Hund.

Ich taumelte durch den Saal ... ich merkte, daß die Leute auf mich blickten ... ich muß irgendwie sonderbar ausgesehen haben ... Ich ging zum Büfett, trank zwei, drei, vier Gläser Kognak hintereinander ... das rettete mich vor dem Umsinken ... meine Nerven konnten schon nicht mehr, sie waren wie durchgerissen ... Dann schlich ich bei einer Nebentür hinaus, heimlich wie ein Verbrecher ... Um kein Fürstentum der Welt hätte ich jenen Saal nochmals durchschreiten können, wo ihr Lachen noch gell an allen Wänden klebte ... ich ging ... genau weiß ichs nicht mehr zu sagen, wohin ich ging ... in ein paar Kneipen und soff mich an ... soff mich an wie einer, der sich alles Wache wegsaufen will ... aber ... es ward mir nicht dumpf in den Sinnen ... das Lachen stak in mir, schrill und böse ... das Lachen, dieses verfluchte Lachen konnte ich nicht betäuben ... Ich irrte dann noch am Hafen herum ... meinen Revolver hatte ich zu Hause gelassen, sonst hätte ich mich erschossen. Ich dachte an nichts anderes, und mit diesem Gedanken ging ich auch heim ... nur mit diesem Gedanken an das Schubfach links im Kasten, wo mein Revolver lag ... nur mit diesem einen Gedanken.

Daß ich mich dann nicht erschoß ... ich schwöre Ihnen, das war nicht Feigheit ... es wäre für mich eine Erlösung gewesen, den schon gespannten kalten Hahn abzudrücken ... aber wie soll ich es Ihnen erklären ... ich fühlte noch eine Pflicht in mir ... ja, jene Pflicht, zu helfen, jene verfluchte Pflicht ... mich machte der Gedanke wahnsinnig, daß sie mich noch brauchen könnte, daß sie mich brauchte ... es war ja schon Donnerstag morgens, als ich heimkam, und Samstag ... ich sagte es Ihnen ja ... Samstag kam das Schiff, und daß *diese* Frau, diese hochmütige, stolze Frau die Schande vor ihrem Gatten, vor der Welt nicht überleben würde, das wußte ich ... Ah, wie mich solche Gedanken gemartert haben an die sinnlos vertane kostbare Zeit, an meine irrwitzige Übereilung, die jede rechtzeitige Hilfe vereitelt hatte ... stundenlang, ja stundenlang, ich schwöre es Ihnen, bin ich im Zimmer niedergegangen, auf und ab, und habe mir das Hirn zermartert, wie ich mich ihr nähern, wie ich alles gutmachen, wie ich ihr helfen könnte ... denn daß sie mich nicht mehr vorlassen würde in ihrem Haus, das war mir gewiß ... ich hatte das Lachen noch in allen Nerven und das Zucken des Zornes um ihre Nasenflügel ... stundenlang, wirklich stundenlang bin ich so die drei Meter des schmalen Zimmers auf und ab gerannt ... es war schon Tag, es war schon Vormittag ...

Und plötzlich schmiß es mich hin zu dem Tisch ... ich riß ein Bündel Briefblätter heraus und begann ihr zu schreiben ... alles zu schreiben ... einen hündisch winselnden Brief, in dem ich sie um Vergebung bat, in dem ich mich einen Wahnsinnigen, einen Verbrecher nannte ... in dem ich sie beschwor, sich mir anzuvertrauen ... Ich schwor, in der nächsten Stunde zu verschwinden, aus der Stadt, aus der Kolonie, wenn sie wollte: aus der Welt ... nur verzeihen sollte sie mir und mir vertrauen, sich helfen lassen in der letzten, der allerletzten Stunde ... Zwanzig Seiten fieberte ich so hinunter ... es muß ein toller, ein unbeschreiblicher Brief wie aus einem Delirium gewesen sein, denn als ich aufstand vom Tisch, war ich in Schweiß gebadet ... das Zimmer schwankte, ich mußte ein Glas Wasser trinken ... Dann erst versuchte ich den Brief noch einmal zu überlesen, aber mir graute nach den ersten Worten ... zitternd faltete ich ihn zusammen, faßte schon ein Kuvert ... Da plötzlich fuhrs mich durch. Mit einem Male wußte ich das wahre, das entscheidende Wort. Und ich riß noch einmal die Feder zwischen die Finger und schrieb auf das letzte Blatt: ›Ich warte hier im Strandhotel auf ein Wort der Verzeihung. Wenn ich bis sieben Uhr keine Antwort habe, erschieße ich mich.‹

Dann nahm ich den Brief, schellte einem Boy und hieß ihn das Schreiben sofort überbringen. Endlich war alles gesagt – alles!«

Etwas klirrte und kollerte neben uns. Mit einer heftigen Bewegung hatte er die Whiskyflasche umgestoßen; ich hörte, wie seine Hand ihr suchend am Boden nachtastete und sie dann mit einem plötzlichen Schwung faßte: in weitem Bogen warf er die geleerte Flasche über Bord. Einige Minuten schwieg die Stimme, dann fieberte er wieder fort, noch erregter und hastiger als zuvor.

»Ich bin kein gläubiger Christ mehr ... für mich gibt es keinen Himmel und keine Hölle ... und wenn es eine gibt, so fürchte ich sie nicht, denn sie kann nicht ärger sein als jene Stunden, die ich von vormittags bis abends erlebte ... Denken Sie sich ein kleines Zimmer, heiß in der Sonne, immer glühender im Mittagsbrand ... ein kleines Zimmer, nur Tisch und Stuhl und Bett ... Und auf diesem Tisch nichts als eine Uhr und einen Revolver und vor dem Tisch einen Menschen ... einen Menschen, der nichts tut als immer auf diesen Tisch, auf den Sekundenzeiger der Uhr starren ... einen Menschen, der nicht ißt und trinkt und nicht raucht und sich nicht regt ... der immer nur ... hören Sie: immer nur, drei Stunden lang ... auf den weißen Kreis des Zifferblattes starrt und auf den Zeiger, der tickend den Kreis umläuft ... So ... so ... habe ich diesen Tag verbracht, nur gewartet, gewartet, gewartet ... aber gewartet wie ... wie eben ein Amokläufer etwas tut, sinnlos, tierisch mit dieser rasenden, geradlinigen Beharrlichkeit.

Nun ... ich werde Ihnen diese Stunden nicht schildern ... das läßt sich nicht schildern ... ich verstehe ja selbst nicht mehr, wie man das erleben kann ohne ... ohne wahnsinnig zu werden ... Also ... um drei Uhr zweiundzwanzig Minuten ... ich weiß es genau, ich starrte ja auf die Uhr ... klopfte es plötzlich an die Tür ... Ich springe auf ... springe, wie ein Tiger auf seine Beute springt, mit einem Ruck durch das ganze Zimmer zur Tür, reiße sie auf ... ein ängstlicher kleiner Chinesenjunge steht draußen, einen zusammengefalteten Zettel in der Hand, und während ich gierig danach greife, huscht er schon weg und ist verschwunden.

Ich reiße den Zettel auf, will ihn lesen ... und kann ihn nicht lesen ... Mir schwankt es rot vor den Augen ... denken Sie die Qual, ich habe endlich, endlich das Wort von ihr ... und nun zittert und tanzt es mir vor den Pupillen ... Ich tauche den Kopf ins Wasser ... und nun wirds mir klarer ... Nochmals nehme ich den Zettel und lese: ›Zu spät! Aber warten Sie zu Hause. Vielleicht rufe ich Sie noch.‹

Keine Unterschrift auf dem zerknüllten Papier, das von irgendeinem alten Prospekt abgefetzt war ... hastige, verworrene Bleistiftzüge einer sonst sicheren

Schrift... ich weiß nicht, warum mich das Blatt so erschütterte... Irgend etwas von Grauen, von Geheimnis haftete ihm an, es war wie auf einer Flucht geschrieben, stehend an einer Fensternische oder in einem fahrenden Wagen... Etwas Unbeschreibliches von Angst, von Hast, von Entsetzen schlug kalt von diesem heimlichen Zettel mir in die Seele... und doch... und doch, ich war glücklich: sie hatte mir geschrieben, ich mußte noch nicht sterben, ich durfte ihr helfen... vielleicht... ich durfte... oh, ich verlor mich ganz in den wahnwitzigsten Konjekturen und Hoffnungen... Hundertemal, tausendemal habe ich den kleinen Zettel gelesen, ihn geküßt... ihn durchforscht nach irgendeinem vergessenen, übersehenen Wort... immer tiefer, immer verworrener wurde meine Träumerei, ein phantastischer Zustand von Schlaf mit offenen Augen... eine Art Lähmung, irgend etwas ganz Dumpfes und doch Bewegtes zwischen Schlaf und Wachsein, das vielleicht Viertelstunden dauerte, vielleicht Stunden...

Plötzlich schreckte ich auf... Hatte es nicht geklopft?... Ich hielt den Atem an... eine Minute, zwei Minuten reglose Stille... Und dann wieder ganz leise, so wie eine Maus knabbert, ein leises, aber heftiges Pochen... Ich sprang auf, noch ganz taumelig, riß die Tür auf – draußen stand der Boy, ihr Boy, derselbe, dem ich den Mund damals mit der Faust zerschlagen... sein braunes Gesicht war aschfahl, sein verwirrter Blick sagte Unglück... Sofort spürte ich Grauen... ›Was... was ist geschehen?‹ konnte ich noch stammeln. ›Come quickly‹, sagte er... sonst nichts... sofort raste ich die Treppe herunter, er mir nach... Ein Sado, so ein kleiner Wagen, stand bereit, wir stiegen ein... ›Was ist geschehen?‹ fragte ich ihn... Er sah mich zitternd an und schwieg mit verbissenen Lippen... Ich fragte nochmals – er schwieg und schwieg... Ich hätte ihm am liebsten wieder ins Gesicht geschlagen mit der Faust, aber ... gerade seine hündische Treue zu ihr rührte mich ... so fragte ich nicht mehr ... Das Wägelchen trabte so hastig durch das Gewirr, daß die Menschen fluchend auseinanderstoben, lief aus dem Europäerviertel am Strand in die niedere Stadt und weiter, weiter ins schreiende Gewirr der Chinesenstadt ... Endlich kamen wir in eine enge Gasse, ganz abseits lag sie ... vor einem niedern Haus hielt er an ... Es war schmutzig und wie in sich zusammengekrochen, vorne ein kleiner Laden mit einem Talglicht ... irgendeine dieser Buden, in die sich die Opiumhäuser oder Bordelle verstecken, ein Diebsnest oder ein Hehlerkeller ... Hastig klopfte der Boy an ... Hinter dem Türspalt zischelte eine Stimme, fragte und fragte ... Ich konnte es nicht mehr ertragen, sprang vom Sitz, stieß die angelehnte Tür auf ... ein altes chinesisches Weib flüchtete mit einem kleinen Schrei zurück ... hinter mir kam der Boy, führte mich durch den Gang ... klinkte eine andere Tür auf ... eine andere Türe in einen dunklen Raum, der übel roch von Branntwein und gestocktem Blut ... Irgend etwas stöhnte darin ... ich tappte hin ...«

Wieder stockte die Stimme. Und was dann ausbrach, war mehr ein Schluchzen als ein Sprechen.

»Ich ... ich tappte hin ... und dort ... dort lag auf einer schmutzigen Matte ... verkrümmt vor Schmerz ... ein stöhnendes Stück Mensch ... dort lag sie ...

Ich konnte ihr Gesicht nicht sehen im Dunkel ... Meine Augen waren noch nicht gewöhnt ... so tastete ich nur hin ... ihre Hand ... heiß ... brennend heiß ... Fieber, hohes Fieber ... und ich schauerte ... ich wußte sofort alles ... sie war hierher geflüchtet vor mir ... hatte sich verstümmeln lassen von irgendeiner schmutzigen Chinesin, nur weil sie hier mehr Schweigsamkeit erhoffte ... hatte sich morden lassen von irgendeiner teuflischen Hexe, lieber als mir zu vertrauen ... nur weil ich Wahnsinniger ... weil ich ihren Stolz nicht geschont, ihr nicht gleich geholfen hatte ... weil sie den Tod weniger fürchtete als mich ...

Ich schrie nach Licht. Der Boy sprang: die abscheuliche Chinesin brachte mit zitternden Händen eine rußende Petroleumlampe ... ich mußte mich halten, um der gelben Kanaille nicht an die Gurgel zu springen ... sie stellten die Lampe auf den Tisch ... der Lichtschein fiel gelb und hell über den gemarterten Leib ... Und plötzlich ... plötzlich war alles weg von mir, alle Dumpfheit, aller Zorn, all diese unreine Jauche von aufgehäufter Leidenschaft ... ich war nur mehr Arzt, helfender, spürender, wissender Mensch ... ich hatte mich vergessen ... kämpfte mit wachen, klaren Sinnen gegen das Entsetzliche ... Ich fühlte den nackten Leib, den ich in meinen Träumen begehrt, nur mehr als ... wie soll ich es sagen ... als Materie, als Organismus ... ich spürte nicht mehr sie, sondern nur das Leben, das sich gegen den Tod wehrte, den Menschen, der sich krümmte in mörderischer Qual ... Ihr Blut, ihr heißes, heiliges Blut überströmte meine Hände, aber ich spürte es nicht in Lust und nicht in Grauen ... ich war nur Arzt ... ich sah nur das Leiden ... und sah ...

Und sah sofort, daß alles verloren war, wenn nicht ein Wunder geschehe ... sie war verletzt und halb verblutet unter der verbrecherisch ungeschickten Hand ... und ich hatte nichts, um das Blut zu stillen in dieser stinkenden Höhle, nicht einmal reines Wasser ... alles, was ich anrührte, starrte von Schmutz ...

›Wir müssen sofort ins Spital‹, sagte ich. Aber kaum daß ichs gesagt, bäumte sich krampfig der gemarterte Leib auf. ›Nein ... nein ... lieber sterben ... niemand es erfahren ... niemand es erfahren ... nach Hause ... nach Hause ...‹

Ich verstand ... nur mehr um das Geheimnis, um ihre Ehre rang sie ... nicht um ihr Leben ... Und – ich gehorchte ... Der Boy brachte eine Sänfte ... wir betteten sie hinein ... und so ... wie eine Leiche schon, matt und fiebernd ... trugen wir sie durch die Nacht ... nach Hause ... die fragende, erschreckte Dienerschaft abwehrend ... wie Diebe trugen wir sie hinein in ihr Zimmer und sperrten die Türen ... Und dann ... dann begann der Kampf, der lange Kampf gegen den Tod ...«

Plötzlich krampfte sich eine Hand in meinen Arm, daß ich fast aufschrie vor Schreck und Schmerz. Im Dunkeln war mir das Gesicht mit einemmal fratzenhaft nah, ich sah die weißen Zähne, wie sie sich bleckten in plötzlichem Ausbruch, sah die Augengläser im fahlen Reflex des Mondlichts wie zwei riesige Katzenaugen glimmen. Und jetzt sprach er nicht mehr – er schrie, geschüttelt von einem heulenden Zorn:

»Wissen Sie denn, Sie fremder Mensch, der Sie hier lässig auf einem Deckstuhl sitzen, ein Spazierfahrer durch die Welt, wissen Sie, wie das ist, wenn ein Mensch stirbt? Sind Sie schon einmal dabeigewesen, haben Sie es gesehen, wie der Leib sich aufkrümmt, die blauen Nägel ins Leere krallen, wie die Kehle röchelt, jedes Glied sich wehrt, jeder Finger sich stemmt gegen das Entsetzliche, und wie das Auge aufspringt in einem Grauen, für das es keine Worte gibt? Haben Sie das schon einmal erlebt, Sie Müßiggänger, Sie Weltfahrer, Sie, der Sie vom Helfen reden als von einer Pflicht? Ich habe es oft gesehen als Arzt, habe es gesehen als ... klinischen Fall, als Tatsache ... habe es sozusagen studiert – aber *erlebt* habe ichs nur einmal, miterlebt, mitgestorben bin ich nur damals in jener Nacht ... in jener entsetzlichen Nacht, wo ich saß und mir das Hirn zerpreßte, um etwas zu wissen, etwas zu finden, zu erfinden gegen das Blut, das rann und rann und rann, gegen das Fieber, das sie vor meinen Augen verbrannte ... gegen den Tod, der immer näher kam und den ich nicht wegdrängen konnte vom Bett. Verstehen Sie, was das heißt, Arzt zu sein, alles wissen gegen alle Krankheiten – die Pflicht haben, zu helfen, wie Sie so weise sagen – und doch ohnmächtig bei einer Sterbenden zu sitzen, wissend und doch ohne Macht ... nur dies eine, dies Entsetzliche wissend, daß man nicht helfen kann, ob man sich auch jede Ader in seinem Körper aufreißen möchte ... einen geliebten Körper zu sehen, wie er elend verblutet, gemartert von Schmerzen, einen Puls zu fühlen, der fliegt und zugleich verlischt ... der einem wegfließt unter den Fingern ... Arzt zu sein und nichts zu wissen, nichts, nichts, nichts ... nur dazusitzen und irgendein Gebet stammeln wie ein Hutzelweib in der Kirche, und dann wieder die Fäuste ballen gegen einen erbärmlichen Gott, von dem man weiß, daß es ihn nicht gibt ... Verstehen Sie das? Verstehen Sie das? ... Ich ... ich verstehe nur eines nicht, wie ... wie man es macht, daß man nicht mitstirbt in solchen Sekunden ... daß man dann noch am nächsten Morgen von einem Schlaf aufsteht und sich die Zähne putzt und eine Krawatte umbindet ... daß man noch leben kann, wenn man das miterlebte, was ich fühlte, wie dieser Atem, dieser erste Mensch, um den ich rang und kämpfte, den ich halten wollte mit allen Kräften meiner Seele ... wie der wegglitt unter mir ... irgendwohin, immer rascher wegglitt, Minute um Minute, und ich nichts wußte in meinem fiebernden Gehirn, um diesen, diesen einen Menschen festzuhalten ...

Und dazu, um teuflisch noch meine Qual zu verdoppeln, dazu noch dies ... Während ich an ihrem Bett saß – ich hatte ihr Morphium eingegeben, um die Schmerzen zu lindern, und sah sie liegen, mit heißen Wangen, heiß und fahl – ja ... während ich so saß, spürte ich vom Rükken her immer zwei Augen auf mich gerichtet mit einem fürchterlichen Ausdruck der Spannung ... Der Boy saß dort auf den Boden gekauert und murmelte leise irgendwelche Gebete ... Wenn mein Blick den seinen traf, so ... nein, ich kann es nicht schildern ... so kam etwas so Flehendes, so ... so Dankbares in seinen hündischen Blick, und gleichzeitig hob er die Hände zu mir, als wollte er mich beschwören, sie zu retten ... verstehen Sie: zu mir, zu mir hob er die Hände wie zu einem Gott ... zu mir ... dem ohnmächtigen Schwächling, der wußte, daß alles verloren ... daß ich hier so unnötig sei wie eine Ameise, die am Boden raschelt ... Ah, dieser Blick, wie er mich quälte, diese fanatische, diese tierische Hoffnung auf meine Kunst ... ich hätte ihn anschreien können und mit dem Fuß treten, so weh tat er mir ... und doch, ich spürte, wie wir beide zusammenhingen durch unsere Liebe zu ihr ... durch das Geheimnis ... Ein lauerndes Tier, ein dumpfes Knäuel, saß er zusammengeballt knapp hinter mir ... kaum daß ich etwas verlangte, sprang er auf mit seinen nackten lautlosen Sohlen und reichte es zitternd ... erwartungsvoll her, als sei das die Hilfe ... die Rettung ... Ich weiß, er hätte sich die Adern aufgeschnitten, um ihr zu helfen ... so war diese Frau, solche Macht hatte sie über Menschen ... und ich ... ich hatte nicht die Macht, ein Quentchen Blut zu retten ... O diese Nacht, diese entsetzliche Nacht, diese unendliche Nacht zwischen Leben und Tod!

Gegen Morgen ward sie noch einmal wach ... sie schlug die Augen auf ... jetzt waren sie nicht mehr hochmütig und kalt ... ein Fieber glitzerte feucht darin, als sie, gleichsam fremd, das Zimmer abtasteten ... Dann sah sie mich an: sie schien nachzudenken, sich erinnern zu wollen an mein Gesicht ... und plötzlich ... ich sah es ... erinnerte sie sich ... denn irgendein Schreck, eine Abwehr ... etwas ... etwas Feindliches, Entsetztes spannte ihr Gesicht ... sie arbeitete mit den Armen, als wollte sie flüchten ... weg, weg, weg von mir ... ich sah, sie dachte an *das* ... an die Stunde von damals ... Aber dann kam ein Besinnen ... sie sah mich ruhiger an, atmete schwer ... ich fühlte, sie wollte sprechen, etwas sagen ... Wieder begannen die Hände sich zu spannen ... sie wollte sich aufheben, aber sie war zu schwach ... Ich beruhigte sie, beugte mich nieder ... da sah sie mich an mit einem langen, gequälten Blick ... ihre Lippen regten sich leise ... es war nur ein letzter erlöschender Laut, wie sie sagte ... ›Wird es niemand erfahren? ... Niemand?‹

›Niemand‹, sagte ich mit aller Kraft der Überzeugung, ›ich verspreche es Ihnen.‹

Aber ihr Auge war noch unruhig ... Mit fiebriger Lippe ganz undeutlich arbeitete sie's heraus.

›Schwören Sie mir ... niemand erfahren ... schwören.‹

Ich hob den Finger wie zum Eid. Sie sah mich an ... mit einem ... einem unbeschreiblichen Blick ... weich war er, warm, dankbar ... ja, wirklich, wirklich dankbar ... Sie wollte noch etwas sprechen, aber es ward ihr zu schwer. Lang lag sie, ganz matt von der Anstrengung, mit geschlossenen Augen. Dann begann das Entsetzliche ... das Entsetzliche ... eine ganze schwere Stunde kämpfte sie noch: erst morgens war es zu Ende ...«

Er schwieg lange. Ich merkte es nicht eher, als vom Mitteldeck die Glocke in die Stille schlug, ein, zwei, drei harte Schläge – drei Uhr. Das Mondlicht war matter geworden, aber irgendeine andere gelbe Helle zitterte schon unsicher in der Luft, und Wind flog manchmal leicht wie eine Brise her. Eine halbe, eine Stunde mehr, und dann war es Tag, war dies Grauen ausgelöscht im klaren Licht. Ich sah seine Züge jetzt deutlicher, da die Schatten nicht mehr so dicht und schwarz in unsern Winkel fielen – er hatte die Kappe abgenommen, und unter dem blanken Schädel schien sein verquältes Gesicht noch schreckhafter. Aber schon wandten sich die glitzernden Brillengläser wieder mir zu, er straffte sich zusammen, und seine Stimme hatte einen höhnischen, scharfen Ton.

»Mit ihr wars nun zu Ende – aber nicht mit mir. Ich war allein mit der Leiche – aber allein in einem fremden Haus, allein in einer Stadt, die kein Geheimnis duldete, und ich ... ich hatte das Geheimnis zu hüten ... Ja, denken Sie sich das nur aus, die ganze Situation: eine Frau aus der besten Gesellschaft der Kolonie, vollkommen gesund, die noch abends zuvor auf dem Regierungsball getanzt hat, liegt plötzlich tot in ihrem Bett ... ein fremder Arzt ist bei ihr, den angeblich ihr Diener gerufen ... niemand im Haus hat gesehen, wann und woher er kam ... man hat sie nachts auf einer Sänfte hereingetragen und dann die Türen geschlossen ... und morgens ist sie tot ... dann erst hat man die Diener gerufen, und plötzlich gellt das Haus von Geschrei ... im Nu wissen es die Nachbarn, die ganze Stadt ... und nur einer ist da, der alles erklären soll ... ich, der fremde Mensch, der Arzt aus einer entlegenen Station ... Eine erfreuliche Situation, nicht wahr? ...

Ich wußte, was mir bevorstand. Glücklicherweise war der Boy bei mir, der brave Bursche, der mir jeden Wink von den Augen las – auch dieses gelbe dumpfe Tier verstand, daß hier noch ein Kampf ausgetragen werden müsse. Ich hatte ihm nur gesagt: ›Die Frau will, daß niemand erfährt, was geschehen ist.‹ Er sah mir in die Augen mit seinem hündisch feuchten und doch entschlossenen Blick: ›Yes, Sir‹, mehr sagte er nicht. Aber er wusch die Blutspuren vom Boden, richtete alles in beste Ordnung – und gerade seine Entschlossenheit gab mir die meine wieder.

Nie im Leben, das weiß ich, habe ich eine ähnlich zusammengeballte Energie gehabt, nie werde ich sie wieder haben. Wenn man alles verloren hat, dann kämpft man um das Letzte wie ein Verzweifelter – und das Letzte war ihr Vermächtnis, das Geheimnis. Ich empfing voll Ruhe die Leute, erzählte ihnen allen die gleiche erdichtete Geschichte, wie der Boy, den sie um den Arzt gesandt hatte, mich zufällig auf dem Wege traf. Aber während ich scheinbar ruhig redete, wartete ... wartete ich immer auf das Entscheidende ... auf den Totenbeschauer, der erst kommen mußte, ehe wir sie in den Sarg verschließen konnten und das Geheimnis mit ihr ... Es war, vergessen Sie nicht, Donnerstag, und Samstag kam ihr Gatte ...

Um neun Uhr hörte ich endlich, wie man den Amtsarzt anmeldete. Ich hatte ihn rufen lassen – er war mein Vorgesetzter im Rang und gleichzeitig mein Konkurrent, derselbe Arzt, von dem sie seinerzeit so verächtlich gesprochen und der offenbar meinen Wunsch nach Versetzung bereits erfahren hatte. Bei seinem ersten Blick spürte ichs schon: er war mir feind. Aber gerade das straffte meine Kraft.

Im Vorzimmer fragte er schon: ›Wann ist Frau ...‹ – er nannte ihren Namen – ›... gestorben?‹

›Um sechs Uhr morgens.‹

›Wann sandte sie zu Ihnen?‹

›Um elf Uhr abends.‹

›Wußten Sie, daß ich ihr Arzt war?‹

›Ja, aber es tat Eile not ... und dann ... die Verstorbene hatte ausdrücklich mich verlangt. Sie hatte verboten, einen anderen Arzt rufen zu lassen.‹

Er starrte mich an: in seinem bleichen, etwas verfetteten Gesicht flog eine Röte hoch, ich spürte, daß er erbittert war. Aber gerade das brauchte ich – alle meine Energien drängten sich zu rascher Entscheidung, denn ich spürte, lange hielten es meine Nerven nicht mehr aus. Er wollte etwas Feindliches erwidern, dann sagte er lässig: ›Wenn Sie schon meinen, mich entbehren zu können, so ist es doch meine amtliche Pflicht, den Tod zu konstatieren und... wie er eingetreten ist.‹

Ich antwortete nicht und ließ ihn vorangehen. Dann trat ich zurück, schloß die Tür und legte den Schlüssel auf den Tisch. Überrascht zog er die Augenbrauen hoch: ›Was bedeutet das?‹

Ich stellte mich ruhig ihm gegenüber:

›Es handelt sich hier nicht darum, die Todesursache festzustellen, sondern – eine andere zu finden. Diese Frau hat mich gerufen, um sie nach... nach den Folgen eines verunglückten Eingriffes zu behandeln... ich konnte sie nicht mehr retten, aber ich habe ihr versprochen, ihre Ehre zu retten, und das werde ich tun. Und ich bitte Sie darum, mir zu helfen!‹

Seine Augen waren ganz weit geworden vor Erstaunen. ›Sie wollen doch nicht etwa sagen‹, stammelte er dann, ›daß ich, der Amtsarzt, hier ein Verbrechen decken soll?‹

›Ja, das will ich, das muß ich wollen.‹

›Für Ihr Verbrechen soll ich...‹

›Ich habe Ihnen gesagt, daß ich diese Frau nicht berührt habe, sonst... sonst stünde ich nicht vor Ihnen, sonst hätte ich längst mit mir Schluß gemacht. Sie hat ihr Vergehen – wenn Sie es so nennen wollen – gebüßt, die Welt braucht davon nichts zu wissen. Und ich werde es nicht dulden, daß die Ehre dieser Frau jetzt noch unnötig beschmutzt wird.‹

Mein entschlossener Ton reizte ihn nur noch mehr auf. ›Sie werden nicht dulden... so... nun, Sie sind ja mein Vorgesetzter... oder glauben es wenigstens schon zu sein... Versuchen Sie nur, mir zu befehlen... ich habe mirs gleich gedacht, da ist Schmutziges im Spiel, wenn man Sie aus Ihrem Winkel herruft... eine saubere Praxis, die Sie da anfangen, ein sauberes Probestück... Aber jetzt werde *ich* untersuchen, *ich,* und Sie können sich darauf verlassen, daß ein Protokoll, unter dem mein Name steht, richtig sein wird. Ich werde keine Lüge unterschreiben.‹

Ich war ganz ruhig.

›Ja – das müssen Sie diesmal doch. Denn früher werden Sie das Zimmer nicht verlassen.‹

Ich griff dabei in die Tasche – meinen Revolver hatte ich nicht bei mir. Aber er zuckte zusammen. Ich trat einen Schritt auf ihn zu und sah ihn an.

›Hören Sie, ich werde Ihnen etwas sagen ... damit es nicht zum Äußersten kommt. Mir liegt an meinem Leben nichts ... nichts an dem eines andern – ich bin nun schon einmal soweit ... mir liegt einzig daran, mein Versprechen einzulösen, daß die Art dieses Todes geheim bleibt ... Hören Sie: ich gebe Ihnen mein Ehrenwort, daß, wenn Sie das Zertifikat unterfertigen, diese Frau sei an ... nun an einer Zufälligkeit gestorben, daß ich dann noch im Laufe dieser Woche die Stadt und Indien verlasse ... daß ich, wenn Sie es verlangen, meinen Revolver nehme und mich niederschieße, sobald der Sarg in der Erde ist und ich sicher sein kann, daß niemand ... Sie verstehen: *niemand* – mehr nachforschen kann. Das wird Ihnen wohl genügen – das *muß* Ihnen genügen.‹

Es muß etwas Drohendes, etwas Gefährliches in meiner Stimme gewesen sein, denn wie ich unwillkürlich nähertrat, wich er zurück mit jenem aufgerissenen Entsetzen, wie ... wie eben Menschen vor dem Amokläufer flüchten, wenn er rasend hinrennt mit geschwungenem Kris ... Und mit einemmal war er anders ... irgendwie geduckt und gelähmt ... seine harte Haltung brach ein. Er murmelte mit einem letzten ganz weichen Widerstand: ›Es wäre das erstemal in meinem Leben, daß ich ein falsches Zertifikat unterzeichnete ... immerhin, es wird sich schon eine Form finden lassen ... man weiß ja auch, was vorkommt... Aber ich durfte doch nicht so ohne weiteres...‹

›Gewiß durften Sie nicht‹, half ich ihm, um ihn zu bestärken – (›Nur rasch! Nur rasch!‹ tickte es mir in den Schläfen) – ›aber jetzt, da Sie wissen, daß Sie nur einen Lebenden kränken würden und einer Toten ein Entsetzliches täten, werden Sie doch gewiß nicht zögern.‹

Er nickte. Wir traten zum Tisch. Nach einigen Minuten war das Attest fertig (das dann auch in der Zeitung veröffentlicht wurde und glaubhaft eine Herzlähmung schilderte). Dann stand er auf, sah mich an:

›Sie reisen noch diese Woche, nicht wahr?‹

›Mein Ehrenwort.‹

Er sah mich wieder an. Ich merkte, er wollte streng, wollte sachlich erscheinen. ›Ich besorge sofort einen Sarg‹, sagte er, um seine Verlegenheit zu decken. Aber was war das in mir, das mich so... so furchtbar... so gequält machte – plötzlich streckte er mir die Hand hin und schüttelte sie mit einer aufspringenden Herzlichkeit. ›Überstehen Sie's gut‹, sagte er – ich wußte nicht, was er meinte. War ich krank? War ich... wahnsinnig? Ich begleitete ihn zur Tür, schloß auf – aber das war meine letzte Kraft, die hinter ihm die Tür schloß. Dann kam dies Ticken wieder in die Schläfen, alles schwankte und kreiste: und gerade vor ihrem Bett fiel ich zusammen... so... so wie der Amokläufer am Ende seines Laufs sinnlos niederfällt mit zersprengten Nerven.«

Wieder hielt er inne. Irgendwie fröstelte michs: war das erster Schauer des Morgenwinds, der jetzt leise sausend über das Schiff lief? Aber das gequälte Gesicht – nun schon halb erhellt vom Widerschein der Frühe – spannte sich wieder zusammen:

»Wie lang ich so auf der Matte gelegen hatte, weiß ich nicht. Da rührte michs an. Ich fuhr auf. Es war der Boy, der zaghaft mit seiner devoten Geste vor mir stand und mir unruhig in den Blick sah.

›Es will jemand herein ... will sie sehen ...‹

›Niemand darf herein.‹

›Ja ... aber ...‹

Seine Augen waren erschreckt. Er wollte etwas sagen und wagte es doch nicht. Das treue Tier litt irgendwie eine Qual.

›Wer ist es?‹

Er sah mich zitternd an wie in Furcht vor einem Schlag. Und dann sagte er – er nannte einen Namen ... woher ist in solch einem niedern Wesen mit einmal so viel Wissen, wie kommt es, daß in manchen Sekunden ein unbeschreibliches Zartgefühl derlei ganz dumpfe Menschen beseelt? ... dann sagte er ... ganz, ganz ängstlich ...

›*Er* ist es.‹

Ich fuhr auf, verstand sofort und war sofort ganz Gier, ganz Ungeduld nach diesem Unbekannten. Denn sehen Sie, wie sonderbar ... inmitten all dieser Qual, in diesem Fieber von Verlangen, von Angst und Hast hatte ich ganz ›ihn‹ vergessen ... vergessen, daß da noch ein Mann im Spiel war ... der Mann, den diese Frau geliebt, dem sie leidenschaftlich das gegeben, was sie mir verweigert ... Vor zwölf, vor vierundzwanzig Stunden hätte ich diesen Mann noch gehaßt, ihn noch zerfleischen können ... Jetzt ... ich kann, ich kann Ihnen nicht schildern, wie es mich jagte, ihn zu sehen ... ihn ... zu lieben, weil sie ihn geliebt.

Mit einem Ruck war ich bei der Tür. Ein junger, ganz junger blonder Offizier stand dort, sehr linkisch, sehr schmal, sehr blaß. Wie ein Kind sah er aus, so ... so rührend jung ... und unsäglich erschütterte michs gleich, wie er sich mühte, Mann zu sein, Haltung zu zeigen ... seine Erregung zu verbergen ... Ich sah sofort, daß seine

Hände zitterten, als er zur Mütze fuhr... Am liebsten hätte ich ihn umarmt... weil er ganz so war, wie ich mirs wünschte, daß der Mann sein sollte, der diese Frau besessen... kein Verführer, kein Hochmütiger... nein, ein halbes Kind, ein reines zärtliches Wesen, dem sie sich geschenkt.

Ganz befangen stand der junge Mensch vor mir. Mein gieriger Blick, mein leidenschaftlicher Aufsprung machten ihn noch mehr verwirrt. Das kleine Schnurrbärtchen über der Lippe zuckte verräterisch... dieser junge Offizier, dies Kind mußte sich bezwingen, um nicht herauszuschluchzen.

›Verzeihen Sie‹, sagte er dann endlich. ›Ich hätte gerne Frau... gerne noch... gesehen.‹

Unbewußt, ganz ohne es zu wollen, legte ich ihm, dem Fremden, meinen Arm um die Schulter, führte ihn, wie man einen Kranken führt. Er sah mich erstaunt an mit einem unendlich warmen und dankbaren Blick... irgendein Verstehen unserer Gemeinschaft war schon in dieser Sekunde zwischen uns beiden... Wir gingen zu der Toten... Sie lag da, weiß, in den weißen Linnen – ich spürte, daß meine Nähe ihn noch bedrückte... so trat ich zurück, um ihn allein zu lassen mit ihr. Er ging langsam näher mit... mit so zuckenden, ziehenden Schritten... an seinen Schultern sah ichs, wie es in ihm wühlte und riß... er ging so wie... wie einer, der gegen einen ungeheuren Sturm geht... Und plötzlich brach er vor dem Bett in die Knie... genauso, wie ich hingebrochen war.

Ich sprang sofort vor, hob ihn empor und führte ihn zu einem Sessel. Er schämte sich nicht mehr, sondern schluchzte seine Qual heraus. Ich vermochte nichts zu sagen – nur mit der Hand strich ich ihm unbewußt über sein blondes, kindlich weiches Haar. Er griff nach meiner Hand... ganz lind und doch ängstlich... und mit einemmal fühlte ich seinen Blick an mir hängen... ›Sagen Sie mir die Wahrheit, Doktor‹, stammelte er, ›hat sie selbst Hand an sich gelegt?‹

›Nein‹, sagte ich.

›Und ist... ich meine... ist irgend... irgend jemand schuld an ihrem Tode?‹

›Nein‹, sagte ich wieder, obwohl mirs aufquoll in der Kehle, ihm entgegenzuschreien: ›Ich! Ich! Ich!... Und du!... Wir beide! Und ihr Trotz, ihr unseliger Trotz!‹ Aber ich hielt mich zurück. Ich wiederholte noch einmal: ›Nein... niemand hat schuld daran... es war ein Verhängnis!‹

›Ich kann es nicht glauben‹, stöhnte er, ›ich kann es nicht glauben. Sie war noch vorgestern auf dem Balle, sie lächelte, sie winkte mir zu. Wie ist das möglich, wie konnte das geschehen?‹

Ich erzählte eine lange Lüge. Auch ihm verriet ich ihr Geheimnis nicht. Wie zwei Brüder sprachen wir zusammen alle diese Tage, gleichsam überstrahlt von dem Gefühl, das uns verband... und das wir einander nicht anvertrauten, aber wir spürten einer vom andern, daß unser ganzes Leben an dieser Frau hing... Manchmal drängte sichs mir würgend an die Lippen, aber dann biß ich die Zähne zusammen – nie hat er erfahren, daß sie ein Kind von ihm trug... daß ich das Kind, sein Kind hätte töten sollen, und daß sie es mit sich selbst in den Abgrund gerissen. Und doch sprachen wir nur von ihr in diesen Tagen, während deren ich mich bei ihm verbarg... denn – das hatte ich vergessen, Ihnen zu sagen – man suchte nach mir... Ihr Mann war gekommen, als der Sarg schon geschlossen war... er wollte den Befund nicht glauben... die Leute munkelten allerlei... und er suchte mich... Aber ich konnte es nicht ertragen, ihn zu sehen, ihn, von dem ich wußte, daß sie unter ihm gelitten... ich verbarg mich... vier Tage ging ich nicht aus

dem Hause, gingen wir beide nicht aus der Wohnung ...
ihr Geliebter hatte mir unter einem falschen Namen einen
Schiffsplatz genommen, damit ich flüchten könne ...
wie ein Dieb bin ich nachts auf das Deck geschlichen, daß
niemand mich erkennt ... Alles habe ich zurückgelassen,
was ich besitze ... mein Haus mit der ganzen Arbeit dieser sieben Jahre, mein Hab und Gut, alles steht offen für
jeden, der es haben will ... und die Herren von der Regierung haben mich wohl schon gestrichen, weil ich
ohne Urlaub meinen Posten verließ ... Aber ich konnte
nicht leben mehr in diesem Haus, in dieser Stadt ... in
dieser Welt, wo alles mich an sie erinnert ... wie ein Dieb
bin ich geflohen in der Nacht ... nur ihr zu entrinnen ...
nur zu vergessen ... Aber ... wie ich an Bord kam ...
nachts ... mitternachts ... mein Freund war mit mir ...
da ... da ... zogen sie gerade am Kran etwas herauf ...
rechteckig, schwarz ... ihren Sarg ... hören Sie: ihren
Sarg ... sie hat mich hierher verfolgt, wie ich sie verfolgte ... und ich mußte dabeistehen, mich fremd stellen,
denn er, ihr Mann, war mit ... er begleitet ihn nach England ... vielleicht will er dort eine Autopsie machen
lassen ... er hat sie an sich gerissen ... jetzt gehört sie
wieder ihm ... nicht uns mehr, uns ... uns beiden ...
Aber ich bin noch da ... ich gehe mit bis zur letzten
Stunde ... er wird, er darf es nie erfahren ... ich werde
ihr Geheimnis zu verteidigen wissen gegen jeden Versuch ... gegen diesen Schurken, vor dem sie in den Tod
gegangen ist ... Nichts, nichts wird er erfahren ... ihr
Geheimnis gehört mir, nur mir allein ...

Verstehen Sie jetzt ... verstehen Sie jetzt ... warum ich
die Menschen nicht sehen kann ... ihr Gelächter nicht
hören ... wenn sie flirten und sich paaren ... denn da
drunten ... drunten im Lagerraum zwischen Teeballen
und Paranüssen steht der Sarg verstaut ... Ich kann nicht
hin, der Raum ist versperrt ... aber ich weiß es mit allen

meinen Sinnen, weiß es in jeder Sekunde ... auch wenn sie hier Walzer spielen und Tango ... es ist ja dumm, das Meer da schwemmt über Millionen Tote, auf jedem Fußbreit Erde, den man tritt, fault eine Leiche ... aber doch, ich kann es nicht ertragen, ich kann es nicht ertragen, wenn sie Maskenbälle geben und so geil lachen ... diese Tote, ich spüre sie, und ich weiß, was sie von mir will ... ich weiß es, ich habe noch eine Pflicht ... ich bin noch nicht zu Ende ... noch ist ihr Geheimnis nicht gerettet ... sie gibt mich noch nicht frei ... «

Vom Mittelschiff kamen schlurfende Schritte, klatschende Laute: Matrosen begannen das Deck zu scheuern. Er fuhr auf wie ertappt: sein zerspanntes Gesicht bekam einen ängstlichen Zug. Er stand auf und murmelte: »Ich gehe schon ... ich gehe schon.« Es war eine Qual, ihn anzuschauen: seinen verwüsteten Blick, die gedunsenen Augen, rot von Trinken oder Tränen. Er wich meiner Anteilnahme aus: ich spürte aus seinem geduckten Wesen Scham, unendliche Scham, sich verraten zu haben an mich, an diese Nacht. Unwillkürlich sagte ich:

»Darf ich vielleicht nachmittags zu Ihnen in die Kabine kommen ... «

Er sah mich an – ein höhnischer, harter, zynischer Zug zerrte an seinen Lippen, etwas Böses stieß und verkrümmte jedes Wort.

»Aha ... Ihre famose Pflicht, zu helfen ... aha ... Mit der Maxime haben Sie mich ja glücklich zum Schwatzen gebracht. Aber nein, mein Herr, ich danke. Glauben Sie ja nicht, daß mir jetzt leichter sei, seit ich mir die Eingeweide vor Ihnen aufgerissen habe bis zum Kot in meinen Därmen. Mein verpfuschtes Leben kann mir keiner mehr zusammenflicken ... ich habe eben umsonst der verehrlichen holländischen Regierung gedient ... die Pension ist futsch, ich komme als armer Hund nach Europa zurück ... ein Hund, der hinter einem Sarg herwinselt ... man läuft nicht lange ungestraft Amok, am Ende schlägts einen doch nieder, und ich hoffe, ich bin bald am Ende ... Nein, danke, mein Herr, für Ihren gütigen Besuch ... ich habe schon in der Kabine meine Gefährten ... ein paar gute alte Flaschen Whisky, die trösten mich manchmal, und dann meinen Freund von damals, an den ich mich leider nicht rechtzeitig gewandt habe, meinen braven Browning ... der hilft schließlich besser als alles Geschwätz ... Bitte, bemühen Sie sich nicht ... das einzige Menschenrecht, das einem bleibt, ist doch: zu krepieren wie man will ... und dabei ungeschoren zu bleiben von fremder Hilfe.«

Er sah mich noch einmal höhnisch ... ja herausfordernd an, aber ich spürte: es war nur Scham, grenzenlose Scham. Dann duckte er die Schultern, wandte sich um, ohne zu grüßen, und ging merkwürdig schief und schlurfend über das schon helle Vorderdeck den Kabinen zu. Ich habe ihn nicht mehr gesehen. Vergebens suchte ich ihn nachts und die nächste Nacht an der gewohnten Stelle. Er blieb verschwunden, und ich hätte an einen Traum geglaubt oder an eine phantastische Erscheinung, wäre mir nicht inzwischen unter den Passagieren ein anderer aufgefallen mit einem Trauerflor um den Arm, ein holländischer Großkaufmann, der, wie man mir bestätigte, eben seine Frau an einer Tropenkrankheit verloren hatte. Ich sah ihn ernst und gequält abseits von den andern auf und ab gehen, und der Gedanke, daß ich um seine geheimste Sorge wußte, gab mir eine geheimnisvolle Scheu: ich bog immer zur Seite, wenn er vorüberkam, um nicht mit einem Blick zu verraten, daß ich mehr von seinem Schicksal wußte als er selbst.

Im Hafen von Neapel ereignete sich dann jener merkwürdige Unfall, dessen Deutung ich in der Erzählung des Fremden zu finden glaube. Die meisten Passagiere waren abends von Bord gegangen, ich selbst in die Oper und dann noch in eines der hellen Cafés an der Via Roma. Als wir mit einem Ruderboot zu dem Dampfer zurückkehrten, fiel mir schon auf, daß einige Boote mit Fackeln und Azetylenlampen das Schiff suchend umkreisten, und oben am dunklen Bord war ein geheimnisvolles Gehen und Kommen von Carabinieris und Gendarmerie. Ich fragte einen Matrosen, was geschehen sei. Er wich in einer Weise aus, die sofort zeigte, daß Auftrag zum Schweigen gegeben sei, und auch am nächsten Tage, als das Schiff wieder friedfertig und ohne Spur eines Zwischenfalles nach Genua weiterfuhr, war nichts an Bord zu erfahren. Erst in den italienischen Zeitungen las ich dann, romantisch ausgeschmückt, von jenem angeblichen Unfall im Hafen von Neapel. In jener Nacht sollte, so schrieben sie, in unbelebter Stunde, um die Passagiere nicht durch den Anblick zu beunruhigen, der Sarg einer vornehmen Dame aus den holländischen Kolonien von Bord des Schiffes auf ein Boot gebracht werden, und man ließ ihn eben in Gegenwart des Gatten die Strickleiter herab, als irgend etwas Schweres vom hohen Bord niederstürzte und den Sarg mit den Trägern und dem Gatten, die ihn gemeinsam niederhißten, mit sich in die Tiefe riß. Eine Zeitung behauptete, es sei ein Irrsinniger gewesen, der sich die Treppe hinab auf die Strickleiter gestürzt habe, eine andere beschönigte, die Leiter sei von selbst unter dem übergroßen Gewicht gerissen: jedenfalls schien die Schiffahrtsgesellschaft alles getan zu haben, um den genauen Sachverhalt zu verschleiern. Man rettete nicht ohne Mühe die Träger und den Gatten der Verstorbenen mit Booten aus dem Wasser, der Bleisarg aber ging sofort in die Tiefe und konnte nicht mehr geborgen werden. Daß gleichzeitig in einer andern Notiz kurz erwähnt wurde, es sei die Leiche eines etwa vierzigjährigen Mannes im Hafen angeschwemmt worden, schien für die Öffentlichkeit in keinem Zusammenhang mit dem romantisch reportierten Unfall zu stehen; mir aber war, kaum daß ich die flüchtige Zeile gelesen, als starre plötzlich hinter dem papierenen Blatt das mondweiße Antlitz mit den glitzernden Brillengläsern mir noch einmal gespenstisch entgegen.

Brief einer Unbekannten

Als der bekannte Romanschriftsteller R. frühmorgens von dreitägigem erfrischendem Ausflug ins Gebirge wieder nach Wien zurückkehrte und am Bahnhof eine Zeitung kaufte, wurde er, kaum daß er das Datum überflog, erinnernd gewahr, daß heute sein Geburtstag sei. Der einundvierzigste, besann er sich rasch, und diese Feststellung tat ihm nicht wohl und nicht weh. Flüchtig überblätterte er die knisternden Seiten der Zeitung und fuhr mit einem Mietautomobil in seine Wohnung. Der Diener meldete aus der Zeit seiner Abwesenheit zwei Besuche sowie einige Telephonanrufe und überbrachte auf einem Tablett die angesammelte Post. Lässig sah er den Einlauf an, riß ein paar Kuverts auf, die ihn durch ihre Absender interessierten; einen Brief, der fremde Schriftzüge trug und zu umfangreich schien, schob er zunächst beiseite. Inzwischen war der Tee aufgetragen worden, bequem lehnte er sich in den Fauteuil, durchblätterte noch einmal die Zeitung und einige Drucksachen; dann zündete er sich eine Zigarre an und griff nun nach dem zurückgelegten Briefe.

Es waren etwa zwei Dutzend hastig beschriebene Seiten in fremder, unruhiger Frauenschrift, ein Manuskript eher als ein Brief. Unwillkürlich betastete er noch einmal das Kuvert, ob nicht darin ein Begleitschreiben vergessen geblieben wäre. Aber der Umschlag war leer und trug so wenig wie die Blätter selbst eine Absenderadresse oder eine Unterschrift. Seltsam, dachte er, und nahm das Schreiben wieder zur Hand. »*Dir, der Du mich nie gekannt*«, stand oben als Anruf, als Überschrift. Verwundert hielt er inne: galt das ihm, galt das einem erträumten Menschen? Seine Neugier war plötzlich wach. Und er begann zu lesen:

Mein Kind ist gestern gestorben – drei Tage und drei Nächte habe ich mit dem Tode um dies kleine, zarte Leben gerungen, vierzig Stunden bin ich, während die Grippe seinen armen, heißen Leib im Fieber schüttelte, an seinem Bette gesessen. Ich habe Kühles um seine glühende Stirn getan, ich habe seine unruhigen, kleinen Hände gehalten Tag und Nacht. Am dritten Abend bin ich zusammengebrochen. Meine Augen konnten nicht mehr, sie fielen zu, ohne daß ich es wußte. Drei Stunden oder vier war ich auf dem harten Sessel eingeschlafen, und indes hat der Tod ihn genommen. Nun liegt er dort, der süße, arme Knabe, in seinem schmalen Kinderbett, ganz so wie er starb; nur die Augen hat man ihm geschlossen, seine klugen, dunklen Augen, die Hände über dem weißen Hemd hat man ihm gefaltet, und vier Kerzen brennen hoch an den vier Enden des Bettes. Ich wage nicht hinzusehen, ich wage nicht mich zu rühren, denn wenn sie flakkern, die Kerzen, huschen Schatten über sein Gesicht und den verschlossenen Mund, und es ist dann so, als regten sich seine Züge, und ich könnte meinen, er sei nicht tot, er würde wieder erwachen und mit seiner hellen Stimme etwas Kindlich-Zärtliches zu mir sagen. Aber ich weiß es, er ist tot, ich will nicht hinsehen mehr, um nicht noch einmal zu hoffen, nicht noch einmal enttäuscht zu sein. Ich weiß es, ich weiß es, mein Kind ist gestern gestorben – jetzt habe ich nur Dich mehr auf der Welt, nur Dich, der Du von mir nichts weißt, der Du indes ahnungslos spielst oder mit Dingen und Menschen tändelst. Nur Dich, der Du mich nie gekannt und den ich immer geliebt.

Ich habe die fünfte Kerze genommen und hier zu dem Tisch gestellt, auf dem ich an Dich schreibe. Denn ich kann nicht allein sein mit meinem toten Kinde, ohne mir die Seele auszuschreien, und zu wem sollte ich sprechen in dieser entsetzlichen Stunde, wenn nicht zu Dir, der Du mir alles warst und alles bist! Vielleicht kann ich nicht ganz deutlich zu Dir sprechen, vielleicht verstehst Du mich nicht – mein Kopf ist ja ganz dumpf, es zuckt und hämmert mir an den Schläfen, meine Glieder tun so weh. Ich glaube, ich habe Fieber, vielleicht auch schon die Grippe, die jetzt von Tür zu Tür schleicht, und das wäre gut, denn dann ginge ich mit meinem Kinde und müßte nichts tun wider mich. Manchmal wirds mir ganz dunkel vor den Augen, vielleicht kann ich diesen Brief nicht einmal zu Ende schreiben – aber ich will alle Kraft zusammentun, um einmal, nur dieses eine Mal zu Dir zu sprechen, Du mein Geliebter, der Du mich nie erkannt.

   Zu Dir allein will ich sprechen, Dir zum erstenmal alles sagen; mein ganzes Leben sollst Du wissen, das immer das Deine gewesen und um das Du nie gewußt. Aber Du sollst mein Geheimnis nur kennen, wenn ich tot bin, wenn Du mir nicht mehr Antwort geben mußt, wenn das, was mir die Glieder jetzt so kalt und heiß schüttelt, wirklich das Ende ist. Muß ich weiterleben, so zerreiße ich diesen Brief und werde weiter schweigen, wie ich immer schwieg. Hältst Du ihn aber in Händen, so weißt Du, daß hier eine Tote Dir ihr Leben erzählt, ihr Leben, das das Deine war von ihrer ersten bis zu ihrer letzten wachen Stunde. Fürchte Dich nicht vor meinen Worten; eine Tote will nichts mehr, sie will nicht Liebe und nicht Mitleid und nicht Tröstung. Nur dies eine will ich von Dir, daß Du mir alles glaubst, was mein zu Dir hinflüchtender Schmerz Dir verrät. Glaube mir alles, nur dies eine bitte ich Dich: man lügt nicht in der Sterbestunde eines einzigen Kindes.

   Mein ganzes Leben will ich Dir verraten, dies Leben, das wahrhaft erst begann mit dem Tage, da ich Dich kannte. Vorher war bloß etwas Trübes und Verworrenes, in das mein Erinnern nie mehr hinabtauchte, irgendein Keller von verstaubten, spinnverwebten, dumpfen Dingen und Menschen, von denen mein Herz nichts mehr weiß. Als Du kamst, war ich dreizehn Jahre und wohnte im selben Hause, wo Du jetzt wohnst, in demselben Hause, wo Du diesen Brief, meinen letzten Hauch Leben, in Händen hältst, ich wohnte auf demselben Gange, gerade der Tür Deiner Wohnung gegenüber. Du erinnerst Dich gewiß nicht mehr an uns, an die ärmliche Rechnungsratswitwe (sie ging immer in Trauer) und das halbwüchsige, magere Kind – wir waren ja ganz still, gleichsam hinabgetaucht in unsere kleinbürgerliche Dürftigkeit – Du hast vielleicht nie unseren Namen gehört, denn wir hatten kein Schild auf unserer Wohnungstür, und niemand kam, niemand fragte nach uns. Es ist ja auch schon so lange her, fünfzehn, sechzehn Jahre, nein, Du weißt es gewiß nicht mehr, mein Geliebter, ich aber, oh, ich erinnere mich leidenschaftlich an jede Einzelheit, ich weiß noch wie heute den Tag, nein, die Stunde, da ich zum erstenmal von Dir hörte, Dich zum erstenmal sah, und wie sollte ichs auch nicht, denn damals begann ja die Welt für mich. Dulde, Geliebter, daß ich Dir alles, alles von Anfang erzähle, werde, ich bitte Dich, die eine Viertelstunde von mir zu hören nicht müde, die ich ein Leben lang Dich zu lieben nicht müde geworden bin.

Ehe Du in unser Haus einzogst, wohnten hinter Deiner Tür häßliche, böse, streitsüchtige Leute. Arm wie sie waren, haßten sie am meisten die nachbarliche Armut, die unsere, weil sie nichts gemein haben wollte mit ihrer herabgekommenen, proletarischen Roheit. Der Mann war ein Trunkenbold und schlug seine Frau; oft wachten wir auf in der Nacht vom Getöse fallender Stühle und zerklirrter Teller, einmal lief sie, blutig geschlagen, mit zerfetzten Haaren auf die Treppe, und hinter ihr grölte der

Betrunkene, bis die Leute aus den Türen kamen und ihn mit der Polizei bedrohten. Meine Mutter hatte von Anfang an jeden Verkehr mit ihnen vermieden und verbot mir, zu den Kindern zu sprechen, die sich dafür bei jeder Gelegenheit an mir rächten. Wenn sie mich auf der Straße trafen, riefen sie schmutzige Worte hinter mir her und schlugen mich einmal so mit harten Schneeballen, daß mir das Blut von der Stirne lief. Das ganze Haus haßte mit einem gemeinsamen Instinkt diese Menschen, und als plötzlich einmal etwas geschehen war – ich glaube, der Mann wurde wegen eines Diebstahls eingesperrt – und sie mit ihrem Kram ausziehen mußten, atmeten wir alle auf. Ein paar Tage hing der Vermietungszettel am Haustore, dann wurde er heruntergenommen, und durch den Hausmeister verbreitete es sich rasch, ein Schriftsteller, ein einzelner, ruhiger Herr, habe die Wohnung genommen. Damals hörte ich zum erstenmal Deinen Namen.

Nach ein paar Tagen schon kamen Maler, Anstreicher, Zimmerputzer, Tapezierer, die Wohnung nach ihren schmierigen Vorbesitzern reinzufegen, es wurde gehämmert, geklopft, geputzt und gekratzt, aber die Mutter war nur zufrieden damit, sie sagte, jetzt werde endlich die unsaubere Wirtschaft drüben ein Ende haben. Dich selbst bekam ich, auch während der Übersiedlung, noch nicht zu Gesicht: alle diese Arbeiten überwachte Dein Diener, dieser kleine, ernste, grauhaarige Herrschaftsdiener, der alles mit einer leisen, sachlichen Art von oben herab dirigierte. Er imponierte uns allen sehr, erstens, weil in unserem Vorstadthaus ein Herrschaftsdiener etwas ganz Neuartiges war, und dann, weil er zu allen so ungemein höflich war, ohne sich deshalb mit den Dienstboten auf eine Stufe zu stellen und in kameradschaftliche Gespräche einzulassen. Meine Mutter grüßte er vom ersten Tage an respektvoll als eine Dame, sogar zu mir Fratzen war er immer zutraulich und ernst. Wenn er Deinen Namen

– 155 –

nannte, so geschah das immer mit einer gewissen Ehrfurcht, mit einem besonderen Respekt – man sah gleich, daß er Dir weit über das Maß des gewohnten Dienens anhing. Und wie habe ich ihn dafür geliebt, den guten alten Johann, obwohl ich ihn beneidete, daß er immer um Dich sein durfte und Dir dienen.

Ich erzähle Dir all das, Du Geliebter, all diese kleinen, fast lächerlichen Dinge, damit Du verstehst, wie Du von Anfang an schon eine solche Macht gewinnen konntest über das scheue, verschüchterte Kind, das ich war. Noch ehe Du selbst in mein Leben getreten, war schon ein Nimbus um Dich, eine Sphäre von Reichtum, Sonderbarkeit und Geheimnis – wir alle in dem kleinen Vorstadthaus (Menschen, die ein enges Leben haben, sind ja immer neugierig auf alles Neue vor ihren Türen) warteten schon ungeduldig auf Deinen Einzug. Und diese Neugier nach Dir, wie steigerte sie sich erst bei mir, als ich eines Nachmittags von der Schule nach Hause kam und der Möbelwagen vor dem Hause stand. Das meiste, die schweren Stücke, hatten die Träger schon hinaufbefördert, nun trug man einzeln kleinere Sachen hinauf; ich blieb an der Tür stehen, um alles bestaunen zu können, denn alle Deine Dinge waren so seltsam anders, wie ich sie nie gesehen; es gab da indische Götzen, italienische Skulpturen, ganz grelle, große Bilder, und dann zum Schluß kamen Bücher, so viele und so schöne, wie ich es nie für möglich gehalten. An der Tür wurden sie alle aufgeschichtet, dort übernahm sie der Diener und schlug mit Stock und Wedel sorgfältig den Staub aus jedem einzelnen. Ich schlich neugierig um den immer wachsenden Stoß herum, der Diener wies mich nicht weg, aber er ermutigte mich auch nicht; so wagte ich keines anzurühren, obwohl ich das weiche Leder von manchen gern befühlt hätte. Nur die Titel sah ich scheu von der Seite an: es waren französische, englische darunter und manche in Sprachen, die ich nicht verstand. Ich glaube, ich hätte sie stundenlang alle angesehen: da rief mich die Mutter hinein.

Den ganzen Abend dann mußte ich an Dich denken; noch ehe ich Dich kannte. Ich besaß selbst nur ein Dutzend billige, in zerschlissene Pappe gebundene Bücher, die ich über alles liebte und immer wieder las. Und nun bedrängte mich dies, wie der Mensch sein müßte, der all diese vielen herrlichen Bücher besaß und gelesen hatte, der alle diese Sprachen wußte, der so reich war und so gelehrt zugleich. Eine Art überirdischer Ehrfurcht verband sich mir mit der Idee dieser vielen Bücher. Ich suchte Dich mir im Bilde vorzustellen: Du warst ein alter Mann mit einer Brille und einem weißen langen Bart, ähnlich wie unser Geographieprofessor, nur viel gütiger, schöner und milder – ich weiß nicht, warum ich damals schon gewiß war, Du müßtest schön sein, wo ich noch an Dich wie einen alten Mann dachte. Damals in jener Nacht und noch ohne Dich zu kennen, habe ich das erstemal von Dir geträumt.

Am nächsten Tag zogst Du ein, aber trotz allen Spähens konnte ich Dich nicht zu Gesicht bekommen – das steigerte nur meine Neugier. Endlich, am dritten Tage, sah ich Dich, und wie erschütternd war die Überraschung für mich, daß Du so anders warst, so ganz ohne Beziehung zu dem kindlichen Gottvaterbilde. Einen bebrillten gütigen Greis hatte ich mir geträumt, und da kamst Du – Du, ganz so, wie Du noch heute bist, Du Unwandelbarer, an dem die Jahre lässig abgleiten! Du trugst einen hellbraunen, entzückenden Sportdreß und liefst in Deiner unvergleichlich leichten knabenhaften Art die Treppe hinauf, immer zwei Stufen auf einmal nehmend. Den Hut trugst Du in der Hand, so sah ich mit einem gar nicht zu schildernden Erstaunen Dein helles, lebendiges Gesicht mit dem jungen Haar: wirklich, ich erschrak vor Erstaunen, wie jung, wie hübsch, wie federnd-schlank und elegant Du warst.

Und ist es nicht seltsam: in dieser ersten Sekunde empfand ich ganz deutlich das, was ich und alle andern an Dir als so einzig mit einer Art Überraschung immer wieder empfinden: daß Du irgendein zwiefacher Mensch bist, ein heißer, leichtlebiger, ganz dem Spiel und dem Abenteuer hingegebener Junge, und gleichzeitig in Deiner Kunst ein unerbittlich ernster, pflichtbewußter, unendlich belesener und gebildeter Mann. Unbewußt empfand ich, was dann jeder bei Dir spürte, daß Du ein Doppelleben führst, ein Leben mit einer hellen, der Welt offen zugekehrten Fläche, und einer ganz dunkeln, die Du nur allein kennst – diese tiefste Zweiheit, das Geheimnis Deiner Existenz, sie fühlte ich, die Dreizehnjährige, magisch angezogen, mit meinem ersten Blick.

Verstehst Du nun schon, Geliebter, was für ein Wunder, was für eine verlockende Rätselhaftigkeit Du für mich, das Kind, sein mußtest! Einen Menschen, vor dem man Ehrfurcht hatte, weil er Bücher schrieb, weil er berühmt war in jener andern großen Welt, plötzlich als einen jungen, eleganten, knabenhaft heiteren, fünfundzwanzigjährigen Mann zu entdecken! Muß ich Dir noch sagen, daß von diesem Tage an in unserem Hause, in meiner ganzen armen Kinderwelt mich nichts interessierte als Du, daß ich mit dem ganzen Starrsinn, der ganzen bohrenden Beharrlichkeit einer Dreizehnjährigen nur mehr um Dein Leben, um Deine Existenz herumging. Ich beobachtete Dich, ich beobachtete Deine Gewohnheiten, beobachtete die Menschen, die zu Dir kamen, und all das vermehrte nur, statt sie zu mindern, meine Neugier nach Dir selbst, denn die ganze Zwiefältigkeit Deines Wesens drückte sich in der Verschiedenheit dieser Besuche aus. Da kamen junge Menschen, Kameraden von Dir, mit denen Du lachtest und übermütig warst, abgerissene Studenten, und dann wieder Damen, die in Autos vorfuhren, einmal der Direktor der Oper, der große Dirigent, den ich ehrfürchtig nur am Pulte von fern gesehen, dann wieder kleine Mädel, die noch in die Handelsschule gingen und verlegen in die Tür hineinhuschten, überhaupt viel, sehr viel Frauen. Ich dachte mir nichts Besonderes dabei, auch nicht, als ich eines Morgens, wie ich zur Schule ging, eine Dame ganz verschleiert von Dir weggehen sah – ich war ja erst dreizehn Jahre alt, und die leidenschaftliche Neugier, mit der ich Dich umspähte und belauerte, wußte im Kinde noch nicht, daß sie schon Liebe war.

Aber ich weiß noch genau, mein Geliebter, den Tag und die Stunde, wann ich ganz und für immer an Dich verloren war. Ich hatte mit einer Schulfreundin einen Spaziergang gemacht, wir standen plaudernd vor dem Tor. Da kam ein Auto angefahren, hielt an, und schon sprangst Du mit Deiner ungeduldigen, elastischen Art, die mich noch heute an Dir immer hinreißt, vom Trittbrett und wolltest in die Tür. Unwillkürlich zwang es mich, Dir die Tür aufzumachen, und so trat ich Dir in den Weg, daß wir fast zusammengerieten. Du sahst mich an mit jenem warmen, weichen, einhüllenden Blick, der wie eine Zärtlichkeit war, lächeltest mir – ja, ich kann es nicht anders sagen als: zärtlich zu und sagtest mit einer ganz leisen und fast vertraulichen Stimme: »Danke vielmals, Fräulein.«

Das war alles, Geliebter; aber von dieser Sekunde, seit ich diesen weichen, zärtlichen Blick gespürt, war ich Dir verfallen. Ich habe ja später, habe es bald erfahren, daß Du diesen umfangenden, an Dich ziehenden, diesen umhüllenden und doch zugleich entkleidenden Blick, diesen Blick des gebornen Verführers, jeder Frau hingibst, die an Dich streift, jedem Ladenmädchen, das Dir verkauft, jedem Stubenmädchen, das Dir die Tür öffnet, daß dieser Blick bei Dir gar nicht bewußt ist als Wille und Neigung, sondern daß Deine Zärtlichkeit zu Frauen ganz unbewußt Deinen Blick weich und warm werden läßt, wenn er sich ihnen zuwendet. Aber ich, das dreizehnjährige Kind, ahnte das nicht: ich war wie in Feuer getaucht. Ich glaubte, die Zärtlichkeit gelte nur mir, nur mir allein, und in dieser einen Sekunde war die Frau in mir, der Halbwüchsigen, erwacht und war diese Frau Dir für immer verfallen.

»Wer war das?« fragte meine Freundin. Ich konnte ihr nicht gleich antworten. Es war mir unmöglich, Deinen Namen zu nennen: schon in dieser einen, dieser einzigen Sekunde war er mir heilig, war er mein Geheimnis geworden. »Ach, irgendein Herr, der hier im Hause wohnt«, stammelte ich dann ungeschickt heraus. »Aber warum bist du denn so rot geworden, wie er dich angeschaut hat«, spottete die Freundin mit der ganzen Bosheit eines neugierigen Kindes. Und eben weil ich fühlte, daß sie an mein Geheimnis spottend rühre, fuhr mir das Blut noch heißer in die Wangen. Ich wurde grob aus Verlegenheit. »Blöde Gans«, sagte ich wild: am liebsten hätte ich sie erdrosselt. Aber sie lachte nur noch lauter und höhnischer, bis ich fühlte, daß mir die Tränen in die Augen schossen vor ohnmächtigem Zorn. Ich ließ sie stehen und lief hinauf.

Von dieser Sekunde an habe ich Dich geliebt. Ich weiß, Frauen haben Dir, dem Verwöhnten, oft dieses Wort gesagt. Aber glaube mir, niemand hat Dich so sklavisch, so hündisch, so hingebungsvoll geliebt wie dieses Wesen, das ich war und das ich für Dich immer geblieben bin, denn nichts auf Erden gleicht der unbemerkten Liebe eines Kindes aus dem Dunkel, weil sie so hoffnungslos, so dienend, so unterwürfig, so lauernd und leidenschaftlich ist, wie niemals die begehrende und unbewußt doch fordernde Liebe einer erwachsenen Frau. Nur einsame Kinder können ganz ihre Leidenschaft zusammenhalten: die andern zerschwätzen ihr Gefühl in Gesellschaft, schleifen es ab in Vertraulichkeiten, sie haben von Liebe viel gehört und gelesen und wissen, daß sie ein gemeinsames Schicksal ist. Sie spielen damit, wie mit einem Spielzeug, sie prahlen damit, wie Knaben mit ihrer ersten Zigarette. Aber ich, ich hatte ja niemand, um mich anzuvertrauen, war von keinem belehrt und gewarnt, war unerfahren und ahnungslos: ich stürzte hinein in mein Schicksal wie in einen Abgrund. Alles, was in mir wuchs und aufbrach, wußte nur Dich, den Traum von Dir, als Vertrauten: mein Vater war längst gestorben, die Mutter mir fremd in ihrer ewig unheiteren Bedrücktheit und Pensionistenängstlichkeit, die halbverdorbenen Schulmädchen stießen mich ab, weil sie so leichtfertig mit dem spielten, was mir letzte Leidenschaft war – so warf ich alles, was sich sonst zersplittert und verteilt, warf ich mein ganzes zusammengepreßtes und immer wieder ungeduldig aufquellendes Wesen Dir entgegen. Du warst mir – wie soll ich es Dir sagen? jeder einzelne Vergleich ist zu gering – Du warst eben alles, mein ganzes Leben. Alles existierte nur insofern, als es Bezug hatte auf Dich, alles in meiner Existenz hatte nur Sinn, wenn es mit Dir verbunden war. Du verwandeltest mein ganzes Leben. Bisher gleichgültig und mittelmäßig in der Schule, wurde ich plötzlich die Erste, ich las tausend Bücher bis tief in die Nacht, weil ich wußte, daß Du die Bücher liebtest, ich begann, zum Erstaunen meiner Mutter, plötzlich mit fast störrischer Beharrlichkeit Klavier zu üben, weil ich glaubte, Du liebtest Musik. Ich putzte und nähte an meinen Kleidern, nur um gefällig und proper vor Dir auszusehen, und daß ich an meiner alten Schulschürze (sie war ein zugeschnittenes Hauskleid meiner Mutter) links einen eingesetzten viereckigen Fleck hatte, war mir entsetzlich. Ich fürchtete, Du könntest ihn bemerken und mich verachten; darum drückte ich immer die Schultasche darauf, wenn ich die Treppen hinauflief, zitternd vor Angst, Du würdest ihn sehen. Aber wie töricht war das: Du hast mich ja nie, fast nie mehr angesehen.

Und doch: ich tat eigentlich den ganzen Tag nichts als

auf Dich warten und Dich belauern. An unserer Tür war ein kleines messingenes Guckloch, durch dessen kreisrunden Ausschnitt man hinüber auf Deine Tür sehen konnte. Dieses Guckloch – nein, lächle nicht, Geliebter, noch heute, noch heute schäme ich mich jener Stunden nicht! – war mein Auge in die Welt hinaus, dort, im eiskalten Vorzimmer, scheu vor dem Argwohn der Mutter, saß ich in jenen Monaten und Jahren, ein Buch in der Hand, ganze Nachmittage auf der Lauer, gespannt wie eine Saite und klingend, wenn Deine Gegenwart sie berührte. Ich war immer um Dich, immer in Spannung und Bewegung; aber Du konntest es so wenig fühlen wie die Spannung der Uhrfeder, die Du in der Tasche trägst und die geduldig im Dunkel Deine Stunden zählt und mißt, Deine Wege mit unhörbarem Herzpochen begleitet und auf die nur einmal in Millionen tickender Sekunden Dein hastiger Blick fällt. Ich wußte alles von Dir, kannte jede Deiner Gewohnheiten, jede Deiner Krawatten, jeden Deiner Anzüge, ich kannte und unterschied bald Deine einzelnen Bekannten und teilte sie in solche, die mir lieb, und solche, die mir widrig waren: von meinem dreizehnten bis zu meinem sechzehnten Jahre habe ich jede Stunde in Dir gelebt. Ach, was für Torheiten habe ich begangen! Ich küßte die Türklinke, die Deine Hand berührt hatte, ich stahl einen Zigarrenstummel, den Du vor dem Eintreten weggeworfen hattest, und er war mir heilig, weil Deine Lippen daran gerührt. Hundertmal lief ich abends unter irgendeinem Vorwand hinab auf die Gasse, um zu sehen, in welchem Deiner Zimmer Licht brenne, und so Deine Gegenwart, Deine unsichtbare, wissender zu fühlen. Und in den Wochen, wo Du verreist warst – mir stockte immer das Herz vor Angst, wenn ich den guten Johann Deine gelbe Reisetasche hinabtragen sah –, in diesen Wochen war mein Leben tot und ohne Sinn. Mürrisch, gelangweilt, böse ging ich herum und mußte nur immer achtgeben, daß die Mutter an meinen verweinten Augen nicht meine Verzweiflung merke.

Ich weiß, das sind alles groteske Überschwänge, kindische Torheiten, die ich Dir da erzähle. Ich sollte mich ihrer schämen, aber ich schämte mich nicht, denn nie war meine Liebe zu Dir reiner und leidenschaftlicher als in diesen kindlichen Exzessen. Stundenlang, tagelang könnte ich Dir erzählen, wie ich damals mit Dir gelebt, der Du mich kaum von Angesicht kanntest, denn begegnete ich Dir auf der Treppe und gab es kein Ausweichen, so lief ich, aus Furcht vor Deinem brennenden Blick, mit gesenktem Kopf an Dir vorbei wie einer, der ins Wasser stürzt, nur daß mich das Feuer nicht versenge. Stundenlang, tagelang könnte ich Dir von jenen Dir längst entschwundenen Jahren erzählen, den ganzen Kalender Deines Lebens aufrollen; aber ich will Dich nicht langweilen, will Dich nicht quälen. Nur das schönste Erlebnis meiner Kindheit will ich Dir noch anvertrauen, und ich bitte Dich, nicht zu spotten, weil es ein so Geringes ist, denn mir, dem Kinde, war es eine Unendlichkeit. An einem Sonntag muß es gewesen sein. Du warst verreist, und Dein Diener schleppte die schweren Teppiche, die er geklopft hatte, durch die offene Wohnungstür. Er trug schwer daran, der Gute, und in einem Anfall von Verwegenheit ging ich zu ihm und fragte, ob ich ihm nicht helfen könnte. Er war erstaunt, aber ließ mich gewähren, und so sah ich – vermöchte ich Dirs doch nur zu sagen, mit welcher ehrfürchtigen, ja frommen Verehrung! – Deine Wohnung von innen, Deine Welt, den Schreibtisch, an dem Du zu sitzen pflegtest und auf dem in einer blauen Kristallvase ein paar Blumen standen. Deine Schränke, Deine Bilder, Deine Bücher. Nur ein flüchtiger, diebischer Blick war es in Dein Leben, denn Johann, der Getreue, hätte mir gewiß genaue Betrachtung gewehrt, aber ich sog mit diesem einen Blick die ganze Atmosphäre ein und hatte Nahrung für meine unendlichen Träume von Dir im Wachen und Schlaf.

Dies, diese rasche Minute, sie war die glücklichste meiner Kindheit. Sie wollte ich Dir erzählen, damit Du, der Du mich nicht kennst, endlich zu ahnen beginnst, wie ein Leben an Dir hing und verging. Sie wollte ich Dir erzählen und jene andere noch, die fürchterlichste Stunde, die jener leider so nachbarlich war. Ich hatte – ich sagte es Dir ja schon – um Deinetwillen an alles vergessen, ich hatte auf meine Mutter nicht acht und kümmerte mich um niemanden. Ich merkte nicht, daß ein älterer Herr, ein Kaufmann aus Innsbruck, der mit meiner Mutter entfernt verschwägert war, öfter kam und länger blieb, ja, es war mir nur angenehm, denn er führte Mama manchmal in das Theater, und ich konnte allein bleiben, an Dich denken, auf Dich lauern, was ja meine höchste, meine einzige Seligkeit war. Eines Tages nun rief mich die Mutter mit einer gewissen Umständlichkeit in ihr Zimmer; sie hätte ernst mit mir zu sprechen. Ich wurde blaß und hörte mein Herz plötzlich hämmern; sollte sie etwas geahnt, etwas erraten haben? Mein erster Gedanke warst Du, das Geheimnis, das mich mit der Welt verband. Aber die Mutter war selbst verlegen, sie küßte mich (was sie sonst nie tat) zärtlich ein- und zweimal, zog mich auf das Sofa zu sich und begann dann zögernd und verschämt zu erzählen, ihr Verwandter, der Witwer sei, habe ihr einen Heiratsantrag gemacht, und sie sei, hauptsächlich um meinetwillen, entschlossen, ihn anzunehmen. Heißer stieg mir das Blut zum Herzen: nur ein Gedanke antwortete von innen, der Gedanke an Dich. »Aber wir bleiben doch hier?« konnte ich gerade noch stammeln. »Nein, wir ziehen nach Innsbruck, dort hat Ferdinand eine schöne Villa.« Mehr hörte ich nicht. Mir ward schwarz vor den Augen. Später wußte ich, daß ich in Ohnmacht gefallen war; ich sei, hörte ich die Mutter dem Stiefvater leise erzählen, der hinter der

Tür gewartet hatte, plötzlich mit aufgespreizten Händen zurückgefahren und dann hingestürzt wie ein Klumpen Blei. Was dann in den nächsten Tagen geschah, wie ich mich, ein machtloses Kind, wehrte gegen ihren übermächtigen Willen, das kann ich Dir nicht schildern: noch jetzt zittert mir, da ich daran denke, die Hand im Schreiben. Mein wirkliches Geheimnis konnte ich nicht verraten, so schien meine Gegenwehr bloß Starrsinn, Bosheit und Trotz. Niemand sprach mehr mit mir, alles geschah hinterrücks. Man nutzte die Stunden, da ich in der Schule war, um die Übersiedlung zu fördern: kam ich dann nach Hause, so war immer wieder ein anderes Stück verräumt oder verkauft. Ich sah, wie die Wohnung und damit mein Leben verfiel, und einmal, als ich zum Mittagessen kam, waren die Möbelpacker dagewesen und hatten alles weggeschleppt. In den leeren Zimmern standen die gepackten Koffer und zwei Feldbetten für die Mutter und mich: da sollten wir noch eine Nacht schlafen, die letzte, und morgen nach Innsbruck reisen.

An diesem letzten Tag fühlte ich mit plötzlicher Entschlossenheit, daß ich nicht leben konnte ohne Deine Nähe. Ich wußte keine andere Rettung als Dich. Wie ich mirs dachte und ob ich überhaupt klar in diesen Stunden der Verzweiflung zu denken vermochte, das werde ich nie sagen können, aber plötzlich – die Mutter war fort – stand ich auf im Schulkleid, wie ich war, und ging hinüber zu Dir. Nein, ich ging nicht: es stieß mich mit steifen Beinen, mit zitternden Gelenken magnetisch fort zu Deiner Tür. Ich sagte Dir schon, ich wußte nicht deutlich, was ich wollte: Dir zu Füßen fallen und Dich bitten, mich zu behalten als Magd, als Sklavin, und ich fürchte, Du wirst lächeln über diesen unschuldigen Fanatismus einer Fünfzehnjährigen, aber – Geliebter, Du würdest nicht mehr lächeln, wüßtest Du, wie ich damals draußen im eiskalten Gange stand, starr vor Angst und doch vorwärts gestoßen von einer unfaßbaren Macht, und wie ich den Arm, den zitternden, mir gewissermaßen vom Leib losriß, daß er sich hob und – es war ein Kampf durch die Ewigkeit entsetzlicher Sekunden – den Finger auf den Knopf der Türklinke drückte. Noch heute gellts mir im Ohr, dies schrille Klingelzeichen, und dann die Stille danach, wo mir das Herz stillstand, wo mein ganzes Blut anhielt und nur lauschte, ob Du kämest.

Aber Du kamst nicht. Niemand kam. Du warst offenbar fort an jenem Nachmittage und Johann auf Besorgung; so tappte ich, den toten Ton der Klingel im dröhnenden Ohr, in unsere zerstörte, ausgeräumte Wohnung zurück und warf mich erschöpft auf einen Plaid, müde von den vier Schritten, als ob ich stundenlang durch tiefen Schnee gegangen sei. Aber unter dieser Erschöpfung glüht noch unverlöscht die Entschlossenheit, Dich zu sehen, Dich zu sprechen, ehe sie mich wegrissen. Es war, ich schwöre es Dir, kein sinnlicher Gedanke dabei, ich war noch unwissend, eben weil ich an nichts dachte als an Dich: nur sehen wollte ich Dich, einmal noch sehen, mich anklammern an Dich. Die ganze Nacht, die ganze lange, entsetzliche Nacht habe ich dann, Geliebter, auf Dich gewartet. Kaum daß die Mutter sich in ihr Bett gelegt hatte und eingeschlafen war, schlich ich in das Vorzimmer hinaus, um zu horchen, wann Du nach Hause kämest. Die ganze Nacht habe ich gewartet, und es war eine eisige Januarnacht. Ich war müde, meine Glieder schmerzten mich, und es war kein Sessel mehr, mich hinzusetzen: so legte ich mich flach auf den kalten Boden, über den der Zug von der Tür hinstrich. Nur in meinem dünnen Kleide lag ich auf dem schmerzenden kalten Boden, denn ich nahm keine Decke; ich wollte es nicht warm haben, aus Furcht, einzuschlafen und Deinen Schritt zu überhören. Es tat weh, meine Füße preßte ich im Krampfe zusammen, meine Arme zitterten: ich mußte immer wieder aufstehen, so kalt war es im entsetzlichen Dunkel. Aber ich wartete, wartete, wartete auf Dich wie auf mein Schicksal. Endlich – es muß schon zwei oder drei Uhr morgens gewesen sein – hörte ich unten das Haustor aufsperren und dann Schritte die Treppe hinauf. Wie abgesprungen war die Kälte von mir, heiß überflog's mich, leise machte ich die Tür auf, um Dir entgegenzustürzen, Dir zu Füßen zu fallen ... Ach, ich weiß ja nicht, was ich törichtes Kind damals getan hätte. Die Schritte kamen näher, Kerzenlicht flackte herauf. Zitternd hielt ich die Klinke. Warst Du es, der da kam?

Ja, Du warst es, Geliebter – aber Du warst nicht allein. Ich hörte ein leises, kitzliches Lachen, irgendein streifendes seidenes Kleid und leise Deine Stimme – Du kamst mit einer Frau nach Hause ...

Wie ich diese Nacht überleben konnte, weiß ich nicht. Am nächsten Morgen, um acht Uhr, schleppten sie mich nach Innsbruck; ich hatte keine Kraft mehr, mich zu wehren.

Mein Kind ist gestern nacht gestorben – nun werde ich wieder allein sein, wenn ich wirklich weiterleben muß. Morgen werden sie kommen, fremde, schwarze, ungeschlachte Männer, und einen Sargen bringen, werden es hineinlegen, mein armes, mein einziges Kind. Vielleicht kommen auch Freunde und bringen Kränze, aber was sind Blumen auf einem Sarg? Sie werden mich trösten und mir irgendwelche Worte sagen, Worte, Worte; aber was können sie mir helfen? Ich weiß, ich muß dann doch wieder allein sein. Und es gibt nichts Entsetzlicheres, als Alleinsein unter den Menschen. Damals habe ich es erfahren, damals in jenen unendlichen zwei Jahren in Innsbruck, jenen Jahren von meinem sechzehnten bis zu meinem achtzehnten, wo ich wie eine Gefangene, eine Verstoßene zwischen meiner Familie lebte. Der Stiefvater, ein sehr ruhiger, wortkarger Mann, war gut zu mir, meine Mutter schien, wie um ein unbewußtes Unrecht zu sühnen, allen meinen Wünschen bereit, junge Menschen bemühten sich um mich, aber ich stieß sie alle in einem leidenschaftlichen Trotz zurück. Ich wollte nicht glücklich, nicht zufrieden leben abseits von Dir, ich grub mich selbst in eine finstere Welt von Selbstqual und Einsamkeit. Die neuen, bunten Kleider, die sie mir kauften, zog ich nicht an, ich weigerte mich, in Konzerte, in Theater zu gehen oder Ausflüge in heiterer Gesellschaft mitzumachen. Kaum daß ich je die Gasse betrat: würdest Du es glauben, Geliebter, daß ich von dieser kleinen Stadt, in der ich zwei Jahre gelebt, keine zehn Straßen kenne? Ich trauerte und ich wollte trauern, ich berauschte mich an jeder Entbehrung, die ich mir zu der Deines Anblicks noch auferlegte. Und dann: ich wollte mich nicht ablenken lassen von meiner Leidenschaft, nur in Dir zu leben. Ich saß allein zu Hause, stundenlang, tagelang, und tat nichts, als an Dich zu denken, immer wieder, immer wieder die hundert kleinen Erinnerungen an Dich, jede Begegnung, jedes Warten, mir zu erneuern, mir diese kleinen Episoden vorzuspielen wie im Theater. Und darum, weil ich jede der Sekunden von einst mir unzählige Male wiederholte, ist auch meine ganze Kindheit mir in so brennender Erinnerung geblieben, daß ich jede Minute jener vergangenen Jahre so heiß und springend fühle, als wäre sie gestern durch mein Blut gefahren.

Nur in Dir habe ich damals gelebt. Ich kaufte mir alle Deine Bücher; wenn Dein Name in der Zeitung stand, war es ein festlicher Tag. Willst Du es glauben, daß ich jede Zeile aus Deinen Büchern auswendig kann, so oft habe ich sie gelesen? Würde mich einer nachts aus dem Schlaf aufwecken und eine losgerissene Zeile aus ihnen mir vorsprechen, ich könnte sie heute noch, heute noch nach dreizehn Jahren, weitersprechen wie im Traum: so war jedes Wort von Dir mir Evangelium und Gebet. Die ganze Welt, sie existierte nur in Beziehung auf Dich: ich las in den Wiener Zeitungen die Konzerte, die Premieren nach nur mit dem Gedanken, welche Dich davon interessieren möchten, und wenn es Abend wurde, begleitete ich Dich von ferne: jetzt tritt er in den Saal, jetzt setzt er sich nieder. Tausendmal träumte ich das, weil ich Dich ein einziges Mal in einem Konzert gesehen.

Aber wozu all dies erzählen, diesen rasenden, gegen sich selbst wütenden, diesen so tragischen hoffnungslosen Fanatismus eines verlassenen Kindes, wozu es einem erzählen, der es nie geahnt, der es nie gewußt? Doch war ich damals wirklich noch ein Kind? Ich wurde siebzehn, wurde achtzehn Jahre – die jungen Leute begannen sich auf der Straße nach mir umzublicken, doch sie erbitterten mich nur. Denn Liebe oder auch nur ein Spiel mit Liebe im Gedanken an jemanden andern als an Dich, das war mir so unerfindlich, so unausdenklich fremd, ja die Versuchung schon wäre mir als ein Verbrechen erschienen. Meine Leidenschaft zu Dir blieb dieselbe, nur daß sie anders ward mit meinem Körper, mit meinen wacheren Sinnen glühender, körperlicher, frauenhafter. Und was das Kind in seinem dumpfen unbelehrten Willen, das Kind, das damals die Klingel Deiner Türe zog, nicht ahnen konnte, das war jetzt mein einziger Gedanke: mich Dir zu schenken, mich Dir hinzugeben.

Die Menschen um mich vermeinten mich scheu, nannten mich schüchtern (ich hatte mein Geheimnis verbissen hinter den Zähnen). Aber in mir wuchs ein eiserner Wille. Mein ganzes Denken und Trachten war in eine Richtung gespannt: zurück nach Wien, zurück zu Dir. Und ich erzwang meinen Willen, so unsinnig, so unbegreiflich er den andern scheinen mochte. Mein Stiefvater war vermögend, er betrachtete mich als sein eigenes Kind. Aber ich drang in erbittertem Starrsinn darauf, ich wolle mir mein

Geld selbst verdienen, und erreichte es endlich, daß ich in Wien zu einem Verwandten als Angestellte eines großen Konfektionsgeschäftes kam.

Muß ich Dir sagen, wohin mein erster Weg ging, als ich an einem nebligen Herbstabend – endlich! endlich! – in Wien ankam? Ich ließ die Koffer an der Bahn, stürzte mich in eine Straßenbahn – wie langsam schien sie mir zu fahren, jede Haltestelle erbitterte mich – und lief vor das Haus. Deine Fenster waren erleuchtet, mein ganzes Herz klang. Nun erst lebte die Stadt, die mich so fremd, so sinnlos umbraust hatte, nun erst lebte ich wieder, da ich Dich nahe ahnte, Dich, meinen ewigen Traum. Ich ahnte ja nicht, daß ich in Wirklichkeit Deinem Bewußtsein ebenso ferne war hinter Tälern, Bergen und Flüssen als nun, da nur die dünne leuchtende Glasscheibe Deines Fensters zwischen Dir war und meinem aufstrahlenden Blick. Ich sah nur empor und empor: da war Licht, da war das Haus, da warst Du, da war meine Welt. Zwei Jahre hatte ich von dieser Stunde geträumt, nun war sie mir geschenkt. Ich stand den langen, weichen, verhangenen Abend vor Deinen Fenstern, bis das Licht erlosch. Dann suchte ich erst mein Heim.

Jeden Abend stand ich dann so vor Deinem Haus. Bis sechs Uhr hatte ich Dienst im Geschäft, harten, anstrengenden Dienst, aber er war mir lieb, denn diese Unruhe ließ mich die eigene nicht so schmerzhaft fühlen. Und geradewegs, sobald die eisernen Rollbalken hinter mir niederdröhnten, lief ich zu dem geliebten Ziel. Nur Dich einmal sehen, nur einmal Dir begegnen, das war mein einziger Wille, nur wieder einmal mit dem Blick Dein Gesicht umfassen dürfen von ferne. Etwa nach einer Woche geschah's dann endlich, daß ich Dir begegnete, und zwar gerade in einem Augenblick, wo ich's nicht vermutete: während ich eben hinauf zu Deinen Fenstern spähte, kamst Du quer über die Straße. Und plötzlich war ich wieder das Kind, das dreizehnjährige, ich fühlte, wie das Blut mir in die Wangen schoß; unwillkürlich, wider meinen innersten Drang, der sich sehnte, Deine Augen zu fühlen, senkte ich den Kopf und lief blitzschnell wie gehetzt an Dir vorbei. Nachher schämte ich mich dieser schulmädelhaften scheuen Flucht, denn jetzt war mein Wille mir doch klar: ich wollte Dir ja begegnen, ich suchte Dich, ich wollte von Dir erkannt sein nach all den sehnsüchtig verdämmerten Jahren, wollte von Dir beachtet, wollte von Dir geliebt sein.

Aber Du bemerktest mich lange nicht, obzwar ich jeden Abend, auch bei Schneegestöber und in dem scharfen, schneidenden Wiener Wind in Deiner Gasse stand. Oft wartete ich stundenlang vergebens, oft gingst Du dann endlich vom Hause in Begleitung von Bekannten fort, zweimal sah ich Dich auch mit Frauen, und nun empfand ich mein Erwachsensein, empfand das Neue, Andere meines Gefühls zu Dir an dem plötzlichen Herzzucken, das mir quer die Seele zerriß, als ich eine fremde Frau so sicher Arm in Arm mit Dir hingehen sah. Ich war nicht überrascht. Ich kannte ja diese Deine ewigen Besucherinnen aus meinen Kindertagen schon, aber jetzt tat es mit einmal irgendwie körperlich weh, etwas spannte sich in mir, gleichzeitig feindlich und mitverlangend gegen diese offensichtliche, diese fleischliche Vertrautheit mit einer andern. Einen Tag blieb ich, kindlich stolz wie ich war und vielleicht jetzt noch geblieben bin, von Deinem Haus weg: aber wie entsetzlich war dieser leere Abend des Trotzes und der Auflehnung. Am nächsten Abend stand ich schon wieder demütig vor Deinem Hause wartend, wartend, wie ich mein ganzes Schicksal lang vor Deinem verschlossenen Leben gestanden bin.

Und endlich, an einem Abend bemerktest Du mich. Ich hatte Dich schon von ferne kommen sehen und straffte meinen Willen zusammen, Dir nicht auszuweichen. Der

Zufall wollte, daß durch einen abzuladenden Wagen die Straße verengert war und Du ganz an mir vorbei mußtest. Unwillkürlich streifte mich Dein zerstreuter Blick, um sofort, kaum daß er der Aufmerksamkeit des meinen begegnete – wie erschrak die Erinnerung in mir! –, jener Dein Frauenblick, jener zärtliche, hüllende und gleichzeitig enthüllende, jener umfangende und schon fassende Blick zu werden, der mich, das Kind, zum erstenmal zur Frau, zur Liebenden erweckt. Ein, zwei Sekunden lang hielt dieser Blick so den meinen, der sich nicht wegreißen konnte und wollte – dann warst Du an mir vorbei. Mir schlug das Herz: unwillkürlich mußte ich meinen Schritt verlangsamen, und wie ich aus einer nicht zu bezwingenden Neugier mich umwandte, sah ich, daß Du stehengeblieben warst und mir nachsahst. Und an der Art, wie Du neugierig interessiert mich beobachtetest, wußte ich sofort: Du erkanntest mich nicht.

Du erkanntest mich nicht, damals nicht, nie, nie hast Du mich erkannt. Wie soll ich Dir, Geliebter, die Enttäuschung jener Sekunde schildern – damals war es ja das erstemal, daß ich's erlitt, dies Schicksal, von Dir nicht erkannt zu sein, das ich ein Leben durchlebt habe, und mit dem ich sterbe; unerkannt, immer noch unerkannt von Dir. Wie soll ich sie Dir schildern, diese Enttäuschung! Denn sieh, in diesen zwei Jahren in Innsbruck, wo ich jede Stunde an Dich dachte und nichts tat, als mir unsere erste Wiederbegegnung in Wien auszudenken, da hatte ich die wildesten Möglichkeiten neben den seligsten, je nach dem Zustand meiner Laune, ausgeträumt. Alles war, wenn ich so sagen darf, durchgeträumt; ich hatte mir in finstern Momenten vorgestellt, Du würdest mich zurückstoßen, würdest mich verachten, weil ich zu gering, zu häßlich, zu aufdringlich sei. Alle Formen Deiner Mißgunst, Deiner Kälte, Deiner Gleichgültigkeit, sie alle hatte ich durchgewandelt in leidenschaftlichen Visionen – aber dies, dies

– 172 –

eine hatte ich in keiner finstern Regung des Gemüts, nicht im äußersten Bewußtsein meiner Minderwertigkeit in Betracht zu ziehen gewagt, dies Entsetzlichste: daß du überhaupt von meiner Existenz nichts bemerkt hattest. Heute verstehe ich es ja – ach, Du hast mich's verstehen gelehrt! –, daß das Gesicht eines Mädchens, einer Frau etwas ungemein Wandelhaftes sein muß für einen Mann, weil es meist nur Spiegel ist, bald einer Leidenschaft, bald einer Kindlichkeit, bald eines Müdeseins, und so leicht verfließt wie ein Bildnis im Spiegel, daß also ein Mann leichter das Antlitz einer Frau verlieren kann, weil das Alter darin durchwandelt mit Schatten und Licht, weil die Kleidung es von einemmal zum anderen anders rahmt. Die Resignierten, sie sind ja erst die wahren Wissenden. Aber ich, das Mädchen von damals, ich konnte Deine Vergeßlichkeit noch nicht fassen, denn irgendwie war aus meiner maßlosen, unaufhörlichen Beschäftigung mit Dir der Wahn in mich gefahren, auch Du müßtest meiner oft gedenken und auf mich warten; wie hätte ich auch nur atmen können mit der Gewißheit, ich sei Dir nichts, nie rühre ein Erinnern an mich Dich leise an! Und dies Erwachen vor Deinem Blick, der mir zeigte, daß nichts in Dir mich mehr kannte, kein Spinnfaden Erinnerung von Deinem Leben hinreiche zu meinem, das war ein erster Sturz hinab in die Wirklichkeit, eine erste Ahnung meines Schicksals.

Du erkanntest mich nicht damals. Und als zwei Tage später Dein Blick mit einer gewissen Vertrautheit bei erneuter Begegnung mich umfing, da erkanntest Du mich wiederum nicht als die, die Dich geliebt und die Du erweckt, sondern bloß als das hübsche achtzehnjährige Mädchen, das Dir vor zwei Tagen an der gleichen Stelle entgegengetreten. Du sahst mich freundlich überrascht an, ein leichtes Lächeln umspielte Deinen Mund. Wieder gingst Du an mir vorbei und wieder den Schritt sofort verlangsamend: ich zitterte, ich jauchzte, ich betete, Du würdest mich ansprechen. Ich fühlte, daß ich zum erstenmal für Dich lebendig war: auch ich verlangsamte den Schritt, ich wich Dir nicht aus. Und plötzlich spürte ich Dich hinter mir, ohne mich umzuwenden, ich wußte, nun würde ich zum erstenmal Deine geliebte Stimme an mich gerichtet hören. Wie eine Lähmung war die Erwartung in mir, schon fürchtete ich stehenbleiben zu müssen, so hämmerte mir das Herz – da tratest Du an meine Seite. Du sprachst mich an mit Deiner leichten heitern Art, als wären wir lange befreundet – ach, Du ahntest mich ja nicht, nie hast Du etwas von meinem Leben geahnt! – so zauberhaft unbefangen sprachst Du mich an, daß ich Dir sogar zu antworten vermochte. Wir gingen zusammen die ganze Gasse entlang. Dann fragtest Du mich, ob wir gemeinsam speisen wollten. Ich sagte ja. Was hätte ich Dir gewagt zu verneinen?

Wir speisten zusammen in einem kleinen Restaurant – weißt Du noch, wo es war? Ach nein, Du unterscheidest es gewiß nicht mehr von andern solchen Abenden, denn wer war ich Dir? Eine unter Hunderten, ein Abenteuer in einer ewig fortgeknüpften Kette. Was sollte Dich auch an mich erinnern: ich sprach ja wenig, weil es mir so unendlich beglückend war, Dich nahe zu haben, Dich zu mir sprechen zu hören. Keinen Augenblick davon wollte ich durch eine Frage, durch ein törichtes Wort vergeuden. Nie werde ich Dir von dieser Stunde dankbar vergessen, wie voll Du meine leidenschaftliche Ehrfurcht erfülltest, wie zart, wie leicht, wie taktvoll Du warst, ganz ohne Zudringlichkeit, ganz ohne jene eiligen karessanten Zärtlichkeiten, und vom ersten Augenblick von einer so sicheren freundschaftlichen Vertrautheit, daß Du mich auch gewonnen hättest, wäre ich nicht schon längst mit meinem ganzen Willen und Wesen Dein gewesen. Ach, Du weißt ja nicht, ein wie Ungeheures Du erfülltest, indem

Du mir fünf Jahre kindischer Erwartung nicht enttäuschtest!

Es wurde spät, wir brachen auf. An der Tür des Restaurants fragtest Du mich, ob ich eilig wäre oder noch Zeit hätte. Wie hätte ich's verschweigen können, daß ich Dir bereit sei! Ich sagte, ich hätte noch Zeit. Dann fragtest Du, ein leises Zögern rasch überspringend, ob ich nicht noch ein wenig zu Dir kommen wollte, um zu plaudern. »Gerne«, sagte ich ganz aus der Selbstverständlichkeit meines Fühlens heraus und merkte sofort, daß Du von der Raschheit meiner Zusage irgendwie peinlich oder freudig berührt warst, jedenfalls aber sichtlich überrascht. Heute verstehe ich ja dies Dein Erstaunen; ich weiß, es ist bei Frauen üblich, auch wenn das Verlangen nach Hingabe in einer brennend ist, diese Bereitschaft zu verleugnen, ein Erschrecken vorzutäuschen oder eine Entrüstung, die durch eindringliche Bitte, durch Lügen, Schwüre und Versprechen erst beschwichtigt sein will. Ich weiß, daß vielleicht nur die Professionellen der Liebe, die Dirnen, eine solche Einladung mit einer so vollen freudigen Zustimmung beantworten, oder ganz naive, ganz halbwüchsige Kinder. In mir aber war es – und wie konntest Du das ahnen – nur der wortgewordene Wille, die geballt vorbrechende Sehnsucht von tausend einzelnen Tagen. Jedenfalls aber: Du warst frappiert, ich begann Dich zu interessieren. Ich spürte, daß Du, während wir gingen, von der Seite her während des Gespräches mich irgendwie erstaunt mustertest. Dein Gefühl, Dein in allem Menschlichen so magisch sicheres Gefühl witterte hier sogleich ein Ungewöhnliches, ein Geheimnis in diesem hübschen zutunlichen Mädchen. Der Neugierige in Dir war wach, und ich merkte, aus der umkreisenden, spürenden Art der Fragen, wie Du nach dem Geheimnis tasten wolltest. Aber ich wich Dir aus: ich wollte lieber töricht erscheinen als Dir mein Geheimnis verraten.

Wir gingen zu Dir hinauf. Verzeih, Geliebter, wenn ich Dir sage, daß Du es nicht verstehen kannst, was dieser Gang, diese Treppe für mich waren, welcher Taumel, welche Verwirrung, welch ein rasendes, quälendes, fast tödliches Glück. Jetzt noch kann ich kaum ohne Tränen daran denken, und ich habe keine mehr. Aber fühl es nur aus, daß jeder Gegenstand dort gleichsam durchdrungen war von meiner Leidenschaft, jeder ein Symbol meiner Kindheit, meiner Sehnsucht: das Tor, vor dem ich tausende Male auf Dich gewartet, die Treppe, von der ich immer Deinen Schritt erhorcht und wo ich Dich zum erstenmal gesehen, das Guckloch, aus dem ich mir die Seele gespäht, der Türvorleger vor Deiner Tür, auf dem ich einmal gekniet, das Knacken des Schlüssels, bei dem ich immer aufgesprungen von meiner Lauer. Die ganze Kindheit, meine ganz Leidenschaft, da nistete sie ja in diesen paar Metern Raum, hier war mein ganzes Leben, und jetzt fiel es nieder auf mich wie ein Sturm, da alles, alles sich erfüllte und ich mit Dir ging, ich mit Dir, in Deinem, in unserem Hause. Bedenke – es klingt ja banal, aber ich weiß es nicht anders zu sagen –, daß bis zu Deiner Tür alles Wirklichkeit, dumpfe tägliche Welt ein Leben lang gewesen war, und dort das Zauberreich des Kindes begann, Aladins Reich, bedenke, daß ich tausendmal mit brennenden Augen auf diese Tür gestarrt, die ich jetzt taumelnd durchschritt, und Du wirst ahnen – aber nur ahnen, niemals ganz wissen, mein Geliebter! –, was diese stürzende Minute von meinem Leben wegtrug.

Ich blieb damals die ganze Nacht bei Dir. Du hast es nicht geahnt, daß vordem noch nie ein Mann mich berührt, noch keiner meinen Körper gefühlt oder gesehen. Aber wie konntest Du es auch ahnen, Geliebter, denn ich bot Dir ja keinen Widerstand, ich unterdrückte jedes Zögern der Scham, nur damit Du nicht das Geheimnis meiner Liebe zu Dir erraten könntest, das Dich gewiß erschreckt hätte – denn Du liebst ja nur das Leichte, das Spielende, das Gewichtlose, Du hast Angst, in ein Schicksal einzugreifen. Verschwenden willst Du Dich, Du, an alle, an die Welt, und willst kein Opfer. Wenn ich Dir jetzt sage, Geliebter, daß ich mich jungfräulich Dir gab, so flehe ich Dich an: mißversteh mich nicht! Ich klage Dich ja nicht an, Du hast mich nicht gelockt, nicht belogen, nicht verführt – ich, ich selbst drängte zu Dir, warf mich an Deine Brust, warf mich in mein Schicksal. Nie, nie werde ich Dich anklagen, nein, nur immer Dir danken, denn wie reich, wie funkelnd von Lust, wie schwebend von Seligkeit war für mich diese Nacht. Wenn ich die Augen auftat im Dunkeln und Dich fühlte an meiner Seite, wunderte ich mich, daß nicht die Sterne über mir waren, so sehr fühlte ich Himmel – nein, ich habe niemals bereut, mein Geliebter, niemals um dieser Stunde willen. Ich weiß noch: als Du schliefst, als ich Deinen Atem hörte, Deinen Körper fühlte und mich selbst Dir so nah, da habe ich im Dunkeln geweint vor Glück.

Am Morgen drängte ich frühzeitig schon fort. Ich mußte in das Geschäft und wollte auch gehen, ehe der Diener käme: er sollte mich nicht sehen. Als ich angezogen vor Dir stand, nahmst Du mich in den Arm, sahst mich lange an; war es ein Erinnern, dunkel und fern, das in Dir wogte, oder schien ich Dir nur schön, beglückt, wie ich war? Dann küßtest Du mich auf den Mund. Ich machte mich leise los und wollte gehen. Da fragtest Du: »Willst Du nicht ein paar Blumen mitnehmen?« Ich sagte ja. Du nahmst vier weiße Rosen aus der blauen Kristallvase am Schreibtisch (ach, ich kannte sie von jenem einzigen diebischen Kindheitsblick) und gabst sie mir. Tagelang habe ich sie noch geküßt.

Wir hatten zuvor einen andern Abend verabredet. Ich kam, und wieder war es wunderbar. Noch eine dritte Nacht hast Du mir geschenkt. Dann sagtest Du, Du müß–

test verreisen – oh, wie haßte ich diese Reisen von meiner Kindheit her! – und versprachst mir, mich sofort nach Deiner Rückkehr zu verständigen. Ich gab Dir eine Poste restante-Adresse – meinen Namen wollte ich Dir nicht sagen. Ich hütete mein Geheimnis. Wieder gabst Du mir ein paar Rosen zum Abschied – zum Abschied.

Jeden Tag während zweier Monate fragte ich ... aber nein, wozu diese Höllenqual der Erwartung, der Verzweiflung Dir schildern. Ich klage Dich nicht an, ich liebe Dich als den, der Du bist, heiß und vergeßlich, hingebend und untreu, ich liebe Dich so, nur so, wie Du immer gewesen und wie Du jetzt noch bist. Du warst längst zurück, ich sah es an Deinen erleuchteten Fenstern, und hast mir nicht geschrieben. Keine Zeile habe ich von Dir in meinen letzten Stunden, keine Zeile von Dir, dem ich mein Leben gegeben. Ich habe gewartet, ich habe gewartet wie eine Verzweifelte. Aber Du hast mich nicht gerufen, keine Zeile hast Du mir geschrieben ... keine Zeile ...

Mein Kind ist gestern gestorben – es war auch Dein Kind. Es war auch Dein Kind, Geliebter, das Kind einer jener drei Nächte, ich schwöre es Dir, und man lügt nicht im Schatten des Todes. Es war unser Kind, ich schwöre es Dir, denn kein Mann hat mich berührt von jenen Stunden, da ich mich Dir hingegeben, bis zu jenen andern, da es aus meinem Leib gerungen wurde. Ich war mir heilig durch Deine Berührung: wie hätte ich es vermocht, mich zu teilen an Dich, der mir alles gewesen, und an andere, die an meinem Leben nur leise anstriften? Es war unser Kind, Geliebter, das Kind meiner wissenden Liebe und Deiner sorglosen, verschwenderischen, fast unbewußten Zärtlichkeit, unser Kind, unser Sohn, unser einziges Kind. Aber Du fragst nun – vielleicht erschreckt, vielleicht bloß erstaunt –, Du fragst nun, mein Geliebter, warum ich dies Kind alle diese langen Jahre verschwiegen und erst heute von ihm spreche, da es hier im Dunkel schlafend, für immer schlafend liegt, schon bereit fortzugehen und nie mehr wiederzukehren, nie mehr! Doch wie hätte ich es Dir sagen können? Nie hättest Du mir, der Fremden, der allzu Bereitwilligen dreier Nächte, die sich ohne Widerstand, ja begehrend, Dir aufgetan, nie hättest Du ihr, der Namenlosen einer flüchtigen Begegnung, geglaubt, daß sie Dir die Treue hielt, Dir dem Untreuen – nie ohne Mißtrauen dies Kind als das Deine erkannt! Nie hättest Du, selbst wenn mein Wort Dir Wahrscheinlichkeit geboten, den heimlichen Verdacht abtun können, ich versuchte, Dir, dem Begüterten, das Kind fremder Stunde unterzuschieben. Du hättest mich beargwohnt, ein Schatten wäre geblieben, ein fliegender, scheuer Schatten von Mißtrauen zwischen Dir und mir. Das wollte ich nicht. Und dann, ich kenne Dich; ich kenne Dich so gut, wie Du kaum selber Dich kennst, ich weiß, es wäre Dir, der Du das Sorglose, das Leichte, das Spielende liebst in der Liebe, peinlich gewesen, plötzlich Vater, plötzlich verantwortlich zu sein für ein Schicksal. Du hättest Dich, Du, der Du nur in Freiheit atmen kannst, Dich irgendwie verbunden gefühlt mit mir. Du hättest mich – ja, ich weiß es, daß Du es getan hättest, wider Deinen eigenen wachen Willen –, Du hättest mich gehaßt für dieses Verbundensein. Vielleicht nur stundenlang, vielleicht nur flüchtige Minuten lang wäre ich Dir lästig gewesen, wäre ich Dir verhaßt worden – ich aber wollte in meinem Stolze, Du solltest an mich ein Leben lang ohne Sorge denken. Lieber wollte ich alles auf mich nehmen als Dir eine Last werden, und einzig die sein unter allen Deinen Frauen, an die Du immer mit Liebe, mit Dankbarkeit denkst. Aber freilich, Du hast nie an mich gedacht, Du hast mich vergessen.

Ich klage Dich nicht an, mein Geliebter, nein, ich klage Dich nicht an. Verzeih mir's, wenn mir manchmal ein Tropfen Bitternis in die Feder fließt, verzeih mir's – mein

Kind, unser Kind liegt ja da tot unter den flackernden Kerzen; ich habe zu Gott die Fäuste geballt und ihn Mörder genannt, meine Sinne sind trüb und verwirrt. Verzeih mir die Klage, verzeihe sie mir! Ich weiß ja, daß Du gut bist und hilfreich im tiefsten Herzen, Du hilfst jedem, hilfst auch dem Fremdesten, der Dich bittet. Aber Deine Güte ist so sonderbar, sie ist eine, die offen liegt für jeden, daß er nehmen kann, soviel seine Hände fassen, sie ist groß, unendlich groß, Deine Güte, aber sie ist – verzeih mir – sie ist träge. Sie will gemahnt, will genommen sein. Du hilfst, wenn man Dich ruft, Dich bittet, hilfst aus Scham, aus Schwäche und nicht aus Freudigkeit. Du hast – laß es Dir offen sagen – den Menschen in Notdurft und Qual nicht lieber als den Bruder im Glück. Und Menschen, die so sind wie Du, selbst die Gütigsten unter ihnen, sie bittet man schwer. Einmal, ich war noch ein Kind, sah ich durch das Guckloch an der Tür, wie Du einem Bettler, der bei Dir geklingelt hatte, etwas gabst. Du gabst ihm rasch und sogar viel, noch ehe er Dich bat, aber Du reichtest es ihm mit einer gewissen Angst und Hast hin, er möchte nur bald wieder fortgehen, es war, als hättest Du Furcht, ihm ins Auge zu sehen. Diese Deine unruhige, scheue, vor der Dankbarkeit flüchtende Art des Helfens habe ich nie vergessen. Und deshalb habe ich mich nie an Dich gewandt. Gewiß, ich weiß, Du hättest mir damals zur Seite gestanden auch ohne die Gewißheit, es sei Dein Kind. Du hättest mich getröstet, mir Geld gegeben, reichlich Geld, aber immer nur mit der geheimen Ungeduld, das Unbequeme von Dir wegzuschieben; ja, ich glaube, Du hättest mich sogar beredet, das Kind vorzeitig abzutun. Und dies fürchtete ich vor allem – denn was hätte ich nicht getan, so Du es begehrtest, wie hätte ich Dir etwas zu verweigern vermocht! Aber dieses Kind war alles für mich, war es doch von Dir, nochmals Du, aber nun nicht mehr Du, der Glückliche, der Sorglose, den ich nicht zu halten vermochte, sondern Du für immer – so meinte ich – mir gegeben, verhaftet in meinem Leibe, verbunden in meinem Leben. Nun hatte ich Dich ja endlich gefangen, ich konnte Dich, Dein Leben wachsen spüren in meinen Adern, Dich nähren, Dich tränken, Dich liebkosen, Dich küssen, wenn mir die Seele danach brannte. Siehst Du, Geliebter, darum war ich so selig, als ich wußte, daß ich ein Kind von Dir hatte, darum verschwieg ich Dir's: denn nun konntest Du mir nicht mehr entfliehen.

Freilich, Geliebter, es waren nicht nur so selige Monate, wie ich sie voraus fühlte in meinen Gedanken, es waren auch Monate voll von Grauen und Qual, voll Ekel vor der Niedrigkeit der Menschen. Ich hatte es nicht leicht. In das Geschäft konnte ich während der letzten Monate nicht mehr gehen, damit es den Verwandten nicht auffällig werde und sie nicht nach Hause berichteten. Von der Mutter wollte ich kein Geld erbitten – so fristete ich mir mit dem Verkauf von dem bißchen Schmuck, den ich hatte, die Zeit bis zur Niederkunft. Eine Woche vorher wurden mir aus einem Schranke von einer Wäscherin die letzten paar Kronen gestohlen, so mußte ich in die Gebärklinik. Dort, wo nur die ganz Armen, die Ausgestoßenen und Vergessenen sich in ihrer Not hinschleppen, dort, mitten im Abhub des Elends, dort ist das Kind, Dein Kind geboren worden. Es war zum Sterben dort: fremd, fremd, fremd war alles, fremd wir einander, die wir da lagen, einsam und voll Haß eine auf die andere, nur vom Elend, von der gleichen Qual in diesen dumpfen, von Chloroform und Blut, von Schrei und Stöhnen vollgepreßten Saal gestoßen. Was die Armut an Erniedrigung, an seelischer und körperlicher Schande zu ertragen hat, ich habe es dort gelitten an dem Beisammensein mit Dirnen und mit Kranken, die aus der Gemeinsamkeit des Schicksals eine Gemeinheit machten, an der Zynik der jungen Ärzte, die mit einem ironischen Lächeln der Wehrlosen das Bettuch aufstreiften und sie mit falscher Wissenschaftlichkeit antasteten, an der Habsucht der Wärterinnen – oh, dort wird die Scham eines Menschen gekreuzigt mit Blicken und gegeißelt mit Worten. Die Tafel mit deinem Namen, das allein bist dort noch du, denn was im Bette liegt, ist bloß ein zuckendes Stück Fleisch, betastet von Neugierigen, ein Objekt der Schau und des Studierens – ah, sie wissen es nicht, die Frauen, die ihrem Mann, dem zärtlich Wartenden, in seinem Hause Kinder schenken, was es heißt, allein, wehrlos, gleichsam am Versuchstisch, ein Kind zu gebären! Und lese ich noch heute in einem Buche das Wort Hölle, so denke ich plötzlich wider meinen bewußten Willen an jenen vollgepfropften, dünstenden, von Seufzer, Gelächter und blutigem Schrei erfüllten Saal, in dem ich gelitten habe, an dieses Schlachthaus der Scham.

Verzeih, verzeih mir's, daß ich davon spreche. Aber nur dieses eine Mal rede ich davon, nie mehr, nie mehr wieder. Elf Jahre habe ich geschwiegen davon, und werde bald stumm sein in alle Ewigkeit: einmal mußte ich's ausschreien, einmal ausschreien, wie teuer ich es erkaufte, dies Kind, das meine Seligkeit war und das nun dort ohne Atem liegt. Ich hatte sie schon vergessen, diese Stunden, längst vergessen im Lächeln, in der Stimme des Kindes, in meiner Seligkeit; aber jetzt, da es tot ist, wird die Qual wieder lebendig, und ich mußte sie mir von der Seele schreien, dieses eine, dieses eine Mal. Aber nicht Dich klage ich an, nur Gott, nur Gott, der sie sinnlos machte, diese Qual. Nicht Dich klage ich an, ich schwöre es Dir, und nie habe ich mich im Zorn erhoben gegen Dich. Selbst in der Stunde, da mein Leib sich krümmte in den Wehen, da mein Körper vor Scham brannte unter den tastenden Blicken der Studenten, selbst in der Sekunde, da der Schmerz mir die Seele zerriß, habe ich Dich nicht angeklagt vor Gott; nie habe ich jene Nächte bereut, nie meine Liebe zu Dir gescholten, immer habe ich Dich geliebt, immer die Stunde gesegnet, da Du mir begegnet bist. Und müßte ich noch einmal durch die Hölle jener Stunden und wüßte vordem, was mich erwartet, ich täte es noch einmal, mein Geliebter, noch einmal und tausendmal!

Unser Kind ist gestern gestorben – Du hast es nie gekannt. Niemals, auch in der flüchtigen Begegnung des Zufalles, hat dies blühende, kleine Wesen, Dein Wesen, im Vorübergehen Deinen Blick gestreift. Ich hielt mich lange verborgen vor Dir, sobald ich dies Kind hatte; meine Sehnsucht nach Dir war weniger schmerzhaft geworden, ja ich glaube, ich liebte Dich weniger leidenschaftlich, zumindest litt ich nicht so an meiner Liebe, seit es mir geschenkt war. Ich wollte mich nicht zerteilen zwischen Dir und ihm; so gab ich mich nicht an Dich, den Glücklichen, der an mir vobeilebte, sondern an dies Kind, das mich brauchte, das ich nähren mußte, das ich küssen konnte und umfangen. Ich schien gerettet vor meiner Unruhe nach Dir, meinem Verhängnis, gerettet durch dies Dein anderes Du, das aber wahrhaft mein war – selten nur mehr, ganz selten drängte mein Gefühl sich demütig heran an Dein Haus. Nur eines tat ich: zu Deinem Geburtstag sandte ich Dir immer ein Bündel weiße Rosen, genau dieselben, wie Du sie mir damals geschenkt nach unserer ersten Liebesnacht. Hast Du je in diesen zehn, in diesen elf Jahren Dich gefragt, wer sie sandte? Hast Du Dich vielleicht an die erinnert, der Du einst solche Rosen geschenkt? Ich weiß es nicht und werde Deine Antwort nicht wissen. Nur aus dem Dunkel sie Dir hinzureichen, einmal im Jahre die Erinnerung aufblühen zu lassen an jene Stunde – das war mir genug.

Du hast es nie gekannt, unser armes Kind – heute klage ich mich an, daß ich es Dir verbarg, denn du hättest es geliebt. Nie hast Du ihn gekannt, den armen Knaben, nie ihn lächeln gesehen, wenn er leise die Lider aufhob und dann mit seinen dunklen klugen Augen – Deinen Augen! – ein helles, frohes Licht warf über mich, über die ganze Welt. Ach, er war so heiter, so lieb: die ganze Leichtigkeit Deines Wesens war in ihm kindlich wiederholt, Deine rasche, bewegte Phantasie in ihm erneuert; stundenlang konnte er verliebt mit Dingen spielen, so wie Du mit dem Leben spielst, und dann wieder ernst mit hochgezogenen Brauen vor seinen Büchern sitzen. Er wurde immer mehr Du; schon begann sich auch in ihm jene Zwiefältigkeit von Ernst und Spiel, die Dir eigen ist, sichtbar zu entfalten, und je ähnlicher er Dir ward, desto mehr liebte ich ihn. Er hat gut gelernt, er plauderte Französisch wie eine kleine Elster, seine Hefte waren die saubersten der Klasse, und wie hübsch war er dabei, wie elegant in seinem schwarzen Samtkleid oder dem weißen Matrosenjäckchen. Immer war er der Eleganteste von allen, wohin er auch kam; in Grado am Strande, wenn ich mit ihm ging, blieben die Frauen stehen und streichelten sein langes blondes Haar, auf dem Semmering, wenn er im Schlitten fuhr, wandten sich bewundernd die Leute nach ihm um. Er war so hübsch, so zart, so zutunlich: als er im letzten Jahre ins Internat des Theresianums kam, trug er seine Uniform und den kleinen Degen wie ein Page aus dem achtzehnten Jahrhundert – nun hat er nichts als sein Hemdchen an, der Arme, der dort liegt mit blassen Lippen und eingefalteten Händen.

Aber Du fragst mich vielleicht, wie ich das Kind so im Luxus erziehen konnte, wie ich es vermochte, ihm dies helle, dies heitere Leben der obern Welt zu vergönnen. Liebster, ich spreche aus dem Dunkel zu Dir; ich habe keine Scham, ich will es Dir sagen, aber erschrick nicht, Geliebter – ich habe mich verkauft. Ich wurde nicht gerade das, was man ein Mädchen von der Straße nennt, eine Dirne, aber ich habe mich verkauft. Ich hatte reiche

Freunde, reiche Geliebte: zuerst suchte ich sie, dann suchten sie mich, denn ich war – hast Du es je bemerkt? – sehr schön. Jeder, dem ich mich gab, gewann mich lieb, alle haben mir gedankt, alle an mir gehangen, alle mich geliebt – nur Du nicht, nur Du nicht, mein Geliebter!

Verachtest Du mich nun, weil ich Dir es verriet, daß ich mich verkauft habe? Nein, ich weiß, Du verachtest mich nicht, ich weiß, Du verstehst alles und wirst auch verstehen, daß ich es nur für Dich getan, für Dein anderes Ich, für Dein Kind. Ich hatte einmal in jener Stube der Gebärklinik an das Entsetzliche der Armut gerührt, ich wußte, daß in dieser Welt der Arme immer der Getretene, der Erniedrigte, das Opfer ist, und ich wollte nicht, um keinen Preis, daß Dein Kind, Dein helles, schönes Kind da tief unten aufwachsen sollte im Abhub, im Dumpfen, im Gemeinen der Gasse, in der verpesteten Luft eines Hinterhausraumes. Sein zarter Mund sollte nicht die Sprache des Rinnsteins kennen, sein weißer Leib nicht die dumpfige, verkrümmte Wäsche der Armut – Dein Kind sollte alles haben, allen Reichtum, alle Leichtigkeit der Erde, es sollte wieder aufsteigen zu Dir, in Deine Sphäre des Lebens.

Darum, nur darum, mein Geliebter, habe ich mich verkauft. Es war kein Opfer für mich, denn was man gemeinhin Ehre und Schande nennt, das war mir wesenlos: Du liebtest mich nicht, Du, der Einzige, dem mein Leib gehörte, so fühlte ich es als gleichgültig, was sonst mit meinem Körper geschah. Die Liebkosungen der Männer, selbst ihre innerste Leidenschaft, sie rührten mich im Tiefsten nicht an, obzwar ich manche von ihnen sehr achten mußte und mein Mitleid mit ihrer unerwiderten Liebe in Erinnerung eigenen Schicksals mich oft erschütterte. Alle waren sie gut zu mir, die ich kannte, alle haben sie mich verwöhnt, alle achteten sie mich. Da war vor allem einer, ein älterer, verwitweter Reichsgraf, derselbe, der sich die Füße wundstand an den Türen, um die Aufnahme des vaterlosen Kindes, Deines Kindes, im Theresianum durchzudrücken – der liebte mich wie eine Tochter. Dreimal, viermal machte er mir den Antrag, mich zu heiraten – ich könnte heute Gräfin sein, Herrin auf einem zauberischen Schloß in Tirol, könnte sorglos sein, denn das Kind hätte einen zärtlichen Vater gehabt, der es vergötterte, und ich einen stillen, vornehmen, gütigen Mann an meiner Seite – ich habe es nicht getan, so sehr, so oft er auch drängte, so sehr ich ihm wehe tat mit meiner Weigerung. Vielleicht war es eine Torheit, denn sonst lebte ich jetzt irgendwo still und geborgen, und dies Kind, das geliebte, mit mir, aber – warum soll ich es Dir nicht gestehen – ich wollte mich nicht binden, ich wollte Dir frei sein in jeder Stunde. Innen im Tiefsten, im Unbewußten meines Wesens lebte noch immer der alte Kindertraum, Du würdest vielleicht noch einmal mich zu Dir rufen, sei es nur für eine Stunde lang. Und für diese eine mögliche Stunde habe ich alles weggestoßen, nur um Dir frei zu sein für Deinen ersten Ruf. Was war mein ganzes Leben seit dem Erwachen aus der Kindheit denn anders als ein Warten, ein Warten auf Deinen Willen!

Und diese Stunde, sie ist wirklich gekommen. Aber Du weißt sie nicht. Du ahnst sie nicht, mein Geliebter! Auch in ihr hast Du mich nicht erkannt – nie, nie nie hast Du mich erkannt! Ich war Dir ja schon früher oft begegnet, in den Theatern, in den Konzerten, im Prater, auf der Straße –, jedesmal zuckte mir das Herz, aber Du sahst an mir vorbei: ich war ja äußerlich eine ganz andere, aus dem scheuen Kinde war eine Frau geworden, schön, wie sie sagten, in kostbare Kleider gehüllt, umringt von Verehrern: wie konntest Du in mir jenes schüchterne Mädchen im dämmerigen Licht Deines Schlafraumes vermuten! Manchmal grüßte Dich einer der Herren, mit denen ich ging, Du danktest und sahst auf zu mir: aber Dein Blick war höfliche Fremdheit, anerkennend, aber nie erkennend, fremd, entsetzlich fremd. Einmal, ich erinnere mich noch, ward mir dieses Nichterkennen, an das ich fast schon gewohnt war, zu brennender Qual: ich saß in einer Loge der Oper mit einem Freunde und Du in der Nachbarloge. Die Lichter erloschen bei der Ouvertüre, ich konnte Dein Anlitz nicht mehr sehen, nur Deinen Atem fühlte ich so nah neben mir, wie damals in jener Nacht, und auf der samtenen Brüstung der Abteilung unserer Logen lag Deine Hand aufgestützt, Deine feine, zarte Hand. Und endlich überkam mich das Verlangen, mich niederzubeugen und diese fremde, diese so geliebte Hand demütig zu küssen, deren zärtliche Umfassung ich einst gefühlt. Um mich wogte aufwühlend die Musik, immer leidenschaftlicher wurde das Verlangen, ich mußte mich ankrampfen, mich gewaltsam aufreißen, so gewaltsam zog es meine Lippen hin zu Deiner geliebten Hand. Nach dem ersten Akt bat ich meinen Freund, mit mir fortzugehen. Ich ertrug es nicht mehr, Dich so fremd und so nah neben mir zu haben im Dunkel.

Aber die Stunde kam, sie kam noch einmal, ein letztes Mal in mein verschüttetes Leben. Fast genau vor einem Jahr ist es gewesen, am Tage nach Deinem Geburtstage. Seltsam: ich hatte alle die Stunden an Dich gedacht, denn Deinen Geburtstag, ihn feierte ich immer wie ein Fest. Ganz frühmorgens schon war ich ausgegangen und hatte die weißen Rosen gekauft, die ich Dir wie alljährlich senden ließ zur Erinnerung an eine Stunde, die Du vergessen hattest. Nachmittags fuhr ich mit dem Buben aus, führte ihn zu Demel in die Konditorei und abends ins Theater, ich wollte, auch er sollte diesen Tag, ohne seine Bedeutung zu wissen, irgendwie als einen mystischen Feiertag von Jugend her empfinden. Am nächsten Tag war ich dann mit meinem damaligen Freunde, einem jungen, reichen Brünner Fabrikanten, mit dem ich schon seit zwei Jahren zusammenlebte, der mich vergötterte, verwöhnte und mich ebenso heiraten wollte wie die andern und dem ich mich ebenso scheinbar grundlos verweigerte wie den andern, obwohl er mich und das Kind mit Geschenken überschüttete und selbst liebenswert war in seiner ein wenig dumpfen, knechtischen Güte. Wir gingen zusammen in ein Konzert, trafen dort heitere Gesellschaft, soupierten in einem Ringstraßenrestaurant, und dort, mitten im Lachen und Schwätzen, machte ich den Vorschlag, noch in ein Tanzlokal, in den Tabarin, zu gehen. Mir waren diese Art Lokale mit ihrer systematischen und alkoholischen Heiterkeit wie jede ›Drahrerei‹ sonst immer widerlich, und ich wehrte mich sonst immer gegen derlei Vorschläge, diesmal aber – es war wie eine unergründliche magische Macht in mir, die mich plötzlich unbewußt den Vorschlag mitten in die freudig zustimmende Erregung der andern werfen ließ – hatte ich plötzlich ein unerklärliches Verlangen, als ob dort irgend etwas Besonderes mich erwarte. Gewohnt, mir gefällig zu sein, standen alle rasch auf, wir gingen hinüber, tranken Champagner, und in mich kam mit einemmal eine ganz rasende, ja fast schmerzhafte Lustigkeit, wie ich sie nie gekannt. Ich trank und trank, sang die kitschigen Lieder mit und hatte fast den Zwang, zu tanzen oder zu jubeln. Aber plötzlich – mir war, als hätte etwas Kaltes oder etwas Glühendheißes sich mir jäh aufs Herz gelegt – riß es mich auf: am Nachbartisch saßest Du mit einigen Freunden und sahst mich an mit einem bewundernden und begehrenden Blick, mit jenem Blicke, der mir immer den ganzen Leib von innen aufwühlte. Zum erstenmal seit zehn Jahren sahst Du mich wieder an mit der ganzen unbewußt-leidenschaftlichen Macht Deines Wesens. Ich zitterte. Fast wäre mir das erhobene Glas aus den Händen gefallen. Glücklicherweise merkten die Tischgenossen nicht meine Verwirrung: sie verlor sich in dem Dröhnen von Gelächter und Musik.

Immer brennender wurde Dein Blick und tauchte mich

ganz in Feuer. Ich wußte nicht: hattest Du mich endlich, endlich erkannt, oder begehrtest Du mich neu, als eine andere, als eine Fremde? Das Blut flog mir in die Wangen, zerstreut antwortete ich den Tischgenossen: Du mußtest es merken, wie verwirrt ich war von Deinem Blick. Unmerklich für die übrigen machtest Du mit einer Bewegung des Kopfes ein Zeichen, ich möchte für einen Augenblick hinauskommen in den Vorraum. Dann zahltest Du ostentativ, nahmst Abschied von Deinen Kameraden und gingst hinaus, nicht ohne zuvor noch einmal angedeutet zu haben, daß Du draußen auf mich warten würdest. Ich zitterte wie im Frost, wie im Fieber, ich konnte nicht mehr Antwort geben, nicht mehr mein aufgejagtes Blut beherrschen. Zufälligerweise begann gerade in diesem Augenblick ein Negerpaar mit knatternden Absätzen und schrillen Schreien einen absonderlichen neuen Tanz: alles starrte ihnen zu, und diese Sekunde nützte ich. Ich stand auf, sagte meinem Freunde, daß ich gleich zurückkäme und ging Dir nach.

Draußen im Vorraum vor der Garderobe standest Du, mich erwartend: Dein Blick ward hell, als ich kam. Lächelnd eiltest Du mir entgegen; ich sah sofort, Du erkanntest mich nicht, erkanntest nicht das Kind von einst und nicht das Mädchen, noch einmal griffest Du nach mir als einem Neuen, einem Unbekannten. »Haben Sie auch für mich einmal eine Stunde«, fragtest Du vertraulich – ich fühlte an der Sicherheit Deiner Art, Du nahmst mich für eine dieser Frauen, für die Käufliche eines Abends. »Ja«, sagte ich, dasselbe zitternde und doch selbstverständliche einwilligende Ja, das Dir das Mädchen vor mehr als einem Jahrzehnt auf der dämmernden Straße gesagt. »Und wann könnten wir uns sehen?« fragtest Du. »Wann immer Sie wollen«, antwortete ich – vor Dir hatte ich keine Scham. Du sahst mich ein wenig verwundert an, mit derselben mißtrauisch-neugierigen Verwunderung wie damals, als

Dich gleichfalls die Raschheit meines Einverständnisses erstaunt hatte. »Könnten Sie jetzt?« fragtest Du, ein wenig zögernd. »Ja«, sagte ich, »gehen wir«.

Ich wollte zur Garderobe, meinen Mantel holen.

Da fiel mir ein, daß mein Freund den Garderobenzettel hatte für unsere gemeinsam abgegebenen Mäntel. Zurückzugehen und ihn verlangen, wäre ohne umständliche Begründung nicht möglich gewesen, anderseits die Stunde mit Dir preisgeben, die seit Jahren ersehnte, dies wollte ich nicht. So habe ich keine Sekunde gezögert: ich nahm nur den Schal über das Abendkleid und ging hinaus in die nebelfeuchte Nacht, ohne mich um den Mantel zu kümmern, ohne mich um den guten, zärtlichen Menschen zu kümmern, von dem ich seit Jahren lebte und den ich vor seinen Freunden zum lächerlichsten Narren erniedrigte, zu einem, dem seine Geliebte nach Jahren wegläuft auf den ersten Pfiff eines fremden Mannes. Oh, ich war mir ganz der Niedrigkeit, der Undankbarkeit, der Schändlichkeit, die ich gegen einen ehrlichen Freund beging, im Tiefsten bewußt, ich fühlte, daß ich lächerlich handelte und mit meinem Wahn einen gütigen Menschen für immer tödlich kränkte, fühlte, daß ich mein Leben mitten entzweiriß – aber was war mir Freundschaft, was meine Existenz gegen die Ungeduld, wieder einmal Deine Lippen zu fühlen, Dein Wort weich gegen mich gesprochen zu hören. So habe ich Dich geliebt, nun kann ich es Dir sagen, da alles vorbei ist und vergangen. Und ich glaube, riefest Du mich von meinem Sterbebette, so käme mir plötzlich die Kraft, aufzustehen und mit Dir zu gehen.

Ein Wagen stand vor dem Eingang, wir fuhren zu Dir. Ich hörte wieder Deine Stimme, ich fühlte Deine zärtliche Nähe und war genau so betäubt, so kindisch-selig verwirrt wie damals. Wie stieg ich, nach mehr als zehn Jahren, zum erstenmal wieder die Treppe empor – nein,

nein, ich kann Dirs nicht schildern, wie ich alles immer doppelt fühlte in jenen Sekunden, vergangene Zeit und Gegenwart, und in allem und allem immer nur Dich. In Deinem Zimmer war weniges anders, ein paar Bilder mehr, und mehr Bücher, da und dort fremde Möbel, aber alles doch grüßte mich vertraut. Und am Schreibtisch stand die Vase mit den Rosen darin – mit meinen Rosen, die ich Dir tags vorher zu Deinem Geburtstag geschickt als Erinnerung an eine, an die Du Dich doch nicht erinnertest, die Du doch nicht erkanntest, selbst jetzt, da sie Dir nahe war, Hand in Hand und Lippe an Lippe. Aber doch: es tat mir wohl, daß Du die Blumen hegtest: so war doch ein Hauch meines Wesens, ein Atem meiner Liebe um Dich.

Du nahmst mich in Deine Arme. Wieder blieb ich bei Dir eine ganze herrliche Nacht. Aber auch im nackten Leibe erkanntest Du mich nicht. Selig erlitt ich Deine wissenden Zärtlichkeiten und sah, daß Deine Leidenschaft keinen Unterschied macht zwischen einer Geliebten und einer Käuflichen, daß Du Dich ganz gibst an Dein Begehren mit der unbedachten verschwenderischen Fülle Deines Wesens. Du warst so zärtlich und lind zu mir, der vom Nachtlokal Geholten, so vornehm und so herzlichachtungsvoll und doch gleichzeitig so leidenschaftlich im Genießen der Frau; wieder fühlte ich, taumelig vom alten Glück, diese einzige Zweiheit Deines Wesens, die wissende, die geistige Leidenschaft in der sinnlichen, die schon das Kind Dir hörig gemacht. Nie habe ich bei einem Manne in der Zärtlichkeit solche Hingabe an den Augenblick gekannt, ein solches Ausbrechen und Entgegenleuchten des tiefsten Wesens – freilich um dann hinzulöschen in eine unendliche, fast unmenschliche Vergeßlichkeit. Aber auch ich vergaß mich selbst: wer war ich nun im Dunkel neben Dir? War ich's, das brennende Kind von einst, war ich's, die Mutter Deines Kindes, war ich's, die Fremde? Ach, es war so vertraut, so erlebt alles, und alles wieder so rauschend neu in dieser leidenschaftlichen Nacht. Und ich betete, sie möchte kein Ende nehmen.

Aber der Morgen kam, wir standen spät auf, Du ludest mich ein, noch mit Dir zu frühstücken. Wir tranken zusammen den Tee, den eine unsichtbar dienende Hand diskret in dem Speisezimmer bereitgestellt hatte, und plauderten. Wieder sprachst Du mit der ganzen offenen, herzlichen Vertraulichkeit Deines Wesens zu mir und wieder ohne alle indiskreten Fragen, ohne alle Neugier nach dem Wesen, das ich war. Du fragtest nicht nach meinem Namen, nicht nach meiner Wohnung: ich war Dir wiederum nur das Abenteuer, das Namenlose, die heiße Stunde, die im Rauch des Vergessens spurlos sich löst. Du erzähltest, daß Du jetzt weit weg reisen wolltest, nach Nordafrika für zwei oder drei Monate; ich zitterte mitten in meinem Glück, denn schon hämmerte es mir in den Ohren: vorbei, vorbei und vergessen! Am liebsten wäre ich hin zu Deinen Knien gestürzt und hätte geschrien: »Nimm mich mit, damit Du mich endlich erkennst, endlich, endlich nach so vielen Jahren!« Aber ich war ja so scheu, so feige, so sklavisch, so schwach vor Dir. Ich konnte nur sagen: »Wie schade.« Du sahst mich lächelnd an: »Ist es Dir wirklich leid?«

Da faßte es mich wie eine plötzliche Wildheit. Ich stand auf, sah Dich an, lange und fest. Dann sagte ich: »Der Mann, den ich liebte, ist auch immer weggereist.« Ich sah Dich an, mitten in den Stern Deines Auges. »Jetzt, jetzt wird er mich erkennen!« zitterte, drängte alles in mir. Aber Du lächeltest mir entgegen und sagtest tröstend: »Man kommt ja wieder zurück.« »Ja«, antwortete ich, »man kommt zurück, aber dann hat man vergessen«.

Es muß etwas Absonderliches, etwas Leidenschaftliches in der Art gewesen sein, wie ich Dir das sagte. Denn auch Du standest auf und sahst mich an, verwundert und sehr liebevoll. Du nahmst mich bei den Schultern: »Was gut ist, vergißt sich nicht, Dich werde ich nicht vergessen«, sagtest Du, und dabei senkte sich Dein Blick ganz in mich hinein, als wollte er dies Bild sich festprägen. Und wie ich diesen Blick in mich eindringen fühlte, suchend, spürend, mein ganzes Wesen an sich saugend, da glaubte ich endlich, endlich den Bann der Blindheit gebrochen. Er wird mich erkennen, er wird mich erkennen! Meine ganze Seele zitterte in dem Gedanken.

Aber Du erkanntest mich nicht. Nein, Du erkanntest mich nicht, nie war ich Dir fremder jemals als in dieser Sekunde, denn sonst – sonst hättest Du nie tun können, was Du wenige Minuten später tatest. Du hattest mich geküßt, noch einmal leidenschaftlich geküßt. Ich mußte mein Haar, das sich verwirrt hatte, wieder zurechttrichten, und während ich vor dem Spiegel stand, da sah ich durch den Spiegel – und ich glaubte hinsinken zu müssen vor Scham und Entsetzen – da sah ich, wie Du in diskreter Art ein paar größere Banknoten in meinen Muff schobst. Wie habe ichs vermocht, nicht aufzuschreien, Dir nicht ins Gesicht zu schlagen in dieser Sekunde – mich, die ich Dich liebte von Kindheit an, die Mutter Deines Kindes, mich zahltest Du für diese Nacht! Eine Dirne aus dem Tabarin war ich Dir, nicht mehr – bezahlt, bezahlt hattest Du mich! Es war nicht genug, von Dir vergessen, ich mußte noch erniedrigt sein.

Ich tastete rasch nach meinen Sachen. Ich wollte fort, rasch fort. Es tat mir zu weh. Ich griff nach meinem Hut, er lag auf dem Schreibtisch, neben der Vase mit den weißen Rosen, meinen Rosen. Da erfaßte es mich mächtig, unwiderstehlich: noch einmal wollte ich es versuchen, Dich zu erinnern: »Möchtest Du mir nicht von Deinen weißen Rosen eine geben?« »Gern«, sagtest Du und nahmst sie sofort. »Aber sie sind Dir vielleicht von einer Frau gegeben, von einer Frau, die Dich liebt?« sagte ich. »Vielleicht«, sagtest Du, »ich weiß es nicht. Sie sind mir gegeben und ich weiß nicht von wem; darum liebe ich sie so.« Ich sah Dich an. »Vielleicht sind sie auch von einer, die Du vergessen hast!«

Du blicktest erstaunt. Ich sah Dich fest an. »Erkenne mich, erkenne mich endlich!« schrie mein Blick. Aber Dein Auge lächelte freundlich und unwissend. Du küßtest mich noch einmal. Aber Du erkanntest mich nicht.

Ich ging rasch zur Tür, denn ich spürte, daß mir Tränen in die Augen schossen, und das solltest Du nicht sehen. Im Vorzimmer – so hastig war ich hinausgeeilt – stieß ich mit Johann, Deinem Diener, fast zusammen. Scheu und eilfertig sprang er zur Seite, riß die Haustür auf, um mich hinauszulassen, und da – in dieser einen, hörst Du? in dieser einen Sekunde, da ich ihn ansah, mit tränenden Augen ansah, den gealterten Mann, da zuckte ihm plötzlich ein Licht in den Blick. In dieser einen Sekunde, hörst Du? in dieser einen Sekunde, hat der alte Mann mich erkannt, der mich seit meiner Kindheit nicht gesehen. Ich hätte hinknien können vor ihm für dieses Erkennen und ihm die Hände küssen. So riß ich nur die Banknoten, mit denen Du mich gegeißelt, rasch aus dem Muff und steckte sie ihm zu. Er zitterte, sah erschreckt zu mir auf – in dieser Sekunde hat er vielleicht mehr geahnt von mir als Du in Deinem ganzen Leben. Alle, alle Menschen haben mich verwöhnt, alle waren zu mir gütig – nur Du, nur Du, Du hast mich vergessen, nur Du, nur Du hast mich nie erkannt!

Mein Kind ist gestorben, unser Kind – jetzt habe ich niemanden mehr in der Welt, ihn zu lieben, als Dich. Aber wer bist Du mir, Du, der Du mich niemals, niemals erkennst, der an mir vorübergeht wie an einem Wasser, der auf mich tritt wie auf einen Stein, der immer geht und weiter geht und mich läßt in ewigem Warten? Einmal vermeinte ich Dich zu halten, Dich, den Flüchtigen, in dem

Kinde. Aber es war Dein Kind: über Nacht ist es grausam von mir gegangen, eine Reise zu tun, es hat mich vergessen und kehrt nie zurück. Ich bin wieder allein, mehr allein als jemals, nichts habe ich, nichts von Dir – kein Kind mehr, kein Wort, keine Zeile, kein Erinnern, und wenn jemand meinen Namen nennen würde vor Dir, Du hörtest an ihm fremd vorbei. Warum soll ich nicht gerne sterben, da ich Dir tot bin, warum nicht weitergehen, da Du von mir gegangen bist? Nein, Geliebter, ich klage nicht wider Dich, ich will Dir nicht meinen Jammer hinwerfen in Dein heiteres Haus. Fürchte nicht, daß ich Dich weiter bedränge – verzeih mir, ich mußte mir einmal die Seele ausschreien in dieser Stunde, da das Kind dort tot und verlassen liegt. Nur dies eine Mal mußte ich sprechen zu Dir – dann gehe ich wieder stumm in mein Dunkel zurück, wie ich immer stumm neben Dir gewesen. Aber Du wirst diesen Schrei nicht hören, solange ich lebe – nur wenn ich tot bin, empfängst Du dies Vermächtnis von mir, von einer, die Dich mehr geliebt als alle und die Du nie erkannt, von einer, die immer auf Dich gewartet und die Du nie gerufen. Vielleicht, vielleicht wirst Du mich dann rufen, und ich werde Dir ungetreu sein zum erstenmal, ich werde Dich nicht mehr hören aus meinem Tod: kein Bild lasse ich Dir und kein Zeichen, wie Du mir nichts gelassen; nie wirst Du mich erkennen, niemals. Es war mein Schicksal im Leben, es sei es auch in meinem Tod. Ich will Dich nicht rufen in meine letzte Stunde, ich gehe fort, ohne daß Du meinen Namen weißt und mein Antlitz. Ich sterbe leicht, denn Du fühlst es nicht von ferne. Täte es Dir weh, daß ich sterbe, so könnte ich nicht sterben.

Ich kann nicht mehr weiter schreiben ... mir ist so dumpf im Kopfe ... die Glieder tun mir weh, ich habe Fieber ... ich glaube, ich werde mich gleich hinlegen müssen. Vielleicht ist es bald vorbei, vielleicht ist mir einmal das Schicksal gütig, und ich muß es nicht mehr sehen, wie sie das Kind wegtragen ... Ich kann nicht mehr schreiben. Leb wohl, Geliebter, leb wohl, ich danke Dir ... Es war gut, wie es war, trotz alledem ... ich will Dir's danken bis zum letzten Atemzug. Mir ist wohl: ich habe Dir alles gesagt, Du weißt nun, nein, Du ahnst nur, wie sehr ich Dich geliebt, und hast doch von dieser Liebe keine Last. Ich werde Dir nicht fehlen – das tröstet mich. Nichts wird anders sein in Deinem schönen, hellen Leben ... ich tue Dir nichts mit meinem Tod ... das tröstet mich, Du Geliebter.

Aber wer ... wer wird Dir jetzt immer die weißen Rosen senden zu Deinem Geburtstag? Ach, die Vase wird leer sein, der kleine Atem, der kleine Hauch von meinem Leben, der einmal im Jahre um Dich wehte, auch er wird verwehen! Geliebter, höre, ich bitte Dich ... es ist meine erste und letzte Bitte an Dich ... tu mir's zuliebe, nimm an jedem Geburtstag – es ist ja ein Tag, wo man an sich denkt – nimm da Rosen und tu sie in die Vase. Tu's Geliebter, tu es so, wie andere einmal im Jahre eine Messe lesen lassen für eine liebe Verstorbene. Ich aber glaube nicht an Gott mehr und will keine Messe, ich glaube nur an Dich, ich liebe nur Dich und will nur in Dir noch weiterleben ... ach, nur einen Tag im Jahr, ganz, ganz still nur, wie ich neben Dir gelebt ... Ich bitte Dich, tu es, Geliebter ... es ist meine erste Bitte an Dich und die letzte ... ich danke Dir ... ich liebe Dich, ich liebe Dich ... lebe wohl.

Er legte den Brief aus den zitternden Händen. Dann sann er lange nach. Verworren tauchte irgendein Erinnern auf an ein nachbarliches Kind, an ein Mädchen, an eine Frau im Nachtlokal, aber ein Erinnern, undeutlich und verworren, so wie ein Stein flimmert und formlos zittert am Grunde fließenden Wassers. Schatten strömten zu und fort, aber es wurde kein Bild. Er fühlte Erinnerungen des Gefühls und erinnerte sich doch nicht. Ihm war, als ob er von all diesen Gestalten geträumt hätte, oft und tief geträumt, aber doch nur geträumt.

Da fiel sein Blick auf die blaue Vase vor ihm auf dem Schreibtisch. Sie war leer, zum erstenmal leer seit Jahren an seinem Geburtstag. Er schrak zusammen: ihm war, als sei plötzlich eine Tür unsichtbar aufgesprungen, und kalte Zugluft ströme aus anderer Welt in seinen ruhenden Raum. Er spürte einen Tod und spürte unsterbliche Liebe: innen brach etwas auf in seiner Seele, und er dachte an die Unsichtbare körperlos und leidenschaftlich wie an eine ferne Musik.

Die Frau und die Landschaft

Es war in jenem heißen Sommer, der durch Regennot und Dürre verhängnisvolle Mißernte im ganzen Lande verschuldete und noch für lange Jahre im Andenken der Bevölkerung gefürchtet blieb. Schon in den Monaten Juni und Juli waren nur vereinzelte flüchtige Schauer über die dürstenden Felder hingestreift, aber seit der Kalender zum August übergeschlagen, fiel überhaupt kein Tropfen mehr, und selbst hier oben, in dem Hochtale Tirols, wo ich, wie viele andere, Kühlung zu finden gewähnt hatte, glühte die Luft safranfarben von Feuer und Staub. Frühmorgens schon starrte die Sonne gelb und stumpf wie das Auge eines Fiebernden vom leeren Himmel auf die erloschene Landschaft, und mit den steigenden Stunden quoll dann allmählich ein weißlicher drückender Dampf aus dem messingenen Kessel des Mittags und überschwülte das Tal. Irgendwo freilich in der Ferne hoben sich die Dolomiten mächtig empor, und Schnee glänzte von ihnen, rein und klar, aber nur das Auge fühlte erinnernd diesen Schimmer der Kühle, und es tat weh, sie schmachtend anzusehen und an den Wind zu denken, der sie vielleicht zur gleichen Stunde rauschend umflog, während hier im Talkessel sich eine gierige Wärme nachts und tags zudrängte und mit tausend Lippen einem die Feuchte entsog. Allmählich erstarb in dieser sinkenden Welt welkender Pflanzen, hinschmachtenden Laubes und versiegender Bäche auch innen alle lebendige Bewegung, müßig und träge wurden die Stunden. Ich wie die andern verbrachte diese endlosen Tage fast nur noch im Zimmer, halb entkleidet, bei verdunkelten Fenstern, in einem willenlosen Warten auf Veränderung, auf Kühlung, in einem stumpfen, machtlosen Träumen von Regen und Gewitter. Und bald wurde auch dieser Wunsch welk, ein Brüten, dumpf und willenlos wie das der lechzenden Gräser und der schwüle Traum des reglosen, dunstumwölkten Waldes.

Es wurde nur noch heißer von Tag zu Tag, und der Regen wollte noch immer nicht kommen. Von früh bis abends brannte die Sonne nieder, und ihr gelber, quälender Blick bekam allmählich etwas von der stumpfen Beharrlichkeit eines Wahnsinnigen. Es war, als ob das ganze Leben aufhören wollte, alles stand stille, die Tiere lärmten nicht mehr, von weißen Feldern kam keine andere Stimme als der leise singende Ton der schwingenden Hitze, das surrende Brodeln der siedenden Welt. Ich hatte hinausgehen wollen in den Wald, wo Schatten blau zwischen den Bäumen zitterten, um dort zu liegen, um nur diesem gelben, beharrlichen Blick der Sonne zu entgehen; aber auch schon diese wenigen Schritte wurden mir zu viel. So blieb ich sitzen auf einem Rohrsessel vor dem Eingang des Hotels, eine Stunde oder zwei, eingepreßt in den schmalen Schatten, den der schirmende Dachrand in den Kies zog. Einmal rückte ich weiter, als das dünne Viereck Schatten sich verkürzte und die Sonne schon heran an meine Hände kroch, dann blieb ich wieder hingelehnt, stumpf brütend ins stumpfe Licht, ohne Gefühl von Zeit, ohne Wunsch, ohne Willen. Die Zeit war zerschmolzen in dieser furchtbaren Schwüle, die Stunden zerkocht, zergangen in heißer, sinnloser Träumerei. Ich fühlte nichts als den brennenden Andrang der Luft außen an meinen Poren und innen den hastigen Hammerschlag des fiebrig pochenden Blutes.

Da auf einmal war mir, als ob durch die Natur ein Atmen ginge, leise, ganz leise, als ob ein heißer, sehnsüchtiger Seufzer sich aufhübe von irgendwo. Ich raffte mich empor. War das nicht Wind? Ich hatte schon vergessen, wie das war, zu lange hatten die verdorrenden Lungen dies Kühle nicht getrunken, und noch fühlte ich ihn nicht bis an mich heranziehen, eingepreßt in meinen Winkel Dachschatten; aber die Bäume dort drüben am Hang mußten eine fremde Gegenwart geahnt haben, denn mit einem Male begannen sie ganz leise zu schwanken, als neigten sie sich flüsternd einander zu. Die Schatten zwischen ihnen wurden unruhig. Wie ein Lebendiges und Erregtes huschten sie hin und her, und plötzlich hob es sich auf, irgendwo fern, ein tiefer, schwingender Ton. Wirklich: Wind kam über die Welt, ein Flüstern, ein Wehen, ein Weben, ein tiefes, orgelndes Brausen und jetzt ein stärkerer, mächtiger Stoß. Wie von einer jähen Angst getrieben, liefen plötzlich qualmige Wolken von Staub über die Straßen, alle in gleicher Richtung; die Vögel, die irgendwo im Dunkel gelagert hatten, zischten auf einmal schwarz durch die Luft, die Pferde schnupperten sich den Schaum von den Nüstern, und fern im Tale blökte das Vieh. Irgend etwas Gewaltiges war aufgewacht und mußte nahe sein, die Erde wußte es schon, der Wald und die Tiere, und auch über den Himmel schob sich jetzt ein leichter Flor von Grau.

Ich zitterte vor Erregung. Mein Blut war von den feinen Stacheln der Hitze aufgereizt, meine Nerven knisterten und spannten sich, nie hatte ich so wie jetzt die Wollust des Windes geahnt, die selige Lust des Gewitters. Und es kam, es zog heran, es schwoll und kündete sich an. Langsam schob der Wind weiche Knäuel von Wolken herüber, es keuchte und schnaubte hinter den Bergen, als rollte jemand eine ungeheure Last. Manchmal hielten diese schnaubenden, keuchenden Stöße wie ermüdet wieder inne. Dann zitterten sich die Tannen langsam still, als ob sie horchen wollten, und mein Herz zitterte mit. Wo überallhin ich blickte, war die gleiche Erwartung wie in mir, die Erde hatte ihre Sprünge gedehnt: wie kleine, durstige Mäuler waren sie aufgerissen, und so fühlte ich es auch am eigenen Leibe, daß Pore an Pore sich auftat und spannte, Kühle zu suchen und die kalte, schauernde Lust des Regens. Unwillkürlich krampften sich meine Finger, als könnten sie die Wolken fassen und sie rascher herreißen in die schmachtende Welt.

Aber schon kamen sie, von unsichtbarer Hand geschoben, träge herangedunkelt, runde, wulstige Säcke, und man sah: sie waren schwer und schwarz von Regen, denn sie polterten murrend wie feste, wuchtige Dinge, wenn sie aneinander stießen, und manchmal fuhr ein leiser Blitz über ihre schwarze Fläche wie ein knisterndes Streichholz. Blau flammten sie dann auf und gefährlich, und immer dichter drängte es sich heran, immer schwärzer wurden sie an ihrer eigenen Fülle. Wie der eiserne Vorhang eines Theaters senkte sich allmählich bleierner Himmel nieder und nieder. Jetzt war schon der ganze Raum schwarz überspannt, zusammengepreßt die warme, verhaltene Luft, und nun setzte noch ein letztes Innehalten der Erwartung ein, stumm und grauenhaft. Erwürgt war alles von dem schwarzen Gewicht, das sich über die Tiefe senkte, die Vögel zirpten nicht mehr, atemlos standen die Bäume, und selbst die kleinen Gräser wagten nicht mehr zu zittern; ein metallener Sarg, umschloß der Himmel die heiße Welt, in der alles erstarrt war vor Erwartung nach dem ersten Blitz. Atemlos stand ich da, die Hände ineinandergeklammt, und spannte mich zusammen in einer wundervollen süßen Angst, die mich reglos machte. Ich hörte hinter mir die Menschen umhereilen, aus dem Walde kamen sie, aus der Tür des Hotels, von allen Seiten flüchteten sie; die Dienstmädchen ließen die Rolläden herunter und schlossen krachend die Fenster. Alles war plötzlich tätig und aufgeregt, rührte sich, bereitete sich, drängte sich. Nur ich stand reglos, fiebernd, stumm, denn in mir war alles zusammengepreßt zu dem Schrei, den ich schon in der Kehle fühlte, den Schrei der Lust bei dem ersten Blitz.

Da hörte ich auf einmal knapp hinter mir einen Seufzer, stark aufbrechend aus gequälter Brust und noch mit ihm flehentlich verschmolzen das sehnsüchtige Wort: »Wenn es doch nur schon regnen wollte!« So wild, so elementar war diese Stimme, war dieser Stoß aus einem bedrückten Gefühl, als hätte es die dürstende Erde selbst gesagt mit ihren aufgesprungenen Lippen, die gequälte, erdrosselte Landschaft unter dem Bleidruck des Himmels. Ich wendete mich um. Hinter mir stand ein Mädchen, das offenbar die Worte gesagt, denn ihre Lippen, die blassen und fein geschwungenen, waren noch im Lechzen aufgetan, und ihr Arm, der sich an der Tür hielt, zitterte leise. Nicht zu mir hatte sie gesprochen und zu niemandem. Wie über einen Abgrund bog sie sich in die Landschaft hinein, und ihr Blick starrte spiegellos hinaus in das Dunkel, das über den Tannen hing. Er war schwarz und leer, dieser Blick, starr als eine grundlose Tiefe gegen den tiefen Himmel gewandt. Nur nach oben griff seine Gier, griff tief in die geballten Wolken, in das überhängende Gewitter, und an mich rührte er nicht. So konnte ich ungestört die Fremde betrachten und sah, wie ihre Brust sich hob, wie etwas würgend nach oben schütterte, wie jetzt um die Kehle, die zartknochig aus dem offenen Kleide sich löste, ein Zittern ging, bis endlich auch die Lippen bebten, dürstend sich auftaten und wieder sagten: »Wenn es doch nur schon regnen wollte.« Und wieder war es mir Seufzer der ganzen verschwülten Welt. Etwas Nachtwandlerisches und Traumhaftes war in ihrer statuenhaften Gestalt, in ihrem gelösten Blick. Und wie sie so dastand, weiß in ihrem lichten Kleide gegen den bleifarbnen Himmel, schien sie mir der Durst, die Erwartung der ganzen schmachtenden Natur.

Etwas zischte leise neben mir ins Gras. Etwas pickte hart auf dem Gesims. Etwas knirschte leise im heißen Kies. Überall war plötzlich dieser leise surrende Ton. Und plötzlich begriff ichs, fühlte ichs, daß dies Tropfen waren, die schwer niederfielen, die ersten verdampfenden Tropfen, die seligen Boten des großen, rauschenden, kühlenden Regens. Oh, es begann! Es hatte begonnen. Eine Vergessenheit, eine selige Trunkenheit kam über mich. Ich war wach wie nie. Ich sprang vor und fing einen Tropfen in der Hand. Schwer und kalt klatschte er mir an die Finger. Ich riß die Mütze ab, stärker die nasse Lust auf Haar und Stirn zu fühlen, ich zitterte schon vor Ungeduld, mich ganz umrauschen zu lassen vom Regen, ihn an mir zu fühlen, an der warmen knisternden Haut, in den offenen Poren, bis tief hinein in das aufgeregte Blut. Noch waren sie spärlich, die platschenden Tropfen, aber ich fühlte ihre sinkende Fülle schon voraus, ich hörte sie schon strömen und rauschen, die aufgetanen Schleusen, ich spürte schon das selige Niederbrechen des Himmels über dem Walde, über das Schwüle der verbrennenden Welt.

Aber seltsam: die Tropfen fielen nicht schneller. Man konnte sie zählen. Einer, einer, einer, einer, fielen sie nieder, es knisterte, es zischte, es sauste leise rechts und links, aber es wollte nicht zusammenklingen zur großen rauschenden Musik des Regens. Zaghaft tropfte es herab, und statt schneller zu werden, ward der Takt langsam und immer langsamer und stand dann plötzlich still. Es war, wie wenn das Ticken eines Sekundenzeigers in einer Uhr plötzlich aufhört und die Zeit erstarrt. Mein Herz, das schon vor Ungeduld glühte, wurde plötzlich kalt. Ich wartete, wartete, aber es geschah nichts. Der Himmel blickte schwarz und starr nieder mit umdüsterter Stirn, minutenlang blieb es totenstill, dann aber schien es, als ob ein leises, höhnisches Leuchten über sein Antlitz ginge.

Von Westen her hellte sich die Höhe auf, die Wand der Wolken löste sich mählich, leise polternd rollten sie weiter. Seichter und seichter ward ihre schwarze Unergründlichkeit, und in ohnmächtiger, unbefriedigter Enttäuschung lag unter dem erglänzenden Horizont die lauschende Landschaft. Wie von Wut lief noch ein leises, letztes Zittern durch die Bäume, sie beugten und krümmten sich, dann aber fielen die Laubhände, die schon gierig aufgereckt waren, schlaff zurück, wie tot. Immer durchsichtiger ward der Wolkenflor, eine böse, gefährliche Helle stand über der wehrlosen Welt. Es war nichts geschehen. Das Gewitter hatte sich verzogen.

Ich zitterte am ganzen Körper. Wut war es, was ich fühlte, eine sinnlose Empörung der Ohnmacht, der Enttäuschung, des Verrats. Ich hätte schreien können oder rasen, eine Lust kam mich an, etwas zu zerschlagen, eine Lust am Bösen und Gefährlichen, ein sinnloses Bedürfnis nach Rache. Ich fühlte in mir die Qual der ganzen verratenen Natur, das Lechzen der kleinen Gräser war in mir, die Hitze der Straßen, der Qualm des Waldes, die spitze Glut des Kalksteines, der Durst der ganzen betrogenen Welt. Meine Nerven brannten wie Drähte: ich fühlte sie zucken von elektrischer Spannung weit hinaus in die geladene Luft, wie viele feine Flammen glühten sie mir unter der gespannten Haut. Alles tat mir weh, alle Geräusche hatten Spitzen, alles war wie umzüngelt von kleinen Flammen, und der Blick, was immer er faßte, verbrannte sich. Das tiefste Wesen in mir war aufgereizt, ich spürte, wie viele Sinne, die sonst stumm und tot im dumpfen Hirne schliefen, sich auftaten wie viele kleine Nüstern, und mit jeder spürte ich Glut. Ich wußte nicht mehr, was davon meine Erregung war und was die der Welt; die dünne Membran des Fühlens zwischen ihr und mir war zerrissen, alles einzig erregte Gemeinschaft der Enttäuschung, und als ich fiebernd hinabstarrte in das Tal, das sich allmählich mit Lichtern füllte, spürte ich, daß jedes einzelne Licht in mich hineinflimmerte, jeder Stern brannte bis in mein Blut. Es war die gleiche maßlose, fiebernde Erregung außen und innen, und in einer schmerzhaften Magie empfand ich alles, was um mich schwoll, gleichsam in mich gepreßt und dort wachsend und glühend. Mir war, als brenne der geheimnisvolle, lebendige Kern, der in alle Vielfalt einzeln eingetan ist, aus meinem innersten Wesen, alles spürte ich, in magischer Wachheit der Sinne den Zorn jedes einzelnen Blattes, den stumpfen Blick des Hundes, der mit gesenktem Schweife jetzt um die Türen schlich, alles fühlte ich, und alles, was ich spürte, tat mir weh. Fast körperlich begann dieser Brand in mir zu werden, und als ich jetzt mit den Fingern nach dem Holz der Tür griff, knisterte es leise unter ihnen wie Zunder, brenzlig und trocken.

Der Gong lärmte zur Abendmahlzeit. Tief in mich schlug der kupferne Klang hinein, schmerzhaft auch er. Ich wendete mich um. Wo waren die Menschen hin, die früher hier in Angst und Erregung vorbeigeeilt? Wo war sie, die hier gestanden als lechzende Welt und die ich ganz vergessen in den wirren Minuten der Enttäuschung? Alles war verschwunden. Ich stand allein in der schweigenden Natur. Noch einmal umgriff ich Höhe und Ferne mit dem Blick. Der Himmel war jetzt ganz leer, aber nicht rein. Über den Sternen lag ein Schleier, ein grünlich gespannter, und aus dem aufsteigenden Mond glitzerte der böse Glanz eines Katzenauges. Fahl war alles da oben, höhnisch und gefährlich, tief drunten aber unter dieser unsicheren Sphäre dämmerte dunkel die Nacht, phosphoreszierend wie ein tropisches Meer und mit dem gequälten wollüstigen Atem einer enttäuschten Frau. Oben stand noch hell und höhnisch eine letzte Helle, unten müde und lastend eine schwüle Dunkelheit, feindlich war eines dem andern, unheimlich stummer Kampf zwischen Himmel und Erde.

Ich atmete tief und trank nur Erregung. Ich griff ins Gras. Es war trocken wie Holz und knisterte blau in meinen Fingern.

Wieder rief der Gong. Widerlich war mir der tote Klang. Ich hatte keinen Hunger, kein Verlangen nach Menschen, aber diese einsame Schwüle hier draußen war zu fürchterlich. Der ganze schwere Himmel lastete stumm auf meiner Brust, und ich fühlte, ich könnte seinen bleiernen Druck nicht länger mehr ertragen. Ich ging hinein in den Speisesaal. Die Leute saßen schon an ihren kleinen Tischen. Sie sprachen leise, aber doch, mir war es zu laut. Denn mir ward alles zur Qual, was an meine aufgereizten Nerven rührte: das leise Lispeln der Lippen, das Klirren der Bestecke, das Rasseln der Teller, jede einzelne Geste, jeder Atem, jeder Blick. Alles zuckte in mich hinein und tat mir weh. Ich mußte mich bemeistern, um nicht etwas Sinnloses zu tun, denn ich fühlte es an meinem Pulse: alle meine Sinne hatten Fieber. Jeden einzelnen dieser Menschen mußte ich ansehen, und gegen jeden fühlte ich Haß, als ich sie so friedlich dasitzen sah, gefräßig und gemächlich, indessen ich glühte. Irgendein Neid überkam mich, daß sie so satt und sicher in sich ruhten, anteillos an der Qual einer Welt, fühllos für die stille Raserei, die sich in der Brust der verdurstenden Erde regte. Alle griff ich an mit dem Blick, ob nicht einer wäre, der sie mitfühlte, aber alle schienen stumpf und unbesorgt. Nur Ruhende und Atmende, Gemächliche waren hier, Wache, Fühllose, Gesunde, und ich der einzige Kranke, der einzige im Fieber der Welt. Der Kellner brachte mir das Essen. Ich versuchte einen Bissen, vermochte aber nicht, ihn hinabzuwürgen. Alles widerstrebte mir, was Berührung war. Zu voll war ich von der Schwüle, dem Dunst, dem Brodem der leidenden, kranken, zerquälten Natur.

Neben mir rückte ein Sessel. Ich fuhr auf. Jeder Laut

streifte jetzt an mich wie heißes Eisen. Ich sah hin. Fremde Menschen saßen dort, neue Nachbarn, die ich noch nicht kannte. Ein älterer Herr und seine Frau, bürgerliche ruhige Leute mit runden gelassenen Augen und kauenden Wangen. Aber ihnen gegenüber, halb mit dem Rücken zu mir, ein junges Mädchen, ihre Tochter offenbar. Nur den Nacken sah ich, weiß und schmal und darüber wie einen Stahlhelm schwarz und fast blau das volle Haar. Sie saß reglos da, und an ihrer Starre erkannte ich sie als dieselbe, die früher auf der Terrasse lechzend und aufgetan vor dem Regen gestanden wie eine weiße, durstende Blume. Ihre kleinen, kränklich schmalen Finger spielten unruhig mit dem Besteck, aber doch ohne daß es klirrte; und diese Stille um sie tat mir wohl. Auch sie rührte keinen Bissen an, nur einmal griff ihre Hand hastig und gierig nach dem Glas. Oh, sie fühlt es auch, das Fieber der Welt, spürte ich beglückt an diesem durstigen Griff, und eine freundliche Teilnahme legte meinen Blick weich auf ihren Nacken. Einen Menschen, einen einzigen empfand ich jetzt, der nicht ganz abgeschieden war von der Natur, der auch mitglühte im Brande einer Welt, und ich wollte, daß sie wisse von unserer Bruderschaft. Ich hätte ihr zuschreien mögen: »Fühle mich doch! Fühle mich doch! Auch ich bin wach wie du, auch ich leide! Fühle mich! Fühle mich!« Mit der glühenden Magnetik des Wunsches umfing ich sie. Ich starrte in ihren Rücken, umschmeichelte von fern ihr Haar, bohrte mich ein mit dem Blick, ich rief sie mit den Lippen, ich preßte sie an, ich starrte und starrte, warf mein ganzes Fieber aus, damit sie es schwesterlich fühle. Aber sie wendete sich nicht um. Starr blieb sie, eine Statue, sitzen, kühl und fremd. Niemand half mir. Auch sie fühlte mich nicht. Auch in ihr war nicht die Welt. Ich brannte allein.

Oh, diese Schwüle außen und innen, ich konnte sie nicht mehr ertragen. Der Dunst der warmen Speisen, fett und süßlich, quälte mich, jedes Geräusch bohrte sich den Nerven ein. Ich spürte mein Blut wallen und wußte mich einer purpurnen Ohnmacht nahe. Alles lechzte in mir nach Kühle und Ferne, und dieses Nahsein der Menschen, das dumpfe, erdrückte mich. Neben mir war ein Fenster. Ich stieß es auf, weit auf. Und wunderbar: dort war es ganz geheimnisvoll wieder, dieses unruhige Flackern in meinem Blute, nur aufgelöst in das Unbegrenzte eines nächtigen Himmels. Weißgelb flimmerte oben der Mond wie ein entzündetes Auge in einem roten Ring von Dunst, und über die Felder schlich geisterhaft ein blasser Brodem hin. Fieberhaft zirpten die Grillen; mit metallenen Saiten, die schrillten und gellten, schien die Luft durchspannt. Dazwischen quäkte manchmal leise und sinnlos ein Unkenruf, Hunde schlugen an, heulend und laut; irgendwo in der Ferne brüllten die Tiere, und ich entsann mich, daß das Fieber in solchen Nächten den Kühen die Milch vergifte. Krank war die Natur, auch dort diese stille Raserei der Erbitterung, und ich starrte aus dem Fenster wie in einen Spiegel des Gefühls. Mein ganzes Sein bog sich hinaus, meine Schwüle und die der Landschaft flossen ineinander in eine stumme, feuchte Umarmung.

Wieder rückten neben mir die Sessel, und wieder schrak ich zusammen. Das Diner war zu Ende, die Leute standen lärmend auf: meine Nachbarn erhoben sich und gingen an mir vorbei. Der Vater zuerst, gemächlich und satt, mit freundlichem, lächelndem Blick, dann die Mutter und zuletzt die Tochter. Jetzt erst sah ich ihr Gesicht. Es war gelblich bleich, von derselben matten, kranken Farbe wie draußen der Mond, die Lippen waren noch immer, wie früher, halb geöffnet. Sie ging lautlos und doch nicht leicht. Irgend etwas Schlaffes und Mattes war an ihr, das mich seltsam gemahnte an das eigene Gefühl. Ich spürte sie näher kommen und war gereizt. Etwas in mir wünschte eine Vertraulichkeit mit ihr, sie möge mich anstreifen mit ihrem weißen Kleide, oder daß ich den Duft ihres Haares spüren könnte im Vorübergehen. In diesem Augenblick sah sie mich an. Starr und schwarz stieß ihr Blick in mich hinein und blieb in mir festgehakt, tief und saugend, daß ich nur ihn spürte, ihr helles Gesicht darüber entschwand und ich einzig dieses düsternde Dunkel vor mir fühlte, in das ich stürzte wie in einen Abgrund. Sie trat noch einen Schritt vor, aber der Blick ließ mich nicht los, blieb in mich gebohrt wie eine schwarze Lanze, und ich spürte sein Eindringen tiefer und tiefer. Nun rührte seine Spitze bis an mein Herz, und es stand still. Ein, zwei Augenblicke hielt sie so den Blick an und ich den Atem, Sekunden, während deren ich mich machtlos weggerissen fühlte von dem schwarzen Magneten dieser Pupille. Dann war sie an mir vorbei. Und sofort fühlte ich mein Blut vorstürzen wie aus einer Wunde und erregt durch den ganzen Körper gehen.

Was – was war das? Wie aus einem Tode wachte ich auf. War das mein Fieber, das mich so wirr machte, daß ich im flüchtigen Blick einer Vorübergehenden mich gleich ganz verlor? Aber mir war gewesen, als hätte ich in diesem Anschauen die gleiche stille Raserei gespürt, die schmachtende, sinnlose, verdurstende Gier, die sich mir jetzt in allem auftat, im Blick des roten Mondes, in den lechzenden Lippen der Erde, in der schreienden Qual der Tiere, dieselbe, die in mir funkelte und bebte. Oh, wie wirr alles durcheinander ging in dieser phantastischen schwülen Nacht, wie alles zergangen war in dies eine Gefühl von Erwartung und Ungeduld! War es mein Wahnsinn, war es der der Welt? Ich war erregt und wollte Antwort wissen, und so ging ich ihr nach in die Halle. Sie hatte sich dort niedergesetzt neben ihre Eltern und lehnte still in einem Sessel. Unsichtbar war der gefährliche Blick unter den verhangenen Lidern. Sie las ein Buch, aber ich glaubte ihr nicht, daß sie lese. Ich war gewiß, daß, wenn sie fühlte wie ich, wenn sie litt mit der sinnlosen Qual der verschwülten Welt, daß sie nicht rasten könnte im stillen Betrachten, daß dies ein Verstecken war, ein Verbergen vor fremder Neugier. Ich setzte mich gegenüber und starrte sie an, ich wartete fiebernd auf den Blick, der mich bezaubert hatte, ob er nicht wiederkommen wolle und mir sein Geheimnis lösen. Aber sie rührte sich nicht. Die Hand schlug gleichgültig Blatt für Blatt im Buche um, der Blick blieb verhangen. Und ich wartete gegenüber, wartete heißer und heißer, irgendeine rätselhafte Macht des Willens spannte sich, muskelhaft stark, ganz körperlich, diese Verstellung zu zerbrechen. Inmitten all der Menschen, die dort gemächlich sprachen, rauchten und Karten spielten, hub nun ein stummes Ringen an. Ich spürte, daß sie sich weigerte, daß sie es sich versagte aufzuschauen, aber je mehr sie widerstrebte, desto stärker wollte es mein Trotz, und ich war stark, denn in mir war die Erwartung der ganzen lechzenden Erde und die dürstende Glut der enttäuschten Welt. Und so wie an meine Poren noch immer die feuchte Schwüle der Nacht, so drängte sich mein Wille gegen den ihren, und ich wußte, sie müsse mir nun bald einen Blick hergeben, sie müsse es. Hinten im Saale begann jemand Klavier zu spielen. Die Töne perlten leise herüber, auf und ab in flüchtigen Skalen, drüben lachte jetzt eine Gesellschaft lärmend über irgendeinen albernen Scherz, ich hörte alles, fühlte alles, was geschah, ohne aber für eine Minute nachzulassen. Ich zählte jetzt laut vor mich hin die Sekunden, während ich an ihren Lidern zog und sog, während ich von fern durch die Hypnose des Willens ihren störrisch niedergebeugten Kopf aufheben wollte. Minute auf Minute rollte vorüber – immer perlten die Töne von drüben dazwischen – und schon spürte ich, daß meine Kraft nachließ – da plötzlich hob sie mit einem Ruck sich auf und sah mich an, gerade hin auf mich. Wieder war es der gleiche Blick, der nicht endete, ein schwarzes, furchtbares, saugendes Nichts, ein Durst, der mich einsog, ohne Widerstand. Ich starrte in diese Pupillen hinein wie in die schwarze Höhlung eines photographischen Apparates und spürte, daß er zuerst mein Gesicht nach innen zog in das fremde Blut hinein und ich wegstürzte von mir; der Boden schwand unter meinen Füßen, und ich empfand die ganze Süße des schwindelnden Sturzes. Hoch oben über mir hörte ich noch die klingenden Skalen auf und nieder rollen, aber schon wußte ich nicht mehr, wo mir dies geschah. Mein Blut war weggeströmt, mein Atem stockte. Schon spürte ich, wie es mich würgte, diese Minute oder Stunde oder Ewigkeit – da schlugen ihre Lider wieder zu. Ich tauchte auf wie ein Ertrinkender aus dem Wasser, frierend, geschüttelt von Fieber und Gefahr.

Ich sah um mich. Mir gegenüber saß unter den Menschen, still über ein Buch gebeugt, wieder nur mehr ein schlankes, junges Mädchen, regungslos bildhaft, nur leise unter dem dünnen Gewand wippte das Knie. Auch meine Hände zitterten. Ich wußte, daß jetzt dieses wollüstige Spiel von Erwartung und Widerstand wieder beginnen sollte, daß ich Minuten angespannt fordern mußte, um dann plötzlich wieder so in schwarze Flammen getaucht zu werden von einem Blick. Meine Schläfen waren feucht, in mir siedete das Blut. Ich konnte es nicht mehr ertragen. Ich stand auf, ohne mich umzuwenden, und ging hinaus.

Weit war die Nacht vor dem glänzenden Haus. Das Tal schien versunken, und der Himmel glänzte feucht und schwarz wie nasses Moos. Auch hier war keine Kühlung, noch immer nicht, überall auch hier das gleiche, gefährliche Sichgatten von Dürsten und Trunkenheit, das ich im Blute spürte. Etwas Ungesundes, Feuchtes, wie die Ausdünstung eines Fiebernden, lag über den Feldern, die milchweißen Dunst brauten, ferne Feuer zuckten und geisterten durch die schwere Luft, und um den Mond lag ein gelber Ring und machte seinen Blick bös. Ich fühlte mich unendlich müde. Ein geflochtener Stuhl, noch vom Tag her vergessen, stand da: ich warf mich hinein. Die Glieder fielen von mir ab, regungslos streckte ich mich hin. Und da, nur nachgebend angeschmiegt an das weiche Rohr, empfand ich mit einem Male die Schwüle als wunderbar. Sie quälte nicht mehr, sie drängte sich nur an, zärtlich und wollüstig, und ich wehrte ihr nicht. Nur die Augen hielt ich geschlossen, um nichts zu sehen, um stärker die Natur zu fühlen, das Lebendige, das mich umfing. Wie ein Polyp, ein weiches, glattes, saugendes Wesen umdrängte mich jetzt, berührte mich mit tausend Lippen die Nacht. Ich lag und fühlte mich nachgeben, hingeben an irgend etwas, das mich umfaßte, umschmiegte, umringte, das mein Blut trank, und zum erstenmal empfand ich in dieser schwülen Umfassung sinnlich wie eine Frau, die sich auflöst in der sanften Ekstase der Hingebung. Ein süßes Grauen war es mir, mit einem Male widerstandslos zu sein und ganz meinen Leib nur der Welt hinzugeben, wunderbar war es, wie dies Unsichtbare meine Haut zärtlich anrührte und allmählich unter sie drang, mir die Gelenke lockerer löste, und ich wehrte mich nicht gegen dieses Laßwerden der Sinne. Ich ließ mich hingleiten in das neue Gefühl, und dunkel, traumhaft empfand ich nur, daß dies: die Nacht und jener Blick von früher, die Frau und die Landschaft, daß dies eins war, in dem es süß war, verloren zu sein. Manchmal war mir, als wäre diese Dunkelheit nur sie, und jene Wärme, die meine Glieder rührte, ihr eigener Leib, gelöst in Nacht wie der meine, und noch im Traume sie empfindend, schwand ich hin in dieser schwarzen, warmen Welle von wollüstiger Verlorenheit.

Irgend etwas schreckte mich auf. Mit allen Sinnen griff ich um mich, ohne mich zu finden. Und dann sah ichs, erkannte ichs, daß ich da gelehnt hatte mit geschlossenen Augen und in Schlaf gesunken war. Ich mußte geschlummert haben, eine Stunde oder Stunden vielleicht, denn das Licht in der Halle des Hotels war schon erloschen und alles längst zur Ruhe gegangen. Das Haar klebte mir feucht an den Schläfen, wie ein heißer Tau schien dieser traumhaft traumlose Schlummer über mich gesunken zu sein. Ganz wirr stand ich auf, mich ins Haus zurückzufinden. Dumpf war mir zumute, aber diese Wirrnis war auch um mich. Etwas grölte in der Ferne, und manchmal funkelte ein Wetterleuchten gefährlich über den Himmel hin. Die Luft schmeckte nach Feuer und Funken, es glänzten verräterische Blitze hinter den Bergen, und in mir phosphoreszierte Erinnerung und Vorgefühl. Ich wäre gern geblieben, mich zu besinnen, den geheimnisvollen Zustand genießend aufzulösen: aber die Stunde war spät, und ich ging hinein.

Die Halle war schon leer, die Sessel standen noch zufällig durcheinandergerückt im fahlen Schein eines einzelnen Lichtes. Gespenstisch war ihre unbelebte Leere, und unwillkürlich formte ich in den einen die zarte Gestalt des sonderbaren Wesens hinein, das mich mit seinen Blicken so verwirrt gemacht. Ihr Blick in der Tiefe meines Wesens war noch lebendig. Er rührte sich, und ich spürte, wie er mich aus dem Dunkel anglänzte, eine geheimnisvolle Ahnung witterte ihn noch irgendwo wach in diesen Wänden, und seine Verheißung irrlichterte mir im Blut. Und so schwül war es noch immer! Kaum daß ich die Augen schloß, fühlte ich purpurne Funken hinter den Lidern. Noch glänzte in mir der weiße glühende Tag, noch fieberte in mir diese flirrende, feuchte, funkelnde, phantastische Nacht.

Aber ich konnte hier im Flur nicht bleiben, es war alles dunkel und verlassen. So ging ich die Treppe hinauf und wollte doch nicht. Irgendein Widerstand war in mir, den ich nicht zu zähmen wußte. Ich war müde, und doch fühlte ich mich zu früh für den Schlaf. Irgendeine geheimnisvolle, hellsüchtige Witterung verhieß mir noch Abenteuerliches, und meine Sinne streckten sich vor, Lebendiges, Warmes zu erspähen. Wie mit feinen, gelenkigen Fühlern drang es aus mir in den Treppengang, rührte an alle Gemächer, und wie früher hinaus in die Natur, so warf ich jetzt mein ganzes Fühlen in das Haus, und ich spürte den Schlaf, das gemächliche Atemgehen vieler Menschen darin, das schwere, traumlose Wogen ihres dicken schwarzen Blutes, ihre einfältige Ruhe und Stille, aber doch auch das magnetische Ziehen irgendeiner Kraft. Ich ahnte irgend etwas, das wach war wie ich. War es jener Blick, war es die Landschaft, die diesen feinen purpurnen Wahnsinn in mich getan? Ich glaubte irgend etwas Weiches durch Wall und Wand zu spüren, eine kleine Flamme von Unruhe in mir zitterte und lockte im Blut und brannte nicht aus. Widerwillig ging ich die Treppe hinauf und blieb noch immer stehen auf jeder Stufe und horchte aus mir heraus; nicht mit dem Ohr nur, sondern mit allen Sinnen. Nichts wäre mir wunderlich gewesen, alles in mir lauerte noch auf ein Unerhörtes, Seltsames, denn ich wußte, die Nacht konnte nicht enden ohne ein Wunderbares, diese Schwüle nicht enden ohne den Blitz. Noch einmal war ich, als ich da horchend auf dem Treppengeländer stand, die ganze Welt draußen, die sich reckte in ihrer Ohnmacht und nach dem Gewitter schrie. Aber nichts rührte sich. Nur leiser Atem zog durch das windstille Haus. Müde und enttäuscht ging ich die letzten Stufen hinauf, und mir graute vor meinem einsamen Zimmer wie vor einem Sarg.

Die Klinke schimmerte unsicher aus dem Dunkel, feucht und warm zu fassen. Ich öffnete die Tür. Hinten stand das Fenster offen und tat ein schwarzes Viereck von Nacht auf, gedrängte Tannenwipfel drüben vom Wald und dazwischen ein Stück des verwölkten Himmels. Dunkel war alles außen und innen, die Welt und das Zimmer, nur – seltsam und unerklärlich – am Fensterrahmen glänzte etwas Schmales, Aufrechtes wie ein verlorener Streifen Mondschein. Ich trat verwundert näher, zu sehen, was da so hell schimmerte in mondverhangener Nacht. Ich trat näher, und da regte sichs. Ich erstaunte: aber doch, ich erschrak nicht, denn etwas war in dieser Nacht in mir wunderlich dem Phantastischsten bereit, alles schon vorher gedacht und traumbewußt. Keine Begegnung wäre mir sonderbar gewesen und diese am wenigsten, denn wirklich: sie war es, die dort stand, sie, an die ich unbewußt gedacht, bei jeder Stufe, bei jedem Schritt in dem schlafenden Haus, und deren Wachheit meine aufgefunkelten Sinne durch Diele und Tür gespürt. Nur als einen Schimmer sah ich ihr Gesicht, und wie ein Dunst lag um sie das weiße Nachtgewand. Sie lehnte am Fenster, und wie sie dastand, ihr Wesen hinausgewandt in die Landschaft, von dem schimmernden Spiegel der Tiefe geheimnisvoll angezogen in ihr Schicksal, schien sie märchenhaft, Ophelia über dem Teiche.

Ich trat näher, scheu und erregt zugleich. Das Geräusch mußte sie erreicht haben, sie wendete sich um. Ihr Gesicht war im Schatten. Ich wußte nicht, ob sie mich wirklich erblickte, ob sie mich hörte, denn nichts Jähes war in ihrer Bewegung, kein Erschrecken, kein Widerstand. Alles war ganz still um uns. An der Wand tickte eine kleine Uhr. Ganz still blieb es, und dann sagte sie plötzlich leise und unvermutet: »Ich fürchte mich so.«

Zu wem sprach sie? Hatte sie mich erkannt? Meinte sie mich? Redete sie aus dem Schlaf? Es war die gleiche Stimme, der gleiche zitternde Ton, der heute nachmittag draußen vor den nahen Wolken geschauert, da mich ihr Blick noch gar nicht bemerkt. Seltsam war dies, und doch war ich nicht verwundert, nicht verwirrt. Ich trat auf sie zu, sie zu beruhigen, und faßte ihre Hand. Wie Zunder fühlte sie sich an, heiß und trocken, und der Griff der Finger zerbröckelte weich in meiner Umfassung. Lautlos ließ sie mir die Hand. Alles an ihr war schlaff, wehrlos, abgestorben. Und nur von den Lippen flüsterte es nochmals wie aus einer Ferne: »Ich fürchte mich so! Ich fürchte mich so.« Und dann in einem Seufzer hinsterbend wie aus einem Ersticken: »Ach, wie schwül es ist!« Das klang von fern und war doch leise geflüstert wie ein Geheimnis zwischen uns beiden. Aber ich fühlte dennoch: sie sprach nicht zu mir.

Ich faßte ihren Arm. Sie zitterte nur leise wie die Bäume nachmittags vor dem Gewitter, aber sie wehrte sich nicht. Ich faßte sie fester: sie gab nach. Schwach, ohne Widerstand, eine warme, stürzende Welle, fielen ihre Schultern gegen mich. Nun hatte ich sie ganz nahe an mir, daß ich die Schwüle ihrer Haare atmen konnte und den feuchten Dunst ihres Haares. Ich bewegte mich nicht, und sie blieb stumm. Seltsam war all dies, und meine Neugier begann zu funkeln. Allmählich wuchs meine Ungeduld. Ich rührte mit meinen Lippen an ihr Haar – sie wehrte ihnen nicht. Dann nahm ich ihre Lippen. Sie waren trocken und heiß, und als ich sie küßte, taten sie sich plötzlich auf, um von den meinen zu trinken, aber nicht dürstend und leidenschaftlich, sondern mit dem stillen, schlaffen, begehrlichen Saugen eines Kindes. Eine Verschmachtende, so fühlte ich sie, und so wie ihre Lippen sog sich ihr schlanker, durch das dünne Gewand warm wogender Körper mir ganz so an wie früher draußen die Nacht, ohne Kraft, aber voll einer stillen, trunkenen Gier. Und da, als ich sie hielt – meine Sinne funkelten noch grell durcheinander –, spürte ich die warme feuchte Erde an mir, wie sie heute dalag, dürstend nach dem Schauer der Entspannung, die heiße, machtlose, glühende Landschaft. Ich küßte und küßte sie und empfand, als genösse ich die große, schwüle, harrende Welt in ihr, als wäre diese Wärme, die von ihren Wangen glühte, der Brodem der Felder, als atmete von ihren weichen, warmen Brüsten das schauernde Land.

Doch da, als meine wandernden Lippen zu ihren Lidern empor wollten, zu den Augen, deren schwarze Flammen ich so schaudernd gefühlt, da ich mich hob, ihr Gesicht zu schauen und im Anschauen stärker zu genießen, sah ich, überrascht, daß ihre Lider fest geschlossen waren. Eine griechische Maske aus Stein, augenlos, ohnmächtig, lag sie da, Ophelia nun, die tote, auf den Wassern treibend, bleich das fühllose Antlitz gehoben aus der dunklen Flut. Ich erschrak. Zum erstenmal fühlte ich Wirklichkeit in dem phantastischen Begeben. Schaudernd überfiel mich die Erkenntnis, daß ich da eine Unbewußte nahm, eine Trunkene, eine Kranke, eine Schlafwandlerin ihrer Sinne in den Armen hielt, die mir nur die Schwüle der Nacht hergetrieben wie ein roter, gefährlicher Mond, ein Wesen, das nicht wußte, was es tat, das mich vielleicht nicht wollte. Ich erschrak, und sie ward mir im Arme schwer. Leise wollte ich die Willenlose hingleiten lassen auf den Sessel, auf das Bett, um nicht aus einem Taumel Lust zu stehlen, nicht etwas zu nehmen, was sie vielleicht selbst nicht wollte, sondern nur jener Dämon in ihr, der Herr ihres Blutes war. Aber kaum fühlte sie, daß ich nachließ, begann sie leise zu stöhnen: »Laß mich nicht! Laß mich nicht!« flehte sie, und heißer sogen ihre Lippen, drängte ihr Körper sich an. Schmerzhaft war ihr Gesicht mit den verschlossenen Augen gespannt, und schaudernd spürte ich, daß sie wach werden wollte und nicht konnte, daß ihre trunkenen Sinne aus dem Gefängnis dieser Umnachtung schrien und wissend werden wollten. Aber gerade dies, daß unter dieser bleiernen Maske von Schlaf etwas rang, das aus seiner Bezauberung wollte, war gefährliche Lockung für mich, sie zu erwecken. Meine Nerven brannten vor Ungeduld, sie wach, sie sprechend, sie als wirkliches Wesen zu sehen, nicht bloß als Traumwandlerin, und um jeden Preis wollte ich aus ihrem dumpf genießenden Körper diese Wahrheit zwingen. Ich riß sie an mich, ich schüttelte sie, ich klemmte die Zähne in ihre Lippen und meine Finger in ihre Arme, damit sie endlich die Augen aufschlüge und nun besonnen täte, was hier nur dumpf ein Trieb in ihr genoß. Aber sie bog sich nur und stöhnte unter der schmerzhaften Umklammerung. »Mehr! Mehr!« stammelte sie mit einer Inbrunst, mit einer sinnlosen Inbrunst, die mich erregte und selbst sinnlos machte. Ich spürte, daß das Wache bereits nahe in ihr war, daß es aufbrechen wollte unter den geschlossenen Lidern, denn sie zuckten schon unruhig. Näher faßte ich sie, tiefer grub ich mich in sie ein, und plötzlich fühlte ich, wie eine Träne die Wange hinabrollte, die ich salzig trank. Furchtbar wogte es, je mehr ich sie preßte, in ihrer Brust, sie stöhnte, ihre Glieder krampften sich, als wollten sie etwas Ungeheures sprengen, einen Reif, der sie mit Schlaf umschloß, und plötzlich – wie ein Blitz war es durch die gewitternde Welt – brach es in ihr entzwei. Mit einem Male ward sie wieder schweres, lastendes Gewicht in meinen Armen, ihre Lippen ließen mich, die Hände sanken, und als ich sie zurücklehnte auf das Bett, blieb sie liegen gleich einer Toten. Ich erschrak. Unwillkürlich fühlte ich sie an und tastete ihre Arme und ihre Wangen. Sie waren ganz kalt, erfroren, steinern. Nur an den Schläfen oben tickte leise in zitternden Schlägen das Blut. Marmor, eine Statue, lag sie da, feucht die Wangen von Tränen, den Atem leise spielend um die gespannten Nüstern. Manchmal überrann sie noch leise ein Zucken, eine verebbende Welle des erregten Blutes, doch die Brust wogte immer leiser und leiser. Immer mehr schien sie Bild zu werden. Immer menschlicher und kindlicher, immer heller, entspannter wurden ihre Züge. Der Krampf war entflogen. Sie schlummerte. Sie schlief.

Ich blieb sitzen am Bettrand, zitternd über sie gebeugt. Ein friedliches Kind, lag sie da, die Augen geschlossen und den Mund leise lächelnd, belebt von innerem Traum. Ganz nahe beugte ich mich hinab, daß ich jede Linie ihres Antlitzes einzeln sah und den Hauch ihres Atems an der Wange fühlte, und von je näher ich auf sie blickte, desto ferner ward sie mir und geheimnisvoller. Denn wo war sie jetzt mit ihren Sinnen, die da steinern lag, hergetrieben von der heißen Strömung einer schwülen Nacht, zu mir, dem Fremden, und nun wie tot gespült an den Strand? Wer war es, die hier in meinen Händen lag, wo kam sie her, wem gehörte sie zu? Ich wußte nichts von ihr und fühlte nur immer, daß nichts mich ihr verband. Ich blickte sie an, einsame Minuten, während nur die Uhr eilfertig von oben tickte, und suchte in ihrem sprachlosen Antlitz zu lesen, und doch ward nichts von ihr vertraut. Ich hatte Lust, sie aufzuwecken aus diesem fremden Schlaf hier in meiner Nähe, in meinem Zimmer, hart an meinem Leben, und hatte doch gleichzeitig Furcht vor dem Erwachen, vor dem ersten Blick ihrer wachen Sinne. So saß ich da, stumm, eine Stunde vielleicht oder zwei über den Schlaf dieses fremden Wesens gebeugt, und allmählich ward mirs, als sei es keine Frau mehr, kein Mensch, der hier abenteuerlich sich mir genaht, sondern die Nacht selbst, das Geheimnis der lechzenden, gequälten Natur, das sich mir aufgetan. Mir war, als läge hier unter meinen Händen die ganze heiße Welt mit ihren entschwülten Sinnen, als hätte sich die Erde aufgebäumt in ihrer Qual und sie als Boten gesandt aus dieser seltsamen, phantastischen Nacht.

Etwas klirrte hinter mir. Ich fuhr auf wie ein Verbrecher. Nochmals klirrte das Fenster, als rüttele eine riesige Faust daran. Ich sprang auf. Vor dem Fenster stand ein Fremdes: eine verwandelte Nacht, neu und gefährlich, schwarzfunkelnd und voll wilder Regsamkeit. Ein Sausen war dort, ein furchtbares Rauschen, und schon baute sichs auf zum schwarzen Turm des Himmels, schon warf sich mir entgegen aus der Nacht, kalt, feucht und mit wildem Stoß: der Wind. Aus dem Dunkel sprang er, gewaltig und stark, seine Fäuste rissen an den Fenstern, hämmerten gegen das Haus. Wie ein furchtbarer Schlund war das Finstere aufgetan, Wolken fuhren heran und bauten schwarze Wände in rasender Eile empor, und etwas sauste gewalttätig zwischen Himmel und Welt. Weggerissen war die beharrliche Schwüle von dieser wilden Strömung, alles flutete, dehnte, regte sich, eine rasende Flucht war von einem Ende zum andern des Himmels, und die Bäume, die in der Erde festgewurzelten, stöhnten unter der unsichtbaren, sausenden, pfeifenden Peitsche des Sturmes. Und plötzlich riß dies weiß entzwei: ein Blitz, den Himmel spaltend bis zur Erde hinab. Und hinter ihm knatterte der Donner, als krachte das ganze Gewölk in die Tiefe. Hinter mir rührte sichs. Sie war aufgefahren. Der Blitz hatte den Schlaf von ihren Augen gerissen. Verwirrt starrte sie um sich. »Was ists«, sagte sie, »wo bin ich?« Und ganz anders war die Stimme als vordem. Angst bebte noch darin, aber der Ton klang jetzt klar, war scharf und rein wie die neugeborene Luft. Wieder riß ein Blitz den Rahmen der Landschaft auf: im Flug sah ich den erhellten Umriß der Tannen, geschüttelt vom Sturm, die Wolken, die wie rasende Tiere über den Himmel liefen, das Zimmer kalkweiß erhellt und weißer als ihr blasses Gesicht: Sie sprang empor. Ihre Bewegungen waren mit einem Male frei, wie ich sie nie an ihr gesehen. Sie starrte mich an in der Dunkelheit. Ich spürte ihren Blick schwärzer als die Nacht. »Wer sind Sie ... Wo bin ich?« stammelte sie und raffte erschreckt das aufgesprengte Gewand über der Brust zusammen. Ich trat näher, sie zu beruhigen, aber sie wich aus. »Was wollen Sie von mir?« schrie sie mit voller Kraft, da ich ihr nahe kam. Ich wollte ein Wort suchen, um sie zu beruhigen, sie anzusprechen, aber da merkte ich erst, daß ich ihren Namen nicht kannte. Wieder warf ein Blitz Licht über das Zimmer. Wie mit Phosphor bestrichen, blendeten kalkweiß die Wände, weiß stand sie vor mir, die Arme im Schrecken gegen mich gestemmt, und in ihrem nun wachen Blick war grenzenloser Haß. Vergebens wollte ich im Dunkel, das mit dem Donner auf uns niederfiel, sie fassen, beruhigen, ihr etwas erklären, aber sie riß sich los, stieß die Türe auf, die ein neuer Blitz ihr wies, und stürzte hinaus. Und mit der Tür, die zufiel, krachte der Donner nieder, als seien alle Himmel auf die Erde gefallen.

Und dann rauschte es, Bäche stürzten von unendlicher Höhe wie Wasserfälle, und der Sturm schwenkte sie als nasse Taue prasselnd hin und her. Manchmal schnellte er Büschel eiskalten Wassers und süßer, gewürzter Luft zum Fensterrahmen herein, wo ich schauend stand, bis das Haar mir naß war und ich troff von den kalten Schauern. Aber ich war selig, das reine Element zu fühlen, mir war, als löste nun auch meine Schwüle sich in den Blitzen los, und ich hätte schreien mögen vor Lust. Alles vergaß ich in dem ekstatischen Gefühl, wieder atmen zu können und frisch zu sein, und ich sog diese Kühle in mich wie die Erde, wie das Land: ich fühlte den seligen Schauer des Durchrütteltseins wie die Bäume, die sich zischend schwangen unter der nassen Rute des Regens. Dämonisch schön war der wollüstige Kampf des Himmels mit der Erde, eine gigantische Brautnacht, deren Lust ich mitfühlend genoß. Mit Blitzen griff der Himmel herab, mit Donner stürzte er auf die Erbebende nieder, und es war in diesem stöhnenden Dunkel ein rasendes Ineinandersinken von Höhe und Tiefe, wie von Geschlecht zu Geschlecht. Die Bäume stöhnten vor Wollust, und mit immer glühenderen Blitzen flocht sich die Ferne zusammen, man sah die heißen Adern des Himmels offenstehen, sie sprühten sich aus und mengten sich mit den nassen Rinnsalen der Wege. Alles brach auseinander und stürzte zusammen, Nacht und Welt – ein wunderbarer neuer Atem, in den sich der Duft der Felder vermengte mit dem feurigen Odem des Himmels, drang kühl in mich ein. Drei Wochen zurückgehaltener Glut rasten sich in diesem Kampf aus, und auch in mir fühlte ich die Entspannung. Es war mir, als rausche der Regen in meine Poren hinein, als durchsause reinigend der Wind meine Brust, und ich fühlte mich und mein Erleben nicht mehr einzeln und beseelt, ich war nur Welt, Orkan, Schauer, Wesen und Nacht im Überschwang der Natur. Und dann, als alles mählich stiller ward, die Blitze bloß blau und ungefährlich den Horizont umschweiften, der Donner nur noch väterlich mahnend grollte und das Rauschen des Regens rhythmisch ward im ermattenden Wind, da kam auch mich ein Leiserwerden und Müdigkeit an. Wie Musik fühlte ich meine schwingenden Nerven erklingen, und sanfte Gelöstheit sank in meine Glieder. Oh, schlafen jetzt mit der Natur und dann aufwachen mit ihr! Ich warf die Kleider ab und mich ins Bett. Noch waren weiche, fremde Formen darin. Ich spürte sie dumpf, das seltsame Abenteuer wollte sich noch einmal besinnen, aber ich verstand es nicht mehr. Der Regen draußen rauschte und rauschte und wusch mir meine Gedanken weg. Ich fühlte alles nur noch als Traum. Immer wollte ich noch etwas zurückdenken von dem, was mir geschehen war, aber der Regen rauschte und rauschte, eine wunderbare Wiege war die sanfte, klingende Nacht, und ich sank in sie hinein, einschlummernd in ihrem Schlummer.

Am nächsten Morgen, als ich ans Fenster trat, sah ich eine verwandelte Welt. Klar, mit festen Umrissen, heiter lag das Land in sicherem, sonnigem Glanz, und hoch über ihm, ein leuchtender Spiegel dieser Stille, wölbte der

Horizont sich blau und fern. Klar waren die Grenzen gezogen, unendlich fern stand der Himmel, der gestern sich tief hinab in die Felder gewühlt und sie fruchtbar gemacht. Jetzt aber war er fern, weltenweit und ohne Zusammenhang, nirgends rührte er sie mehr an, die duftende, atmende, gestillte Erde, sein Weib. Ein blauer Abgrund schimmerte kühl zwischen ihm und der Tiefe, wunschlos blickten sie einander an und fremd, der Himmel und die Landschaft.

Ich ging hinab in den Saal. Die Menschen waren schon beisammen. Anders war auch ihr Wesen als in diesen entsetzlichen Wochen der Schwüle. Alles regte und bewegte sich. Ihr Lachen klang hell, ihre Stimmen melodisch, metallen, die Dumpfheit war entflogen, die sie behinderte, das schwüle Band gesunken, das sie umflocht. Ich setzte mich zwischen sie, ganz ohne Feindseligkeit, und irgendeine Neugier suchte nun auch die andere, deren Bild mir der Schlaf fast entwunden. Und wirklich, zwischen Vater und Mutter am Nebentisch saß sie dort, die ich suchte. Sie war heiter, ihre Schultern leicht, und ich hörte sie lachen, klingend und unbesorgt. Neugierig umfaßte ich sie mit dem Blick. Sie bemerkte mich nicht. Sie erzählte irgend etwas, das sie froh machte, und zwischen die Worte perlte ein kindliches Lachen hinein. Endlich sah sie gelegentlich auch zu mir herüber, und bei dem flüchtigen Anstreifen stockte unwillkürlich ihr Lachen. Sie sah mich schärfer an. Etwas schien sie zu befremden, die Brauen schoben sich hoch, streng und gespannt umfragte mich ihr Auge, und allmählich bekam ihr Gesicht einen angestrengten, gequälten Zug, als ob sie sich durchaus auf etwas besinnen wolle und es nicht vermöge. Ich blieb erwartungsvoll mit ihr Blick in Blick, ob nicht ein Zeichen der Erregung oder der Beschämung mich grüßen würde, aber schon sah sie wieder weg. Nach einer Minute kam ihr Blick noch einmal, um sich zu vergewissern, zurück. Noch einmal prüfte er mein Gesicht. Eine Sekunde nur, eine lange gespannte Sekunde, fühlte ich seine harte, stechende, metallene Sonde tief in mich dringen, doch dann ließ ihr Auge mich beruhigt los, und an der unbefangenen Helle ihres Blickes, der leichten, fast frohen Wendung ihres Kopfes spürte ich, daß sie wach nichts mehr von mir wußte, daß unsere Gemeinschaft versunken war mit der magischen Dunkelheit. Fremd und weit waren wir wieder einander wie Himmel und Erde. Sie sprach zu ihren Eltern, wiegte unbesorgt die schlanken, jungfräulichen Schultern, und heiter glänzten im Lächeln die Zähne unter den schmalen Lippen, von denen ich doch vor Stunden den Durst und die Schwüle einer ganzen Welt getrunken.

Verwirrung der Gefühle
Private Aufzeichnungen des Geheimrates R. v. D.

Sie haben es gut gemeint, meine Schüler und Kollegen von der Fakultät: da liegt, feierlich überbracht und kostbar gebunden, das erste Exemplar jener Festschrift, die zu meinem sechzigsten Geburtstag und zum dreißigsten meiner akademischen Lehrtätigkeit die Philologen mir gewidmet haben. Eine wahrhaftige Biographie ist es geworden; kein kleiner Aufsatz fehlt, keine Festrede, keine nichtige Rezension in irgendeinem gelehrten Jahrbuch, die nicht bibliographischer Fleiß dem papiernen Grabe entrissen hätte – mein ganzer Werdegang, säuberlich klar, Stufe um Stufe, einer wohlgefügten Treppe gleich, ist er aufgebaut bis zur gegenwärtigen Stunde – wirklich, ich wäre undankbar, wollte ich mich nicht freuen an dieser rührenden Gründlichkeit. Was ich selbst verlebt und verloren gemeint, kehrt in diesem Bilde geeint und geordnet zurück: nein, ich darf es nicht leugnen, daß ich alter Mann die Blätter mit gleichem Stolz betrachtete wie einst der Schüler jenes Zeugnis seiner Lehrer, das ihm Fähigkeit und Willen zur Wissenschaft erstmalig bekundete.

Aber doch: als ich die zweihundert fleißigen Seiten durchblättert und meinem geistigen Spiegelbild genau ins Auge gesehen, mußte ich lächeln. War das wirklich mein Leben, stieg es tatsächlich in so behaglich zielvollen Serpentinen von der ersten Stunde bis an die heutige heran, wie sichs hier aus papiernem Bestand der Biograph zurechtschichtet? Mir gings genau so, als da ich zum erstenmal meine eigene Stimme aus einem Grammophon sprechen hörte: ich erkannte sie vorerst gar nicht; denn wohl war dies meine Stimme, aber doch nur jene, wie die andern sie vernehmen und nicht ich selbst sie gleichsam durch mein Blut und im innern Gehäuse meines Seins höre. Und so ward ich, der ein Leben daran gewandt, Menschen aus ihrem Werke darzustellen und das geistige Gefüge ihrer Welt wesenhaft zu machen, gerade am eigenen Erlebnis wieder gewahr, wie undurchdringlich in jedem Schicksal der eigentliche Wesenskern bleibt, die plastische Zelle, aus der alles Wachstum dringt. Wir erleben Myriaden Sekunden, und doch wirds immer nur eine, eine einzige, die unsere ganze innere Welt in Wallung bringt, die Sekunde, da (Stendhal hat sie beschrieben) die innere, mit allen Säften schon getränkte Blüte blitzhaft in Kristallisation zusammenschießt – eine magische Sekunde, gleich jener der Zeugung und gleich ihr verborgen im warmen Innern des eigenen Lebens, unsichtbar, untastbar, unfühlbar, einzig erlebtes Geheimnis. Keine Algebra des Geistes kann sie errechnen, keine Alchimie der Ahnung sie erraten, und selten errafft sie das eigene Gefühl.

Von jenem Geheimsten meiner geistigen Lebensentfaltung weiß jenes Buch kein Wort: darum mußte ich lächeln. Alles ist wahr darin – nur das Wesenhafte fehlt. Es beschreibt mich nur, aber es sagt mich nicht aus. Es spricht bloß von mir, aber es verrät mich nicht. Zweihundert Namen umfaßt das sorgfältig geklitterte Register – nur der eine fehlt, von dem aller schöpferischer Impuls ausging, der Name des Mannes, der mein Schicksal bestimmte und nun wieder mit doppelter Gewalt mich in meine Jugend ruft. Von allen ist gesprochen, nur von ihm nicht, der mir die Sprache gab und in dessen Atem ich rede: und mit einemmal fühle ich dieses feige Verschweigen als eine Schuld. Ein Leben lang habe ich Bildnisse von Menschen gezeichnet, aus Jahrhunderten her Gestalten zurückgeweckt für gegenwärtiges Gefühl, und gerade des mir Gegenwärtigsten, seiner habe ich niemals gedacht: so will ich ihm, dem geliebten Schatten, wie in homerischen Tagen zu trinken geben vom eigenen Blute, damit er wieder zu mir spreche und der längst schon Weggealterte bei mir, dem Alternden, sei. Ich will ein verschwiegenes Blatt legen zu den offenbaren, ein Bekenntnis des Gefühls neben das gelehrte Buch und mir selbst um seinetwillen die Wahrheit meiner Jugend erzählen.

Noch einmal, ehe ich beginne, blättere ich in jenem Buche, das mein Leben darzustellen vorgibt. Und wiederum muß ich lächeln. Denn wie wollten sie ans wahrhaft Innere meines Wesens heran, da sie einen falschen Einstieg wählten? Schon ihr erster Schritt geht fehl! Da fabelt ein mir wohlgesinnter Schulgenosse, gleichfalls Geheimrat heute, schon im Gymnasium hätte mich eine leidenschaftliche Liebe für die Geisteswissenschaften vor allen andern Pennälern ausgezeichnet. Falsch erinnert, lieber Geheimrat! Für mich war alles Humanistische schlecht ertragener, zähneknirschend durchgeschäumter Zwang. Gerade weil ich als Rektorssohn in jener norddeutschen Kleinstadt von Tisch und Stube her Bildung immer als Brotgeschäft betreiben sah, haßte ich alle Philologie von Kindheit an: immer setzt ja die Natur, ihrer mystischen Aufgabe gemäß, das Schöpferische zu bewahren, dem Kinde Stachel und Hohn ein gegen die Neigung des Vaters. Sie will kein gemächliches kraftloses Erben, kein bloßes Fortsetzen und Weitertun von einem zum andern Geschlecht: immer stößt sie erst Gegensatz zwischen die Gleichgearteten und gestattet nur nach mühseligem und fruchtbarem Umweg dem Späteren Einkehr in der Voreltern Bahn. Genug, daß mein Vater die Wissenschaft heilig sprach, und doch empfand meine Selbstbehauptung sie als bloßes Klügeln mit Begriffen; weil er die

Klassiker als Muster pries, schienen sie mir lehrhaft und darum verhaßt. Von Büchern rings umgeben, verachtete ich die Bücher; immer zum Geistigen vom Vater gedrängt, empörte ich mich gegen jede Form schriftlich überlieferter Bildung; so war es nicht verwunderlich, daß ich nur mühsam bis zum Abiturium mich durchrang und dann mit Heftigkeit jede Fortsetzung des Studiums abwehrte. Ich wollte Offizier werden, Seemann oder Ingenieur; zu keinem dieser Berufe drängte mich eigentlich zwingende Neigung. Einzig der Widerwille gegen das Papierne und Didaktische der Wissenschaft ließ mich Praktisch-Tätiges statt des Akademischen fordern. Doch mein Vater bestand mit seiner fanatischen Ehrfurcht vor allem Universitätlichen auf meiner akademischen Ausbildung, und nichts als die Abschwächung gelang es mir durchzusetzen, daß ich statt der klassischen Philologie die englische wählen durfte (welche Zwitterlösung ich schließlich mit dem geheimen Hintergedanken hinnahm, dank der Kenntnis dieser maritimen Sprache dann leichter ausbrechen zu können in die unbändig ersehnte Seemannslaufbahn).

Nichts ist also unrichtiger darum in jenem curriculum vitae als die freundliche Behauptung, ich hätte im ersten Berliner Semester dank der Führung verdienstlicher Professoren, die Grundlagen der philologischen Wissenschaft gewonnen – was wußte meine ungestüm ausbrechende Freiheitsleidenschaft damals von Kollegien und Dozenten! Bei dem ersten flüchtigen Besuch des Hörsaals schon übermannte die muffige Luft, der pastorenhaft-monotone und gleichzeitig breitspurige Vortrag mich dermaßen mit Müdigkeit, daß ich mich anstrengen mußte, den Kopf nicht schläfernd auf die Bank zu legen – das war ja nochmals die Schule, der ich glücklich entronnen zu sein glaubte, der mitgeschleppte Klassenraum mit dem überhöhten Katheder und der silbenstecherischen

Kleinsachlichkeit: unwillkürlich war mir, als ob Sand aus den dünn aufgetanen Lippen des Geheimrats rinne, so zerrieben, so gleichmäßig rieselten die Worte des schleißigen Kollegienheftes in die dicke Luft. Der schon dem Schulknaben fühlbare Verdacht, in eine Leichenkammer des Geistes geraten zu sein, wo gleichgültige Hände an Abgestorbenem anatomisierend herumfingerten, schreckhaft erneute er sich in diesem Betriebsraum eines längst antiquarisch gewordenen Alexandrinertums – und wie intensiv erst wurde dieser abwehrende Instinkt, sobald ich von der mühsam ertragenen Lehrstunde hinaustrat in die Straßen der Stadt, jenes Berlin von damals, das, ganz überrascht von seinem eigenen Wachstum, strotzend von einer allzu plötzlich aufgeschossenen Männlichkeit, aus allen Steinen und Straßen Elektrizität vorsprühte und ein hitzig pulsierendes Tempo jedem unwiderstehlich aufnötigte, das mit seiner raffenden Gier dem Rausch meiner eigenen, eben erst bemerkten Männlichkeit höchst ähnlich war. Beide, sie und ich, plötzlich aufgeschossen aus einer protestantisch ordnungshaften und umschränkten Kleinbürgerlichkeit, vorschnell hingegeben einem neuen Taumel von Macht und Möglichkeiten – beide, die Stadt und ich junger ausfahrender Bursche, vibrierten wir wie ein Dynamo von Unruhe und Ungeduld. Nie habe ich Berlin so verstanden, so geliebt, wie damals, denn genau wie in dieser überfließenden warmen Menschenwabe, so drängte in mir jede Zelle nach plötzlicher Erweiterung – das Ungeduldigsein jeder starken Jugend, wo hätte es dermaßen sich entladen können als in dem zuckenden Schoße dieses heißen Riesenweibes, in dieser ungeduldigen, kraftausströmenden Stadt! Mit einem Ruck riß sie mich an, ich warf mich in sie, stieg hinab in ihre Adern, meine Neugier umlief hastig ihren ganzen steinernen und doch warmen Leib – von früh bis nachts trieb ich mich um in den Straßen, fuhr bis an die Seen, durchpirschte ihre Verstecke: wirklich, Besessenheit war es, mit der ich mich, statt des Studiums zu achten, in das Lebendig-Abenteuerliche des Auskundschaftens warf. Aber in dieser Übertreiblichkeit gehorchte ich freilich nur einer Besonderheit meiner Natur: von Kind auf schon unfähig zu Gleichzeitigkeiten, wurde ich immer sofort gefühlsblind für jede andere Beschäftigung; immer und überall hatte ich diesen bloß einlinig vorstoßenden Impetus, und noch heute in meiner Arbeit verbeiße ich mich meist so fanatisch in ein Problem, daß ichs nicht eher lasse, ehe ich nicht das Letzte, das Allerletzte seines Marks in den Zähnen fühle.

Damals nun wurde mir in Berlin das Freiheitsgefühl zu einem so übermächtigen Rausch, daß ich selbst die flüchtige Klausur der Vorlesungsstunde, ja die Umschlossenheit meines eigenen Zimmers nicht ertrug: alles schien mir Versäumnis, was nicht Abenteuer brachte. Und gewaltsam zäumte sich der ohrenfeuchte, eben erst vom Halfter gelassene Provinzjunge auf, recht männlich zu gelten: ich hospitierte in einer Verbindung, suchte meinem (eigentlich scheuen) Wesen etwas Keckes, Schmissiges, Ludriges zu geben, spielte, kaum acht Tage eingewöhnt, schon den Großstädter und Großdeutschen, lernte das Flegeln und Rekeln in den Caféhausecken als rechter Miles gloriosus mit verblüffender Geschwindigkeit. In dies Kapitel der Männlichkeit gehörten natürlich auch die Frauen – oder vielmehr: die Weiber, wie es in unserer studentischen Überheblichkeit hieß –, und da kam mirs zupaß, daß ich ein auffallend hübscher Junge war. Hochgewachsen, schlank, die bronzene Patina des Meeres noch frisch auf den Wangen, turnerisch gelenk in jeder Bewegung, fand ich leichtes Spiel gegenüber den käsigen, von der Stubenluft wie Heringe ausgedörrten Ladenschwengeln, die gleich uns allsonntags auf Beute in die Tanzlokale von Halensee und Hundekehle (damals noch weit außerhalb der Stadt) loszogen. Bald war es eine strohblonde Mecklenburger Dienstmagd mit milchweißer Haut, die ich, heiß vom Tanz, knapp vor ihrem Urlaubsheimgang noch in meine Bude schleppte, bald eine zappelige, nervöse kleine Jüdin aus Posen, die bei Tietz Strümpfe verkaufte – billige Beute zumeist, leicht genommen und rasch den Kommilitonen weitergegeben. Aber in dieser unvermuteten Leichtigkeit des Gewinnens lag für den gestern noch ängstlichen Pennäler eine berauschende Überraschung – die billigen Erfolge steigerten meine Verwegenheit, und allmählich betrachtete ich die Straße einzig noch als Jagdplatz dieser vollkommen wahllosen, nur mehr sportlichen Abenteuerei. Als ich so einmal, einem hübschen Mädchen nachsteigend, unter die Linden kam und – wirklich zufällig – vor die Universität, mußte ich lachen bei dem Gedanken, wie lange ich keinen Fuß über jene respektable Schwelle gesetzt. Aus Übermut trat ich mit einem gleichgesinnten Freunde ein; wir lüfteten nur die Tür, sahen (unglaublich lächerlich wirkte das) hundertfünfzig über die Bänke gebeugte skribelnde Rücken gleichsam mitbetend von der Litanei eines psalmodierenden Weißbartes. Und schon klinkte ich wieder zu, ließ weiterhin das Bächlein jener trüben Beredsamkeit über die Schultern der Fleißigen rinnen und strotterte übermütig mit dem Genossen hinaus in die sonnige Allee. Manchmal will mir dünken, niemals habe ein junger Mensch dümmer seine Zeit vertan als ich in jenen Monaten. Ich las kein Buch, ich bin gewiß, kein vernünftiges Wort geredet, keinen wirklichen Gedanken gedacht zu haben – aus Instinkt wich ich aller kultivierten Geselligkeit aus, nur um mit dem wach gewordenen Leibe stärker die Beize des Neuen und bislang Verbotenen zu fühlen. Nun mag ja dies Besaufen am eigenen Saft, dies zeitverschwenderische Wider-sich-selber-Wüten irgendwie zum Wesen jeder starken und plötzlich freigegebenen Jugend gehören – dennoch machte meine besondere Besessenheit diese Art Lotterei schon gefährlich und nichts wahrscheinlicher, als daß ich völlig verbummelt oder zumindest in einer Dumpfheit des Gefühls untergegangen wäre, hätte nicht ein Zufall plötzlich den inneren Absturz gedämpft.

Dieser Zufall – heute nenne ich ihn dankbar einen glücklichen – bestand darin, daß unvermuteterweise mein Vater zu einer Rektorenkonferenz für einen Tag nach Berlin ins Ministerium beordert wurde. Als professioneller Pädagoge nutzte er die Gelegenheit, um ohne Ankündigung seines Kommens eine Stichprobe auf mein Betragen zu versuchen und mich Ahnungslosen zu überraschen. Dieser Überfall, vortrefflich gelang er ihm. Wie meistens, hatte ich um die Abendstunde in meiner billigen Studentenbude im Norden – der Zugang ging durch die mittels eines Vorhangs abgeteilte Küche der Hausfrau – ein Mädel zu höchst vertraulichem Besuch, als vernehmlich an die Tür gepocht wurde. Einen Kollegen vermutend, murrte ich unwillig zurück: »Bin nicht zu sprechen.« Aber nach einer kurzen Pause wiederholte sich das Klopfen, einmal, zweimal und dann mit hörbarer Ungeduld ein drittes Mal. Zornig fuhr ich in die Hose, um den impertinenten Störer ausgiebig abzufertigen, und so, das Hemd halb offen, die Hosenträger niederpendelnd, die Füße nackt, riß ich die Tür auf, um sofort, wie mit der Faust über die Schläfe geschlagen, im Dunkel des Vorraums die Silhouette meines Vaters zu erkennen. Von seinem Gesicht nahm ich im Schatten kaum mehr wahr als die Brillengläser, die im Rückschein funkelten. Aber dieser Schattenriß genügte schon, daß jenes bereits frech vorbereitete Wort mir wie eine scharfe Gräte würgend in der Kehle stecken blieb: einen Augenblick stand ich betäubt. Dann mußte ich ihn – entsetzliche Sekunde! – demütig bitten, einige Minuten in der Küche zu warten, bis ich mein Zimmer in Ordnung gebracht hätte. Wie gesagt: ich sah sein Gesicht nicht, aber ich spürte, er verstand. Ich spürte es an seinem Schweigen, an der verhaltenen Art, wie er, ohne mir die Hand zu reichen, mit einer angewiderten Geste hinter den Vorhang in die Küche trat. Und dort, vor einem nach aufgewärmtem Kaffee und Rüben dunstenden Eisenherd mußte der alte Mann zehn Minuten stehend warten, zehn für mich und ihn gleicherweise erniedrigende Minuten, bis ich das Mädel aus dem Bett in ihre Kleider getrieben und an dem wider Willen Lauschenden vorbei aus der Wohnung. Er mußte ihren Schritt hören, und wie die Falten des Vorhangs bei ihrem eiligen Verschwinden im Luftzug vorschlugen; und noch immer konnte ich den alten Mann nicht aus dem entwürdigenden Versteck holen: zuvor mußte die überdeutliche Unordnung des Bettes beseitigt sein. Dann erst trat ich – nie war ich beschämter in meinem Leben gewesen – vor ihn hin.

Mein Vater hat Haltung gehabt in dieser argen Stunde, noch heute danke ich ihm innerlich dafür. Denn immer, wenn ich des längst Hingeschiedenen mich erinnern will, verweigere ich mir, ihn aus der Perspektive des Schülers zu sehen, die ihn einzig als Korrigiermaschine, als unablässig mäkelnden, auf Genauigkeit versessenen Schulfuchs zu verachten beliebte, sondern immer nehme ich mir sein Bild von diesem seinem menschlichsten Augenblick, da der alte Mann zutiefst angewidert und doch sich bezähmend wortlos hinter mir in das durchschwülte Zimmer trat. Er trug den Hut und die Handschuhe in der Hand: unwillkürlich wollte er sie ablegen, aber dann kam eine Geste des Ekels, als hätte er Widerwillen, mit irgendeinem Teil seines Wesens an diesen Schmutz zu rühren. Ich bot ihm einen Sessel; er antwortete nicht, nur eine wegwerfende Gebärde stieß alle Gemeinschaft mit Gegenständen dieses Raumes von sich fort.

Nach einigen eiskalten Augenblicken abgewandten Dastehens nestelte er endlich die Brille herab und putzte sie umständlich, was bei ihm, ich wußte es, Verlegenheit verriet; auch entging mirs nicht, wie der alte Mann, als er sie wieder aufsetzte, mit dem Handrücken über das Auge fuhr. Er schämte sich vor mir, und ich schämte mich vor ihm, keiner fand ein Wort. Im geheimen fürchtete ich, er würde einen Sermon, eine schönrednerische Ansprache in jenem gutturalen Ton beginnen, den ich von der Schule her an ihm haßte und höhnte. Aber – und heute danke ich ihm noch dafür – der alte Mann blieb stumm und vermied, mich anzusehen. Endlich ging er hin zu dem wackligen Gestell, wo meine Studienbücher standen, schlug sie auf – der erste Blick mußte ihn schon überzeugen, sie seien unberührt und meist unaufgeschnitten. »Deine Kollegienhefte!« – Dieser Befehl war sein erstes Wort. Zitternd reichte ich sie ihm hin, wußte ich doch, die stenographischen Notizen umfaßten bloß eine einzige Lehrstunde. Er überflog die zwei Seiten mit einer raschen Wendung, legte, ohne das mindeste Zeichen von Erregung, die Hefte auf den Tisch. Dann zog er einen Stuhl heran, setzte sich nieder, sah mich ernst, aber ohne jeden Vorwurf an und fragte: »Nun, wie denkst du über das alles? Was soll da werden?«

Diese ruhige Frage stampfte mich in den Boden. Alles war in mir schon gekrampft gewesen: hätte er mich gescholten, ich wäre anmaßend losgefahren, hätte er rührselig mich ermahnt, ich hätte ihn verhöhnt. Aber diese sachliche Frage brach meinem Trotz die Gelenke: ihr Ernst forderte Ernst, ihre erzwungene Ruhe Respekt und innere Bereitschaft. Was ich antwortete, wage ich mich kaum zu erinnern, wie auch das ganze Gespräch, das nun folgte, mir noch heute nicht in die Feder will: es gibt plötzliche Erschütterungen, eine Art innern Aufschwalls, der, wiedererzählt, wahrscheinlich sentimental klingen würde, gewisse Worte, die nur ganz einmalig wahr sind, zwischen vier Augen und auffahrend aus einem unvermuteten Tumult des Gefühls. Es war das einzige wirkliche Gespräch, das ich jemals mit meinem Vater führte, und ich hatte kein Bedenken, mich freiwillig zu demütigen: ich legte alle Entscheidung in seine Hände. Er aber bot mir nur den Rat, ich möchte Berlin verlassen und das nächste Semester an einer kleinen Universität studieren, er sei gewiß, tröstete er beinahe, ich würde von nun ab mit Leidenschaft das Versäumte nachholen. Sein Vertrauen erschütterte mich; in dieser einen Sekunde fühlte ich alles Unrecht, das ich dem in eine kalte Förmlichkeit verbarrikadierten alten Mann eine ganze Jugend lang angetan. Ich mußte vehement in die Lippen beißen, um die Tränen zu zwingen, nicht heiß aus den Augen zu stürzen. Aber auch er mochte Ähnliches fühlen, denn er reichte mir plötzlich die Hand, hielt sie zitternd einen Augenblick und hastete dann hinaus. Ich wagte ihm nicht zu folgen, blieb unruhig und verwirrt und wischte mir mit dem Taschentuch das Blut von der Lippe: so sehr hatte ich, um mein Gefühl zu bemeistern, die Zähne in sie eingebissen.

Das war die erste Erschütterung, die ich, der Neunzehnjährige, erfuhr – sie warf das ganze bombastische Kartenhaus von Männischkeit, Studenterei, Selbstherrlichkeit, das ich in drei Monaten gebaut, ohne den Hauch eines starken Wortes zusammen. Ich fühlte mich fest genug, nun auf alle mindern Vergnüglichkeiten dank des herausgeforderten Willens zu verzichten, Ungeduld überkam mich, die verschwendete Kraft am Geistigen zu erproben, eine Gier nach Ernst, Nüchternheit, Zucht und Strenge. In dieser Zeit verschwor ich mich ganz dem Studium wie einem klösterlichen Opferdienst, freilich unkund des hohen Rausches, der mich in der Wissenschaft erwartete, und ahnungslos, daß auch in jener gesteigerten Welt des Geistes Abenteuer und Fährnis dem Ungestümen immer bereitet sind.

Die kleine Provinzstadt, die ich im Einverständnis mit meinem Vater für das nächste Semester gewählt, lag in Mitteldeutschland. Ihr weiter akademischer Ruhm stand in krassem Mißverhältnis zu dem dünnen Häufchen von Häusern, die das Universitätsgebäude umlagerten. Ich hatte nicht viel Mühe, vom Bahnhof, wo ich vorerst mein Gepäck ließ, zur Alma mater mich durchzufragen, und auch innerhalb des altertümlich weitläufigen Hauses spürte ich sofort, um wieviel rascher der innere Kreis sich hier zusammenschloß als in jenem Berliner Taubenschlag. In zwei Stunden war die Inskription besorgt, die meisten Professoren besucht, nur meines Ordinarius, des Lehrers der englischen Philologie, konnte ich nicht sofort habhaft werden, doch wurde mir bedeutet, daß er nachmittags gegen vier Uhr im Seminar anzutreffen sei.

Von jener Ungeduld getrieben, nicht eine Stunde zu versäumen, ebenso leidenschaftlich nun im Anlauf gegen die Wissenschaft wie vordem in ihrer Vermeidung, befand ich mich – nach flüchtigem Rundgang durch die im Vergleich mit Berlin narkotisch schlafende Kleinstadt – um vier Uhr pünktlich an der angegebenen Stelle. Der Pedell wies mir die Tür des Seminars. Ich klopfte an. Und da mir dünkte, von innen hätte eine Stimme geantwortet, trat ich ein.

Aber ich hatte unrichtig gehört. Niemand hatte mich eintreten geheißen, und der undeutliche Laut, den ich vernommen, war nur die erhobene, zu energischer Rede aufgeschwungene Stimme des Professors, der vor dem enggescharten und nah an ihn herangezogenen Kreis von etwa zwei Dutzend Studenten eine offenbar improvisierte Ansprache hielt. Peinlich berührt, durch mein Mißhören ohne Erlaubnis eingetreten zu sein, wollte ich mich wieder leise hinausdrücken, fürchtete aber gerade dadurch Aufmerksamkeit zu erregen, denn bislang hatte mich noch keiner der Zuhörer bemerkt. Ich blieb also, nahe der Tür, und hörte unwillkürlich genötigt zu.

Der Vortrag schien offensichtlich aus einem Kolloquium oder einer Diskussion selbsttätig emporgewachsen zu sein, daraufhin deutete wenigstens die lockere und durchaus zufällige Gruppierung des Lehrers und seiner Schüler: er saß nicht dozierend auf distanzierendem Sessel, sondern, das Bein leicht überhängend, in fast burschikoser Weise auf einem der Tische, und um ihn scharten sich die jungen Menschen in unbeabsichtigten Stellungen, deren ursprüngliche Nachlässigkeit erst das interessierte Zuhören zu einer plastischen Unbeweglichkeit fixiert haben mochte. Man sah, sie mußten sprechend beisammengestanden haben, als plötzlich der Lehrer sich auf den Tisch schwang, dort von erhöhter Stellung mit dem Worte wie mit einem Lasso sie an sich heranzog und reglos an ihre Stelle bannte. Und es bedurfte nur weniger Minuten, als ich selbst schon, vergessend das Ungerufene meiner Gegenwart, das faszinierend Starke seiner Rede magnetisch wirkend fühlte; unwillkürlich trat ich näher heran, um über dem Wort die merkwürdig wölbenden und umschließenden Gesten der Hände zu sehen, die manchmal, wenn ein Wort herrisch vorstieß, sich wie Flügel spreizten, zuckend nach oben fuhren, um dann allmählich in der beruhigenden Geste eines Dirigenten musikalisch niederzuschweben. Und immer hitziger stürmte die Rede, indes der Beschwingte, wie von der Kruppe eines galoppierenden Pferdes, von dem harten Tische sich rhythmisch aufhob und atemlos fortjagte in diesen stürmenden, mit blitzenden Bildern durchjagten Gedankenflug. Niemals noch hatte ich einen Menschen so begeistert, so wahrhaft mitreißend reden gehört – zum erstenmal erlebte ich das, was die Lateiner raptus nennen, das Fortgetragensein eines Menschen über sich selbst hinaus: nicht für sich, nicht für die andern sprach hier eine jagende Lippe, es fuhr von ihr weg wie Feuer aus einem innen entzündeten Menschen.

Nie hatte ich dies erlebt, Rede als Ekstase, Leidenschaft des Vortrags als elementares Geschehen, und wie ein Ruck riß dies Unerwartete mich heran. Ohne zu wissen, daß ich ging, hypnotisch herangezogen von einer Macht, die stärker als Neugier war, mit jenen muskellosen Schritten, wie sie Schlafwandler haben, schob es mich magisch in den engen Kreis: unbewußt stand ich plötzlich innen, zehn Zoll von ihm und mitten unter den andern, die gleichfalls zu gebannt waren, um mich oder irgend etwas wahrzunehmen. Ich strömte ein in die Rede, mitgerissen in ihre Strömung, ohne von ihrem Ursprung zu wissen: offenbar mußte einer der Studenten Shakespeare als meteorische Erscheinung gerühmt haben, den Mann da oben aber reizte es, zu zeigen, daß er nur der stärkste Ausdruck, die seelische Aussage einer ganzen Generation war, sinnlicher Ausdruck einer leidenschaftlich gewordenen Zeit. Mit einem einzigen Riß stellte er jene ungeheure Stunde Englands dar, jene einzige Sekunde der Ekstase, wie sie im Leben jedes Volkes gleichwie in dem jedes Menschen unvermutet aufbrechen, alle Kräfte zusammenziehend zu einem mächtigen Stoß ins Ewige hinein. Plötzlich war die Erde breiter geworden, ein neuer Kontinent entdeckt, indes die älteste Macht des alten, das Papsttum, zusammenzubrechen drohte: hinter den Meeren, die ihnen nun gehören, seit die Armada Spaniens in Wind und Wellen zerschellte, rauschen neue Möglichkeiten auf, die Welt ist weit geworden, und unwillkürlich spannt sich die Seele, ihr gleich zu sein – auch sie will weit sein, auch sie bis ins Äußerste dringen im Guten und im Bösen; sie will entdecken, erobern, jenen Konquistadoren gleich, sie braucht eine neue Sprache, eine neue Kraft. Und über

Nacht sind die Sprecher dieser Sprache, die Dichter, da, fünfzig, hundert in einem Jahrzehnt, wilde, unbändige Gesellen, die nicht wie die höfischen Poetlein vor ihnen arkadische Gärtchen bestellen und eine erlesene Mythologie versifizieren – sie stürmen das Theater, sie schlagen im Bretterbau, wo vordem nur Tierhatzen und blutrünstige Spiele tobten, ihre Walstatt auf, und der heiße Durst von Blut ist noch in ihren Werken, ihr Drama selbst ein solcher Circus maximus, in dem die wilden Bestien des Gefühls heißhungrig übereinander herfallen. Löwenhaft tobt sich der Unband dieser leidenschaftlichen Herzen aus, einer will den andern überbieten in Wildheit und Überschwang, alles ist der Darstellung gestattet, alles erlaubt: Blutschande, Mord, Untat, Verbrechen, der maßlose Tumult alles Menschlichen feiert seine heiße Orgie; wie vordem aus ihrem Gefängnis die hungrigen Bestien, so stürzen nun brüllend und gefährlich die trunkenen Leidenschaften in die holzumgürtete Arena. Ein einziger Ausbruch explodiert wie eine Petarde, fünfzig Jahre dauert er an, ein Blutsturz, eine Ejakulation, ein einmalig Wildes, das die ganze Welt umprankt und zerreißt: kaum spürt man die einzelne Stimme, die einzelne Gestalt in dieser Orgie der Kraft. Einer hitzt sich an dem andern, jeder lernt, jeder stiehlt von dem andern, jeder kämpft, ihn zu überbieten, ihn zu übertreffen, und doch alle nur geistige Gladiatoren eines einzigen Festes, losgekettete Sklaven, vorwärtsgepeitscht vom Genius der Stunde. Aus schiefen dunklen Vorstadtstuben holt er sie her und aus den Palästen, Ben Jonson, den Maurerenkel, Marlowe, den Schuhmachersohn, Massinger, den Kammerdienersproß, Philipp Sidney, den reichen gelehrten Staatsmann, aber der heiße Wirbel wühlt alle zusammen; heute sind sie gefeiert, morgen krepieren sie, Kyd, Heywood, im tiefsten Elend, fallen verhungert wie Spenser in King Street zusammen, alles unbürgerliche Existenzen, Raufbolde, Hurentreiber, Komödianten, Betrüger, aber Dichter, Dichter, Dichter sie alle. Shakespeare ist nur ihre Mitte: »the very age and body of the time«, aber man hat gar nicht Zeit, ihn zu sondern, so stürmt dieser Tumult, so üppig schießt Werk an Werk, Leidenschaft über Leidenschaft heran. Und plötzlich, zuckend, wie sie aufstieg, diese herrlichste Eruption der Menschheit, bricht sie wieder zusammen, das Drama ist zu Ende, England erschöpft, und Hunderte Jahre dumpft wieder das nebelnasse Grau der Themse auch über dem Geist: in einem einzigen Ansturm hat ein ganzes Geschlecht alle Gipfel und Tiefen der Leidenschaft erstiegen, die übervolle, die tolle Seele sich heiß aus der Brust gespien – nun liegt das Land da, müde, erschöpft; ein silbenstecherischer Puritanismus schließt die Theater und verschließt damit die passionierte Rede, die Bibel nimmt wieder das Wort, das göttliche, wo das allermenschlichste die feurigste Beichte aller Zeiten gesprochen, und ein einzig glühendes Geschlecht einmalig für Tausende gelebt.

Und mit plötzlicher Wendung fuhr unvermutet das Blindfeuer der Rede auf uns zu: »Versteht ihr nun, warum ich meine Vorlesung nicht in historischer Folge bei den Anfängen beginne, beim King Arthur und Chaucer, sondern aller Regel zu Trotz bei den Elisabethanern? Und versteht ihr, daß ich vor allem Vertrautheit mit ihnen verlange, Einleben in diese höchste Lebendigkeit? Denn es gibt kein philologisches Verstehen ohne Erleben, kein bloß grammatikalisches Wort ohne Erkenntnis der Werte, und ihr jungen Menschen sollt ein Land, eine Sprache, die ihr euch erobern wollt, zuerst in ihrer höchsten Schönheitsform sehen, in der starken Form seiner Jugend, seiner äußersten Leidenschaft. Erst müßt ihr bei den Dichtern die Sprache hören, bei ihnen, die sie schaffen und vollenden, ihr müßt Dichtung einmal atmend und warm am Herzen gespürt haben, ehe wir sie zu anatomisieren anfangen. Darum beginne ich immer mit den Göttern, denn England ist Elisabeth, ist Shakespeare und die Shakespearianer, alles Frühere Vorbereitung, alles Spätere lahmes Nachlaufen diesem eigenen kühnen Sprung ins Unendliche zu – hier aber, fühlt es, fühlt es selbst, ihr jungen Menschen, hier die lebendigste Jugend unserer Welt. Immer erkennt man ja jede Erscheinung, jeden Menschen nur in ihrer Feuerform, nur in der Leidenschaft. Denn aller Geist steigt aus dem Blut, alles Denken aus Leidenschaft, alle Leidenschaft aus Begeisterung – darum Shakespeare und die Seinen zuerst, die euch junge Menschen erst wahrhaftig jung machen! Erst der Enthusiasmus, dann erst der Fleiß, erst Er, der Höchste, der Äußerste, dies herrlichste Repetitorium der Welt, vor dem Studium des Worts!«

»Und nun genug für heute – lebt wohl!« – Mit jäh abschließender Geste wölbte sich die Hand und taktierte herrisch unvermutet ab, indes er gleichzeitig vom Tische absprang. Wie auseinandergerüttelt fuhr mit einmal das dicht zusammengedrückte Bündel der Studenten schütter auf, Sessel knackten und polterten, Tische rückten, zwanzig verschlossene Kehlen huben mit einmal an zu reden, sich zu räuspern, breitströmig zu atmen – jetzt erst sah man, wie magnetisch die Bannung gewesen, die alle diese atmenden Lippen verschloß. Um so hitziger und hemmungsloser wogte nun im engen Raume das Durcheinander; einige traten auf den Lehrer zu, um ihm Dank oder ein anderes zu sagen, indes die übrigen heißen Gesichts untereinander ihre Eindrücke austauschten; keiner aber stand ruhig, keiner unberührt von der elektrischen Spannung, deren Kontakt brüsk gerissen war und von der doch Hauch und Feuer noch in der gedrängten Luft zu knistern schienen.

Ich selbst konnte mich nicht rühren: ich war wie auf das Herz getroffen. Leidenschaftlich ich selbst, und fähig, alles nur passioniert, mit einem vorstürzenden Stoß aller Sinne zu begreifen, hatte ich zum erstenmal von einem Lehrer, von einem Menschen mich gefaßt gefühlt, eine Übermacht empfunden, vor der sich zu beugen Pflicht und Wollust sein mußte. Meine Adern gingen warm, ich spürte es, mein Atem schneller, bis in meinen Körper hinein hämmerte sich dieser jagende Rhythmus und riß ungeduldig an jedem Gelenk. Endlich gab ich mir nach, drängte langsam in die vordere Reihe, das Gesicht dieses Mannes zu sehen, denn – sonderbar! – während er sprach, hatte ich seine Züge gar nicht wahrgenommen, so sehr waren sie vergangen, so sehr eingegangen in die Rede. Auch jetzt konnte ich vorerst nur ein ungenaues Profil schattenhaft erblicken: er stand, einem Studenten halb zugewandt, die Hand vertraulich auf die Schulter gelegt, im Zwielicht des Fensters. Aber selbst diese flüchtige Bewegung hatte eine Innigkeit und Anmut, wie ich sie niemals bei einem Schulmann für möglich gehalten.

Inzwischen waren einige Studenten auf mich aufmerksam geworden; und um nicht als unberufener Eindringling zu gelten, trat ich noch einige Schritte an den Professor heran und wartete, bis er sein Gespräch beendet. Nun erst gewann ich Zublick in sein Gesicht: ein Römerkopf, marmorn die Stirne gewölbt, und die blankschimmernde an den Seiten überbuscht von rückschlagender Welle weißen schopfigen Haares; ein imponierend kühner Oberbau geistiger Fraktur – unterhalb der tiefen Augenschatten aber rasch weich, fast weibisch werdend durch die glatte Rundung des Kinns, die unruhige Lippe, um die, ein Lächeln bald und bald ein unruhiger Riß, die Nerven flatterten. Was oben die Stirne mannhaft schön zusammenhielt, löste die nachgiebigere Plastik des Fleischlichen in etwas schlaffe Wangen und einen unsteten Mund; vorerst imposant und herrscherisch, wirkte von der Nähe gesehen sein Antlitz mühsam zusammengestrafft. Auch die körperliche Haltung sprach ein ähnlich Zwiefältiges aus. Seine Linke ruhte nachlässig auf dem Tisch oder schien wenigstens zu ruhen, denn unausgesetzt vibrierten kleine zitternde Triller über die Knöchel hin, und die schmalen, für eine Männerhand ein wenig zu zarten, ein wenig zu weichen Finger malten ungeduldig unsichtbare Figuren über die leere Holzplatte, indes seine von schweren Lidern gedeckten Augen anteilnehmend sich ins Gespräch beugten. War er unruhig, oder zitterte die Erregung noch in den aufgetriebenen Nerven nach: jedenfalls widersprach die fahrige Unbeherrschtheit der Hand dem ruhig Lauschenden und Abwartenden seines Gesichts, das ermattet und doch aufmerksam in die Zwiesprache mit dem Studenten vertieft schien.

Endlich kam die Reihe an mich, ich trat heran, nannte Namen und Absicht, und sofort hellte sich der Stern des Auges in der fast blauleuchtenden Pupille mir zu. Zwei, drei volle fragende Sekunden überkreiste dieser Glanz mein Gesicht vom Kinn bis ins Haar: ich mochte wohl errötet sein, und unter dieser mild inquisitorischen Betrachtung, denn er quittierte meine Verwirrung mit einem geschwinden Lächeln. »Also Sie wollen bei mir inskribieren: da müssen wir noch ausführlicher miteinander sprechen. Entschuldigen Sie mich, daß ichs nicht sofort tue. Ich habe jetzt noch einiges zu erledigen; vielleicht erwarten Sie mich unten vor dem Tor und begleiten mich dann nach Hause.« Dabei bot er mir die Hand, die zarte, schmale Hand, die sich leichter als ein Handschuh an meine Finger legte, schon dem Nächstwartenden freundlich zugewandt.

Zehn Minuten harrte ich vor dem Tor klopfenden Herzens. Was sagen, wenn er nach meinen Studien fragte, wie ihm bekennen, daß alles Dichterische weder meine Arbeit noch meine Mußestunden je beschäftigt? Würde er mich nicht mißachten oder am Ende von vornherein ausschließen aus jenem feurigen Kreis, der mich heute magisch umfangen? Aber kaum daß er, rasch genähert und guten Lächelns, jetzt vortrat, nahm schon seine Gegenwart alle Befangenheit, ja, ohne daß er mich gedrängt, beichtete ich (unfähig, vor ihm mich zu verbergen), mein erstes Semester so ziemlich versäumt zu haben. Wieder umfing mich jener warme anteilnehmende Blick. »Auch die Pause gehört zur Musik«, lächelte er ermutigend, und offenbar um mich nicht weiter in meiner Unwissenheit zu beschämen, erkundigte er sich nach bloß persönlichen Dingen, nach meiner Heimat, und wo ich hier zu wohnen gedächte. Als ich ihm mitteilte, ich hätte bislang noch kein Zimmer gefunden, bot er mir seine Hilfe an und riet, ich möchte vorerst in seinem Haus mich erkundigen, dort vermiete eine alte, halbtaube Frau ein nettes Zimmerchen, mit dem jeder seiner Schüler jeweils zufrieden gewesen sei. Und für alles andere wolle er selber sorgen: erfülle ich wirklich die Absicht, das Studium ernst zu nehmen, so betrachte er es als liebste Pflicht, mir in jeder Weise förderlich zu sein. Wieder bot er mir, vor seiner Wohnung angelangt, die Hand und lud mich ein, ihn am nächsten Abend zu Hause zu besuchen, damit wir einen Studienplan gemeinsam ausarbeiten. Und so groß war meine Dankbarkeit für die unverhoffte Güte dieses Menschen, daß ich nur ehrfürchtig seine Hand ertastete, verworren den Hut zog und vergaß, ihm mit einem Worte zu danken.

Selbstverständlich mietete ich sogleich das Zimmerchen im gleichen Hause. Ich hätte es nicht minder genommen, hätte es mir auch durchaus nicht zugesagt, und dies einzig aus dem naiv dankbaren Gefühl, diesem zauberischen Lehrer, der mir in einer Stunde mehr gegeben als alle andern, räumlich näher zu sein. Aber das Zimmerchen war reizend: das Dachgeschoß über der Wohnung meines Lehrers, ein wenig dunkel vom überhängenden Holzgiebel, gestattete es weitgerundeten Fensterblick auf die nachbarlichen Dächer und den Kirchturm; ferne sah man schon grünes Geviert und darüber die Wolken, die heimatgeliebten. Ein altes stocktaubes Frauchen sorgte mit rührender Mütterlichkeit für ihre jeweiligen Pfleglinge; in zwei Minuten war ich einig mit ihr, und eine Stunde später knirschte schon mein Koffer die knarrende Holztreppe hinauf.

An jenem Abend ging ich nicht mehr aus, ja ich vergaß zu essen, zu rauchen. Mit dem ersten Griff hatte ich aus dem Koffer den zufällig beigepackten Shakespeare geholt, ungeduldig, ihn (seit Jahren wieder zum erstenmal) zu lesen; meine Neugier war durch jenen Vortrag leidenschaftlich entzündet, und ich las gedichtetes Wort, wie ich es nie gelesen. Kann man derartige Verwandlungen erklären? Aber mit einmal ging mir eine Welt im Geschriebenen auf, die Worte zuckten nur so auf mich zu, als suchten sie mich seit Jahrhunderten; eine Feuerwoge lief der Vers, mich mitreißend, bis ins Adernwerk hinein, daß ich jene seltsame Gelockertheit in den Schläfen fühlte wie bei einem Flugtraum. Ich zuckte, ich zitterte, ich fühlte das Blut wärmer mich durchwogen, wie Fieber flogs mich an – all das war mir vordem nie geschehen, und ich hatte doch nichts erlebt als das Hören einer passionierten Rede. Aber von dieser Rede mußte wohl noch Rausch in mir sein, ich hörte, wenn ich eine Zeile laut wiederholte, wie meine Stimme seine Stimme unbewußt nachahmte, die Sätze stürmten in gleichem fortschießendem Rhythmus, und meine Hände hatten Lust, genau wie die seinen wölbend auszufahren – wie durch Magie hatte ich in einer Stunde die Mauer, die bislang zwischen mir und der geistigen Welt stand, durchstoßen und entdeckte, der Leidenschaftliche, mir eine neue Leidenschaft, die mir treu geblieben ist bis zum heutigen Tage: die Lust am Mitgenießen alles Irdischen im beseelten Wort. Zufällig war ich auf den ›Coriolans‹ gestoßen, und wie ein Taumel kams über mich, als ich in mir alle Elemente dieses fremdesten aller Römer fand: Stolz, Hochmut, Zorn, Hohn, Spott, alles Salz, alles Blei, alles Gold, alle Metalle des Gefühls. Was für eine neue Lust, dies magisch mit einmal zu ahnen, zu verstehen! Ich las und las, bis mir die Augen brannten; als ich auf die Uhr sah, zeigte sie halb vier. Beinahe erschreckt über die neue Gewalt, die sechs Stunden mir alle Sinne erregt und betäubt zugleich, löschte ich das Licht. Aber innen glühten und zuckten die Bilder noch weiter, ich konnte kaum schlafen vor Sehnsucht und Erwartung nach dem nächsten Tag, der die so zauberisch aufgetane Welt mir erweitern und ganz zu eigen machen sollte.

Aber der nächste Morgen brachte Enttäuschung. Ungeduldig hatte ich mich als einer der ersten im Hörsaal eingefunden, wo mein Lehrer (denn so will ich ihn fortab nennen) sein Kolleg über englische Lautlehre lesen sollte. Schon als er eintrat, erschrak ich: war dies denn derselbe von gestern, oder hatte ihn nur meine erregte Stimmung und Erinnerung befeuert zu einem Coriolan, der auf dem Forum das Wort als Blitzstrahl führt, heldenhaft kühn, niederschlagend und bezwingend? Der hier mit leisem schleppendem Schritt eintrat, war ein alter, müder Mann. Als sei eine leuchtende Mattscheibe von seinem Antlitz weggenommen, so merkte ich jetzt von der ersten Bankreihe seine fast kränklich matten Züge von scharfen Runzeln und breiten Schrunden durchackert; blaue Schatten höhlten Rinnsale querhin in das schlaffe Grau der Wangen. Über die Augen schatteten dem Lesenden zu schwere Lider, auch der Mund mit den zu blassen, zu schmalen Lippen gab dem Wort kein Metall: wo war seine Heiterkeit, der sich selbst aufjubelnde Überschwang? Selbst die Stimme schien mir fremd; gleichsam vom grammatikalischen Thema ernüchtert, ging sie steif durch trocken knirschenden Sand in monoton ermüdendem Schritt.

Unruhe überkam mich. Das war ja gar nicht der Mann, auf den ich seit der ersten Stunde heute gewartet: wohin war sein Antlitz vergangen, sein gestern so astralisch mir erhelltes? Hier spulte ein abgenützter Professor sachlich sein Thema ab; immer horchte ich mit neuer Angst in sein Wort hinein, ob nicht doch jener Ton von gestern wiederkehren wollte, die warme Vibration, die wie eine klingende Hand in mein Gefühl gegriffen und es zur Leidenschaft emporgestimmt. Immer unruhiger stieg mein Blick zu ihm auf, voll Enttäuschung das entfremdete Gesicht übertastend: das Antlitz hier, unleugbar, es war dasselbe, aber gleichsam entleert, enthöhlt aller zeugenden Kräfte, müde, alt, eines alten Mannes pergamentene Larve. Aber war derlei möglich? Konnte man so jung sein eine Stunde und so unjugendlich die nächste schon? Gab es derart plötzliche Wallungen des Geistes, daß sie mit dem Wort auch das Antlitz durchformen und um Jahrzehnte verjüngen?

Die Frage quälte mich. Wie ein Durst brannte mirs innen, mehr von diesem zwiefältigen Manne zu wissen. Und einer plötzlichen Eingebung folgend, eilte ich, kaum daß er blicklos an uns vorbei das Katheder verlassen, in die Bibliothek und forderte seine Werke. Vielleicht war er nur müde gewesen heute, sein Elan von einem Unbehagen des Leibes gedämpft: hier aber, im dauernd Niedergelegten der Gestaltung mußte doch Einstieg und Schlüssel sein in seine mich merkwürdig anfordernde Erscheinung. Der Diener brachte die Bücher: ich erstaunte, wie wenige. In zwanzig Jahren hatte der alternde Mann also nicht mehr veröffentlicht als diese dünne Reihe loser Bändchen, Einleitungen, Vorreden, eine Diskussion über die Echtheit des Shakespeareschen Perikles, ein Vergleich zwischen Hölderlin und Shelley (dies freilich zu einer Zeit, wo weder der eine noch der andere seinem Volke als Genius galt) und sonst nur philologischen Kleinkram? Freilich: in allen Schriften war als vorbereitet ein zweibändiges Werk angekündigt: ›Das Globe-Theater, seine Geschichte, seine Darstellung, seine Dichter‹, doch trotzdem jene erste Voranzeige bereits zwei Jahrzehnte rückdatierte, bestätigte mir der Bibliothekar auf eine nochmalige Anfrage, niemals sei es erschienen. Ein wenig zaghaft und schon nur mehr mit halbem Mut blätterte ich die Schriften an, sehnsüchtig, aus ihnen die rauschende Stimme, jenes Hinbrausen des Rhythmus mir zu erneuern. Aber der Schritt dieser Schriften pendelte beharrlichen Ernstes, nirgends zitterte der heiß taktierte, sich selbst wie Welle die Welle überspringende Rhythmus jener rauschenden Rede. Wie schade! seufzte etwas in mir. Ich hätte mich selbst schlagen können, so bebte ich vor Zorn und Mißtrauen gegen mein allzu rasch und leichtgläubig ihm hingeliehenes Gefühl.

Aber nachmittags im Seminar erkannte ich ihn wieder. Diesmal sprach er zunächst nicht selber. Nach englischer College-Sitte waren diesmal zwei Dutzend Studenten zur Diskussion in Redner und Widerredner geteilt, als Thema neuerdings eins aus seinem geliebten Shakespeare gesetzt, nämlich, ob Troilus und Cressida (sein Lieblingswerk) als parodistische Figuren zu gelten hätten, das Werk selbst als Satyrspiel oder eine hinter Hohn verdeckte Tragödie. Bald entzündete sich, von seiner geschickten Hand angefacht, aus bloß geistigem Gespräch eine elektrische Erregung – Argument sprang schlagkräftig gegen lässige Behauptung, Zwischenrufe stachelten scharf und schneidend die Diskussion zur Hitzigkeit, bis die jungen Menschen fast feindlich aufeinander losfuhren. Dann erst, als die Funken klirrten, sprang er dazwischen, lockerte den allzu heftigen Zugriff, die Diskussion geschickt auf das Thematische zurückführend, um ihr aber gleichzeitig durch einen heimlichen Ruck ins Zeitlose verstärkten geistigen Schwung zu geben – und so stand er plötzlich inmitten dieses dialektischen Flammenspiels, selber heiter erregt, den Hahnenkampf der Meinungen in einem anstachelnd und zurückreißend, Meister dieser aufgestürmten Welle von jugendlichem Enthusiasmus und selber überströmt von ihr. An den Tisch gelehnt, die Arme über die Brust gekreuzt, blickte er von einem zum andern, diesen anlächelnd, jenen mit einem heimlichen Wink zur Gegenrede ermunternd, und angeregt wie gestern glänzte sein Auge: ich spürte, er mußte sich bändigen, um nicht selbst ihnen allen mit einem Griff das Wort vom Munde zu reißen. Aber er hielt sich gewaltsam zurück, ich sahs an den Händen, die sich immer fester über der Brust als eine Daube anpreßten, ich erriets an den springenden Mundwinkeln, die mit Mühe das schon aufzuckende Wort niederdrückten. Und plötzlich gelang es ihm nicht mehr, er warf sich wie ein Schwimmer rauschend hinein in die Diskussion – mit einer wuchtigen Geste der losfahrenden Hand zerhieb er den Tumult wie mit einem Taktstock: sofort verstummten alle, und nun faßte er in seiner wölbenden Art alle Argumente zusammen. Und aufstieg, indem er sprach, jenes Gesicht von gestern, die Falten vergingen hinter dem flatternden Nervenspiel, zu kühner herrschender Geste reckte sich Hals und Statur, und aus seiner lauschend geduckten Haltung warf er sich in die Rede wie in einen stürzenden Strom. Die Improvisation riß ihn hin: nun begann ich zu ahnen, daß er, nüchtern mit sich allein, im sachlichen Kolleg oder in der einsamen Schreibstube jenes Zündstoffs entbehrte, die ihm hier, in unserer gepreßten atemlosen Gebanntheit, die innere Wand aufsprengte; er brauchte, oh, wie fühlte ich das, unseren Enthusiasmus für den seinen, unser Aufgetansein für seine Verschwendung, uns Jugend für das Jungsein in der Begeisterung. Wie ein Zimbalschläger sich berauscht an dem immer wilderen Rhythmus seiner eifernden Hände, so wurde seine Rede immer besser, immer flammender, immer farbiger im heißeren Wort, und je tiefer wir schwiegen (man fühlte unwillkürlich unsere Atemlosigkeit im Raum), um so höher, um so spannender, um so hymnischer schwang seine Darstellung sich auf. Und alle gehörten wir einzig ihm in diesen Minuten, ganz eingelauscht, eingerauscht in jenen Überschwang.

Und wieder, als er plötzlich mit einem Anruf aus Goethes Shakespeare-Rede endigte, brach unsere Erregung ungestüm entzwei. Und wieder wie gestern lehnte er erschöpft an dem Tisch, das Gesicht bleich, aber noch überrieselt von kleinen zuckenden Läufen und Trillern der Nerven, und im Auge glimmerte merkwürdig die weiterströmende Wollust der Ergießung wie bei einer Frau, die eben sich übermächtiger Umarmung entrungen. Ich hatte Scheu, jetzt mit ihm zu sprechen; aber zufällig traf mich sein Blick. Und offenbar fühlte er meine begeisterte Dankbarkeit, denn er lächelte mir freundlich zu, und leicht mir zugeneigt, die Hand meiner Schulter umlegend, erinnerte er mich, heute abend, wie vereinbart, zu ihm zu kommen.

Pünktlich um sieben Uhr war ich dann bei ihm; mit welchem Zittern überschritt ich Knabe diese Schwelle zum erstenmal! Nichts ist ja leidenschaftlicher als die Verehrung eines Jünglings, nichts scheuer, nichts frauenhafter als ihre unruhige Scham. Man führte mich in sein Arbeitszimmer, einen halbdunklen Raum, in dem ich vorerst nur, ihre gläsernen Scheiben durchblinkend, die farbigen Rücken vieler Bücher sah. Über dem Schreibtisch hing Raffaels ›Schule von Athen‹, ein Bild, von ihm (wie er mir später ausführte) besonders geliebt, weil alle Arten des Lehrens, alle Gestaltungen des Geistes sich hier symbolisch zu vollkommener Synthese einen. Ich sah es zum erstenmal: unwillkürlich meinte ich in Sokrates' eigenwilligem Gesicht eine Ähnlichkeit mit seiner Stirn zu entdecken. Von rückwärts leuchtete etwas weißmarmorn, die Büste des Pariser Ganymed in schöner Verkleinerung, daneben der heilige Sebastian eines altdeutschen Meisters, tragische Schönheit neben die genießende wohl nicht zufällig gestellt. Pochenden Herzens wartete ich, atemstumm wie all die ringsum edel-schweigsamen Kunstgestalten; aus diesen Dingen sprach symbolisch eine mir neue Art der geistigen Schönheit, die ich nie geahnt und die mir noch nicht deutlich war, wenn ich auch sie brüderhaft zu spüren mich schon bereitet fühlte. Aber der Betrachtung blieb nur knappe Frist, denn eben trat der Erwartete ein und auf mich zu; wieder berührte mich jener weichumhüllende, jener wie verdecktes Feuer schwelende Blick, der zum eigenen Staunen das Geheimste in mir auftaute. Ich sprach sofort ganz frei zu ihm wie zu einem Freunde, und als er nach meinem Berliner Studiengang fragte, drängte sich mir plötzlich – ich erschrak in der gleichen Sekunde – jene Erzählung von dem Besuche meines Vaters auf die Lippe, und ich bekräftigte dem Fremden jenes geheime Gelöbnis, mit äußerstem Ernst mich dem Studium hinzugeben. Er sah mich bewegt an. »Nicht nur mit Ernst, mein Junge«, sagte er dann, »vor allem mit Leidenschaft. Wer nicht passioniert ist, wird bestenfalls ein Schulmann – von innen her muß man an die Dinge kommen, immer, immer von der Leidenschaft her.« Immer wärmer wurde seine Stimme, immer dunkler das Zimmer. Er erzählte viel von seiner eigenen Jugend, wie auch er töricht begonnen und erst spät sich die eigene Neigung entdeckt: ich solle nur Mut haben, und soweit es an ihm liege, wollte er mir förderlich sein; unbesorgt möge ich mit allen Wünschen und Fragen mich an ihn wenden. Noch nie hatte jemand so anteilnehmend, so tiefverständig in meinem Leben zu mir geredet; ich zitterte vor Dankbarkeit und war des Dunkels froh, daß es meine nassen Augen barg.

Stundenlang hätte ich, unachtsam der Zeit, so verweilen können, da klopfte es leise. Die Türe ging, eine schmale Gestalt trat herein, schattenhaft. Er stand auf und stellte vor: »Meine Frau.« Der schlanke Schatten kam undeutlich heran, legte eine schmale Hand in die meine und mahnte dann, an ihn gewandt: »Das Abendessen ist bereit.« »Ja, ja, ich weiß«, antwortete er hastig und (so dünkte es mich zumindest) ein wenig ärgerlich. Etwas Kaltes schien plötzlich in seine Stimme geraten, und wie jetzt das elektrische Licht aufflammte, war es wieder der gealterte Mann des nüchternen Schulsaals, der mit lässiger Gebärde mir Abschied bot.

Die nächsten beiden Wochen verbrachte ich in einem leidenschaftlichen Furor des Lesens und Lernens. Ich verließ kaum das Zimmer, nahm, um keine Zeit zu verlieren, stehend meine Mahlzeiten, ich studierte ohne Innehalten, ohne Pause, beinahe ohne Schlaf. Mir ging es wie jenem Prinzen im morgenländischen Zaubermärchen, der, ein Siegel nach dem andern von der Tür verschlossener Zimmer lösend, in jedem Zimmer immer noch mehr Juwelen und Edelsteine gehäuft findet und immer gieriger nun die ganze Flucht dieser Gemächer nachforscht, ungeduldig, zum letzten zu gelangen. Genau so stürzte ich aus einem Buch ins andere, von jedem berauscht, von keinem gesättigt: meine Unbändigkeit war nun ins Geistige gefahren. Eine erste Ahnung von der weglosen Weite der geistigen Welt hatte mich überkommen, ebenso verführerisch für mich als die abenteuerliche der Städte, zugleich aber auch die knabenhafte Angst, sie nicht bewältigen zu können; so sparte ich mit Schlaf, mit Vergnügen, mit Gespräch, mit jeder Form der Ablenkung, nur um die Zeit, die zum erstenmal als kostbar verstandene, zu nützen. Doch was vor allem meinen Fleiß dermaßen hitzte, war die Eitelkeit, vor meinem Lehrer zu bestehen, sein Vertrauen nicht zu enttäuschen, ein zustimmendes Lächeln zu erobern, von ihm gespürt zu werden, wie ich ihn spürte. Jeder flüchtigste Anlaß diente als Probe; unablässig spornte ich die ungelenken, nun aber merkwürdig beschwingten Sinne, ihm zu imponieren, ihn zu überraschen: nannte er im Vortrage einen Dichter, dessen Werk mir fremd war, so warf ich mich nachmittags auf die Suche, um tags darauf eitel meine Kenntnis in der Diskussion vorprahlen zu können. Ein zufällig geäußerter Wunsch, von den andern kaum bemerkt, verwandelte sich mir zu Befehl: so genügte eine lässig hingeworfene Bemerkung wider das ewige Qualmen der Studenten, daß ich sofort die brennende Zigarette wegwarf und mit einem Ruck die gerügte Gewohnheit für immer unterdrückte. Wie eines Evangelisten Wort war mir das seine gleichzeitig Gnade und Gesetz; unablässig auf der Lauer, griff meine starkgespannte Aufmerksamkeit jede seiner gleichgültig hingestreuten Bemerkungen gierig auf. Jedes Wort, jede Geste sackte ich habgierig ein, zu Hause das Erraffte mit allen Sinnen leidenschaftlich betastend und bewahrend; und wie ihn einzig als Führer, so empfand meine unduldsame Passioniertheit alle Kameraden einzig als Feinde, die zu überrennen und zu übertreffen tagtäglich sich der eifersüchtige Wille aufs neue beschwor.

Fühlte er nun, wieviel er mir bedeutete, oder hatte er dies Ungestüme meines Wesens liebgewonnen – jedenfalls zeichnete mich mein Lehrer bald durch offensichtliche Anteilnahme besonders aus. Er beriet meine Lektüre, schob den Neuling, fast ungebührlich, in den gemeinschaftlichen Diskussionen vor, und oftmals durfte ich abends zu vertraulichem Gespräche ihn besuchen. Dann nahm er meist eins der Bücher von der Wand und las mit jener sonoren Stimme, die in der Erregung immer um eine Skala heller und klingender wurde, aus Gedichten und Tragödien oder erklärte strittige Probleme; in diesen ersten beiden Wochen des Rausches habe ich mehr gelernt vom Wesenhaften der Kunst als bisher in neunzehn Jahren. Immer waren wir allein in dieser mir zu kurzen Stunde. Gegen acht Uhr klopfte es dann leise an die Tür: seine Frau mahnte zum Abendessen. Aber nie mehr betrat sie das Zimmer, offenbar einer Weisung gehorchend, unser Gespräch nicht zu unterbrechen.

So waren vierzehn Tage vergangen, prall gefüllte, durchhitzte Frühsommertage, als eines Morgens wie eine überspannte Stahlfeder die Arbeitskraft in mir absprang. Schon vordem hatte mich mein Lehrer gewarnt, ich solle den Eifer nicht übertreiben, ab und zu einen Tag aussetzen und ins Freie gehen – nun erfüllte sich plötzlich jene Voraussage: ich wachte dumpf von dumpfem Schlafe auf, alle Lettern flirrten stecknadelköpfig, sobald ich zu lesen versuchte. Auch dem geringsten Wort meines Lehrers sklavisch treu, beschloß ich sofort, zu gehorchen und einen freien, spielhaften Tag zwischen die bildungsgierigen einzuschalten. Ich zog gleich morgens los, besah zum erstenmal die teilweise altertümliche Stadt, stieg, nur um den Körper zu spannen, die Hunderte von Stufen zum Kirchturm hinauf, um dort von der Plattform im grünen Umkreis einen kleinen See zu entdecken. Nun liebte ich wasserkantiger Nordländer leidenschaftlich den Schwimmsport, und gerade hier oben auf dem Turme, zu dem selbst wie grünes Teichgelände die gesprenkelten

Wiesen emporschimmerten, überkam mich, als wäre es hergestürmt von heimatlichem Wind, plötzlich ein unbändiges Verlangen, mich wieder in das geliebte Element zu werfen. Und kaum daß ich nach Tisch jene Badeanstalt aufgefunden und mich im Wasser getummelt, begann mein Körper sich wieder lustvoll zu spüren, die Muskeln an meinen Armen streckten sich seit Wochen wieder in biegsamer Kraft, Sonne und Wind an meiner nackten Haut rückverwandelten mich innerhalb einer halben Stunde in den ungestümen Burschen von vordem, der sich wild mit Kameraden balgte, für eine Tollkühnheit sein Leben wagte; ich wußte nichts mehr, wild herumplusternd und mich reckend, von Büchern und Wissenschaft. Mit jener mir eigenen Besessenheit nun wieder der lang entbehrten Passion verfallen, hatte ich zwei Stunden in dem wiedergefundenen Element gewühlt, dreißigmal vielleicht war ich vom Brett gesprungen, um im Sturz den Überschwall von Kraft zu entladen, zweimal war ich quer über den See geschwommen, und noch immer mein Unband nicht erschöpft. Prustend und an allen aufgespannten Muskeln gerüttelt, suchte ich herum nach irgendeiner neuen Probe, ungeduldig, etwas Starkes, Verwegenes, Übermütiges zu tun.

Da knatterte drüben vom Damenbad her das Sprungbrett, ich spürte nachzitternd bis heran ins Gebälk den Schwung kräftigen Abstoßes. Und schon schnellte, von der Kurve des Sprungs zu stählernem Halbbogen wie ein Türkensäbel geformt, ein schlanker Frauenkörper hoch und kopfüber hinab. Einen Augenblick höhlte der Sprung einen klatschenden und gleich weiß aufschäumenden Wirbel, dann tauchte die straffe Gestalt wieder auf, mit nervigen Schwimmstößen der Teichinsel zustrebend. »Ihr nach! Einholen!« – Sportlust riß meine Muskeln an, mit einem Ruck schnellte ich mich ins Wasser und stieß, die Schulter vorgestemmt, mit erbitterten

Tempos ihrer Spur nach. Aber offenbar die Verfolgung bemerkend und gleichfalls sportbereit, nützte die Verfolgte wacker ihren Vorsprung, schrägte geschickt an der Insel vorbei, um dann hastig zurückzusteuern. Ich, ihre Absicht rasch erkennend, warf mich gleichfalls rechtsüber und paddelte so kräftig, daß meine vorstoßende Hand schon ihr ins Kielwasser kam, bloß eine Spanne trennte uns noch – da tauchte herzhaft listig die Verfolgte plötzlich unter, um dann, eine kleine Weile später, knapp an der Barriere der Damenabteilung emporzukommen, die weiterer Verfolgung wehrte. Triefend stieg die Siegerin die Treppe hinauf: einen Augenblick mußte sie innehalten, die Hand an die Brust gepreßt, offenbar versagte ihr der Atem; dann aber wandte sie sich um, und als sie mich an der Grenze gehemmt sah, lachte sie mit blanken Zähnen triumphierend herüber. Ihr Gesicht konnte ich gegen die schroffe Sonne und unter der Schwimmhaube nicht recht wahrnehmen, nur das Lachen glänzte höhnisch und blank auf den Besiegten zu.

Ich ärgerte mich und freute mich zugleich: zum erstenmal seit Berlin hatte ich wieder jenen anerkennenden Blick einer Frau gespürt – vielleicht winkte da ein Abenteuer. Mit drei Stößen schwamm ich hinüber ins Herrenbad, riß mir die Kleidung flink über die noch nasse Haut, nur um rechtzeitig beim Ausgang sie abpassen zu können. Zehn Minuten mußte ich warten, dann kam – durch die knabenhaft schmalen Formen unverkennbar – meine übermütige Gegnerin leichten Schrittes und beschleunigte ihn noch, sobald sie mich warten sah, in der offenbaren Absicht, mir die Möglichkeit eines Ansprechens abzuschneiden. Sie lief ebenso muskelhaft behend, wie sie vordem geschwommen, alle Gelenke gehorchten sehnig diesem ephebisch schmalen, vielleicht etwas zu schmalen Körper: ich hatte wahrhaftig keuchende Not, die fliegend Ausschreitende einzuholen, ohne mich auffällig zu machen. Endlich gelangs; an einer Wegwende querte ich geschickt vor, lüftete nach studentischer Art weitausholend den Hut und fragte, ehe ich ihr noch recht ins Auge gesehen, ob ich sie begleiten dürfe. Sie warf von der Seite einen spöttischen Blick, und ohne daß sich das hitzige Tempo verlangsamte, antwortete mir fast aufreizende Ironie: »Wenn ich Ihnen nicht zu rasch gehe, warum nicht! Ich habe große Eile.« Durch diese Unbefangenheit ermutigt, wurde ich zudringlicher, stellte ein Dutzend neugieriger, meist alberner Fragen, die sie aber bereitwillig und mit so verblüffender Freiheit beantwortete, daß meine Absichten eigentlich mehr verwirrt als gefördert wurden. Denn mein Berliner Ansprechkodex war mehr auf Widerstand und Spöttischkeit eingestellt als auf dermaßen franke Aussprache während eines Geschwindschrittes: so hatte ich zum zweitenmal das Gefühl, recht ungeschickt an eine überlegene Gegnerin geraten zu sein.

Aber es sollte noch schlimmer kommen. Denn als ich, meine indiskreten Eindringlichkeiten vermehrend, sie fragte, wo sie wohne – da wandten sich plötzlich scharf zwei haselbraune übermütige Augen herüber und blitzten, ein Lachen gar nicht mehr verbergend: »In Ihrer allernächsten Nähe.« Verblüfft starrte ich auf. Sie sah von der Seite noch einmal herüber, ob der Partherpfeil sitze. Und wirklich, er stak mir in der Kehle. Mit einmal war es vorbei mit dem frech berlinerischen Ansprechton; ganz unsicher, ja devot stammelte ich, ob ihr meine Begleitung denn nicht lästig sei. »Aber wieso denn«, lächelte sie von neuem, »wir haben ja nur mehr zwei Straßen, und die können wir doch gemeinsam laufen.« In diesem Augenblick schwirrte mir das Blut, ich konnte kaum weiter, aber was halfs, ein Abschwenken wäre noch beleidigender gewesen: so mußte ich mit bis zu dem Hause, wo ich wohnte. Da hielt sie plötzlich inne, bot mir die

Hand und sagte leichthin: »Dank für die Begleitung! Sie kommen ja heute um sechs Uhr zu meinem Mann.«

Ich muß blutrot geworden sein vor Scham. Aber noch ehe ich mich entschuldigen konnte, war sie schon flink die Treppe hinauf, und ich stand da, mit Schrecken die einfältigen Reden bedenkend, deren ich mich tölpelhaft erfrecht. Zum Sonntagsausflug hatte ich flunkernder Narr sie wie ein Nähmädel eingeladen, in schleißiger Weise ihren Körper gerühmt, dann die sentimentale Walze des vereinsamten Studenten gedreht – mir war, als müßte ich erbrechen vor Scham, so würgte mich der Ekel. Und nun ging sie lachend, bis zu den Ohren voll Übermut zu ihrem Mann, meine Albernheiten zu verraten an ihn, dessen Urteil mir am meisten von allen Menschen wog, und vor dem lächerlich zu erscheinen mir qualvoller ankam, als nackt auf dem offenen Marktplatz ausgepeitscht zu sein.

Entsetzliche Stunden bis zum Abend: tausendmal malte ich mirs aus, wie er mich empfangen würde mit seinem feinen ironischen Lächeln – oh, ich wußte ja, er meisterte die Kunst des sardonischen Wortes und wußte einen Scherz rotglühend zu spitzen, daß er stach bis aufs Blut. Ein Verurteilter kann nicht gewürgter das Schafott hinaufsteigen als ich damals die Treppe, und kaum ich, ein dickes Schlucken in der Kehle mühsam niederwürgend, sein Zimmer betrat, mehrte sich noch meine Verwirrung, war mir doch, als hätte ich vom Nebenraum flüsterndes Rauschen eines Frauenkleides gehört. Gewiß horchte sie da, die Übermütige, sich an meiner Verlegenheit zu weiden, die Blamage des mauldrescherischen Jungen mitzugenießen. Endlich kam mein Lehrer. »Was ist Ihnen denn?« fragte er besorgt. »Sie sind so blaß heute.« Ich wehrte ab, innerlich den Streich erwartend. Aber die gefürchtete Exekution blieb aus, er sprach ganz wie sonst von wissenschaftlichen Dingen: kein Wort, so ängstlich

ich jedes anhorchte, barg Anspielung oder Ironie. Und – erst erstaunt und dann beglückt – erkannte ich: sie hatte geschwiegen.

Um acht Uhr pochte es wieder an der Tür. Ich verabschiedete mich: das Herz stand mir wieder gerade in der Brust. Als ich aus der Tür trat, kam sie vorbei: ich grüßte, und ihr Blick lächelte mir leicht zu. Und strömenden Blutes deutete ich mir dies Verzeihen als ein Versprechen, auch weiterhin zu schweigen.

Von jener Stunde begann für mich eine neue Art der Aufmerksamkeit; bisher hatte meine knabenhaft andächtige Verehrung den vergötterten Lehrer dermaßen als Genius einer andern Welt empfunden, daß ich sein privates, sein irdisches Leben vollkommen zu beachten vergaß. In der übertreiblichen Art, die jeder wahren Schwärmerei innewohnt, hatte ich sein Dasein mir vollkommen weggesteigert von allen täglichen Verrichtungen unserer methodisch geordneten Welt. Und so wenig etwa ein zum erstenmal Verliebter wagt, das vergötterte Mädchen in Gedanken zu entkleiden und als ebenso natürlich wie die tausend andern rocktragenden Wesen zu betrachten, so wenig wagte ich einen schleicherischen Blick in seine private Existenz: nur sublimiert empfand ich ihn immer, abgelöst von allem Gegenständlich-Gemeinen als Boten des Wortes, als Hülle des schöpferischen Geistes. Nun, da jenes tragikomische Abenteuer mir plötzlich seine Frau in den Weg stieß, konnte ich nicht umhin, seine familiäre, seine häusliche Existenz intimer zu beobachten; eigentlich wider meinen Willen schlug eine unruhig späherische Neugier in mir die Augen auf. Und kaum daß dieser spürende Blick in mir begann, verwirrte er sich schon, denn dieses Mannes Existenz innerhalb des eigenen Geviertes war eigentümlich und von beinahe beängstigender Rätselhaftigkeit. Beim erstenmal schon, als ich kurz nach jener Begegnung zu Tische geladen wurde und ihn nicht allein, sondern mit seiner Frau sah, regte sich merkwürdiger Verdacht einer eigenartig krausen Lebensgemeinschaft, und je mehr ich dann in den innern Kreis des Hauses vordrang, um so verwirrender wurde mir dies Gefühl. Nicht daß in Wort oder Geste sich eine Spannung oder Verstimmung zwischen beiden kundgetan hätte: im Gegenteil, das Nichts war es, das Nichtvorhandensein irgendeiner Spannung zu- oder gegeneinander, das so seltsam sie beide verhüllte und undurchsichtig machte, eine schwere föhnige Windstille des Gefühls, die jene Atmosphäre drückender machte als Sturm eines Streits oder Wetterleuchten verborgenen Grolls. Äußerlich verriet nichts eine Reizung oder Spannung; nur Entfernung von innen her fühlte sich stärker und stärker. Denn Frage und Antwort in ihrem seltenen Gespräch berührte sie nur gleichsam mit hastigen Fingerspitzen, nie ging es herzlich ineinander, Hand in Hand, und selbst mir gegenüber blieb bei den Mahlzeiten seine Rede stockig und gebunden. Und manchmal frostete das Gespräch, solange wir nicht wieder zur Arbeit zurückkehrten, zu einem einzigen breiten Blocke Schweigens zusammen, den schließlich keiner mehr anzubrechen wagte und dessen kalte Last mir noch stundenlang auf der Seele drückend blieb.

Vor allem erschreckte mich sein vollkommenes Alleinsein. Dieser aufgetane, durchaus expansiv veranlagte Mann hatte keinerlei Freund, seine Schüler allein waren ihm Umgang und Trost. An die Kollegen der Universität band ihn keine Beziehung als jene der höflichen Korrektheit, Gesellschaften besuchte er niemals; oft verließ er tagelang das Haus nicht zu anderm Weg als die zwanzig Schritte zur Universität. Alles grub er stumm in sich ein, sich weder Menschen noch der Schrift vertrauend. Und nun verstand ich auch das Eruptive, das Fanatisch-Überströmende seiner Reden im Kreise der Studenten: da brach aus tagelanger Stauung die Mitteilsamkeit hervor, alle Gedanken, die er schweigend in sich trug, stürzten mit jener Unbändigkeit, die der Reiter bei Pferden sinnvoll Stallfeuer nennt, brausend aus der Hürde des Schweigens in diese Wettjagd der Worte.

Zu Hause sprach er ganz selten, am wenigsten zu seiner Frau. Und mit einem ängstlichen, beinahe schamvollen Staunen erkannte selbst ich unerfahrener junger Bursche, daß hier zwischen zwei Menschen ein Schatten schwebte, ein wehender, immer gegenwärtiger Schatten aus unfühlbarem Stoff, aber doch vollkommen einen vom andern abschließend, und zum erstenmal ahnte ich, wieviel Geheimes eine Ehe nach außen verbirgt. Als sei ein Drudenfuß auf die Schwelle gezeichnet, so wagte niemals die Frau sein Arbeitszimmer ohne besondere Aufforderung zu betreten: damit markierte sich sichtbar ihre völlige Ausgesperrtheit von seiner geistigen Welt. Und niemals duldete mein Lehrer, daß von seinen Plänen und Arbeiten in ihrer Gegenwart gesprochen werde, ja die Art war mir geradezu peinlich, wie er, kaum daß sie eintrat, mit einem Riß mittendurch den leidenschaftlich geschwungenen Satz zerbrach. Etwas fast Beleidigendes und offenkundig Mißachtendes entbehrte da selbst der höflichen Verhüllung, brüsk und offen lehnte er ihre Teilnahme ab – sie aber schien das Beleidigende nicht zu bemerken oder daran schon gewöhnt. Mit ihrem übermütigen Jungengesicht, leicht und behend, muskelfreudig und rank, flog sie treppauf und -ab, hatte immer alle Hände voll zu tun und immer doch Zeit, ging in Theater, versäumte keine sportliche Betätigung – dagegen für Bücher, für den Hausstand, für alles Versperrte, Ruhige, Bedächtige fehlte der etwa fünfunddreißigjährigen Frau jeglicher Sinn. Ihr schien nur wohl zu sein, wenn sie – immer trällernd, gern lachend und stets zu spitzem Gespräch bereit – ihre Glieder im Tanz, im Schwimmen, im

Lauf, in irgend etwas Vehementem ausfahren lassen konnte; mir mir sprach sie niemals ernst, immer nur neckte sie mich wie einen halbwüchsigen Jungen, nahm mich bestenfalls als Partner übermütiger Kraftproben. Und diese ihre behende hellsinnliche Art stand in so verwirrend gegensätzlichem Kontrast zu der dunklen, ganz in sich gezogenen, nur vom Geistigen zu beflügelnden Lebensform meines Lehrers, daß ich mit immer neuem Staunen mich fragte, was jemals diese beiden urfremden Naturen hatte zusammenbinden können. Freilich, mich selbst förderte nur dieser merkwürdige Kontrast: trat ich von entnervender Arbeit in ein Gespräch mit ihr, so wars, als sei mir ein drückender Helm von der Stirn genommen; alle Dinge ordneten sich aus ekstatischer Erhitzung wieder tagfarben und klar ins Irdische zurück, das heiter Umgängliche des Lebens forderte spielhaft seine Rechte, und was ich beinahe in seiner anspannenden Gegenwart verlernte, das Lachen, entlastete wohltätig den übermächtigen Druck des Geistigen. Eine Art jungenhafter Kameradschaft knüpfte sich zwischen ihr und mir; gerade weil wir immer nur Gleichgültiges lässig plauderten oder gemeinsam ins Theater gingen, entbehrte unser Beisammensein jeder Spannung. Ein Einziges bloß unterbrach peinlich die völlige Unbesorgtheit unserer Gespräche, jedesmal mich verwirrend: und das war die Nennung seines Namens. Da stemmte sie unabänderlich meiner fragenden Neugier ein gereiztes Schweigen oder, wenn ich mich in Enthusiasmus redete, ein merkwürdig verdecktes Lächeln entgegen. Aber ihre Lippen blieben verschlossen: in anderer Art, aber mit gleich heftiger Gebärde stellte sie diesen Mann aus ihrem Leben wie er sie aus dem seinen. Und doch deckte beide schon fünfzehn Jahre das gleiche verschwiegene Dach.

Je undurchdringlicher aber dieses Geheimnis, um so mehr Verführung für meine leidenschaftliche Ungeduld.

Hier war ein Schatten, ein Schleier, sonderbar nah bei jedem Windzug des Wortes fühlte ich ihn schwanken; mehrmals schon meinte ich, seine Spur zu fassen, da glitt es wieder fort, dieses verwirrende Gewebe, um im nächsten Augenblick mich neu zu überrieseln, doch niemals ward es tastbares Wort, faßbare Form. Nichts aber wirkt aufstörender, aufweckender bei einem jungen Menschen als das entnervende Spiel vager Vermutungen; der Phantasie, müßig sonst umschweifend, plötzlich offenbart sich ihr jagdhaftes Ziel und schon fiebert sie in der neuentdeckten pürschenden Lust der Verfolgung. Ganz neue Sinne wuchsen mir bislang dumpfem Jungen in jenen Tagen zu, eine dünnhäutige Membran des Lauschens, die jeden Tonfall verräterisch abfing, ein spähender, weidhafter Blick voll Mißtrauen und Schärfe, eine umstöbernde, im Dunkel umgrabende Neugier – bis zur Schmerzhaftigkeit dehnten sich elastisch die Nerven, immer erregt vom Zugriff einer Ahnung und nie abklingend zu klarem Gefühl.

Doch ich mag sie nicht schelten, meine atemlos vorgebeugte Neugier, war sie doch rein. Was dermaßen alle Sinne in mir aufhob, dankte seine Erregtheit nicht lüsterner Schaulust, die hämisch ein Niedrig-Menschliches an einem Überlegenen zu ertappen liebt – im Gegenteil, sie färbte heimliche Angst, ein ratlos zögerndes Mitleid, das mit ungewisser Bangigkeit an diesen Schweigenden ein Leiden ahnte. Denn je näher ich seinem Leben trat, um so fühlsamer bedrückte mich der schon plastisch eingedrungene Schatten über meines Lehrers geliebtem Gesicht, jene edle, weil edel bemeisterte Melancholie, die niemals sich erniederte zu unwirscher Mürrischkeit oder fahrlässigem Zorn; hatte er mich, den Fremden, in erster Stunde angezogen durch das vulkanisch vorbrechende Geleucht seines Worts, nun erschütterte den Vertrauten noch tiefer seine Schweigsamkeit, die über seine Stirne wandernde

Wolke der Trauer. Nichts ergreift ja derart mächtig einen jugendlichen Sinn als erhaben männliche Düsternis: Michelangelos in den eigenen Abgrund niederstarrender Denker, Beethovens bitter nach innen gezogener Mund, diese tragischen Masken des Weltleidens rühren stärker das ungeformte Gemüt als Mozarts silberne Melodie und das klingende Licht um Lionardos Gestalten. Schönheit sie selbst, hat Jugend der Verklärung nicht not: im Übermaß lebendiger Kräfte drängt sie dem Tragischen zu, und gern gestattet sie der Schwermut, süßen Zuges an ihrem noch unerfahrenen Blute zu saugen: darum auch die ewige Bereitschaft aller Jugend für die Gefahr und ihre brüderlich entbotene Hand zu jedem Leiden im Geiste.

Und eines solchen wahrhaft Leidenden Antlitz, hier erlebte ich es zum erstenmal. Kleiner Leute Sohn, aus bürgerlicher Behaglichkeit ungefährdet entwachsen, kannte ich die Sorge nur in den lächerlichen Masken des Alltags, als Ärger gekleidet, im gelben Gewand des Neids, klirrend mit dem Kleinkram des Geldes – dieses Gesichtes Verstörung, sie aber entstammte, sofort fühlte ichs, heiligerem Element. Aus Dunkelheiten kam dies Dunkel, von innen hatte hier ein grausamer Griffel Falten und Schrunden in vorzeitig zermorschte Wangen gezeichnet. Manchmal, wenn ich sein Zimmer betrat (immer mit der Scheu eines Kindes, das einem Hause naht, in dem Dämonen hausen) und seine Versunkenheit mein Klopfen überhörte, wenn ich dann plötzlich, schamvoll und bestürzt vor dem Selbstvergessenen stand, dann war mir, als sitze hier bloß Wagner, die leibliche Larve, in Faustens Gewand, indes der Geist umschweifte in rätselhaftem Geklüft und schaurigen Walpurgisnächten. In solchen Augenblicken waren seine Sinne vollkommen verschlossen, er hörte weder nahenden Schritt noch einen schüchternen Gruß. Fuhr er dann, jählings sich besinnend, auf, so versuchte hastiges Wort die Verlegenheit zu überdecken: er ging auf und nieder und mühte sich, durch Fragen den beobachtenden Blick von sich abzulenken. Aber lange hing dann noch immer das Dunkel über seiner Stirne, und erst das erglühende Gespräch vermochte dies von innen gesammelte Gewölk zu zerstreuen. Er mußte es manchmal spüren, wie sehr sein Anblick mich bewegte, an meinen Augen vielleicht, an meinen unruhigen Händen, mochte ahnen etwa, daß auf meinen Lippen unsichtbar eine Bitte schwebte um Zutrauen, oder in meiner vortastenden Haltung die heimliche Inbrunst erkennen, seinen Schmerz an mich, in mich zu nehmen. Sicherlich, er mußte es spüren, denn unvermutet unterbrach er das rege Gespräch und sah mich ergriffen an, ja es überströmte mich dieser merkwürdig warme, von seiner eigenen Fülle verdunkelte Blick. Dann faßte er oft meine Hand, hielt sie unruhig lange – immer erwartete ich: jetzt, jetzt, jetzt wird er zu mir sprechen. Aber statt dessen fuhr dann meist eine brüske Gebärde vor, manchmal sogar ein kaltes, absichtlich ernüchterndes oder ironisches Wort. Er, der den Enthusiasmus lebte, der ihn in mir genährt und erweckt, strich ihn dann plötzlich mir weg wie einen Fehler in einer schlecht geschriebenen Aufgabe, und je mehr er mich innig aufgetan sah, lechzend nach seinem Vertrauen, um so grimmiger stieß er mit solchen eiskalten Worten vor wie: »Das verstehen Sie nicht« oder »Lassen Sie doch derlei Übertreibungen«, Worte, die mich aufreizten und zur Verzweiflung brachten. Wie habe ich gelitten unter diesem wetterleuchtend grellen, vom Heißen zum Kalten fahrenden Menschen, der mich unbewußt hitzte, um mich plötzlich mit Frost zu übergießen, der mit seinem Ungestüm das eigene anstachelte, um dann plötzlich die Peitsche einer ironischen Bemerkung zu fassen – ja, ich hatte das grausame Gefühl, je mehr ich zu ihm drängte, desto härter, ja angstvoller stieß er mich zurück. Nichts sollte, nichts durfte an ihn heran, an sein Geheimnis.

Denn Geheimnis, immer brennender wards mir bewußt, Geheimnis hauste fremd und unheimlich in seiner magisch anziehenden Tiefe. Ich ahnte ein Verschwiegenes an seinem merkwürdig flüchtenden Blick, der glühend vordrang und scheu wegwich, wenn man ihm dankbar sich ergab; ich spürte es an den bitter gefältelten Lippen seiner Frau, an der merkwürdig kalten Zurückhaltung der Menschen in der Stadt, die beinahe indigniert blickten, wenn man ihn rühmte – an hundert Sonderbarkeiten und plötzlichen Verstörtheiten. Und welche Qual dabei, sich schon in dem innern Kreis eines solchen Lebens zu vermeinen und doch irr dort im Kreise zu gehen, wie in einem Labyrinth, unwissend des Weges zu seinem Ursprung und Herzen!

Das Unerklärlichste, das Erregendste aber waren für mich seine Eskapaden. Eines Tages, als ich ins Kolleg kam, hing dort ein Zettel, die Vorlesung sei für zwei Tage unterbrochen. Die Studenten schienen nicht verwundert, ich aber, der noch gestern bei ihm gewesen, eilte nach Hause, von Angst getrieben, er möchte erkrankt sein. Seine Frau lächelte nur trocken, als mein Hereinstürmen solche Aufregung verriet. »Das kommt öfter vor«, sagte sie merkwürdig kalt; »das kennen Sie nur noch nicht.« Und tatsächlich erfuhr ich von den Kollegen, daß er öfters so über Nacht verschwinde, manchmal nur telegraphisch sich entschuldigend: einmal hatte ihn ein Student um vier Uhr morgens in einer Berliner Straße getroffen, ein anderer in der Wirtsstube fremder Stadt. Er schnellte plötzlich fort wie ein Pfropf aus der Flasche, kam wieder zurück, und niemand wußte, wo er gewesen. Dieses plötzliche Ausbrechen erregte mich wie eine Krankheit: ich ging geistesabwesend, unruhig, fahrig diese zwei Tage herum. Unsinnig leer war mir plötzlich das Studium ohne seine gewohnte Gegenwart, ich verzehrte mich in wirren, eifersüchtigen Vermutungen, ja, etwas von Haß und Zorn gegen seine Verschlossenheit stieg in mir auf, daß er mich, den glühend Zudrängenden, so außen ließ von seinem wirklichen Leben wie einen Bettler im Frost. Vergebens beredete ich mich, daß mir, dem Knaben, dem Schüler, doch kein Recht zustünde, Rechenschaft und Auskunft zu fordern, da seine Güte mir hundertfach mehr Vertrauen gewährte, als einen akademischen Lehrer sein Amt verpflichtete. Aber Vernunft hatte keine Macht über die brennende Leidenschaft: zehnmal des Tages kam ich tölpischer Junge fragen, ob er schon zurückgekommen sei, bis ich schließlich an den immer brüsker werdenden Verneinungen seiner Frau schon Erbitterung spürte. Ich wachte die halbe Nacht und horchte nach seinem heimkehrenden Schritt, umschlich morgens unruhig die Tür, nun nicht mehr die Frage wagend. Und als er endlich am dritten Tag unvermutet in mein Zimmer trat, jappte ich auf: mein Erschrecken muß übermäßig gewesen sein, wenigstens merkte ichs am Widerschein seiner verlegenen Befremdung, die hastig ein paar gleichgültige Fragen übereinanderjagte. Sein Blick wich mir aus. Zum ersten Male ging unser Gespräch krumm im Kreise, ein Wort stolperte über das andere, und indes wir beide jede Anspielung auf sein Fernbleiben gewaltsam vermieden, sperrte eben dies Ungesprochene jeder Aussprache den Weg. Als er mich ließ, schlug die brennende Neugier wie eine Lohe auf: allmählich verzehrte sie mir Schlaf und Wachen.

Wochenlang währte dieser Kampf um Aufschluß und tieferes Erkennen: starrsinnig schraubte ich mich gegen den feurigen Kern, den ich unter dem felsigen Schweigen vulkanisch zu fühlen meinte. Endlich, in glücklicher Stunde, gelang mir erster Einbruch in seine innere Welt.

Ich hatte wieder einmal in seinem Zimmer bis zur Dämmerung gesessen, da holte er einige Shakespearesche Sonette aus verschlossener Lade, las erst in eigener Übertragung diese gleichsam in Bronze gegossenen knappen Gebilde, um dann ihre scheinbar undurchdringliche Chiffreschrift so magisch zu erleuchten, daß mich mitten in meiner Beglückung ein Bedauern ankam, all dies, was dieser strömende Mensch schenkte, sollte verloren sein im vergänglich fließenden Wort. Da – wo holte ich ihn nur her? – packte mich plötzlicher Mut, ihn zu fragen, warum er sein großes Werk ›Die Geschichte des Globe-Theaters‹ nicht vollendet habe – kaum aber daß ich das Wort gewagt, wurde ich schon erschrocken gewahr, wider Willen eine geheime und offenbar schmerzhafte Wunde groß angefaßt zu haben. Er stand auf, wandte sich ab und schwieg lange. Das Zimmer schien plötzlich überfüllt von Dämmerung und Schweigen. Endlich kam er auf mich zu, sah mich ernst an, und die Lippen zuckten mehrmals, ehe sie schmal aufgingen; schmerzlich stieß dann ihr Geständnis vor: »Ich kann nichts Großes arbeiten. Das ist vorbei: nur die Jugend plant so verwegen. Jetzt habe ich keine Ausdauer mehr. Ich bin – warum es verbergen? – ein Mensch der kurzen Augenblicke geworden, ich kann nicht durchhalten. Früher hatte ich mehr Kraft, jetzt ist sie weg. Ich kann nur reden: da trägt michs manchmal, da reißt mich etwas über mich fort. Aber stillsitzend arbeiten, immer allein, immer allein, das gelingt mir nicht mehr.«

Seine resignierte Gebärde erschütterte mich. Und aus innerster Überzeugung drängte ich, er möchte doch, was er uns mit lockerer Hand täglich hinstreute, endlich in harter Faust festhalten, nicht immer bloß austeilen, sondern das Eigene gestaltend bewahren. »Ich kann nicht schreiben«, wiederholte er müde, »ich bin nicht konzentriert genug.« »So diktieren Sie!« und hingerissen von dem Gedanken, fiel ich ihn beinahe flehend an: »So diktieren Sie mir. Versuchen Sie es einmal. Vielleicht nur den Beginn – dann werden Sie selbst nicht mehr zurückkönnen. Versuchen Sie das Diktat, ich bitte Sie darum, mir zuliebe!«

Er sah auf, verblüfft zuerst und dann nachdenklicher. Der Gedanke schien ihn irgendwie zu beschäftigen. »Ihnen zuliebe?« wiederholte er. »Meinen Sie wirklich, es könnte noch irgendeinem Menschen Freude machen, wenn ich alter Mann etwas unternehme?« Ich spürte, hier begann schon zögernd ein Nachgeben, an seinem Blick spürte ichs, der noch eben wolkig nach innen gegangen, nun aber, von warmer Hoffnung gelöst, allmählich vortrat und an ihr sich erhellend. »Meinen Sie wirklich?« wiederholte er; schon spürte ich innere Bereitschaft in seinen Willen strömen, und dann kam ein Ruck: »Also versuchen wirs! Die Jugend hat immer recht. Wer ihr nachgibt, ist klug.« Meine wild ausbrechende Freude, mein Triumph schien ihn zu beleben: er ging hastig auf und ab, beinahe jugendlich erregt, und wir vereinbarten: allabendlich um neun Uhr, unmittelbar nach dem Abendessen wollten wir es täglich eine Stunde zunächst versuchen. Und am nächsten Abend begannen wir mit dem Diktat.

Diese Stunden, wie soll ich sie schildern! Ich wartete ihnen entgegen den ganzen Tag. Schon nachmittags drückte eine schwüle, nervenauslaugende Unruhe elektrisch auf meine ungeduldigen Sinne, kaum konnte ich die Stunden ertragen, bis endlich der Abend kam. Wir gingen dann sofort von beendeter Mahlzeit in sein Arbeitszimmer, ich setzte mich an den Schreibtisch, den Rücken ihm zugekehrt, indes er unruhigen Schrittes im Raume auf und ab ging, bis der Rhythmus in ihm sich gleichsam gesammelt hatte und von erhobenem Wort der Auftakt absprang. Denn alles gestaltete dieser merkwürdige Mann aus einer Musikalität des Gefühls: er bedurfte immer eines Anschwunges, um seine Ideen in Bewegung zu bringen. Meist war es ein Bild, eine kühne Metapher, eine plastische Situation, die er, unwillkürlich am raschen Fortschreiten sich erregend, zu dramatischer Szene erweiterte. Etwas von dem großartig Naturhaften alles Schöpferischen wetterleuchtete dann oft aus dem stürzenden Geleucht dieser Improvisationen: ich erinnere mich an Zeilen, die Strophen schienen eines jambisch taktierten Gedichts, und an andere, die kataraktisch sich ergossen in großartig gedrängten Aufzählungen wie der Schiffskatalog Homers und die barbarischen Hymnen Walt Whitmans. Zum erstenmal war es mir jungem, werdendem Menschen gegeben, in das Geheimnis der Produktion einzudringen: ich sah, wie der Gedanke, farblos noch, nichts als eine reine flüssige Hitze, wie eine Glockenspeise aus dem Kessel der impulsiven Erregung vorströmte, dann allmählich erkaltend seine Form fand, und wie diese Form sich dann machtvoll rundete und enthüllte, bis endlich klar das Wort aus ihr schlug und, wie der Klöppel die Glocke erst tönend macht, dem dichterisch Erfühlten die Sprache der Menschen gab. Und so wie jeder einzelne Absatz aus Rhythmus, jede Darstellung aus szenisch gestaltetem Bild, so erhob sich das ganze groß angelegte Werk vollkommen unphilologisch aus einem Hymnus, einem Hymnus an das Meer als die irdisch sichtbare, irdisch fühlbare Form des Unendlichen, wogend von Ferne zu Ferne, zu Höhen aufschauend und Tiefen verbergend, dazwischen sinnlos-sinnvoll spielend mit irdischem Geschick, den schwanken Kähnen der Menschen: diesem Bildnis des Meeres erwuchs in großartig gestaltetem Vergleich eine Darstellung des Tragischen als der elementaren Macht, die unser Blut rauschend und zerstörend durchwaltet. Dann rollte die bildnerische Woge einem einzelnen Lande zu: England stieg auf, die Insel, ewig umbrandet von dem unruhigen Element, das alle Ränder der Erde, alle Breiten und Zonen des Erdballs gefährlich umschließt. Dort, in England formt es den Staat: bis ins gläserne Gehäuse des Auges, das graue, das blaue, dringt dort der kalte und klare Blick des Elements; jeder einzelne ist Meermensch und Insel zugleich, wie sein Land, und von Stürmen und Gefahr sind starke stürmische Leidenschaften lufthaft gegenwärtig in diesem Geschlecht, das in Hunderten Jahren Wikingerfahrt unablässig seine Kräfte erprobt. Nun aber dünstet Friede über das wasserumbrandete Land: sie jedoch, an Stürme gewöhnt, wollen noch weiter das Meer, den harten Sturz des Geschehens mit seiner täglichen Gefahr, und so schaffen sie sich die aufpeitschende Spannung noch einmal im blutigen Spiel. Erst wird für Tierhatz und Zwiekampf das hölzerne Gerüst erstellt. Bären verbluten, Hahnenkämpfe reizen die Wollust des Grauens bestialisch vor; doch bald will gesteigerter Sinn reiner aufwühlende Spannung aus menschlich-heroischem Widerstreit. Und da ersteht aus frommen Schaubühnen, aus kirchlichen Mysterien jenes andere große wogende Spiel vom Menschen, Wiederkehr all jener Abenteuer und Fahrten, nun aber auf den innern Meeren des Herzens; neue Unendlichkeit, ein anderer Ozean mit Springfluten der Leidenschaft und Aufschwall des Geistes, den erregt zu durchsteuern, in dem atemlos umhergeschleudert zu sein die neue Lust ist dieses späten und noch immer starken angelsächsischen Geschlechts: es entsteht das Drama der englischen Nation, das Drama der Elisabethaner.

Und volltönig aufrauschte, da er sich fanatisch in die Schilderung dieses barbarisch urweltlichen Anfangs warf, das bildnerische Wort. Seine Stimme, die anfangs flüsternd hineilte, spannte sonore Muskeln und Bänder, wurde metallen schimmerndes Flugzeug, das immer freier und höher forttrieb: zu eng ward ihr das Zimmer, die antwortend gedrängten Wände, so weit brauchte sie Raum. Ich fühlte Sturm über mir wehen, die brausende Lippe des Meeres schrie mächtig ihr dröhnendes Wort: hingeduckt an den Schreibtisch war mir, als stünde ich wieder in meiner Heimat an der Düne, und dies große Rauschen von tausend Wellen und sprühendem Wind käme atmend heran. Aller Schauer, der die Geburt so eines Menschen wie eines Wortes schmerzhaft umwittert, damals brach er zum erstenmal in mein staunend erschrecktes und schon beglücktes Gemüt.

Endete mein Lehrer, dann in dem Diktate, wo mächtige Inspiration herrlich der wissenschaftlichen Absicht das Wort entriß und Denken zur Dichtung wurde, so taumelte ich auf. Feurige Müdigkeit durchströmte mich schwer und stark, eine Ermattung sehr unähnlich der seinen, die eine Erschöpfung war, ein schon Entladensein, indes ich, der Überwogte, noch bebte von jener eingeströmten Fülle. Beide aber brauchten wir dann immer noch ein abklingendes Gespräch, um zu Schlaf oder Ruhe zurückzufinden: gewöhnlich wiederholte ich noch das Stenogramm; und seltsam, kaum die Zeichen sich zu Worten verwandelten, redete, atmete und hob sich aus meiner Stimme eine andere, als hätte mir ein Wesen die Sprache im Munde vertauscht. Und dann erkannte ichs: wiederholend skandierte und formte ich seine Intonierung derart hingegeben nach, so gleichartig, daß es war, als spräche er aus mir und nicht ich selbst – so sehr war ich schon Resonanz seines Wesens geworden. Widerklang seines Worts. Das alles ist vierzig Jahre her: und doch noch heute, mitten in einem Vortrag, wenn die Rede sich mir losreißt und schwingend wird, spüre ich plötzlich befangen, daß nicht ich selber spreche, sondern jemand anderer gleichsam aus meinem redenden Munde. Eines teuren Toten Stimme erkenne ich dann, eines Toten, der einzig noch Atem hat an meiner Lippe: immer wenn Enthusiasmus mich überflügelt, bin ich er. Und ich weiß: jene Stunden haben mich geprägt.

Die Arbeit wuchs, und sie wuchs um mich wie ein Wald, allmählich allen Ausblick in die äußere Welt verschattend; nur innen lebte ich im Dunkel des Hauses, im rauschenden, immer voller brausenden Geäst des sich verbreiternden Werkes, in der umfangenden, wärmenden Gegenwart dieses Menschen.

Außer den wenigen Lehrstunden an der Universität gehörte ihm mein ganzer Tag. Ich speiste an ihrem Tische, nachts und tags kletterte Botschaft von ihrer Wohnung die Treppe zu der meinen auf und nieder: ich hatte ihren Türschlüssel und er den meinen, so daß er zu jeder Stunde mich finden konnte, ohne die halbtaube alte Wirtsfrau heranzuschreien. Je mehr ich mich aber dieser neuen Gemeinschaft verband, um so vollkommener wurde ich der Außenwelt abwendig: mit der Wärme jener innern Sphäre teilte ich gleichzeitig die frostige Abgeschlossenheit ihrer ausgesperrten Existenz. Meine Kollegen kehrten einhellig eine gewisse Kälte und Verächtlichkeit gegen mich heraus: war es geheime Feme oder bloß gereizte Eifersucht über meine sichtliche Bevorzugung – jedenfalls isolierten sie mich von ihrem Umgang, und in den Diskussionen des Seminars vermied mich, scheinbar verabredet, Ansprache und Gruß. Selbst die Professoren verbargen nicht ihre feindselige Abneigung; einmal, als ich bei dem Dozenten der romanischen Philologie eine nichtige Auskunft erbat, fertigte er mich ironisch ab: »Sie als Intimus von Professor ... sollten doch darüber Bescheid wissen.« Vergeblich suchte ich so unverschuldete Ächtung mir zu erklären. Aber Wort und Blick wichen jeder Erklärung aus. Seit ich ganz mit den beiden Einsamen lebte, war ich selbst vollkommen vereinsamt.

Diese gesellschaftliche Aussperrung hätte mich nun weiter nicht bekümmert, war doch meine Aufmerksamkeit ganz dem Geistigen verschworen; aber der steten Zerrung hielten allmählich die Nerven nicht stand. Man lebt nicht ungestraft wochenlang in einem unaufhörlichen geistigen Exzeß, zudem hatte ich wohl allzu plötzlich mein Leben umgestülpt, war zu wild von einem Extrem ins andere gefahren, um nicht jenes uns geheim zugewogene Gleichgewicht der Natur zu gefährden. Denn indes in Berlin das lockere Umschweifen meine Muskeln wohlig entspannte, Abenteuer mit Frauen als unruhig Gestaute spielhaft lockerten, preßte hier eine föhnig niederdrückende Atmosphäre so unablässig die gereizten Sinne, daß sie nur zuckend, mit elektrisch springenden Spitzen in mir umfuhren; ich verlernte den tiefen gesunden Schlaf, obwohl oder vielleicht weil ich immer bis zur Morgenfrühe das Diktat jedes Abends zu meiner eigenen Lust kopierte (fiebernd vor eitler Ungeduld, meinem geliebten Lehrer die Blätter ehestens zu überbringen). Dann forderte mich die Universität, die hastig betriebene Lektüre, zu erhöhter Bereitwilligkeit, und nicht zum mindesten erregte mich die Art des Gesprächs mit meinem Lehrer, weil ja jeder Nerv spartanisch sich straffte, niemals anteillos mich vor ihm erscheinen zu lassen. Der beleidigte Leib zögerte für diese Übertreiblichkeiten nicht lange mit seiner Rache. Mehrmals überfielen mich kurze Ohnmachten, Warnungssignale der gefährdeten Natur, die ich tollwütig überrannte – aber die hypnotischen Müdigkeiten mehrten sich, jede Äußerung des Gefühls wurde vehement, und die geschärften Nerven wuchsen mit ihren Spitzen nach innen, den Schlaf zerreißend und bisher verhaltene wirre Gedanken aufstachelnd.

Die erste, die eine deutsame Gefährdung meines Zustandes bemerkte, war die Frau meines Lehrers. Oftmals schon hatte ich ihren beunruhigten Blick mich übertasten gefühlt, mit Absicht streute sie immer häufiger mahnende Bemerkungen in unsere Gespräche, wie etwa, ich möchte nicht in einem Semester die Welt erobern wollen. Schließlich wurde sie deutlich. »Genug jetzt«, fuhr sie eines Sonntags auf mich zu, als ich bei schönstem Sonnenschein Grammatik büffelte, und riß mir das Buch weg; »wie kann man sich als junger lebendiger Mensch dermaßen vom Ehrgeiz versklaven lassen? Nehmen Sie sich nicht immer ein Vorbild an meinem Mann: er ist alt, und Sie sind jung, Sie müssen anders leben.« Immer funkelte, wenn sie von ihm sprach, dieser Unterton von Verächtlichkeit vor, gegen den ich Hingegebener mich immer wieder entrüstet empörte. Mit Absicht, ich spürte es, ja vielleicht in einer Art fehlgängerischer Eifersucht, suchte sie mich immer mehr von ihm wegzuhalten und mit ironischen Paraden meine Übertreiblichkeiten zu queren; saßen wir abends zu lange beim Diktat, so klopfte sie energisch an die Tür und erzwang, gleichgültig gegen seine zornige Abwehr, den Abbruch der Arbeit. »Er wird Ihnen noch Ihre Nerven verderben, er wird Sie noch ganz zerstören«, sagte sie mir einmal erbittert, als sie mich niedergebrochen fand. »Was hat er aus Ihnen schon gemacht in diesen paar Wochen! Ich kann es nicht länger mit ansehen, wie Sie gegen sich selber wüten. Und dabei...« Sie stockte und redete den Satz nicht zu Ende. Aber die Lippe bebte ihr blaß von niedergepreßtem Zorn.

Und wirklich, mein Lehrer machte es mir nicht leicht: je leidenschaftlicher ich ihm diente, um so gleichgültiger schien er meine hilfsbereite Verehrung zu werten. Selten, daß er mir dankte; brachte ich ihm morgens die bis in die Nacht geförderte Arbeit, so äußerte er trocken abwehrend: »Es hätte Zeit bis morgen gehabt.« Überbot sich mein ehrgeiziger Eifer zu unerbetener Gefälligkeit, so wurde plötzlich mitten im Gespräch die Lippe schmal, und ein ironisches Wort drängte mich ab. Freilich, sah er mich dann gedemütigt und verwirrt zurückweichen, so strömte wieder jener warme umfangende Blick meiner Verzweiflung tröstend zu, aber wie selten geschah das, wie selten! Und dieses Heiß und Kalt, dieses bald Aufwühlend-Nahe, bald Ärgerlich-Rückstoßende seines Wesens verwirrte vollkommen mein unbändiges Gefühl, das sich sehnte – nein, nie vermochte ich jemals deutlich zu benennen, was ich eigentlich ersehnte, was ich wünschte, forderte, anstrebte, welches Zeichen seiner Teilnahme meine enthusiastische Hingabe sich erhoffte. Denn ist verehrende Leidenschaft selbst reiner Weise einer Frau zugewandt, so strebt sie doch unbewußt einer körperlichen Erfüllung zu, ihr hat die Natur eine höchste Vereinigung im Besitz des Körpers bildnerisch zugeformt – Leidenschaft des Geistes aber, von Mann zu Mann dargeboten, wie will sie, die unerfüllbare, volle Erfüllung? Ruhelos umwandert sie die verehrte Gestalt, immer sich aufflackernd zur neuen Ekstase und nie noch beruhigt durch eine letzte Hingabe. Immer strömt sie und kann doch nie ganz sich entströmen, ewig ungenügsam wie immer der Geist. So wurde mir seine Nähe niemals nah genug, seine Gegenwart nie ganz sich enthüllend und erfüllend in den langen Gesprächen; selbst wenn er vertrauend alle Fremdheit von sich abwarf, wußte ich doch, der nächste Augenblick könnte mit schneidender Geste diese atemnahe Gebundenheit zerteilen. Immer wieder verwirrte der Wetterwendische von neuem mein Gefühl, und ich übertreibe nicht, wenn ich sage, daß ich in meiner Überreiztheit oft unsinniger Tat schon nahe war, nur weil er mit lockerem Handgriff ein Buch, auf das ich ihn aufmerksam gemacht, gleichgültig beiseite geschoben oder plötzlich, wenn abends vertieftes Gespräch uns band und ich ganz eingeströmt in seine Gedanken atmete, mit einem Ruck – nachdem er noch eben zärtlich die Hand mir auf die Schultern gelehnt – aufstand und brüsk sagte: »Nun gehen Sie aber! Es ist spät. Gute Nacht.« Solche Nichtigkeiten genügten schon, um Stunden, um Tage mir zu verstören. Vielleicht sah, unablässig zur Erregung herausgefordert, mein überreiztes Gefühl auch Kränkungen, wo sie gar nicht beabsichtigt waren – doch was hilft alle nachdeutende Selbstbeschwichtigung gegen eine Verstörung des innern Gemüts? Nur dies erneute sich täglich: ich litt glühend an seiner Nähe und frostete an seiner Ferne, immer enttäuscht an seiner Verhaltenheit, von keinem Zeichen beruhigt, von jeder Zufälligkeit verwirrt.

Und seltsam: immer wenn meine Empfindlichkeit von ihm sich beleidigt fühlte, flüchtete ich hin zu seiner Frau. Unbewußter Drang vielleicht, da einen Menschen zu finden, der gleichfalls unter diesem wortlosen Weghalten litt, vielleicht Bedürfnis bloß, zu irgend jemandem sprechen zu können und wenn schon nicht Hilfe, so doch Verständnis zu finden – jedenfalls flüchtete ich ihr wie einem heimlichen Bundesgenossen zu. Gewöhnlich spöttelte sie mir meine Empfindlichkeit weg oder erklärte mit achselzuckender Kälte, ich sollte schon diese schmerzhaften Sonderlichkeiten gewöhnt sein. Manchmal aber sah sie mich merkwürdig ernst, geradezu mit verwundertem Blick an, wenn plötzliche Verzweiflung mit einem Ruck so ein ganzes zuckendes Bündel von Vorwürfen, gestammelten Tränen, verkrampften Worten vor sie hinschleuderte, aber sie sprach kein Wort; nur um ihre Lippen ging dann verhaltenes Wetterspiel, und ich spürte, sie bedurfte aller Kraft, nicht etwas Zorniges oder Unbedachtes vorzustoßen. Auch sie hatte, kein Zweifel, mir etwas zu sagen, auch sie verschloß ein Geheimnis, vielleicht das gleiche wie er; indes er aber in brüsker Abwehr mich zurückstieß, sobald mein Wort ihm zu nahe kam, übersprang sie meistens mit einem Scherz oder einer improvisierten Eulenspiegelei jede weitere Aussprache.

Nur ein einziges Mal war ich nahe, ihr das Wort zu entreißen. Ich hatte morgens, als ich das Diktat überbrachte, nicht umhin können, meinem Lehrer begeistert zu erzählen, wie sehr mich gerade diese Darstellung (es war Marlowes Bildnis) erschüttert habe. Und heiß noch von meinem Überschwang, fügte ich bewundernd hinzu, niemand schreibe ihm ein derart meisterliches Porträt nach; da biß er, schroff sich abkehrend, die Lippe, warf das Blatt hin und murrte verächtlich: »Reden Sie nicht solchen Unsinn! Was verstehen Sie denn schon von Meisterschaft.« Dies brüske Wort (hastig vorgeholte Maske wohl nur für eine ungeduldige Schamhaftigkeit) genügte, um mir den Tag zu zerschlagen. Und nachmittags, eine Stunde allein mit seiner Frau, fiel ich sie plötzlich in einer Art hysterischen Ausbruchs an, faßte sie bei den Händen: »Sagen Sie mir, warum haßt er mich so? Warum verachtet er mich so? Was habe ich ihm getan, warum reizt jedes Wort von mir ihn dermaßen auf? Was soll ich tun, helfen Sie mir! Warum kann er mich nicht leiden – sagen Sie es mir, ich bitte Sie darum.«

Da starrte, überfallen von diesem wilden Ausbruch, ein grelles Auge mich an. »Sie nicht leiden?« – und ein Lachen klirrte aus den Zähnen, ein Lachen, das in so böser schriller Spitze ausfuhr, daß ich unwillkürlich zurückwich. »Sie nicht leiden?« wiederholte sie noch einmal und sah mir zornvoll in die verwirrten Augen. Dann aber beugte sie sich näher heran – ihre Blicke wurden allmählich weich und weicher, beinahe mitleidig wurden sie – und plötzlich strich sie mir (zum erstenmal) über das Haar. »Sie sind wirklich ein Kind, ein dummes Kind, das nichts merkt und nichts sieht und nichts weiß. Aber es ist besser so – sonst würden Sie noch unruhiger sein.«

Und mit einem plötzlichen Ruck wandte sie sich um.

Vergebens suchte ich Beruhigung: wie verschnürt in den schwarzen Sack eines unzerreißbaren Angsttraumes rang ich um eine Deutung, um ein Erwachen aus der geheimnisvollen Verwirrung dieser widerstreitenden Gefühle.

Vier Monate waren so vergangen, Wochen der ungeahntesten Selbststeigerung und Verwandlung. Das Semester sprang seinem Ende zu, mit Furchtgefühl sah ich den nahen Ferien entgegen, denn ich liebte mein Fegefeuer, und die nüchtern ungeistige Häuslichkeit meiner Heimat drohte mir wie Verbannung und Raub. Schon bosselte ich heimliche Pläne, meinen Eltern vorzutäuschen, wichtige Arbeit hielt mich hier zurück, schon flocht ich Lüge und Ausflucht geschickt ineinander, um die Dauer dieser verzehrenden Gegenwart zu verlängern. Aber längst war Zeit und Stunde in anderer Sphäre mir vorgezählt. Und diese Stunde stand über mir unsichtbar, wie der Glockenschlag des Mittags in dem Erze hängt, um dann unvermutet und ernst die müßig Weilenden zu Arbeit oder Abschied zu rufen.

Wie schön begann jener schicksalhafte Abend, wie verräterisch schön! Ich hatte mit beiden bei Tisch gesessen – die Fenster standen offen, und in ihren verdunkelten Rahmen trat allmählich dämmeriger Himmel mit weißen Wolken langsam herein: ein Lindes und Klares ging von ihrem majestätisch hinschwebenden Widerleuchten wesenhaft weiter, bis tief hinab mußte mans fühlen. Wir hatten lässiger, friedfertiger, geschäftiger geplaudert, die Frau und ich, als sonst. Mein Lehrer schwieg über unser Gespräch hinweg; aber sein Schweigen stand gleichsam mit stillgefalteten Flügeln über unserem Gespräch. Verstohlen sah ich ihn von der Seite an: etwas merkwürdig Erhelltes war heute in seinem Wesen, eine Unruhe, aber ohne alle Fahrigkeit, ganz wie in jenen Wolken, den sommerlichen. Manchmal hob er das Weinglas und hielt es gegen das Licht, sich der Farbe zu freuen;

und als mein Blick diese Geste freudig begleitete, lächelte er leicht und wendete das Glas mir zum Gruß. Selten hatte ich sein Gesicht dermaßen klar gesehen, seine Bewegungen so rund und gefaßt: beinahe feierlich froh saß er da, als hörte er Musik von der Straße her oder lausche einem unsichtbaren Gespräch. Seine Lippen, sonst ständig umflattert von winzigen Wellen, lagen still und weich wie eine aufgeschälte Frucht, und die Stirn, nun da er sie sanft gegen die Fenster wandte, nahm jene gelinde Helligkeit spiegelnd an sich und dünkte mir schön wie nie. Wunderbar, ihn so befriedet zu sehen: war es Abglanz des reinen Sommerabends, drang von der Mildigkeit der abgetönten Luft ein Wohltätiges in ihn ein, oder leuchtete von innen ein Tröstliches ihm zu – ich wußte es nicht. Aber vertraut, in seinem Antlitz wie in aufgeschlagener Schrift zu lesen, spürte ich nur: heute hatte ein milder Gott ihm die Schrunden und Falten des Herzens geglättet.

Und seltsam feierlich auch, wie er nun aufstand und mit gewohnter Kopfwendung einlud, ihm in sein Studio zu folgen: er ging, der sonst Hastige, sonderbar ernst. Dann wandte er sich noch einmal um, holte – auch dies ungewohnterweise – eine geschlossene Flasche Wein aus dem Spind und trug sie bedächtig hinüber. Genau wie ich schien seine Frau ein Wunderliches in seiner Art zu bemerken, mit staunendem Blick blickte sie von ihrer Näharbeit auf und beobachtete stumm neugierig, da wir nun zur Arbeit hinübergingen, seine ungewohnt gemessene Haltung.

Das Zimmer, wie immer vollkommen abgedunkelt, erwartete uns mit vertrauter Dämmerung, nur die Lampe rundete goldenen Kreis um dies wartende Weiß der gehäuften Blätter. Ich setzte mich an meinen gewohnten Platz und wiederholte die letzten Sätze aus dem Manuskript; immer bedurfte er zur innern Abstimmung den

Rhythmus als einer Stimmgabel, um das Wort weiterströmen zu lassen. Aber indes er sonst unmittelbar an den ausschwingenden Satz ansetzte, blieb diesmal der Fortklang aus. Das Schweigen stellte sich breit in den Raum, schon drückte es von den Wänden auf uns als Spannung zurück. Noch schien er nicht ganz gesammelt, denn ich hörte hinter meinem Rücken seinen nervös auf und nieder schreitenden Schritt. »Lesen Sie es noch einmal!« – seltsam, wie unruhig mit einmal die Stimme vibrierte. Ich wiederholte die letzten Absätze: nun setzte er unmittelbar an mein Wort an, ruckhaft, rascher und geschlossener diktierend als sonst. In fünf Sätzen war die Szene gebaut; was er bislang dargestellt, waren die kulturellen Vorbedingungen des Dramas gewesen, ein Fresko zur Zeit, ein Abriß der Geschichte. Nun wandte er mit plötzlichem Ruck sich dem Theater selbst zu, das aus Vagabundentum und Karrenfahrt endlich seßhaft wird und sich eine Heimstatt baut, verbrieft mit Recht und Privilegium, das ›Rose-Theater‹ zuerst und die ›Fortuna‹, hölzerne Bretterbuden für selbst hölzerne Spiele; dann aber zimmern, der weiteren Brust der mannhaft wachsenden Dichtung gemäß, die Werkleute ein neues bretternes Kleid: am Strand der Themse, eingepfählt dem feuchten, wertlosen Schlammgrund, ersteht der ungefüge Holzbau mit dem ungeschlachten sechseckigen Turm, das Globe-Theater, auf dessen Szene Shakespeare, der Meister, erscheint. Wie ausgeworfen vom Meere, ein seltsames Schiff, piratisch rote Flagge am obersten Mast, steht es dort fest angeankert im schlammigen Grund. Im Parterre drängt sich lärmend wie in einem Hafen das niedere Volk, von den Galerien lächelt und plaudert eitel die vornehme Welt herab zu den Schauspielern. Ungeduldig fordern sie den Beginn. Sie stampfen und poltern, klirren mit dem Degenknauf lärmend gegen die Bretter, bis endlich sich zum erstenmal an paar flackernd vorgetragenen

Kerzen die niedere Szene erleuchtet, Gestalten, lässig kostümierte, vortreten zu scheinbar improvisierter Komödie. Und da, ich erinnere mich noch heute seiner Worte, »braust plötzlich ein Sturm der Worte auf, jenes Meer, das unendlich der Leidenschaft, das von dieser bretternen Grenze zu allen Zeiten und allen Zonen des menschlichen Herzens seine bluthafte Welle hinschlägt, unerschöpflich, unergründlich, heiter und tragisch, aller Vielfalt voll und der Menschen ureigenstes Bild – das Theater Englands, das Drama Shakespeares«.

Bei diesen erhobenen Worten riß die Rede plötzlich durch. Ein langes dumpfes Schweigen kam. Beunruhigt wandte ich mich um: mein Lehrer stand mit einer Hand den Tisch ankrampfend, in jener ausgeschöpften Gebärde da, die ich an ihm kannte. Aber diesmal hatte die Starre etwas Erschreckendes. Ich sprang auf in der Besorgnis, etwas sei ihm zugestoßen, und fragte ängstlich, ob ich aufhören sollte. Er sah mich nur an, atemlos, unverwandt, starr vorerst. Aber dann stieg der Stern seines Auges wieder blau leuchtend vor, entspannter Lippe trat er auf mich zu – »Nun, haben Sie nichts bemerkt?« – eindringlich sah er mich an. »Was denn?« stammelte ich unsicher. Da tat er einen tiefen Atemzug, lächelte ein wenig; seit Monaten spürte ich wieder jenen umfangreichen, weichen, zärtlichen Blick: »Der erste Teil ist fertig.« Ich hatte Mühe, einen Freudenschrei zu unterdrükken, so heiß durchfuhr mich die Überraschung. Wie hatte ichs übersehen können, ja, das war der ganze Bau, herrlich emporgestuft vom Urgrund der Vergangenheit bis zur Schwelle der Gestaltung: nun konnten sie kommen, Marlowe, Ben Jonson, Shakespeare, sie sieghaft zu überschreiten. Das Werk feierte seinen ersten Geburtstag: hastig eilte ich hin, zählte die Blätter. Hundertsiebzig enggeschriebene Seiten umfaßte dieser erste Teil, der schwerste; denn was nun kam, war freie nachbildende

Gestaltung, indes bis nun die Darstellung an historisches Zeugnis eng gefesselt war. Kein Zweifel, er würde es vollenden, sein Werk, unser Werk!

Habe ich gelärmt, bin ich umhergetanzt vor Freude, vor Stolz, vor Glück – ich weiß es nicht. Aber meine Begeisterung muß unvorhergesehene Formen des Überschwangs angenommen haben, denn sein Blick wanderte mir lächelnd nach, indes ich bald die letzten Worte überlas, bald eilfertig die Blätter zählte, sie befaßte, wog und verliebt befühlte und schon in voreiligen Berechnungen phantasierte, wann wir das ganze Werk vollendet haben könnten. Sein gestauter, tief verborgener Stolz, in meiner Freude sah er sich gespiegelt: gerührt, lächelnd blickte er mir zu. Dann kam er langsam ganz, ganz nahe, beide Hände vorgestreckt, heran, faßte die meinen; unbewegt sah er mich an. Allmählich füllten sich seine Pupillen, die sonst nur ein zuckendes Blinkfeuer von Farbe hatten, mit jenem klaren beseelten Blau, das von allen Elementen nur die Tiefe des Wassers und die Tiefe menschlichen Gefühls zu bilden vermögen. Und dieses glanzhafte Blau stieg auf aus den Augensternen, trat vor, drang in mich ein; ich fühlte, wie diese warme Welle von ihnen weich bis in mein Innerstes ging, strömend sich dort verbreiternd und zu seltsamer Lust das Gefühl mir dehnend: die ganze Brust ward mit einmal weit von dieser wölbenden quellenden Gewalt, und ich spürte einen großen Mittag italisch in mir aufgehen. »Ich weiß«, überflog nun seine Stimme diesen Glanz, »daß ich niemals diese Arbeit begonnen hätte ohne Sie, nie werde ich es Ihnen vergessen. Sie haben meiner Mattigkeit den rettenden Schwung gegeben, und was von meinem verstreuten verlorenen Leben nun zurückbleibt, das haben Sie gerettet, Sie allein! Niemand hat mehr für mich getan, keiner so treulich mir geholfen. Und darum sage ich nicht, *Ihnen* habe ich es zu danken, sondern ... *dir* habe ich es zu danken. Komm! Nun wollen wir eine Stunde ganz brüderlich sein!«

Er zog mich sanft zu dem Tisch und nahm die bereitgestellte Flasche. Auch zwei Gläser standen da: als offenkundigen Dank hatte er mir diesen symbolischen Trunk zugedacht. Ich zitterte vor Freude, nichts verwirrt ja gewalttätiger unsern innern Sinn als eines glühenden Wünschens plötzliche Erfüllung. Das Zeichen, dieses offenbarste des Vertrauens, jenes Zeichen, nach dem ich unbewußt mich sehnte, sein Dank hatte das schönste gefunden: das brüderliche Du, hingeboten über die Kluft der Jahre und siebenfach kostbar durch so schwierige Ferne. Schon klirrte die Flasche, die noch stumme Täuferin, die mein ängstliches Gefühl nun für immer im Glauben beschwichtigen wollte, schon klangs mir innen gleich hell wie dieser zitternde klare Ton – da hemmte noch ein kleines Hindernis verzögernd den festlichen Augenblick: die Flasche war verkorkt und kein Pfropfenzieher zur Stelle. Er wollte auf, ihn zu holen, aber seine Absicht erratend, stürmte ich ungeduldig ins Eßzimmer voraus – brannte ich doch dieser Sekunde entgegen als der endlichen Beruhigung meines Herzens, als der offensichtlichsten Beglaubigung seiner Zuneigung.

Wie ich so stürmisch durch die Tür in den beleuchteten Gang hinüberfuhr, stieß ich im Dunkel mit etwas Weichen zusammen, das hastig nachgab: es war die Frau meines Lehrers, die offenbar an der Tür gelauscht hatte. Aber sonderbar: so wuchtig ich auch gegen sie angerannt, sie gab keinen Ton, sie wich nur stumm zurück, und auch ich, unfähig einer Bewegung, schwieg erschrocken. Das dauerte einen Augenblick; beide standen wir stumm, einer vor dem andern beschämt, sie im Lauschen ertappt, ich starr vor der zu unvermuteten Entdeckung. Aber dann ging leiser Schritt im Dunkel, Licht flammte auf, und ich sah sie blaß und herausfordernd mit dem Rücken an den Schrank gelehnt; ihr Blick maß mich ernst, und ein Dunkles, Mahnendes und Drohendes war in ihrer unbeweglichen Haltung. Aber sie sprach kein Wort.

Meine Hände zitterten, als ich nach längerem nervösem, halbblindem Tasten endlich den Pfropfenzieher fand; zweimal mußte ich an ihr vorbei, und jedesmal, wenn ich aufsah, stieß ich an gegen diesen starren Blick, der hart und dunkel glänzte wie poliertes Holz. Nichts an ihr verriet Beschämung, bei dem heimlichen Lauschen an der Tür erspäht worden zu sein; im Gegenteil, schroff und entschlossen funkelte jetzt ihr Auge eine mir unverständliche Drohung zu, und ihre trotzige Gebärde zeigte, daß sie gesonnen sei, nicht von dieser ungeziemlichen Stelle zu weichen und weiter horchende Wacht zu halten. Und diese Überlegenheit des Willens verwirrte mich, unbewußt duckte ich mich unter diesem fest und warnend auf mich gehefteten Blick. Und als ich endlich mit unsicherem Schritt in das Zimmer zurückschlich, wo mein Lehrer schon ungeduldig die Flasche in Händen hielt, war die eben noch maßlose Freudigkeit ganz eingefrostet zu einer sonderbaren Angst.

Er aber, wie sorglos er mich erwartete, wie heiter sein Blick mir entgegenging: Immer hatte ich geträumt, ihn einmal so sehen zu dürfen, die Wolke entwandert von der schwermütigen Stirn! Aber nun sie zum ersten Male so von Frieden leuchtete, innig mir zugewandt, stockte mir jedes Wort; wie durch geheime Poren rieselte die ganze geheime Freude aus. Verworren, ja beschämt vernahm ich, wie er mir nochmals dankte, nun mit dem vertrauten Du, silbern klangen die Gläser zusammen. Den Arm mir freundschaftlich umbreitend, führte er mich zu den Fauteuils, wir saßen einander gegenüber, locker lag seine Hand in der meinen: zum erstenmal fühlte ich ihn ganz offen und frei im Gefühl. Aber mir versagte das Wort;

unwillkürlich tastete ich immer mit dem Blick an die Tür, voll Angst, daß sie dort noch horchend stünde. Sie horcht, dachte ich unablässig, sie horcht auf jedes Wort, das er zu mir spricht, auf jedes, das ich sage: warum gerade heute, warum gerade heute? Und als er, mit jenem warmen Blick mich umfangend, plötzlich sagte: »Ich möchte dir heute von mir, von meiner eigenen Jugend erzählen«, da fuhr ich dermaßen erschreckt mit abwehrend bitternder Hand gegen ihn auf, daß er verwundert emporsah. »Nicht heute«, stammelte ich, »nicht heute ... verzeihen Sie.« Der Gedanke war mir zu furchtbar, er könnte sich einem Lauscher verraten, dessen Gegenwart ich ihm verschweigen mußte.

Unsicher sah mein Lehrer mich an. »Was ist dir denn?« fragte er in leiser Verstimmung. »Ich bin müde ... verzeihen Sie ... es hat mich irgendwie überwältigt ... ich glaube«, und dabei stand ich zitternd auf – »Ich glaube, es ist besser, daß ich gehe.« Unwillkürlich bog mein Blick an ihm vorbei zur Tür, wo ich, verborgen im Gebälk, noch immer jene feindliche Neugier auf eifersüchtiger Lauer vermuten mußte.

Schwerfällig hob er sich nun gleichfalls aus dem Fauteuil. Ein Schatten flog über sein mit einmal müd gewordenes Gesicht. »Willst du wirklich schon gehen ... heute ... gerade heute?« Er hielt meine Hand: ein unmerklicher Zug machte sie schwer. Aber plötzlich ließ er sie brüsk wie einen Stein fallen: »Schade«, stieß er enttäuscht heraus, »ich hatte mich so gefreut, einmal freimütig mit dir zu sprechen! Schade!« Einen Augenblick schwang der tiefe Seufzer wie ein dunkler Schmetterling durch das Zimmer. Ich war voll Scham und einer ratlos unerklärlichen Angst; unsicher trat ich zurück und schloß leise hinter mir die Tür.

Ich tastete mich mühsam hinauf in mein Zimmer und warf mich auf das Bett. Aber ich konnte nicht schlafen.

Nie hatte ich so stark gespürt, daß nur mit dünner Mauerwand meine Wohnwelt über der ihren hing, einzig abgehoben durch das undurchlässige dunkle Gebälk. Und nun spürte ich magisch mit spitzgeschliffenen Sinnen sie beide jetzt unten wachen, ich sah, ohne zu sehen, ich hörte, ohne zu hören, wie er jetzt unten in seinem Zimmer unruhig auf und ab ging, indes sie irgendwo anders stumm saß oder horchend umhergeisterte. Aber ich spürte ihre beiden Augen offen, und ihr Wachsein ging grauenvoll in mich ein: ein Alp, lag plötzlich das ganze schwere schweigende Haus mit seinen Schatten und Schwärze auf mir.

Ich warf die Decke ab. Meine Hände glühten. Wohin war ich geraten? Ganz nahe hatte ich das Geheimnis gespürt, seinen heißen Atem schon hart im Gesicht, und nun war es wieder fern, aber sein Schatten, sein schweigender undurchsichtiger Schatten, noch ging er raunend um, ich fühlte ihn gefährlich im Haus, schleichend wie eine Katze auf leisen Pfoten, immer da, zuspringend und abspringend, immer mit seinem elektrischen Fell anstreifend und verwirrend, warm und doch gespensterhaft. Und immer spürte ich aus dem Dunkeln seinen umfangenden Blick, weich wie seine dargebotene Hand, und jenen andern, den scharfen, drohenden und erschreckten seiner Frau. Was sollte ich in ihrem Geheimnis, was stellten die beiden mich in der Mitte ihrer Leidenschaft mit verbundenen Augen, was jagten sie mich in ihren unfaßbaren Zwist und drängten mir jeder sein brennendes Bündel von Zorn und Haß in die Sinne?

Noch immer glühte mir die Stirn. Ich warf mich hoch und stieß das Fenster auf. Draußen lag friedlich unter sommerlichem Gewölk die Stadt; noch leuchteten Fenster vom Scheine der Lampe, aber die dort saßen, einte friedliches Gespräch, wärmte ein Buch oder häusliche Musik. Und wo hinter den weißen Fensterrahmen schon

Dunkel stand, gewiß, dort atmete beruhigter Schlaf. Über allen diesen ruhenden Dächern schwebte wie der Mond in silbrigem Dunste ein mildes Ruhn, eine entlokkerte, sanft niedergeschwebte Stille, und die elf Schläge der Turmuhr fielen ihnen allen ohne Wucht in das zufällig lauschende oder träumende Ohr. Nur ich hier im Haus spürte noch Wachsein, böse Umlagerung fremder Gedanken. Fiebernd mühte sich ein innerer Sinn, dies wirre Raunen zu verstehen.

Plötzlich schrak ich zurück. War das nicht Schritt auf der Treppe? Ich richtete mich lauschend auf. Und wirklich, es tappte da etwas wie blind, Stufen steigend, vorsichtigen, zögernden, unsicheren Schritts: ich kannte dies Ächzen und Stöhnen im ausgetretenen Holz. Nur zu mir konnte dieser Schritt kommen, nur zu mir, wohnte doch keiner sonst hier oben im Giebel außer der tauben alten Frau, die längst schlief und niemanden empfing. War es mein Lehrer? Nein, das war nicht sein stolprig hastiger Gang; dieser Schritt da zögerte und zottelte feig – jetzt wiederum! – bei jeder Stufe: ein Einschleicher, ein Verbrecher mochte so nahen, nicht aber ein Freund. Ich horchte dermaßen angespannt, daß mir die Ohren dröhnten. Und mit einmal fuhr es wie Frost mir die nackten Beine empor.

Da knackte leise das Schloß: schon mußte er bei der Tür sein, der unheimliche Gast. Ein dünner Luftzug auf meine nackten Zehen zeigte, daß die äußere Tür geöffnet war, den Schlüssel aber hatte er, nur er, mein Lehrer. Doch wenn er – warum so zaghaft, so fremd? War er besorgt, wollte er nach mir sehen? Und warum zögerte dieser unheimliche Gast jetzt draußen im Vorraum, denn erstarrt war mit einmal der diebisch anschleichende Schritt. Und ebenso erstarrt stand ich selbst vor Grauen. Mir war, als müßte ich schreien, doch die Kehle klebte mir schleimig zu. Ich wollte aufschließen; die Füße staken starr mir im Boden. Nur eine dünne Wand war jetzt noch zwischen uns beiden, zwischen mir und dem unheimlichen Gast, aber nicht er tat einen Schritt und nicht ich einen, dem andern entgegen.

Da schlug die Glocke vom Turm: einen Schlag nur, Viertel zwölf. Aber er löste meine Starre. Ich riß die Tür auf.

Und wirklich, da stand mein Lehrer, die Kerze in der Hand. Der Luftzug der brüsk aufgeschwungenen Tür ließ die Flamme blau emporspringen, und hinter ihm taumelte, riesenhaft losgerissen von seinem starren Dastehen, der zuckende Schatten wie ein Trunkenbold quer über die Wand. Aber auch er selbst machte, als er mich sah, eine Bewegung; er zog sich zusammen wie ein Mensch, der von einem jähen Luftzug aus dem Schlaf geschreckt, unwillkürlich die Decke fröstelnd an sich heranzieht. Dann erst wich er zurück, die Kerze schwankte tropfend in seiner Hand.

Ich zitterte, tödlich erschrocken: »Was ist Ihnen?« konnte ich nur stammeln. Er sah mich an, ohne zu sprechen, auch ihm würgte etwas das Wort. Endlich stellte er die Kerze auf die Kommode, und sofort beruhigte sich das fledermaushaft im Raum umflatternde Schattenspiel. Schließlich stammelte er: »Ich wollte ... ich wollte...«

Wieder blieb die Stimme ihm stecken. Er stand und sah zu Boden wie ein ertappter Dieb. Unerträglich war diese Angst, dieses Dastehen, ich im Hemd, zitternd vor Frost, er, in sich hineingebückt, wirr vor Beschämung.

Plötzlich gab sich die schwache Gestalt einen Ruck. Er trat auf mich zu: ein Lächeln, böse, faunisch, ein Lächeln, das nur aus den Augen gefährlich glitzerte, indes die Lippen sich enge verpreßten, ein Lächeln grinste mich wie eine fremde Maske erst starr an einen Augenblick – dann stieß spitz wie gespaltene Schlangenzunge die Stimme vor: »Ich wollte Ihnen nur sagen ... wir lassen lieber das

Du ... Das ... das ... paßt sich nicht zwischen einem Mulus und seinem Lehrer ... verstehen Sie? ... Man muß Distanz halten ... Distanz ... Distanz.«

Und dabei sah er mich an, so voll Haß, so voll beleidigender ohrfeigender Bosheit, daß seine Hand sich unwillkürlich krallte. Ich taumelte zurück. War er wahnsinnig? War er betrunken? Er stand da, die Faust geballt, als ob er sich auf mich werfen wollte oder mir ins Gesicht schlagen.

Aber eine Sekunde nur währte dies Grauen, dann stürzte dieser stoßhafte Blick in sich krumm zusammen. Er wandte sich um, murmelte etwas, das wie eine Entschuldigung klang, faßte die Kerze. Ein schwarzer, dienstfertiger Teufel, fuhr der schon zu Boden geduckte Schatten wieder auf und wirbelte ihm voraus zur Tür. Und dann ging er selbst, ehe ich die Kraft beisammen hatte, ein Wort zu erdenken. Die Tür fiel hart ins Schloß; und schwer und gequält knirschte die Treppe unter seinen gleichsam stürzenden Schritten.

Ich werde diese Nacht nicht vergessen; ein kalter Zorn wechselte wild mit einer ratlos glühenden Verzweiflung. Wie Raketen fuhren mir die Gedanken grell durcheinander. Warum martert er mich, fragte meine zerrende Qual sich hundertmal, warum haßt er mich so, daß er eigens des Nachts die Treppe sich emporschleicht, nur um mir dann feindselig solche Beleidigung ins Gesicht zu schlagen? Was hatte ich ihm getan, was sollte ich tun? Wie ihn versöhnen, ohne zu wissen, wie ich ihn gekränkt? Ich warf mich glühend ins Bett, stand auf, grub mich wieder unter die Decke, immer aber stand jenes gespenstige Bild vor mir, mein Lehrer, schleichend und von meiner Gegenwart verwirrt, und hinter ihm, rätselhaft fremd, dieser ungeheure Schatten, hintaumelnd an der Wand.

Als ich dann morgens nach kurzer schwacher Versunkenheit erwachte, beredete ich mich zuerst, geträumt zu haben. Aber auf der Kommode klebten noch rund und gelb die abgetropften Stearinflecken der Kerze. Und mitten in das strahlend helle Zimmer stellte immer wieder und wieder mein gräßliches Erinnern den diebisch emporgeschlichenen Gast dieser Nacht.

Ich ging den ganzen Vormittag nicht aus. Der Gedanke, ihm zu begegnen, zerknickte meine Kraft. Ich versuchte zu schreiben, zu lesen; nichts gelang. Meine Nerven waren unterminiert, jeden Augenblick konnten sie ausfahren in einen schütternden Krampf, ein Schluchzen, ein Brüllen – sah ich doch meine eigenen Finger zittern wie fremdes Geblätter an einem Baum, unfähig, ihnen Ruhe zu gebieten, und die Kniekehlen wankten, als seien ihre Sehnen durchschnitten. Was tun? Was tun? Ich durchfragte mich bis zur Erschöpfung; das Blut flirrte mir schon in den Schläfen und blau unter dem Blick. Aber nur nicht fort, nur nicht hinab, nur nicht plötzlich ihm gegenüberstehen, ohne sicher zu sein, ohne wieder Kraft in den Nerven zu haben. Von neuem warf ich mich auf das Bett, hungrig, verwirrt, ungewaschen, verstört, und wieder versuchten meine Sinne sich hindurchzudenken durch das dünne Mauerwerk: wo saß er jetzt, was tat er, war er wach wie ich, verzweifelt wie ich selbst?

Es wurde Mittag, und noch lag ich im Feuerbett meiner Verworrenheit, da hörte ich endlich einen Schritt auf der Treppe. Alle Nerven klirrten Alarm: dieser Schritt jedoch ging leicht, unbesorgt, nahm zwei Stufen auf einmal in fliegendem Sprung – jetzt rührte eine Hand schon pochend die Tür. Ich sprang auf, ohne zu öffnen: »Wer ist es?« fragte ich. »Warum kommen Sie denn nicht zum Essen?« antwortete etwas ärgerlich die Stimme seiner Frau. »Sind Sie krank?« – »Nein, nein«, stotterte ich verwirrt, »ich komme schon, ich komme schon.« Und nun blieb mir nichts übrig, als rasch in meine Kleider zu fahren und hinunterzugehen. Aber ich mußte mich an das Geländer der Treppe halten, so taumelten mir die Glieder.

Ich trat ins Speisezimmer. Vor dem einen der beiden Gedecke wartete die Frau meines Lehrers und grüßte mit leichtem Vorwurf, daß ich mich mahnen ließe. Sein eigener Platz war leer. Ich fühlte das Blut mir zu Kopf steigen. Was bedeutete dieses unvermutete Wegbleiben? Fürchtete er die Begegnung noch mehr als ich selbst? Schämte er sich oder wollte er hinfort nicht mehr den Tisch mit mir teilen? Endlich entschloß ich mich zu fragen, ob der Professor nicht käme.

Erstaunt blickte sie empor: »Wissen Sie denn nicht, daß er heute morgen weggefahren ist?« – »Weggefahren«, stammelte ich, »wohin?« Sofort spannte sich ihr Gesicht: »Das hat mein Mann nicht geruht mir mitzuteilen, wahrscheinlich – wieder einer seiner üblichen Ausflüge.« Dann wandte sie sich plötzlich scharf und fragend mir zu. »Aber daß *Sie* das nicht wissen? Er ist doch gestern nachts noch eigens zu Ihnen hinaufgegangen – ich dachte, das sei, um Abschied zu nehmen ... Seltsam, wirklich seltsam ... daß er auch Ihnen nichts gesagt hat.«

»Mir« – nur einen Schrei konnte ich herausstoßen. Und dieser Schrei riß zu meiner Scham, zu meiner Schande alles mit, was die letzten Stunden so gefährlich aufgestaut. Plötzlich fuhr es aus mir heraus, ein Schluchzen, ein heulender tobender Krampf – ich erbrach einen gurgelnden Schwall von übereinanderstürzenden Worten und Schreien als eine einzige ineinandergequirlte Masse wirrer Verzweiflung, ich weinte, nein, ich schüttelte, ich schwemmte in hysterischem Schluchzen die ganze zurückgestaute Qual aus zuckendem Munde. Die Fäuste trommelten irr auf dem Tisch, ein reizbar rasendes Kind, tobte ich aus, das Gesicht von Tränen überströmt, was seit Wochen wie ein Gewitter über mir hing. Und indes ich Erleichterung empfand in diesem tobenden Vorsturz, spürte ich zugleich grenzenlose Scham vor ihr dermaßen mich zu verraten.

»Was haben Sie! Um Gottes willen!« Sie war aufgesprungen, fassungslos. Dann aber eilte sie rasch herzu, führte mich vom Tisch zum Sofa. »Legen Sie sich hin! Beruhigen Sie sich.« Sie streichelte meine Hände, sie fuhr über mein Haar, indes nachwellende Stöße noch immer meinen zitternden Leib rüttelten. »Quälen Sie sich nicht, Roland – lassen Sie sich nicht quälen. Ich kenne das alles, ich habe es kommen gefühlt.« Sie strich noch immer mein Haar. Aber plötzlich wurde ihre Stimme hart. »Ich weiß es selbst, wie er einen verwirren kann, niemand weiß es besser. Aber glauben Sie mir, immer wollte ich Sie warnen, als ich sah, daß Sie sich ganz an ihn hielten, der selbst ohne Halt ist. – Sie kennen ihn nicht, Sie sind blind. Sie sind ein Kind – Sie ahnen nichts, ja heute, heute noch immer nichts. Oder vielleicht haben Sie heute zum erstenmal begonnen, etwas zu verstehen – um so besser dann für ihn und für Sie.«

Sie blieb warm über mich gebeugt, ich fühlte wie aus einer gläsernen Tiefe ihre Worte und den schmerzeinschläfernden Strich beruhigender Hände. Das tat wohl, endlich, endlich wieder einmal ein Hauch Mitleid zu fühlen, und dann auch dies, endlich wieder mal eine Frauenhand zärtlich nah zu spüren, beinahe mütterlich. Vielleicht auch das hatte ich allzulange entbehrt, und nun ich, durch den Schleier der Trübnis, Teilnahme einer zärtlich bemühten Frau empfing, überkam mich Wohliges mitten im Schmerz. Aber doch, wie schämte ich mich, wie schämte ich mich dieses verräterischen Anfalles, dieser preisgegebenen Verzweiflung! Und wider meinen Willen geschahs, daß ich, mühsam mich aufrichtend, nun in stürzender stockender Flut nochmals anklagend herausschrie, was er alles an mir getan – wie er mich zurückgestoßen und verfolgt und wieder angezogen, wie er sich hart stellte wider mich ohne Grund, ohne Ursache – ein Peiniger, an den ich doch liebend gebunden war, den ich liebend haßte und hassend liebte. Wieder begann ich dermaßen mich zu erregen, daß sie von neuem mich beruhigen mußte. Wieder drückten mich weiche Hände sachte auf die Ottomane zurück, von der ich eifernd aufgesprungen. Endlich ward ich ruhiger. Sie schwieg merkwürdig nachdenklich: ich spürte, daß sie alles verstand und vielleicht noch mehr als ich selbst ...

Ein paar Minuten band uns dieses Schweigen. Dann stand die Frau auf. »So – jetzt waren Sie lang genug Kind, jetzt seien Sie wieder Mann. Setzen Sie sich her an den Tisch und essen Sie. Es ist nichts Tragisches geschehen – ein Mißverständnis, das sich klären wird«, und als ich irgendwie abwehrte, fügte sie heftig hinzu: »Es wird sich klären, denn ich lasse Sie nicht länger so hinziehen und verwirren. Da muß ein Ende sein, er muß schließlich ein wenig sich beherrschen lernen. Sie sind zu gut für seine abenteuerlichen Spiele. Ich werde mit ihm sprechen, verlassen Sie sich auf mich. Jetzt aber kommen Sie zu Tisch.«

Beschämt und willenlos ließ ich mich zurückführen. Sie redete mit einer gewissen Hast und Eilfertigkeit von gleichgültigen Dingen, und ich war ihr innerlich dankbar dafür, daß sie meinen unbeherrschten Ausbruch gleichsam überhört und schon wieder vergessen zu haben schien. Morgen sei Sonntag, drängte sie, da mache sie gemeinsam mit dem Dozenten W. und seiner Braut einen Ausflug an einen nachbarlichen See, ich solle mitkommen, mich erheitern, mich von den Büchern befreien. All mein Unbehagen verrate nur Überarbeitung und Überreiztheit der Nerven; einmal im Wasser oder in

Wanderschaft, würde mein Körper sofort wieder das Gleichgewicht finden.

Ich versprach, zu kommen. Alles, nur jetzt nicht Einsamkeit, nur nicht mein Zimmer, nur nicht diese im Dunkel umkreisenden Gedanken. »Und bleiben Sie auch nachmittags heute nicht zu Hause! Gehen Sie spazieren, rennen Sie sich aus, amüsieren Sie sich!« drängte sie nach. ›Seltsam‹, dachte ich, ›wie sie meine innersten Gefühle errät, wie sie immer, die mir doch fremd ist, weiß, was mir not tut und weh tut, indes er, der Wissende, mich verkennt und zerschlägt.‹ Auch dies versprach ich ihr. Und dankbar aufsehend, fand ich ein neues Gesicht: das Spöttische, Übermütige, das ihr sonst etwas von einem frechen lockeren Jungen gab, war vergangen in einem weichen teilnehmenden Blick: niemals hatte ich sie derart ernst gesehen. ›Warum blickt er mich nie so gütig an?‹ fragte sich sehnsüchtig in mir ein verworrenes Gefühl. ›Warum fühlt er niemals, wenn er mir weh tut? Warum hat er nicht so hilfreiche, so zärtliche Hände an mein Haar, an die meinen gelegt?‹ Dankbar küßte ich die ihre, die sie unruhig, fast heftig mir entzog. »Quälen Sie sich nicht«, wiederholte sie noch einmal, und ihre Stimme beugte sich nah heran.

Aber dann kam wieder das Harte in ihre Lippen; schroff sich aufrichtend, stieß sie leise heraus: »Glauben Sie mir, er verdient es nicht.«

Und dieses Wort, kaum hörbar geflüstert, stieß wieder Schmerz in das beinahe schon beruhigte Herz.

Was ich an jenem Nachmittag und Abend zunächst begann, scheint derart lächerlich und kindisch, daß ich mich jahrelang geschämt habe, daran zu denken – ja daß eine innere Zensur mir jedes Erinnern daran sofort hastig abblendete. Nun, heute schäme ich mich jener ungeschickten Tölpeleien nicht mehr – im Gegenteil, wie sehr verstehe ich heute den unbändigen, wirr leidenschaftlichen Jungen, der sich gewaltsam hinüberturnen wollte über die eigene Unsicherheit seines Gefühls.

Wie vom Ende eines ungeheuer langen Ganges, wie durch ein Teleskop sehe ich mich selbst: den zerfahrenen, verzweifelten Jungen, der in sein Zimmer hinaufsteigt und nicht weiß, was er gegen sich selbst beginnen will. Und der plötzlich in den Rock fährt, sich einen andern Gang anstrafft, wild entschlossene Gesten aus sich holt und dann plötzlich mit gewaltsam energischem Schritt auf die Straße geht. Ja, das bin ich, ich erkenne mich, ich weiß jeden Gedanken dieses dummen, verquälten, armen Jungen von damals, ich weiß: plötzlich habe ich mich aufgestrafft, vor dem Spiegel sogar, und mir gesagt: »Ich pfeif auf ihn! Hol ihn der Teufel! Was quäle ich mich wegen des alten Narren! Sie hat recht: lustig sein, sich einmal amüsieren! Vorwärts!«

Wirklich, so bin ich damals auf die Straße gegangen. Es war ein Ruck, um mich zu befreien – und dann ein Rennen, ein einziges feiges Davonlaufen vor der Erkenntnis, daß diese fröhliche Festigkeit gar nicht so fröhlich sei und der Eisblock, der starre, mir noch ebensoschwer über dem Herzen hing. Ich weiß noch, wie ich ging, den schweren Stock fest in der Hand, scharf jeden Studenten fixierend; in mir wütete eine gefährliche Lust, mit irgend jemand Streit vom Zaun zu brechen, den ohne Ausweg umherirrenden Zorn in den Erstbesten hineinzuprügeln, der mir gerade in den Weg kam. Aber günstigerweise würdigte mich niemand einer Aufmerksamkeit. So steuerte ich zu jenem Café, wo meist meine Kameraden aus dem Seminar beisammensaßen, bereit, mich unaufgefordert an ihren Tisch zu setzen und die geringste Stichelei zum Anlaß einer Provokation zu nehmen. Doch wiederum stieß meine rauferische Bereitschaft ins Leere – der schöne Tag hatte die meisten zu

Ausflügen verlockt, und die zwei oder drei, die dort beisammensaßen, grüßten höflich und boten meiner fiebrigen Gereiztheit nicht den geringsten Vorwand. Verärgert stand ich bald auf und ging nun in ein gar nicht mehr zweifelhaftes Lokal der Vorstadt, wo bei dröhnender Damenkapellenmusik der Abhub der amüsierlustigen Kleinstädter zwischen Bier und Qualm knollig beisammen drängte. Ich stürzte zwei, drei Gläser hastig hinunter, lud mir eine übelberüchtigte Weibsperson und ihre Freundin, gleichfalls eine geschminkte dürre Halbweltlerin an meinen Tisch und hatte eine krankhafte Freude, mich recht auffallend zu benehmen. Jeder kannte mich in der kleinen Stadt, jeder wußte, daß ich der Schüler des Professors war; jene wiederum machten sich durch freche Tracht und ihr Benehmen unverkennbar – so genoß ich die läppische verlogene Lust, mich und (wie ich tölpisch meinte) damit auch ihn zu kompromittieren; mögen sie nur sehen, dachte ich, daß ich auf ihn pfeife, daß ich mich nicht kümmre um ihn – und vor allen Leuten hofierte ich diese dickbusige Weibsperson in der taktlosesten, schamlosesten Art. Es war ein Rausch wütiger Bosheit und bald auch ein wirklicher Rausch, denn wir tranken alles wild durcheinander, Wein, Schnaps, Bier, und stießen so wüst um uns, daß Sessel zu Boden fielen und die Nachbarn vorsichtig abrückten. Aber ich schämte mich nicht, im Gegenteil; er soll es nur erfahren, wütete ich Narr, er soll sehen, wie gleichgültig er mir ist, ah, ich bin nicht traurig, nicht gekränkt – im Gegenteil: »Wein her, Wein!« klirrte ich mit der Faust auf den Tisch, daß die Gläser zitterten. Schließlich zog ich mit beiden ab, rechts die eine am Arm, links die andere, quer durch die Hauptstraße, wo die gewohnte Korsostunde um neun Uhr Studenten und Mädchen, Bürger und Militär zu stillbehaglichem Bummel vereinte: ein schwankes, schmieriges Kleeblatt, randalierten wir drei auf dem

Fahrdamm derart laut daher, daß endlich ein Schutzmann geärgert herantrat und uns energisch Ruhe gebot. Was dann weiter geschah, vermag ich nicht mehr genau zu schildern – ein blauer fuseliger Dunst verqualmt mir die Erinnerung, ich weiß nur, daß ich, angeekelt von den beiden betrunkenen Weibsbildern und selbst kaum mehr mächtig meiner Sinne, mich von ihnen loskaufte, noch irgendwo Kaffee und Kognak trank, vor dem Gebäude der Universität zum Gaudium herbeigelaufener Burschen eine Philippika gegen die Professoren hielt. Dann wollte ich, aus dem dumpfen Instinkt, mich noch mehr zu besudeln und ihm – wahnwitziger Gedanke eines wirr-leidenschaftlichen Zornes! – einen Tort zu tun, in ein öffentliches Haus, aber ich fand nicht den Weg und torkelte schließlich verdrossen heim. Das Tor aufzuschließen bereitete meiner taperigen Hand Mühe, mit arger Not schleppte ich mich die ersten Stufen hinauf.

Aber dann, vor seiner Tür, fiel, als sei mir der Kopf plötzlich in eiskaltes Wasser getaucht, der ganze dumpfe Rausch ab. Mit einmal nüchtern, starrte ich meiner eigenen, ohnmächtig wütenden Narrheit ins verzerrte Gesicht. Scham duckte mich zusammen. Und ganz leise, ganz kriecherisch wie ein geprügelter Hund, nur daß niemand mich höre, schlich ich in mein Zimmer hinauf.

Wie ein Toter hatte ich geschlafen; als ich aufwachte, überschwemmte Sonne schon den Fußboden und stieg langsam bis zum Bettrand empor, mit einem Ruck stieß ich mich heraus. Im schmerzenden Kopf zuckte allmählich Erinnerung an den gestrigen Abend auf; aber ich drückte die Scham zurück, ich wollte mich nicht mehr schämen. Seine Schuld war es doch, redete ich mir geflissentlich zu, seine Schuld allein, wenn ich so mich verluderte. Ich beruhigte mich, dies Gestrige sei nur ein rechter studentischer Spaß gewesen, wohl erlaubt einem, der seit Wochen und Wochen nichts als Arbeit und Arbeit gekannt; aber mir ward nicht wohl bei der eigenen Rechtfertigung, und ziemlich beklommen stieg ich in kleinmütiger Haltung hinab zu der Frau meines Lehrers, meines gestrigen Ausflugsversprechens gedenkend.

Seltsam: kaum daß ich an die Klinke seiner Tür rührte, war Er wieder gegenwärtig in mir, damit aber auch schon jener brennende, unvernünftig wühlende Schmerz, jene wütige Verzweiflung. Ich klopfte leise, seine Frau kam mir entgegen mit seltsam weichem Blick: »Was treiben Sie für Unsinn, Roland?« sagte sie, doch eher mitleidig als vorwurfsvoll. »Warum quälen Sie sich so!« Ich stand bestürzt: so hatte auch sie bereits von meinem narrenhaften Treiben gehört. Doch sie munterte sofort meine Verlegenheit auf: »Heute aber wollen wir vernünftig sein. Um zehn Uhr kommt Dozent W. und seine Braut, dann fahren wir hinaus und rudern und schwimmen alle Dummheiten tot.« Noch wagte ich ganz ängstlich die unnötige Frage, ob der Professor zurückgekommen sei. Sie sah mich an, ohne zu antworten, wußte ich doch selbst, daß die Frage vergeblich war.

Pünktlich um zehn Uhr rückte der Dozent an, ein junger Physiker, der, als Jude in der akademischen Gesellschaft ziemlich isoliert, eigentlich der einzige verblieb, der mit uns Abgesonderten verkehrte; ihn begleitete seine Braut, wahrscheinlich wohl eher seine Geliebte, ein junges Mädel, der das Lachen unablässig vom Mund fuhr, einfältig und ein wenig dalbrig, aber darum die rechte Gesellschaft für eine solche improvisierte Eskapade. Wir fuhren zuerst, ununterbrochen essend, plaudernd und einander zulachend, mit der Bahn zu einem nahegelegenen winzigen See, und die Wochen angestrengten Ernstes hatten mich aller gesprächiger Heiterkeit dermaßen entwöhnt, daß schon diese eine Stunde mich wie ein leichter prickelnder Wein berauschte. Wirklich, es gelang ihnen vollkommen mit ihrem kindisch übermütigen Treiben, meine Gedanken von der dunkel quellenden Wabe wegzulocken, die sie sonst immer summend umkreisten, und kaum, daß ich ins Freie tretend, bei einem zufälligen Wettrennen mit dem jungen Mädchen meine Muskeln wieder spürte, so war ich wieder der straffe, unbesorgte Bursche von ehedem.

Am See nahmen wir zwei Ruderboote, die Frau meines Lehrers steuerte das meine, in dem andern teilte der Dozent mit seiner Freundin den Ruderplatz. Und kaum abgestoßen, kam schon die sporthaft wetteifernde Lust über uns, einander zu überholen, wobei ich freilich im Nachteil war, denn indes jene zu zweit ruderten, mußte ich allein gegen beide ankämpfen; aber den Rock von mir werfend, legte ich mich, ein gelernter Athlet dieses Sports, so mächtig in die Riemen, daß ich immer wieder dem Nachbarboot mit wuchtigen Schlägen vorkam. Ununterbrochen hagelte es hinüber und herüber von anfeuernden Spottreden, einer reizte den andern, und achtlos der glühenden Julihitze, gleichgültig gegen den Schweiß, der uns schmählich überströmte, roboteten wir unbändige Galeerensträflinge unserer Sportlust hitzig gegeneinander. Endlich war das Ziel nahe, eine bewaldete kleine Landzunge am See: noch wütiger legten wir uns ins Zeug, und zum Triumph meiner Mitfahrenden, die selbst von dem wetteifernden Spiel gepackt war, knirschte unser Kiel zuerst an den Strand. Ich stieg aus, heiß, überströmt, berauscht von der ungewohnten Sonne, vom klingend erregten Blut, von der Freude des Erfolges: das Herz hämmerte mir aus der Brust, die Kleider klebten schwitzig eng am Körper. Dem Dozenten erging es nicht besser, und statt belobt, wurden wir verbissene Kämpen von den übermütigen Frauen wegen unseres Schnaubens und ziemlich pitoyablen Aussehens noch ausgiebig belacht. Endlich gewährten sie uns eine Frist, um uns abzukühlen; unter Scherzworten wurden zwei Abteilungen, ein Herren- und Damenbad, improvisiert – rechts und links vom Gebüsch. Wir zogen rasch die Schwimmkleider an, hinter dem Gebüsch blitzten blanke Wäsche und nackte Arme, und schon plätscherten, inden wir uns gleichfalls rüsteten, die beiden Frauen wohlig ins Wasser. Der Dozent, weniger ermattet als ich, der einer gegen sie beide gesiegt, sprang sofort ihnen nach, ich aber, der ein wenig zu scharf gerudert und das Herz noch vehement gegen die Rippen hämmern fühlte, legte mich vorerst gemächlich in den Schatten und ließ wohlig die Wolken über mich hinziehen, das summende süße Brausen der Müdigkeit wollüstig genießend im umrollenden Blut.

Doch schon nach wenigen Minuten begann ein stürmisches Rufen vom Wasser her: »Roland, vorwärts! Wettschwimmen! Preisschwimmen! Preistauchen!« Ich rührte mich nicht: mir war, als könnte ich tausend Jahre so liegen bleiben, die Haut sanft brennend von der einsickernden Sonne und gleichzeitig gekühlt von zart anstreifender Luft. Aber wieder flatterte Lachen her, die Stimme des Dozenten: »Er streikt! Den haben wir gründlich abgekappt! Holen Sie den Faulenzer.« Und wirklich, schon hörte ich ein Näherplätschern und jetzt von ganz nah ihre Stimme: »Roland, vorwärts! Wettschwimmen! Wir müssens den beiden zeigen!« Ich antwortete nicht, mir machte es Spaß, mich suchen zu lassen. »Wo sind Sie denn?« Schon knirschte der Kies, ich hörte nackte Sohlen suchend den Strand ablaufen, und plötzlich stand sie vor mir, angestrafft das nasse Schwimmkleid um den knabenhaft schlanken Körper. »Da sind Sie. Ach, wie träge! Aber jetzt vorwärts, Faulenzer, die andern sind schon fast drüben bei der Insel.« Ich lag wohlig auf dem Rücken, dehnte mich faul: »Es ist viel schöner hier. Ich komme später nach.«

»Er will nicht«, trompetete sie lachend durch die hohle

Hand in die Richtung des Wassers hinüber. »Hinein mit dem Prahlhans!« hallte von weither die Stimme des Dozenten zurück. »Also kommen Sie«, drängte sie ungeduldig, »blamieren Sie mich nicht.« Aber ich gähnte nur träge. Da brach sie spaßend und geärgert zugleich eine Gerte vom Strauch. »Vorwärts!« wiederholte sie energisch und strich mir mit aufmunterndem Hieb über den Arm. Ich fuhr auf: sie hatte zu scharf getroffen, ein dünner Strich wie von Blut lief rot über meinen Arm. »Jetzt erst recht nicht«, sagte ich, gleichfalls spaßend und leicht erbittert zugleich. Aber nun, in wirklichem Zorn, befahl sie: »Kommen Sie! Sofort!« und als ich aus Trotz mich nicht rührte, schlug sie nochmals und jetzt heftiger einen scharfen brennenden Hieb. Mit einem Ruck sprang ich wütig auf, ihr die Gerte zu entreißen, sie wich zurück, aber ich packte ihren Arm. Unwillkürlich gerieten in dem Ringen um die Gerte unsere halbnackten Körper nah aneinander. Und als ich jetzt ihren Arm packte und das Gelenk drehte, um sie zu zwingen, die Gerte fallen zu lassen, und die Ausweichende sich weit zurückbog, da knackte es plötzlich – die haltende Achselspange ihres Schwimmkleids war gerissen, die linke Hülle fiel von ihrem entblößten Busen, starr und rot stach mir die Knospe ihrer Brust entgegen. Unwillkürlich blickte ich hin, eine Sekunde bloß, aber es verwirrte mich: zitternd und beschämt ließ ich ihre umklammerte Hand. Sie wandte sich errötend, mit einer Haarnadel die zerrissene Spange notdürftig zusammenzurichten. Ich stand dabei und wußte nichts zu sagen. Auch sie schwieg. Und von diesem Augenblick war eine würgende, erstickte Unruhe zwischen uns beiden.

»Hallo ... Hallo ... Wo seid ihr denn?« – schon vor der kleinen Insel hallten die Stimmen herüber. »Ja, ich komme schon«, antwortete ich hastig und warf mich, froh, einer neuen Verwirrung zu entrinnen, mit einem Schwung hinein ins Wasser. Ein paar Tauchstöße, die begeisternde Lust des Sich-selber-Fortstoßens, Klarheit und Kälte des unfühlsamen Elements, und schon schien dieses gefährliche Rieseln und Zischen des Blutes wuchtig weggeschwemmt von stärkerer, hellerer Lust. Ich holte bald die beiden ein, forderte den schwächlichen Dozenten zu einer Reihe von Wettkämpfen, in denen ich obsiegte, wir schwammen zurück zur Landzunge, wo die Zurückgebliebene bereits angekleidet uns erwartete, um dann aus mitgebrachten Körben ein Picknick im Freien heiter zu veranstalten. Aber so übermütig die Scherzrede zwischen uns vieren die Runde ging, unwillkürlich hatten wir beide vermieden, das Wort aneinander zu richten: wir sprachen, wir lachten gleichsam über uns hinweg. Und wenn unsere Blicke sich begegneten, wichen sie in ungesprochener Gleichempfindung hastig aus: die Peinlichkeit jenes Zwischenfalls war noch nicht geglättet, und einer spürte des andern Erinnern mit beschämter Beunruhigung.

Der Nachmittag verging dann rasch mit erneuter Ruderpartie, aber die Hitzigkeit der sportlichen Leidenschaft gab immer mehr einer wohligen Ermüdung nach: der Wein, die Wärme, die eingesogene Sonne filterte sich mählich tiefer ins Blut und gab ihm röteren Gang. Schon erlaubten sich der Dozent und seine Freundin kleine Vertraulichkeiten, die wir beide mit einer gewissen Peinlichkeit dulden mußten, sie rückten immer näher zusammen, während wir um so ängstlicher Distanz bewahrten; aber das Paarhafte formte sich schon dadurch bewußter heraus, daß jene beiden Übermütigen im Waldweg gerne zurückblieben, offenbar um sich ungestörter zu küssen, und während dieses Alleingelassenseins hemmte immer ein Befangensein unser Gespräch. Schließlich waren wir alle vier zufrieden, wieder im Zuge zu sein, jene im Vorgefühl bräutlichen Abends, wir, endlich derart peinlichen Situationen zu entrinnen.

Der Dozent und seine Freundin begleiteten uns bis zur Wohnung. Die Treppe stiegen wir allein hinauf; kaum ins Haus getreten, spürte ich wieder die quälende, sehnsüchtig wirre Mahnung seiner Gegenwart. ›Wäre er doch schon zurück!‹ dachte ich ungeduldig. Und gleichsam, als ob sie den ungebrochenen Seufzer mir von der Lippe gelesen, sagte sie: »Wir wollen doch sehen, ob er schon zurück ist.«

Wir traten ein. Die Wohnung lag still. In seinem Zimmer stand alles verlassen: unbewußt zeichnete mein erregtes Gefühl in den leeren Stuhl seine gedrückte, tragische Gestalt. Aber unberührt lagen die Blätter, wartend wie ich selbst. Und da kam wieder die Erbitterung: warum war er geflüchtet, warum ließ er mich allein? Immer grimmiger stieg mir der eifersüchtige Zorn in die Kehle, wieder wogte dumpf aus mir jenes töricht verworrene Gelüst, etwas Böses, etwas Haßvolles gegen ihn zu tun.

Die Frau war mir gefolgt. »Sie bleiben doch hier zum Abendessen? Sie sollten heute nicht allein sein.« Wieso wußte sies, daß ich mich fürchtete vor dem leeren Zimmer, vor dem Knirschen der Stiege, vor der grübelnden Erinnerung: alles erriet sie immer in mir, jeden ungesprochenen Gedanken, jedes böse Gelüst.

Irgendeine Angst kam mich an, eine Angst vor mir selbst und meinem wirr in mir umfahrenden Haß, ich wollte ablehnen. Aber ich war feig und wagte kein Nein.

Ich habe von je den Ehebruch verabscheut, nicht aber um einer rechthaberischen Moral willen, aus Prüderie und Sittsamkeit, nicht so sehr, weil er Diebstahl im Dunkeln bedeutet, Besitznahme fremden Leibs, sondern weil fast jede Frau in solchen Augenblicken das Heimlichste ihres Gatten verrät – jede eine Delila, die dem Hintergangenen sein menschlichstes Geheimnis wegstiehlt und einem Fremden hinwirft, das Geheimnis seiner Kraft oder seiner Schwäche. Nicht daß Frauen selber sich geben, scheint mir Verrat, sondern daß sie fast immer dann, um sich zu rechtfertigen, das Schamtuch lüpfen von ihres Mannes Scham und den Ahnungslosen gleichsam im Schlafe einer fremden Neugier, einem höhnisch genießenden Gelächter aufbreiten.

Nicht also, daß ich damals, von blindwütiger Verzweiflung verwirrt, in der anfangs bloß mitleidigen und dann erst zärtlichen Umarmung seiner Frau Zuflucht fand – verhängnisvoll rasch glitt ein Gefühl ins andere hinüber –, nicht dies empfinde ich noch heute als die erbärmlichste Niedrigkeit meines Lebens (denn es geschah ohne Willen, beide stürzten wir unwissend-unbewußt in diesen brennenden Abgrund), sondern daß ich auf gehitzten Kissen mir über ihn noch Vertraulichkeiten erzählen ließ, daß ich der gereizten Frau erlaubte, Geheimstes ihrer Ehe zu verraten. Warum duldete ich, ohne sie wegzustoßen, daß sie mir berichtete, seit Jahren meide er sie körperlich, und in dunklen Andeutungen sich erging: warum hieß ich sie nicht herrisch schweigen über dies Geheimste seines Geschlechts? Aber ich brannte so sehr nach seinem Geheimnis, ich dürstete dermaßen, ihn schuldig zu wissen gegen mich, gegen sie, gegen alle, daß ich taumlig dies zornige Bekenntnis ihrer Vernachlässigung aufnahm – war es doch so ähnlich meinem eigenen Gefühl des Zurückgestoßenseins! So geschah, daß wir beide aus wirrem, gemeinsamen Haß etwas taten, das wie Liebe sich gebärdete: aber indes unsere Körper sich suchten und ineinanderdrängten, dachten wir beide, sprachen wir beide immer wieder und immer nur von ihm. Manchmal tat mir ihr Wort weh, und ich schämte mich, daß ich verstrickt blieb, wo ich verabscheute. Aber der Körper unter mir gehorchte nicht mehr dem Willen, er wühlte wild in seiner eigenen Lust. Und schaudernd küßte ich die Lippe, die meinen liebsten Menschen verriet.

Am nächsten Morgen schlich ich, die Zunge bitter vor Ekel und Scham, hinauf in mein Zimmer. In der Minute, wo das Warme ihres Leibes nicht mehr mir die Sinne trübte, empfand ich die grelle Wirklichkeit und Widerlichkeit meines Verrats. Nie wieder, sofort wußte ichs, würde ich ihm vor Augen treten können, nie mehr seine Hand nehmen: nicht ihn, mich selbst hatte ich um mein Bestes bestohlen.

Jetzt gab es nur eine Rettung: Flucht. Im Fieber packte ich alle meine Sachen, schichtete meine Bücher, bezahlte meiner Wirtin: er durfte mich nicht mehr finden, auch ich sollte verschwunden sein, grundlos und geheimnisvoll, genau wie er mir.

Aber inmitten des geschäftigen Tuns erstarrte mir plötzlich die Hand. Ich hatte das Knirschen der Holztreppe gehört, ein Schritt hastete die Stiege herauf – sein Schritt.

Ich muß leichenfahl geworden sein. Denn kaum eingetreten, schrak er schon auf. »Was ist dir, Junge? Bist du krank?«

Ich wich zurück. Ich bog ihm aus, als er jetzt näher wollte und mich helfend anfassen.

»Was hast du?« fragte er erschreckt. »Ist dir etwas zugestoßen? Oder ... oder ... bist du mir noch böse?«

Krampfhaft hielt ich mich zum Fenster hin. Ich konnte ihn nicht ansehen. Seine teilnehmende warme Stimme riß in mir etwas auf wie eine Wunde: einer Ohnmacht nahe, fühlte ich es aufströmen in mir, heiß, ganz heiß, brennend und verbrennend, einen glühenden Guß von Scham.

Aber auch er stand verwundert, verwirrt. Und plötzlich – ganz klein, ganz zaghaft duckte sich seine Stimme – flüsterte er eine sonderbare Frage: »Hat dir ... hat dir jemand ... etwas über mich gesagt?«

Ich machte, ohne mich ihm zuzuwenden, eine abwehrende Bewegung. Aber irgendein ängstlicher Gedanke schien ihn zu beherrschen, er wiederholte hartnäckig:

»Sag mirs ... gesteh mirs ... hat irgend jemand über mich etwas gesagt ... irgend jemand, ich frage nicht, wer.«

Ich verneinte wieder. Er stand ratlos. Aber mit einmal schien er bemerkt zu haben, daß meine Koffer gepackt, meine Bücher zusammengerafft waren und sein Kommen gerade meine letzten Reisevorbereitungen unterbrochen hatte. Erregt trat er heran: »Du willst fort, Roland, ich sehe es ... sag mir die Wahrheit.«

Da raffte ich mich auf. »Ich muß fort ... verzeihen Sie mir ... aber ich kann darüber nicht sprechen ... ich werde Ihnen schreiben.« Mehr würgte ich nicht aus der verklemmten Kehle, und in jedes Wort schlug mir das Herz.

Er blieb starr. Dann plötzlich kam wieder jene müde Art über ihn. »Es ist vielleicht besser so, Roland ... ja gewiß, es ist besser so ... für dich und für alle. Aber ehe du gehst, möchte ich dich noch einmal sprechen. Komm um sieben Uhr, zur gewohnten Stunde ... dann wollen wir Abschied nehmen, Mann zu Mann ... Nur keine Flucht vor sich selber, nur keine Briefe ... das wäre kindisch und unser nicht würdig ... und dann, was ich dir sagen möchte, will in keine Feder ... Also du kommst, nicht wahr?«

Ich nickte nur. Mein Blick wagte sich noch immer nicht vom Fenster weg. Aber ich sah nichts von der Helligkeit des Morgens mehr, ein dichter dunkler Schleier stand zwischen mir und der Welt.

Um sieben Uhr betrat ich zum letztenmal den geliebten Raum: verfrühtes Dunkel dämmerte durch die Portieren, kaum glänzte von der Tiefe noch der fließende Stein der Marmorgestalten, und die Bücher schliefen alle schwarz hinter ihren perlmuttern flimmernden Gläsern. Geheimnisort meiner Erinnerungen, wo das Wort mir magisch geworden und ich Rausch und Verzückung des Geistigen wie nirgends erlebt – immer sehe ich dich aus dieser Abschiedsstunde und immer die verehrte Gestalt, wie sie jetzt der Lehne des Sessels sich langsam, langsam enthebt und mir schattend entgegenkommt: bloß die Stirne glänzt rund wie eine alabasterne Lampe im Dunkel, und drüber wogt ein wehender Rauch, das weiße Haar des alten Mannes. Jetzt steigt, mühsam gehoben, von unten eine Hand empor, sie sucht die meine, jetzt erkenne ich die Augen ernst mir zugewandt, und schon fühle ich sanft meinen Arm umfaßt und mich niedergeleitet zu seinem Stuhl.

»Setz dich nieder, Roland, und sprechen wir klar. Wir sind Männer und müssen aufrichtig sein. Ich dränge dich nicht – aber wäre es nicht besser, die letzte Stunde schaffte auch volle Klarheit zwischen uns? Also sag, warum willst du weg? Bist du böse auf mich wegen jener unsinnigen Beleidigung?«

Ich verneinte mit einer Gebärde. Entsetzlich der Gedanke, daß er noch, er, der Betrogene, der Verratene, die Schuld auf sich nehmen wollte!

»Habe ich dir sonst bewußt oder unbewußt eine Kränkung zugefügt? Ich bin manchmal sonderbar, ich weiß es. Und ich habe dich gereizt, gequält wider meinen eigenen Willen. Ich habe dir nie genug gedankt für alle deine Anteilnahme – ich weiß es, ich weiß es, ich habe es immer gewußt, selbst in den Minuten, wo ich dir wehe tat. Ist das der Grund – sag es mir, Roland – denn ich möchte, daß wir ehrlich voneinander Abschied nehmen.«

Wieder schüttelte ich den Kopf: ich konnte nicht sprechen. Noch immer ging seine Stimme fest: jetzt begann sie sich leicht zu verwirren.

»Oder ... ich frage dich nochmals ... hat irgend jemand dir irgend etwas über mich zugetragen ... etwas, das du als niedrig, als ... abstoßend empfindest ... etwas, was dich ... was dich mich verachten läßt?«

»Nein! nein! ... nein! ...« Wie ein Schluchzen fuhr mir der Protest heraus: ich ihn verachten! Ich ihn!

Ungeduldig wurde jetzt seine Stimme. »Was ist es dann? ... Was kann es denn sonst sein? ... Bist du der Arbeit müde? ... Oder zieht dich sonst etwas fort? ... Eine Frau ... ist es eine Frau?«

Ich schwieg. Und dieses Schweigen war wohl derart anders, daß er die Bejahung spürte. Er beugte sich näher heran und flüsterte ganz leise, aber ohne Erregung, ganz ohne Erregung und Zorn:

»Ist es eine Frau? ... *meine* Frau?«

Ich schwieg noch immer. Und er verstand. Ein Zittern lief mir über den Leib: jetzt, jetzt, jetzt würde er ausbrechen, mich anfallen, mich schlagen, mich züchtigen ... und ... ich sehnte mich beinahe danach, daß er mich peitsche, mich, den Dieb, den Verräter, daß er mich wie einen räudigen Hund wegpeitschte aus seinem geschändeten Haus. Aber seltsam ... er blieb vollkommen still ... und beinahe wie eine Erleichterung klangs, als er zu sich selber sinnend murmelte: »Das hätte ich mir eigentlich denken können.« Zweimal ging er im Zimmer auf und ab. Dann blieb er vor mir stehen und sagte, fast schien mirs, verächtlich:

»Und das ... das nimmst du so schwer? Hat sie dir denn nicht gesagt, daß sie frei ist, zu tun, zu nehmen, was ihr beliebt, daß ich kein Recht habe über sie? ... Kein Recht, ihr etwas zu verbieten, und auch nicht die geringste Lust dazu ... Und warum hätte sie sich beherrschen sollen, wem zuliebe und gerade gegen dich ... Du bist jung, du bist hell und schön ... du warst uns nah ... wie sollte sie dich nicht lieben, du ... du Schöner, du Junger, wie sollte sie dich nicht lieben ... Ich ...« Plötzlich begann seine Stimme zu zittern. Und er beugte sich nahe, so nah, daß ich seinen Atem spürte. Wieder fühlte ich die warme Umfangung seiner Blicke, wieder dies seltsame Licht, so ... so wie in jenen seltenen sonderbaren Sekunden zwischen ihm und mir. Immer näher kam er heran.

Und dann flüsterte er leise, kaum regten sich die Lippen. »Ich ... ich liebe dich doch auch.«

War ich aufgefahren? Hatte mich es unwillkürlich zurückgeschreckt? Aber irgendeine Geste der Überraschung, der Flucht mußte aus meinem Körper vorgefahren sein, denn er taumelte weg wie ein Zurückgestoßener. Ein Schatten dunkelte über sein Gesicht. »Verachtest du mich jetzt?« fragte er ganz leise. »Bin ich dir jetzt widerlich?«

Warum fand ich damals kein Wort? Warum saß ich nur stumm da, lieblos, verlegen, betäubt, statt auf den Liebenden zuzutreten und ihm die irrige Sorge zu nehmen? Aber in mir wogten wild alle Erinnerungen; als hätte eine Chiffre mit einmal die Sprache all jener unfaßbaren Botschaften gelöst, so verstand ich alles jetzt in furchtbarer Klarheit, sein zärtliches Kommen und seine brüske Verteidigung, ich verstand erschüttert jenen Besuch in der Nacht und die verbissene Flucht vor meiner begeistert zudrängenden Leidenschaft. Liebe, ich hatte sie ja immer bei ihm gefühlt, zärtlich und scheu, bald anflutend, bald wieder übermächtig gehemmt, ich hatte sie geliebt und genossen in jedem flüchtig mir zugefallenen Strahl – aber doch, wie Liebe, das Wort, jetzt von bärtigem Munde kam, sinnlich-zärtlichen Klangs, da dröhnte mir ein

Grauen süß und furchtbar zugleich in den Schläfen. Und so sehr ich brannte in Demut und Mitleid für ihn, ich fand, ich verwirrter, zitternder, überfallener Knabe, kein Wort für seine unvermutet mir aufgetane Leidenschaft.

Er saß vernichtet und starrte in mein Schweigen. »So furchtbar also ist dirs, so furchtbar«, murmelte er, »auch du ... auch du verzeihst mirs also nicht, auch du, gegen den ich meine Lippen verpreßt, daß ich beinahe erstickte ... dem ich mich verborgen habe, wie ich mich keinem verbarg ... Aber besser, du weißt es jetzt, nun erdrückts mich nicht mehr ... Denn es war schon zuviel für mich ... oh, viel zuviel ... besser, besser ein Ende als dies Schweigen und Verschweigen ...«

Wie das voll Trauer war, voll Zärtlichkeit und Scham; bis ins Innerste drang mir der zuckende Ton. Ich schämte mich, dermaßen kalt, derart fühllos frostig vor dem Manne zu schweigen, von dem ich mehr empfangen als von irgendeinem Menschen und der so unsinnig vor mir sich erniedrigte. Die Seele brannte mir, ihm ein Tröstliches zu sagen, aber die Lippe, die zitternde, gehorchte nicht. Und so verlegen, so jämmerlich klein hockte ich da und bog mich im Sessel herum, daß er, beinahe unwillig, mich aufmunterte. »Sitz doch nicht so da, Roland, so grauenhaft stumm ... Faß dich doch ... Ist es dir wirklich so fürchterlich? Schämst du dich meiner so sehr? ... Jetzt ist ja doch alles vorbei, ich habe dir alles gesagt ... laß uns doch wenigstens anständig Abschied nehmen, wie es zwei Männern, zwei Freunden geziemt.«

Aber ich hatte noch immer nicht Macht über mich. Da rührte er meinen Arm: »Komm, Roland, setz dich zu mir! ... Mir ist leichter, seitdem du es weißt, seit endlich Klarheit zwischen uns besteht ... Erst habe ich immer gefürchtet, du möchtest erraten, wie lieb du mir bist ... dann habe ich wieder gehofft, du selbst würdest es spüren, nur damit mir dies Geständnis erspart sei ... Aber nun ists geschehen, nun bin ich frei ... nun kann ich zu dir sprechen wie nie zu einem andern Menschen. Denn du warst mir näher als irgendeiner in all diesen Jahren ... wie keinen habe ich dich geliebt ... Wie keiner hast du, Kind, das Letzte meines Wesens wach gemacht ... So sollst du auch zum Abschied mehr wissen von mir als irgendein anderer Mensch, ich habe ja in all diesen Stunden dein Fragen, dein stummes, so deutlich gespürt ... Du allein sollst mein ganzes Leben kennen. Willst du, daß ich dirs erzähle?«

An meinen Blicken, an meinen verwirrten und erschütterten Blicken sah er mein Ja.

»So komm nahe ... hierher zu mir ... Ich kann diese Dinge nicht laut sagen. « Ich beugte mich – fromm, muß ichs nennen. Aber kaum daß ich wartend, lauschend ihm gegenübersaß, stand er wieder auf. »Nein, so geht es nicht ... Du darfst mich nicht ansehen dabei ... sonst ... sonst kann ich nicht sprechen.« Und mit einem Griff löschte er das Licht.

Dunkel fiel über uns. Ich fühlte, daß er nahe war, fühlte es an seinem Atem, der schwer und wie röchelnd irgendwo im Unsichtbaren ging. Und plötzlich stand zwischen uns eine Stimme auf und erzählte mir sein ganzes Leben.

Seit jenem Abend, wo dieser verehrteste Mann mir sein Schicksal wie eine harte Muschel aufschloß, seit jenem Abend vor vierzig Jahren scheint mir noch immer alles spielhaft und belanglos, was unsere Schriftsteller und Dichter in Büchern als außerordentlich erzählen, was Schauspiele den Bühnen als tragisch maskieren. Ist es Bequemlichkeit, Feigheit oder ein zu kurzes Gesicht, daß sie alle immer nur den obern erhellten Lichtrand des Lebens zeichnen, wo die Sinne offen und gesetzhaft spielen, indes unten in den Kellergewölben, in den Wurzelhöhlen und Kloaken des Herzens phosphorhaft funkelnd die wahren, die gefährlichen Bestien der Leidenschaft umfahren, im Verborgenen sich paarend und zerfleischend in allen phantastischen Formen der Verstrickung? Schreckt sie der Atem, der heiße und zehrende der dämonischen Triebe, der Dunst des brennenden Blutes, fürchten sie die Hände zu schmutzen, die allzu zarten, an den Schwären der Menschheit, oder findet ihr Blick, an mattere Helligkeiten gewöhnt, nicht hinab diese glitschigen, gefährlichen, von Fäulnis triefenden Stufen? Und doch ist dem Wissenden keine Lust gleich als jene am Verborgenen, kein Schauer so urmächtig stark, als der das Gefährliche umfröstelt, und kein Leiden heiliger, als das sich aus Scham nicht zu entäußern vermag.

Hier aber schlug ein Mensch sich mir auf in äußerster Nacktheit, hier zerriß sich einer die innerste Brust, gierig bereit, das zerhämmerte, vergiftete, verbrannte, vereiterte Herz zu entblößen. Eine wilde Wollust folterte sich flagellantisch frei in diesem durch Jahre und Jahre verhaltenen Geständnis. Nur wer ein Leben lang sich geschämt, sich geduckt und verdeckt, nur der konnte so rauschhaft überwältigt ausfahren in die Unerbittlichkeit eines solchen Gestehens. Stück für Stück brach sich hier ein Mensch sein Leben aus der Brust, und in dieser Stunde starrte ich Knabe zum erstenmal hinab in die unausdenkbaren Tiefen des irdischen Gefühls.

Erst wogte seine Stimme nur körperlos im Raum, unklarer Qualm der Erregung, unsichere Andeutung geheimen Geschehens, und doch fühlte man gerade an dieser mühsamen Beherrschung der Leidenschaft ihre kommende Gewalt, so wie man an gewissen gewaltsam verlangsamten Takten, die einem jagenden Rhythmus vorausgehen, das Furioso schon in den Nerven voraus spürt. Dann aber begannen die Bilder aufzuflackern, vom innern Sturm der Leidenschaft zuckend emporgerissen und allmählich erst sich erhellend. Einen Knaben sah ich zuerst, einen scheuen, in sich geduckten Knaben, der kein Wort zu den Kameraden wagt, den aber ein wirres, körperlich-forderndes Verlangen gerade den Schönsten der Schule leidenschaftlich zudrängt. Doch mit erbittertem Rückstoß hat der eine ihn bei allzu zärtlicher Annäherung von sich weggejagt, ein zweiter ihn mit gräßlich deutlichem Wort verspottet, und ärger noch: beide haben sie das abwegige Gelüst den andern verprangert. Und sofort schließt eine einhellige Feme von Hohn und Erniedrigung den Verwirrten wie einen Aussätzigen von ihrer heitern Gemeinschaft aus. Täglicher Kreuzgang wird der Weg zur Schule, und die Nächte von Selbstekel dem früh Gezeichneten verstört: als Wahnwitz und entehrendes Laster empfindet der Ausgestoßene sein abwegiges und doch vorerst nur in Träumen verdeutlichtes Gelüst.

Unsicher schwankt die erzählende Stimme: einen Augenblick ists, als wollte sie verlöschen im Dunkel. Aber ein Seufzer stößt sie wieder empor, und aus dem düstern Qualm flackern nun neue Bilder, schattenhaft und gespenstisch gereiht. Der Knabe ist Student in Berlin geworden, zum erstenmal gewährt ihm die untergründige Stadt Erfüllung der langbeherrschten Neigung, aber wie beschmutzt sind sie von Ekel, wie vergiftet von Angst, diese zwinkernden Begegnungen an dunklen Straßenecken, im Schatten von Bahnhöfen und Brücken, wie arm in ihrer zuckenden Lust und wie grauenhaft durch Gefahr, meist erbärmlich in Erpressungen endend und jede noch wochenlang eine schleimige Schneckenspur kalter Furcht hinter sich ziehend! Höllenwege zwischen Schatten und Licht: indes am hellen arbeitsamen Tag das kristallene Element des Geistigen den Forschenden durchläutert, stößt der Abend immer wieder den Leidenschaftlichen in den Abhub der Vorstädte hinab, in die Gemeinschaft fragwürdiger, vor der Pickelhaube jedes Schutzmannes wegflüchtender Gesellen, in dünstige Bierkeller, deren mißtrauische Tür nur einem gewissen Lächeln sich auftut. Und eisern muß der Wille sich straffen, diese Doppelschichtigkeit des täglichen Lebens vorsichtig zu verbergen, das medusische Geheimnis fremdem Blick zu verhüllen, tagsüber die ernst-würdehafte Haltung eines Dozenten untadelig bewahrend, um dann nachts die Unterwelt jener verschämten, im Schatten flackernder Laternen geschlossenen Abenteuer ungekannt zu durchwandern. Immer wieder spannt sich der Gequälte auf, mit der Peitsche der Selbstbeherrschung die von gewohnter Bahn ausbrechende Leidenschaft in die Hürde zurückzutreiben, immer wieder reißt ihn der Trieb zum Dunkel-Gefährlichen hin. Zehn, zwölf, fünfzehn Jahre nervenzerreißenden Ringens wider die unsichtbar magnetische Kraft unheilbarer Neigung spannen sich wie ein einziger Krampf. Genießen ohne Genuß, würgende Scham und allmählich der verdunkelte, in sich scheu verborgene Blick der Furcht vor der eigenen Leidenschaft.

Endlich, spät schon, nach dem dreißigsten Lebensjahr, ein gewaltsamer Versuch, das Gespann auf die rechte Bahn zu reißen. Bei einer Verwandten lernt er seine spätere Frau kennen, ein junges Mädchen, die vom Geheimnisvollen seines Wesens unklar angezogen, ihm aufrichtige Neigung entgegenbringt. Und zum erstenmal vermag dieser knabenhafte Körper und ihr jugendhaft übermütiges Gebaren seine Leidenschaft für kurze Zeit zu täuschen. Ein flüchtiges Verhältnis bezwingt den Widerstand gegen das Weibliche, zum erstenmal ist er überwunden, und in der Hoffnung, dank dieser geraden Beziehung Herr seiner fehlgängerischen Neigung zu werden, ungeduldig, sich festzuketten, wo er erstmalig Halt gegen dies innere Zeichen ins Gefährliche gefunden, heiratet er rasch – nach vorherigem freiem Geständnis – das junge Mädchen. Nun meint er den Rückweg in die schreckhaften Zonen versperrt. Ein paar knappe Wochen lassen ihn sorglos sein; aber bald erweist sich der neue Reiz als wirkungslos, das urtümliche Verlangen wieder eigensinnig übermächtig. Und von nun ab dient die enttäuschende Enttäuschte nur mehr als Attrappe, um gesellschaftlich die rückfälligen Neigungen zu maskieren. Wieder geht der Weg halsbrecherisch am Rand des Gesetzes und der Gesellschaft hinab ins Dunkel der Gefährlichkeiten.

Und besondere Qual zu der inneren Verwirrung: eine Stellung ist ihm ausersehen, wo solche Neigung zum Fluche wird. Dem Dozenten und bald darauf dem wohlbestallten Professor wird der ständige Umgang mit jungen Menschen amtliche Pflicht, immer wieder schiebt ihm die Versuchung atemnah neue Blüte der Jugend her, Epheben eines unsichtbaren Gymnasions innerhalb der preußischen Paragraphenwelt. Und alle – neuer Fluch! neue Gefährdung! – lieben ihn leidenschaftlich, ohne das Antlitz des Eros hinter der Maske des Lehrenden zu erkennen, sind sie beglückt, wenn jovial seine Hand (die heimlich erzitternde) sie anstreift, sie verschwenden ihre Begeisterung an einen, der ständig wider sie sich bemeistern muß. Qualen des Tantalus: hart zu sein gegen zudrängende Neigung, unablässig mit der eigenen Schwäche in nie endendem Kampf! Und immer, wenn er einer Versuchung sich fast erliegen fühlte, dann ergriff er plötzlich die Flucht. Das waren jene Eskapaden, deren blitzhaftes Kommen und Wiederkommen mich damals so verwirrt: nun sah ich in den grausigen Weg dieser Flucht vor sich selbst, Flucht in das Grauen der Winkelwege und Abgründe. Er reiste dann immer in eine Großstadt, wo er an abseitiger Stelle Vertraute fand, Menschen niederen Standes, deren Begegnung beschmutzte, hurenhafte Jugend statt der heilig hingegebenen, aber dieser Ekel, dieser Sumpf, diese Widrigkeit, diese giftige Beize der Enttäuschung tat ihm not, um dann daheim, im vertrauend gescharten Kreise der Studenten seiner Sinne wieder standhaft gewiß zu sein. Oh, was für Begegnungen – welche gespenstische und doch stinkend irdische Gestalten, die sein Geständnis mir beschwor! Denn dieser hohe geistige Mann, dem Schönheit der Formen ureingeboren und atemhaft notwendig war, dieser lautere Meister aller Gefühle, er mußte den letzten Erniedrigungen der Erde begegnen in jenen rauchigen, verschwelten Kaschemmen, die nur Eingeweihte einlassen: er kannte die frechen Forderungen geschminkter Promenadejungen, die süßliche Vertraulichkeit parfümierter Friseurgehilfen, das erregte Kichern der Transvestiten aus ihren Weiberröcken, die rabiate Geldgier vazierender Schauspieler, die plumpe Zärtlichkeit tabakkauender Matrosen – alle diese verkrümmten, verängstigten, verkehrten und phantastischen Formen, in denen das fehlwandernde Geschlecht sich am untersten Rande der Städte sucht und erkennt. Alle Erniedrigungen, alle Schmach und Gewaltsamkeit waren ihm auf diesen glitschigen Wegen begegnet: mehrmals war er vollkommen ausgestohlen worden (zu schwach, zu edel, sich mit einem Reitknecht zu balgen), ohne Uhr, ohne Mantel, und dazu noch ausgehöhnt von dem betrunkenen Kameraden jenes üblen Vorstadthotels heimgekehrt. Erpresser hatten sich an seine Fersen geheftet, Schritt für Schritt hatte ihn einer monatelang bis in die Universität verfolgt, frech sich in die erste Bank seiner Hörer gesetzt und dann mit schuftigem Lächeln zu dem stadtbekannten Professor aufgesehen, der, zitternd unter seinem vertraulichen Augenzwinkern, das Kolleg nur mit letzter Mühe vorwürgte. Einmal – das Herz stand mir still, da er auch dieses mir beichtete – war er mitternachts in Berlin mit einem ganzen Klüngel in einer anrüchigen Bar von der Polizei ausgehoben worden; mit jenem bauchblähenden höhnischen Lächeln des Subalternen, der sich einmal aufspielen kann über einen Intellektuellen, notierte ein feister, rotbackiger Wachtmeister des Zitternden Namen und Stand, schließlich ihm gnädig bedeutend, für diesmal sei er noch straflos entlassen, doch bleibe von nun ab sein Name auf der gewissen Liste. Und wie an eines Menschen Gewand, der lange in fuseligen Stuben gesessen, schließlich jener Geruch fühlbar anhaftet, so mußte allmählich hier in der eigenen Stadt, an irgendeiner unerfindlichen Stelle beginnend, schon munkelndes Gerede durchgesickert sein, denn genau wie damals in der Schulklasse, frostete jetzt im Kreise der Kollegen immer ostentativer Rede und Gruß, bis auch hier schließlich jener gläserne, durchsichtige Raum von Fremdheit den immer Einsamen von allen absonderte. Und in all seiner Verborgenheit im siebenfach verschlossenen Haus fühlte er sich noch immer bespäht und erkannt.

Nie aber war diesem gequälten, verängstigten Herzen die Gnade des reinen Freundes, des Edelgesinnten widerfahren, würdige Erwiderung männlich-übermächtiger Zärtlichkeit: immer mußte er sein Gefühl zerteilen in ein Unten und Oben, in den zart sehnsüchtigen Verkehr mit den jungen geistigen Gefährten der Universität und jenen im Dunkel geworbenen Genossen, deren er morgens sich nur mehr schauernd besann. Nie hatte dem schon Alternden das Erlebnis einer reinen Zuneigung, der seelenvollen eines Jünglings, sich geschenkt, und matt von Enttäuschung, die Nerven zermürbt von dieser Dornenjagd im Dickicht, hatte der Resignierte schon sich verschüttet gemeint – da trat noch einmal ein junger Mensch in sein Leben, leidenschaftlich auf ihn, den Gealterten, zu, brachte mit seinem Wort, seinem Wesen opferfreudig sich selber dar, ihm zuglühend, dem ahnungslos Übermannten, der erschreckt vor nicht mehr erhofftem Wunder stand, nicht mehr sich würdig fühlend so reinen, so unbewußt dargebotenen Geschenks. Noch einmal war ein Bote der Jugend gekommen, schöne Gestalt und leidenschaftlicher Sinn, glühend für ihn in geistigem Feuer, zärtlich an ihn gebunden durch sympathetisches Band, dürstend nach seiner Neigung und ohne Gefühl ihrer Gefahr. Die Fackel des Eros in der unwissenden Seele, kühn und ahnungslos wie Parzival, der Tor, beugte er sich nah über die vergiftete Wunde, unkund des Zaubers und daß schon sein Kommen die Heilung trug – der Langerwartete eines Lebens, zu spät, in der letzten sinkenden Abendstunde trat er ins Haus.

Und mit dieser geschilderten Gestalt stieg auch die Stimme aus dem Dunkel. Ein Helles schien sie zu durchläutern, eine tiefe mitschwingende Zärtlichkeit gab ihr Musik, da dieser sprachmächtige Mund von diesem jungen Menschen sprach, dem Spätgeliebten. Ich zitterte mit vor Erregung und mitfühlender Beglückung, aber plötzlich – da schlug es mir wie ein Hammer aufs Herz. Denn dieser junge glühende Mensch, von dem mein Lehrer sprach, das war ja – ... das war ja ... – Scham fuhr mir über die Wangen ... das war ja ich selbst: wie aus brennendem Spiegel sah ich mich vortreten, gehüllt in einen solchen Glanz ungeahnter Liebe, daß ihr Widerschein mich noch versengte. Ja, das war ich – immer näher erkannte ich mich, meine andrängende, begeisterte Art, dies fanatische Ihm-nahe-sein-Wollen, die begehrliche Ekstase, der ein Geistiges nicht genügte, mich, den törichten, wilden Jungen, der unkund seiner Macht den quellenden Samen des Schöpferischen noch einmal in dem Verschlossenen erweckt, noch einmal die schon müd hingesunkene Fackel des Eros in seiner Seele entzündet. Staunend erkannte ichs nun, was ich, der Schüchterne, ihm bedeutet, dessen zudrängenden Überschwang er als heiligste Überraschung seines Alters liebte – und schauernd erkannte ich zugleich, wie übermächtig hier sein

Wille mir entgegengerungen: denn gerade von mir, dem rein Geliebten, wollte er nicht Hohn- und Rückstoß, den Schauer beleidigter Leiblichkeit erfahren, gerade diese letzte Gnade unwilligen Geschicks nicht den Sinnen zum lusthaften Spiele geben. Darum setzte er meinem Zudrängen so erbitterten Widerstand entgegen, scheuchte mein flutendes Gefühl mit jähem Guß eiskalter Ironie, spitzte das weichflutende Freundeswort zu konventioneller Härte, bändigte die zärtlich umfassende Hand – nur um meinetwillen erzwang er von sich all die Schroffheiten, die mich ernüchtern sollten und ihn bewahren, und die mir durch Wochen die Seele verstörten. Grauenhaft klar ward mir nun das wüste Wirrsal jener Nacht, da er, Traumwandler seiner übermächtigen Sinne, die knirschende Treppe emporgestiegen, um dann mit jenem beleidigenden Wort sich selbst und unsere Freundschaft zu retten. Und schauernd, ergriffen, erregt wie im Fieber, zergehend in Mitleid, verstand ich, wie sehr er um meinetwillen gelitten, wie heldisch er sich um meinetwillen bemeistert.

Diese Stimme im Dunkel, diese Stimme im Dunkel, wie fühlte ich sie eindringen bis in das innerste Gebälk meiner Brust! Es war ein Ton in ihr, wie ich ihn nie vordem vernommen, nie vordem, nie nachdem – ein Ton aus Tiefen, die mittleres Schicksal nie ertastet. So sprach ein Mensch nur einmal in seinem Leben zu einem Menschen, um dann für immer zu schweigen, so wie in der Sage vom Schwane gesagt ist, daß er bloß sterbend ein einziges Mal die rauhe Stimme aufheben könne zum Gesang. Und ich nahm diese heiß vorstoßende, diese glühend eindringliche Stimme in mich auf, schauernd und schmerzhaft, wie ein Weib den Mann in sich empfängt ...

Und mit einemmal schwieg diese Stimme, und es war nur noch Dunkel zwischen uns. Ich wußte ihn nah. Nur die Hand mußte ich heben, und die ausgestreckte rührte ihn an. Und mächtig drangs aus mir, dem Leidenden tröstlich zu sein.

Aber da machte der eine Bewegung. Licht zuckte auf. Müde, alt, verquält raffte vom Sessel eine Gestalt sich empor – ein alter, ein erschöpfter Mann ging langsam auf mich zu. »Leb wohl, Roland ... jetzt kein Wort mehr zwischen uns! Es war gut, daß du gekommen bist ... und es ist gut für uns beide, daß du gehst ... Lebe wohl ... Und laß ... dich küssen zum Abschied!«

Wie von magischer Macht gerissen, schwankte ich ihm entgegen. Jenes schwelende, sonst wie von wirrem Rauch niedergehaltene Licht glomm jetzt offen in seinen Augen: brennende Flamme schlug aus ihnen hoch. Er zog mich nahe, seine Lippen preßten durstig die meinen, nervig, in einem zuckenden Krampf drängte er meinen Körper an sich.

Es war ein Kuß, wie ich ihn nie von einer Frau empfing, ein Kuß, wild und verzweifelt wie ein Todesschrei. Der zitternde Krampf seines Leibes ging in mich über. Ich schauerte von einem fremd-furchtbaren Empfinden zwiefältig gefaßt – hingegeben mit meiner Seele und doch zutiefst erschreckt von einem widrigen Wehren des männlich berührten Körpers – unheimliche Verwirrung des Gefühls, die mir verpreßte Sekunde zu betäubender Dauer zerdehnend.

Da ließ er mich los – es war ein Ruck, als risse gewaltsam ein Leib auseinander –, wandte sich mühsam um und warf sich in den Sessel, den Rücken mir zugewandt: ganz starr lehnte er einige Minuten vor sich ins Leere. Allmählich aber ward ihm der Kopf zu schwer, er beugte sich erst müder und matter, dann aber, so wie ein Übergewicht, ein lange schwankendes, plötzlich zur Tiefe stürzt, fiel mit einem dumpfen trockenen Ton die gebeugte Stirn schwer über den Schreibtisch hin.

Unendlich durchwogte mich Mitleid. Unwillkürlich trat ich nah. Aber da krampfte sich plötzlich der eingestürzte Rücken noch einmal auf, und sich rückwendend, heiser und dumpf aus der Höhle seiner verklammerten Hände stöhnte er drohend: »Weg! ... weg! ... Nicht! ... nicht nahekommen! ... um Gottes willen ... um unser beider willen ... geh jetzt ... geh!«

Ich verstand. Und schaudernd trat ich zurück: wie ein Flüchtender verließ ich den geliebten Raum.

Nie wieder habe ich ihn gesehen. Nie einen Brief empfangen oder eine Botschaft. Sein Werk ist nie erschienen, sein Name vergessen; niemand weiß mehr um ihn als ich allein. Aber noch heute, wie einstmals der ungewisse Knabe, fühl ich: Vater und Mutter vor ihm, Frau und Kinder nach ihm, keinem danke ich mehr. Keinen habe ich mehr geliebt.

Vierundzwanzig Stunden
aus dem Leben einer Frau

In der kleinen Pension an der Riviera, wo ich damals, zehn Jahre vor dem Kriege, wohnte, war eine heftige Diskussion an unserem Tische ausgebrochen, die unvermutet zu rabiater Auseinandersetzung, ja sogar zu Gehässigkeit und Beleidigung auszuarten drohte. Die meisten Menschen sind von stumpfer Phantasie. Was sie nicht unmittelbar anrührt, nicht aufdringlich spitzen Keil bis hart an ihre Sinne treibt, vermag sie kaum zu entfachen; geschieht aber einmal knapp vor ihren Augen, in unmittelbarer Tastnähe des Gefühls auch nur ein Geringes, sogleich regt es in ihnen übermäßige Leidenschaft. Sie ersetzen dann gewissermaßen die Seltenheit ihrer Anteilnahme durch eine unangebrachte und übertriebene Vehemenz.

So auch diesmal in unserer durchaus bürgerlichen Tischgesellschaft, die sonst friedlich small talk und untiefe, kleine Späßchen untereinander übte und meist gleich nach aufgehobener Mahlzeit auseinanderbröckelte: das deutsche Ehepaar zu Ausflügen und Amateurphotographieren, der behäbige Däne zu langweiligem Fischfang, die vornehme englische Dame zu ihren Büchern, das italienische Ehepaar zu Eskapaden nach Monte Carlo und ich zu Faulenzerei im Gartenstuhl oder Arbeit. Diesmal aber blieben wir alle durch die erbitterte Diskussion vollkommen ineinander verhakt; und wenn einer von uns plötzlich aufsprang, so geschah es nicht, wie sonst, zu höflichem Abschied, sondern in hitzköpfiger Erbitterung, die, wie ich bereits vorwegerzählte, geradezu rabiate Formen annahm.

Das Begebnis nun, das dermaßen unsere kleine Tafelrunde aufgezäumt hatte, war allerdings sonderbar genug. Die Pension, in der wir sieben wohnten, bot sich nach außen hin zwar als abgesonderte Villa dar – ach, wie wunderbar ging der Blick von den Fenstern auf den felsenzerzackten Strand! –, aber eigentlich war sie nichts als die wohlfeilere Dependance des großen Palace Hotels und ihm durch den Garten unmittelbar verbunden, so daß wir Nebenbewohner doch mit seinen Gästen in ständigem Zusammenhang lebten. Dieses Hotel nun hatte am vorhergegangenen Tage einen tadellosen Skandal zu verzeichnen gehabt. Es war nämlich mit dem Mittagszuge um 12 Uhr 20 Minuten (ich kann nicht umhin, die Zeit so genau wiederzugeben, weil sie ebenso für diese Episode wie als Thema jener erregten Unterhaltung wichtig ist) ein junger Franzose angekommen und hatte ein Strandzimmer mit Ausblick nach dem Meer gemietet: das deutete an sich schon auf eine gewisse Behäbigkeit der Verhältnisse. Aber nicht nur seine diskrete Eleganz machte ihn angenehm auffällig, sondern vor allem seine außerordentliche und durchaus sympathische Schönheit: inmitten eines schmalen Mädchengesichtes umschmeichelte ein seidigblonder Schnurrbart sinnlich warme Lippen, über die weiße Stirn lockte sich weiches, braungewelltes Haar, weiche Augen liebkosten mit jedem Blick – alles war weich, schmeichlerisch, liebenswürdig in seinem Wesen, aber doch ohne alle Künstlichkeit und Geziertheit. Erinnert er auch von fern zuvörderst ein wenig an jene rosafarbenen, eitel hingelehnten Wachsfiguren, wie sie in den Auslagen großer Modegeschäfte mit dem Zierstock in der Hand das Ideal männlicher Schönheit darstellen, so schwand doch bei näherem Zusehen jeder geckige Eindruck, denn hier war (seltenster Fall!) die Liebenswürdigkeit eine natürlich angeborene, gleichsam aus der Haut gewachsene. Er grüßte vorübergehend jeden einzelnen in einer gleichzeitig bescheidenen und herzlichen Weise, und es war wirklich angenehm, zu beobachten, wie seine immer sprungbereite Grazie sich bei jedem Anlaß ungezwungen offenbarte. Er eilte auf, wenn eine Dame zur Garderobe ging, ihren Mantel zu holen, hatte für jedes Kind einen freundlichen Blick oder ein Scherzwort, erwies sich umgänglich und diskret zugleich – kurz, er schien einer jener gesegneten Menschen, die aus dem erprobten Gefühl heraus, andern Menschen durch ihr helles Gesicht und ihren jugendlichen Charme angenehm zu sein, diese Sicherheit neuerlich in Anmut verwandeln. Unter den meist älteren und kränklichen Gästen des Hotels wirkte seine Gegenwart wie eine Wohltat, und mit jenem sieghaften Schritt der Jugend, jenem Sturm von Leichtigkeit und Lebensfrische, wie sie Anmut so herrlich manchem Menschen zuteilt, war er unwiderstehlich in die Sympathie aller vorgedrungen. Zwei Stunden nach seiner Ankunft spielte er bereits Tennis mit den beiden Töchtern des breiten, behäbigen Fabrikanten aus Lyon, der zwölfjährigen Annette und der dreizehnjährigen Blanche, und ihre Mutter, die feine, zarte und ganz in sich zurückhaltende Madame Henriette, sah leise lächelnd zu, wie unbewußt kokett die beiden unflüggen Töchterchen mit dem jungen Fremden flirteten. Am Abend kiebitzte er uns eine Stunde am Schachtisch, erzählte zwischendurch in unaufdringlicher Weise ein paar nette Anekdoten, ging neuerdings mit Madame Henriette, während ihr Gatte wie immer mit einem Geschäftsfreunde Domino spielte, auf der Terrasse lange auf und ab; spät abends beobachtete ich ihn dann noch mit der Sekretärin des Hotels im Schatten des Bureaus in verdächtig vertrautem Gespräch. Am nächsten Morgen begleitete er meinen dänischen Partner zum Fischfang, zeigte dabei erstaunliche Kenntnis, unterhielt sich nachher lange mit dem Fabrikanten aus Lyon über Politik, wobei er gleichfalls als guter Unterhalter sich erwies, denn man hörte das breite Lachen des dicken Herrn über die Brandung herübertönen. Nach Tisch – es ist durchaus für das Verständnis der Situation nötig, daß ich alle diese Phasen seiner Zeiteinteilung so genau berichte – saß er nochmals mit Madame Henriette beim schwarzen Kaffee eine Stunde allein im Garten, spielte wiederum Tennis mit ihren Töchtern, konversierte mit dem deutschen Ehepaar in der Halle. Um sechs Uhr traf ich ihn dann, als ich einen Brief aufgeben ging, an der Bahn. Er kam mir eilig entgegen und erzählte, als müsse er sich entschuldigen, man habe ihn plötzlich abberufen, aber er kehre in zwei Tagen zurück. Abends fehlte er tatsächlich im Speisesaale, aber nur mit seiner Person, denn an allen Tischen sprach man einzig von ihm und rühmte seine angenehme, heitere Lebensart.

Nachts, es mochte gegen elf Uhr sein, saß ich in meinem Zimmer, um ein Buch zu Ende zu lesen, als ich plötzlich durch das offene Fenster im Garten unruhiges Schreien und Rufen hörte und sich drüben im Hotel eine sichtliche Bewegung kundgab. Eher beunruhigt als neugierig, eilte ich sofort die fünfzig Schritte hinüber und fand Gäste und Personal in durcheinanderstürmender Erregung. Frau Henriette war, während ihr Mann in gewohnter Pünktlichkeit mit seinem Freunde aus Namur Domino spielte, von ihrem allabendlichen Spaziergang an der Strandterrasse nicht zurückgekehrt, so daß man einen Unglücksfall befürchtete. Wie ein Stier rannte der sonst so behäbige schwerfällige Mann immer wieder gegen den Strand, und wenn er mit seiner vor Erregung verzerrten Stimme »Henriette! Henriette!« in die Nacht hinausschrie, so hatte dieser Laut etwas von dem Schreckhaften und Urweltlichen eines zu Tode getroffenen riesigen Tieres. Kellner und Boys hetzten aufgeregt treppauf, treppab, man weckte alle Gäste und telephonierte an die Gendarmerie. Mitten hindurch aber stolperte und stapfte immer dieser dicke Mann mit offener Weste, ganz sinnlos den Namen »Henriette! Henriette!« in die Nacht hinaus schluchzend und schreiend. Inzwischen waren oben die Kinder wach geworden und riefen in ihren Nachtkleidern vom Fenster herunter nach der Mutter, der Vater eilte nun wieder zu ihnen hinauf, sie zu beruhigen.

Und dann geschah etwas so Furchtbares, daß es kaum wiederzuerzählen ist, weil die gewaltsam aufgespannte Natur in den Augenblicken des Übermaßes der Haltung des Menschen oft einen dermaßen tragischen Ausdruck gibt, daß ihn weder ein Bild noch ein Wort mit der gleichen blitzhaft einschlagenden Macht wiederzugeben vermag. Plötzlich kam der schwere, breite Mann die ächzenden Stufen herab mit einem veränderten, ganz müden und doch grimmigen Gesicht. Er hatte einen Brief in der Hand. »Rufen Sie alle zurück!« sagte er mit gerade noch verständlicher Stimme zu dem Chef des Personals: »Rufen Sie alle Leute zurück, es ist nicht nötig. Meine Frau hat mich verlassen.«

Es war Haltung in dem Wesen dieses tödlich getroffenen Mannes, eine übermenschlich gespannte Haltung vor all diesen Leuten ringsum, die neugierig gedrängt auf ihn sahen und jetzt plötzlich, jeder erschreckt, beschämt, verwirrt, sich von ihm abwandten. Gerade genug Kraft blieb ihm noch, an uns vorbeizuwanken, ohne einen einzigen anzusehen, und im Lesezimmer das Licht abzudrehen; dann hörte man, wie sein schwerer, massiger Körper dumpf in einen Fauteuil fiel, und hörte ein wildes, tierisches Schluchzen, wie nur ein Mann weinen kann, der noch nie geweint hat. Und dieser elementare Schmerz hattte über jeden von uns, auch den Geringsten, eine Art betäubender Gewalt. Keiner der Kellner, keiner der aus Neugierde herbeigeschlichenen Gäste wagte ein Lächeln oder anderseits ein Wort des Bedauerns. Wortlos, einer nach dem andern, wie beschämt von dieser zerschmetternden Explosion des Gefühls, schlichen wir in unsere Zimmer zurück, und nur drinnen in dem dunklen Raume zuckte und schluchzte dieses hingeschlagene Stück Mensch mit sich urallein in dem langsam auslöschenden, flüsternden, zischelnden, leise raunenden und wispernden Hause.

Man wird verstehen, daß ein solches blitzschlaghaftes, knapp vor unseren Augen und Sinnen niedergefahrenes Ereignis wohl geeignet war, die sonst nur an Langeweile und sorglosen Zeitvertreib gewöhnten Menschen mächtig zu erregen. Aber jene Diskussion, die dann so vehement an unserem Tische ausbrach und knapp bis an die Grenze der Tätlichkeiten emporstürmte, hatte zwar diesen erstaunlichen Zwischenfall zum Ausgangspunkt, war aber im Wesen eher eine grundsätzliche Erörterung, ein zorniges Gegeneinander feindlicher Lebensauffassungen. Durch die Indiskretion eines Dienstmädchens, die jenen Brief gelesen – der ganz in sich zusammengestürzte Gatte hatte ihn irgendwohin auf den Boden in ohnmächtigem Zorn hingeknüllt –, war nämlich rasch bekannt geworden, daß sich Frau Henriette nicht allein, sondern einverständlich mit dem jungen Franzosen entfernt hatte (für den die Sympathie der meisten nun rapid zu schwinden begann). Nun, das wäre auf den ersten Blick hin vollkommen verständlich gewesen, daß diese kleine Madame Bovary ihren behäbigen, provinzlerischen Gatten für einen eleganten, jungen Hübschling eintauschte. Aber was alle am Hause dermaßen erregte, war der Umstand, daß weder der Fabrikant noch seine Töchter, noch auch Frau Henriette jemals diesen Lovelace vordem gesehen, daß also jenes zweistündige abendliche Gespräch auf der Terrasse und jener einstündige schwarze Kaffee im Garten genügt haben sollten, um eine etwa dreiunddreißigjährige, untadelige Frau zu bewegen, ihren Mann und ihre zwei Kinder über Nacht zu verlassen und einem wildfremden jungen Elegant auf das Geratewohl zu folgen. Diesen scheinbar offenkundigen Tatbestand lehnte nun unsere Tischrunde einhellig als perfide Täuschung und listiges Mannöver des Liebespaares ab: selbstverständlich sei Frau Henriette längst mit dem jungen Mann in heimlichen Beziehungen gestanden und der Rattenfänger nur noch hierhergekommen, um die letzten Einzelheiten der Flucht zu bestimmen, denn – so folgerten sie – es sei vollkommen unmöglich, daß eine anständige Frau, nach bloß zweistündiger Bekanntschaft, einfach auf den ersten Pfiff davonlaufe. Nun machte es mir Spaß, anderer Ansicht zu sein, und ich verteidigte energisch derartige Möglichkeit, ja sogar Wahrscheinlichkeit bei einer Frau, die durch eine jahrelang enttäuschende, langweilige Ehe jedem energischen Zugriff innerlich zubereitet war. Durch meine unerwartete Opposition wurde die Diskussion rasch allgemein und vor allem dadurch erregt, daß die beiden Ehepaare, das deutsche sowohl als das italienische, die Existenz des coup de foudre als eine Narrheit und abgeschmackte Romanphantasie mit geradezu beleidigender Verächtlichkeit ablehnten.

Nun, es ist ja hier ohne Belang, den stürmischen Ablauf eines Streits zwischen Suppe und Pudding in allen Einzelheiten nachzukäuen: nur Professionals der Table d'hôte sind geistreich, und Argumente, zu denen man in der Hitzigkeit eines zufälligen Tischstreites greift, meist banal, weil bloß eilig mit der linken Hand aufgerafft. Schwer auch zu erklären, wieso unsere Diskussion dermaßen rasch beleidigende Formen annahm; die Gereiztheit, glaube ich, begann damit, daß unwillkürlich beide Ehemänner ihre eigenen Frauen von der Möglichkeit solcher Untiefen und Fährlichkeiten ausgenommen wissen wollten. Leider fanden sie dafür keine glücklichere Form, als mir entgegenzuhalten, so könne nur jemand reden, der die weibliche Psyche nach den zufälligen und allzubilligen Eroberungen von Junggesellen beurteile: das reizte mich schon einigermaßen, und als dann noch die deutsche Dame diese Lektion mit dem lehrhaften Senf bestrich, es gäbe einerseits wirkliche Frauen und andererseits »Dirnennaturen«, deren ihrer Ansicht nach Frau Henriette eine gewesen sein mußte, da riß mir die Geduld vollends, ich wurde meinerseits aggressiv. All dies Abwehren der offenbaren Tatsache, daß eine Frau in manchen Stunden ihres Lebens jenseits ihres Willens und Wissens geheimnisvollen Mächten ausgeliefert sei, verberge nur Furcht vor dem eigenen Instinkt, vor dem Dämonischen unserer Natur, und es scheine eben manchen Menschen Vergnügen zu machen, sich stärker, sittlicher und reinlicher zu empfinden als die »leicht Verführbaren«. Ich persönlich wieder fände es ehrlicher, wenn eine Frau ihrem Instinkt frei und leidenschaftlich folge, statt, wie allgemein üblich, ihren Mann in seinen eigenen Armen mit geschlossenen Augen zu betrügen. So sagte ich ungefähr, und je mehr in dem nun aufknisternden Gespräch die andern die arme Frau Henriette angriffen, um so leidenschaftlicher verteidigte ich sie (in Wahrheit weit über mein inneres Gefühl hinaus). Diese Begeisterung war nun – wie man in der Studentensprache sagt – Tusch für die beiden Ehepaare, und sie fuhren, ein wenig harmonisches Quartett, derart solidarisch erbittert auf mich los, daß der alte Däne, der mit jovialem Gesicht und gleichsam, die Stoppuhr in der Hand wie bei einem Fußballmatch, als Schiedsrichter dasaß, ab und zu mit dem Knöchel mahnend auf den Tisch klopfen mußte: »Gentlemen, please.« Aber das half immer nur für einen Augenblick. Dreimal bereits war der eine Herr vom Tisch mit rotem Kopf aufgesprungen und nur mühsam von seiner Frau beschwichtigt worden – kurz, ein Dutzend Minuten noch, und unsere Diskussion hätte in Tätlichkeiten geendet, wenn nicht plötzlich Mrs. C. wie ein mildes

Öl die aufschäumenden Wogen des Gesprächs geglättet hätte.

Mrs. C., die weißhaarige, vornehme, alte englische Dame, war die ungewählte Ehrenpräsidentin unseres Tisches. Aufrecht sitzend an ihrem Platze, in immer gleichmäßiger Freundlichkeit jedem zugewandt, schweigsam und dabei von angenehmster Interessiertheit des Zuhörens, bot sie rein physisch schon einen wohltätigen Anblick: eine wunderbare Zusammengefaßtheit und Ruhe strahlte von ihrem aristokratisch verhaltenen Wesen. Sie hielt sich jedem einzelnen fern bis zu einem gewissen Grade, obwohl sie jedem mit feinem Takt eine besondere Freundlichkeit zu erweisen wußte: meist saß sie mit Büchern im Garten, manchmal spielte sie Klavier, selten nur sah man sie in Gesellschaft oder in intensivem Gespräch. Man bemerkte sie kaum, und doch hatte sie eine sonderbare Macht über uns alle. Denn kaum daß sie jetzt zum erstenmal in unser Gespräch eingriff, überkam uns einhellig das peinliche Gefühl, allzu laut und unbeherrscht gewesen zu sein.

Mrs. C. hatte die ärgerliche Pause benützt, die durch das brüske Aufspringen und wieder sachte an den Tisch Zurückgeführtsein des deutschen Herrn entstanden war. Unvermutet hob sie ihr klares, graues Auge, sah mich einen Augenblick unentschlossen an, um dann mit beinahe sachlicher Deutlichkeit das Thema in ihrem Sinne aufzunehmen.

»Sie glauben also, wenn ich Sie recht verstanden habe, daß Frau Henriette, daß eine Frau unschuldig in ein plötzliches Abenteuer geworfen werden kann, daß es Handlungen gibt, die eine solche Frau eine Stunde vorher selbst für unmöglich gehalten hätte und für die sie kaum verantwortlich gemacht werden kann?«

»Ich glaube unbedingt daran, gnädige Frau.«

»Damit wäre doch jedes moralische Urteil vollkommen sinnlos und jede Überschreitung im Sittlichen gerechtfertigt. Wenn Sie wirklich annehmen, daß das crime passionnel, wie es die Franzosen nennen, kein crime ist, wozu noch eine staatliche Justiz überhaupt? Es gehört ja nicht viel guter Wille dazu – und Sie haben erstaunlich viel guten Willen«, fügte sie leicht lächelnd hinzu –, »um dann in jedem Verbrechen eine Leidenschaft zu finden und dank dieser Leidenschaft zu entschuldigen.«

Der klare und zugleich fast heitere Ton ihrer Worte berührte mich ungemein wohltätig, und unwillkürlich ihre sachliche Art nachahmend, antwortete ich gleichfalls halb im Scherz und halb im Ernst: »Die staatliche Justiz entscheidet über diese Dinge sicherlich strenger als ich; ihr obliegt die Pflicht, mitleidlos die allgemeine Sitte und Konvention zu schützen: das nötigt sie, zu verurteilen, statt zu entschuldigen. Ich als Privatperson aber sehe nicht ein, warum ich freiwillig die Rolle des Staatsanwaltes übernehmen sollte: Ich ziehe es vor, Verteidiger von Beruf zu sein. Mir persönlich macht es mehr Freude, Menschen zu verstehen, als sie zu richten.«

Mrs. C. sah mich eine Zeitlang senkrecht mit ihren klaren, grauen Augen an und zögerte. Schon fürchtete ich, sie hätte mich nicht recht verstanden, und bereitete mich vor, ihr nun auf englisch das Gesagte zu wiederholen. Aber mit einem merkwürdigen Ernst, gleichsam wie bei einer Prüfung, stellte sie weiter ihre Fragen.

»Finden Sie es nicht doch verächtlich oder häßlich, daß eine Frau ihren Mann und ihre zwei Kinder verläßt, um irgendeinem Menschen zu folgen, von dem sie noch gar nicht wissen kann, ob er ihrer Liebe wert ist? Können Sie wirklich ein so fahrlässiges und leichtfertiges Verhalten bei einer Frau entschuldigen, die doch immerhin nicht zu den Jüngsten zählt und sich zur Selbstachtung schon um ihrer Kinder willen erzogen haben müßte?«

«Ich wiederhole Ihnen, gnädige Frau«, beharrte ich,

»daß ich mich weigere, in diesem Falle zu urteilen oder zu verurteilen. Vor Ihnen kann ich es ruhig bekennen, daß ich vorhin ein wenig übertrieben habe – diese arme Frau Henriette ist gewiß keine Heldin, nicht einmal eine Abenteurernatur und am wenigsten eine grande amoureuse. Sie scheint mir, soweit ich sie kenne, nichts als eine mittelmäßige, schwache Frau, für die ich ein wenig Respekt habe, weil sie mutig ihrem Willen gefolgt ist, aber noch mehr Bedauern, weil sie gewiß morgen, wenn nicht schon heute, tief unglücklich sein wird. Dumm vielleicht, gewiß übereilt mag sie gehandelt haben, aber keineswegs niedrig und gemein, und nach wie vor bestreite ich jedermann das Recht, diese arme, unglückliche Frau zu verachten.«

»Und Sie selbst, haben Sie noch genau denselben Respekt und dieselbe Achtung für sie? Machen Sie gar keinen Unterschied zwischen der Frau, mit der Sie vorgestern als einer ehrbaren Frau beisammen waren, und jener andern, die gestern mit einem wildfremden Menschen davongelaufen ist?«

»Gar keinen. Nicht den geringsten, nicht den allergeringsten.«

»Is that so?« Unwillkürlich sprach sie englisch: das ganze Gespräch schien sie merkwürdig zu beschäftigen. Und nach einem kurzen Augenblick des Nachdenkens hob sich ihr klarer Blick mir nochmals fragend entgegen.

»Und wenn Sie morgen Madame Henriette, sagen wir in Nizza, begegnen würden, am Arme dieses jungen Mannes, würden Sie sie noch grüßen?«

»Selbstverständlich.«

»Und mit ihr sprechen?«

»Selbstverständlich.«

»Würden Sie – wenn Sie... wenn Sie verheiratet wären, eine solche Frau Ihrer Frau vorstellen, genau so, als ob nichts vorgefallen wäre?«

»Selbstverständlich.«

»Would you really?« sagte sie wiederum englisch, voll ungläubigen, verwunderten Erstaunens.

»Surely I would«, antwortete ich unbewußt gleichfalls englisch.

Mrs. C. schwieg. Sie schien noch immer angestrengt nachzudenken, und plötzlich sagte sie, während sie mich, gleichsam über ihren eigenen Mut erstaunt, ansah: »I don't know, if I would. Perhaps I might do it also.« Und mit jener unbeschreiblichen Sicherheit, wie nur Engländer ein Gespräch endgültig und doch ohne grobe Brüskerie abzuschließen wissen, stand sie auf und bot mir freundlich die Hand. Durch ihre Einwirkung war die Ruhe wieder eingekehrt, und wir dankten ihr innerlich alle, daß wir, eben noch Gegner, nun mit leidlicher Höflichkeit einander grüßten und die schon gefährlich gespannte Atmosphäre sich an ein paar leichten Scherzworten wieder auflockerte.

Obwohl unsere Diskussion schließlich in ritterlicher Weise ausgetragen schien, blieb von jener aufgereizten Erbitterung dennoch eine leichte Entfremdung zwischen meinen Widerpartnern und mir zurück. Das deutsche Ehepaar verhielt sich reserviert, während sich das italienische darin gefiel, mich in den nächsten Tagen immer wieder spöttelnd zu fragen, ob ich etwas von der »cara signora Henrietta« gehört hätte. So urban unsere Formen auch schienen, irgend etwas von der loyalen und unbetonten Geselligkeit unseres Tisches war doch unwiderruflich zerstört.

Um so auffälliger wurde für mich aber die ironische Kühle meiner damaligen Gegner durch die ganz besondere Freundlichkeit, die mir seit jener Diskussion Mrs. C. erwies. Sonst doch von äußerster Zurückhaltung und kaum je außerhalb der Mahlzeiten zu einem Gespräch mit den Tischgenossen geneigt, fand sie nun mehreremal Gelegenheit, mich im Garten anzusprechen und – fast möchte ich sagen: auszuzeichnen, denn ihre vornehm zurückhaltende Art ließ ein privates Gespräch schon als besondere Gunst erscheinen. Ja, um aufrichtig zu sein, muß ich berichten, daß sie mich geradezu suchte und jeden Anlaß benützte, um mit mir ins Gespräch zu kommen, und dies in einer so unverkennbaren Weise, daß ich auf eitle und seltsame Gedanken hätte kommen können, wäre sie nicht eine alte weißhaarige Frau gewesen. Plauderten wir aber dann zusammen, so kehrte unsere Unterhaltung unvermeidlich und unablenkbar zu jenem Ausgangspunkt zurück, zu Madame Henriette: es schien ihr ein ganz geheimnisvolles Vergnügen zu bereiten, die Pflichtvergessene einer seelischen Haltlosigkeit und Unzuverlässigkeit zu beschuldigen. Aber gleichzeitig schien sie sich der Unerschütterlichkeit zu freuen, mit der meine Sympathien auf der Seite dieser zarten, feinen Frau verblieben, und daß nichts mich jemals bestimmen konnte, diese Sympathie zu verleugnen. Immer wieder lenkte sie unsere Gespräche in dieser Richtung, schließlich wußte ich nicht mehr, was ich von dieser sonderbaren, beinahe spleenigen Beharrlichkeit denken sollte.

Das ging so einige Tage, fünf oder sechs, ohne daß sie mit einem Wort verraten hätte, warum diese Art des Gesprächs für sie eine gewisse Wichtigkeit gewonnen hätte. Daß dem aber so war, wurde mir unverkennbar, als ich bei einem Spaziergang gelegentlich erwähnte, meine Zeit sei hier zu Ende und ich gedächte, übermorgen abzureisen. Da bekam ihr sonst so wellenloses Gesicht plötzlich einen merkwürdig gespannten Ausdruck, wie Wolkenschatten flog es über ihre meergrauen Augen hin: »Wie schade! Ich hätte noch so viel mit Ihnen zu besprechen.« Und von diesem Augenblick an verriet eine gewisse Fahrigkeit und Unruhe, daß sie während ihrer Worte an etwas anderes dachte, das sie gewaltsam beschäftigte und ablenkte. Schließlich schien diese Abgelenktheit sie selbst zu stören, denn quer über ein plötzlich eingetretenes Schweigen hinweg bot sie mir unvermutet die Hand:

»Ich sehe, ich kann nicht klar aussprechen, was ich Ihnen eigentlich sagen möchte. Ich will Ihnen lieber schreiben.« Und rascheren Schrittes, als ich es sonst an ihr gewöhnt war, ging sie gegen das Haus zu.

Tatsächlich fand ich am Abend, knapp vor dem Dinner, in meinem Zimmer einen Brief in ihrer energischen, offenen Handschrift. Nun bin ich leider mit den schriftlichen Dokumenten meiner Jugendjahre ziemlich leichtfertig umgegangen, so daß ich nicht den Wortlaut wiedergeben und nur das Tatsächliche ihrer Anfrage, ob sie mir aus ihrem Leben etwas erzählen dürfte, im ungefähren Inhalt andeuten kann. Jene Episode liege so weit zurück, schrieb sie, daß sie eigentlich kaum mehr zu ihrem gegenwärtigen Leben gehöre, und daß ich übermorgen schon abreise, mache ihr leichter, über etwas zu sprechen, was sie seit mehr als zwanzig Jahren innerlich quäle und beschäftige. Falls ich also ein solches Gespräch nicht als Zudringlichkeit empfände, so würde sie mich gern um diese Stunde bitten.

Der Brief, von dem ich hier nur das rein Inhaltliche aufzeichne, faszinierte mich ungemein: das Englische allein gab ihm einen hohen Grad von Klarheit und Entschlossenheit. Dennoch wurde mir die Antwort nicht ganz leicht, ich zerriß drei Entwürfe, ehe ich antwortete:

»Es ist mir eine Ehre, daß Sie mir so viel Vertrauen schenken, und ich verspreche Ihnen, ehrlich zu antworten, falls Sie dies von mir fordern. Ich darf Sie natürlich nicht bitten, mir mehr zu erzählen, als Sie innerlich wollen. Aber was Sie erzählen, erzählen Sie sich und mir ganz wahr. Bitte, glauben Sie mir, daß ich Ihr Vertrauen als eine besondere Ehre empfinde.«

Der Zettel wanderte abends in ihr Zimmer, am nächsten Morgen fand ich die Antwort:

»Sie haben vollkommen recht: die halbe Wahrheit ist nichts wert, immer nur die ganze. Ich werde alle Kraft zusammennehmen, um nichts gegen mich selbst oder gegen Sie zu verschweigen. Kommen Sie nach dem Dinner in mein Zimmer – mit siebenundsechzig Jahren habe ich keine Mißdeutung zu fürchten. Denn im Garten oder in der Nähe von Menschen kann ich nicht sprechen. Sie dürfen mir glauben, es war nicht leicht, mich überhaupt zu entschließen.«

Bei Tag trafen wir uns noch bei Tisch und konversierten artig über gleichgültige Dinge. Aber im Garten schon wich sie, mir begegnend, mit sichtlicher Verwirrung aus, und ich empfand es als peinlich und rührend zugleich, wie diese alte weißhaarige Dame mädchenscheu in eine Pinienallee vor mir flüchtete.

Am Abend, zur vereinbarten Stunde, klopfte ich an, mir wurde sofort aufgetan: das Zimmer lag in einem matten Zwielicht, nur die kleine Leselampe auf dem Tisch warf einen gelben Kegel in den sonst dämmerhaft dunklen Raum. Ganz ohne Befangen trat Mrs. C. auf mich zu, bot mir einen Fauteuil und setzte sich mir gegenüber: jede dieser Bewegungen, spürte ich, war innerlich bereitgestellt, aber doch kam eine Pause, offenbar wider ihren Willen, eine Pause des schweren Entschlusses, die lange und immer länger wurde, die ich aber nicht wagte mit einem Wort zu brechen, weil ich spürte, daß hier ein starker Wille gewaltsam mit einem starken Widerstand rang. Vom Konversationszimmer unten kreiselten manchmal matt die abgerissenen Töne eines Walzers herauf, ich hörte angespannt hin, gleichsam um dem Stillesein etwas von seinem lastenden Druck zu nehmen. Auch sie schien das unnatürlich Gespannte dieses Schweigens schon peinlich zu empfinden, denn plötzlich raffte sie sich zum Absprung und begann:

»Nur das erste Wort ist schwer. Ich habe mich seit zwei

Tagen darauf vorbereitet, ganz klar und wahr zu sein: hoffentlich wird es mir gelingen. Vielleicht verstehen Sie jetzt noch nicht, daß ich Ihnen, einem Fremden, all dies erzähle, aber es vergeht kein Tag, kaum eine einzige Stunde, wo ich nicht an dieses bestimmte Geschehnis denke, und Sie können mir alten Frau glauben, daß es unerträglich ist, sein ganzes Leben lang auf einen einzigen Punkt seines Lebens zu starren, auf einen einzigen Tag. Denn alles, was ich Ihnen erzählen will, umspannt einen Zeitraum von bloß vierundzwanzig Stunden innerhalb von siebenundsechzig Jahren, und ich habe mir selbst bis zum Irrsinn oft gesagt, was bedeutets, wenn man einmal da einen Augenblick unsinnig gehandelt hätte. Aber man wird das nicht los, was wir mit einem sehr unsicheren Ausdruck Gewissen nennen, und ich habe mir damals, als ich Sie so sachlich über den Fall Henriette reden hörte, gedacht, vielleicht würde dieses sinnlose Zurückdenken und unablässige Sich-selbst-Anklagen ein Ende haben, könnte ich mich einmal entschließen, vor irgendeinem Menschen frei über diesen einen Tag meines Lebens zu sprechen. Wäre ich nicht anglikanischer Konfession, sondern Katholikin, so hätte mir längst die Beichte Gelegenheit geboten, dies Verschwiegene im Wort zu erlösen – aber diese Tröstung ist uns versagt, und so mache ich heute diesen sonderbaren Versuch, mich selbst freizusprechen, indem ich zu Ihnen spreche. Ich weiß, das alles ist sehr sonderbar, aber Sie sind ohne Zögern auf meinen Vorschlag eingegangen, und ich danke Ihnen dafür.

Also, ich sagte ja schon, daß ich Ihnen nur einen einzigen Tag aus meinem Leben erzählen möchte – alles übrige scheint mir bedeutungslos und für jeden andern langweilig. Was bis zu meinem zweiundvierzigsten Jahre geschah, geht mit keinem Schritt über das Gewöhnliche hinaus. Meine Eltern waren reiche Landlords in Schottland, wir besaßen große Fabriken und Pachten und lebten nach landesüblicher Adelsart den größten Teil des Jahres auf unseren Gütern, während der Season in London. Mit achtzehn Jahren lernte ich in einer Gesellschaft meinen Mann kennen, er war ein zweiter Sohn aus der bekannten Familie der R... und hatte zehn Jahre in Indien bei der Armee gedient. Wir heirateten rasch und führten das sorglose Leben unserer Gesellschaftskreise, ein Vierteljahr in London, ein Vierteljahr auf unsern Gütern, die übrige Zeit hotelabstreifend in Italien, Spanien und Frankreich. Nie hat der leiseste Schatten unsere Ehe getrübt, die beiden Söhne, die uns geboren wurden, sind heute schon erwachsen. Als ich vierzig Jahre alt war, starb plötzlich mein Mann. Er hatte sich von seinen Tropenjahren ein Leberleiden mitgebracht: ich verlor ihn innerhalb zweier entsetzlicher Wochen. Mein älterer Sohn war damals schon im Dienst, der jüngere im College – so stand ich über Nacht vollkommen im Leeren, und dieses Alleinsein war mir, die ich zärtliche Gemeinschaft gewohnt war, fürchterliche Qual. In dem verlassenen Hause, das mit jedem Gegenstand mich an den tragischen Verlust meines geliebten Mannes erinnerte, auch nur noch einen Tag länger zu bleiben, schien mir unmöglich: so entschloß ich mich, die nächsten Jahre, solange meine Söhne nicht verheiratet waren, viel auf Reisen zu gehen.

Im Grunde betrachtete ich mein Leben von diesem Augenblick an als vollkommen sinnlos und unnütz. Der Mann, mit dem ich durch dreiundzwanzig Jahre jede Stunde und jeden Gedanken geteilt hatte, war tot, meine Kinder brauchten mich nicht, ich fürchtete, ihre Jugend zu verstören mit meiner Verdüsterung und Melancholie – für mich selbst aber wollte ich und begehrte ich nichts mehr. Ich übersiedelte zunächst nach Paris, ging dort aus Langeweile in die Geschäfte und Museen; aber die Stadt und die Dinge standen fremd um mich herum, und Menschen wich ich aus, weil ich ihre höflich bedauernden

Blicke auf meine Trauerkleider nicht vertrug. Wie diese Monate stumpfen blicklosen Zigeunerns vergangen sind, wüßte ich nicht mehr zu erzählen: ich weiß nur, ich hatte immer den Wunsch zu sterben, nur nicht die Kraft, selbst dies schmerzlich Ersehnte zu beschleunigen.

Im zweiten Trauerjahr, also im zweiundvierzigsten meines Lebens, war ich auf dieser uneingestandenen Flucht vor einer wertlos gewordenen und nicht zu erdrückenden Zeit im letzten Märzmonat nach Monte Carlo geraten. Aufrichtig gesagt: es geschah aus Langeweile, aus jener peinigenden, wie eine Übelkeit aufquellenden Leere des Innern, die sich wenigstens mit kleinen äußern Reizmitteln füttern will. Je weniger in mir selbst sich gefühlshaft regte, um so stärker drängte michs hin, wo der Lebenskreisel sich am geschwindesten dreht: für den Erlebnislosen ist ja leidenschaftliche Unruhe der andern noch ein Nervenerlebnis wie Schauspiel oder Musik.

Darum ging ich auch öfters ins Kasino. Es reizte mich, auf den Gesichtern anderer Menschen Beglückung oder Bestürzung unruhig hin und her wogen zu sehen, indes in mir selbst diese entsetzliche Ebbe lag. Zudem war mein Mann, ohne leichtfertig zu sein, gern gelegentlich Gast des Spielsaals gewesen, und ich lebte mit einer gewissen unabsichtlichen Pietät alle seine früheren Gewohnheiten getreulich weiter. Und dort begannen jene vierundzwanzig Stunden, die erregender waren als alles Spiel und mein Schicksal auf Jahre hinaus verstörten.

Zu Mittag hatte ich mit der Herzogin von M., einer Verwandten meiner Familie, diniert, nach dem Souper fühlte ich mich noch nicht müde genug, um schlafen zu gehen. So trat ich in den Spielsaal, schlenderte, ohne selbst zu spielen, zwischen den Tischen hin und her und sah mir die zusammengemengte Partnerschaft in besonderer Weise an. Ich sage: in besonderer Weise auf eine nämlich, die mich mein verstorbener Mann einmal gelehrt hatte, als ich, des Zuschauens müde, klagte, es sei mir langweilig, immer dieselben Gesichter anzugaffen, die alten, verhutzelten Frauen, die da stundenlang sitzen auf ihren Sesseln, ehe sie ein Jeton wagen, die abgefeimten Professionals und Kartenspielkokotten, jene ganze fragwürdige, zusammengeschneite Gesellschaft, die, Sie wissen ja, bedeutend weniger pittoresk und romantisch ist, als sie in den elenden Romanen immer gemalt wird, gleichsam als fleur d'élégance und Aristokratie Europas. Und dabei war ja das Kasino vor zwanzig Jahren, als noch bares sinnlich sichtbares Geld umrollte, die knisternden Noten, die goldenen Napoleons, die patzigen Fünffrankenstücke durcheinanderwirbelten, unendlich anziehender als heute, da in der modisch neugebauten pomphaften Spielburg ein verbürgertes Cook-Reisepublikum seine charakterlosen Spielmarken langweilig verpulvert. Doch schon damals fand ich zu wenig Reiz an diesem Einerlei gleichgültiger Gesichter, bis mir dann einmal mein Mann, dessen private Leidenschaft die Chiromantie, die Händedeutung, war, eine ganz besondere Art des Zusehens zeigte, in der Tat viel interessanter, viel aufregender und spannender als das lässige Herumstehen, nämlich: niemals auf ein Gesicht zu sehen, sondern einzig auf das Viereck des Tisches und dort wieder nur auf die Hände der Menschen, nur auf ihr besonderes Benehmen. Ich weiß nicht, ob Sie zufälligerweise einmal selbst bloß die grünen Tische ins Auge gefaßt haben, nur das grüne Karree allein, wo in der Mitte die Kugel wie ein Betrunkener von Zahl zu Zahl taumelt und innerhalb der viereckig abgegrenzten Felder wirbelnde Fetzen von Papier, runde Stücke Silber und Gold hinfallen wie eine Saat, die dann der Rechen des Croupiers sensenscharf mit einem Riß wegmäht oder als Garbe dem Gewinner zuschaufelt. Das einzig Wandelhafte werden bei einer solchen perspektivischen Einstellung dann die Hände – die vielen hellen, bewegten, wartenden Hände rings um den grünen Tisch, alle aus der immer andern Höhle eines Ärmels vorlugend, jede ein Raubtier, zum Sprung bereit, jede anders geformt und gefärbt, manche nackt, andere mit Ringen und klirrenden Ketten aufgezäumt, manche behaart wie wilde Tiere, manche feucht und aalhaft gekrümmt, alle aber angespannt und vibrierend von einer ungeheuren Ungeduld. Unwillkürlich mußte ich dann immer an einen Rennplatz denken, wo im Start die aufgeregten Pferde mit Mühe zurückgehalten werden, damit sie nicht vorzeitig losprellen: genau so zittern und heben und bäumen sie sich. Alles erkennt man an diesen Händen, an der Art, wie sie warten, wie sie greifen und stocken: den Habsüchtigen an der krallenden, den Verschwender an der lockeren Hand, den Berechnenden am ruhigen, den Verzweifelten am zitternden Gelenk; hundert Charaktere verraten sich blitzhaft schnell in der Geste des Geldanfassens, ob einer es knüllt oder nervös krümelt oder erschöpft, mit müden Handballen, während des Umlaufs liegen läßt. Der Mensch verrät sich im Spiele, ein Dutzendwort, ich weiß; ich aber sage: noch deutlicher verrät ihn während des Spiels seine eigene Hand. Denn alle oder fast alle Hasardeure haben bald gelernt, ihr Gesicht zu bezähmen – oben, über dem Hemdkragen, tragen sie die kalte Maske der impassibilité –, sie zwingen die Falten um den Mund herab und stoßen ihre Erregung unter die verbissenen Zähne, sie verweigern ihren eigenen Augen die sichtliche Unruhe, sie glätten die aufspringenden Muskeln des Gesichtes zu einer künstlichen, auf vornehm hin stilisierten Gleichgültigkeit. Aber gerade, weil alle ihre Aufmerksamkeit sich krampfig konzentriert, ihr Gesicht als das Sichtbarste ihres Wesens zu bemeistern, vergessen sie ihre Hände und vergessen, daß es Menschen gibt, die nur diese Hände beobachten und von ihnen alles erraten, was oben die lächelnd gekräuselte Lippe, die absichtlich indifferenten

Blicke verschweigen wollen. Aber die Hand tut indes ihr Geheimstes ganz schamlos auf. Denn ein Augenblick kommt unweigerlich, der alle diese mühsam beherrschten, scheinbar schlafenden Finger aus ihrer vornehmen Nachlässigkeit aufreißt: in der prallen Sekunde, wo die Roulettekugel in ihr kleines Becken fällt und die Gewinstzahl aufgerufen wird, da, in dieser Sekunde macht jede dieser hundert oder fünfhundert Hände unwillkürlich eine ganz persönliche, ganz individuelle Bewegung urtümlichen Instinkts. Und wenn man, wie ich, durch jene Liebhaberei meines Gatten besonders belehrt, diese Arena der Hände zu beobachten gewohnt ist, wirkt der immer andre, immer unerwartete Ausbruch der immer andersartigen Temperamente aufregender als Theater oder Musik: ich kann es Ihnen gar nicht schildern, wieviel tausend Spielarten von Händen es gibt, wilde Bestien mit haarigen, gekrümmten Fingern, die spinnenhaft das Geld einkrallen, und nervöse, zittrige, mit blassen Nägeln, die es kaum anzufassen wagen, noble und niedrige, brutale und schüchterne, listige und gleichsam stammelnde – aber jede wirkt anders, denn jedes dieser Händepaare drückt ein besonderes Leben aus, mit Ausnahme jener vier oder fünf der Croupiers. Die sind ganz Maschinen, sie funktionieren mit ihrer sachlichen, geschäftlichen, völlig unbeteiligten Präzision gegenüber den gesteigert lebendigen wie die stählern klappernden Schließen eines Zählapparats. Aber selbst diese nüchternen Hände wirken wiederum erstaunlich durch ihren Gegensatz zwischen ihren jagdhaften und leidenschaftlichen Brüdern: sie stehen, möchte ich sagen, anders uniformiert, wie Polizisten inmitten eines wogenden und begeisterten Volksaufruhrs. Dazu kommt noch der persönliche Anreiz, nach einigen Tagen mit den vielen Gewohnheiten und Leidenschaften einzelner Hände bereits vertraut zu sein; nach ein paar Tagen hatte ich immer schon Bekannte unter ihnen und teilte sie ganz wie Menschen in sympathische und feindselige ein: manche waren mir so widerlich in ihrer Unart und Gier, daß ich immer den Blick von ihnen wegwandte wie von einer Unanständigkeit. Jede neue Hand am Tisch aber war mir Erlebnis und Neugier: oft vergaß ich, das Gesicht darüber anzusehen, das, hoch oben in einen Kragen geschnürt, als kalte gesellschaftliche Maske über einem Smokinghemd oder einem leuchtenden Busen unbewegt aufgepflanzt stand.

Als ich nun an jenem Abend eintrat, an zwei überfüllten Tischen vorbei zu dem dritten hin, und einige Goldstücke schon vorbereitete, hörte ich überrascht in jener ganz wortlosen, ganz gespannten, vom Schweigen gleichsam dröhnenden Pause, die immer eintritt, wenn die Kugel, schon selbst tödlich ermattet, nur noch zwischen zwei Nummern hintorkelt, da hörte ich also ein ganz sonderbares Geräusch gerade gegenüber, ein Krachen und Knakken, wie von brechenden Gelenken. Unwillkürlich staunte ich hinüber. Und da sah ich – wirklich, ich erschrak! – zwei Hände, wie ich sie noch nie gesehen, eine rechte und eine linke, die wie verbissene Tiere ineinandergekrampft waren und in so aufgebäumter Spannung sich ineinander und gegeneinander dehnten und krallten, daß die Fingergelenke krachten mit jenem trockenen Ton einer aufgeknackten Nuß. Es waren Hände von ganz seltener Schönheit, ungewöhnlich lang, ungewöhnlich schmal, und doch von Muskeln straff durchspannt – sehr weiß und die Nägel an ihren Spitzen blaß, mit zart gerundeten perlmutternen Schaufeln. Ich habe sie den ganzen Abend dann noch angesehen – ja angestaunt, diese außerordentlichen, geradewegs einzigen Hände – was mich aber zunächst so schreckhaft überraschte, war ihre Leidenschaft, ihr irrwitzig passionierter Ausdruck, dies krampfige Ineinanderringen und Sichgegenseitighalten. Hier drängte ein ganzer übervoller Mensch, sofort wußte ichs, seine Leidenschaft in die Fingerspitzen zusammen, um nicht selbst von ihr auseinandergesprengt zu werden. Und jetzt ... in der Sekunde, da die Kugel mit trockenem dürrem Ton in die Schüssel fiel und der Croupier die Zahl ausrief ... in dieser Sekunde fielen plötzlich die beiden Hände auseinander wie zwei Tiere, die eine einzige Kugel durchschossen. Sie fielen nieder, alle beide, wirklich tot und nicht nur erschöpft, sie fielen nieder mit einem so plastischen Ausdruck von Schlaffheit, von Enttäuschung, von Blitzgetroffenheit, von Zuendesein, wie ich ihn nicht mit Worten ausdrücken kann. Denn noch nie und seitdem niemals mehr habe ich so sprechende Hände gesehen, wo jeder Muskel ein Mund war und die Leidenschaft fühlbar fast aus den Poren brach. Einen Augenblick lang lagen sie beide dann auf dem grünen Tisch wie ausgeworfene Quallen am Wasserrand, flach und tot. Dann begann die eine, die rechte, mühsam wieder sich von den Fingerspitzen her aufzurichten, sie zitterte, zog sich zurück, rotierte um sich selbst, schwankte, kreiselte und griff plötzlich nervös nach einem Jeton, das sie zwischen der Spitze des Daumens und des zweiten Fingers unschlüssig rollte wie ein kleines Rad. Und plötzlich beugte sie sich mit einem Katzenbuckel pantherhaft auf und schnellte, ja spie geradezu das Hundertfrancsjeton mitten auf das schwarze Feld. Sofort bemächtigte sich, wie auf ein Signal hin, Erregung auch der untätig schlafenden linken Hand; sie stand auf, schlich, ja kroch heran zu der zitternden, vom Wurfe gleichsam ermüdeten Bruderhand, und beide lagen jetzt schauernd beisammen, beide schlugen mit dem Gelenk, wie Zähne im Frostfieber leicht aneinanderklappern, lautlos an den Tisch – nein, nie, noch niemals hatte ich Hände mit so ungeheuerlich redendem Ausdruck gesehen, eine derart spasmatische Form von Erregung und Spannung. Alles andere in diesem wölbigen Raum, das Gesurr aus den Sälen, das marktschreierische Rufen der Croupiers, das Hin und Her der Menschen und jenes der Kugel selbst, die jetzt, aus der Höhe geschleudert, in ihrem runden, parkettglatten Käfig besessen sprang – alle diese grell über die Nerven flitzende Vielheit von flirrenden und schwirrenden Impressionen schien mir plötzlich tot und starr neben diesen beiden zitternden, atmenden, keuchenden, wartenden, frierenden, schauernden, neben diesen beiden unerhörten Händen, auf die hinzustarren, ich irgendwie verzaubert war.

Aber endlich hielt es mich nicht länger; ich mußte den Menschen, mußte das Gesicht sehen, dem diese magischen Hände zugehörten, und ängstlich – ja, wirklich ängstlich, denn ich fürchtete mich vor diesen Händen! – schraubte mein Blick sich langsam die Ärmel, die schmalen Schultern empor. Und wieder schrak ich zusammen, denn dieses Gesicht sprach dieselbe zügellose, phantastisch überspannte Sprache wie die Hände, es teilte die gleiche entsetzliche Verbissenheit des Ausdrucks mit derselben zarten und fast weibischen Schönheit. Nie hatte ich ein solches Gesicht gesehen, ein dermaßen aus sich herausgebogenes, ganz von sich selbst weggerissenes Gesicht, und mir war volle Gelegenheit geboten, es wie eine Maske, wie eine augenlose Plastik gemächlich zu betrachten: nicht zur Rechten, nicht zur Linken hin wandte sich nur für eine Sekunde dies besessene Auge: starr, schwarz, eine tote Glaskugel, stand die Pupille unter den aufgerissenen Lidern, spiegelnder Widerschein jener andern mahagonifarbenen, die närrisch und übermütig im runden Roulettekästchen kollerte und sprang. Nie, ich muß es noch einmal sagen, hatte ich ein so gespanntes, ein dermaßen faszinierendes Gesicht gesehen. Es gehörte einem jungen, etwa vierundzwanzigjährigen Menschen, war schmal, zart, ein wenig länglich und dadurch so ausdrucksvoll. Genau wie die Hände, wirkte es nicht ganz männlich, sondern eher einem leidenschaftlich spielenden

Knaben zugehörig – aber all das bemerkte ich erst später, denn jetzt verging dieses Gesicht vollkommen hinter einem vorbrechenden Ausdruck von Gier und Raserei. Der schmale Mund, lechzend aufgetan, entblößte halbwegs die Zähne: Im Abstand von zehn Schritten konnte man sehen, wie sie fieberhaft aneinanderschlugen, indes die Lippen starr offen blieben. Feucht klebte eine lichtblonde Haarsträhne sich an die Stirn, vornübergefallen wie bei einem Stürzenden, und um die Nasenflügel flackerte ununterbrochenes Zucken hin und her, als wogten dort kleine Wellen unsichtbar unter der Haut. Und dieser ganze vorgebeugte Kopf schob sich unbewußt immer mehr nach vorne, man hatte das Gefühl, er würde mitgerissen in den Wirbel der kleinen Kugel; und nun verstand ich erst das krampfige Drücken der Hände: nur durch dieses Gegendrücken, nur durch diesen Krampf hielt der aus dem Zentrum stürzende Körper sich noch im Gleichgewicht. Nie hatte ich – ich muß es immer wieder sagen – ein Gesicht gesehen, in dem Leidenschaft dermaßen offen, so tierisch, so schamlos nackt vorbrach, und ich starrte es an, dieses Gesicht... genauso fasziniert, so festgebannt von seiner Besessenheit, wie jene Blicke vom Sprung und Zucken der kreisenden Kugel. Von dieser Sekunde an merkte ich nichts anderes mehr im Saale, alles schien mir matt, dumpf und verschwommen, dunkel im Vergleich mit dem ausbrechenden Feuer dieses Gesichtes, und über alle Menschen hinweg beobachtete ich vielleicht eine Stunde lang nur diesen einen Menschen und jede seiner Gesten: wie grelles Licht seine Augen überfunkelte, der krampfige Knäuel der Hände jetzt gleichsam von einer Explosion aufgerissen ward und die Finger zitternd wegsprengte, als der Croupier ihrem gierigen Zugriff jetzt zwanzig Goldstücke zuschob. In dieser Sekunde wurde das Gesicht plötzlich lichthaft und ganz jung, die Falten fielen flach auseinander, die Augen begannen zu erglänzen, der vorgekrampfte Körper stieg hell und leicht empor – locker wie ein Reiter saß er mit einemmal da, getragen vom Gefühl des Triumphes, die Finger klimperten eitel und verliebt mit den runden Münzen, schnippten sie gegeneinander, ließen sie tanzen und spielartig klingeln. Dann wandte er wieder unruhig den Kopf, überflog den grünen Tisch gleichsam mit schnuppernden Nüstern eines jungen Jagdhundes, der die richtige Fährte sucht, um plötzlich mit einem raschen Ruck das ganze Büschel Goldstücke über eines der Vierecke hinzuschütten. Und sofort begann wieder dieses Lauern, dieses Gespanntsein. Wieder krochen von den Lippen jene elektrisch zuckenden Wellenschläge, wieder verkrampften sich die Hände, das Knabengesicht verschwand hinter lüsterner Erwartung, bis explosiv die zuckende Spannung in einer Enttäuschung auseinanderfiel: Das Gesicht, das eben noch knabenhaft erregte, welkte, wurde fahl und alt, die Augen stumpf und ausgebrannt, und alles dies innerhalb einer einzigen Sekunde, im Hinsturz der Kugel auf eine fehlgemeinte Zahl. Er hatte verloren: ein paar Sekunden starrte er hin, beinahe blöden Blickes, als ob er nicht verstanden hätte; sofort aber bei dem ersten aufpeitschenden Ruf des Croupiers krallten die Finger wieder ein paar Goldstücke heran. Aber die Sicherheit war verloren, erst postierte er die Münzen auf das eine Feld, dann, anders besonnen, auf ein zweites, und als die Kugel schon im Rollen war, schleuderte er mit zitternder Hand, einer plötzlichen Neigung folgend, noch zwei zerknüllte Banknoten rasch in das Karree nach.

Dieses zuckende Auf und Ab von Verlust und Gewinn dauerte pausenlos ungefähr eine Stunde, und während dieser Stunde wandte ich nicht einen Atemzug lang meinen faszinierten Blick von diesem fortwährend verwandelten Gesicht, über das alle Leidenschaften strömten und ebbten; ich ließ sie nicht los mit den Augen, diese magischen Hände, die mit jedem Muskel die ganze springbrunnenhaft steigende und stürzende Skala der Gefühle plastisch wiedergaben. Nie im Theater habe ich so angespannt auf das Gesicht eines Schauspielers gesehen, wie in dieses Antlitz hinein, über das, wie Licht und Schatten über eine Landschaft, unaufhörlicher Wechsel aller Farben und Empfindungen ruckhaft hinging. Nie war ich mit meinem ganzen Anteil so innen in einem Spiel gewesen als im Widerschein dieser fremden Erregung. Hätte mich jemand in diesem Moment beobachtet, so hätte er mein stählernes Hinstarren für eine Hypnose halten müssen, und irgendwie ähnlich war ja auch mein Zustand vollkommener Benommenheit – ich konnte einfach nicht wegsehen von diesem Mienenspiel, und alles andere, was im Raum an Lichtern, Lachen, Menschen und Blicken durcheinanderging, umschwebte mich nur formlos, ein gelber Rauch, inmitten dessen dieses Gesicht stand, Flamme zwischen Flammen. Ich hörte nichts, ich spürte nichts, ich merkte nicht Menschen neben mir vordrängen, andere Hände wie Fühler sich plötzlich vorstrecken, Geld hinwerfen oder einkarren; ich sah die Kugel nicht und nicht die Stimme des Croupiers und sah doch alles wie im Traum, was geschah, an diesen Händen hohlspiegelhaft übersteigert durch Erregung und Übermaß. Denn ob die Kugel auf Rot fiel oder auf Schwarz, rollte oder stockte, das zu wissen, mußte ich nicht auf das Roulette blicken: jede Phase ging, Verlust und Gewinn, Erwartung und Enttäuschung, feurigen Risses durch Nerv und Geste dieses von Leidenschaft überwogten Gesichts.

Aber dann kam ein furchtbarer Augenblick – ein Augenblick, den ich in mir die ganze Zeit hindurch dumpf schon gefürchtet hatte, der über meinen gespannten Nerven wie ein Gewitter hing und plötzlich sie mittendurch riß. Wieder war die Kugel mit jenem kleinen, klapprigen

Knacks in ihre Rundung zurückgestürzt, wieder zuckte jene Sekunde, wo zweihundert Lippen den Atem verhielten, bis die Stimme des Croupiers – diesmal: Zéro – ankündigte, indes schon sein eilfertiger Rechen von allen Seiten die klirrenden Münzen und das knisternde Papier zusammenscharrte. In diesem Augenblick nun machten die beiden verkrampften Hände eine besonders schreckhafte Bewegung, sie sprangen gleichsam auf, um etwas zu haschen, was nicht da war, und fielen dann, nichts in sich als zurückflutende Schwerkraft, wie tödlich ermattet, nieder auf den Tisch. Dann aber wurden sie plötzlich noch einmal lebendig, fieberhaft liefen sie vom Tisch zurück auf den eigenen Leib, kletterten wie wilde Katzen den Stamm des Körpers entlang, oben, unten, rechts und links, nervös in alle Taschen fahrend, ob nicht irgendwo noch ein vergessenes Geldstück sich verkrümelt habe. Aber immer kamen sie wieder leer zurück, immer hitziger erneuerten sie dieses sinnlose, nutzlose Suchen, indes schon die Roulettescheibe wieder umkreiselte, das Spiel der andern weiterging, Münzen klirrten, Sessel rückten, und die kleinen hundertfältig zusammengesetzten Geräusche surrend den Saal füllten. Ich zitterte, von Grauen geschüttelt: so deutlich mußte ich all das mitfühlen, als wärens meine eigenen Finger, die da verzweifelt nach irgendeinem Stück Geld in den Taschen und Wülsten des zerknitterten Kleides wühlten. Und plötzlich, mit einem einzigen Ruck stand der Mensch mir gegenüber auf – ganz so wie jemand aufsteht, dem unvermutet unwohl geworden ist, und sich hochwirft, um nicht zu ersticken; hinter ihm polterte der Stuhl krachend zu Boden. Aber ohne es nur zu bemerken, ohne der Nachbarn zu achten, die scheu und erstaunt dem Schwankenden auswichen, tappte er weg von dem Tisch.

Ich war bei diesem Anblick wie versteinert. Denn ich verstand sofort, wohin dieser Mensch ging: in den Tod.

Wer so aufstand, ging nicht in einen Gasthof zurück, in eine Weinstube, zu einer Frau, in ein Eisenbahncoupé, in irgendeine Form des Lebens, sondern stürzte geradeaus ins Bodenlose. Selbst der Abgebrühteste in diesem Höllensaale hätte erkennen müssen, daß dieser Mensch nicht noch irgendwo zu Hause oder in der Bank oder bei Verwandten einen Rückhalt hatte, sondern mit seinem letzten Geld, mit seinem Leben als Einsatz hier gesessen hatte und nun hinstolperte, irgendwo anders hin, aber unbedingt aus diesem Leben hinaus. Immer hatte ich gefürchtet, vom ersten Augenblick an magisch gefühlt, daß hier ein Höheres im Spiel sei als Gewinn und Verlust, und doch schlug es nun in mich hinein, ein schwarzer Blitz, als ich sah, wie das Leben aus seinen Augen plötzlich ausrann und der Tod dies eben noch überlebendige Gesicht fahl überstrich. Unwillkürlich – so ganz war ich durchdrungen von seinen plastischen Gesten – mußte ich mich mit der Hand ankrampfen, während dieser Mensch von seinem Platz sich losrang und taumelte, denn dieses Taumeln drang jetzt in meinen eigenen Körper aus seiner Gebärde hinüber, so wie vordem seine Spannung in Ader und Nerv. Aber dann *riß* es mich fort, ich mußte ihm nach: ohne daß ich es wollte, schob sich mein Fuß. Es geschah vollkommen unbewußt, ich tat es gar nicht selbst, sondern es geschah mit mir, daß ich, ohne auf irgend jemanden zu achten, ohne mich selbst zu fühlen, in den Korridor zum Ausgang hinlief.

Er stand bei der Garderobe, der Diener hatte ihm den Mantel gebracht. Aber die eigenen Arme gehorchten nicht mehr: so half ihm der Beflissene wie einem Gelähmten mühsam in die Ärmel. Ich sah, wie er mechanisch in die Westentasche griff, jenem ein Trinkgeld zu geben, aber die Finger tasteten leer wieder heraus. Da schien er sich plötzlich wieder an alles zu erinnern, stammelte verlegen irgendein Wort dem Diener zu und gab sich genau wie vordem einen plötzlichen Ruck nach vorwärts, ehe er ganz wie ein Trunkener die Stufen des Kasinos hinabstolperte, von dem der Diener mit einem erst verächtlichen und dann erst begreifenden Lächeln ihm noch einen Augenblick lang nachsah.

Diese Geste war so erschütternd, daß mich das Zusehen beschämte. Unwillkürlich wandte ich mich zur Seite, geniert, einer fremden Verzweiflung wie von der Rampe eines Theaters zugeschaut zu haben – dann aber stieß mich plötzlich wieder jene unverständliche Angst von mir fort. Rasch ließ ich mir meine Garderobe reichen, und ohne etwas Bestimmtes zu denken, ganz mechanisch, ganz triebhaft, hastete ich diesem fremden Menschen nach in das Dunkel.«

Mrs. C. unterbrach ihre Erzählung für einen Augenblick. Sie hatte mir unbewegt gegenüber gesessen und mit jener ihr eigenen Ruhe und Sachlichkeit fast pausenlos gesprochen, wie eben nur jemand spricht, der sich innerlich vorbereitet und die Geschehnisse sorgfältig geordnet hat. Nun stockte sie zum erstenmal, zögerte und wandte sich dann plötzlich aus ihrer Erzählung heraus direkt mir zu:

»Ich habe Ihnen und mir selbst versprochen«, begann sie etwas unruhig, »alles Tatsächliche mit äußerster Aufrichtigkeit zu erzählen. Aber ich muß nun verlangen, daß Sie dieser meiner Aufrichtigkeit auch vollen Glauben schenken und nicht meiner Handlungsweise verschwiegene Motive unterlegen, deren ich mich vielleicht heute nicht schämen würde, die aber in diesem Falle vollkommen falsch vermutet wären. Ich muß also betonen, daß, wenn ich diesem zusammengebrochenen Spieler auf der Straße nacheilte, ich durchaus nicht etwa verliebt in diesen jungen Menschen war – ich dachte gar nicht an ihn als an einen Mann, und tatsächlich hat für mich, die damals mehr als vierzigjährige Frau, nach dem Tod meines

Gemahls niemals mehr ein Blick irgendeinem Manne gegolten. Das war für mich *endgültig* vorbei: Ich sage Ihnen das ausdrücklich und muß es Ihnen sagen, weil alles Spätere Ihnen sonst nicht in seiner ganzen Furchtbarkeit verständlich würde. Frellich, es wäre mir anderseits schwer, das Gefühl deutlich zu benennen, das mich damals so zwanghaft jenem Unglücklichen nachzog: es war Neugier darin, vor allem aber eine entsetzliche Angst oder besser gesagt Angst *vor* etwas Entsetzlichem, das ich unsichtbar von der ersten Sekunde an um diesen jungen Menschen wie eine Wolke gefühlt hatte. Aber solche Empfindungen kann man ja nicht zergliedern und zerlegen, vor allem schon darum nicht, weil sie zu zwanghaft, zu rasch, zu spontan durcheinanderschießen – wahrscheinlich tat ich nichts anderes als die durchaus instinktive Geste der Hilfeleistung, mit der man ein Kind zurückreißt, das auf der Straße in ein Automobil hineinrennen will. Oder läßt es sich vielleicht erklären, daß Menschen, die selbst nicht schwimmen können, von einer Brücke her einem Ertrinkenden nachspringen? Es zieht sie einfach magisch nach, ein Wille stößt sie hinab, ehe sie Zeit haben, sich schlüssig zu werden über die sinnlose Kühnheit ihres Unterfangens; und genau so, ohne zu denken, ohne bewußt wache Überlegung, bin ich damals jenem Unglücklichen aus dem Spielsaal zum Ausgang und vom Ausgang auf die Terrasse nachgegangen.

Und ich bin gewiß, weder Sie noch irgendein mit wachen Augen fühlender Mensch hätte sich dieser angstvollen Neugier entziehen können, denn ein unheimlicherer Anblick war nicht zu denken als jener junge Mann von höchstens vierundzwanzig Jahren, der mühsam wie ein Greis, schlenkernd wie ein Betrunkener, mit abgelösten, zerbrochenen Gelenken von der Treppe zur Straßenterrasse sich weiterschleppte. Dort fiel er plumpig wie ein Sack mit dem Körper auf eine Bank. Wieder spürte ich schaudernd an dieser Bewegung: dieser Mensch war zu Ende. So fällt nur ein Toter hin oder einer, in dem kein Muskel mehr sich ans Leben hält. Der Kopf war, schief gelehnt, zurück über die Lehne gesunken, die Arme hingen schlaff und formlos zu Boden, im Halbdunkel der trübe flackernden Laternen hätte jeder Vorübergehende ihn für einen Erschossenen halten müssen. Und so – ich kann es nicht erklären, wieso diese Vision plötzlich in mir ward, aber plötzlich stand sie da, greifbar plastisch, schauervoll und entsetzlich wahr –, so, als Erschossenen, sah ich ihn vor mir in dieser Sekunde, und unweigerlich war in mir die Gewißheit, daß er einen Revolver in der Tasche trage und man morgen diese Gestalt auf dieser Bank oder irgendeiner andern hingestreckt finden würde, leblos und mit Blut überströmt. Denn sein Niederfallen war durchaus das eines Steines, der in eine Tiefe fällt und nicht früher haltmacht, ehe er seinen Abgrund erreicht hat: Nie habe ich einen ähnlichen Ausdruck von Müdigkeit und Verzweiflung in körperlicher Geste ausgedrückt gesehen.

Und nun denken Sie sich meine Situation: ich stand zwanzig oder dreißig Schritte hinter jener Bank mit dem reglosen, zusammengebrochenen Menschen, ahnungslos, was beginnen, vorgetrieben einerseits vom Willen, zu helfen, zurückgedrängt von der anerzogenen, angeerbten Scheu, einen fremden Mann auf der Straße anzusprechen. Die Gaslaternen flackerten trüb in den umwölkten Himmel, ganz selten nur hastete eine Gestalt vorbei, denn es war nahe an Mitternacht und ich fast ganz allein im Park mit dieser selbstmörderischen Gestalt. Fünfmal, zehnmal hatte ich mich schon zusammengerafft und war auf ihn zugegangen, immer riß mich Scham zurück oder vielleicht jener Instinkt tieferer Ahnung, daß Stürzende gern den Helfenden mit sich reißen – und mitten in diesem Hin und Wider fühlte ich selbst deutlich das Sinnlose, das Lächerliche der Situation. Dennoch vermochte ich weder zu sprechen noch wegzugehen, weder etwas zu tun noch ihn zu verlassen. Und ich hoffe, Sie glauben mir, wenn ich Ihnen sage, daß ich vielleicht eine Stunde lang, eine unendliche Stunde, während tausend und tausend kleine Wellenschläge des unsichtbaren Meeres die Zeit zerrissen, auf dieser Terrasse unschlüssig umherwanderte; so sehr erschütterte und hielt mich dies Bild der vollkommenen Zernichtung eines Menschen.

Aber doch, ich fand nicht den Mut eines Worts, einer Tat, und ich hätte die halbe Nacht noch so wartend gestanden, oder vielleicht hätte mich schließlich klügere Selbstsucht bewogen, nach Hause zu gehen, ja ich glaube sogar, daß ich bereits entschlossen war, dieses Bündel Elend in seiner Ohnmacht liegen zu lassen – aber da entschied ein Übermächtiges gegen meine Unentschlossenheit. Es begann nämlich zu regnen. Den ganzen Abend schon hatte der Wind über dem Meer schwere, dampfende Frühlingswolken zusammengeschoben, man spürte mit der Lunge, mit dem Herzen, daß der Himmel ganz tief herabdrückte – plötzlich begann ein Tropfen niederzuklatschen, und schon prasselte in schweren, nassen, vom Wind gejagten Strähnen ein massiger Regen herab. Unwillkürlich flüchtete ich unter den Vorsprung eines Kioskes, und obwohl ich den Schirm aufspannte, schütteten die noch springenden Böen nasse Büschel Wassers an mein Kleid. Bis hinauf ins Gesicht und die Hände spürte ich sprühend den kalten Staub der am Boden knallend zerklatschenden Tropfen.

Aber – und das war ein so entsetzlicher Anblick, daß mir heute noch, nach zwei Jahrzehnten, die Erinnerung die Kehle klemmt – in diesem stürzenden Wolkenbruch blieb der Unglücksrabe reglos auf seiner Bank sitzen und rührte sich nicht. Von allen Traufen triefte und gluckerte das Wasser, aus der Stadt her hörte man Wagen donnern, rechts und links flüchteten Gestalten mit aufgestülpten

Mänteln; was Leben in sich hatte, alles duckte sich scheu, flüchtete, floh, suchte Unterschlupf, überall bei Mensch und Tier spürte man die Angst vor dem stürzenden Element – nur dieses schwarze Knäuel Mensch dort auf der Bank rührte und regte sich nicht. Ich sagte Ihnen schon früher, daß es diesem Menschen magisch gegeben war, jedes seiner Gefühle durch Bewegung und Geste plastisch zu machen; aber nichts, nichts auf Erden konnte Verzweiflung, vollkommene Selbstaufgabe, lebendiges Gestorbensein dermaßen erschütternd ausdrücken, als diese Unbeweglichkeit, dieses reglose, fühllose Dasitzen im prasselnden Regen, dieses Zumüdesein, um sich aufzuheben und die paar Schritte zu gehen bis zum schützenden Dach, diese letzte Gleichgültigkeit gegen das eigene Sein. Kein Bildhauer, kein Dichter, nicht Michelangelo und Dante hat mir jemals die Geste der letzten Verzweiflung, das letzte Elend der Erde so hinreißend fühlsam gemacht wie dieser lebendige Mensch, der sich überschütten ließ vom Element, schon zu lässig, zu müde, durch eine einzige Bewegung sich zu schützen.

Das riß mich weg, ich konnte nicht anders. Mit einem Ruck durchlief ich die nasse Spießrutenreihe des Regens und rüttelte das triefende Bündel Mensch von der Bank. ›Kommen Sie!‹ Ich packte seinen Arm. Irgend etwas starrte mühsam empor. Irgendeine Bewegung schien langsam aus ihm wachsen zu wollen, aber er verstand nicht. ›Kommen Sie!‹ zerrte ich nochmals den nassen Ärmel, nun schon beinahe zornig. Da stand er langsam auf, willenlos und schwankend. ›Was wollen Sie?‹ fragte er, und ich hatte darauf keine Antwort, denn ich wußte selbst nicht, wohin mit ihm: Nur weg aus dem kalten Guß, aus diesem sinnlosen, selbstmörderischen Dasitzen äußerster Verzweiflung. Ich ließ den Arm nicht los, sondern zog den ganz Willenlosen weiter, bis hin zu dem Verkaufskiosk, wo das schmale vorspringende Dach ihn wenigstens einigermaßen vor dem wütigen Überfall des vom Wind wild geschwenkten Elements schützte. Weiter wußte ich nichts, wollte ich nichts. Nur ins Trockene, nur unter ein Dach diesen Menschen ziehen: weiter hatte ich zunächst nicht gedacht.

Und so standen wir beide nebeneinander in dem schmalen Streifen Trockenheit, hinter uns die verschlossene Wand der Verkaufsbude, über uns einzig das zu kleine Schutzdach, unter dem heimtückisch durchgreifend der unersättliche Regen uns mit plötzlichen Böen immer wieder lose Fetzen nasser Kälte über die Kleider und ins Gesicht schlug. Die Situation wurde unerträglich. Ich konnte doch nicht länger stehenbleiben neben diesem triefenden fremden Menschen. Und anderseits, ich konnte ihn, nachdem ich ihn hierhergezogen, nicht ohne ein Wort einfach stehenlassen. Irgend etwas mußte geschehen; allmählich zwang ich mich zu geradem klaren Denken. Am besten, dachte ich, ihn in einem Wagen nach Hause bringen und dann selbst nach Hause: morgen wird er schon für sich Hilfe wissen. Und so fragte ich den reglos neben mir Stehenden, der starr hinaus in die jagende Nacht blickte: ›Wo wohnen Sie?‹

›Ich habe keine Wohnung... ich bin erst abends von Nizza gekommen... zu mir kann man nicht gehen.‹

Den letzten Satz verstand ich nicht gleich. Erst später wurde mir klar, daß dieser Mensch mich für... für eine Kokotte hielt, für eines der Weiber, wie sie nachts hier massenhaft um das Kasino streichen, weil sie hoffen, glücklichen Spielern oder Betrunkenen noch etwas Geld abzujagen. Schließlich, was sollte er anderes auch denken, denn erst jetzt, da ich es Ihnen wiedererzähle, spüre ich das ganz Unwahrscheinliche, ja Phantastische meiner Situation – was sollte er anderes von mir meinen, war doch die Art, wie ich ihn von der Bank weggezogen und selbstverständlich mitgeschleppt, wahrhaftig nicht die einer

Dame. Aber dieser Gedanke kam mir nicht gleich. Erst später, zu spät schon dämmerte mir das grauenvolle Mißverständnis auf, in dem er sich über meine Person befand. Denn sonst hätte ich niemals die nächsten Worte gesprochen, die seinen Irrtum nur bestärken mußten. Ich sagte nämlich: ›So wird man eben ein Zimmer in einem Hotel nehmen. Hier dürfen Sie nicht bleiben. Sie müssen jetzt irgendwo unterkommen.‹

Aber sofort wurde ich jetzt seines peinlichen Irrtums gewahr, denn er wandte sich gar nicht mir zu und wehrte nur mit einem gewissen höhnischen Ausdruck ab: ›Nein, ich brauche kein Zimmer, ich brauche gar nichts mehr. Gib dir keine Mühe, aus mir ist nichts zu holen. Du hast dich an den Unrichtigen gewandt, ich habe kein Geld.‹

Das war wieder so furchtbar gesagt, mit einer so erschütternden Gleichgültigkeit; und sein Dastehen, dies schlaffe An-der-Wand-Lehnen eines triefenden, nassen, von innen her erschöpften Menschen erschütterte mich derart, daß ich gar nicht Zeit hatte für ein kleines, dummes Beleidigtsein. Ich empfand nur, was ich vom ersten Augenblick an, da ich ihn aus dem Saal taumeln sah, und während dieser unwahrscheinlichen Stunde ununterbrochen empfunden: Daß hier ein Mensch, ein junger, lebendiger, atmender Mensch, knapp vor dem Tode stände und ich ihn retten *mußte*. Ich trat näher.

›Kümmern Sie sich nicht um Geld und kommen Sie! Hier dürfen Sie nicht bleiben, ich werde Sie schon unterbringen. Kümmern Sie sich um gar nichts, kommen Sie nur jetzt!‹

Er wandte den Kopf, ich spürte, wie er, indes der Regen dumpf um uns trommelte und die Traufe klatschendes Wasser zu unseren Füßen hinwarf, wie er da mitten im Dunkel zum erstenmal sich bemühte, mein Gesicht zu sehen. Auch der Körper schien langsam aus seiner Lethargie zu erwachen.

›Nun, wie du willst‹, sagte er nachgebend. ›Mir ist alles einerlei... Schließlich warum nicht? Gehen wir.‹ Ich spannte den Schirm auf, er trat an meine Seite und faßte mich unter dem Arm. Diese plötzliche Vertraulichkeit war mir unangenehm, ja sie entsetzte mich, ich erschrak bis hinab in das Unterste meines Herzens. Aber ich hatte nicht den Mut, ihm etwas zu verbieten; denn stieß ich ihn jetzt zurück, so fiel er ins Bodenlose, und alles war vergeblich, was ich bisher versucht. Wir gingen die wenigen Schritte gegen das Kasino zurück. Jetzt fiel mir erst ein, daß ich nicht wußte, was mit ihm anfangen. Am besten, überlegte ich rasch, ihn zu einem Hotel führen, ihm dort Geld in die Hand drücken, daß er übernachten und morgen heimreisen kann: weiter dachte ich nicht. Und wie jetzt die Wagen hastig vor das Kasino vorfuhren, rief ich einen an, wir stiegen ein. Als der Kutscher fragte, wohin, wußte ich zunächst keine Antwort. Aber mich plötzlich erinnernd, daß der gänzlich durchnäßte, triefende Mensch neben mir in keinem der guten Hotels Aufnahme finden könnte – anderseits aber auch als wahrhaft unerfahrene Frau an ein Zweideutiges gar nicht denkend, rief ich dem Kutscher nur zu: »In irgendein einfaches Hotel!«

Der Kutscher, gleichmütig, regenübergossen, trieb die Pferde an. Der fremde Mensch neben mir sprach kein Wort, die Räder rasselten, und der Regen klatschte in wuchtigem Niederschlag gegen die Scheiben: mir war in diesem dunklen, lichtlosen, sarghaften Viereck zumute, als ob ich mit einer Leiche führe. Ich versuchte nachzudenken, irgendein Wort zu finden, um das Sonderbare und Grauenvolle dieses stummen Beisammenseins abzuschwächen, aber mir fiel nichts ein. Nach einigen Minuten hielt der Wagen, ich stieg zuerst aus, entlohnte den Kutscher, indes jener gleichsam schlaftrunken den Schlag zuklinkte. Wir standen jetzt vor der Tür eines kleinen, fremden Hotels, über uns wölbte ein gläsernes Vordach sein winziges

Stück geschützten Raumes gegen den Regen, der ringsum mit gräßlicher Monotonie die undurchdringliche Nacht zerfranste.

Der fremde Mensch, seiner Schwere nachgebend, hatte sich unwillkürlich an die Wand gelehnt, es tropfte und triefte von seinem nassen Hut, seinen zerdrückten Kleidern. Wie ein Ertrunkener, den man aus dem Fluß geholt mit noch benommenen Sinnen, so stand er da, und um den kleinen Fleck, wo er lehnte, bildete sich ein Rinnsal von niederrieselndem Wasser. Aber er machte nicht die geringste Anstrengung, sich abzuschütteln, den Hut wegzuschwenken, von dem Tropfen immer wieder über Stirn und Gesicht niederliefen. Er stand vollkommen teilnahmslos, und ich kann Ihnen nicht sagen, wie diese Zerbrochenheit mich erschütterte.

Aber jetzt mußte etwas geschehen. Ich griff in meine Tasche: ›Da haben Sie hundert Franken‹, sagte ich, ›nehmen Sie sich damit ein Zimmer und fahren Sie morgen nach Nizza zurück.‹

Er sah erstaunt auf.

›Ich habe Sie im Spielsaale beobachtet‹, drängte ich, sein Zögern bemerkend. ›Ich weiß, daß Sie alles verloren haben, und fürchte, Sie sind auf dem besten Wege, eine Dummheit zu machen. Es ist keine Schande, sich helfen zu lassen... Da, nehmen Sie!‹

Aber er schob meine Hand zurück mit einer Energie, die ich ihm nicht zugetraut hätte. ›Du bist ein guter Kerl‹, sagte er, ›aber vertu dein Geld nicht. Mir ist nicht mehr zu helfen. Ob ich diese Nacht noch schlafe oder nicht, ist vollkommen gleichgültig. Morgen ist ohnehin alles zu Ende. Mir ist nicht zu helfen.‹

›Nein, Sie müssen es nehmen‹, drängte ich, ›morgen werden Sie anders denken. Gehen Sie jetzt erst einmal hinauf, überschlafen Sie alles. Bei Tag haben die Dinge ein anderes Gesicht.‹

Doch er stieß, da ich ihm neuerdings das Geld aufdrängte, beinahe heftig meine Hand weg. ›Laß das‹, wiederholte er nochmals dumpf, ›es hat keinen Sinn. Besser, ich tue das draußen ab, als den Leuten hier ihr Zimmer mit Blut schmutzig zu machen. Mir ist mit hundert Franken nicht zu helfen und mit tausend auch nicht. Ich würde doch morgen wieder mit den letzten paar Franken in den Spielsaal gehen und nicht früher aufhören, als bis alles weg ist. Wozu nochmals anfangen, ich habe genug.‹

Sie können nicht ermessen, wie mir dieser dumpfe Ton bis in die Seele drang; aber denken Sie sich das aus: zwei Zoll von Ihnen steht ein junger, heller, lebendiger, atmender Mensch, und man weiß, wenn man nicht alle Kräfte aufrafft, wird dieses denkende, sprechende, atmende Stück Jugend in zwei Stunden eine Leiche sein. Und nun wurde es für mich gleichsam eine Wut, ein Zorn, diesen sinnlosen Widerstand zu besiegen. Ich packte seinen Arm: ›Schluß mit diesen Dummheiten! Sie werden jetzt hinaufgehen und sich ein Zimmer nehmen, und morgen früh komme ich und schaffe Sie an die Bahn. Sie müssen fort von hier, Sie müssen noch morgen nach Hause fahren, und ich werde nicht früher rasten, ehe ich Sie nicht selbst mit der Fahrkarte im Zuge sehe. Man wirft sein Leben nicht weg, wenn man jung ist, nur weil man gerade ein paar hundert oder tausend Franken verloren hat. Das ist Feigheit, eine dumme Hysterie von Zorn und Erbitterung. Morgen werden Sie mir selbst recht geben!‹

›Morgen!‹ wiederholte er mit sonderbar düsterer und ironischer Betonung. ›Morgen! Wenn du wüßtest, wo ich morgen bin! Wenn ich selbst es wüßte, ich bin eigentlich schon ein wenig neugierig darauf. Nein, geh nach Hause, mein Kind, gib dir keine Mühe und vertu nicht dein Geld.‹

Aber ich ließ nicht mehr nach. Es war wie eine Manie,

wie eine Raserei in mir. Gewaltsam packte ich seine Hand und preßte die Banknote hinein. ›Sie werden das Geld nehmen und sofort hinaufgehen!‹ und dabei trat ich entschlossen zur Klingel und läutete an. ›So, jetzt habe ich angeläutet, der Portier wird gleich kommen, Sie gehen hinauf und legen sich nieder. Morgen neun Uhr warte ich dann vor dem Haus und bringe Sie sofort an die Bahn. Machen Sie sich keine Sorge um alles Weitere, ich werde schon das Nötige veranlassen, daß Sie bis nach Hause kommen. Aber jetzt legen Sie sich nieder, schlafen Sie aus und denken Sie nicht weiter!‹

In diesem Augenblick knackte der Schlüssel an der Tür von innen her, der Portier öffnete.

›Komm!‹ sagte er da plötzlich mit einer harten, festen erbitterten Stimme, und eisern fühlte ich mein Handgelenk von seinen Fingern umspannt. Ich erschrak... ich erschrak so durch und durch, so gelähmt, so blitzhaft getroffen, daß mir alle Besinnung schwand... Ich wollte mich wehren, mich losreißen... aber mein Wille war wie gelähmt... und ich... Sie werden es verstehen... ich... ich schämte mich, vor dem Portier, der da wartend und ungeduldig stand, mit einem fremden Menschen zu ringen. Und so... so stand ich mit einem Male innen im Hotel; ich wollte sprechen, etwas sagen, aber die Kehle stockte mir... an meinem Arm lag schwer und gebietend seine Hand... ich spürte dumpf, wie sie mich unbewußt eine Treppe hinaufzog... ein Schlüssel knackte... Und plötzlich war ich mit diesem fremden Menschen allein in einem fremden Zimmer, in irgendeinem Hotel, dessen Namen ich heute noch nicht weiß.«

Mrs. C. hielt wieder inne und stand plötzlich auf. Die Stimme schien ihr nicht mehr zu gehorchen. Sie ging zum Fenster, sah stumm einige Minuten hinaus oder lehnte vielleicht nur die Stirn an die kalte Scheibe: ich hatte nicht den Mut, genau hinzusehen, denn es war mir peinlich, die alte Dame in ihrer Erregung zu beobachten. So saß ich still, ohne Frage, ohne Laut, und wartete, bis sie wieder mit gebändigtem Schritt zurückkam und sich mir gegenübersetzte.

»So – jetzt ist das Schwerste gesagt. Und ich hoffe, Sie glauben mir, wenn ich Ihnen nun nochmals versichere, wenn ich bei allem, was mir heilig ist, bei meiner Ehre und bei meinen Kindern, schwöre, daß mir bis zu jener Sekunde kein Gedanke an eine... eine Verbindung mit diesem fremden Menschen in den Sinn gekommen war, daß ich wirklich ohne jeden wachen Willen, ja ganz ohne Bewußtsein wie durch eine Falltür vom ebenen Weg meiner Existenz plötzlich in diese Situation gestürzt war. Ich habe mir geschworen, zu Ihnen und zu mir wahr zu sein, so wiederhole ich Ihnen nochmals, daß ich nur durch einen fast überreizten Willen zur Hilfe durch kein anderes, kein persönliches Gefühl, also ganz ohne jeden Wunsch, ohne jede Ahnung in dieses tragische Abenteuer geriet.

Was in jenem Zimmer, was in jener Nacht geschah, ersparen Sie mir zu erzählen; ich selbst habe keine Sekunde dieser Nacht vergessen und will sie auch niemals vergessen. Denn in jener Nacht rang ich mit einem Menschen um sein Leben, denn ich wiederhole: um Leben und Sterben ging dieser Kampf. Zu unverkennbar spürte ichs mit jedem Nerv, daß dieser fremde Mensch, dieser halb schon Verlorene bereits mit aller Gier und Leidenschaft eines tödlich Bedrohten noch um das Letzte griff. Er klammerte sich an mich wie einer, der bereits den Abgrund unter sich fühlt. Ich aber raffte alles aus mir auf, um ihn zu retten mit allem, was mir gegeben war. Solche Stunde erlebt vielleicht ein Mensch nur einmal in seinem Leben, und von Millionen wieder nur einer – auch ich hätte nie geahnt ohne diesen fürchterlichen Zufall, wie glühend, wie verzweifelnd, mit welcher unbändigen Gier sich ein aufgegebener, ein verlorener Mensch noch einmal an jeden roten Tropfen Leben ansaugt, ich hätte, zwanzig Jahre lang fern von allen dämonischen Mächten des Daseins, nie begriffen, wie großartig und phantastisch die Natur manchmal ihr Heiß und Kalt, Tod und Leben, Entzückung und Verzweiflung in ein paar knappe Atemzüge zusammendrängt. Und diese Nacht war so angefüllt mit Kampf und Gespräch, mit Leidenschaft und Zorn und Haß, mit Tränen der Beschwörung und der Trunkenheit, daß sie mir tausend Jahre zu dauern schien und wir zwei Menschen, die verschlungen ihren Abgrund hinabtaumelten, todeswütig der eine, ahnungslos der andere, anders hervorgingen aus diesem tödlichen Tumult, anders, vollkommen verwandelt, mit andern Sinnen, anderem Gefühl.

Aber ich will davon nicht sprechen. Ich kann und will das nicht schildern. Nur diese eine unerhörte Minute meines Erwachens am Morgen muß ich Ihnen doch andeuten. Ich erwachte aus einem bleiernen Schlaf, aus einer Tiefe der Nacht, wie ich sie nie gekannt. Ich brauchte lange, ehe ich die Augen aufschlug, und das erste, was ich sah, war über mir eine fremde Zimmerdecke, und weiter tastend dann ein ganz fremder, unbekannter, häßlicher Raum, von dem ich nicht wußte, wie ich hineingeraten. Zuerst beredete ich mich, noch Traum sei dies, ein hellerer, durchsichtigerer Traum, in den ich aus jenem ganz dumpfen und verworrenen Schlaf emporgetaucht sei – aber vor den Fenstern stand schon schneidend klares, unverkennbar wirkliches Sonnenlicht, Morgenlicht, von unten her dröhnte die Straße mit Wagengerassel, Tramwayklingeln und Menschenlaut – und nun wußte ich, daß ich nicht mehr träume, sondern wach sei. Unwillkürlich richtete ich mich auf, um mich zu besinnen, und da... wie ich den Blick seitwärts wandte... da sah ich – und nie werde ich Ihnen meinen Schrecken schildern können – einen fremden Menschen im breiten Bette neben mir schlafen ... aber fremd, fremd, fremd, ein halbnackter, unbekannter Mensch ... Nein, dieses Entsetzen, ich weiß es, beschreibt sich nicht: es fiel so furchtbar über mich, daß ich zurücksank ohne Kraft. Aber es war nicht gute Ohnmacht, kein Nichtmehrwissen, im Gegenteil: mit blitzhafter Geschwindigkeit war mir alles ebenso bewußt wie unerklärbar, und ich hatte nur den einen Wunsch, zu sterben vor Ekel und Scham, mich plötzlich mit einem wildfremden Menschen in dem fremden Bett einer wohl verdächtigen Spelunke zu finden. Ich weiß noch deutlich, mein Herzschlag setzte aus, ich hielt den Atem an, als könnte ich mein Leben damit und vor allem das Bewußtsein auslöschen, dieses klare, grauenhaft klare Bewußtsein, das alles begriff und doch nichts verstand.

Ich werde niemals wissen, wie lange ich dann so gelegen habe, eiskalt an allen Gliedern: Tote müssen ähnlich starr im Sarge liegen. Ich weiß nur, ich hatte die Augen geschlossen und betete zu Gott, zu irgendeiner Macht des Himmels, es möge nicht wahr, es möge nicht wirklich sein. Aber meine geschärften Sinne erlaubten nun keinen Betrug mehr, ich hörte im Nachbarzimmer Menschen sprechen, Wasser rauschen, außen schlurften Schritte im Gang, und jedes dieser Zeichen bezeugte unerbittlich das grausam Wache meiner Sinne.

Wie lange dieser gräßliche Zustand gedauert hat, vermag ich nicht zu sagen: solche Sekunden haben andere Zeiten als die gemessenen des Lebens. Aber plötzlich überfiel mich eine andere Angst, die jagende, grauenhafte Angst: dieser fremde Mensch, dessen Namen ich gar nicht kannte, möchte jetzt aufwachen und zu mir sprechen. Und sofort wußte ich, daß es für mich nur eines gäbe: mich anziehen, flüchten, ehe er erwachte. Nicht mehr von ihm gesehen werden, nicht mehr zu ihm sprechen. Sich rechtzeitig retten, fort, fort, fort, zurück in irgendein eigenes Leben, in mein Hotel, und gleich mit dem nächsten Zuge fort von diesem verruchten Ort, aus diesem Land, ihm nie mehr begegnen, nie mehr ins Auge sehen, keinen Zeugen haben, keinen Ankläger und Mitwisser. Der Gedanke riß die Ohnmacht in mir auf: ganz vorsichtig, mit den schleicherischen Bewegungen eines Diebes rückte ich Zoll um Zoll (nur um keinen Lärm zu machen) aus dem Bette und tastete zu meinen Kleidern. Ganz vorsichtig zog ich mich an, jede Sekunde zitternd vor seinem Erwachen, und schon war ich fertig, schon war es gelungen. Nur mein Hut lag drüben auf der anderen Seite zu Füßen des Bettes, und jetzt, wie ich auf den Zehen hintastete, ihn aufzuheben – in dieser Sekunde *konnte* ich nicht anders: ich mußte noch einen Blick auf das Gesicht dieses fremden Menschen werfen, der in mein Leben wie ein Stein vom Gesims gestürzt war. Nur einen bloßen Blick wollte ich hinwerfen, aber... es war sonderbar, denn der fremde, junge Mann, der dort schlummernd lag – war *wirklich* ein fremder Mensch für mich: im ersten Augenblick erkannte ich gar nicht das Gesicht von gestern. Denn wie weggelöscht waren die von Leidenschaft vorgetriebenen, krampfig aufgewühlten, gespannten Züge des tödlich Aufgeregten – dieser da hatte ein anderes, ein ganz kindliches, ganz knabenhaftes Gesicht, das geradezu *strahlte* von Reinheit und Heiterkeit. Die Lippen, gestern verbissen und zwischen die Zähne geklemmt, träumten weich auseinander gefallen, und halb schon zu einem Lächeln gerundet; weich lockten sich die blonden Haare die faltenlose Stirn herab, und linden Wellenspiels ging ruhig der Atem von der Brust über den ruhenden Körper hin.

Sie können sich vielleicht entsinnen, daß ich Ihnen früher erzählte, ich hätte noch nie so stark, in einem so verbrecherisch starken Unmaß den Ausdruck von Gier und Leidenschaft an einem Menschen beobachtet wie bei diesem Fremden am Spieltisch. Und ich sage Ihnen, daß ich nie, selbst bei Kindern nicht, die doch im Säuglingsschlaf manchmal einen engelhaften Schimmer von Heiterkeit um sich haben, jemals einen solchen Ausdruck von reiner Helligkeit, von wahrhaft *seligem* Schlummer gesehen habe. In diesem Gesicht formten sich eben mit einziger Plastik alle Gefühle heraus, nun ein paradiesisches Entspanntsein von aller innerlichen Schwere, ein Gelöstsein, ein Gerettetsein. Bei diesem überraschenden Anblick fiel wie ein schwerer, schwarzer Mantel von mir alle Angst, alles Grauen ab – ich schämte mich nicht mehr, nein, ich war beinahe froh. Das Furchtbare, das Unfaßbare hatte plötzlich für mich Sinn bekommen, ich *freute* mich, ich war *stolz* bei dem Gedanken, daß dieser junge, zarte, schöne Mensch, der hier heiter und still wie eine Blume lag, ohne meine Hingabe zerschellt, blutig, mit einem zerschmetterten Gesicht, leblos, mit kraß aufgerissenen Augen irgendwo an einem Felsenhang aufgefunden worden wäre: ich hatte ihn gerettet, er war gerettet. Und ich sah nun – ich kann es nicht anders sagen – mit meinem *mütterlichen* Blick auf diesen Schlafenden hin, den ich noch einmal – schmerzvoller als meine eigenen Kinder – in das Leben zurückgeboren hatte. Und mitten in diesem verbrauchten, abgeschmutzten Zimmer, in diesem ekligen, schmierigen Gelegenheitshotel, überkam mich – mögen Sie es noch so lächerlich im Worte finden – ein Gefühl wie in einer Kirche, ein Beseligtsein von Wunder und Heiligung. Aus der furchtbarsten Sekunde eines ganzen Lebens wuchs mir schwesterhaft eine zweite, die erstaunlichste und überwältigendste zu.

Hatte ich mich zu laut bewegt? Hatte ich unwillkürlich etwas gesprochen? Ich weiß es nicht. Aber plötzlich schlug der Schlafende die Augen auf. Ich erschrak und fuhr zurück. Er sah erstaunt um sich – genau so wie früher ich selbst, so schien nun er aus ungeheurer Tiefe und

Verworrenheit mühselig emporzusteigen. Sein Blick umwanderte angestrengt das fremde, unbekannte Zimmer, dann fiel er staunend auf mich. Aber ehe er noch sprach oder sich ganz besinnen konnte, hatte ich mich gefaßt. Nicht ihn zu Wort kommen lassen, keine Frage, keine Vertraulichkeit gestatten, es durfte nichts erneuert werden, nichts erläutert, nichts besprochen werden von gestern und von dieser Nacht.

›Ich muß jetzt weggehen‹, bedeutete ich ihm rasch, ›Sie bleiben hier zurück und ziehen sich an. Um zwölf Uhr treffe ich Sie dann am Eingang des Kasinos: dort werde ich für alles Weitere sorgen.‹

Und ehe er ein Wort entgegnen konnte, flüchtete ich hinaus, nur um das Zimmer nicht mehr zu sehen, und lief ohne mich umzuwenden, aus dem Hause, dessen Namen ich ebensowenig wußte wie jenen des fremden Mannes, mit dem ich darin eine Nacht verbracht.«

Einen Atemzug lang unterbrach Mrs. C. ihre Erzählung. Aber alles Gespannte und Gequälte war weg aus ihrer Stimme: wie ein Wagen, der schwer den Berg sich hinaufgemüht, dann aber von erreichter Höhe leicht rollend und geschwind die Senke herabrollt, so flügelte jetzt in entlasteter Rede ihr Bericht:

»Also: Ich eilte in mein Hotel durch die morgendlich erhellten Straßen, denen der Wettersturz alles Dumpfe vom Himmel so weggerissen, wie mir jetzt das qualhafte Gefühl. Denn vergessen Sie nicht, was ich Ihnen früher sagte: Ich hatte nach dem Tode meines Mannes mein Leben vollkommen aufgegeben. Meine Kinder brauchten mich nicht, ich selber wollte mich nicht, und alles Leben ist Irrtum, das nicht zu einem bestimmten Zweck lebt. Nun war mir zum erstenmal unvermutet eine Aufgabe zugefallen: Ich hatte einen Menschen gerettet, ihn aus seiner Vernichtung aufgerissen mit allem Aufgebot meiner Kräfte. Nur ein Kurzes war noch zu überwinden, und diese Aufgabe mußte zu Ende getan sein. Ich lief also in mein Hotel: der erstaunte Blick des Portiers, daß ich erst jetzt um neun Uhr morgens nach Hause kam, glitt an mir ab – nichts mehr von Scham und Ärger über das Geschehnis drückte auf meine Sinne, sondern ein plötzliches Wiederaufgetansein meines Lebenswillens, ein unvermutet neues Gefühl von der Notwendigkeit meines Daseins durchblutete warm die erfüllten Adern. In meinem Zimmer kleidete ich mich rasch um, legte unbewußt (ich habe es erst später bemerkt) das Trauerkleid ab, um es mit einem helleren zu vertauschen, ging in die Bank, mir Geld zu beheben, hastete zum Bahnhof, mich nach der Abfahrt der Züge zu erkundigen; mit einer mir selber erstaunlichen Entschlossenheit bewältigte ich noch außerdem ein paar andere Besorgungen und Verabredungen. Nun war nichts mehr zu tun, als mit dem mir vom Schicksal zugeworfenen Menschen die Abreise und endgültige Rettung zu erledigen.

Freilich, dies erforderte Kraft, ihm nun persönlich gegenüberzutreten. Denn alles Gestrige war im Dunkel geschehen, in einem Wirbel, wie wenn zwei Steine, von einem Sturzbach gerissen, plötzlich zusammengeschlagen werden; wir kannten einander kaum von Angesicht zu Angesicht, ja ich war nicht einmal gewiß, ob jener Fremde mich überhaupt noch erkennen würde. Gestern – das war ein Zufall, ein Rausch, eine Besessenheit zweier verwirrter Menschen gewesen, heute aber tat es not, mich ihm offener preiszugeben als gestern, weil ich jetzt im unbarmherzig klaren Tageslicht mit meiner Person, mit meinem Gesicht, als lebendiger Mensch ihm gegenübertreten mußte.

Aber alles ergab sich leichter, als ich dachte. Kaum hatte ich zu vereinbarter Stunde mich dem Kasino genähert, als ein junger Mensch von einer Bank aufsprang und mir entgegeneilte. Es war etwas dermaßen Spontanes, etwas so Kindliches, Absichtsloses und Beglücktes in seinem Überraschtsein, wie in jeder seiner sprachmächtigen Bewegungen: er flog nur so her, den Strahl dankbarer und gleichzeitig ehrerbietiger Freude in den Augen, und schon senkten sie sich demütig, sobald sie die meinen vor seiner Gegenwart sich verwirren fühlten. Dankbarkeit, man spürt sie ja so selten bei Menschen, und gerade die Dankbarsten finden nicht den Ausdruck dafür, sie schweigen verwirrt, sie schämen sich und tun manchmal stockig, um ihr Gefühl zu verbergen. Hier aber in diesem Menschen, dem Gott wie ein geheimnisvoller Bildhauer alle Gesten der Gefühle sinnlich, schön und plastisch herauszwang, glühte auch die Geste der Dankbarkeit wie eine Leidenschaft strahlend durch den Kern des Körpers. Er beugte sich über meine Hand, und die schmale Linie seines Knabenkopfes devot niedergesenkt, verharrte er so eine Minute in respektvollem, die Finger nur anstreifendem Kusse, dann erst trat er wieder zurück, fragte nach meinem Befinden, sah mich rührend an, und so viel Anstand war in jedem seiner Worte, daß in wenigen Minuten die letzte Beängstigung von mir schwand. Und gleichsam spiegelhaft für die eigene Erhellung des Gefühles, leuchtete ringsum die Landschaft völlig entzaubert: das Meer, das gestern zornig erregte, lag so unbewegt still und hell, daß jeder Kiesel unter der kleinen Brandung weiß bis zu uns herüberglänzte, das Kasino, dieser Höllenpfuhl, blickte maurisch blank in den ausgefegten, damastenen Himmel, und jener Kiosk, unter dessen Schutzdach uns gestern der plätschernde Regen gedrängt, war aufgebrochen zu einem Blumenladen: hingeschüttet lagen dort weiß, rot, grün und bunt in gesprenkeltem Durcheinander breite Büsche von Blüten und Blumen, die ein junges Mädchen in buntbrennender Bluse feilbot.

Ich lud ihn ein, zu Mittag in einem kleinen Restaurant zu speisen; dort erzählte mir der fremde, junge Mensch die Geschichte seines tragischen Abenteuers. Sie war ganz Bestätigung meiner ersten Ahnung, als ich seine zitternden, nervengeschüttelten Hände auf dem grünen Tisch gesehen. Er stammte aus einer alten Adelsfamilie des österreichischen Polens, war für die diplomatische Karriere bestimmt, hatte in Wien studiert und vor einem Monat das erste seiner Examina mit außerordentlichem Erfolge abgelegt. Um diesen Tag zu feiern, hatte ihn sein Onkel, ein höherer Offizier des Generalstabes, bei dem er wohnte, zur Belohnung mit einem Fiaker in den Prater geführt, und sie waren zusammen auf den Rennplatz gegangen. Der Onkel hatte Glück beim Spiel, gewann dreimal hintereinander: mit einem dicken Pack erbeuteter Banknoten soupierten sie dann in einem eleganten Restaurant. Am nächsten Tage nun empfing zur Belohnung für das erfolgreiche Examen der angehende Diplomat von seinem Vater einen Geldbetrag in der Höhe seines Monatsgeldes; zwei Tage vorher wäre ihm diese Summe noch groß erschienen, nun aber, nach der Leichtigkeit jenes Gewinnes, dünkte sie ihm gleichgültig und gering. So fuhr er gleich nach Tisch wieder zum Trabrennen, setzte wild und leidenschaftlich, und sein Glück oder vielmehr sein Unglück wollte, daß er mit dem Dreifachen jener Summe nach dem letzten Rennen den Prater verließ. Und nun war Raserei des Spieles bald beim Rennen, bald in Kaffeehäusern oder in Klubs über ihn gekommen, die ihm Zeit, Studium, Nerven und vor allem sein Geld aufzehrte. Er vermochte nicht mehr zu denken, nicht mehr ruhig zu schlafen und am wenigsten, sich zu beherrschen; einmal in der Nacht, nach Hause gekommen vom Klub, wo er alles verloren hatte, fand er beim Auskleiden noch eine vergessene Banknote zerknüllt in seiner Weste. Es hielt ihn nicht, er zog sich noch einmal an und irrte herum, bis er in irgendeinem Kaffeehause ein paar Dominospieler fand, mit denen er noch bis ins Morgengrauen saß. Einmal half ihm seine verheiratete Schwester aus und zahlte die Schulden an Wucherer, die dem Erben eines großen Adelsnamens voll Bereitschaft kreditierten. Eine Zeitlang deckte ihn wieder das Spielglück – dann aber ging es unaufhaltsam abwärts, und je mehr er verlor, um so gieriger forderten ungedeckte Verpflichtungen und befristete Ehrenworte entscheidend erlösenden Gewinn. Längst hatte er schon seine Uhr, seine Kleider versetzt, und schließlich geschah das Entsetzliche: er stahl der alten Tante zwei große Boutons, die sie selten trug, aus dem Schrank. Den einen versetzte er um einen hohen Betrag, den das Spiel noch am selben Abend vervierfachte. Aber statt ihn nun auszulösen, wagte er das Ganze und verlor. Zur Stunde seiner Abreise war der Diebstahl noch nicht entdeckt, so versetzte er den zweiten Bouton und reiste, einer plötzlichen Eingebung folgend, in einem Zuge nach Monte Carlo, um sich im Roulette das erträumte Vermögen zu holen. Bereits hatte er hier seinen Koffer verkauft, seine Kleider, seinen Schirm, nichts war ihm geblieben als der Revolver mit vier Patronen und ein kleines, mit Edelsteinen besetztes Kreuz seiner Patin, der Fürstin X., von dem er sich nicht trennen wollte. Aber auch dieses Kreuz hatte er um fünfzig Franken nachmittags verkauft, nur um abends noch ein letztes Mal die zuckende Lust des Spiels auf Tod und Leben versuchen zu können.

Das alles erzählte er mir mit jener hinreißenden Anmut seines schöpferisch belebten Wesens. Und ich hörte zu, erschüttert, gepackt, erregt; aber nicht einen Augenblick kam mir der Gedanke, mich zu entrüsten, daß dieser Mensch an meinem Tisch doch eigentlich ein Dieb war. Hätte gestern jemand mir, einer Frau mit tadellos verbrachtem Leben, die in ihrer Gesellschaft strengste, konventionelle Würdigkeit forderte, auch nur angedeutet, ich würde mit einem wildfremden jungen Menschen, kaum älter als mein Sohn und der Perlenboutons gestohlen hatte, vertraulich beisammensitzen – ich hätte ihn für sinnberaubt gehalten. Aber nicht einen Augenblick lang empfand ich bei seiner Erzählung etwas wie Entsetzen, erzählte er doch all dies dermaßen natürlich und mit einer solchen Leidenschaft, daß seine Handlung eher als der Bericht eines Fiebers, einer Krankheit wirkte denn als ein Ärgernis. Und dann: wer selber gleich mir in der vergangenen Nacht etwas so kataraktisch Unerwartetes erfahren, dem hatte das Wort ›unmöglich‹ mit einem Male seinen Sinn verloren. Ich hatte eben in jenen zehn Stunden unfaßbar mehr an Wirklichkeitswissen erlebt als vordem in vierzig bürgerlich verbrachten Jahren.

Ein anderes aber erschreckte mich dennoch an jener Beichte, und das war der fiebrige Glanz in seinen Augen, der alle Nerven seines Gesichtes elektrisch zucken ließ, wenn er von seiner Spielleidenschaft erzählte. Noch die Wiedergabe regte ihn auf, und mit furchtbarer Deutlichkeit zeichnete sein plastisches Gesicht jede Spannung lusthaft und qualvoll nach. Unwillkürlich begannen seine Hände, diese wundervollen, schmalgelenkigen, nervösen Hände, genau wie am Spieltisch, selbst wieder raubtierhafte, jagende und flüchtende Wesen zu werden: ich sah sie, indes er erzählte, plötzlich von den Gelenken herauf zittern, sich übermächtig krümmen und zusammenballen, dann wieder aufschnellen und neu sich ineinanderknäueln. Und wie er den Diebstahl der Boutons beichtete, da taten sie (ich zuckte unwillkürlich zusammen), blitzhaft vorspringend, den raschen, diebischen Griff: ich *sah* geradezu, wie die Finger toll auf den Schmuck lossprangen und ihn hastig einschluckten in die Höhlung der Faust. Und mit einem namenlosen Erschrecken erkannte ich, daß dieser Mensch vergiftet war von seiner Leidenschaft bis in den letzten Blutstropfen.

Nur das allein war es, was mich an seiner Erzählung so sehr erschütterte und entsetzte, diese erbärmliche Hörigkeit eines jungen, klaren, von eigentlicher Natur her sorglosen Menschen an eine irrwitzige Passion. So hielt ich es für meine erste Pflicht, meinem unvermuteten Schützling freundschaftlich zuzureden, er müsse sofort weg von Monte Carlo, wo die Versuchung am gefährlichsten sei, müsse noch heute zu seiner Familie zurück, ehe das Verschwinden der Boutons bemerkt und seine Zukunft für immer verschüttet sei. Ich versprach ihm Geld für die Reise und die Auslösung des Schmuckes, freilich nur unter der Bedingung, daß er noch heute abreise und mir bei seiner Ehre schwöre, nie mehr eine Karte anzurühren oder sonst Hasard zu spielen.

Nie werde ich vergessen, mit welcher erst demütigen, dann allmählich aufleuchtenden Leidenschaft der Dankbarkeit dieser fremde, verlorene Mensch mir zuhörte, wie er meine Worte *trank,* als ich ihm Hilfe versprach; und plötzlich streckte er beide Hände über den Tisch, die meinen zu fassen mit einer mir unauslöschlichen Gebärde gleichsam der Anbetung und heiligen Gelobens. In seinen hellen, sonst ein wenig wirren Augen standen Tränen, der ganze Körper zitterte nervös vor beglückter Erregung. Wie oft habe ich schon versucht, Ihnen die einzige Ausdrucksfähigkeit seiner Gebärden zu schildern, aber *diese* Geste vermag ich nicht darzustellen, denn es war eine so ekstatische, überirdische Beselung, wie sie ein menschliches Antlitz uns sonst kaum zuwendet, sondern jenem weißen Schatten nur war sie vergleichbar, wenn man erwachend aus einem Traum das entschwindende Antlitz eines Engels vor sich zu erblicken vermeint.

Warum es verschweigen: ich hielt diesem Blicke nicht stand. Dankbarkeit beglückt, weil man sie so selten sichtbar erlebt, Zartgefühl tut wohl, und mir, dem gemessenen, kühlen Menschen, bedeutete solcher Überschwang ein wohltuendes, ja beglückendes Neues. Und dann: gleichzeitig mit diesem erschütterten, zertretenen Menschen war auch die Landschaft nach dem gestrigen Regen magisch aufgewacht. Herrlich glänzte, als wir aus dem Restaurant traten, das völlig beruhigte Meer, blau bis in den Himmel hinein und nur weiß überschwebt von Möwen dort in anderem, höherem Blau. Sie kennen ja die Rivieralandschaft. Sie wirkt immer schön, aber doch flach wie eine Ansichtskarte hält sie ihre immer satten Farben dem Auge gemächlich hin, eine schlafende, träge Schönheit, die sich gleichmütig von jedem Blicke betasten läßt, orientalisch fast in ihrer ewig üppigen Bereitschaft. Aber manchmal, ganz selten, gibt es hier Tage, da steht diese Schönheit auf, da bricht sie vor, da schreit sie einen gleichsam energisch an mit grellen, fanatisch funkelnden Farben, da schleudert sie einem ihre Blumenbuntheit sieghaft entgegen, da glüht, da brennt sie in Sinnlichkeit. Und ein solcher begeisterter Tag war auch damals aus dem stürmischen Chaos der Wetternacht vorgebrochen, weißgewaschen blinkte die Straße, türkisen der Himmel, und überall zündeten sich Büsche, farbige Fackeln, aus dem saftig durchfeuchteten Grün. Die Berge schienen plötzlich heller herangekommen in der entschwülten, vielsonnigen Luft: sie scharten sich neugierig näher an das blankpolierte glitzernde Städtchen, in jedem Blicke spürte man heraustretend das Fordernde und Aufmunternde der Natur und wie sie unwillkürlich das Herz an sich riß: ›Nehmen wir einen Wagen‹, sagte ich, ›und fahren wir die Corniche entlang.‹

Er nickte begeistert: zum erstenmal seit seiner Ankunft schien dieser junge Mensch die Landschaft überhaupt zu sehen und zu bemerken. Bisher hatte er nichts gekannt als den dumpfigen Kasinosaal mit seinem schwülen, schweißigen Geruch, dem Gedränge seiner häßlichen und verzerrten Menschen und ein unwirsches, graues, lärmendes

Meer. Aber nun lag auseinandergefaltet der ungeheure Fächer des übersonnten Strandes vor uns, und das Auge taumelte beglückt von Ferne zu Ferne. Wir fuhren im langsamen Wagen (es gab damals noch keine Automobile) den herrlichen Weg, vorbei an vielen Villen und Blicken: hundertmal, an jedem Haus, an jeder in Piniengrün verschatteten Villa kam es einen an als geheimster Wunsch: hier könnte man leben, still, zufrieden, abseits von der Welt!

Bin ich jemals im Leben glücklicher gewesen als in jener Stunde? Ich weiß es nicht. Neben mir im Wagen saß dieser junge Mensch, gestern noch verkrallt in Tod und Verhängnis, und nun staunend vom weißen Sturz der Sonne übersprüht: ganze Jahre schienen von ihm gleichsam weggeglitten. Er schien ganz Knabe geworden, ein schönes, spielendes Kind mit übermütigen und gleichzeitig ehrfurchtsvollen Augen, an dem nichts mich mehr entzückte als sein wachsinniges Zartgefühl: Klomm der Wagen zu steil aufwärts und hatten die Pferde Mühe, so sprang er gelenkig ab, von rückwärts nachzuschieben. Nannte ich eine Blume oder deutete ich auf eine am Wege, so eilte er, sie abzupflücken. Eine kleine Kröte, die, vom gestrigen Regen verlockt, mühselig auf dem Wege kroch, hob er auf und trug sie sorgsam ins grüne Gras, damit sie nicht vom nachfahrenden Wagen zerdrückt werde; und zwischendurch erzählte er übermütig die lachendsten, anmutigsten Dinge: ich glaube, in diesem Lachen war eine Art Rettung für ihn, denn sonst hätte er singen müssen oder springen oder Tolles tun, so beglückt, so berauscht gebärdete sich sein plötzlicher Überschwang.

Als wir dann auf der Höhe ein winziges Dörfchen langsam durchfuhren, lüftete er plötzlich im Vorübergehen höflich den Hut. Ich staunte: wen grüßte er da, der Fremde unter Fremden? Er errötete leicht bei meiner Frage und erklärte, beinahe sich entschuldigend, wir seien an einer Kirche vorbeigefahren, und bei ihnen in Polen, wie in allen streng katholischen Ländern, werde es von Kindheit an geübt, vor jeder Kirche und jedem Gotteshaus den Hut zu senken. Diese schöne Ehrfurcht vor dem Religiösen ergriff mich tief, gleichzeitig erinnerte ich mich auch jenes Kreuzes, von dem er gesprochen, und fragte ihn, ob er gläubig sei. Und als er mit einer ein wenig verschämten Gebärde bescheiden zugab, er hoffe, der Gnade teilhaftig zu sein, überkam mich plötzlich ein Gedanke. ›Halten Sie!‹ rief ich dem Kutscher zu und stieg eilig aus dem Wagen. Er folgte mir verwundert: ›Wohin gehen wir?‹ Ich antwortete nur: ›Kommen Sie mit.‹

Ich ging, von ihm begleitet, zurück zur Kirche, einem kleinen Landgotteshaus aus Backstein. Kalkig, grau und leer dämmerten innere Wände, die Tür stand offen, so daß ein gelber Kegel von Licht scharf hinein ins Dunkel schnitt, darin Schatten einen kleinen Altar blau umbauschten. Zwei Kerzen blickten, verschleierten Auges, aus der weihrauchwarmen Dämmerung. Wir traten ein, er lüftete den Hut, tauchte die Hand in den Kessel der Entsündigung, bekreuzigte sich und beugte das Knie. Und kaum war er aufgestanden, so faßte ich ihn an. ›Gehen Sie hin‹, drängte ich, ›zu einem Altar oder irgendeinem Bild hier, das Ihnen heilig ist, und leisten Sie dort das Gelöbnis, das ich Ihnen vorsprechen werde.‹ Er sah mich an, erstaunt, beinahe erschreckt. Aber schnell verstehend trat er hin zu einer Nische, schlug das Kreuz und kniete gehorsam nieder. ›Sprechen Sie mir nach‹, sagte ich, selbst zitternd vor Erregung, ›sprechen Sie mir nach: Ich schwöre‹ – ›Ich schwöre‹, wiederholte er, und ich setzte fort: ›daß ich niemals mehr an einem Spiel um Geld teilnehme, welcher Art es immer sei, daß ich nie mehr mein Leben und meine Ehre dieser Leidenschaft aussetzen werde.‹

Er wiederholte zitternd die Worte: deutlich und laut

hafteten sie in der vollkommenen Leere des Raumes. Dann ward es einen Augenblick still, so still, daß man von außen das leise Brausen der Bäume hören konnte, denen der Wind durch die Blätter griff. Und plötzlich warf er sich wie ein Büßender hin und sprach mit einer Ekstase, wie ich es nie gehört hatte, rasche und wirr hintereinandergejagte Worte polnischer Sprache, die ich nicht verstand. Aber es mußte ein ekstatisches Gebet sein, ein Gebet des Dankes und der Zerknirschung, denn immer wieder beugte die stürmische Beichte sein Haupt demütig zum Pulte herab, immer leidenschaftlicher wiederholten sich die fremden Laute, und immer heftiger ein und dasselbe mit unsäglicher Inbrunst herausgeschleuderte Wort. Nie vordem, nie nachdem habe ich in einer Kirche der Welt so beten gehört. Seine Hände umklammerten krampfig dabei das hölzerne Betpult, sein ganzer Körper war geschüttelt von einem inneren Orkan, der ihn manchmal aufriß, manchmal wieder niederwarf. Er sah, er fühlte nichts mehr: alles in ihm schien in einer andern Welt, in einem Fegefeuer der Verwandlung oder in einem Aufschwung zu einer heiligeren Sphäre. Endlich stand er langsam auf, schlug das Kreuz und wandte sich mühsam um. Seine Knie zitterten, sein Antlitz war blaß wie das eines schwer Erschöpften. Aber als er mich sah, strahlte sein Auge auf, ein reines, ein wahrhaft *frommes* Lächeln hellte sein fortgetragenes Gesicht; er trat näher heran, beugte sich russisch tief, faßte meine beiden Hände, sie ehrfürchtig mit den Lippen zu berühren: ›Gott hat Sie mir gesandt. Ich habe ihm dafür gedankt.‹ Ich wußte nichts zu sagen. Aber ich hätte gewünscht, daß plötzlich über dem niederen Gestühl die Orgel anhebe zu brausen, denn ich fühlte, mir war alles gelungen: diesen Menschen hatte ich für immer gerettet.

Wir traten aus der Kirche in das strahlende, strömende Licht dieses maihaften Tages zurück: nie war mir die Welt schöner erschienen. Zwei Stunden fuhren wir noch im Wagen langsam den panoramenhaften, an jeder Kehre neuen Ausblick schenkenden Weg über die Hügel entlang. Aber wir sprachen nicht mehr. Nach diesem Aufwand des Gefühls schien jedes Wort Verminderung. Und wenn mein Blick zufällig den seinen traf, so mußte ich beschämt ihn wegwenden: es erschütterte mich zu sehr, mein eigenes Wunder zu sehen.

Gegen fünf Uhr nachmittags kehrten wir nach Monte Carlo zurück. Nun forderte mich noch eine Verabredung mit Verwandten, die abzusagen mir nicht mehr möglich war. Und eigentlich begehrte ich im Innersten eine Pause, ein Entspannen des zu gewaltsam aufgerissenen Gefühls. Denn es war zuviel des Glückes. Ich spürte, ich mußte ausruhen von diesem überheißen, diesem ekstatischen Zustand, wie ich ihn ähnlich nie in meinem Leben gekannt. So bat ich meinen Schützling, nur für einen Augenblick zu mir ins Hotel zu kommen; dort in meinem Zimmer übergab ich ihm das Geld für die Reise und die Auslösung des Schmuckes. Wir vereinbarten, daß er während meiner Verabredung sich die Fahrkarte besorge; dann wollten wir uns abends um sieben Uhr an der Eingangshalle des Bahnhofes treffen, eine halbe Stunde, ehe der Zug über Genua ihn nach Hause brachte. Als ich ihm die fünf Banknoten hinreichen wollte, wurden seine Lippen merkwürdig blaß: ›Nein... kein... Geld... ich bitte Sie, kein Geld!‹ stieß er zwischen den Zähnen heraus, während seine Finger nervös und fahrig zurückzitterten. ›Kein Geld... kein Geld... ich kann es nicht sehen‹, wiederholte er noch einmal, gleichsam von Ekel oder Angst körperlich überwältigt. Aber ich beruhigte seine Scham, es sei doch bloß geliehen, und fühle er sich bedrückt, so möge er mir eine Quittung ausstellen. ›Ja... ja... eine Quittung‹, murmelte er abgewandten Blickes, knitterte die Banknoten, wie etwas, das klebrig an den

Fingern schmutzt, unbesehen in die Tasche, und schrieb auf ein Blatt mit fliegenden hingejagten Zügen ein paar Worte. Als er aufsah, stand feuchter Schweiß auf seiner Stirne: etwas schien von innen empor stoßhaft in ihm aufzuwürgen, und kaum, daß er jenes lose Blatt mir zugeschoben, zuckte es ihn durch, und plötzlich – ich trat unwillkürlich erschrocken zurück – fiel er in die Knie und küßte mir den Saum des Kleides. Unbeschreibliche Geste: ich zitterte am ganzen Leib von ihrer übermächtigen Gewalt. Ein merkwürdiger Schauer kam über mich, ich wurde verwirrt und konnte nur stammeln: ›Ich danke Ihnen, daß Sie so dankbar sind. Aber bitte, gehen Sie jetzt!‹ Abends sieben Uhr an der Eingangshalle des Bahnhofes wollen wir dann Abschied nehmen.‹

Er sah mich an, Glanz von Rührung durchfeuchtete seinen Blick; einen Augenblick meinte ich, er wolle etwas sagen, einen Augenblick schien es, als ob er mir entgegendrängte. Aber dann verbeugte er sich plötzlich noch einmal tief, ganz tief, und verließ das Zimmer.«

Wieder unterbrach Mrs. C. ihre Erzählung. Sie war aufgestanden und zum Fenster gegangen, blickte hinaus und stand lange unbewegt: an dem silhouettenhaft hingezeichneten Rücken sah ich ein leichtes, zitterndes Schwanken. Mit einem Male wandte sie sich entschlossen um, ihre Hände, bisher ruhig und unbeteiligt, machten plötzlich eine heftige, abteilende Bewegung, gleichsam als wollten sie etwas zerreißen. Dann sah sie mich hart, beinahe kühn an und begann wieder mit einem Ruck:

»Ich habe Ihnen versprochen, ganz aufrichtig zu sein. Und ich sehe jetzt, wie notwendig dies Gelöbnis gewesen ist. Denn erst nun, da ich mich zwinge, zum erstenmal im geregelten Zusammenhang den ganzen Ablauf jener Stunde zu schildern und klare Worte zu suchen für ein damals ganz ineinandergefaltetes und verworrenes Gefühl, jetzt erst verstehe ich vieles deutlich, was ich damals nicht wußte oder vielleicht nur nicht wissen wollte. Und deshalb will ich hart und entschlossen mir selbst und auch Ihnen die Wahrheit sagen: damals, in jener Sekunde, als der junge Mensch das Zimmer verließ und ich allein zurückblieb, hatte ich – wie eine Ohnmacht fiel es dumpf über mich – das Empfinden eines harten Stoßes gegen mein Herz: Irgend etwas hatte mir tödlich weh getan, aber ich wußte nicht – oder ich weigerte mich, zu wissen –, in welcher Art die doch rührend respektvolle Haltung meines Schützlings mich so schmerzhaft verwundete.

Aber jetzt, da ich mich zwinge, hart und ordnungshaft alles Vergangene aus mir heraus wie ein Fremdes zu holen, und Ihre Zeugenschaft kein Verbergen, keinen feigen Unterschlupf eines beschämenden Gefühls duldet, heute weiß ich klar: was damals so weh tat, war die Enttäuschung... die Enttäuschung, daß... daß dieser junge Mensch so fügsam gegangen war... so ohne jeden Versuch, mich zu halten, bei mir zu bleiben... daß er demütig und ehrfurchtsvoll meinem ersten Versuch, abzureisen, sich fügte, statt... statt einen Versuch zu machen, mich an sich zu reißen... daß er mich einzig als eine Heilige verehrte, die ihm auf seinem Wege erschienen... und nicht... nicht mich fühlte als eine Frau.

Das war jene Enttäuschung für mich... eine Enttäuschung, die ich mir nicht eingestand, damals nicht und später nicht, aber das Gefühl einer Frau weiß alles, ohne Worte und Bewußtsein. Denn... jetzt betrüge ich mich nicht länger – hätte dieser Mensch mich damals umfaßt, mich damals gefordert, ich wäre mit ihm gegangen bis ans Ende der Welt, ich hätte meinen Namen entehrt und den meiner Kinder... ich wäre, gleichgültig gegen das Gerede der Leute und die innere Vernunft, mit ihm fortgelaufen, wie jene Madame Henriette mit dem jungen Franzosen, den sie tags zuvor noch nicht kannte... ich hätte nicht gefragt, wohin und wie lange, nicht mich umgewandt mit einem Blick zurück in mein früheres Leben... ich hätte mein Geld, meinen Namen, mein Vermögen, meine Ehre diesem Menschen geopfert... ich wäre betteln gegangen, und wahrscheinlich gibt es keine Niedrigkeit dieser Welt, zu der er mich nicht hätte verleiten können. Alles, was man Scham nennt und Rücksicht unter den Menschen, hätte ich weggeworfen, wäre er nur mit einem Wort, mit einem Schritt auf mich zugetreten, hätte er versucht, mich zu fassen, so verloren war ich an ihn in dieser Sekunde. Aber... ich sagte es Ihnen ja... dieser sonderbar benommene Mensch sah mich und die Frau in mir mit keinem Blick mehr... und wie sehr, wie ganz hingegeben ich ihm entgegenbrannte, das fühlte ich erst, als ich allein mit mir war, als die Leidenschaft, die eben noch sein erhelltes, sein geradezu seraphisches Gesicht emporriß, dunkel in mich zurückfiel und nun im Leeren einer verlassenen Brust wogte. Mühsam raffte ich mich auf, doppelt widrig lastete jene Verabredung. Mir war, als sei meiner Stirne ein schwerer eiserner, drückender Helm übergestülpt, unter dessen Gewicht ich schwankte: meine Gedanken fielen lose auseinander wie meine Schritte, als ich endlich hinüber in das andere Hotel zu meinen Verwandten ging. Dort saß ich dumpf inmitten regen Geplauders und erschrak immer wieder von neuem, blickte ich zufällig auf und sah in ihre unbewegten Gesichter, die, im Vergleich mit jenem wie von licht- und schattenwerfendem Wolkenspiel belebten, mir maskenhaft oder erfroren dünkten. Als ob ich zwischen lauter Gestorbenen säße, so grauenhaft unbelebt war diese gesellige Gegenwart; und während ich Zucker in die Tasse warf und abwesend mitkonversierte, stieg immer innen, wie vom Flackern des Blutes hochgetrieben, jenes eine Antlitz auf, das zu beobachten mir inbrünstig Freude geworden war und das ich – entsetzlich zu denken! – in einer, in zwei Stunden zum letztenmal gesehen haben sollte. Unwillkürlich mußte ich leise geseufzt oder aufgestöhnt haben, denn plötzlich beugte die Cousine meines Mannes sich mir zu: was mir sei, ob ich mich denn nicht ganz wohl fühle, ich blicke so blaß und bedrängt. Diese unvermutete Frage half nun rasch und mühelos in eine rasche Ausrede, mich quäle in der Tat eine Migräne, sie möge mir darum erlauben, mich unauffällig zu entfernen.

So mir selbst zurückgegeben, eilte ich unverzüglich in mein Hotel. Und kaum dort allein, überkam mich neuerdings das Gefühl der Leere, des Verlassenseins und, hitzig damit verklammert, das Verlangen nach jenem jungen Menschen, den ich heute für immer verlassen sollte. Ich fuhr hin und her im Zimmer, riß unnütz Laden auf, wechselte Kleid und Band, um mich mit einmal vor dem Spiegel zu finden, prüfenden Blickes, ob ich, dermaßen geschmückt, nicht doch den seinen zu binden vermöchte. Und jählings verstand ich mich selbst: alles tun, nur ihn nicht lassen! Und innerhalb einer gewalttätigen Sekunde wurde dieser Wille zum Entschluß. Ich lief hinunter zum Portier, kündigte ihm an, daß ich heute mit dem Abendzug abreise. Und nun galt es, eilig zu sein: ich klingelte dem Mädchen, daß sie mir behilflich sei, meine Sachen zu packen – die Zeit drängte ja; und während wir gemeinsam in wetteifernder Hast Kleider und kleines Gebrauchsgerät in die Koffer verstauten, träumte ich mir die ganze Überraschung aus: wie ich ihn an den Zug begleiten würde, um dann im letzten, im allerletzten Moment, wenn er mir die Hand schon zum Abschied geboten, plötzlich zu dem Erstaunten in den Wagen zu steigen, mit ihm für diese Nacht, für die nächste – solange er mich wollte. Eine Art entzückter, begeisterter Taumel wirbelte mir im Blut, manchmal lachte ich, zur Befremdung des Mädchens, indes ich Kleider in die Koffer warf, unvermutet laut auf: meine Sinne waren, ich fühlte es zwischendurch, in Unordnung geraten. Und als der Lohndiener kam, die Koffer zu holen, starrte ich ihn erst fremd an: Es war zu schwer, an Sachliches zu denken, indes von innen her die Erregung mich so stark überwogte.

Die Zeit drängte, knapp an sieben mochte es sein, bestenfalls blieben da zwanzig Minuten bis zum Abgang des Zuges – freilich, tröstete ich mich, nun zählte mein Kommen ja nicht mehr als Abschied, seit ich entschlossen war, ihn auf seiner Fahrt zu begleiten, solange, soweit er es duldete. Der Diener trug die Koffer voraus, ich hastete zur Hotelkasse, meine Rechnung zu begleichen. Schon reichte mir der Manager das Geld zurück, schon wollte ich weiter, da rührte eine Hand zärtlich an meine Schulter. Ich zuckte auf. Es war meine Cousine, die, beunruhigt durch mein angebliches Unwohlsein, gekommen war, nach mir zu sehen. Mir dunkelte es vor den Augen. Ich konnte sie jetzt nicht brauchen, jede Sekunde Verzögerung bedeutete verhängnisvolles Versäumnis, aber doch verpflichtete mich Höflichkeit, ihr wenigstens eine Zeitlang Rede und Antwort zu stehen. ›Du mußt zu Bett‹, drängte sie, ›du hast bestimmt Fieber.‹ Und so mochte es wohl auch sein, denn die Pulse trommelten mir hart auf die Schläfen, und manchmal spürte ich jene vorschwebenden blauen Schatten naher Ohnmacht über den Augen. Aber ich wehrte ab, bemühte mich, dankbar zu scheinen, indes jedes Wort mich brannte und ich am liebsten ihre unzeitgemäße Fürsorge mit dem Fuße weggestoßen hätte. Doch die unerwünscht Besorgte blieb, blieb, blieb, bot mir Eau de Cologne, ließ sichs nicht nehmen, mir selbst das kühle um die Schläfen zu streichen: ich aber zählte indes die Minuten, dachte gleichzeitig an ihn und wie ich einen Vorwand finden könnte, dieser quälenden Anteilnahme zu entkommen. Und je unruhiger ich ward, desto mehr erschien ich ihr verdächtig: beinahe mit Gewalt wollte sie mich schließlich veranlassen, auf mein Zimmer zu gehen und mich niederzulegen. Da – inmitten ihres Zuspruches – sah ich auf einmal in der Mitte der Halle die Uhr: zwei Minuten vor halb acht, und um 7 Uhr 35 ging der Zug. Und brüsk, schußhaft, mit der brutalen Gleichgültigkeit einer Verzweifelten stieß ich meiner Cousine die Hand geradewegs zu: ›Adieu, ich muß fort!‹ und ohne mich um ihren erstarrten Blick zu kümmern, ohne mich umzusehen, stürmte ich an den verwunderten Hoteldienern vorbei und zur Türe hinaus, auf die Straße und dem Bahnhof zu. Bereits an der erregten Gestikulation des Lohndieners, er stand dort wartend mit dem Gepäck, nahm ich von ferne wahr, es müsse höchste Zeit sein. Blindwütig stürmte ich hin zur Schranke, aber da wehrte wieder der Schaffner: Ich hatte vergessen, ein Billett zu nehmen. Und während ich mit Gewalt beinahe ihn bereden wollte, mich dennoch auf den Perron zu lassen, setzte sich der Zug bereits in Bewegung: ich starrte hin, zitternd an allen Gliedern, wenigstens noch einen Blick von irgendeinem der Waggonfenster zu erhaschen, ein Winken, einen Gruß. Aber ich konnte inmitten des eilfertigen Geschiebes sein Antlitz nicht mehr wahrnehmen. Immer rascher rollten die Wagen vorbei, und nach einer Minute blieb nichts als qualmendes, schwarzes Gewölk vor meinen verdunkelten Augen.

Ich muß wie versteinert dort gestanden haben, Gott weiß wie lange, denn der Lohndiener hatte mich wohl vergeblich mehrmals angesprochen, ehe er wagte, meinen Arm zu berühren. Da erst schrak ich auf. Ob er das Gepäck wieder in das Hotel zurückbringen sollte. Ich brauchte ein paar Minuten Zeit, mich zu besinnen; nein, das war nicht möglich, ich konnte nach jener lächerlichen, überstürzten Abreise nicht wieder zurück und wollte auch nicht zurück, nie mehr; so befahl ich ihm, ungeduldig, schon allein zu sein, das Gepäck im Depot zu verstauen. Danach erst, mitten in dem unablässig erneuten Gequirl von Menschen, das sich in der Halle lärmend zusammenschob und wieder zerkleinerte, versuchte ich zu denken, klar zu denken, mich herauszuretten aus diesem verzweifelten, schmerzenden Gewürge von Zorn, Reue und Verzweiflung, denn – warum es nicht eingestehen? – der Gedanke, durch eigene Schuld die letzte Begegnung vertan zu haben, wühlte in mir mit glühender Schärfe unbarmherzig herum. Ich hätte aufschreien können, so weh tat diese immer erbarmungsloser vordringende, rotgehitzte Schneide. Nur ganz leidenschaftsfremde Menschen haben ja in ihren einzigen Augenblicken vielleicht solche lawinenhaft plötzliche, solche orkanische Ausbrüche der Leidenschaft: da stürzen ganze Jahre mit dem stürzenden Groll nichtgenützter Kräfte die eigene Brust hinab. Nie vordem, nie nachdem hatte ich ähnliches an Überraschung und wütender Machtlosigkeit erlebt als in dieser Sekunde, da ich, zum Verwegensten bereit – bereit, mein ganzes gespartes, gehäuftes, zusammengehaltenes Leben mit einem Ruck hinzuwerfen –, plötzlich vor mir eine Mauer von Sinnlosigkeit fand, gegen die meine Leidenschaft ohnmächtig mit der Stirne stieß.

Was ich dann tat, wie konnte es anders als gleichfalls ganz sinnlos sein, es war töricht, sogar dumm, fast schäme ich mich, es zu erzählen – aber ich habe mir, ich habe Ihnen versprochen, nichts zu verschweigen: nun, ich... ich suchte ihn mir wieder... das heißt, ich suchte mir jeden Augenblick zurück, den ich mit ihm verbracht... es zog mich gewaltsam hin zu allen Orten, wo wir gemeinsam gestern gewesen, zu der Bank im Garten, von der ich ihn weggerissen, in den Spielsaal, wo ich ihn zum erstenmal gesehen, ja in jene Spelunke sogar, nur um noch einmal, noch einmal das Vergangene wieder zu erleben. Und morgen wollte ich dann im Wagen die Corniche entlang den gleichen Weg, damit jedes Wort, jede Geste noch einmal in mir erneuert sei – ja so sinnlos, so kindisch war meine Verwirrung. Aber bedenken Sie, wie blitzhaft jene Geschehnisse mich überstürmten – ich hatte kaum anderes gefühlt als einen einzigen betäubenden Schlag. Nun aber, zu rauh aus jenem Tumult erweckt, wollte ich mich auf dies hinfliehend Erlebte noch einmal Zug um Zug nachgenießend besinnen, dank jenem magischen Selbstbetrug, den wir Erinnerung nennen – freilich: Das sind Dinge, die man begreift oder nicht begreift. Vielleicht braucht man ein brennendes Herz, um sie zu verstehen.

So ging ich zunächst in den Spielsaal, den Tisch zu suchen, wo er gesessen, und dort unter all den Händen die seinen mir zu erdenken. Ich trat ein: es war, ich wußte es noch, der linke Tisch gewesen im zweiten Zimmer, wo ich ihn zuerst erblickt. Noch deutlich stand jede seiner Gesten vor mir: traumwandlerisch, mit geschlossenen Augen und vorgestreckten Händen hätte ich seinen Platz gefunden. Ich trat also ein, ging gleich quer durch den Saal. Und da... wie ich von der Tür aus den Blick gegen das Gewühl wandte... da geschah mir etwas Sonderbares... da saß genau an der Stelle, an die ich mir ihn hingeträumt, da saß – Halluzinationen des Fiebers! – ... er wirklich... Er... Er... genau so, wie ich ihn eben träumend gesehen... genau so wie gestern, stier die Augen auf die Kugel gerichtet, geisterhaft bleich... aber Er... Er... unverkennbar Er...

Mir war, als müßte ich aufschreien, so erschrak ich. Aber ich bezähmte meinen Schrecken vor dieser unsinnigen Vision und schloß die Augen. ›Du bist wahnsinnig... du träumst... du fieberst‹, sagte ich mir. ›Es ist ja unmöglich, du halluzinierst... Er ist vor einer halben Stunde von hier weggefahren.‹ Dann erst tat ich die Augen wieder auf. Aber entsetzlich: genau so wie vordem saß er dort, leibhaft unverkennbar... unter Millionen hätte ich diese Hände erkannt... nein, ich träumte nicht, er war es wirklich. Er war nicht weggefahren, wie er mir geschworen, der Wahnwitzige saß da, er hatte das Geld, das ich ihm zur Heimreise gegeben, hierhergetragen an den grünen Tisch und vollkommen selbstvergessen in seiner Leidenschaft hier gespielt, indes ich verzweifelt mir das Herz nach ihm ausgerungen.

Ein Ruck stieß mich vorwärts: Wut überschwemmte mir die Augen, rasende rotblickende Wut, den Eidbrüchigen, der mein Vertrauen, mein Gefühl, meine Hingabe so schändlich betrogen hatte, an der Gurgel zu fassen. Aber ich bezwang mich noch. Mit gewollter Langsamkeit (wieviel Kraft kostete sie mich!) trat ich an den Tisch gerade ihm gegenüber, ein Herr machte mir höflich Platz. Zwei Meter grünes Tuch standen zwischen uns beiden, und ich konnte, wie von einem Balkon herab in ein Schauspiel, hinstarren in sein Gesicht, in eben dasselbe Gesicht, das ich vor zwei Stunden überstrahlt gesehen hatte von Dankbarkeit, erleuchtet von der Aura der göttlichen Gnade, und das nun ganz wieder in allen Höllenfeuern der Leidenschaft zuckend verging. Die Hände, dieselben Hände, die ich noch nachmittags im heiligsten Eid an das Holz des Kirchengestühls verklammert gesehen, sie krallten jetzt wieder gekrümmt im Geld herum wie wollüstige Vampire. Denn er hatte gewonnen, er mußte, viel, sehr viel gewonnen haben: vor ihm glitzerte ein wirrer Haufen von Jetons und Louisdors und Banknoten, ein schütteres, achtloses Durcheinander, in dem die Finger, seine zitternden, nervösen Finger sich wohlig streckten und badeten. Ich sah, wie sie streichelnd die einzelnen Noten festhielten und falteten, die Münzen drehten und liebkosten, um dann plötzlich mit einem Ruck eine Faustvoll zu fassen und mitten auf eines der Karrees zu werfen. Und sofort begannen die Nasenflügel jetzt wieder diese fliegenden Zuckungen, der Ruf des Croupiers riß ihm die Augen, die gierig flackernden, vom Gelde weg hin zu der splitternden Kugel, er strömte gleichsam von sich selber fort, indes die Ellenbogen dem grünen Tisch mit Nägeln angehämmert schienen. Noch furchtbarer, noch grauenhafter offenbarte sich sein vollkommenes Besessensein als am vergangenen Abend, denn jede seiner Bewegungen mordete in mir jenes andere, wie auf Goldgrund leuchtende Bild, das ich leichtgläubig nach innen genommen.

Zwei Meter weit voneinander atmeten wir so beide; ich starrte auf ihn, ohne daß er meiner gewahr wurde. Er sah nicht auf mich, er sah niemanden, sein Blick glitt nur hin zu dem Geld, flackerte unstet mit der zurückrollenden Kugel: in diesem einen rasenden grünen Kreise waren alle seine Sinne eingeschlossen und hetzten hin und zurück. Die ganze Welt, die ganze Menschheit war diesem Spielsüchtigen zusammengeschmolzen in diesen viereckigen Fleck gespannten Tuches. Und ich wußte, daß ich hier Stunden und Stunden stehen konnte, ohne daß er eine Ahnung meiner Gegenwart in seine Sinne nehmen würde.

Aber ich ertrug es nicht länger. Mit einem plötzlichen Entschluß ging ich um den Tisch, trat hinter ihn und faßte hart mit der Hand seine Schulter. Sein Blick taumelte auf – eine Sekunde starrte er mit glasigen Augäpfeln mich fremd an, genau einem Trunkenen gleich, den man mühsam aus dem Schlaf rüttelt und dessen Blicke noch grau und dösig vom inneren Qualme dämmern. Dann schien er mich zu erkennen, sein Mund tat sich zitternd auf, beglückt sah er zu mir empor und stammelte leise mit einer wirr-geheimnisvollen Vertraulichkeit: ›Es geht gut... Ich habe es gleich gewußt, wie ich hereinkam und sah, daß Er hier ist... Ich habe es gleich gewußt...‹ Ich verstand ihn nicht. Ich merkte nur, daß er betrunken war vom Spiel, daß dieser Wahnwitzige alles vergessen hatte, sein Gelöbnis, seine Verabredung, mich und die Welt. Aber selbst in dieser Besessenheit war seine Ekstase für mich so hinreißend, daß ich unwillkürlich seiner Rede mich unterwarf und betroffen fragte, wer denn hier sei.

›Dort, der alte russische General mit dem einen Arm‹, flüsterte er, ganz an mich gedrückt, damit niemand das magische Geheimnis erlausche. ›Dort, der mit den weißen Kotelettes und dem Diener hinter sich. Er gewinnt immer, ich habe ihn schon gestern beobachtet, er muß ein System haben, und ich setze immer das gleiche... Auch gestern hat er immer gewonnen... nur habe ich den Fehler gemacht, weiterzuspielen, als er wegging... das war mein Fehler... er muß gestern zwanzigtausend Franken gewonnen haben... und auch heute gewinnt er mit jedem Zug... jetzt setze ich ihm immer nach... Jetzt...‹

Mitten in der Rede brach er plötzlich ab, denn der Croupier rief sein schnarrendes ›Faites votre jeu!‹ und schon taumelte sein Blick fort und gierte hin zu dem Platz, wo gravitätisch und gelassen der weißbärtige Russe saß und bedächtig erst ein Goldstück, dann zögernd ein zweites auf das vierte Feld hinlegte. Sofort griffen die hitzigen Hände vor mir in den Haufen und warfen eine Handvoll Goldstücke auf die gleiche Stelle. Und als nach einer Minute der Croupier ›Zéro!‹ rief und sein Rechen mit einer einzigen Drehung den ganzen Tisch blankfegte, starrte er wie einem Wunder dem wegströmenden Gelde nach. Aber meinen Sie, er hätte sich nach mir umgewendet: Nein, er hatte mich vollkommen vergessen; ich war herausgesunken, verloren, vergangen aus seinem Leben, seine ganzen angespannten Sinne starrten nur hin zu dem russischen General, der, vollkommen gleichgültig, wieder zwei Goldstücke in der Hand wog, unschlüssig, auf welche Zahl er sie placieren sollte.

Ich kann Ihnen meine Erbitterung, meine Verzweiflung nicht schildern. Aber denken Sie sich mein Gefühl: für einen Menschen, dem man sein ganzes Leben hingeworfen hat, nicht mehr als eine Fliege zu sein, die man lässig mit der lockeren Hand wegscheucht. Wieder kam diese Welle von Wut über mich. Mit vollem Griff packte ich seinen Arm, daß er auffuhr.

›Sie werden sofort aufstehen!‹ flüsterte ich ihm leise, aber befehlend zu. ›Erinnern Sie sich, was Sie heute in der Kirche geschworen, Sie eidbrüchiger, erbärmlicher Mensch.‹

Er starrte mich an, betroffen und ganz blaß. Seine Augen bekamen plötzlich den Ausdruck eines geschlagenen Hundes, seine Lippen zitterten. Er schien sich mit einem Mal alles Vergangenen zu erinnern, und ein Grauen vor sich selbst ihn zu überkommen.

›Ja... ja...‹, stammelte er. ›O mein Gott, mein Gott... Ja... ich komme schon, verzeihen Sie...‹

Und schon raffte seine Hand das ganze Geld zusammen, schnell zuerst, mit einem zusammenreißenden, vehementen Ruck, aber dann allmählich träger werdend und wie von einer Gegenkraft zurückgeströmt. Sein Blick war neuerdings auf den russischen General gefallen, der eben pointierte.

›Einen Augenblick noch...‹ er warf rasch fünf Goldstücke auf das gleiche Feld... ›Nur noch dieses eine Spiel... Ich schwöre Ihnen, ich komme sofort... nur noch dieses eine Spiel... nur noch...‹

Und wieder verlosch seine Stimme. Die Kugel hatte zu rollen begonnen und riß ihn mit sich. Wieder war der Besessene mir, war er sich selber entglitten, hinabgeschleudert mit dem Kreisel in die glatte Mulde, innerhalb derer die winzige Kugel kollerte und sprang. Wieder rief der Croupier, wieder scharrte der Rechen die fünf Goldstücke von ihm weg; er hatte verloren. Aber er wandte sich nicht um. Er hatte mich vergessen, wie den Eid, wie das Wort, das er mir vor einer Minute gegeben. Schon wieder zuckte seine gierige Hand nach dem eingeschmolzenen Gelde, und nur zu dem Magnet seines Willens, zu dem glückbringenden Gegenüber hin, flackerte sein betrunkener Blick.

Meine Geduld war zu Ende. Ich rüttelte ihn nochmals, aber jetzt gewaltsam. ›Auf der Stelle stehen Sie jetzt auf! Sofort!... Sie haben gesagt, dieses Spiel noch...‹

Aber da geschah etwas Unerwartetes. Er riß sich plötzlich herum, doch das Gesicht, das mich ansah, war nicht mehr das eines Demütigen und Verwirrten, sondern eines Rasenden, eines Bündels Zorn mit brennenden Augen und vor Wut zitternden Lippen. ›Lassen Sie mich in Ruhe!‹ fauchte er mich an. ›Gehen Sie weg! Sie bringen mir Unglück. Immer, wenn Sie da sind, verliere ich. So haben Sie es gestern gemacht und heute wieder. Gehen Sie fort!‹

Ich war einen Augenblick starr. Aber an seiner Tollheit wurde nun auch mein Zorn zügellos.

›Ich bringe Ihnen Unglück?‹ fuhr ich ihn an. ›Sie Lügner, Sie Dieb, der Sie mir geschworen haben...‹ Doch ich kam nicht weiter, denn der Besessene sprang von seinem Platze auf, stieß mich, gleichgültig um den sich regenden Tumult, zurück. ›Lassen Sie mich in Frieden‹, schrie er hemmungslos laut. ›Ich stehe nicht unter Ihrer Kuratel... da... da... da haben Sie Ihr Geld‹, und er warf mir ein paar Hundertfrankenscheine hin... ›Jetzt aber lassen Sie mich in Ruhe!‹

Ganz laut, wie ein Besessener hatte er das gerufen, gleichgültig gegen die hundert Menschen ringsum. Alles starrte, zischelte, deutete, lachte, ja vom Nachbarsaal selbst drängten neugierige Leute herein. Mir war, als würden mir die Kleider vom Leibe gerissen und ich stünde nackt vor allen diesen Neugierigen... ›Silence, Madame, s'il vous plaît!‹ sagte laut und herrisch der Croupier und klopfte mit dem Rechen auf den Tisch. Mir galt das, mir, das Wort dieses erbärmlichen Gesellen. Erniedrigt, von Scham übergossen, stand ich vor der zischelnd aufflüsternden Neugier wie eine Dirne, der man Geld hingeschmissen hat. Zweihundert, dreihundert unverschämte Augen griffen mir ins Gesicht, und da... wie ich ausweichend, ganz geduckt von dieser Jauche von Erniedrigung und Scham mit dem Blick zur Seite bog, da stieß er gradwegs in zwei Augen, gleichsam schneidend vor Überraschung – es war meine Cousine, die mich entgeistert anblickte, aufgegangenen Mundes und mit einer wie im Schreck erhobenen Hand.

Das schlug in mich hinein: noch ehe sie sich regen konnte, sich erholen von ihrer Überraschung, stürmte ich aus dem Saale: es trug mich noch gerade hin bis zu der Bank, zu eben derselben Bank, auf die gestern jener Besessene hingestürzt war. Und ebenso kraftlos, ebenso ausgeschöpft und zerschmettert fiel ich hin auf das harte, unbarmherzige Holz. –

Das ist jetzt vierundzwanzig Jahre her, und doch, wenn ich an diesen Augenblick, wo ich dort, niedergepeitscht von seinem Hohn, vor tausend fremden Menschen stand, mich erinnere, wird mir das Blut kalt in den Adern. Und ich spüre wieder erschrocken, eine wie schwache, armselige und quallige Substanz das doch sein muß, was wir immer großspurig Seele, Geist, Gefühl, was wir Schmerzen nennen, da all dies selbst im äußersten Übermaß nicht vermag, den leidenden Leib, den zerquälten Körper völlig zu zersprengen – weil man ja doch solche Stunden mit weiterpochendem Blut überdauert, statt hinzusterben und hinzustürzen wie ein Baum unterm Blitz. Nur für einen Ruck, für einen Augenblick hatte dieser Schmerz mir die Gelenke durchgerissen, daß ich hinfiel auf jene Bank, atemlos, stumpf und mit meinem geradezu wollüstigen Vorgefühl des Absterbenmüssens. Aber ich sagte es eben, aller Schmerz ist feige, er zuckt zurück vor der übermächtigen Forderung nach Leben, die stärker in unserem Fleisch verhaftet scheint als alle Todesleidenschaft in unserem Geiste. Unerklärlich mir selbst nach solcher Zerschmetterung der Gefühle: aber doch, ich stand wieder auf, nicht wissend freilich, was zu tun. Und plötzlich fiel mir ein, daß ja meine Koffer am Bahnhof bereitstanden, und schon jagte es durch mich hin: fort, fort, fort, nur fort von hier, von diesem verfluchten Höllenhaus. Ich lief ohne auf jemand achtzugeben an die Bahn, fragte, wann der nächste Zug nach Paris ginge; um zehn Uhr sagte mir der Portier, und sofort ließ ich mein Gepäck aufgeben. Zehn Uhr – dann waren genau vierundzwanzig Stunden vorbei seit jener entsetzlichen Begegnung, vierundzwanzig Stunden, so gefüllt vom wechselnden Wetterschlag der widersinnigsten Gefühle, daß meine innere Welt für immer zerschmettert war. Aber zunächst spürte ich nichts als ein Wort in diesem ewig hämmernden, zuckenden Rhythmus: fort! fort! fort! Mein Puls hinter der Stirn schlug wie ein Keil es immer wieder in die Schläfen hinein: fort! fort! fort! Fort von dieser Stadt, fort von mir selbst, nach Hause, zu meinen Menschen, zu meinem früheren, zu meinem eigenen Leben! Ich fuhr die Nacht durch nach Paris, dort von einem Bahnhof zum andern und direkt nach Boulogne, von Boulogne nach Dover, von Dover nach London, von London zu meinem Sohn – alles in diesem einzigen jagenden Flug, ohne zu überlegen, ohne zu denken, achtundvierzig Stunden, ohne Schlaf, ohne Wort, ohne Essen, achtundvierzig Stunden, während derer alle Räder nur dieses eine Wort ratterten: fort! fort! fort! Als ich endlich, unerwartet für jeden einzelnen, bei meinem Sohn im Landhaus eintrat, schraken sie alle auf: irgend etwas muß in meinem Wesen, in meinem Blick gestanden haben, das mich verriet. Mein Sohn wollte mich umarmen und küssen. Ich bog mich zurück: der Gedanke war mir unerträglich, daß er Lippen berühren sollte, die ich als geschändet empfand. Ich wehrte jeder Frage, verlangte nur ein Bad, denn dies war mir Bedürfnis, mit dem Schmutz der Reise auch alles andere von meinem Körper wegzuwaschen, was noch von der Leidenschaft dieses Besessenen, dieses Unwürdigen ihm anzuhaften schien. Dann schleppte ich mich hinauf in mein Zimmer und schlief zwölf, vierzehn Stunden einen dumpfen, steinernen Schlaf, wie ich ihn nie zuvor und nie seitdem geschlafen habe, einen Schlaf, nach dem ich nun weiß, wie das sein muß, in einem Sarg zu liegen und tot zu sein. Meine Verwandten kümmerten sich um mich wie um eine Kranke, aber ihre Zärtlichkeit tat mir nur weh, ich schämte mich ihrer Ehrfurcht, ihres Respekts, und unablässig mußte ich mich hüten, nicht plötzlich herauszuschreien, wie sehr ich sie alle verraten, vergessen und schon verlassen hatte um einer tollen und wahnwitzigen Leidenschaft willen.

Ziellos fuhr ich dann wieder in eine kleine französische Stadt, wo ich niemanden kannte, denn mich verfolgte der Wahn, jeder Mensch könne mir von außen beim ersten Blick meine Schande, meine Veränderung ansehen, so sehr fühlte ich mich verraten und beschmutzt bis in die tiefste Seele. Manchmal, wenn ich morgens aufwachte in meinem Bett, hatte ich eine grauenhafte Angst, die Augen zu öffnen. Wieder überfiel mich das Erinnern an diese Nacht, wo ich plötzlich neben einem fremden, halbnackten Menschen erwachte, und dann hatte ich immer nur, ganz wie damals, den einen Wunsch, sofort zu sterben.

Aber schließlich, die Zeit hat doch tiefe Macht und das Alter eine sonderbare entwertende Gewalt über alle Gefühle. Man spürt den Tod näher herankommen, sein Schatten fällt schwarz über den Weg, da scheinen die Dinge weniger grell, sie fahren einem nicht mehr so in die inneren Sinne und verlieren viel von ihrer gefährlichen Gewalt. Allmählich kam ich über den Schock hinweg; und als ich nach langen Jahren einmal in einer Gesellschaft dem Attaché der österreichischen Gesandtschaft begegnete, einem jungen Polen, und er mir auf meine Erkundung nach jener Familie erzählte, daß ein Sohn dieses seines Vetters sich vor zehn Jahren in Monte Carlo erschossen habe – da zitterte ich nicht einmal mehr. Es tat kaum mehr weh: vielleicht – warum seinen Egoismus verleugnen? – tat es mir sogar wohl, denn nun war die letzte Furcht vorbei, noch jemals ihm zu begegnen: ich hatte keinen Zeugen mehr wider mich als die eigene Erinnerung. Seitdem bin ich ruhiger geworden. Altwerden heißt ja nichts anderes, als keine Angst mehr haben vor der Vergangenheit.

Und jetzt werden Sie es auch verstehen, wie ich plötzlich dazu kam, mit Ihnen über mein eigenes Schicksal zu sprechen. Als Sie Madame Henriette verteidigten und leidenschaftlich sagten, vierundzwanzig Stunden könnten das Schicksal einer Frau vollkommen bestimmen, fühlte ich mich selbst damit gemeint: Ich war Ihnen dankbar, weil ich zum erstenmal mich gleichsam bestätigt fühlte. Und da dachte ich mir: einmal sichs wegsprechen von der Seele, vielleicht löst das den lastenden Bann und die ewig rückblickende Starre; dann kann ich morgen vielleicht hinübergehen und ebendenselben Saal betreten, in dem ich meinem Schicksal begegnet, und doch ohne Haß sein gegen ihn und gegen mich selbst. Dann ist der Stein von der Seele gewälzt, liegt mit seiner ganzen Wucht über aller Vergangenheit und verhütet, daß sie noch einmal aufersteht. Es war gut für mich, daß ich Ihnen all dies erzählen konnte: mir ist jetzt leichter und beinahe froh zumute... ich danke Ihnen dafür.«

Bei diesen Worten war sie plötzlich aufgestanden, ich fühlte, daß sie zu Ende war. Etwas verlegen suchte ich nach einem Wort. Aber sie mußte meine Berührung gefühlt haben und wehrte rasch ab.

»Nein, bitte, sprechen Sie nicht... ich möchte nicht, daß Sie mir etwas antworten oder sagen... Seien Sie bedankt, daß Sie mir zugehört haben, und reisen Sie wohl.«

Sie stand mir gegenüber und reichte mir die Hand zum Abschied. Unwillkürlich sah ich auf zu ihrem Gesicht, und es schien mir rührend wunderbar, das Antlitz dieser alten Frau, die gütig und gleichzeitig leicht beschämt vor mir stand. War es der Widerschein vergangener Leidenschaft, war es Verwirrung, die da plötzlich mit aufsteigendem Rot die Wangen bis zum weißen Haar empor unruhig überglühte – aber ganz wie ein Mädchen stand sie da, bräutlich verwirrt von Erinnerungen und beschämt von dem eigenen Geständnis. Unwillkürlich ergriffen, drängte es mich sehr, ihr durch ein Wort meine Ehrfurcht zu bezeugen. Doch die Kehle wurde mir eng. Und da beugte ich mich nieder und küßte respektvoll ihre welke, wie Herbstlaub leicht zitternde Hand.

Episode am Genfer See

Am Ufer des Genfer Sees, in der Nähe des kleinen Schweizer Ortes Villeneuve, wurde in einer Sommernacht des Jahres 1918 ein Fischer, der sein Boot auf den See hinausgerudert hatte, eines merkwürdigen Gegenstandes mitten auf dem Wasser gewahr, und näherkommend erkannte er ein Gefährt aus lose zusammengefügten Balken, das ein nackter Mann in ungeschickten Bewegungen mit einem als Ruder verwendeten Brett vorwärts zu treiben suchte. Staunend steuerte der Fischer heran, half dem Erschöpften in sein Boot, deckte seine Blöße notdürftig mit Netzen und versuchte dann, mit dem frostzitternden, scheu in den Winkel des Bootes gedrückten Menschen zu sprechen; der aber antwortete in einer fremdartigen Sprache, von der nicht ein einziges Wort der seinen glich. Bald gab der Hilfreiche jede weitere Mühe auf, raffte seine Netze empor und ruderte mit rascheren Schlägen dem Ufer zu.

In dem Maße, als im frühen Licht die Umrisse des Ufers aufglänzten, begann sich auch das Antlitz des nackten Menschen zu erhellen; ein kindliches Lachen schälte sich aus dem Bartgewühl seines breiten Mundes, die eine Hand hob sich deutend hinüber, und immer wieder fragend und halb schon gewiß, stammelte er ein Wort, das wie »Rossiya« klang und immer glückseliger tönte, je näher der Kiel sich dem Ufer entgegenstieß. Endlich knirschte das Boot auf den Strand; des Fischers weibliche Anverwandte, die auf nasse Beute harrten, stoben kreischend, wie einst die Mägde Nausikaas, auseinander, da sie des nackten Mannes im Fischernetz ansichtig wurden; allmählich erst, von der seltsamen Kunde angelockt, sammelten sich verschiedene Männer des Dorfes, denen sich alsbald würdebewußt und amtseifrig der wackere Weibel des Ortes zugesellte. Ihm war es aus mancher Instruktion und der reichen Erfahrung der Kriegszeit sofort gewiß, daß dies ein Deserteur sein müsse, vom französischen Ufer herübergeschwommen, und schon rüstete er sich zu amtlichem Verhör, aber dieser umständliche Versuch verlor baldigst an Würde und Wert durch die Tatsache, daß der nackte Mensch (dem inzwischen einige Bewohner eine Jacke und eine Zwilchhose zugeworfen) auf alle Fragen nichts als immer ängstlicher und unsicherer seinen fragenden Ausruf »Rossiya? Rossiya?« wiederholte. Ein wenig ärgerlich über seinen Mißerfolg, befahl der Weibel dem Fremden durch nicht mißzuverstehende Gebärden, ihm zu folgen, und, umjohlt von der inzwischen erwachten Gemeindejugend, wurde der nasse, nacktbeinige Mensch in seiner schlotternden Hose und Jacke auf das Amtshaus gebracht und dort in Verwahr genommen. Er wehrte sich nicht, sprach kein Wort, nur seine hellen Augen waren dunkel geworden vor Enttäuschung, und seine hohen Schultern duckten sich wie unter gefürchtetem Schlage.

Die Kunde von dem menschlichen Fischfang hatte sich inzwischen bis zu den nahen Hotels verbreitet, und einer ergötzlichen Episode in der Eintönigkeit des Tages froh, kamen einige Damen und Herren herüber, den wilden Menschen zu betrachten. Eine Dame schenkte ihm Konfekt, das er mißtrauisch wie ein Affe liegen ließ; ein Herr machte eine photographische Aufnahme, alle schwatzten und sprachen lustig um ihn herum, bis endlich der Manager eines großen Gasthofes, der lange im Ausland gelebt hatte und mehrerer Sprachen mächtig war, an den schon ganz Verängstigten nacheinander auf deutsch, italienisch, englisch und schließlich russisch das Wort richtete. Kaum hatte er den ersten Laut seiner heimischen Sprache vernommen, zuckte der Verängstigte auf, ein breites Lachen teilte sein gutmütiges Gesicht von einem Ohr zum andern, und plötzlich sicher und freimütig erzählte er seine ganze Geschichte. Sie war sehr lang und sehr verworren, in ihren Einzelberichten auch nicht immer dem zufälligen Dolmetsch verständlich, doch war im wesentlichen das Schicksal dieses Menschen das folgende:

Er hatte in Rußland gekämpft, war dann eines Tages mit tausend anderen in Waggons verpackt worden und sehr weit gefahren, dann wieder in Schiffe verladen und noch länger mit ihnen gefahren durch Gegenden, wo es so heiß war, daß, wie er sich ausdrückte, einem die Knochen im Fleisch weichgebraten wurden. Schließlich waren sie irgendwo wieder gelandet und in Waggons verpackt worden und hatten dann mit einemmal einen Hügel zu stürmen, worüber er nichts Näheres wußte, weil ihn gleich zu Anfang eine Kugel ins Bein getroffen habe. Den Zuhörern, denen der Dolmetsch Rede und Antwort übersetzte, war sofort klar, daß dieser Flüchtling ein Angehöriger jener russischen Divisionen in Frankreich war, die man über die halbe Erde, über Sibirien und Wladiwostok an die französische Front geschickt hatte, und es regte sich mit einem gewissen Mitleid bei allen gleichzeitig die Neugier, was ihn vermocht habe, diese seltsame Flucht zu versuchen. Mit halb gutmütigem, halb listigem Lächeln erzählte bereitwillig der Russe, kaum genesen, habe er die Pfleger gefragt, wo Rußland sei, und sie hätten ihm die Richtung gedeutet, die er durch die Stellung der Sonne und der Sterne sich ungefähr bewahrt hatte, und so sei er heimlich entwichen, nachts wandernd, tagsüber vor den Patrouillen in Heuschobern sich versteckend. Gegessen habe er Früchte und gebetteltes Brot, zehn Tage lang, bis er endlich an diesen See gekommen. Nun wurden seine Erklärungen undeutlicher, es schien, daß er, aus der Nähe des Baikalsees stammend, vermeint hatte, am andern Ufer, dessen bewegte Linien er im Abendlicht erblickte, müsse Rußland liegen. Jedenfalls hatte er sich aus einer Hütte zwei Balken gestohlen und war auf ihnen, bäuchlings liegend, mit Hilfe eines als Ruder benützten Brettes weit in den See hinausgekommen, wo ihn der Fischer auffand. Die ängstliche Frage, mit der er seine unklare Erzählung beschloß, ob er schon morgen daheim sein könne, erweckte, kaum übersetzt, durch ihre Unbelehrtheit erst lautes Gelächter, das aber bald gerührtem Mitleid wich, und jeder steckte dem unsicher und kläglich um sich Blickenden ein paar Geldmünzen oder Banknoten zu.

Inzwischen war auf telephonische Verständigung aus Montreux ein höherer Polizeioffizier erschienen, der mit nicht geringer Mühe ein Protokoll über den Vorfall aufnahm. Denn nicht nur, daß der zufällige Dolmetsch sich als unzulänglich erwies, bald wurde auch die für Westländer gar nicht faßbare Unbildung dieses Menschen klar, dessen Wissen um sich selbst kaum den eigenen Vornamen Boris überschritt und der von seinem Heimatdorf nur äußerst verworrene Darstellungen zu geben vermochte, etwa, daß sie Leibeigene des Fürsten Metschersky seien (er sagte Leibeigene, obwohl doch seit einem Menschenalter diese Fron abgeschafft war) und daß er fünfzig Werst vom großen See entfernt mit seiner Frau und drei Kindern wohne. Nun begann die Beratung über sein Schicksal, indes er mit stumpfem Blick geduckt inmitten der Streitenden stand: die einen meinten, man müsse ihn der russischen Gesandtschaft nach Bern überweisen, andere befürchteten von solcher Maßnahme eine Rücksendung nach Frankreich; der Polizeibeamte erläuterte die ganze Schwierigkeit der Frage, ob er als Deserteur oder als dokumentenloser Ausländer behandelt werden solle; der Gemeindeschreiber des Ortes wehrte gleich von vornherein die Möglichkeit ab, daß man gerade hier den fremden Esser zu ernähren und zu beherbergen hätte. Ein Franzose schrie erregt, man solle mit dem elenden Durchbrenner nicht so viel Geschichten machen, er solle arbeiten oder zurückspediert werden; zwei Frauen wandten heftig ein, er sei nicht schuld an seinem Unglück, es sei ein Verbrechen, Menschen aus ihrer Heimat in ein fremdes Land zu verschicken. Schon drohte sich aus dem zufälligen Anlaß ein politischer Zwist zu entspinnen, als plötzlich ein alter Herr, ein Däne, dazwischenfuhr und energisch erklärte, er bezahle den Unterhalt dieses Menschen für acht Tage, inzwischen sollten die Behörden mit der Gesandtschaft ein Übereinkommen treffen; eine unerwartete Lösung, welche sowohl die amtlichen als auch die privaten Parteien zufriedenstellte.

Während der immer erregter werdenden Diskussion hatte sich der scheue Blick des Flüchtlings allmählich erhoben und hing unverwandt an den Lippen des Managers, des einzigen innerhalb dieses Getümmels, von dem er wußte, daß er ihm verständlich sein Schicksal sagen könne. Dumpf schien er den Wirbel zu spüren, den seine Gegenwart erregte, und ganz unbewußt hob er, als jetzt der Wortlärm abschwoll, durch die Stille beide Hände flehentlich gegen ihn auf, wie Frauen vor einem heiligen Bild. Das Rührende dieser Gebärde ergriff unwiderstehlich jeden einzelnen. Der Manager trat herzlich auf ihn zu und beruhigte ihn, er möge ohne Angst sein, er könne unbehelligt hier verweilen, im Gasthof würde die nächste Zeit über für ihn gesorgt werden. Der Russe wollte ihm die Hand küssen, die ihm jedoch der andere rücktretend rasch entzog. Dann wies er ihm noch das Nachbarhaus, eine kleine Dorfwirtschaft, wo er Bett und Nahrung finden würde, sprach nochmals zu ihm einige herzliche

Worte der Beruhigung und ging dann, ihm noch einmal freundlich zuwinkend, die Straße zu seinem Hotel empor.

Unbeweglich starrte der Flüchtling ihm nach, und in dem Maße, wie der einzige, der seine Sprache verstand, sich entfernte, verdüsterte sich wieder sein schon erhellteres Gesicht. Mit zehrenden Blicken folgte er dem Entschwindenden bis hinauf zu dem hochgelegenen Hotel, ohne die anderen Menschen zu beachten, die sein seltsames Gehaben bestaunten und belachten. Als ihn dann einer mitleidig anrührte und in den Gasthof wies, fielen seine schweren Schultern gleichsam in sich zusammen, und gesenkten Hauptes trat er in die Tür. Man öffnete ihm das Schankzimmer. Er drückte sich an den Tisch, auf den die Magd zum Gruß ein Glas Branntwein stellte, und blieb dort verhangenen Blicks den ganzen Vormittag unbeweglich sitzen. Unablässig spähten vom Fenster die Dorfkinder herein, lachten und schrien ihm etwas zu – er hob den Kopf nicht. Eintretende betrachteten ihn neugierig, er blieb, den Blick auf den Tisch gebannt, mit krummem Rücken sitzen, schamhaft und scheu. Und als mittags zur Essenszeit ein Schwarm Leute den Raum mit Lachen füllte, Hunderte Worte um ihn schwirrten, die er nicht verstand, und er, seiner Fremdheit entsetzlich gewahr, taub und stumm inmitten einer allgemeinen Bewegtheit saß, zitterten ihm die Hände so sehr, daß er kaum den Löffel aus der Suppe heben konnte. Plötzlich lief eine dicke Träne die Wange herunter und tropfte schwer auf den Tisch. Scheu sah er sich um. Die andern hatten sie bemerkt und schwiegen mit einemmal. Und er schämte sich: immer tiefer beugte sich sein schwerer, struppiger Kopf gegen das schwarze Holz.

Bis gegen Abend blieb er so sitzen. Menschen gingen und kamen, er fühlte sie nicht und sie nicht mehr ihn: ein Stück Schatten, saß er im Schatten des Ofens, die Hände schwer auf den Tisch gestützt. Alle vergaßen ihn, und keiner merkte darauf, daß er sich in der Dämmerung plötzlich erhob und, dumpf wie ein Tier, den Weg zum Hotel hinaufschritt. Eine Stunde und zwei stand er dort vor der Tür, die Mütze devot in der Hand, ohne jemanden mit dem Blick anzurühren: endlich fiel diese seltsame Gestalt, die starr und schwarz wie ein Baumstrunk vor dem lichtfunkelnden Eingang des Hotels im Boden wurzelte, einem der Laufburschen auf, und er holte den Manager. Wieder stieg eine kleine Helligkeit in dem verdüsterten Gesicht auf, als seine Sprache ihn grüßte.

»Was willst du, Boris?« fragte der Manager gütig.

»Ihr wollt verzeihen«, stammelte der Flüchtling, »ich wollte nur wissen ... ob ich nach Hause darf.«

»Gewiß, Boris, du darfst nach Hause«, lächelte der Gefragte.

»Morgen schon?«

Nun ward auch der andere ernst. Das Lächeln verflog auf seinem Gesicht, so flehentlich waren die Worte gesagt.

»Nein, Boris ... jetzt noch nicht. Bis der Krieg vorbei ist.«

»Und wann? Wann ist der Krieg vorbei?«

»Das weiß Gott. Wir Menschen wissen es nicht.«

»Und früher? Kann ich nicht früher gehen?«

»Nein, Boris.«

»Ist es so weit?«

»Ja.«

»Viele Tage noch?«

»Viele Tage.«

»Ich werde doch gehen, Herr! Ich bin stark. Ich werde nicht müde.«

»Aber du kannst nicht, Boris. Es ist doch eine Grenze dazwischen.«

»Eine Grenze?« Er blickte stumpf. Das Wort war ihm

fremd. Dann sagte er wieder mit seiner merkwürdigen Hartnäckigkeit: »Ich werde hinüberschwimmen.«

Der Manager lächelte beinahe. Aber es tat ihm doch weh, und er erläuterte sanft: »Nein, Boris, das geht nicht. Eine Grenze, das ist ein fremdes Land. Die Menschen lassen dich nicht durch.«

»Aber ich tue ihnen doch nichts! Ich habe mein Gewehr weggeworfen. Warum sollen sie mich nicht zu meiner Frau lassen, wenn ich sie bitte um Christi willen?«

Dem Manager wurde immer ernster zumute. Bitterkeit stieg in ihm auf. »Nein«, sagte er, »sie werden dich nicht hinüberlassen, Boris. Die Menschen hören jetzt nicht mehr auf Christi Wort.«

»Aber was soll ich tun, Herr? Ich kann doch hier nicht bleiben! Die Menschen verstehen mich hier nicht, und ich verstehe sie nicht.«

»Du wirst es schon lernen, Boris.«

»Nein, Herr«, tief bog der Russe den Kopf, »ich kann nichts lernen. Ich kann nur auf dem Feld arbeiten, sonst kann ich nichts. Was soll ich hier tun? Ich will nach Hause! Zeige mir den Weg!«

»Es gibt jetzt keinen Weg, Boris.«

»Aber, Herr, sie können mir doch nicht verbieten, zu meiner Frau heimzukehren und zu meinen Kindern! Ich bin doch nicht mehr Soldat!«

»Sie können es, Boris.«

»Und der Zar?« Er fragte es ganz plötzlich, zitternd vor Erwartung und Ehrfurcht.

»Es gibt keinen Zaren mehr, Boris. Die Menschen haben ihn abgesetzt.«

»Es gibt keinen Zaren mehr?« Dumpf starrte er den andern an. Ein letztes Licht erlosch in seinen Blicken, dann sagte er ganz müde: »Ich kann also nicht nach Hause?«

»Jetzt noch nicht. Du mußt warten, Boris.«
»Lange?«
»Ich weiß nicht.«
Immer düsterer wurde das Gesicht im Dunkel: »Ich habe schon so lange gewartet! Ich kann nicht mehr warten. Zeig mir den Weg! Ich will es versuchen!«
»Es gibt keinen Weg, Boris. An der Grenze nehmen sie dich fest. Bleib hier, wir werden dir Arbeit finden!«
»Die Menschen verstehen mich hier nicht, und ich verstehe sie nicht«, wiederholte er hartnäckig. »Ich kann hier nicht leben! Hilf mir, Herr!«
»Ich kann nicht, Boris.«
»Hilf mir um Christi willen, Herr! Hilf mir, ich ertrage es nicht mehr!«
»Ich kann nicht, Boris. Kein Mensch kann jetzt dem andern helfen.«
Sie standen stumm einander gegenüber. Boris drehte die Mütze in den Händen. »Warum haben sie mich dann aus dem Haus geholt? Sie sagten, ich müsse Rußland verteidigen und den Zaren. Aber Rußland ist doch weit von hier, und du sagst, sie haben den Zaren ... wie sagst du?«
»Abgesetzt.«
»Abgesetzt.« Verständnislos wiederholte er das Wort. »Was soll ich jetzt tun, Herr? Ich muß nach Hause! Meine Kinder schreien nach mir. Ich kann hier nicht leben! Hilf mir, Herr! Hilf mir!«
»Ich kann nicht, Boris.«
»Und kann niemand mir helfen?«
»Jetzt niemand.«
Der Russe beugte immer tiefer das Haupt, dann sagte er plötzlich dumpf: »Ich danke dir, Herr«, und wandte sich um.
Ganz langsam ging er den Weg hinunter. Der Manager sah ihm lange nach und wunderte sich noch, daß er nicht

dem Gasthof zuschritt, sondern die Stufen hinab zum See. Er seufzte tief auf und ging wieder an seine Arbeit im Hotel.

Ein Zufall wollte es, daß derselbe Fischer am nächsten Morgen den nackten Leichnam des Ertrunkenen auffand. Er hatte sorgsam die geschenkte Hose, Mütze und Jacke an das Ufer gelegt und war ins Wasser gegangen, wie er aus ihm gekommen. Ein Protokoll wurde über den Vorfall aufgenommen und, da man den Namen des Fremden nicht kannte, ein billiges Holzkreuz auf sein Grab gestellt, eines jener kleinen Kreuze über namenlosem Schicksal, mit denen jetzt unser Europa bedeckt ist von einem bis zum andern Ende.

Die unsichtbare Sammlung
Eine Episode aus der deutschen Inflation

Zwei Stationen hinter Dresden stieg ein älterer Herr in unser Coupé, grüßte höflich und nickte mir dann, aufblickend, noch einmal ausdrücklich zu wie einem guten Bekannten. Ich vermochte mich seiner im ersten Augenblick nicht zu entsinnen; kaum er dann aber mit einem leichten Lächeln seinen Namen nannte, erinnerte ich mich sofort: er war einer der angesehensten Kunstantiquare Berlins, bei dem ich in Friedenszeit öfter alte Bücher und Autographen besehen und gekauft. Wir plauderten zunächst von gleichgültigen Dingen. Plötzlich sagte er unvermittelt:

»Ich muß Ihnen doch erzählen, woher ich gerade komme. Denn diese Episode ist so ziemlich das Sonderbarste, was mir altem Kunstkrämer in den siebenunddreißig Jahren meiner Tätigkeit begegnet ist. Sie wissen wahrscheinlich selbst, wie es im Kunsthandel jetzt zugeht, seit sich der Wert des Geldes wie Gas verflüchtigt: die neuen Reichen haben plötzlich ihr Herz entdeckt für gotische Madonnen und Inkunabeln und alte Stiche und Bilder; man kann ihnen gar nicht genug herzaubern, ja wehren muß man sich sogar, daß einem nicht Haus und Stube kahl ausgeräumt wird. Am liebsten kauften sie einem noch den Manschettenknopf vom Ärmel weg und die Lampe vom Schreibtisch. Da wird es nun eine immer härtere Not, stets neue Ware herbeizuschaffen – verzeihen Sie, daß ich für diese Dinge, die unsereinem sonst etwas Ehrfürchtiges bedeuten, plötzlich Ware sage –, aber diese üble Rasse hat einen ja selbst daran gewöhnt, einen wunderbaren Venezianer Wiegendruck nur als Überzug von soundsoviel Dollars zu betrachten und eine Handzeichnung des Guercino als Inkarnation von ein paar Hunderfrankenscheinen. Gegen die penetrante Eindringlichkeit dieser plötzlichen Kaufwütigen hilft kein Widerstand. Und so war ich über Nacht wieder einmal ganz ausgepowert und hätte am liebsten die Rolladen heruntergelassen, so schämte ich mich, in unserem alten Geschäft, das schon mein Vater vom Großvater übernommen, nur noch erbärmlichen Schund herumkümmeln zu sehen, den früher kein Straßentrödler im Norden sich auf den Karren gelegt hätte.

In dieser Verlegenheit kam ich auf den Gedanken, unsere alten Geschäftsbücher durchzusehen, um einstige Kunden aufzustöbern, denen ich vielleicht ein paar Dubletten wieder abluchsen könnte. Eine solche alte Kundenliste ist immer eine Art Leichenfeld, besonders in jetziger Zeit, und sie lehrte mich eigentlich nicht viel: die meisten unserer früheren Käufer hatten längst ihren Besitz in Auktionen abgeben müssen oder waren gestorben, und von den wenigen Aufrechten war nichts zu erhoffen. Aber da stieß ich plötzlich auf ein ganzes Bündel Briefe von unserm wohl ältesten Kunden, der mir nur darum aus dem Gedächtnis gekommen war, weil er seit Anbruch des Weltkrieges, seit 1914, sich nie mehr mit irgendeiner Bestellung oder Anfrage an uns gewandt hatte. Die Korrespondenz reichte – wahrhaftig keine Übertreibung! – auf beinahe sechzig Jahre zurück; er hatte schon von meinem Vater und Großvater gekauft, dennoch konnte ich mich nicht entsinnen, daß er in den siebenunddreißig Jahren meiner persönlichen Tätigkeit jemals unser Geschäft betreten hätte. Alles deutete darauf hin, daß er ein sonderbarer, altväterischer, skurriler Mensch gewesen sein mußte, einer jener verschollenen Menzel- oder Spitzweg-Deutschen, wie sie sich noch knapp bis in unsere Zeit hinein in kleinen Provinzstädten als seltene Unika hier und da erhalten haben. Seine Schriftstücke waren Kalligraphika, säuberlich geschrieben, die Beträge mit dem Lineal und roter Tinte unterstrichen, auch wiederholte er immer zweimal die Ziffer, um ja keinen Irrtum zu erwecken: dies sowie die ausschließliche Verwendung von abgelösten Respektblättern und Sparkuverts deuteten auf die Kleinlichkeit und fanatische Sparwut eines rettungslosen Provinzlers. Unterzeichnet waren diese sonderbaren Dokumente außer mit seinem Namen stets noch mit dem umständlichen Titel: Forst- und Ökonomierat a. D., Leutnant a. D., Inhaber des Eisernen Kreuzes erster Klasse. Als Veteran aus dem siebziger Jahr mußte er also, wenn er noch lebte, zumindest seine guten achtzig Jahre auf dem Rücken haben. Aber dieser skurrile, lächerliche Sparmensch zeigte als Sammler alter Graphiken eine ganz ungewöhnliche Klugheit, vorzügliche Kenntnis und feinsten Geschmack: wie ich mir so langsam seine Bestellungen aus beinahe sechzig Jahren zusammenlegte, deren erste noch auf Silbergroschen lautete, wurde ich gewahr, daß sich dieser kleine Provinzmann in den Zeiten, da man für einen Taler noch ein Schock schönster deutscher Holzschnitte kaufen konnte, ganz im stillen eine Kupferstichsammlung zusammengetragen haben mußte, die wohl neben den lärmend genannten der neuen Reichen in höchsten Ehren bestehen konnte. Denn schon was er bei uns allein in kleinen Mark- und Pfennigbeträgen im Laufe eines halben Jahrhunderts erstanden hatte, stellte heute einen erstaunlichen Wert dar, und außerdem ließ sich's erwarten, daß er auch bei Auktionen und anderen Händlern nicht minder wohlfeil gescheffelt. Seit 1914 war allerdings keine Bestellung mehr von ihm gekommen, ich jedoch wiederum zu vertraut mit allen Vorgängen im Kunsthandel, als daß mir die Versteigerung oder

der geschlossene Verkauf eines solchen Stapels hätte entgehen können: so mußte dieser sonderbare Mensch wohl noch am Leben oder die Sammlung in den Händen seiner Erben sein.

Die Sache interessierte mich, und ich fuhr sofort am nächsten Tage, gestern abend, direkt drauflos, geradeswegs in eine der unmöglichsten Provinzstädte, die es in Sachsen gibt; und wie ich so vom kleinen Bahnhof durch die Hauptstraße schlenderte, schien es mir fast unmöglich, daß da, inmitten dieser banalen Kitschhäuser mit ihrem Kleinbürgerplunder, in irgendeiner dieser Stuben ein Mensch wohnen sollte, der die herrlichsten Blätter Rembrandts neben Stichen Dürers und Mantegnas in tadelloser Vollständigkeit besitzen könnte. Zu meinem Erstaunen erfuhr ich aber im Postamt auf die Frage, ob hier ein Forst- oder Ökonomierat dieses Namens wohne, daß tatsächlich der alte Herr noch lebe, und machte mich – offen gestanden, nicht ohne etwas Herzklopfen – noch vor Mittag auf den Weg zu ihm.

Ich hatte keine Mühe seine Wohnung zu finden. Sie war im zweiten Stock eines jener sparsamen Provinzhäuser, die irgendein spekulativer Maurerarchitekt in den sechziger Jahren hastig aufgekellert haben mochte. Den ersten Stock bewohnte ein biederer Schneidermeister, links glänzte im zweiten Stock das Schild eines Postverwalters, rechts endlich das Porzellantäfelchen mit dem Namen des Forst- und Ökonomierates. Auf mein zaghaftes Läuten trat sofort eine ganz alte, weißhaarige Frau mit sauberem schwarzen Häubchen auf. Ich überreichte ihr meine Karte und fragte, ob Herr Forstrat zu sprechen sei. Erstaunt und mit einem gewissen Mißtrauen sah sie zuerst mich und dann die Karte an: in diesem weltverlorenen Städtchen, in diesem altväterischen Haus schien ein Besuch von außen her ein Ereignis zu sein. Aber sie bat mich freundlich zu warten, nahm die Karte, ging hinein ins Zimmer; leise hörte ich sie flüstern und dann plötzlich eine laute, polternde Männerstimme: ›Ah, der Herr R... von Berlin, von dem großen Antiquariat... soll nur kommen, soll nur kommen... freue mich sehr!‹ Und schon trippelte das alte Mütterchen wieder heran und bat mich in die gute Stube.

Ich legte ab und trat ein. In der Mitte des bescheidenen Zimmers stand hochaufgerichtet ein alter, aber noch markiger Mann mit buschigem Schnurrbart in verschnürtem, halb militärischem Hausrock und hielt mir herzlich beide Hände entgegen. Doch dieser offenen Geste unverkennbar freudiger und spontaner Begrüßung widersprach eine merkwürdige Starre in seinem Dastehen. Er kam mir nicht einen Schritt entgegen, und ich mußte – ein wenig befremdet – bis an ihn heran, um seine Hand zu fassen. Doch als ich sie fassen wollte, merkte ich an der waagerecht unbeweglichen Haltung dieser Hände, daß sie die meinen nicht suchten, sondern erwarteten. Und im nächsten Augenblick wußte ich alles: dieser Mann war blind.

Schon von Kindheit an, immer war es mir unbehaglich, einem Blinden gegenüberzustehen, niemals konnte ich mich einer gewissen Scham und Verlegenheit erwehren, einen Menschen ganz als lebendig zu fühlen und gleichzeitig zu wissen, daß er mich nicht so fühlte wie ich ihn. Auch jetzt hatte ich ein erstes Erschrecken zu überwinden, als ich diese toten, starr ins Leere hineingestellten Augen unter den aufgesträubten weißbuschigen Brauen sah. Aber der Blinde ließ mir nicht lange Zeit zu solcher Befremdung, denn kaum daß meine Hand die seine berührte, schüttelte er sie auf das kräftigste und erneute den Gruß mit stürmischer, behaglich-polternder Art. ›Ein seltener Besuch‹, lachte er mir breit entgegen, ›wirklich ein Wunder, daß sich einmal einer der Berliner großen Herren in unser Nest verirrt... Aber da heißt es vorsichtig sein, wenn sich einer der Herren Händler auf die Bahn setzt... Bei uns zu Hause sagt man immer: Tore und Taschen zu, wenn die Zigeuner kommen... Ja, ich kann mirs schon denken, warum Sie mich aufsuchen... Die Geschäfte gehen jetzt schlecht in unserem armen, heruntergekommenen Deutschland, es gibt keine Käufer mehr, und da besinnen sich die großen Herren wieder einmal auf ihre alten Kunden und suchen ihre Schäflein auf... Aber bei mir, fürchte ich, werden Sie kein Glück haben, wir armen, alten Pensionisten sind froh, wenn wir unser Stück Brot auf dem Tische haben. Wir können nicht mehr mittun bei den irrsinnigen Preisen, die ihr jetzt macht... unsereins ist ausgeschaltet für immer.‹

Ich berichtigte sofort, er habe mich mißverstanden, ich sei nicht gekommen, ihm etwas zu verkaufen, ich sei nur gerade hier in der Nähe gewesen und hätte die Gelegenheit nicht versäumen wollen, ihm als vieljährigem Kunden unseres Hauses und einem der größten Sammler Deutschlands meine Aufwartung zu machen. Kaum hatte ich das Wort ›einer der größten Sammler Deutschlands‹ ausgesprochen, so ging eine seltsame Verwandlung im Gesichte des alten Mannes vor. Noch immer stand er aufrecht und starr inmitten des Zimmers, aber jetzt kam ein Ausdruck plötzlicher Helligkeit und innersten Stolzes in seine Haltung, er wandte sich in die Richtung, wo er seine Frau vermutete, als wollte er sagen: ›Hörst du‹, und voll Freudigkeit in der Stimme, ohne eine Spur jenes militärisch barschen Tones, in dem er sich noch eben gefallen, sondern weich, geradezu zärtlich, wandte er sich zu mir:

›Das ist wirklich sehr, sehr schön von Ihnen... Aber Sie sollen auch nicht umsonst gekommen sein. Sie sollen etwas sehen, was Sie nicht jeden Tag zu sehen bekommen, selbst nicht in Ihrem protzigen Berlin... ein paar Stücke, wie sie nicht schöner in der ›Albertina‹ und in dem gottverfluchten Paris zu finden sind... Ja, wenn man sechzig Jahre sammelt, da kommen allerhand Dinge zustande, die sonst nicht gerade auf der Straße liegen. Luise, gib mir mal den Schlüssel zum Schrank!‹

Jetzt aber geschah etwas Unerwartetes. Das alte Mütterchen, das neben ihm stand und höflich, mit einer lächelnden, leise lauschenden Freundlichkeit an unserem Gespräch teilgenommen, hob plötzlich zu mir bittend beide Hände auf, und gleichzeitig machte sie mit dem Kopfe eine heftige verneinende Bewegung, ein Zeichen, das ich zunächst nicht verstand. Dann erst ging sie auf ihren Mann zu und legte ihm leicht beide Hände auf die Schulter: ›Aber Herwarth‹, mahnte sie, ›du fragst ja den Herrn gar nicht, ob er jetzt Zeit hat, die Sammlung zu besehen, es geht doch schon auf Mittag. Und nach Tisch mußt du eine Stunde ruhen, das hat der Arzt ausdrücklich verlangt. Ist es nicht besser, du zeigst dem Herrn alle die Sachen nach Tisch, und wir trinken dann gemeinsam Kaffee? Dann ist auch Annemarie hier, die versteht ja alles viel besser und kann dir helfen!‹

Und nochmals, kaum daß sie die Worte ausgesprochen hatte, wiederholte sie gleichsam über den Ahnungslosen hinweg jene bittend eindringliche Gebärde. Nun verstand ich sie. Ich wußte, daß sie wünschte, ich solle eine sofortige Besichtigung ablehnen, und erfand schnell eine Verabredung zu Tisch. Es wäre mir ein Vergnügen und eine Ehre, seine Sammlung besehen zu dürfen, aber dies sei mir kaum vor drei Uhr möglich, dann aber würde ich mich gern einfinden.

Ärgerlich wie ein Kind, dem man sein liebstes Spielzeug genommen, wandte sich der alte Mann herum. ›Natürlich‹, brummte er, ›die Herrn Berliner, die haben nie für was Zeit. Aber diesmal werden Sie sich schon Zeit nehmen müssen, denn das sind nicht drei oder fünf Stücke, das sind siebenundzwanzig Mappen, jede für einen anderen Meister, und keine davon halb leer. Also um drei Uhr; aber pünktlich sein, wir werden sonst nicht fertig.‹

Wieder streckte er mir die Hand ins Leere entgegen. ›Passen Sie auf, Sie dürfen sich freuen – oder ärgern. Und je mehr Sie sich ärgern, desto mehr freue ich mich. So sind wir Sammler ja schon: alles für uns selbst und nichts für die andern!‹ Und nochmals schüttelte er mir kräftig die Hand.

Das alte Frauchen begleitete mich zur Tür. Ich hatte ihr schon die ganze Zeit eine gewisse Unbehaglichkeit angemerkt, einen Ausdruck verlegener Ängstlichkeit. Nun aber, schon knapp am Ausgang, stotterte sie mit einer ganz niedergedrückten Stimme: ›Dürfte Sie... dürfte Sie... meine Tochter Annemarie abholen, ehe Sie zu uns kommen? ... Es ist besser aus... aus mehreren Gründen... Sie speisen doch wohl im Hotel?‹

›Gewiß, ich werde mich freuen, es wird mir ein Vergnügen sein‹, sagte ich.

Und tatsächlich, eine Stunde später, als ich in der kleinen Gaststube des Hotels am Marktplatz die Mittagsmahlzeit gerade beendet hatte, trat ein ältliches Mädchen, einfach gekleidet, mit suchendem Blick ein. Ich ging auf sie zu, stellte mich vor und erklärte mich bereit, gleich mitzugehen, um die Sammlung zu besichtigen. Aber mit einem plötzlichen Erröten und der gleichen wirren Verlegenheit, die ihre Mutter gezeigt hatte, bat sie mich, ob sie nicht zuvor noch einige Worte mit mir sprechen könnte. Und ich sah sofort, es wurde ihr schwer. Immer, wenn sie sich einen Ruck gab und zu sprechen versuchte, stieg diese unruhige, diese flatternde Röte ihr bis zur Stirn empor, und die Hand verbastelte sich im Kleid. Endlich begann sie, stockend und immer wieder von neuem verwirrt:

›Meine Mutter hat mich zu Ihnen geschickt... Sie hat

mir alles erzählt, und... wir haben eine große Bitte an
Sie... Wir möchten Sie nämlich informieren, ehe Sie zu
Vater kommen... Vater wird Ihnen natürlich seine
Sammlung zeigen wollen, und die Sammlung... die
Sammlung... ist nicht mehr ganz vollständig... es fehlen
eine Reihe Stücke daraus... leider sogar ziemlich viele...‹

Wieder mußte sie Atem holen, dann sah sie mich
plötzlich an und sagte hastig:

›Ich muß ganz aufrichtig mit Ihnen reden... Sie kennen die Zeit, Sie werden alles verstehen... Vater ist nach
dem Ausbruch des Krieges vollkommen erblindet.
Schon vorher war seine Sehkraft öfter gestört, die Aufregung hat ihn dann gänzlich des Lichtes beraubt – er
wollte nämlich durchaus, trotz seiner sechsundsiebzig
Jahre, noch nach Frankreich mit, und als die Armee nicht
gleich wie 1870 vorwärtskam, da hat er sich entsetzlich
aufgeregt, und da ging es furchtbar rasch abwärts mit
seiner Sehkraft. Sonst ist er ja noch vollkommen rüstig,
er konnte bis vor kurzem noch stundenlang gehen, sogar
auf seine geliebte Jagd. Jetzt ist es aber mit seinen Spaziergängen aus, und da blieb als einzige Freude ihm die
Sammlung, die sieht er sich jeden Tag an... das heißt, er
sieht sie ja nicht, er sieht ja nichts mehr, aber er holt sich
doch jeden Nachmittag alle Mappen hervor, um wenigstens die Stücke anzutasten, eins nach dem andern, in der
immer gleichen Reihenfolge, die er seit Jahrzehnten auswendig kennt... Nichts anderes interessiert ihn heute
mehr, und ich muß ihm immer aus der Zeitung vorlesen
von allen Versteigerungen, und je höhere Preise er hört,
desto glücklicher ist er... denn... das ist ja das Furchtbare, Vater versteht nichts mehr von den Preisen und
von der Zeit... er weiß nicht, daß wir alles verloren
haben und daß man von seiner Pension nicht mehr zwei
Tage im Monat leben kann... dazu kam noch, daß der
Mann meiner Schwester gefallen ist und sie mit vier klei-

nen Kindern zurückblieb... Doch Vater weiß nichts von allen unseren materiellen Schwierigkeiten. Zuerst haben wir gespart, noch mehr gespart als früher, aber das half nichts. Dann begannen wir zu verkaufen – wir rührten natürlich nicht an seine geliebte Sammlung... Man verkaufte das bißchen Schmuck, das man hatte, doch, mein Gott, was war das, hatte doch Vater seit sechzig Jahren jeden Pfennig, den er erübrigen konnte, einzig für seine Blätter ausgegeben. Und eines Tages war nichts mehr da... wir wußten nicht weiter... und da... da... haben Mutter und ich ein Stück verkauft. Vater hätte es nie erlaubt, er weiß ja nicht, wie schlecht es geht, er ahnt nicht, wie schwer es ist, im Schleichhandel das bißchen Nahrung aufzutreiben, er weiß auch nicht, daß wir den Krieg verloren haben und daß Elsaß und Lothringen abgetreten sind, wir lesen ihm aus der Zeitung alle diese Dinge nicht mehr vor, damit er sich nicht erregt.

Es war ein sehr kostbares Stück, das wir verkauften, eine Rembrandt-Radierung. Das Händler bot uns viele, viele tausend Mark dafür, und wir hofften, damit auf Jahre versorgt zu sein. Aber Sie wissen ja, wie das Geld einschmilzt... Wir hatten den ganzen Rest auf die Bank gelegt, doch nach zwei Monaten war alles weg. So mußten wir noch ein Stück verkaufen und noch eins, und der Händler sandte das Geld immer so spät, daß es schon entwertet war. Dann versuchten wir es bei Auktionen, aber auch da betrog man uns trotz den Millionenpreisen... Bis die Millionen zu uns kamen, waren sie immer schon wertloses Papier. So ist allmählich das Beste seiner Sammlung bis auf ein paar gute Stücke weggewandert, nur um das nackte, kärglichste Leben zu fristen, und Vater ahnt nichts davon.

Deshalb erschrak auch meine Mutter so, als Sie heute kamen... denn wenn er Ihnen die Mappen aufmacht, so ist alles verraten... wir haben ihm nämlich in die alten

Passepartouts, deren jedes er beim Anfühlen kennt, Nachdrucke oder ähnliche Blätter statt der verkauften eingelegt, so daß er nichts merkt, wenn er sie antastet. Und wenn er sie nur antasten und nachzählen kann (er hat die Reihenfolge genau in Erinnerung), so hat er genau dieselbe Freude, als wenn er sie früher mit seinen offenen Augen sah. Sonst ist ja niemand in diesem kleinen Städtchen, den Vater je für würdig gehalten hätte, ihm seine Schätze zu zeigen... und er liebt jedes einzelne Blatt mit einer so fanatischen Liebe, ich glaube, das Herz würde ihm brechen, wenn er ahnte, daß alles das unter seinen Händen längst weggewandert ist. Sie sind der erste in all diesen Jahren, seit der frühere Vorstand des Dresdner Kupferstichkabinetts tot ist, dem er seine Mappen zu zeigen meint. Darum bitte ich Sie...‹

Und plötzlich hob das alternde Mädchen die Hände auf, und ihre Augen schimmerten feucht.

›... bitten wir Sie... machen Sie ihn nicht unglücklich... nicht uns unglücklich... zerstören Sie ihm nicht diese letzte Illusion, helfen Sie uns, ihm glauben zu machen, daß alle diese Blätter, die er Ihnen beschreiben wird, noch vorhanden sind... er würde es nicht überleben, wenn er es nur mutmaßte. Vielleicht haben wir ein Unrecht an ihm getan, aber wir konnten nicht anders: man mußte leben... und Menschenleben, vier verwaiste Kinder, wie die meiner Schwester, sind doch wichtiger als bedruckte Blätter... Bis zum heutigen Tage haben wir ihm ja auch keine Freude genommen damit; er ist glücklich, jeden Nachmittag drei Stunden seine Mappen durchblättern zu dürfen, mit jedem Stück wie mit einem Menschen zu sprechen. Und heute... heute wäre vielleicht sein glücklichster Tag, wartete er doch seit Jahren darauf, einmal einem Kenner seine Lieblinge zeigen zu dürfen; bitte... ich bitte Sie mit aufgehobenen Händen, zerstören Sie ihm diese Freude nicht!‹

Das war alles so erschütternd gesagt, wie es mein Nacherzählen gar nicht ausdrücken kann. Mein Gott, als Händler hat man ja viele dieser niederträchtig ausgeplünderten, von der Inflation hundsföttisch betrogenen Menschen gesehen, denen kostbarster jahrhundertealter Familienbesitz um ein Butterbrot weggegaunert worden war – aber hier schuf das Schicksal ein Besonderes, das mich besonders ergriff. Selbstverständlich versprach ich ihr, zu schweigen und mein Bestes zu tun.

Wir gingen nun zusammen hin – unterwegs erfuhr ich noch voll Erbitterung, mit welchen Kinkerlitzchen von Beträgen man diese armen, unwissenden Frauen betrogen hatte, aber das festigte nur meinen Entschluß, ihnen bis zum Letzten zu helfen. Wir gingen die Treppe hinauf, und kaum daß wir die Türe aufklinkten, hörten wir von der Stube drinnen schon die freudig-polternde Stimme des alten Mannes: ›Herein! Herein!‹ Mit der Feinhörigkeit eines Blinden mußte er unsere Schritte schon von der Treppe vernommen haben.

›Herwarth hat heute gar nicht schlafen können vor Ungeduld, Ihnen seine Schätze zu zeigen‹, sagte lächelnd das alte Mütterchen. Ein einziger Blick ihrer Tochter hatte sie bereits über mein Einverständnis beruhigt. Auf dem Tische lagen ausgebreitet und wartend die Stöße von Mappen, und kaum daß der Blinde meine Hand fühlte, faßte er schon ohne weitere Begrüßung meinen Arm und drückte mich auf den Sessel.

›So, und jetzt wollen wir gleich anfangen – es ist viel zu sehen, und die Herren aus Berlin haben ja niemals Zeit. Diese erste Mappe da ist Meister Dürer und, wie Sie sich überzeugen werden, ziemlich komplett – dabei ein Exemplar schöner als das andere. Na, Sie werden ja selber urteilen, da sehen Sie einmal!‹ – er schlug das erste Blatt der Mappe auf – ›das große Pferd‹.

Und nun entnahm er mit jener zärtlichen Vorsicht,

wie man sonst etwas Zerbrechliches berührt, mit ganz vorsichtig anfassenden schonenden Fingerspitzen der Mappe ein Passepartout, in dem ein leeres vergilbtes Papierblatt eingerahmt lag, und hielt den wertlosen Wisch begeistert vor sich hin. Er sah es an, minutenlang, ohne doch wirklich zu sehen, aber er hielt ekstatisch das leere Blatt mit ausgespreizter Hand in Augenhöhe, sein ganzes Gesicht drückte magisch die angespannte Geste eines Schauenden aus. Und in seine Augen, die starren mit ihren toten Sternen, kam mit einem Male – schuf dies der Reflex des Papiers oder ein Glanz von innen her? – eine spiegelnde Helligkeit, ein wissendes Licht.

›Nun‹, sagte er stolz, ›haben Sie schon jemals einen schöneren Abzug gesehen? Wie scharf, wie klar da jedes Detail herauswächst – ich habe das Blatt verglichen mit dem Dresdner Exemplar, aber das wirkte ganz flau und stumpf dagegen. Und dazu das Pedigree! Da‹ – und er wandte das Blatt um und zeigte mit dem Fingernagel auf der Rückseite haargenau auf einzelne Stellen des leeren Blattes, so daß ich unwillkürlich hinsah, ob die Zeichen nicht doch noch da waren – ›da haben Sie den Stempel der Sammlung Nagler, hier den von Remy und Esdaile; die haben auch nicht geahnt, diese illustren Vorbesitzer, daß ihr Blatt einmal hierher in die kleine Stube käme.‹

Mir lief es kalt über den Rücken, als der Ahnungslose ein vollkommen leeres Blatt so begeistert rühmte, und es war gespenstisch mitanzusehen, wie er mit dem Fingernagel bis zum Millimeter genau auf alle die nur in seiner Phantasie noch vorhandenen unsichtbaren Sammlerzeichen hindeutete. Mir war die Kehle vor Grauen zugeschnürt, ich wußte nichts zu antworten; aber als ich verwirrt zu den beiden aufsah, begegnete ich wieder den flehentlich aufgehobenen Händen der zitternden und aufgeregten alten Frau. Da faßte ich mich und begann mit meiner Rolle.

›Unerhört!‹ stammelte ich endlich heraus. ›Ein herrlicher Abzug.‹ Und sofort erstrahlte sein ganzes Gesicht vor Stolz. ›Das ist aber noch gar nichts‹, triumphierte er, ›da müssen Sie erst die ›Melancholia‹ sehen oder da die ›Passion‹, ein illuminiertes Exemplar, wie es kaum ein zweites Mal vorkommt in gleicher Qualität. Da sehen Sie nur‹ – und wieder strichen zärtlich seine Finger über eine imaginäre Darstellung hin – ›diese Frische, dieser körnige, warme Ton. Da würde Berlin kopfstehen mit allen seinen Herren Händlern und Museumsdoktoren.‹

Und so ging dieser rauschende, redende Triumph weiter, zwei ganze geschlagene Stunden lang. Nein, ich kann es Ihnen nicht schildern, wie gespenstisch das war, mit ihm diese hundert oder zweihundert leeren Papierfetzen oder schäbigen Reproduktionen anzusehen, die aber in der Erinnerung dieses tragisch Ahnungslosen so unerhört wirklich waren, daß er ohne Irrtum in fehlloser Aufeinanderfolge jedes einzelne mit den präzisesten Details rühmte und beschrieb: die unsichtbare Sammlung, die längst in alle Winde zerstreut sein mußte, sie war für diesen Blinden, für diesen rührend betrogenen Menschen, noch unverstellt da und die Leidenschaft seiner Vision so überwältigend, daß beinahe auch ich schon an sie zu glauben begann. Nur einmal unterbrach schreckhaft die Gefahr eines Erwachens die somnambule Sicherheit seiner schauenden Begeisterung: er hatte bei der Rembrandtschen ›Antiope‹ (einem Probeabzug, der tatsächlich einen unermeßlichen Wert gehabt haben mußte) wieder die Schärfe des Druckes gerühmt, und dabei war sein nervös hellsichtiger Finger, liebevoll nachzeichnend, die Linie des Eindruckes nachgefahren, ohne daß aber die geschärften Tastnerven jene Vertiefung auf dem fremden Blatte fanden. Da ging es plötzlich wie ein Schatten über seine Stirne hin, die Stimme verwirrte sich. ›Das ist doch... das ist doch die ›Antiope‹?‹ murmelte er, ein wenig verlegen, worauf ich mich sofort ankurbelte, ihm eilig das gerahmte Blatt aus Händen nahm und die auch mir gewärtige Radierung in allen möglichen Einzelheiten begeistert beschrieb. Da entspannte sich das verlegen gewordene Gesicht des Blinden wieder. Und je mehr ich rühmte, desto mehr blühte in diesem knorrigen, vermorschten Manne eine joviale Herzlichkeit, eine biederheitere Innigkeit auf. ›Da ist einmal einer, der etwas versteht‹, jubelte er, triumphierend zu den Seinen hingewandt. ›Endlich, endlich einmal einer, von dem auch ihr hört, was meine Blätter da wert sind. Da habt ihr mich immer mißtrauisch gescholten, weil ich alles Geld in meine Sammlung gesteckt: es ist ja wahr, in sechzig Jahren kein Bier, keinen Wein, kein Tabak, keine Reise, kein Theater, kein Buch, nur immer gespart und gespart für diese Blätter. Aber ihr werdet einmal sehen, wenn ich nicht mehr da bin – dann seid ihr reich, reicher als alle in der Stadt, und so reich wie die Reichsten in Dresden, dann werdet ihr meiner Narrheit noch einmal froh sein. Doch solange ich lebe, kommt kein einziges Blatt aus dem Haus – erst müssen sie mich hinaustragen, dann erst meine Sammlung.‹

Und dabei strich seine Hand zärtlich, wie über etwas Lebendiges, über die längst geleerten Mappen – es war grauenhaft und doch gleichzeitig rührend für mich, denn in all den Jahren des Krieges hatte ich nicht einen so vollkommenen, so reinen Ausdruck von Seligkeit auf einem deutschen Gesichte gesehen. Neben ihm standen die Frauen, geheimnisvoll ähnlich den weiblichen Gestalten auf jener Radierung des deutschen Meisters, die, gekommen, um das Grab des Heilands zu besuchen, vor dem erbrochenen, leeren Gewölbe mit einem Ausdruck fürchtigen Schreckens und zugleich gläubiger, wunderfreudiger Ekstase stehen. Wie dort auf jenem Bilde die Jüngerinnen von der himmlischen Ahnung des Heilands, so waren diese beiden alternden, zermürbten, armseligen Kleinbürgerinnen angestrahlt von der kindlichseligen Freude des Greises, halb in Lachen, halb in Tränen, ein Anblick, wie ich ihn nie ähnlich erschütternd erlebt. Aber der alte Mann konnte nicht satt werden, an meinem Lob, immer wieder häufte und wendete er die Mappen, durstig jedes Wort eintrinkend: so war es für mich eine Erholung, als endlich die lügnerischen Mappen zur Seite geschoben wurden und er widerstrebend den Tisch freigeben mußte für den Kaffee. Doch was war dies mein schuldbewußtes Aufatmen gegen die aufgeschwellte, tumultuöse Freudigkeit, gegen den Übermut des wie um dreißig Jahre verjüngten Mannes! Er erzählte tausend Anekdoten von seinen Käufen und Fischzügen, tappte, jede Hilfe abweisend, immer wieder auf, um noch und noch ein Blatt herauszuholen: wie von Wein war er übermütig und trunken. Als ich aber endlich sagte, ich müsse Abschied nehmen, erschrak er geradezu, tat verdrossen wie ein eigensinniges Kind und stampfte trotzig mit dem Fuße auf, das ginge nicht an, ich hätte kaum die Hälfte gesehen. Und die Frauen hatte harte Not, seinem starrsinnigen Unmut begreiflich zu machen, daß er mich nicht länger zurückhalten dürfe, weil ich meinen Zug versäume.

Als er sich endlich nach verzweifeltem Widerstand gefügt hatte und es an den Abschied ging, wurde seine Stimme ganz weich. Er nahm meine beiden Hände, und seine Finger strichen liebkosend mit der ganzen Ausdrucksfähigkeit eines Blinden an ihnen entlang bis zu den Gelenken, als wollten sie mehr von mir wissen und mir mehr Liebe sagen, als es Worte vermochten. ›Sie haben mir eine große, große Freude gemacht mit Ihrem Besuch‹, begann er mit einer von innen her aufgewühlten Erschütterung, die ich nie vergessen werde. ›Das war mir eine wirkliche Wohltat, endlich, endlich, endlich einmal wieder mit einem Kenner meine geliebten Blätter durchsehen zu können. Doch Sie sollen sehen, daß Sie nicht vergebens zu mir altem, blinden Manne gekommen sind. Ich verspreche Ihnen hier vor meiner Frau als Zeugin, daß ich in meine Verfügungen noch eine Klausel einsetzen will, die Ihrem altbewährten Hause die Auktion meiner Sammlung überträgt. Sie sollen die Ehre haben, diesen unbekannten Schatz‹ – und dabei legte er die Hand liebevoll auf die ausgeraubten Mappen – ›verwalten zu dürfen bis an den Tag, da er sich in die Welt zerstreut. Versprechen Sie mir nur, einen schönen Katalog zu machen: er soll mein Grabstein sein, ich brauche keinen besseren.‹

Ich sah auf Frau und Tochter, sie hielten sich eng zusammen, und manchmal lief ein Zittern hinüber von einer zur andern, als wären sie ein einziger Körper, der da bebte in einmütiger Erschütterung. Mir selbst war es ganz feierlich zumute, da mir der rührend Ahnungslose seine unsichtbare, längst zerstobene Sammlung wie eine Kostbarkeit zur Verwaltung zuteilte. Ergriffen versprach ich ihm, was ich niemals erfüllen konnte; wieder ging ein Leuchten in den toten Augensternen auf, ich spürte, wie seine Sehnsucht von innen suchte, mich leibhaftig zu fühlen: ich spürte es an der Zärtlichkeit, an dem liebenden Anpressen seiner Finger, die die meinen hielten in Dank und Gelöbnis.

Die Frauen begleiteten mich zur Tür. Sie wagten nicht zu sprechen, weil seine Feinhörigkeit jedes Wort erlauscht hätte, aber wie heiß in Tränen, wie strömend voll Dankbarkeit strahlten ihre Blicke mich an! Ganz betäubt tastete ich mich die Treppe hinunter. Eigentlich schämte ich mich: da war ich wie der Engel des Märchens in eine Armeleutestube getreten, hatte einen Blinden sehend gemacht für eine Stunde nur dadurch, daß ich einem frommen Betrug Helferdienst bot und unverschämt log, ich, der in Wahrheit doch als ein schäbiger Krämer gekommen war, um ein paar kostbare Stücke jemandem listig abzujagen. Was ich aber mitnahm, war mehr: ich hatte wieder einmal reine Begeisterung lebendig spüren dürfen in dumpfer, freudloser Zeit, eine Art geistig durchleuchteter, ganz auf die Kunst gewandter Ekstase, wie sie unsere Menschen längst verlernt zu haben scheinen. Und mir war – ich kann es nicht anders sagen – ehrfürchtig zumute, obgleich ich mich noch immer schämte, ohne eigentlich zu wissen, warum.

Schon stand ich unten auf der Straße, da klirrte oben ein Fenster, und ich hörte meinen Namen rufen: wirklich, der alte Mann hatte es sich nicht nehmen lassen, mit seinen blinden Augen mir in der Richtung nachzusehen, in der er mich vermutete. Er beugte sich so weit vor, daß die beiden Frauen ihn vorsorglich stützen mußten, schwenkte sein Taschentuch und rief: ›Reisen Sie gut!‹ mit der heiteren, aufgefrischten Stimme eines Knaben. Unvergeßlich war mir der Anblick: dies frohe Gesicht des weißhaarigen Greises da oben im Fenster, hoch schwebend über all den mürrischen, gehetzten, geschäftigen Menschen der Straße, sanft aufgehoben aus unserer wirklichen widerlichen Welt von der weißen Wolke eines gütigen Wahns. Und ich mußte wieder an das alte wahre Wort denken – ich glaube, Goethe hat es gesagt –: ›Sammler sind glückliche Menschen.‹«

Schachnovelle

Auf dem großen Passagierdampfer, der um Mitternacht von New York nach Buenos Aires abgehen sollte, herrschte die übliche Geschäftigkeit und Bewegung der letzten Stunde. Gäste vom Land drängten durcheinander, um ihren Freunden das Geleit zu geben, Telegraphenboys mit schiefen Mützen schossen Namen ausrufend durch die Gesellschaftsräume, Koffer und Blumen wurden geschleppt, Kinder liefen neugierig treppauf und treppab, während das Orchester unerschütterlich zur Deck-show spielte. Ich stand im Gespräch mit einem Bekannten etwas abseits von diesem Getümmel auf dem Promenadendeck, als neben uns zwei- oder dreimal Blitzlicht scharf aufsprühte – anscheinend war irgendein Prominenter knapp vor der Abfahrt noch rasch von Reportern interviewt und photographiert worden. Mein Freund blickte hin und lächelte. »Sie haben da einen raren Vogel an Bord, den Czentovic.« Und da ich offenbar ein ziemlich verständnisloses Gesicht zu dieser Mitteilung machte, fügte er erklärend bei: »Mirko Czentovic, der Weltschachmeister. Er hat ganz Amerika von Ost nach West mit Turnierspielen abgeklappert und fährt jetzt zu neuen Triumphen nach Argentinien.«

In der Tat erinnerte ich mich nun dieses jungen Weltmeisters und sogar einiger Einzelheiten im Zusammenhang mit seiner raketenhaften Karriere; mein Freund, ein aufmerksamerer Zeitungsleser als ich, konnte sie mit einer ganzen Reihe von Anekdoten ergänzen. Czentovic hatte sich vor etwa einem Jahr mit einem Schlage neben die bewährtesten Altmeister der Schachkunst, wie Aljechin, Capablanca, Tartakower, Lasker, Bogoljubow, gestellt; seit dem Auftreten des siebenjährigen Wunderkindes Rzecewski bei dem Schachturnier 1922 in New York hatte noch nie der Einbruch eines völlig Unbekannten in die ruhmreiche Gilde derart allgemeines Aufsehen erregt. Denn Czentovics intellektuelle Eigenschaften schienen ihm keineswegs solch eine blendende Karriere von vornherein zu weissagen. Bald sickerte das Geheimnis durch, daß dieser Schachmeister in seinem Privatleben außerstande war, in irgendeiner Sprache einen Satz ohne orthographischen Fehler zu schreiben, und wie einer seiner verärgerten Kollegen ingrimmig spottete, »seine Unbildung war auf allen Gebieten gleich universell«. Sohn eines blutarmen südslawischen Donauschiffers, dessen winzige Barke eines Nachts von einem Getreidedampfer überrannt wurde, war der damals Zwölfjährige nach dem Tode seines Vaters vom Pfarrer des abgelegenen Ortes aus Mitleid aufgenommen worden, und der gute Pater bemühte sich redlich, durch häusliche Nachhilfe wettzumachen, was das maulfaule, dumpfe, breitstirnige Kind in der Dorfschule nicht zu erlernen vermochte.

Aber die Anstrengungen blieben vergeblich. Mirko starrte die schon hundertmal ihm erklärten Schriftzeichen immer wieder fremd an; auch für die simpelsten Unterrichtsgegenstände fehlte seinem schwerfällig arbeitenden Gehirn jede festhaltende Kraft. Wenn er rechnen sollte, mußte er noch mit vierzehn Jahren jedesmal die Finger zu Hilfe nehmen, und ein Buch oder eine Zeitung zu lesen bedeutete für den schon halbwüchsigen Jungen noch besondere Anstrengung. Dabei konnte man Mirko keineswegs unwillig oder widerspenstig nennen. Er tat gehorsam, was man ihm gebot, holte Wasser, spaltete Holz, arbeitete mit auf dem Felde, räumte die Küche auf und erledigte verläßlich, wenn auch mit verärgernder Langsamkeit, jeden geforderten Dienst. Was den guten Pfarrer aber an dem querköpfigen Knaben am meisten verdroß, war seine totale Teilnahmslosigkeit. Er tat nichts ohne besondere Aufforderung, stellte nie eine Frage, spielte nicht mit anderen Burschen und suchte von selbst keine Beschäftigung, sofern man sie nicht ausdrücklich anordnete; sobald Mirko die Verrichtungen des Haushalts erledigt hatte, saß er stur im Zimmer herum mit jenem leeren Blick, wie ihn Schafe auf der Weide haben, ohne an den Geschehnissen rings um ihn den geringsten Anteil zu nehmen. Während der Pfarrer abends, die lange Bauernpfeife schmauchend, mit dem Gendarmeriewachtmeister seine üblichen drei Schachpartien spielte, hockte der blondsträhnige Bursche stumm daneben und starrte unter seinen schweren Lidern anscheinend schläfrig und gleichgültig auf das karierte Brett.

Eines Winterabends klingelten, während die beiden Partner in ihre tägliche Partie vertieft waren, von der Dorfstraße her die Glöckchen eines Schlittens rasch und immer rascher heran. Ein Bauer, die Mütze mit Schnee überstäubt, stapfte hastig herein, seine alte Mutter läge im Sterben, und der Pfarrer möge eilen, ihr noch rechtzeitig die letzte Ölung zu erteilen. Ohne zu zögern folgte ihm der Priester. Der Gendarmeriewachtmeister, der sein Glas Bier noch nicht ausgetrunken hatte, zündete sich zum Abschied eine neue Pfeife an und bereitete sich eben vor, die schweren Schaftstiefel anzuziehen, als ihm auffiel, wie unentwegt der Blick Mirkos auf dem Schachbrett mit der angefangenen Partie haftete.

»Na, willst du sie zu Ende spielen?« spaßte er, vollkommen überzeugt, daß der schläfrige Junge nicht einen einzigen Stein auf dem Brett richtig zu rücken verstünde. Der Knabe starrte scheu auf, nickte dann und setzte sich auf den Platz des Pfarrers. Nach vierzehn Zügen war der Gendarmeriewachtmeister geschlagen und mußte zudem eingestehen, daß keineswegs ein versehentlich nachlässiger Zug seine Niederlage verschuldet habe. Die zweite Partie fiel nicht anders aus.

»Bileams Esel!« rief erstaunt bei seiner Rückkehr der Pfarrer aus, dem weniger bibelfesten Gendarmeriewachtmeister erklärend, schon vor zweitausend Jahren hätte sich ein ähnliches Wunder ereignet, daß ein stummes Wesen plötzlich die Sprache der Weisheit gefunden habe. Trotz der vorgerückten Stunde konnte der Pfarrer sich nicht enthalten, seinen halb analphabetischen Famulus zu einem Zweikampf herauszufordern. Mirko schlug auch ihn mit Leichtigkeit. Er spielte zäh, langsam, unerschütterlich, ohne ein einziges Mal die gesenkte breite Stirn vom Brette aufzuheben. Aber er spielte mit unwiderlegbarer Sicherheit; weder der Gendarmeriewachtmeister noch der Pfarrer waren in den nächsten Tagen imstande, eine Partie gegen ihn zu gewinnen. Der Pfarrer, besser als irgend jemand befähigt, die sonstige Rückständigkeit seines Zöglings zu beurteilen, wurde nun ernstlich neugierig, wieweit diese einseitige sonderbare Begabung einer strengeren Prüfung standhalten würde. Nachdem er Mirko bei dem Dorfbarbier die struppigen strohblonden Haare hatte schneiden lassen, um ihn einigermaßen präsentabel zu machen, nahm er ihn in seinem Schlitten mit in die kleine Nachbarstadt, wo er im Café des Hauptplatzes eine Ecke mit enragierten Schachspielern wußte, denen er selbst erfahrungsgemäß nicht gewachsen war. Es erregte bei der ansässigen Runde nicht geringes Staunen, als der Pfarrer den fünfzehnjährigen strohblonden und rotbackigen Burschen in seinem nach innen getragenen Schafspelz und schweren, hohen Schaftstiefeln in das Kaffeehaus schob, wo der Junge befremdet mit scheu niedergeschlagenen Augen in einer Ecke stehenblieb, bis man ihn zu einem der Schachtische hinrief. In der ersten Partie wurde Mirko geschlagen, da er die sogenannte Sizilianische Eröffnung bei dem guten Pfarrer nie gesehen hatte. In der zweiten Partie kam er schon gegen den besten Spieler auf Remis. Von der dritten und vierten an schlug er sie alle, einen nach dem andern.

Nun ereignen sich in einer kleinen südslawischen Provinzstadt höchst selten aufregende Dinge; so wurde das erste Auftreten dieses bäuerlichen Champions für die versammelten Honoratioren unverzüglich zur Sensation. Einstimmig wurde beschlossen, der Wunderknabe müßte unbedingt noch bis zum nächsten Tage in der Stadt bleiben, damit man die anderen Mitglieder des Schachklubs zusammenrufen und vor allem den alten Grafen Simczic, einen Fanatiker des Schachspiels, auf seinem Schlosse verständigen könne. Der Pfarrer, der mit einem ganz neuen Stolz auf seinen Pflegling blickte, aber über seiner Entdeckerfreude doch seinen pflichtgemäßen Sonntagsgottesdienst nicht versäumen wollte, erklärte sich bereit, Mirko für eine weitere Probe zurückzulassen. Der junge Czentovic wurde auf Kosten der Schachecke im Hotel einquartiert und sah an diesem Abend zum erstenmal ein Wasserklosett. Am folgenden Sonntagnachmittag war der Schachraum überfüllt. Mirko, unbeweglich vier Stunden vor dem Brett sitzend, besiegte, ohne ein Wort zu sprechen oder auch nur aufzuschauen, einen Spieler nach dem andern; schließlich wurde eine Simultanpartie vorgeschlagen. Es dauerte eine Weile, ehe man dem Unbelehrten begreiflich machen konnte, daß bei einer Simultanpartie er allein gegen die verschiedenen Spieler zu kämpfen hätte. Aber sobald Mirko diesen Usus begriffen, fand er sich rasch in die Aufgabe, ging mit seinen schweren, knarrenden Schuhen langsam von Tisch zu Tisch und gewann schließlich sieben von den acht Partien.

Nun begannen große Beratungen. Obwohl dieser neue Champion im strengen Sinne nicht zur Stadt gehörte, war doch der heimische Nationalstolz lebhaft entzündet. Vielleicht konnte endlich die kleine Stadt, deren Vorhandensein auf der Landkarte kaum jemand bisher wahrgenommen, zum erstenmal sich die Ehre erwerben, einen berühmten Mann in die Welt zu schicken. Ein Agent namens Koller, sonst nur Chansonetten und Sängerinnen für das Kabarett der Garnison vermittelnd, erklärte sich bereit, sofern man den Zuschuß für ein Jahr leiste, den jungen Menschen in Wien von einem ihm bekannten ausgezeichneten kleinen Meister fachmäßig in der Schachkunst ausbilden zu lassen. Graf Simczic, dem in sechzig Jahren täglichen Schachspieles nie ein so merkwürdiger Gegner entgegengetreten war, zeichnete sofort den Betrag. Mit diesem Tage begann die erstaunliche Karriere des Schiffersohnes.

Nach einem halben Jahre beherrschte Mirko sämtliche Geheimnisse der Schachtechnik, allerdings mit einer seltsamen Einschränkung, die später in den Fachkreisen viel beobachtet und bespöttelt wurde. Denn Czentovic brachte es nie dazu, auch nur eine einzige Schachpartie auswendig – oder wie man fachgemäß sagt: blind – zu spielen. Ihm fehlte vollkommen die Fähigkeit, das Schlachtfeld in den unbegrenzten Raum der Phantasie zu stellen. Er mußte immer das schwarz-weiße Karree mit den vierundsechzig Feldern und zweiunddreißig Figuren handgreiflich vor sich haben; noch zur Zeit seines Weltruhmes führte er ständig ein zusammenlegbares Taschenschach mit sich, um, wenn er eine Meisterpartie rekonstruieren oder ein Problem für sich lösen wollte, sich die Stellung optisch vor Augen zu führen. Dieser an sich unbeträchtliche Defekt verriet einen Mangel an imaginativer Kraft und wurde in dem engen Kreise ebenso lebhaft diskutiert, wie wenn unter Musikern ein hervorragender Virtuose oder Dirigent sich unfähig gezeigt hätte, ohne aufgeschlagene Partitur zu spielen oder zu dirigieren. Aber diese merkwürdige Eigenheit verzögerte keineswegs Mirkos stupenden Aufstieg. Mit siebzehn Jahren hatte er schon ein Dutzend Schachpreise gewonnen, mit achtzehn sich die ungarische Meisterschaft, mit zwanzig endlich die Weltmeisterschaft erobert. Die verwegensten Champions, jeder einzelne an intellektueller Begabung, an Phantasie und Kühnheit ihm unermeßlich überlegen, erlagen ebenso seiner zähen und kalten Logik wie Napoleon dem schwerfälligen Kutusow, wie Hannibal dem Fabius Cunctator, von dem Livius berichtet, daß er gleichfalls in seiner Kindheit derart auffällige Züge von Phlegma und Imbezillität gezeigt habe. So geschah es, daß in die illustre Galerie der Schachmeister, die in ihren Reihen die verschiedensten Typen intellektueller Überlegenheit vereinigt, Philosophen, Mathematiker, kalkulierende, imaginierende und oft schöpferische Naturen, zum erstenmal ein völliger Outsider der geistigen Welt einbrach, ein schwerer, maulfauler Bauernbursche, aus dem auch nur ein einziges publizistisch brauchbares Wort herauszulocken selbst den gerissensten Journalisten nie gelang. Freilich, was Czentovic den Zeitungen an geschliffenen Sentenzen vorenthielt, ersetzte er bald reichlich durch Anekdoten über seine Person. Denn rettungslos wurde mit der Sekunde, da er vom Schachbrette aufstand, wo er Meister ohnegleichen war, Czentovic zu einer grotesken und beinahe komischen Figur; trotz seines feierlichen schwarzen Anzuges, seiner pompösen Krawatte mit der etwas aufdringlichen Perlennadel und seiner mühsam manikürten Finger blieb er in seinem Gehaben und seinen Manieren derselbe beschränkte Bauernjunge, der im Dorf die Stube des Pfarrers gefegt. Ungeschickt und geradezu schamlos plump suchte er zum Gaudium und zum Ärger seiner Fachkollegen aus seiner Begabung und seinem Ruhm mit einer kleinlichen und sogar oft ordinären Habgier herauszuholen, was an Geld herauszuholen war. Er reiste von Stadt zu Stadt, immer in den billigsten Hotels wohnend, er spielte in den kläglichsten Vereinen, sofern man ihm sein Honorar bewilligte, er ließ sich abbilden auf Seifenreklamen und verkaufte sogar, ohne auf den Spott seiner Konkurrenten zu achten, die genau wußten, daß er nicht imstande war, drei Sätze richtig zu schreiben, seinen Namen für eine ›Philosophie des Schachs‹, die in Wirklichkeit ein kleiner galizischer Student für den geschäftstüchtigen Verleger geschrieben. Wie allen zähen Naturen fehlte ihm jeder Sinn für das Lächerliche; seit seinem Siege im Weltturnier hielt er sich für den wichtigsten Mann der Welt, und das Bewußtsein, all diese gescheiten, intellektuellen, blendenden Sprecher und Schreiber auf ihrem eigenen Feld geschlagen zu haben, und vor allem die handgreifliche Tatsache, mehr als sie zu verdienen, verwandelte die ursprüngliche Unsicherheit in einen kalten und meist plump zur Schau getragenen Stolz.

»Aber wie sollte ein so rascher Ruhm nicht einen so leeren Kopf beduseln?« schloß mein Freund, der mir gerade einige klassische Proben von Czentovics kindischer Präpotenz anvertraut hatte. »Wie sollte ein einundzwanzigjähriger Bauernbursche aus dem Banat nicht den Eitelkeitskoller kriegen, wenn er plötzlich mit ein bißchen Figurenherumschieben auf einem Holzbrett in einer Woche mehr verdient als sein ganzes Dorf daheim mit Holzfällen und den bittersten Abrackereien in einem ganzen Jahr? Und dann, ist es nicht eigentlich verflucht leicht, sich für einen großen Menschen zu halten, wenn man nicht mit der leisesten Ahnung belastet ist, daß ein Rembrandt, ein Beethoven, ein Dante, ein Napoleon je gelebt haben? Dieser Bursche weiß in seinem vermauerten Gehirn nur das eine, daß er seit Monaten nicht eine einzige Schachpartie verloren hat, und da er eben nicht ahnt, daß es außer Schach und Geld noch andere Werte auf unserer Erde gibt, hat er allen Grund, von sich begeistert zu sein.«

Diese Mitteilungen meines Freundes verfehlten nicht, meine besondere Neugierde zu erregen. Alle Arten von monomanischen, in eine einzige Idee verschossenen Menschen haben mich zeitlebens angereizt, denn je mehr sich einer begrenzt, um so mehr ist er andererseits dem Unendlichen nahe; gerade solche scheinbar Weltabseitigen bauen in ihrer besonderen Materie sich termitenhaft eine merkwürdige und durchaus einmalige Abbreviatur der Welt. So machte ich aus meiner Absicht, dieses sonderbare Spezimen intellektueller Eingleisigkeit auf der zwölftägigen Fahrt bis Rio näher unter die Lupe zu nehmen, kein Hehl.

Jedoch: »Da werden Sie wenig Glück haben«, warnte mein Freund. »Soviel ich weiß, ist es noch keinem gelungen, aus Czentovic das geringste an psychologischem Material herauszuholen. Hinter all seiner abgründigen Beschränktheit verbirgt dieser gerissene Bauer die große Klugheit, sich keine Blößen zu geben, und zwar dank der simplen Technik, daß er außer mit Landsleuten seiner eigenen Sphäre, die er sich in kleinen Gasthäusern zusammensucht, jedes Gespräch vermeidet. Wo er einen gebildeten Menschen spürt, kriecht er in sein Schneckenhaus; so kann niemand sich rühmen, je ein dummes Wort von ihm gehört oder die angeblich unbegrenzte Tiefe seiner Unbildung ausgemessen zu haben.« Mein Freund sollte in der Tat recht behalten. Während der ersten Tage der Reise erwies es sich als vollkommen unmöglich, an Czentovic ohne grobe Zudringlichkeit, die schließlich nicht meine Sache ist, heranzukommen. Manchmal schritt er zwar über das Promenadendeck, aber dann immer die Hände auf dem Rücken verschränkt mit jener stolz in sich versenkten Haltung, wie Napoleon auf dem bekannten Bilde; außerdem erledigte er immer so eilig und stoßhaft seine peripatetische Deckrunde, daß man ihm hätte im Trab nachlaufen müssen, um ihn ansprechen zu können.

In den Gesellschaftsräumen wiederum, in der Bar, im Rauchzimmer zeigte er sich niemals; wie mir der Steward auf vertrauliche Erkundigung hin mitteilte, verbrachte er den Großteil des Tages in seiner Kabine, um auf einem mächtigen Brett Schachpartien einzuüben oder zu rekapitulieren.

Nach drei Tagen begann ich mich tatsächlich zu ärgern, daß seine zähe Abwehrtechnik geschickter war als mein Wille, an ihn heranzukommen. Ich hatte in meinem Leben noch nie Gelegenheit gehabt, die persönliche Bekanntschaft eines Schachmeisters zu machen, und je mehr ich mich jetzt bemühte, mir einen solchen Typus zu personifizieren, um so unvorstellbarer schien mir eine Gehirntätigkeit, die ein ganzes Leben lang ausschließlich um einen Raum von vierundsechzig schwarzen und weißen Feldern rotiert. Ich wußte wohl aus eigener Erfahrung um die geheimnisvolle Attraktion des ›königlichen Spiels‹, dieses einzigen unter allen Spielen, die der Mensch ersonnen, das sich souverän jeder Tyrannis des Zufalls entzieht und seine Siegespalmen einzig dem Geist oder vielmehr einer bestimmten Form geistiger Begabung zuteilt. Aber macht man sich nicht bereits einer beleidigenden Einschränkung schuldig, indem man Schach ein Spiel nennt? Ist es nicht auch eine Wissenschaft, eine Kunst, schwebend zwischen diesen Kategorien wie der Sarg Mohammeds zwischen Himmel und Erde, eine einmalige Bindung aller Gegensatzpaare; uralt und doch ewig neu, mechanisch in der Anlage und doch nur wirksam durch Phantasie, begrenzt in geometrisch starrem Raum und dabei unbegrenzt in seinen Kombinationen, ständig sich entwickelnd und doch steril, ein Denken, das zu nichts führt, eine Mathematik, die nichts errechnet, eine Kunst ohne Werke, eine Architektur ohne Substanz und nichtsdestominder erwiesenermaßen dauerhafter in seinem Sein und Dasein als alle Bücher und Werke, das einzige Spiel, das allen Völkern und allen Zeiten zugehört und von dem niemand weiß, welcher Gott es auf die Erde gebracht, um die Langeweile zu töten, die Sinne zu schärfen, die Seele zu spannen. Wo ist bei ihm Anfang und wo das Ende: jedes Kind kann seine ersten Regeln erlernen, jeder Stümper sich in ihm versuchen, und doch vermag es innerhalb dieses unveränderbar engen Quadrats eine besondere Spezies von Meistern zu erzeugen, unvergleichbar allen anderen, Menschen mit einer einzig dem Schach zubestimmten Begabung, spezifische Genies, in denen Vision, Geduld und Technik in einer ebenso genau bestimmten Verteilung wirksam sind wie im Mathematiker, im Dichter, im Musiker, und nur in anderer Schichtung und Bindung. In früheren Zeiten physiognomischer Leidenschaft hätte ein Gall vielleicht die Gehirne solcher Schachmeister seziert, um festzustellen, ob bei solchen Schachgenies eine besondere Windung in der grauen Masse des Gehirns, eine Art Schachmuskel oder Schachhöcker sich intensiver eingezeichnet fände als in anderen Schädeln. Und wie hätte einen solchen Physiognomiker erst der Fall eines Czentovic angereizt, wo dies spezifische Genie eingesprengt erscheint in eine absolute intellektuelle Trägheit wie ein einzelner Faden Gold in einem Zentner tauben Gesteins. Im Prinzip war mir die Tatsache von jeher verständlich, daß ein derart einmaliges, ein solches geniales Spiel sich spezifische Matadore schaffen mußte, aber wie schwer, wie unmöglich doch, sich das Leben eines geistig regsamen Menschen vorzustellen, dem sich die Welt einzig auf die enge Einbahn zwischen Schwarz und Weiß reduziert, der in einem bloßen Hin und Her, Vor und Zurück von zweiunddreißig Figuren seine Lebenstriumphe sucht, einen Menschen, dem bei einer neuen Eröffnung, den Springer vorzuziehen statt des Bauern, schon Großtat und sein ärmliches Eckchen Unsterblichkeit im Winkel eines Schachbuches bedeutet – einen Menschen, einen geistigen Menschen, der, ohne wahnsinnig zu werden, zehn, zwanzig, dreißig, vierzig Jahre lang die ganze Spannkraft seines Denkens immer und immer wieder an den lächerlichen Einsatz wendet, einen hölzernen König auf einem hölzernen Brett in den Winkel zu drängen!

Und nun war ein solches Phänomen, ein solches sonderbares Genie oder ein solcher rätselhafter Narr mir räumlich zum erstenmal ganz nahe, sechs Kabinen weit auf demselben Schiff, und ich Unseliger, für den Neugier in geistigen Dingen immer zu einer Art Passion ausartet, sollte nicht imstande sein, mich ihm zu nähern. Ich begann, mir die absurdesten Listen auszudenken: etwa, ihn in seiner Eitelkeit zu kitzeln, indem ich ihm ein angebliches Interview für eine wichtige Zeitung vortäuschte, oder bei seiner Habgier zu packen, dadurch, daß ich ihm ein einträgliches Turnier in Schottland proponierte. Aber schließlich erinnerte ich mich, daß die bewährteste Technik der Jäger, den Auerhahn an sich heranzulocken, darin besteht, daß sie seinen Balzschrei nachahmen; was konnte eigentlich wirksamer sein, um die Aufmerksamkeit eines Schachmeisters auf sich zu ziehen, als indem man selber Schach spielte?

Nun bin ich zeitlebens nie ein ernstlicher Schachkünstler gewesen, und zwar aus dem einfachen Grunde, daß ich mich mit Schach immer bloß leichtfertig und ausschließlich zu meinem Vergnügen befaßte; wenn ich mich für eine Stunde vor das Brett setze, geschieht dies keineswegs, um mich anzustrengen, sondern im Gegenteil, um mich von geistiger Anspannung zu entlasten. Ich ›spiele‹ Schach im wahrsten Sinne des Wortes, während die anderen, die wirklichen Schachspieler, Schach ›ernsten‹, um ein verwegenes neues Wort in die deutsche Sprache einzuführen. Für Schach ist nun, wie für die Liebe, ein Partner unentbehrlich, und ich wußte zur Stunde noch nicht, ob sich außer uns andere Schachliebhaber an Bord befanden.

Um sie aus ihren Höhlen herauszulocken, stellte ich im Smoking Room eine primitive Falle auf, indem ich mich mit meiner Frau, obwohl sie noch schwächer spielt als ich, vogelstellerisch vor ein Schachbrett setzte. Und tatsächlich, wir hatten noch nicht sechs Züge getan, so blieb schon jemand im Vorübergehen stehen, ein zweiter erbat die Erlaubnis, zusehen zu dürfen; schließlich fand sich auch der erwünschte Partner, der mich zu einer Partie herausforderte. Er hieß McConnor und war ein schottischer Tiefbauingenieur, der, wie ich hörte, bei Ölbohrungen in Kalifornien sich ein großes Vermögen gemacht hatte, von äußerem Ansehen ein stämmiger Mensch mit starken, fast quadratisch harten Kinnbacken, kräftigen Zähnen und einer satten Gesichtsfarbe, deren prononcierte Rötlichkeit wahrscheinlich, zumindest teilweise, reichlichem Genuß von Whisky zu verdanken war. Die auffällig breiten, fast athletisch vehementen Schultern machten sich leider auch im Spiel charaktermäßig bemerkbar, denn dieser Mister McConnor gehörte zu jener Sorte selbstbesessener Erfolgsmenschen, die auch im belanglosesten Spiel eine Niederlage schon als Herabsetzung ihres Persönlichkeitsbewußtseins empfinden. Gewöhnt, sich im Leben rücksichtslos durchzusetzen, und verwöhnt vom faktischen Erfolg, war dieser massive Selfmademan derart unerschütterlich von seiner Überlegenheit durchdrungen, daß jeder Widerstand ihn als ungebührliche Auflehnung und beinahe Beleidigung erregte. Als er die erste Partie verlor, wurde er mürrisch und begann umständlich und diktatorisch zu erklären, dies könne nur durch eine momentane Unaufmerksamkeit geschehen sein, bei der dritten machte er den Lärm im Nachbarraum für sein Versagen verantwortlich; nie war er gewillt, eine Partie zu verlieren, ohne sofort Revanche zu fordern. Anfangs amüsierte mich diese ehrgeizige Verbissenheit; schließlich nahm ich sie nur mehr als unvermeidliche Begleiterscheinung für meine eigentliche Absicht hin, den Weltmeister an unseren Tisch zu locken.

Am dritten Tag gelang es und gelang doch nur halb. Sei es, daß Czentovic uns vom Promenadendeck aus durch das Bordfenster vor dem Schachbrett beobachtet oder daß er nur zufälligerweise den Smoking Room mit seiner Anwesenheit beehrte – jedenfalls trat er, sobald er uns Unberufene seine Kunst ausüben sah, unwillkürlich einen Schritt näher und warf aus dieser gemessenen Distanz einen prüfenden Blick auf unser Brett. McConnor war gerade am Zuge. Und schon dieser eine Zug schien ausreichend, um Czentovic zu belehren, wie wenig ein weiteres Verfolgen unserer dilettantischen Bemühungen seines meisterlichen Interesses würdig sei. Mit derselben selbstverständlichen Geste, mit der unsereiner in einer Buchhandlung einen angebotenen schlechten Detektivroman weglegt, ohne ihn auch nur anzublättern, trat er von unserem Tische fort und verließ den Smoking Room. ›Gewogen und zu leicht befunden‹, dachte ich mir, ein bißchen verärgert durch diesen kühlen, verächtlichen Blick, und um meinem Unmut irgendwie Luft zu machen, äußerte ich zu McConnor:

»Ihr Zug scheint den Meister nicht sehr begeistert zu haben.«

»Welchen Meister?«

Ich erklärte ihm, jener Herr, der eben an uns vorübergegangen und mit mißbilligendem Blick auf unser Spiel gesehen, sei der Schachmeister Czentovic gewesen. Nun, fügte ich hinzu, wir beide würden es überstehen und ohne Herzeleid uns mit seiner illustren Verachtung abfinden; arme Leute müßten eben mit Wasser kochen. Aber zu meiner Überraschung übte auf McConnor meine lässige Mitteilung eine völlig unerwartete Wirkung. Er wurde sofort erregt, vergaß unsere Partie, und sein Ehrgeiz begann geradezu hörbar zu pochen. Er habe keine Ahnung gehabt, daß Czentovic an Bord sei, und Czentovic müsse unbedingt gegen ihn spielen. Er habe noch nie im Leben gegen einen Weltmeister gespielt außer einmal bei einer Simultanpartie mit vierzig anderen; schon das sei furchtbar spannend gewesen, und er habe damals beinahe gewonnen. Ob ich den Schachmeister persönlich kenne? Ich verneinte. Ob ich ihn nicht ansprechen wolle und zu uns bitten? Ich lehnte ab mit der Begründung, Czentovic sei meines Wissens für neue Bekanntschaften nicht sehr zugänglich. Außerdem, was für einen Reiz sollte es einem Weltmeister bieten, mit uns drittklassigen Spielern sich abzugeben?

Nun, das mit den drittklassigen Spielern hätte ich zu einem derart ehrgeizigen Manne wie McConnor lieber nicht äußern sollen. Er lehnte sich verärgert zurück und erklärte schroff, er für seinen Teil könne nicht glauben, daß Czentovic die höfliche Aufforderung eines Gentlemans ablehnen werde; dafür werde er schon sorgen. Auf seinen Wunsch gab ich ihm eine kurze Personenbeschreibung des Weltmeisters, und schon stürmte er, unser Schachbrett gleichgültig im Stich lassend, in unbeherrschter Ungeduld Czentovic auf das Promenadendeck nach. Wieder spürte ich, daß der Besitzer dermaßen breiter Schultern nicht zu halten war, sobald er einmal seinen Willen in eine Sache geworfen.

Ich wartete ziemlich gespannt. Nach zehn Minuten kehrte McConnor zurück, nicht sehr aufgeräumt, wie mir schien.

»Nun?« fragte ich.

»Sie haben recht gehabt«, antwortete er etwas verärgert. »Kein sehr angenehmer Herr. Ich stellte mich vor, erklärte ihm, wer ich sei. Er reichte mir nicht einmal die Hand. Ich versuchte, ihm auseinanderzusetzen, wie stolz und geehrt wir alle an Bord sein würden, wenn er eine Simultanpartie gegen uns spielen wollte. Aber er hielt sei-

– 440 –

nen Rücken verflucht steif; es täte ihm leid, aber er habe kontraktliche Verpflichtungen gegen seinen Agenten, die ihm ausdrücklich untersagten, während seiner ganzen Tournee ohne Honorar zu spielen. Sein Minimum sei zweihundertfünfzig Dollar pro Partie.«

Ich lachte. »Auf diesen Gedanken wäre ich eigentlich nie geraten, daß Figuren von Schwarz auf Weiß zu schieben ein derart einträgliches Geschäft sein kann. Nun, ich hoffe, Sie haben sich ebenso höflich empfohlen.«

Aber McConnor blieb vollkommen ernst. »Die Partie ist für morgen nachmittags drei Uhr angesetzt. Hier im Rauchsalon. Ich hoffe, wir werden uns nicht so leicht zu Brei schlagen lassen.«

»Wie? Sie haben ihm die zweihundertfünfzig Dollar bewilligt?« rief ich ganz betroffen aus.

»Warum nicht? C'est son métier. Wenn ich Zahnschmerzen hätte und es wäre zufällig ein Zahnarzt an Bord, würde ich auch nicht verlangen, daß er mir den Zahn umsonst ziehen soll. Der Mann hat ganz recht, dicke Preise zu machen; in jedem Fach sind die wirklichen Könner auch die besten Geschäftsleute. Und was mich betrifft: je klarer ein Geschäft, um so besser. Ich zahle lieber in Cash, als mir von einem Herrn Czentovic Gnaden erweisen zu lassen und mich am Ende noch bei ihm bedanken zu müssen. Schließlich habe ich in unserem Klub schon mehr an einem Abend verloren als zweihundertfünfzig Dollar und dabei mit keinem Weltmeister gespielt. Für ›drittklassige‹ Spieler ist es keine Schande, von einem Czentovic umgelegt zu werden.«

Es amüsierte mich, zu bemerken, wie tief ich McConnors Selbstgefühl mit dem einen unschuldigen Wort ›drittklassiger Spieler‹ gekränkt hatte. Aber da er den teuren Spaß zu bezahlen gesonnen war, hatte ich nichts einzuwenden gegen seinen deplacierten Ehrgeiz, der mir endlich die Bekanntschaft meines Kuriosums vermitteln sollte. Wir verständigten eiligst die vier oder fünf Herren, die sich bisher als Schachspieler deklariert hatten, von dem bevorstehenden Ereignis und ließen, um von durchgehenden Passanten möglichst wenig gestört zu werden, nicht nur unseren Tisch, sondern auch die Nachbartische für das bevorstehende Match im voraus reservieren.

Am nächsten Tage war unsere kleine Gruppe zur vereinbarten Stunde vollzählig erschienen. Der Mittelplatz gegenüber dem Meister blieb selbstverständlich McConnor zugeteilt, der seine Nervosität entlud, indem er eine schwere Zigarre nach der andern anzündete und immer wieder unruhig auf die Uhr blickte. Aber der Weltmeister ließ – ich hatte nach den Erzählungen meines Freundes derlei schon geahnt – gute zehn Minuten auf sich warten, wodurch allerdings sein Erscheinen dann erhöhten Aplomb erhielt. Er trat ruhig und gelassen auf den Tisch zu. Ohne sich vorzustellen – ›Ihr wißt, wer ich bin, und wer ihr seid, interessiert mich nicht‹, schien diese Unhöflichkeit zu besagen –, begann er mit fachmännischer Trockenheit die sachlichen Anordnungen. Da eine Simultanpartie hier an Bord mangels an verfügbaren Schachbrettern unmöglich sei, schlage er vor, daß wir alle gemeinsam gegen ihn spielen sollten. Nach jedem Zug werde er, um unsere Beratungen nicht zu stören, sich zu einem anderen Tisch am Ende des Raumes verfügen. Sobald wir unseren Gegenzug getan, sollten wir, da bedauerlicherweise keine Tischglocke zur Hand sei, mit dem Löffel gegen ein Glas klopfen. Als maximale Zugzeit schlage er zehn Minuten vor, falls wir keine andere Einteilung wünschten. Wir pflichteten selbstverständlich wie schüchterne Schüler jedem Vorschlage bei. Die Farbenwahl teilte Czentovic Schwarz zu; noch im Stehen tat er den ersten Gegenzug und wandte sich dann gleich dem von ihm vorgeschlagenen Warteplatz zu, wo er lässig hingelehnt eine illustrierte Zeitschrift durchblätterte.

Es hat wenig Sinn, über die Partie zu berichten. Sie endete selbstverständlich, wie sie enden mußte, mit unserer totalen Niederlage, und zwar bereits beim vierundzwanzigsten Zuge. Daß nun ein Weltschachmeister ein halbes Dutzend mittlerer oder untermittlerer Spieler mit der linken Hand niederfegt, war an sich wenig erstaunlich; verdrießlich wirkte eigentlich auf uns alle nur die präpotente Art, mit der Czentovic es uns allzu deutlich fühlen ließ, daß er uns mit der linken Hand erledigte. Er warf jedesmal nur einen scheinbar flüchtigen Blick auf das Brett, sah an uns so lässig vorbei, als ob wir selbst tote Holzfiguren wären, und diese impertinente Geste erinnerte unwillkürlich an die, mit der man einem räudigen Hund abgewendeten Blicks einen Brocken zuwirft. Bei einiger Feinfühligkeit hätte er meiner Meinung nach uns auf Fehler aufmerksam machen können oder durch ein freundliches Wort aufmuntern. Aber auch nach Beendigung der Partie äußerte dieser unmenschliche Schachautomat keine Silbe, sondern wartete, nachdem er »Matt« gesagt, regungslos vor dem Tische, ob man noch eine zweite Partie von ihm wünsche. Schon war ich aufgestanden, um hilflos, wie man immer gegen dickfellige Grobheit bleibt, durch eine Geste anzudeuten, daß mit diesem erledigten Dollargeschäft wenigstens meinerseits das Vergnügen unserer Bekanntschaft beendet sei, als zu meinem Ärger neben mir McConnor mit ganz heiserer Stimme sagte: »Revanche!«

Ich erschrak geradezu über den herausfordernden Ton; tatsächlich bot McConnor in diesem Augenblick eher den Eindruck eines Boxers vor dem Losschlagen als den eines höflichen Gentlemans. War es die unangenehme Art der Behandlung, die uns Czentovic hatte zuteil werden lassen, oder nur sein pathologisch reizbarer Ehrgeiz – jedenfalls war McConnors Wesen vollkommen verändert. Rot im Gesicht bis hoch hinauf an das Stirnhaar, die Nüstern von innerem Druck stark aufgespannt, transpirierte er sichtlich, und von den verbissenen Lippen schnitt sich scharf eine Falte gegen sein kämpferisch vorgerecktes Kinn. Ich erkannte beunruhigt in seinem Auge jenes Flackern unbeherrschter Leidenschaft, wie sie sonst Menschen nur am Roulettetisch ergreift, wenn zum sechsten- oder siebentenmal bei immer verdoppeltem Einsatz nicht die richtige Farbe kommt. In diesem Augenblick wußte ich, dieser fanatisch Ehrgeizige würde, und sollte es ihn sein ganzes Vermögen kosten, gegen Czentovic so lange spielen und spielen und spielen, einfach oder doubliert, bis er wenigstens ein einziges Mal eine Partie gewonnen. Wenn Czentovic durchhielt, so hatte er an McConnor eine Goldgrube gefunden, aus der er bis Buenos Aires ein paar tausend Dollar schaufeln konnte.

Czentovic blieb unbewegt. »Bitte«, antwortete er höflich. »Die Herren spielen jetzt Schwarz.«

Auch die zweite Partie bot kein verändertes Bild, außer daß durch einige Neugierige unser Kreis nicht nur größer, sondern auch lebhafter geworden war. McConnor blickte so starr auf das Brett, als wollte er die Figuren mit seinem Willen, zu gewinnen, magnetisieren; ich spürte ihm an, daß er auch tausend Dollar begeistert geopfert hätte für den Lustschrei ›Matt!‹ gegen den kaltschnäuzigen Gegner. Merkwürdigerweise ging etwas von seiner verbissenen Erregung unbewußt in uns über. Jeder einzelne Zug wurde ungleich leidenschaftlicher diskutiert als vordem, immer hielten wir noch im letzten Moment einer den andern zurück, ehe wir uns einigten, das Zeichen zu geben, das Czentovic an unseren Tisch zurückrief. Allmählich waren wir beim siebenunddreißigsten Zuge angelangt, und zu unserer eigenen Überraschung war eine Konstellation eingetreten, die verblüffend vorteilhaft schien, weil es uns gelungen war, den Bauern der c-Linie bis auf das vorletzte Feld c2 zu bringen; wir brauchten ihn nur vorzuschieben auf c1, um eine neue Dame zu gewinnen. Ganz behaglich war uns freilich nicht bei dieser allzu offenkundigen Chance; wir argwöhnten einmütig, dieser scheinbar von uns errungene Vorteil müsse von Czentovic, der doch die Situation viel weitblickender übersah, mit Absicht uns als Angelhaken zugeschoben sein. Aber trotz angestrengtem gemeinsamem Suchen und Diskutieren vermochten wir die versteckte Finte nicht wahrzunehmen. Schließlich, schon knapp am Rande der verstatteten Überlegungsfrist, entschlossen wir uns, den Zug zu wagen. Schon rührte McConnor den Bauern an, um ihn auf das letzte Feld zu schieben, als er sich jäh am Arm gepackt fühlte und jemand leise und heftig flüsterte: »Um Gottes willen! Nicht!«

Unwillkürlich wandten wir uns alle um. Ein Herr von etwa fünfundvierzig Jahren, dessen schmales, scharfes Gesicht mir schon vordem auf der Deckpromenade durch seine merkwürdige, fast kreidige Blässe aufgefallen war, mußte in den letzten Minuten, indes wir unsere ganze Aufmerksamkeit dem Problem zuwandten, zu uns getreten sein. Hastig fügte er, unsern Blick spürend, hinzu:

»Wenn Sie jetzt eine Dame machen, schlägt er sie sofort mit dem Läufer c1, Sie nehmen mit dem Springer zurück. Aber inzwischen geht er mit seinem Freibauern auf d7, bedroht Ihren Turm, und auch wenn Sie mit dem Springer Schach sagen, verlieren Sie und sind nach neun bis zehn Zügen erledigt. Es ist beinahe dieselbe Konstellation, wie sie Aljechin gegen Bogoljubow 1922 im Pistyaner Großturnier initiiert hat.«

McConnor ließ erstaunt die Hand von der Figur und starrte nicht minder verwundert als wir alle auf den Mann, der wie ein unvermuteter Engel helfend vom Himmel kam. Jemand, der auf neun Züge im voraus ein Matt berechnen konnte, mußte ein Fachmann ersten Ranges sein, vielleicht sogar ein Konkurrent um die Meisterschaft, der zum gleichen Turnier reiste, und sein plötzliches Kommen und Eingreifen gerade in einem so kritischen Moment hatte etwas fast Übernatürliches. Als erster faßte sich McConnor.

»Was würden Sie raten?« flüsterte er aufgeregt.

»Nicht gleich vorziehen, sondern zunächst ausweichen! Vor allem mit dem König abrücken aus der gefährdeten Linie von g8 auf h7. Er wird wahrscheinlich den Angriff dann auf die andere Flanke hinüberwerfen. Aber das parieren Sie mit Turm c8–c4; das kostet ihn zwei Tempi, einen Bauern und damit die Überlegenheit. Dann steht Freibauer gegen Freibauer, und wenn Sie sich richtig defensiv halten, kommen Sie noch auf Remis. Mehr ist nicht herauszuholen.«

Wir staunten abermals. Die Präzision nicht minder als die Raschheit seiner Berechnung hatte etwas Verwirrendes; es war, als ob er die Züge aus einem gedruckten Buch ablesen würde. Immerhin wirkte die unvermutete Chance, dank seines Eingreifens unsere Partie gegen einen Weltmeister auf Remis zu bringen, zauberisch. Einmütig rückten wir zur Seite, um ihm freieren Blick auf das Brett zu gewähren. Noch einmal fragte McConnor:

»Also König g8 auf h7?«

»Jawohl! Ausweichen vor allem!«

McConnor gehorchte, und wir klopften an das Glas. Czentovic trat mit seinem gewohnt gleichmütigen Schritt an unseren Tisch und maß mit einem einzigen Blick den Gegenzug. Dann zog er auf dem Königsflügel den Bauern h2–h4, genau wie es unser unbekannter Helfer vorausgesagt. Und schon flüsterte dieser aufgeregt:

»Turm vor, Turm vor, c8 auf c4, er muß dann zuerst den Bauern decken. Aber das wird ihm nichts helfen! Sie schlagen, ohne sich um seinen Freibauern zu kümmern, mit dem Springer d3–e5, und das Gleichgewicht ist wiederhergestellt. Den ganzen Druck vorwärts, statt zu verteidigen!«

Wir verstanden nicht, was er meinte. Für uns war, was er sagte, Chinesisch. Aber schon einmal in seinem Bann, zog McConnor, ohne zu überlegen, wie jener geboten. Wir schlugen abermals an das Glas, um Czentovic zurückzurufen. Zum ersten Male entschied er sich nicht rasch, sondern blickte gespannt auf das Brett. Unwillkürlich schoben sich seine Brauen zusammen. Dann tat er genau den Zug, den der Fremde uns angekündigt, und wandte sich zum Gehen. Jedoch ehe er zurücktrat, geschah etwas Neues und Unerwartetes. Czentovic hob den Blick und musterte unsere Reihen; offenbar wollte er herausfinden, wer ihm mit einem Male so energischen Widerstand leistete.

Von diesem Augenblick an wuchs unsere Erregung ins Ungemessene. Bisher hatten wir ohne ernstliche Hoffnung gespielt, nun aber trieb der Gedanke, den kalten Hochmut Czentovics zu brechen, uns eine fliegende Hitze durch alle Pulse. Schon aber hatte unser neuer Freund den nächsten Zug angeordnet, und wir konnten – die Finger zitterten mir, als ich den Löffel an das Glas schlug – Czentovic zurückrufen. Und nun kam unser erster Triumph. Czentovic, der bisher immer nur im Stehen gespielt, zögerte, zögerte und setzte sich schließlich nieder. Er setzte sich langsam und schwerfällig; damit aber war schon rein körperlich das bisherige Von-oben-herab zwischen ihm und uns aufgehoben. Wir hatten ihn genötigt, sich wenigstens räumlich auf eine Ebene mit uns zu begeben. Er überlegte lange, die Augen unbeweglich auf das Brett gesenkt, so daß man kaum mehr die Pupillen unter den schwarzen Lidern wahrnehmen konnte, und im angestrengten Nachdenken öffnete sich ihm allmählich der Mund, was seinem runden Gesicht ein etwas einfältiges Aussehen gab. Czentovic überlegte einige Minuten, dann tat er seinen Zug und stand auf. Und schon flüsterte unser Freund:

»Ein Hinhaltezug! Gut gedacht! Aber nicht darauf eingehen! Abtausch forcieren, unbedingt Abtausch, dann können wir auf Remis, und kein Gott kann ihm helfen.«

McConnor gehorchte. Es begann in den nächsten Zügen zwischen den beiden – wir andern waren längst zu leeren Statisten herabgesunken – ein uns unverständliches Hin und Her. Nach etwa sieben Zügen sah Czentovic nach längerem Nachdenken auf und erklärte: »Remis.«

Einen Augenblick herrschte totale Stille. Man hörte plötzlich die Wellen rauschen und das Radio aus dem Salon herüberjazzen, man vernahm jeden Schritt vom Promenadendeck und das leise, feine Sausen des Winds, der durch die Fugen der Fenster fuhr. Keiner von uns atmete, es war zu plötzlich gekommen und wir alle noch geradezu erschrocken über das Unwahrscheinliche, daß dieser Unbekannte dem Weltmeister in einer schon halb verlorenen Partie seinen Willen aufgezwungen haben sollte. McConnor lehnte sich mit einem Ruck zurück, der zurückgehaltene Atem fuhr ihm hörbar in einem beglückten »Ah!« von den Lippen. Ich wiederum beobachtete Czentovic. Schon bei den letzten Zügen hatte mir geschienen, als ob er blässer geworden sei. Aber er verstand sich gut zusammenzuhalten. Er verharrte in seiner scheinbar gleichmütigen Starre und fragte nur in lässigster Weise, während er die Figuren mit ruhiger Hand vom Brette schob:

»Wünschen die Herren noch eine dritte Partie?«

Er stellte die Frage rein sachlich, rein geschäftlich. Aber das Merkwürdige war: er hatte dabei nicht McConnor angeblickt, sondern scharf und gerade das Auge gegen unseren Retter gehoben. Wie ein Pferd am festeren Sitz einen neuen, einen besseren Reiter, mußte er an den letzten Zügen seinen wirklichen, seinen eigentlichen Gegner erkannt haben. Unwillkürlich folgten wir seinem Blick und sahen gespannt auf den Fremden. Jedoch ehe dieser sich besinnen oder gar antworten konnte, hatte in seiner ehrgeizigen Erregung McConnor schon triumphierend ihm zugerufen:

»Selbstverständlich! Aber jetzt müssen Sie allein gegen ihn spielen! Sie allein gegen Czentovic!«

Doch nun ereignete sich etwas Unvorhergesehenes. Der Fremde, der merkwürdigerweise noch immer angestrengt auf das schon abgeräumte Schachbrett starrte, schrak auf, da er alle Blicke auf sich gerichtet und sich so begeistert angesprochen fühlte. Seine Züge verwirrten sich.

»Auf keinen Fall, meine Herren«, stammelte er sichtlich betroffen. »Das ist völlig ausgeschlossen... ich komme gar nicht in Betracht... ich habe seit zwanzig, nein, fünfundzwanzig Jahren vor keinem Schachbrett gesessen... und ich sehe erst jetzt, wie ungehörig ich mich betragen habe, indem ich mich ohne Ihre Verstattung in Ihr Spiel einmengte... Bitte, entschuldigen Sie meine Vordringlichkeit... ich will gewiß nicht weiter stören.«

Und noch ehe wir uns von unserer Überraschung zurechtgefunden, hatte er sich bereits zurückgezogen und das Zimmer verlassen.

»Aber das ist doch ganz unmöglich!« dröhnte der temperamentvolle McConnor, mit der Faust aufschlagend. »Völlig ausgeschlossen, daß dieser Mann fünfundzwanzig Jahre nicht Schach gespielt haben soll! Er hat doch jeden Zug, jede Gegenpointe auf fünf, auf sechs Züge vorausberechnet. So etwas kann niemand aus dem Handgelenk. Das ist doch völlig ausgeschlossen – nicht wahr?«

Mit der letzten Frage hatte sich McConnor unwillkürlich an Czentovic gewandt. Aber der Weltmeister blieb unerschütterlich kühl.

»Ich vermag darüber kein Urteil abzugeben. Jedenfalls hat der Herr etwas befremdlich und interessant gespielt;

deshalb habe ich ihm auch absichtlich eine Chance gelassen.« Gleichzeitig lässig aufstehend, fügte er in seiner sachlichen Art bei:

»Sollte der Herr oder die Herren morgen eine abermalige Partie wünschen, so stehe ich von drei Uhr ab zur Verfügung.«

Wir konnten ein leises Lächeln nicht unterdrücken. Jeder von uns wußte, daß Czentovic unserem unbekannten Helfer keineswegs großmütig eine Chance gelassen und diese Bemerkung nichts anderes als eine naive Ausflucht war, um sein eigenes Versagen zu maskieren. Um so heftiger wuchs unser Verlangen, einen derart unerschütterlichen Hochmut gedemütigt zu sehen. Mit einemmal war über uns friedliche, lässige Bordbewohner eine wilde, ehrgeizige Kampflust gekommen, denn der Gedanke, daß gerade auf unserem Schiff mitten auf dem Ozean dem Schachmeister die Palme entrungen werden könnte – ein Rekord, der dann von allen Telegraphenbüros über die ganze Welt hingeblitzt würde –, faszinierte uns in herausforderndster Weise. Dazu kam noch der Reiz des Mysteriösen, der von dem unerwarteten Eingreifen unseres Retters gerade im kritischen Momente ausging, und der Kontrast seiner fast ängstlichen Bescheidenheit mit dem unerschütterlichen Selbstbewußtsein des Professionellen. Wer war dieser Unbekannte? Hatte hier der Zufall ein noch unentdecktes Schachgenie zutage gefördert? Oder verbarg uns aus einem unerforschlichen Grunde ein berühmter Meister seinen Namen? Alle diese Möglichkeiten erörterten wir in aufgeregtester Weise, selbst die verwegensten Hypothesen waren uns nicht verwegen genug, um die rätselhafte Scheu und das überraschende Bekenntnis des Fremden mit seiner doch unverkennbaren Spielkunst in Einklang zu bringen. In einer Hinsicht jedoch blieben wir alle einig: keinesfalls auf das Schauspiel eines neuerlichen Kampfes zu verzichten. Wir beschlossen, alles zu versuchen, damit unser Helfer am nächsten Tage eine Partie gegen Czentovic spiele, für deren materielles Risiko McConnor aufzukommen sich verpflichtete. Da sich inzwischen durch Umfrage beim Steward herausgestellt hatte, daß der Unbekannte ein Österreicher sei, wurde mir als seinem Landsmann der Auftrag zugeteilt, ihm unsere Bitte zu unterbreiten.

Ich benötigte nicht lange, um auf dem Promenadendeck den so eilig Entflüchteten aufzufinden. Er lag auf seinem Deckchair und las. Ehe ich auf ihn zutrat, nahm ich die Gelegenheit wahr, ihn zu betrachten. Der scharfgeschnittene Kopf ruhte in der Haltung leichter Ermüdung auf dem Kissen; abermals fiel mir die merkwürdige Blässe des verhältnismäßig jungen Gesichtes besonders auf, dem die Haare blendend weiß die Schläfen rahmten; ich hatte, ich weiß nicht warum, den Eindruck, dieser Mann müsse plötzlich gealtert sein. Kaum ich auf ihn zutrat, erhob er sich höflich und stellte sich mit einem Namen vor, der mir sofort vertraut war als der einer hochangesehenen altösterreichischen Familie. Ich erinnerte mich, daß ein Träger dieses Namens zu dem engsten Freundeskreise Schuberts gehört hatte und auch einer der Leibärzte des alten Kaisers dieser Familie entstammte. Als ich Dr. B. unsere Bitte übermittelte, die Herausforderung Czentovics anzunehmen, war er sichtlich verblüfft. Es erwies sich, daß er keine Ahnung gehabt hatte, bei jener Partie einen Weltmeister, und gar den zur Zeit erfolgreichsten, ruhmreich bestanden zu haben. Aus irgendeinem Grunde schien diese Mitteilung auf ihn besonderen Eindruck zu machen, denn er erkundigte sich immer und immer wieder von neuem, ob ich dessen gewiß sei, daß sein Gegner tatsächlich ein anerkannter Weltmeister gewesen. Ich merkte bald, daß dieser Umstand meinen Auftrag erleichterte, und hielt es nur, seine Feinfühligkeit spürend, für ratsam, ihm zu verschweigen, daß das materielle Risiko einer allfälligen Niederlage zu Lasten von McConnors Kasse ginge. Nach längerem Zögern erklärte sich Dr. B. schließlich zu einem Match bereit, doch nicht ohne ausdrücklich gebeten zu haben, die anderen Herren nochmals zu warnen, sie möchten keineswegs auf sein Können übertriebene Hoffnungen setzen.

»Denn«, fügte er mit einem versonnenen Lächeln hinzu, »ich weiß wahrhaftig nicht, ob ich fähig bin, eine Schachpartie nach allen Regeln richtig zu spielen. Bitte glauben Sie mir, daß es keineswegs falsche Bescheidenheit war, wenn ich sagte, daß ich seit meiner Gymnasialzeit, also seit mehr als zwanzig Jahren, keine Schachfigur mehr berührt habe. Und selbst zu jener Zeit galt ich bloß als Spieler ohne sonderliche Begabung.«

Er sagte dies in einer so natürlichen Weise, daß ich nicht den leisesten Zweifel an seiner Aufrichtigkeit hegen durfte. Dennoch konnte ich nicht umhin, meiner Verwunderung Ausdruck zu geben, wie genau er an jede einzelne Kombination der verschiedensten Meister sich erinnern könne; immerhin müsse er sich doch wenigstens theoretisch mit Schach viel beschäftigt haben. Dr. B. lächelte abermals in jener merkwürdig traumhaften Art.

»Viel beschäftigt! – Weiß Gott, das kann man wohl sagen, daß ich mich mit Schach viel beschäftigt habe. Aber das geschah unter ganz besonderen, ja völlig einmaligen Umständen. Es war dies eine ziemlich komplizierte Geschichte, und sie könnte allenfalls als kleiner Beitrag gelten zu unserer lieblichen großen Zeit. Wenn Sie eine halbe Stunde Geduld haben...«

Er hatte auf den Deckchair neben sich gedeutet. Gerne folgte ich seiner Einladung. Wir waren ohne Nachbarn. Dr. B. nahm die Lesebrille von den Augen, legte sie zur Seite und begann:

»Sie waren so freundlich, zu äußern, daß Sie sich als Wiener des Namens meiner Familie erinnerten. Aber ich vermute, Sie werden kaum von der Rechtsanwaltskanzlei gehört haben, die ich gemeinsam mit meinem Vater und späterhin allein leitete, denn wir führten keine Causen, die publizistisch in der Zeitung abgehandelt wurden, und vermieden aus Prinzip neue Klienten. In Wirklichkeit hatten wir eigentlich gar keine richtige Anwaltspraxis mehr, sondern beschränkten uns ausschließlich auf die Rechtsberatung und vor allem Vermögensverwaltung der großen Klöster, denen mein Vater als früherer Abgeordneter der klerikalen Partei nahestand. Außerdem war uns – heute, da die Monarchie der Geschichte angehört, darf man wohl schon darüber sprechen – die Verwaltung der Fonds einiger Mitglieder der kaiserlichen Familie anvertraut. Diese Verbindungen zum Hof und zum Klerus – mein Onkel war Leibarzt des Kaisers, ein anderer Abt in Seitenstetten – reichten schon zwei Generationen zurück; wir hatten sie nur zu erhalten, und es war eine stille, eine, möchte ich sagen, lautlose Tätigkeit, die uns durch dies ererbte Vertrauen zugeteilt war, eigentlich nicht viel mehr erfordernd als strengste Diskretion und Verläßlichkeit, zwei Eigenschaften, die mein verstorbener Vater im höchsten Maße besaß; ihm ist es tatsächlich gelungen, sowohl in den Inflationsjahren als in jenen des Umsturzes durch seine Umsicht seinen Klienten beträchtliche Vermögenswerte zu erhalten. Als dann Hitler in Deutschland ans Ruder kam und gegen den Besitz der Kirche und der Klöster seine Raubzüge begann, gingen auch von jenseits der Grenze mancherlei Verhandlungen und Transaktionen, um wenigstens den mobilen Besitz vor Beschlagnahme zu retten, durch unsere Hände, und von gewissen geheimen politischen Verhandlungen der Kurie und des Kaiserhauses wußten wir beide mehr, als die Öffentlichkeit je erfahren wird. Aber gerade die Unauffälligkeit unserer Kanzlei – wir führten nicht einmal ein Schild an der Tür – sowie die Vorsicht, daß wir beide alle Monarchistenkreise ostentativ mieden, bot sichersten Schutz vor unberufenen Nachforschungen. De facto hat in all diesen Jahren keine Behörde in Österreich jemals vermutet, daß die geheimen Kuriere des Kaiserhauses ihre wichtigste Post immer gerade in unserer unscheinbaren Kanzlei im vierten Stock abholten oder abgaben.

Nun hatten die Nationalsozialisten, längst ehe sie ihre Armeen gegen die Welt aufrüsteten, eine andere ebenso gefährliche und geschulte Armee in allen Nachbarländern zu organisieren begonnen, die Legion der Benachteiligten, der Zurückgesetzten, der Gekränkten. In jedem Amt, in jedem Betrieb waren ihre sogenannten ›Zellen‹ eingenistet, an jeder Stelle bis hinauf in die Privatzimmer von Dollfuß und Schuschnigg saßen ihre Horchposten und Spione. Selbst in unserer unscheinbaren Kanzlei hatten sie, wie ich leider erst zu spät erfuhr, ihren Mann. Es war freilich nicht mehr als ein jämmerlicher und talentloser Kanzlist, den ich auf Empfehlung eines Pfarrers einzig deshalb angestellt hatte, um der Kanzlei nach außen hin den Anschein eines regulären Betriebes zu geben; in Wirklichkeit verwendeten wir ihn zu nichts anderem als zu unschuldigen Botengängen, ließen ihn das Telephon bedienen und die Akten ordnen, das heißt jene Akten, die völlig gleichgültig und unbedenklich waren. Die Post durfte er niemals öffnen, alle wichtigen Briefe schrieb ich, ohne Kopien zu hinterlegen, eigenhändig mit der Maschine, jedes wesentliche Dokument nahm ich selbst nach Hause und verlegte geheime Besprechungen ausschließlich in die Priorei des Klosters oder in das Ordinationszimmer meines Onkels. Dank dieser Vorsichtsmaßnahmen bekam dieser Horchposten von den wesentlichen Vorgängen nichts zu sehen; aber durch einen unglücklichen Zufall mußte der ehrgeizige und eitle Bursche bemerkt haben, daß man ihm mißtraute und hinter seinem Rücken allerlei Interessantes geschah. Vielleicht hat einmal in meiner Abwesenheit einer der Kuriere unvorsichtigerweise von ›Seiner Majestät‹ gesprochen, statt, wie vereinbart, vom ›Baron Fern‹, oder der Lump mußte Briefe widerrechtlich geöffnet haben – jedenfalls holte er sich, ehe ich Verdacht schöpfen konnte, von München oder Berlin Auftrag, uns zu überwachen. Erst viel später, als ich längst in Haft saß, erinnerte ich mich, daß seine anfängliche Lässigkeit im Dienst sich in den letzten Monaten in plötzlichen Eifer verwandelt und er sich mehrfach beinahe zudringlich angeboten hatte, meine Korrespondenz zur Post zu bringen. Ich kann mich von einer gewissen Unvorsichtigkeit also nicht freisprechen, aber sind schließlich nicht auch die größten Diplomaten und Militärs von der Hitlerei heimtückisch überspielt worden? Wie genau und liebevoll die Gestapo mir längst ihre Aufmerksamkeit zugewandt hatte, erwies dann äußerst handgreiflich der Umstand, daß noch am selben Abend, da Schuschnigg seine Abdankung bekanntgab, und einen Tag, ehe Hitler in Wien einzog, ich bereits von SS-Leuten festgenommen war. Die allerwichtigsten Papiere war es mir glücklicherweise noch gelungen zu verbrennen, kaum ich im Radio die Abschiedsrede Schuschniggs gehört, und den Rest der Dokumente mit den unentbehrlichen Belegen für die im Ausland deponierten Vermögenswerte der Klöster und zweier Erzherzöge schickte ich – wirklich in der letzten Minute, ehe die Burschen mir die Tür einhämmerten – in einem Waschkorb versteckt durch meine alte, verläßliche Haushälterin zu meinem Onkel hinüber.«

Dr. B. unterbrach, um sich eine Zigarre anzuzünden. Bei dem aufflackernden Licht bemerkte ich, daß ein nervöses Zucken um seinen rechten Mundwinkel lief, das mir schon vorher aufgefallen war und, wie ich beobachten konnte, sich jede paar Minuten wiederholte. Es war nur eine flüchtige Bewegung, kaum stärker als ein Hauch, aber sie gab dem ganzen Gesicht eine merkwürdige Unruhe.

»Sie vermuten nun wahrscheinlich, daß ich Ihnen jetzt vom Konzentrationslager erzählen werde, in das doch alle jene übergeführt wurden, die unserem alten Österreich die Treue gehalten, von den Erniedrigungen, Martern, Torturen, die ich dort erlitten. Aber nichts dergleichen geschah. Ich kam in eine andere Kategorie. Ich wurde nicht zu jenen Unglücklichen getrieben, an denen man mit körperlichen und seelischen Erniedrigungen ein lang aufgespartes Ressentiment austobte, sondern jener anderen, ganz kleinen Gruppe zugeteilt, aus der die Nationalsozialisten entweder Geld oder wichtige Informationen herauszupressen hofften. An sich war meine bescheidene Person natürlich der Gestapo völlig uninteressant. Sie mußten aber erfahren haben, daß wir die Strohmänner, die Verwalter und Vertrauten ihrer erbittertsten Gegner gewesen, und was sie von mir zu erpressen hofften, war belastendes Material: Material gegen die Klöster, denen sie Vermögensverschiebungen nachweisen wollten, Material gegen die kaiserliche Familie und all jene, die in Österreich sich aufopfernd für die Monarchie eingesetzt. Sie vermuteten – und wahrhaftig nicht zu Unrecht –, daß von jenen Fonds, die durch unsere Hände gegangen waren, wesentliche Bestände sich noch, ihrer Raublust unzugänglich, versteckten; sie holten mich darum gleich am ersten Tag heran, um mit ihren bewährten Methoden mir diese Geheimnisse abzuzwingen. Leute meiner Kategorie, aus denen wichtiges Material oder Geld herausgepreßt werden sollte, wurden deshalb nicht in Konzentrationslager abgeschoben, sondern für eine besondere Behandlung aufgespart. Sie erinnern sich vielleicht, daß unser Kanzler und anderseits der Baron Rothschild, dessen Verwandten sie Millionen abzunötigen hofften, keineswegs hinter Stacheldraht in ein Gefangenenlager gesetzt wurden, sondern unter scheinbarer Bevorzugung in ein Hotel, das Hotel Metropole, das zugleich Hauptquartier der Gestapo war, überführt, wo jeder ein abgesondertes Zimmer erhielt. Auch mir unscheinbarem Mann wurde diese Auszeichnung erwiesen.

Ein eigenes Zimmer in einem Hotel – nicht wahr, das klingt an sich äußerst human? Aber Sie dürfen mir glauben, daß man uns keineswegs eine humanere, sondern nur eine raffiniertere Methode zudachte, wenn man uns ›Prominente‹ nicht zu zwanzig in eine eiskalte Baracke stopfte, sondern in einem leidlich geheizten und separaten Hotelzimmer behauste. Denn die Pression, mit der man uns das benötigte ›Material‹ abzwingen wollte, sollte auf subtilere Weise funktionieren als durch rohe Prügel oder körperliche Folterung: durch die denkbar raffinierteste Isolierung. Man tat uns nichts – man stellte uns nur in das vollkommene Nichts, denn bekanntlich erzeugt kein Ding auf Erden einen solchen Druck auf die menschliche Seele wie das Nichts. Indem man uns jeden einzeln in ein völliges Vakuum sperrte, in ein Zimmer, das hermetisch von der Außenwelt abgeschlossen war, sollte, statt von außen durch Prügel und Kälte, jener Druck von innen erzeugt werden, der uns schließlich die Lippen aufsprengte. Auf den ersten Blick sah das mir zugewiesene Zimmer durchaus nicht unbehaglich aus. Es hatte eine Tür, ein Bett, einen Sessel, eine Waschschüssel, ein vergittertes Fenster. Aber die Tür blieb Tag und Nacht verschlossen, auf dem Tisch durfte kein Buch, keine Zeitung, kein Blatt Papier, kein Bleistift liegen, das Fenster starrte eine Feuermauer an; rings um mein Ich und selbst an meinem eigenen Körper war das vollkommene Nichts konstruiert. Man hatte mir jeden Gegenstand abgenommen, die Uhr, damit ich nicht wisse um die Zeit, den Bleistift, daß ich nicht etwa schreiben könne, das Messer, damit ich mir nicht die Adern öffnen könne; selbst die kleinste Betäubung wie eine Zigarette wurde mir versagt. Nie sah ich außer dem Wärter, der kein Wort sprechen und auf keine Frage antworten durfte, ein menschliches Gesicht, nie hörte ich eine menschliche Stimme; Auge, Ohr, alle Sinne bekamen von morgens bis nachts und von nachts bis morgens nicht die geringste Nahrung, man blieb mit sich, mit seinem Körper und den vier oder fünf stummen Gegenständen Tisch, Bett, Fenster, Waschschüssel rettungslos allein; man lebte wie ein Taucher unter der Glasglocke im schwarzen Ozean dieses Schweigens und wie ein Taucher sogar, der schon ahnt, daß das Seil nach der Außenwelt abgerissen ist und er nie zurückgeholt werden wird aus der lautlosen Tiefe. Es gab nichts zu tun, nichts zu hören, nichts zu sehen, überall und ununterbrochen war um einen das Nichts, die völlige raumlose und zeitlose Leere. Man ging auf und ab, und mit einem gingen die Gedanken auf und ab, auf und ab, immer wieder. Aber selbst Gedanken, so substanzlos sie scheinen, brauchen einen Stützpunkt, sonst beginnen sie zu rotieren und sinnlos um sich selbst zu kreisen; auch sie ertragen nicht das Nichts. Man wartete auf etwas, von morgens bis abends, und es geschah nichts. Man wartete wieder und wieder. Es geschah nichts. Man wartete, wartete, wartete, man dachte, man dachte, man dachte, bis einem die Schläfen schmerzten. Nichts geschah. Man blieb allein. Allein. Allein.

Das dauerte vierzehn Tage, die ich außerhalb der Zeit, außerhalb der Welt lebte. Wäre damals ein Krieg ausgebrochen, ich hätte es nicht erfahren; meine Welt bestand doch nur aus Tisch, Tür, Bett, Waschschüssel, Sessel, Fenster und Wand, und immer starrte ich auf dieselbe Tapete an derselben Wand; jede Linie ihres gezackten Musters hat sich wie mit ehernem Stichel eingegraben bis in die innerste Falte meines Gehirns, so oft habe ich sie angestarrt. Dann endlich begannen die Verhöre. Man wurde plötzlich abgerufen, ohne recht zu wissen, ob es Tag war oder Nacht. Man wurde gerufen und durch ein paar Gänge geführt, man wußte nicht wohin; dann wartete man irgendwo und wußte nicht wo und stand plötzlich vor einem Tisch, um den ein paar uniformierte Leute saßen. Auf dem Tisch lag ein Stoß Papier: die Akten, von denen man nicht wußte, was sie enthielten, und dann begannen die Fragen, die echten und die falschen, die klaren und die tückischen, die Deckfragen und Fangfragen, und während man antwortete, blätterten fremde, böse Finger in den Papieren, von denen man nicht wußte, was sie enthielten, und fremde, böse Finger schrieben etwas in ein Protokoll, und man wußte nicht, was sie schrieben. Aber das Fürchterlichste bei diesen Verhören für mich war, daß ich nie erraten und errechnen konnte, was die Gestapoleute von den Vorgängen in meiner Kanzlei tatsächlich wußten und was sie erst aus mir herausholen wollten. Wie ich Ihnen bereits sagte, hatte ich die eigentlich belastenden Papiere meinem Onkel in letzter Stunde durch die Haushälterin geschickt. Aber hatte er sie erhalten? Hatte er sie nicht erhalten? Und wieviel hatte jener Kanzlist verraten? Wieviel hatten sie an Briefen aufgefangen, wieviel inzwischen in den deutschen Klöstern, die wir vertraten, einem ungeschickten Geistlichen vielleicht schon abgepreßt? Und sie fragten und fragten. Welche Papiere ich für jenes Kloster gekauft, mit welchen Banken ich korrespondiert, ob ich einen Herrn Soundso kenne oder nicht, ob ich Briefe aus der Schweiz erhalten und aus Steenookerzeel? Und da ich nie errechnen konnte, wieviel sie schon ausgekundschaftet hatten, wurde jede Antwort zur ungeheuersten Verantwortung. Gab ich etwas zu, was ihnen nicht bekannt war, so lieferte ich vielleicht unnötig jemanden ans Messer. Leugnete ich zuviel ab, so schädigte ich mich selbst.

Aber das Verhör war noch nicht das Schlimmste. Das Schlimmste war das Zurückkommen nach dem Verhör in mein Nichts, in dasselbe Zimmer mit demselben Tisch, demselben Bett, derselben Waschschüssel, derselben Tapete. Denn kaum allein mit mir, versuchte ich zu rekonstruieren, was ich am klügsten hätte antworten sollen und was ich das nächste Mal sagen müßte, um den Verdacht wieder abzulenken, den ich vielleicht mit einer unbedachten Bemerkung heraufbeschworen. Ich überlegte, ich durchdachte, ich durchforschte, ich überprüfte meine eigene Aussage auf jedes Wort, das ich dem Untersuchungsrichter gesagt, ich rekapitulierte jede Frage, die sie gestellt, jede Antwort, die ich gegeben, ich versuchte zu erwägen, was sie davon protokolliert haben könnten, und wußte doch, daß ich das nie errechnen und erfahren könnte. Aber diese Gedanken, einmal angekurbelt im leeren Raum, hörten nicht auf, im Kopf zu rotieren, immer wieder von neuem, in immer anderen Kombinationen, und das ging hinein bis in den Schlaf; jedesmal nach einer Vernehmung durch die Gestapo übernahmen ebenso unerbittlich meine eigenen Gedanken die Marter des Fragens und Forschens und Quälens, und vielleicht noch grausamer sogar, denn jene Vernehmungen endeten doch immerhin nach einer Stunde, und diese nie, dank der tückischen Tortur dieser Einsamkeit. Und immer um mich nur der Tisch, der Schrank, das Bett, die Tapete, das Fenster, keine Ablenkung, kein Buch, keine Zeitung, kein fremdes Gesicht, kein Bleistift, um etwas zu notieren, kein Zündholz, um damit zu spielen, nichts, nichts, nichts. Jetzt erst gewahrte ich, wie teuflisch sinnvoll, wie psychologisch mörderisch erdacht dieses System des Hotelzimmers war. Im Konzentrationslager hätte man vielleicht Steine karren müssen, bis einem die Hände bluteten und die Füße in den Schuhen abfroren, man wäre zusammengepackt gelegen mit zwei Dutzend Menschen in Stank und Kälte. Aber man hätte Gesichter gesehen, man hätte ein Feld, einen Karren, einen Baum, einen Stern, irgend, irgend etwas anstarren können, indes hier immer dasselbe um einen stand, immer dasselbe, das entsetzliche Dasselbe. Hier war nichts, was mich ablenken konnte von meinen Gedanken, von meinen Wahnvorstellungen, von meinem krankhaften Rekapitulieren. Und gerade das beabsichtigten sie – ich sollte doch würgen und würgen an meinen Gedanken, bis sie mich erstickten und ich nicht anders konnte, als sie schließlich ausspeien, als auszusagen, alles auszusagen, was sie wollten, endlich das Material und die Menschen auszuliefern. Allmählich spürte ich, wie meine Nerven unter diesem gräßlichen Druck des Nichts sich zu lockern begannen, und ich spannte, der Gefahr bewußt, bis zum Zerreißen meine Nerven, irgendeine Ablenkung zu finden oder zu erfinden. Um mich zu beschäftigen, versuchte ich alles, was ich jemals auswendig gelernt, zu rezitieren und zu rekonstruieren, die Volkshymne und die Spielreime der Kinderzeit, den Homer des Gymnasiums, die Paragraphen des Bürgerlichen Gesetzbuchs. Dann versuchte ich zu rechnen, beliebige Zahlen zu addieren, zu dividieren, aber mein Gedächtnis hatte im Leeren keine festhaltende Kraft. Ich konnte mich auf nichts konzentrieren. Immer fuhr und flackerte derselbe Gedanke dazwischen: Was wissen sie? Was habe ich gestern gesagt, was muß ich das nächste Mal sagen?

Dieser eigentlich unbeschreibbare Zustand dauerte vier Monate. Nun – vier Monate, das schreibt sich leicht hin: just ein Dutzend Buchstaben! Das spricht sich leicht aus: vier Monate – vier Silben. In einer Viertelsekunde hat die Lippe rasch so einen Laut artikuliert: vier Monate! Aber niemand kann schildern, kann messen, kann veranschaulichen, nicht einem andern, nicht sich selbst, wie lange eine Zeit im Raumlosen, im Zeitlosen währt, und keinem kann man erklären, wie es einen zerfrißt und zerstört, dieses Nichts und Nichts und Nichts um einen, dies immer nur Tisch und Bett und Waschschüssel und Tapete, und immer das Schweigen, immer derselbe Wärter, der, ohne einen anzusehen, das Essen hereinschiebt, immer dieselben Gedanken, die im Nichts um das eine kreisen, bis man irre wird. An kleinen Zeichen wurde ich beunruhigt gewahr, daß mein Gehirn in Unordnung geriet. Im Anfang war ich bei den Vernehmungen noch innerlich klar gewesen, ich hatte ruhig und überlegt ausgesagt; jenes Doppeldenken, was ich sagen sollte und was nicht, hatte noch funktioniert. Jetzt konnte ich schon die einfachsten Sätze nur mehr stammelnd artikulieren, denn während ich aussagte, starrte ich hypnotisiert auf die Feder, die protokollierend über das Papier lief, als wollte ich meinen eigenen Worten nachlaufen. Ich spürte, meine Kraft ließ nach, ich spürte, immer näher rückte der Augenblick, wo ich, um mich zu retten, alles sagen würde, was ich wußte, und vielleicht noch mehr, in dem ich, um dem Würgen dieses Nichts zu entkommen, zwölf Menschen und ihre Geheimnisse verraten würde, ohne mir selbst damit mehr zu schaffen als einen Atemzug Rast. An einem Abend war es wirklich schon so weit: als der Wärter zufällig in diesem Augenblick des Erstickens mir das Essen brachte, schrie ich ihm plötzlich nach: ›Führen Sie mich zur Vernehmung! Ich will alles sagen! Ich will alles aussagen! Ich will sagen, wo die Papiere sind, wo das Geld liegt! Alles werde ich sagen, alles!‹ Glücklicherweise hörte er mich nicht mehr. Vielleicht wollte er mich auch nicht hören.

In dieser äußersten Not ereignete sich nun etwas Unvorhergesehenes, was Rettung bot, Rettung zum mindesten für eine gewisse Zeit. Es war Ende Juli, ein dunkler, verhangener, regnerischer Tag: ich erinnere mich an diese Einzelheit deshalb ganz genau, weil der Regen gegen die Scheiben im Gang trommelte, durch den ich zur Vernehmung geführt wurde. Im Vorzimmer des Untersuchungsrichters mußte ich warten. Immer mußte man bei jeder Vorführung warten: auch dieses Wartenlassen gehörte zur Technik. Erst riß man einem die Nerven auf durch den Anruf, durch das plötzliche Abholen aus der Zelle mitten in der Nacht, und dann, wenn man schon eingestellt war auf die Vernehmung, schon Verstand und Willen gespannt hatte zum Widerstand, ließen sie einen warten, sinnlos-sinnvoll warten, eine Stunde, zwei Stunden, drei Stunden vor der Vernehmung, um den Körper müde, um die Seele mürbe zu machen. Und man ließ mich besonders lange warten an diesem Donnerstag, dem 27. Juli, zwei geschlagene Stunden im Vorzimmer stehend warten; ich erinnere mich auch an dieses Datum aus einem bestimmten Grunde so genau, denn in diesem Vorzimmer, wo ich – selbstverständlich, ohne mich niedersetzen zu dürfen – zwei Stunden mir die Beine in den Leib stehen mußte, hing ein Kalender, und ich vermag Ihnen nicht zu erklären, wie in meinem Hunger nach Gedrucktem, nach Geschriebenem ich diese eine Zahl, diese wenigen Worte ›27. Juli‹ an der Wand anstarrte und anstarrte; ich fraß sie gleichsam in mein Gehirn hinein. Und dann wartete ich wieder und wartete und starrte auf die Tür, wann sie sich endlich öffnen würde, und überlegte zugleich, was die Inquisitoren mich diesmal fragen könnten, und wußte doch, daß sie mich etwas ganz anderes fragen würden, als worauf ich mich vorbereitete. Aber trotz alledem war die Qual dieses Wartens und Stehens zugleich eine Wohltat, eine Lust, weil dieser Raum immerhin ein anderes Zimmer war als das meine, etwas größer und mit zwei Fenstern statt einem, und ohne das Bett und ohne die Waschschüssel und ohne den bestimmten Riß am Fensterbrett, den ich millionenmal betrachtet. Die Tür war anders gestrichen, ein anderer Sessel stand an der Wand und links ein Registerschrank mit Akten sowie eine Garderobe mit Aufhängern, an denen drei oder vier nasse Militärmäntel, die Mäntel meiner Folterknechte, hingen. Ich hatte also etwas Neues, etwas anderes zu betrachten, endlich einmal etwas anderes mit meinen ausgehungerten Augen, und sie krallten sich gierig an jede Einzelheit. Ich beobachtete an diesen Mänteln jede Falte, ich bemerkte zum Beispiel einen Tropfen, der von einem der nassen Kragen niederhing, und so lächerlich es für Sie klingen mag, ich wartete mit einer unsinnigen Erregung, ob dieser Tropfen endlich abrinnen wollte, die Falte entlang, oder ob er noch gegen die Schwerkraft sich wehren und länger haften bleiben würde – ja, ich starrte und starrte minutenlang atemlos auf diesen Tropfen, als hinge mein Leben daran. Dann, als er endlich niedergerollt war, zählte ich wieder die Knöpfe auf den Mänteln nach, acht an dem einen Rock, acht an dem andern, zehn an dem dritten, dann wieder verglich ich die Aufschläge; alle diese lächerlichen, unwichtigen Kleinigkeiten betasteten, umspielten, umgriffen meine verhungerten Augen mit einer Gier, die ich nicht zu beschreiben vermag. Und plötzlich blieb mein Blick starr an etwas haften. Ich hatte entdeckt, daß an einem der Mäntel die Seitentasche etwas aufgebauscht war. Ich trat näher heran und glaubte an der rechteckigen Form der Ausbuchtung zu erkennen, was diese etwas geschwellte Tasche in sich barg: ein Buch! Mir begannen die Knie zu zittern: ein BUCH! Vier Monate lang hatte ich kein Buch in der Hand gehabt, und schon die bloße Vorstellung eines Buches, in dem man aneinandergereihte Worte sehen konnte, Zeilen, Seiten und Blätter, eines Buches, aus dem man andere, neue, fremde, ablenkende Gedanken lesen, verfolgen, sich ins Hirn nehmen könnte, hatte etwas Berauschendes und gleichzeitig Betäubendes. Hypnotisiert starrten meine Augen auf die kleine Wölbung, die jenes Buch innerhalb der Tasche formte, sie glühten diese eine unscheinbare Stelle an, als ob sie ein Loch in den Mantel brennen wollten. Schließlich konnte ich meine Gier nicht verhalten;

unwillkürlich schob ich mich näher heran. Schon der Gedanke, ein Buch durch den Stoff mit den Händen wenigstens antasten zu können, machte mir die Nerven in den Fingern bis zu den Nägeln glühen. Fast ohne es zu wissen, drückte ich mich immer näher heran. Glücklicherweise achtete der Wärter nicht auf mein gewiß sonderbares Gehaben; vielleicht auch schien es ihm nur natürlich, daß ein Mensch nach zwei Stunden aufrechten Stehens sich ein wenig an die Wand lehnen wollte. Schließlich stand ich schon ganz nahe bei dem Mantel, und mit Absicht hatte ich die Hände hinter mich auf den Rücken gelegt, damit sie unauffällig den Mantel berühren könnten. Ich tastete den Stoff an und fühlte tatsächlich durch den Stoff etwas Rechteckiges, etwas, das biegsam war und leise knisterte – ein Buch! Ein Buch! Und wie ein Schuß durchzuckte mich der Gedanke: stiehl dir das Buch! Vielleicht gelingt es, und du kannst dir's in der Zelle verstecken und dann lesen, lesen, lesen, endlich wieder einmal lesen! Der Gedanke, kaum in mich gedrungen, wirkte wie ein starkes Gift; mit einemmal begannen mir die Ohren zu brausen und das Herz zu hämmern, meine Hände wurden eiskalt und gehorchten nicht mehr. Aber nach der ersten Betäubung drängte ich mich leise und listig noch näher an den Mantel, ich drückte, immer dabei den Wächter fixierend, mit den hinter dem Rücken versteckten Händen das Buch von unten aus der Tasche höher und höher. Und dann: ein Griff, ein leichter, vorsichtiger Zug, und plötzlich hatte ich das kleine, nicht sehr umfangreiche Buch in der Hand. Jetzt erst erschrak ich vor meiner Tat. Aber ich konnte nicht mehr zurück. Jedoch wohin damit? Ich schob den Band hinter meinem Rücken unter die Hose an die Stelle, wo sie der Gürtel hielt, und von dort allmählich hinüber an die Hüfte, damit ich es beim Gehen mit der Hand militärisch an der Hosennaht festhalten könnte. Nun galt es die erste Probe. Ich trat von der Garderobe weg, einen

Schritt, zwei Schritte, drei Schritte. Es ging. Es war möglich, das Buch im Gehen festzuhalten, wenn ich nur die Hand fest an den Gürtel preßte.

Dann kam die Vernehmung. Sie erforderte meinerseits mehr Anstrengung als je, denn eigentlich konzentrierte ich meine ganze Kraft, während ich antwortete, nicht auf meine Aussage, sondern vor allem darauf, das Buch unauffällig festzuhalten. Glücklicherweise fiel das Verhör diesmal kurz aus, und ich brachte das Buch heil in mein Zimmer – ich will Sie nicht aufhalten mit all den Einzelheiten, denn einmal rutschte es von der Hose gefährlich ab mitten im Gang, und ich mußte einen schweren Hustenanfall simulieren, um mich niederzubücken und es wieder heil unter den Gürtel zurückzuschieben. Aber welch eine Sekunde dafür, als ich damit in meine Hölle zurücktrat, endlich allein und doch nicht mehr allein!

Nun vermuten Sie wahrscheinlich, ich hätte sofort das Buch gepackt, betrachtet, gelesen. Keineswegs! Erst wollte ich die Vorlust auskosten, daß ich ein Buch bei mir hatte, die künstlich verzögernde und meine Nerven wunderbar erregende Lust, mir auszuträumen, welche Art Buch dies gestohlene am liebsten sein sollte: sehr eng gedruckt vor allem, viele, viele Lettern enthaltend, viele, viele dünne Blätter, damit ich länger daran zu lesen hätte. Und dann wünschte ich mir, es sollte ein Werk sein, das mich geistig anstrengte, nichts Flaches, nichts Leichtes, sondern etwas, das man lernen, auswendig lernen konnte, Gedichte, und am besten – welcher verwegene Traum! – Goethe oder Homer. Aber schließlich konnte ich meine Gier, meine Neugier nicht länger verhalten. Hingestreckt auf das Bett, so daß der Wärter, wenn er plötzlich die Tür aufmachen sollte, mich nicht ertappen könnte, zog ich zitternd unter dem Gürtel den Band heraus.

Der erste Blick war eine Enttäuschung und sogar eine Art erbitterter Ärger: dieses mit so ungeheurer Gefahr erbeutete, mit so glühender Erwartung aufgesparte Buch war nichts anderes als ein Schachrepetitorium, eine Sammlung von hundertfünfzig Meisterpartien. Wäre ich nicht verriegelt, verschlossen gewesen, ich hätte im ersten Zorn das Buch durch ein offenes Fenster geschleudert, denn was sollte, was konnte ich mit diesem Nonsens beginnen? Ich hatte als Knabe im Gymnasium wie die meisten anderen mich ab und zu aus Langeweile vor einem Schachbrett versucht. Aber was sollte mir dieses theoretische Zeug? Schach kann man doch nicht spielen ohne einen Partner und schon gar nicht ohne Steine, ohne Brett. Verdrossen blätterte ich die Seiten durch, um vielleicht dennoch etwas Lesbares zu entdecken, eine Einleitung, eine Anleitung; aber ich fand nichts als die nackten quadratischen Schemata der einzelnen Meisterpartien und darunter mir zunächst unverständliche Zeichen, a2–a3, Sf1–g3 und so weiter. Alles das schien mir eine Art Algebra, zu der ich keinen Schlüssel fand. Erst allmählich enträtselte ich, daß die Buchstaben a, b, c für die Längsreihen, die Zahlen 1 bis 8 für die Querreihen eingesetzt waren und den jeweiligen Stand jeder einzelnen Figur bestimmten; damit bekamen die rein graphischen Schemata immerhin eine Sprache. Vielleicht, überlegte ich, könnte ich mir in meiner Zelle eine Art Schachbrett konstruieren und dann versuchen, diese Partien nachzuspielen; wie ein himmlischer Wink erschien es mir, daß mein Bettuch sich zufällig als grob kariert erwies. Richtig zusammengefaltet, ließ es sich am Ende so legen, um vierundsechzig Felder zusammenzubekommen. Ich versteckte also zunächst das Buch unter der Matratze und riß nur die erste Seite heraus. Dann begann ich aus kleinen Krümeln, die ich mir von meinem Brot absparte, in selbstverständlich lächerlich unvollkommener Weise die Figuren des Schachs, König, Königin und so weiter, zurechtzumodeln; nach endlosem Bemühen konnte ich es schließlich unternehmen, auf dem karierten Bettuch die im Schachbuch abgebildete Position zu rekonstruieren. Als ich aber versuchte, die ganze Partie nachzuspielen, mißlang es zunächst vollkommen mit meinen lächerlichen Krümelfiguren, von denen ich zur Unterscheidung die eine Hälfte mit Staub dunkler gefärbt hatte. Ich verwirrte mich in den ersten Tagen unablässig; fünfmal, zehnmal, zwanzigmal mußte ich diese eine Partie immer wieder von Anfang beginnen. Aber wer auf Erden verfügte über so viel ungenützte und nutzlose Zeit wie ich, der Sklave des Nichts, wem stand so viel unermeßliche Gier und Geduld zu Gebot? Nach sechs Tagen spielte ich schon die Partie tadellos zu Ende, nach weiteren acht Tagen benötigte ich nicht einmal die Krümel auf dem Bettuch mehr, um mir die Position aus dem Schachbuch zu vergegenständlichen, und nach weiteren acht Tagen wurde auch das karierte Bettuch entbehrlich; automatisch verwandelten sich die anfangs abstrakten Zeichen des Buches a1, a2, c7, c8 hinter meiner Stirn zu visuellen, zu plastischen Positionen. Die Umstellung war restlos gelungen: ich hatte das Schachbrett mit seinen Figuren nach innen projiziert und überblickte auch dank der bloßen Formeln die jeweilige Position, so wie einem geübten Musiker der bloße Anblick der Partitur schon genügt, um alle Stimmen und ihren Zusammenklang zu hören. Nach weiteren vierzehn Tagen war ich mühelos imstande, jede Partie aus dem Buch auswendig – oder, wie der Fachausdruck lautet: blind – nachzuspielen; jetzt erst begann ich zu verstehen, welche unermeßliche Wohltat mein frecher Diebstahl mir eroberte. Denn ich hatte mit einem Male eine Tätigkeit – eine sinnlose, eine zwecklose, wenn Sie wollen, aber doch eine, die das Nichts um mich zunichte machte, ich besaß mit den hundertfünfzig Turnierpartien eine wunderbare Waffe gegen die erdrückende Monotonie des Raumes und der Zeit. Um mir den Reiz der neuen Beschäftigung ungebrochen zu bewahren, teilte ich mir von nun ab jeden Tag genau ein: zwei Partien morgens, zwei Partien nachmittags, abends dann noch eine rasche Wiederholung. Damit war mein Tag, der sich sonst wie Gallert formlos dehnte, ausgefüllt, ich war beschäftigt, ohne mich zu ermüden, denn das Schachspiel besitzt den wunderbaren Vorzug, durch Bannung der geistigen Energien auf ein engbegrenztes Feld selbst bei anstrengendster Denkleistung das Gehirn nicht zu erschlaffen, sondern eher seine Agilität und Spannkraft zu schärfen. Allmählich begann bei dem zuerst bloß mechanischen Nachspielen der Meisterpartien ein künstlerisches, ein lusthaftes Verständnis in mir zu erwachen. Ich lernte die Feinheiten, die Tücken und Schärfen in Angriff und Verteidigung verstehen, ich erfaßte die Technik des Vorausdenkens, Kombinierens, Ripostierens und erkannte bald die persönliche Note jedes einzelnen Schachmeisters in seiner individuellen Führung so unfehlbar, wie man Verse eines Dichters schon aus wenigen Zeilen feststellt; was als bloß zeitfüllende Beschäftigung begonnen, wurde Genuß, und die Gestalten der großen Schachstrategen, wie Aljechin, Lasker, Bogoljubow, Tartakower, traten als geliebte Kameraden in meine Einsamkeit. Unendliche Abwechslung beseelte täglich die stumme Zelle, und gerade die Regelmäßigkeit meiner Exerzitien gab meiner Denkfähigkeit die schon erschütterte Sicherheit zurück: ich empfand mein Gehirn aufgefrischt und durch die ständige Denkdisziplin sogar noch gleichsam neu geschliffen. Daß ich klarer und konziser dachte, erwies sich vor allem bei den Vernehmungen; unbewußt hatte ich mich auf dem Schachbrett in der Verteidigung gegen falsche Drohungen und verdeckte Winkelzüge vervollkommnet; von diesem Zeitpunkt an gab ich mir bei den Vernehmungen keine Blöße mehr, und mir dünkte sogar, daß die Gestapoleute mich allmählich mit einem gewissen Respekt zu betrachten begannen. Vielleicht fragten sie sich im stillen, da sie alle anderen zusammenbrechen sahen, aus welchen geheimen Quellen ich allein die Kraft solch unerschütterlichen Widerstands schöpfte.

Diese meine Glückszeit, da ich die hundertfünfzig Partien jenes Buches Tag für Tag systematisch nachspielte, dauerte etwa zweieinhalb bis drei Monate. Dann geriet ich unvermuteterweise an einen toten Punkt. Plötzlich stand ich neuerdings vor dem Nichts. Denn sobald ich jede einzelne Partie zwanzig- oder dreißigmal durchgespielt hatte, verlor sie den Reiz der Neuheit, der Überraschung, ihre vordem so aufregende, so anregende Kraft war erschöpft. Welchen Sinn hatte es, nochmals und nochmals Partien zu wiederholen, die ich Zug um Zug längst auswendig kannte? Kaum ich die erste Eröffnung getan, klöppelte sich ihr Ablauf gleichsam automatisch in mir ab, es gab keine Überraschung mehr, keine Spannungen, keine Probleme. Um mich zu beschäftigen, um mir die schon unentbehrlich gewordene Anstrengung und Ablenkung zu schaffen, hätte ich eigentlich ein anderes Buch mit anderen Partien gebraucht. Da dies aber vollkommen unmöglich war, gab es nur einen Weg auf dieser sonderbaren Irrbahn: ich mußte mir statt der alten Partien neue erfinden. Ich mußte versuchen, mit mir selbst oder vielmehr gegen mich selbst zu spielen.

Ich weiß nun nicht, bis zu welchem Grade Sie über die geistige Situation bei diesem Spiel der Spiele nachgedacht haben. Aber schon die flüchtigste Überlegung dürfte ausreichen, um klarzumachen, daß beim Schach als einem reinen, vom Zufall abgelösten Denkspiel es logischerweise eine Absurdität bedeutet, gegen sich selbst spielen zu wollen. Das Attraktive des Schachs beruht doch im Grunde einzig darin, daß sich seine Strategie in zwei verschiedenen Gehirnen verschieden entwickelt, daß in diesem geistigen Krieg Schwarz die jeweiligen Manöver von

Weiß nicht kennt und ständig zu erraten und zu durchkreuzen sucht, während seinerseits wiederum Weiß die geheimen Absichten von Schwarz zu überholen und parieren strebt. Bildeten nun Schwarz und Weiß ein und dieselbe Person, so ergäbe sich der widersinnige Zustand, daß ein und dasselbe Gehirn gleichzeitig etwas wissen und doch nicht wissen sollte, daß es als Partner Weiß funktionierend, auf Kommando völlig vergessen könnte, was es eine Minute vorher als Partner Schwarz gewollt und beabsichtigt. Ein solches Doppeldenken setzt eigentlich eine vollkommene Spaltung des Bewußtseins voraus, ein beliebiges Auf- und Abblendenkönnen der Gehirnfunktion wie bei einem mechanischen Apparat; gegen sich selbst spielen zu wollen, bedeutet also im Schach eine solche Paradoxie, wie über seinen eigenen Schatten zu springen. Nun, um mich kurz zu fassen, diese Unmöglichkeit, diese Absurdität habe ich in meiner Verzweiflung monatelang versucht. Aber ich hatte keine Wahl als diesen Widersinn, um nicht dem puren Irrsinn oder einem völligen geistigen Marasmus zu verfallen. Ich war durch meine fürchterliche Situation gezwungen, diese Spaltung in ein Ich Schwarz und ein Ich Weiß zumindest zu versuchen, um nicht erdrückt zu werden von dem grauenhaften Nichts um mich.«

Dr. B. lehnte sich zurück in den Liegestuhl und schloß für eine Minute die Augen. Es war, als ob er eine verstörende Erinnerung gewaltsam unterdrücken wollte. Wieder lief das merkwürdige Zucken, das er nicht zu beherrschen wußte, um den linken Mundwinkel. Dann richtete er sich in seinem Lehnstuhl etwas höher auf.

»So – bis zu diesem Punkte hoffe ich, Ihnen alles ziemlich verständlich erklärt zu haben. Aber ich bin leider keineswegs gewiß, ob ich das Weitere Ihnen noch ähnlich deutlich veranschaulichen kann. Denn diese neue Beschäftigung erforderte eine so unbedingte Anspannung des Gehirns, daß sie jede gleichzeitige Selbstkontrolle unmöglich machte. Ich deutete Ihnen schon an, daß meiner Meinung nach es an sich schon Nonsens bedeutet, Schach gegen sich selber spielen zu wollen; aber selbst diese Absurdität hätte immerhin noch eine minimale Chance mit einem realen Schachbrett vor sich, weil das Schachbrett durch seine Realität immerhin noch eine gewisse Distanz, eine materielle Exterritorialisierung erlaubt. Vor einem wirklichen Schachbrett mit wirklichen Figuren kann man Überlegungspausen einschalten, man kann sich rein körperlich bald auf die eine Seite, bald auf die andere Seite des Tisches stellen und damit die Situation bald vom Standpunkt Schwarz, bald vom Standpunkt Weiß ins Auge fassen. Aber genötigt, wie ich es war, diese Kämpfe gegen mich selbst oder, wenn Sie wollen, mit mir selbst in einen imaginären Raum zu projizieren, war ich gezwungen, in meinem Bewußtsein die jeweilige Stellung auf den vierundsechzig Feldern deutlich festzuhalten und außerdem nicht nur die momentane Figuration, sondern auch schon die möglichen weiteren Züge von beiden Partnern mir auszukalkulieren, und zwar – ich weiß, wie absurd dies alles klingt – mir doppelt und dreifach zu imaginieren, nein, sechsfach, achtfach, zwölffach, für jedes meiner Ich, für Schwarz und Weiß immer schon vier und fünf Züge voraus. Ich mußte – verzeihen Sie, daß ich Ihnen zumute, diesen Irrsinn durchzudenken – bei diesem Spiel im abstrakten Raum der Phantasie als Spieler Weiß vier oder fünf Züge vorausberechnen und ebenso als Spieler Schwarz, also alle sich in der Entwicklung ergebenden Situationen gewissermaßen mit zwei Gehirnen vorauskombinieren, mit dem Gehirn Weiß und dem Gehirn Schwarz. Aber selbst diese Selbstzerteilung war noch nicht das Gefährlichste an meinem abstrusen Experiment, sondern daß ich durch das selbständige Ersinnen von Partien mit einemmal den Boden unter den Füßen verlor und ins Bodenlose geriet. Das bloße Nachspielen der Meisterpartien, wie ich es in den vorhergehenden Wochen geübt, war schließlich nichts als eine reproduktive Leistung gewesen, ein reines Rekapitulieren einer gegebenen Materie und als solches nicht anstrengender, als wenn ich Gedichte auswendig gelernt hätte oder Gesetzesparagraphen memoriert, es war eine begrenzte, eine disziplinierte Tätigkeit und darum ein ausgezeichnetes Exercitium mentale. Meine zwei Partien, die ich morgens, die zwei, die ich nachmittags probte, stellten ein bestimmtes Pensum dar, das ich ohne jeden Einsatz von Erregung erledigte; sie ersetzten mir eine normale Beschäftigung, und überdies hatte ich, wenn ich mich im Ablauf einer Partie irrte oder nicht weiter wußte, an dem Buche noch immer einen Halt. Nur darum war diese Tätigkeit für meine erschütterten Nerven eine so heilsame und eher beruhigende gewesen, weil ein Nachspielen fremder Partien nicht mich selber ins Spiel brachte; ob Schwarz oder Weiß siegte, blieb mir gleichgültig, es waren doch Aljechin oder Bogoljubow, die um die Palme des Champions kämpften, und meine eigene Person, mein Verstand, meine Seele genossen einzig als Zuschauer, als Kenner die Peripetien und Schönheiten jener Partien. Von dem Augenblick an, da ich aber gegen mich zu spielen versuchte, begann ich mich unbewußt herauszufordern. Jedes meiner beiden Ich, mein Ich Schwarz und mein Ich Weiß, hatten zu wetteifern gegeneinander und gerieten jedes für sein Teil in einen Ehrgeiz, in eine Ungeduld, zu siegen, zu gewinnen; ich fieberte als Ich Schwarz nach jedem Zuge, was das Ich Weiß nun tun würde. Jedes meiner beiden Ich triumphierte, wenn das andere einen Fehler machte, und erbitterte sich gleichzeitig über sein eigenes Ungeschick.

Das alles scheint sinnlos, und in der Tat wäre ja eine solche künstliche Schizophrenie, eine solche Bewußtseinsspaltung mit ihrem Einschuß an gefährlicher Erregtheit bei einem normalen Menschen in normalem Zustand undenkbar. Aber vergessen Sie nicht, daß ich aus aller Normalität gewaltsam gerissen war, ein Häftling, unschuldig eingesperrt, seit Monaten raffiniert mit Einsamkeit gemartert, ein Mensch, der seine aufgehäufte Wut längst gegen irgend etwas entladen wollte. Und da ich nichts anderes hatte als dies unsinnige Spiel gegen mich selbst, fuhr meine Wut, meine Rachelust fanatisch in dieses Spiel hinein. Etwas in mir wollte recht behalten, und ich hatte doch nur dieses andere Ich in mir, das ich bekämpfen konnte; so steigerte ich mich während des Spiels in eine fast manische Erregung. Im Anfang hatte ich noch ruhig und überlegt gedacht, ich hatte Pausen eingeschaltet zwischen einer und der andern Partie, um mich von der Anstrengung zu erholen; aber allmählich erlaubten meine gereizten Nerven mir kein Warten mehr. Kaum hatte mein Ich Weiß einen Zug getan, stieß schon mein Ich Schwarz fiebrig vor; kaum war eine Partie beendigt, so forderte ich mich schon zur nächsten heraus, denn jedesmal war doch eines der beiden Schach-Ich von dem andern besiegt und verlangte Revanche. Nie werde ich auch nur annähernd sagen können, wie viele Partien ich infolge dieser irrwitzigen Unersättlichkeit während dieser letzten Monate in meiner Zelle gegen mich selbst gespielt – vielleicht tausend, vielleicht mehr. Es war eine Besessenheit, deren ich mich nicht erwehren konnte; von früh bis nachts dachte ich an nichts als an Läufer und Bauern und Turm und König und a und b und c und Matt und Rochade, mit meinem ganzen Sein und Fühlen stieß es mich in das karierte Quadrat. Aus der Spielfreude war eine Spiellust geworden, aus der Spiellust ein Spielzwang, eine Manie, eine frenetische Wut, die nicht nur meine wachen Stunden, sondern allmählich auch meinen Schlaf durchdrang. Ich konnte nur Schach denken, nur in Schachbewegungen, Schachproblemen; manchmal wachte ich mit feuchter Stirn auf und erkannte, daß ich sogar im Schlaf unbewußt weitergespielt haben mußte, und wenn ich von Menschen träumte, so geschah es ausschließlich in den Bewegungen des Läufers, des Turms, im Vor und Zurück des Rösselsprungs. Selbst wenn ich zum Verhör gerufen wurde, konnte ich nicht mehr konzis an meine Verantwortung denken; ich habe die Empfindung, daß bei den letzten Vernehmungen ich mich ziemlich konfus ausgedrückt haben muß, denn die Verhörenden blickten sich manchmal befremdet an. Aber in Wirklichkeit wartete ich, während sie fragten und berieten, in meiner unseligen Gier doch nur darauf, wieder zurückgeführt zu werden in meine Zelle, um mein Spiel, mein irres Spiel, fortzusetzen, eine neue Partie und noch eine und noch eine. Jede Unterbrechung wurde mir zur Störung; selbst die Viertelstunde, da der Wärter die Gefängniszelle aufräumte, die zwei Minuten, da er mir das Essen brachte, quälten meine fiebrige Ungeduld; manchmal stand abends der Napf mit der Mahlzeit noch unberührt, ich hatte über dem Spiel vergessen zu essen. Das einzige, was ich körperlich empfand, war ein fürchterlicher Durst; es muß wohl schon das Fieber dieses ständigen Denkens und Spielens gewesen sein; ich trank die Flasche leer in zwei Zügen und quälte den Wärter um mehr und fühlte dennoch im nächsten Augenblick die Zunge schon wieder trocken im Munde. Schließlich steigerte sich meine Erregung während des Spielens – und ich tat nichts anderes mehr von morgens bis nachts – zu solchem Grade, daß ich nicht einen Augenblick mehr stillzusitzen vermochte; ununterbrochen ging ich, während ich die Partien überlegte, auf und ab, immer schneller und schneller und schneller auf und ab, auf und ab, und immer hitziger, je mehr sich die Entscheidung der Partie näherte; die Gier, zu gewinnen, zu siegen, mich selbst zu besiegen, wurde allmählich zu einer Art Wut, ich zitterte vor Ungeduld, denn immer war dem einen

Schach-Ich in mir das andere zu langsam. Das eine trieb das andere an; so lächerlich es Ihnen vielleicht scheint, ich begann mich zu beschimpfen – ›schneller, schneller!‹ oder ›vorwärts, vorwärts!‹ –, wenn das eine Ich in mir mit dem andern nicht rasch genug ripostierte. Selbstverständlich bin ich mir heute ganz im klaren, daß dieser mein Zustand schon eine durchaus pathologische Form geistiger Überreizung war, für die ich eben keinen andern Namen finde als den bisher medizinisch unbekannten: eine Schachvergiftung. Schließlich begann diese monomanische Besessenheit nicht nur mein Gehirn, sondern auch meinen Körper zu attackieren. Ich magerte ab, ich schlief unruhig und verstört, ich brauchte beim Erwachen jedesmal eine besondere Anstrengung, die bleiernen Augenlider aufzuzwingen; manchmal fühlte ich mich derart schwach, daß, wenn ich ein Trinkglas anfaßte, ich es nur mit Mühe bis zu den Lippen brachte, so zitterten mir die Hände; aber kaum das Spiel begann, überkam mich eine wilde Kraft: ich lief auf und ab mit geballten Fäusten, und wie durch einen roten Nebel hörte ich manchmal meine eigene Stimme, wie sie heiser und böse ›Schach‹ oder ›Matt!‹ sich selber zuschrie.

Wie dieser grauenhafte, dieser unbeschreibbare Zustand zur Krise kam, vermag ich selbst nicht zu berichten. Alles, was ich darüber weiß, ist, daß ich eines Morgens aufwachte, und es war ein anderes Erwachen als sonst. Mein Körper war gleichsam abgelöst von mir, ich ruhte weich und wohlig. Eine dichte, gute Müdigkeit, wie ich sie seit Monaten nicht gekannt, lag auf meinen Lidern, lag so warm und wohltätig auf ihnen, daß ich mich zuerst gar nicht entschließen konnte, die Augen aufzutun. Minuten lag ich schon wach und genoß noch diese schwere Dumpfheit, dies laue Liegen mit wollüstig betäubten Sinnen. Auf einmal war mir, als ob ich hinter mir Stimmen hörte, lebendige menschliche Stimmen, die Worte sprachen, und Sie können sich mein Entzücken nicht ausdenken, denn ich hatte doch seit Monaten, seit bald einem Jahr keine anderen Worte gehört als die harten, scharfen und bösen von der Richterbank. ›Du träumst‹, sagte ich mir. ›Du träumst! Tu keinesfalls die Augen auf! Laß ihn noch dauern, diesen Traum, sonst siehst du wieder die verfluchte Zelle um dich, den Stuhl und den Waschtisch und den Tisch und die Tapete mit dem ewig gleichen Muster. Du träumst – träume weiter!‹

Aber die Neugier behielt die Oberhand. Ich schlug langsam und vorsichtig die Lider auf. Und Wunder: es war ein anderes Zimmer, in dem ich mich befand, ein Zimmer, breiter, geräumiger als meine Hotelzelle. Ein ungegittertes Fenster ließ freies Licht herein und einen Blick auf Bäume, grüne, im Wind wogende Bäume statt meiner starren Feuermauer, weiß und glatt glänzten die Wände, weiß und hoch hob sich über mir die Decke – wahrhaftig, ich lag in einem neuen, einem fremden Bett, und wirklich, es war kein Traum, hinter mir flüsterten leise menschliche Stimmen. Unwillkürlich muß ich mich in meiner Überraschung heftig geregt haben, denn schon hörte ich hinter mir einen nahenden Schritt. Eine Frau kam weichen Gelenks heran, eine Frau mit weißer Haube über dem Haar, eine Pflegerin, eine Schwester. Ein Schauer des Entzückens fiel über mich: ich hatte seit einem Jahr keine Frau gesehen. Ich starrte die holde Erscheinung an, und es muß ein wilder, ekstatischer Aufblick gewesen sein, denn ›Ruhig! Bleiben Sie ruhig!‹ beschwichtigte mich dringlich die Nahende. Ich aber lauschte nur auf ihre Stimme – war das nicht ein Mensch, der sprach? Gab es wirklich noch auf Erden einen Menschen, der mich nicht verhörte, nicht quälte? Und dazu noch – unfaßbares Wunder! – eine weiche, warme, eine fast zärtliche Frauenstimme. Gierig starrte ich auf ihren Mund, denn es war mir in diesem Höllenjahr unwahrscheinlich geworden, daß ein Mensch gütig zu einem andern sprechen könnte. Sie lächelte mir zu – ja, sie lächelte, es gab noch Menschen, die gütig lächeln konnten –, dann legte sie den Finger mahnend auf die Lippen und ging leise weiter. Aber ich konnte ihrem Gebot nicht gehorchen. Ich hatte mich noch nicht sattgesehen an dem Wunder. Gewaltsam versuchte ich mich in dem Bette aufzurichten, um ihr nachzublicken, diesem Wunder eines menschlichen Wesens nachzublicken, das gütig war. Aber wie ich mich am Bettrande aufstützen wollte, gelang es mir nicht. Wo sonst meine rechte Hand gewesen, Finger und Gelenk, spürte ich etwas Fremdes, einen dicken, großen, weißen Bausch, offenbar einen umfangreichen Verband. Ich staunte dieses Weiße, Dicke, Fremde an meiner Hand zuerst verständnislos an, dann begann ich langsam zu begreifen, wo ich war, und zu überlegen, was mit mir geschehen sein mochte. Man mußte mich verwundet haben, oder ich hatte mich selbst an der Hand verletzt. Ich befand mich in einem Hospital.

Mittags kam der Arzt, ein freundlicher älterer Herr. Er kannte den Namen meiner Familie und erwähnte derart respektvoll meinen Onkel, den kaiserlichen Leibarzt, daß mich sofort das Gefühl überkam, er meine es gut mit mir. Im weiteren Verlauf richtete er allerhand Fragen an mich, vor allem eine, die mich erstaunte – ob ich Mathematiker sei oder Chemiker. Ich verneinte.

›Sonderbar‹, murmelte er. ›Im Fieber haben Sie immer so sonderbare Formeln geschrien – c_3, c_4. Wir haben uns alle nicht ausgekannt.‹

Ich erkundigte mich, was mit mir vorgegangen sei. Er lächelte merkwürdig.

›Nichts Ernstliches. Eine akute Irritation der Nerven‹, und fügte, nachdem er sich zuvor vorsichtig umgeblickt hatte, leise bei: ›Schließlich eine recht verständliche. Seit dem 13. März, nicht wahr?‹

Ich nickte.

›Kein Wunder bei dieser Methode‹, murmelte er. ›Sie sind nicht der erste. Aber sorgen Sie sich nicht.‹

An der Art, wie er mir dies beruhigend zuflüsterte, und dank seines begütigenden Blicks wußte ich, daß ich bei ihm gut geborgen war.

Zwei Tage später erklärte mir der gütige Doktor ziemlich freimütig, was vorgefallen war. Der Wärter hatte mich in meiner Zelle laut schreien gehört und zunächst geglaubt, daß jemand eingedrungen sei, mit dem ich streite. Kaum er sich aber an der Tür gezeigt, hätte ich mich auf ihn gestürzt und ihn mit wilden Ausrufen angeschrien, die ähnlich klangen wie: ›Zieh schon einmal, du Schuft, du Feigling!‹, ihn bei der Gurgel zu fassen gesucht und schließlich so wild angefallen, daß er um Hilfe rufen mußte. Als man mich in meinem tollwütigen Zustand dann zur ärztlichen Untersuchung schleppte, hätte ich mich plötzlich losgerissen, auf das Fenster im Gang gestürzt, die Scheibe eingeschlagen und mir dabei die Hand zerschnitten – Sie sehen noch die tiefe Narbe hier. Die ersten Nächte im Hospital hatte ich in einer Art Gehirnfieber verbracht, aber jetzt finde er mein Sensorium völlig klar. ›Freilich‹, fügte er leise bei, ›werde ich das lieber nicht den Herrschaften melden, sonst holt man Sie am Ende noch einmal dorthin zurück. Verlassen Sie sich auf mich, ich werde mein Bestes tun.‹

Was dieser hilfreiche Arzt meinen Peinigern über mich berichtet hat, entzieht sich meiner Kenntnis. Jedenfalls erreichte er, was er erreichen wollte: meine Entlassung. Mag sein, daß er mich als unzurechnungsfähig erklärt hat, oder vielleicht war ich inzwischen schon der Gestapo unwichtig geworden, denn Hitler hatte seitdem Böhmen besetzt, und damit war der Fall Österreich für ihn erledigt. So brauchte ich nur die Verpflichtung zu unterzeichnen, unsere Heimat innerhalb von vierzehn Tagen zu verlassen, und diese vierzehn Tage waren dermaßen erfüllt mit all den tausend Formalitäten, die heutzutage der einstmalige Weltbürger zu einer Ausreise benötigt – Militärpapiere, Polizei, Steuer, Paß, Visum, Gesundheitszeugnis –, daß ich keine Zeit hatte, über das Vergangene viel nachzusinnen. Anscheinend wirken in unserem Gehirn geheimnisvoll regulierende Kräfte, die, was der Seele lästig und gefährlich werden kann, selbsttätig ausschalten, denn immer, wenn ich zurückdenken wollte an meine Zellenzeit, erlosch gewissermaßen in meinem Gehirn das Licht; erst nach Wochen und Wochen, eigentlich erst hier auf dem Schiff, fand ich wieder den Mut, mich zu besinnen, was mir geschehen war.

Und nun werden Sie begreifen, warum ich mich so ungehörig und wahrscheinlich unverständlich Ihren Freunden gegenüber benommen. Ich schlenderte doch nur ganz zufällig durch den Rauchsalon, als ich Ihre Freunde vor dem Schachbrett sitzen sah; unwillkürlich fühlte ich den Fuß angewurzelt vor Staunen und Schrecken. Denn ich hatte total vergessen, daß man Schach spielen kann an einem wirklichen Schachbrett und mit wirklichen Figuren, vergessen, daß bei diesem Spiel zwei völlig verschiedene Menschen einander leibhaftig gegenübersitzen. Ich brauchte wahrhaftig ein paar Minuten, um mich zu erinnern, daß, was diese Spieler dort taten, im Grunde dasselbe Spiel war, das ich in meiner Hilflosigkeit monatelang gegen mich selbst versucht. Die Chiffren, mit denen ich mich beholfen während meiner grimmigen Exerzitien, waren doch nur Ersatz gewesen und Symbol für diese beinernen Figuren; meine Überraschung, daß dieses Figurenrücken auf dem Brett dasselbe sei wie mein imaginäres Phantasieren im Denkraum, mochte vielleicht der eines Astronomen ähnlich sein, der sich mit den kompliziertesten Methoden auf dem Papier einen neuen Planeten errechnet hat und ihn dann wirklich am Himmel erblickt als einen weißen, klaren, substantiellen Stern. Wie magnetisch festgehalten starrte ich auf das Brett und sah dort meine Schemata, Pferd, Turm, König, Königin und Bauern als reale Figuren, aus Holz geschnitzt; um die Stellung der Partie zu überblicken, mußte ich sie unwillkürlich erst zurückmutieren aus meiner abstrakten Ziffernwelt in die der bewegten Steine. Allmählich überkam mich die Neugier, ein solches reales Spiel zwischen zwei Partnern zu beobachten. Und da passierte das Peinliche, daß ich, alle Höflichkeit vergessend, mich einmengte in Ihre Partie. Aber dieser falsche Zug Ihres Freundes traf mich wie ein Stich ins Herz. Es war eine reine Instinkthandlung, daß ich ihn zurückhielt, ein impulsiver Zugriff, wie man, ohne zu überlegen, ein Kind faßt, das sich über ein Geländer beugt. Erst später wurde mir die grobe Ungehörigkeit klar, deren ich mich durch meine Vordringlichkeit schuldig gemacht.«

Ich beeilte mich, Dr. B. zu versichern, wie sehr wir alle uns freuen, diesem Zufall seine Bekanntschaft zu verdanken, und daß es für mich nach all dem, was er mir anvertraut, nun doppelt interessant sein werde, ihm morgen bei dem improvisierten Turnier zusehen zu dürfen. Dr. B. machte eine unruhige Bewegung.

»Nein, erwarten Sie wirklich nicht zu viel. Es soll nichts als eine Probe für mich sein... eine Probe, ob ich... ob ich überhaupt fähig bin, eine normale Schachpartie zu spielen, eine Partie auf einem wirklichen Schachbrett mit faktischen Figuren und einem lebendigen Partner... denn ich zweifle jetzt immer mehr daran, ob jene Hunderte und vielleicht Tausende Partien, die ich gespielt habe, tatsächlich regelrechte Schachpartien waren und nicht bloß eine Art Traumschach, ein Fieberschach, ein Fieberspiel, in dem wie immer im Traum Zwischenstufen übersprungen wurden. Sie werden mir doch hoffentlich nicht im Ernst zumuten, daß ich mir anmaße, einem

Schachmeister, und gar dem ersten der Welt, Paroli bieten zu können. Was mich interessiert und intrigiert, ist einzig die posthume Neugier, festzustellen, ob das in der Zelle damals noch Schachspiel oder schon Wahnsinn gewesen, ob ich damals noch knapp vor oder schon jenseits der gefährlichen Klippe mich befand – nur dies, nur dies allein.«

Vom Schiffsende tönte in diesem Augenblick der Gong, der zum Abendessen rief. Wir mußten – Dr. B. hatte mir alles viel ausführlicher berichtet, als ich es hier zusammenfasse – fast zwei Stunden verplaudert haben. Ich dankte ihm herzlich und verabschiedete mich. Aber noch war ich nicht das Deck entlang, so kam er mir schon nach und fügte sichtlich nervös und sogar etwas stottrig bei:

»Noch eines! Wollen Sie den Herren gleich im voraus ausrichten, damit ich nachträglich nicht unhöflich erscheine: ich spiele nur eine einzige Partie... sie soll nichts als der Schlußstrich unter eine alte Rechnung sein – eine endgültige Erledigung und nicht ein neuer Anfang... Ich möchte nicht ein zweites Mal in dieses leidenschaftliche Spielfieber geraten, an das ich nur mit Grauen zurückdenken kann... und übrigens... übrigens hat mich damals auch der Arzt gewarnt... ausdrücklich gewarnt. Jeder, der einer Manie verfallen war, bleibt für immer gefährdet, und mit einer – wenn auch ausgeheilten – Schachvergiftung soll man besser keinem Schachbrett nahekommen... Also Sie verstehen – nur diese eine Probepartie für mich selbst und nicht mehr.«

Pünktlich um die vereinbarte Stunde, drei Uhr, waren wir am nächsten Tage im Rauchsalon versammelt. Unsere Runde hatte sich noch um zwei Liebhaber der königlichen Kunst vermehrt, zwei Schiffsoffiziere, die sich eigens Urlaub vom Borddienst erbeten, um dem Turnier zusehen zu können. Auch Czentovic ließ nicht wie am vorhergehenden Tage auf sich warten, und nach der obligaten Wahl der Farben begann die denkwürdige Partie dieses Homo obscurissimus gegen den berühmten Weltmeister. Es tut mir leid, daß sie nur für uns durchaus unkompetente Zuschauer gespielt war und ihr Ablauf für die Annalen der Schachkunde ebenso verloren ist wie Beethovens Klavierimprovisationen für die Musik. Zwar haben wir an den nächsten Nachmittagen versucht, die Partie gemeinsam aus dem Gedächtnis zu rekonstruieren, aber vergeblich; wahrscheinlich hatten wir alle während des Spiels zu passioniert auf die beiden Spieler statt auf den Gang des Spiels geachtet. Denn der geistige Gegensatz im Habitus der beiden Partner wurde im Verlauf der Partie immer mehr körperlich plastisch. Czentovic, der Routinier, blieb während der ganzen Zeit unbeweglich wie ein Block, die Augen streng und starr auf das Schachbrett gesenkt; Nachdenken schien bei ihm eine geradezu physische Anstrengung, die alle seine Organe zu äußerster Konzentration nötigte. Dr. B. dagegen bewegte sich vollkommen locker und unbefangen. Als der rechte Dilettant im schönsten Sinne des Wortes, dem im Spiel nur das Spiel, das ›diletto‹ Freude macht, ließ er seinen Körper völlig entspannt, plauderte während der ersten Pausen erklärend mit uns, zündete sich mit leichter Hand eine Zigarette an und blickte immer nur gerade, wenn an ihn die Reihe kam, eine Minute auf das Brett. Jedesmal hatte es den Anschein, als hätte er den Zug des Gegners schon im voraus erwartet.

Die obligaten Eröffnungszüge ergaben sich ziemlich rasch. Erst beim siebenten oder achten schien sich etwas wie ein bestimmter Plan zu entwickeln. Czentovic verlängerte seine Überlegungspausen; daran spürten wir, daß der eigentliche Kampf um die Vorhand einzusetzen begann. Aber um der Wahrheit die Ehre zu geben, bedeutete die allmähliche Entwicklung der Situation wie jede richtige Turnierpartie für uns Laien eine ziemliche Enttäuschung. Denn je mehr sich die Figuren zu einem sonderbaren Ornament ineinander verflochten, um so undurchdringlicher wurde für uns der eigentliche Stand. Wir konnten weder wahrnehmen, was der eine Gegner noch was der andere beabsichtigte, und wer von den beiden sich eigentlich im Vorteil befand. Wir merkten bloß, daß sich einzelne Figuren wie Hebel vorschoben, um die feindliche Front aufzusprengen, aber wir vermochten nicht – da bei diesen überlegenen Spielern jede Bewegung immer auf mehrere Züge vorauskombiniert war –, die strategische Absicht in diesem Hin und Wider zu erfassen. Dazu gesellte sich allmählich eine lähmende Ermüdung, die hauptsächlich durch die endlosen Überlegungspausen Czentovics verschuldet war, die auch unseren Freund sichtlich zu irritieren begannen. Ich beobachtete beunruhigt, wie er, je länger die Partie sich hinzog, immer unruhiger auf seinem Sessel herumzurücken begann, bald aus Nervosität eine Zigarette nach der anderen anzündend, bald nach dem Bleistift greifend, um etwas zu notieren. Dann wieder bestellte er ein Mineralwasser, das er Glas um Glas hastig hinabstürzte; es war offenbar, daß er hundertmal schneller kombinierte als Czentovic. Jedesmal, wenn dieser nach endlosem Überlegen sich entschloß, mit seiner schweren Hand eine Figur vorwärtszurücken, lächelte unser Freund nur wie jemand, der etwas lang Erwartetes eintreffen sieht, und ripostierte bereits. Er mußte mit seinem rapid arbeitenden Verstand im Kopf alle Möglichkeiten des Gegners vorausberechnet haben; je länger darum Czentovics Entschließung sich verzögerte, um so mehr wuchs seine Ungeduld, und um seine Lippen preßte sich während des Wartens ein ärgerlicher und fast feindseliger Zug. Aber Czentovic ließ sich keineswegs drängen. Er überlegte stur und stumm und pausierte immer länger, je mehr sich das Feld von Figuren entblößte. Beim zweiundvierzigsten Zuge, nach geschlagenen zweidreiviertel

Stunden, saßen wir schon alle ermüdet und beinahe teilnahmslos um den Turniertisch. Einer der Schiffsoffiziere hatte sich bereits entfernt, ein anderer ein Buch zur Lektüre genommen und blickte nur bei jeder Veränderung für einen Augenblick auf. Aber da geschah plötzlich bei einem Zuge Czentovics das Unerwartete. Sobald Dr. B. merkte, daß Czentovic den Springer faßte, um ihn vorzuziehen, duckte er sich zusammen wie eine Katze vor dem Ansprung. Sein ganzer Körper begann zu zittern, und kaum hatte Czentovic den Springerzug getan, schob er scharf die Dame vor, sagte laut triumphierend: »So! Erledigt!«, lehnte sich zurück, kreuzte die Arme über der Brust und sah mit herausforderndem Blick auf Czentovic. Ein heißes Licht glomm plötzlich in seiner Pupille.

Unwillkürlich beugten wir uns über das Brett, um den so triumphierend angekündigten Zug zu verstehen. Auf den ersten Blick war keine direkte Bedrohung sichtbar. Die Äußerung unseres Freundes mußte sich also auf eine Entwicklung beziehen, die wir kurzdenkenden Dilettanten noch nicht errechnen konnten. Czentovic war der einzige unter uns, der sich bei jener herausfordernden Ankündigung nicht gerührt hatte; er saß so unerschütterlich, als ob er das beleidigende ›Erledigt!‹ völlig überhört hätte. Nichts geschah. Man hörte, da wir alle unwillkürlich den Atem anhielten, mit einemmal das Ticken der Uhr, die man zur Feststellung der Zugzeit auf den Tisch gelegt hatte. Es wurden drei Minuten, sieben Minuten, acht Minuten – Czentovic rührte sich nicht, aber mir war, als ob sich von einer inneren Anstrengung seine dicken Nüstern noch breiter dehnten. Unserem Freunde schien dieses stumme Warten ebenso unerträglich wie uns selbst. Mit einem Ruck stand er plötzlich auf und begann im Rauchzimmer auf und ab zu gehen, erst langsam, dann schneller und immer schneller. Alle blickten wir ihm etwas verwundert zu, aber keiner beunruhigter als ich, denn mir fiel auf, daß seine Schritte trotz aller Heftigkeit dieses Auf und Ab immer nur die gleiche Spanne Raum ausmaßen; es war, als ob er jedesmal mitten im leeren Zimmer an eine unsichtbare Schranke stieße, die ihn nötigte umzukehren. Und schaudernd erkannte ich, es reproduzierte unbewußt dieses Auf und Ab das Ausmaß seiner einstmaligen Zelle; genau so mußte er in den Monaten des Eingesperrtseins auf und ab gerannt sein wie ein eingesperrtes Tier im Käfig, genau so die Hände verkrampft und die Schultern eingeduckt; so und nur so mußte er dort tausendmal auf und nieder gelaufen sein, die roten Lichter des Wahnsinns im starren und doch fiebernden Blick. Aber noch schien sein Denkvermögen völlig intakt, denn von Zeit zu Zeit wandte er sich ungeduldig dem Tisch zu, ob Czentovic sich inzwischen schon entschieden hätte. Aber es wurden neun, es wurden zehn Minuten. Dann endlich geschah, was niemand von uns erwartet hatte. Czentovic hob langsam seine schwere Hand, die bisher unbeweglich auf dem Tisch gelegen. Gespannt blickten wir alle auf seine Entscheidung. Aber Czentovic tat keinen Zug, sondern sein gewendeter Handrücken schob mit einem entschiedenen Ruck alle Figuren langsam vom Brett. Erst im nächsten Augenblick verstanden wir: Czentovic hatte die Partie aufgegeben. Er hatte kapituliert, um nicht vor uns sichtbar mattgesetzt zu werden. Das Unwahrscheinliche hatte sich ereignet, der Weltmeister, der Champion zahlloser Turniere hatte die Fahne gestrichen vor einem Unbekannten, einem Manne, der zwanzig oder fünfundzwanzig Jahre kein Schachbrett angerührt. Unser Freund, der Anonymus, der Ignotus, hatte den stärksten Schachspieler der Erde in offenem Kampfe besiegt!

Ohne es zu merken, waren wir in unserer Erregung einer nach dem anderen aufgestanden. Jeder von uns hatte das Gefühl, er müßte etwas sagen oder tun, um unserem freudigen Schrecken Luft zu machen. Der einzige, der unbeweglich in seiner Ruhe verharrte, war Czentovic. Erst nach einer gemessenen Pause hob er den Kopf und blickte unseren Freund mit steinernem Blick an.

»Noch eine Partie?« fragte er.

»Selbstverständlich«, antwortete Dr. B. mit einer mir unangenehmen Begeisterung und setzte sich, noch ehe ich ihn an seinen Vorsatz mahnen konnte, es bei einer Partie bewenden zu lassen, sofort nieder und begann mit fiebriger Hast die Figuren neu aufzustellen. Er rückte sie mit solcher Hitzigkeit zusammen, daß zweimal ein Bauer durch die zitternden Finger zu Boden glitt; mein schon früher peinliches Unbehagen angesichts seiner unnatürlichen Erregtheit wuchs zu einer Art Angst. Denn eine sichtbare Exaltiertheit war über den vorher so stillen und ruhigen Menschen gekommen; das Zucken fuhr immer öfter um seinen Mund, und sein Körper zitterte wie von einem jähen Fieber geschüttelt.

»Nicht!« flüsterte ich ihm leise zu. »Nicht jetzt! Lassen Sie's für heute genug sein! Es ist für Sie zu anstrengend.«

»Anstrengend! Ha!« lachte er laut und boshaft. »Siebzehn Partien hätte ich unterdessen spielen können statt dieser Bummelei! Anstrengend ist für mich einzig, bei diesem Tempo nicht einzuschlafen! – Nun! Fangen Sie doch schon einmal an!«

Diese letzten Worte hatte er in heftigem, beinahe grobem Ton zu Czentovic gesagt. Dieser blickte ihn ruhig und gemessen an, aber sein steinern starrer Blick hatte etwas von einer geballten Faust. Mit einemmal stand etwas Neues zwischen den beiden Spielern; eine gefährliche Spannung, ein leidenschaftlicher Haß. Es waren nicht zwei Partner mehr, die ihr Können spielhaft aneinander proben wollten, es waren zwei Feinde, die sich gegenseitig zu vernichten geschworen. Czentovic zögerte lange, ehe er den ersten Zug tat, und mich überkam das deutliche Gefühl, er zögerte mit Absicht so lange. Offenbar hatte der geschulte Taktiker schon herausgefunden, daß er gerade durch seine Langsamkeit den Gegner ermüdete und irritierte. So setzte er nicht weniger als vier Minuten aus, ehe er die normalste, die simpelste aller Eröffnungen machte, indem er den Königsbauern die üblichen zwei Felder vorschob. Sofort fuhr unser Freund mit seinem Königsbauern ihm entgegen, aber wieder machte Czentovic eine endlose, kaum zu ertragende Pause; es war, wie wenn ein starker Blitz niederfährt und man pochenden Herzens auf den Donner wartet, und der Donner kommt und kommt nicht. Czentovic rührte sich nicht. Er überlegte still, langsam und, wie ich immer gewisser fühlte, boshaft langsam; damit aber gab er mir reichlich Zeit, Dr. B. zu beobachten. Er hatte eben das dritte Glas Wasser hinabgestürzt; unwillkürlich erinnerte ich mich, daß er mir von seinem fiebrigen Durst in der Zelle erzählte. Alle Symptome einer anomalen Erregung zeichneten sich deutlich ab; ich sah seine Stirne feucht werden und die Narbe auf seiner Hand röter und schärfer als zuvor. Aber noch beherrschte er sich. Erst als beim vierten Zug Czentovic wieder endlos überlegte, verließ ihn die Haltung, und er fauchte ihn plötzlich an:

»So spielen Sie doch schon endlich einmal!«

Czentovic blickte kühl auf. »Wir haben meines Wissens zehn Minuten Zugzeit vereinbart. Ich spiele prinzipiell nicht mit kürzerer Zeit.«

Dr. B. biß sich die Lippe; ich merkte, wie unter dem Tisch seine Sohle unruhig und immer unruhiger gegen den Boden wippte, und wurde selbst unaufhaltsam nervöser durch das drückende Vorgefühl, daß sich irgend etwas Unsinniges in ihm vorbereitete. In der Tat ereignete sich bei dem achten Zug ein zweiter Zwischenfall. Dr. B., der immer unbeherrschter gewartet hatte, konnte seine Spannung nicht mehr verhalten; er rückte hin und her und begann unbewußt mit den Fingern auf dem Tisch zu trommeln. Abermals hob Czentovic seinen schweren bäurischen Kopf.

»Darf ich Sie bitten, nicht zu trommeln? Es stört mich. Ich kann so nicht spielen.«

»Ha!« lachte Dr. B. kurz. »Das sieht man.«

Czentovics Stirn wurde rot. »Was wollen Sie damit sagen?« fragte er scharf und böse.

Dr. B. lachte abermals knapp und boshaft. »Nichts. Nur daß Sie offenbar sehr nervös sind.«

Czentovic schwieg und beugte seinen Kopf nieder. Erst nach sieben Minuten tat er den nächsten Zug, und in diesem tödlichen Tempo schleppte sich die Partie fort. Czentovic versteinte gleichsam immer mehr; schließlich schaltete er immer das Maximum der vereinbarten Überlegungspause ein, ehe er sich zu einem Zug entschloß, und von einem Intervall zum andern wurde das Benehmen unseres Freundes sonderbarer. Es hatte den Anschein, als ob er an der Partie gar keinen Anteil mehr nehme, sondern mit etwas ganz anderem beschäftigt sei. Er ließ sein hitziges Aufundniederlaufen und blieb an seinem Platz regungslos sitzen. Mit einem stieren und fast irren Blick ins Leere vor sich starrend, murmelte er ununterbrochen unverständliche Worte vor sich hin; entweder verlor er sich in endlosen Kombinationen, oder er arbeitete – dies war mein innerster Verdacht – sich ganz andere Partien aus, denn jedesmal, wenn Czentovic endlich gezogen hatte, mußte man ihn aus seiner Geistesabwesenheit zurückmahnen. Dann brauchte er immer einige Minuten, um sich in der Situation wieder zurechtzufinden; immer mehr beschlich mich der Verdacht, er habe eigentlich Czentovic und uns alle längst vergessen in dieser kalten Form des Wahnsinns, der sich plötzlich in irgendeiner Heftigkeit entladen konnte. Und tatsächlich, bei dem neunzehnten Zug brach die Krise aus. Kaum daß Czentovic seine Figur bewegt, stieß Dr. B. plötzlich, ohne recht auf das Brett zu blicken, seinen Läufer drei Felder vor und schrie derart laut, daß wir alle zusammenfuhren:

»Schach! Schach dem König!«

Wir blickten in der Erwartung eines besonderen Zuges sofort auf das Brett. Aber nach einer Minute geschah, was keiner von uns erwartet. Czentovic hob ganz, ganz langsam den Kopf und blickte – was er bisher nie getan – in unserem Kreise von einem zum andern. Er schien irgend etwas unermeßlich zu genießen, denn allmählich begann auf seinen Lippen ein zufriedenes und deutlich höhnisches Lächeln. Erst nachdem er diesen seinen uns noch unverständlichen Triumph bis zur Neige genossen, wandte er sich mit falscher Höflichkeit unserer Runde zu.

»Bedaure – aber ich sehe kein Schach. Sieht vielleicht einer von den Herren ein Schach gegen meinen König?«

Wir blickten auf das Brett und dann beunruhigt zu Dr. B. hinüber. Czentovics Königsfeld war tatsächlich – ein Kind konnte das erkennen – durch einen Bauern gegen den Läufer völlig gedeckt, also kein Schach dem König möglich. Wir wurden unruhig. Sollte unser Freund in seiner Hitzigkeit eine Figur danebengestoßen haben, ein Feld zu weit oder zu nah? Durch unser Schweigen aufmerksam gemacht, starrte jetzt auch Dr. B. auf das Brett und begann heftig zu stammeln:

»Aber der König gehört doch auf f7... er steht falsch, ganz falsch. Sie haben falsch gezogen! Alles steht ganz falsch auf diesem Brett... der Bauer gehört doch auf g5 und nicht auf g4... das ist ja eine ganz andere Partie... Das ist...«

Er stockte plötzlich. Ich hatte ihn heftig am Arm gepackt oder vielmehr ihn so hart in den Arm gekniffen, daß er selbst in seiner fiebrigen Verwirrtheit meinen Griff spüren mußte. Er wandte sich um und starrte mich wie ein Traumwandler an.

»Was... was wollen Sie?«

Ich sagte nichts als »Remember!« und fuhr ihm gleichzeitig mit dem Finger über die Narbe seiner Hand. Er folgte unwillkürlich meiner Bewegung, sein Auge starrte glasig auf den blutroten Strich. Dann begann er plötzlich zu zittern, und ein Schauer lief über seinen ganzen Körper.

»Um Gottes willen«, flüsterte er mit blassen Lippen. »Habe ich etwas Unsinniges gesagt oder getan... bin ich am Ende wieder...?«

»Nein«, flüsterte ich leise. »Aber Sie müssen sofort die Partie abbrechen, es ist höchste Zeit. Erinnern Sie sich, was der Arzt Ihnen gesagt hat!«

Dr. B. stand mit einem Ruck auf. »Ich bitte um Entschuldigung für meinen dummen Irrtum«, sagte er mit seiner alten höflichen Stimme und verbeugte sich vor Czentovic. »Es ist natürlich purer Unsinn, was ich gesagt habe. Selbstverständlich bleibt es Ihre Partie.« Dann wandte er sich zu uns. »Auch die Herren muß ich um Entschuldigung bitten. Aber ich hatte Sie gleich im voraus gewarnt, Sie sollten von mir nicht zuviel erwarten. Verzeihen Sie die Blamage – es war das letzte Mal, daß ich mich im Schach versucht habe.«

Er verbeugte sich und ging, in der gleichen bescheidenen und geheimnisvollen Weise, mit der er zuerst erschienen. Nur ich wußte, warum dieser Mann nie mehr ein Schachbrett berühren würde, indes die andern ein wenig verwirrt zurückblieben mit dem ungewissen Gefühl, mit knapper Not etwas Unbehaglichem und Gefährlichem entgangen zu sein. »Damned fool!« knurrte McConnor in seiner Enttäuschung. Als letzter erhob sich Czentovic von seinem Sessel und warf noch einen Blick auf die halbbeendete Partie.

»Schade«, sagte er großmütig. »Der Angriff war gar nicht so übel disponiert. Für einen Dilettanten ist dieser Herr eigentlich ungewöhnlich begabt.«

Bibliographischer Nachweis

Brennendes Geheimnis. Erstmals in ›Erstes Erlebnis. Vier Geschichten aus Kinderland‹, Leipzig: Insel-Verlag 1911

Der Amokläufer. Erstmals in ›Neue Freie Presse‹, Wien, 4. Juni 1922. Aufgenommen in ›Amok. Novellen einer Leidenschaft‹, Leipzig: Insel-Verlag 1922

Brief einer Unbekannten. Erstmals u. d. T. ›Der Brief einer Unbekannten‹ in ›Neue Freie Presse‹, Wien, 1. Januar 1922. Aufgenommen in ›Amok. Novellen einer Leidenschaft‹, Leipzig: Insel-Verlag 1922

Die Frau und die Landschaft. Erstmals in ›Donauland‹, Wien, Juli 1917. Aufgenommen in ›Amok. Novellen einer Leidenschaft‹, Leipzig: Insel-Verlag 1922

Verwirrung der Gefühle. Erstmals in ›Verwirrung der Gefühle. Drei Novellen‹, Leipzig: Insel-Verlag 1927

Vierundzwanzig Stunden aus dem Leben einer Frau. Erstmals in ›Neue Freie Presse‹, 25. Dezember 1925. Aufgenommen in ›Verwirrung der Gefühle. Drei Novellen‹, Leipzig: Insel-Verlag 1927

Episode am Genfer See. Erstmals u. d. T. ›Episode vom Genfer See‹ in ›Insel-Almanach 1922‹, Leipzig 1921. Dem Abdruck in dieser Ausgabe liegt Stefan Zweigs für den Sammelband ›Kaleidoskop‹ (Herbert Reichner Verlag, Wien–Leipzig–Zürich 1936) überarbeitete Fassung zugrunde.

Die unsichtbare Sammlung. Erstmals in ›Neue Freie Presse‹, 31. Mai 1925. Aufgenommen in ›Kleine Chronik. Vier Erzählungen‹, Leipzig: Insel-Verlag 1929 (= Insel-Bücherei, Band 408)

Schachnovelle. Erste Buchausgabe: Buenos Aires: Pygmalión 1942 / Buenos Aires: Kramer 1942. Erste europäische Buchausgabe: Stockholm: Bermann-Fischer Verlag 1943. – Der Text der vorliegenden Ausgabe folgt dem Typoskript mit Stefan Zweigs handschriftlicher Adressierung: »To L. B. Fischer publishing company / 381, Fourth Avenue New York-City / Stefan Zweig / 21. II 1942«

Stefan Zweig
Gesammelte Werke in Einzelbänden

Herausgegeben von Knut Beck

Der Amokläufer
Erzählungen

Auf Reisen
Feuilletons und Berichte

Balzac

Begegnungen mit Büchern
Aufsätze und Einleitungen
aus den Jahren 1902 – 1939

Ben Jonson's ›Volpone‹
und andere Nachdichtungen
und Übertragungen für das
Theater

Brasilien
Ein Land der Zukunft

Brennendes Geheimnis
Erzählungen

Buchmendel
Erzählungen

Castellio gegen Calvin
oder Ein Gewissen gegen
die Gewalt

Clarissa
Ein Romanentwurf

Drei Dichter ihres Lebens
Casanova · Stendhal · Tolstoi

Drei Meister
Balzac · Dickens · Dostojewski

Emile Verhaeren

**Das Geheimnis des
künstlerischen Schaffens**
Essays

**Die Heilung
durch den Geist**
Mesmer · Mary Baker-Eddy ·
Freud

Joseph Fouché
Bildnis eines politischen
Menschen

**Der Kampf
mit dem Dämon**
Hölderlin · Kleist · Nietzsche

Das Lamm des Armen
Dramen

S. Fischer

Stefan Zweig
Gesammelte Werke in Einzelbänden
Herausgegeben von Knut Beck

Magellan
Der Mann und seine Tat

Maria Stuart

Marie Antoinette
Bildnis eines mittleren Charakters

Phantastische Nacht
Erzählungen

Rahel rechtet mit Gott
Legenden

Rausch der Verwandlung
Roman aus dem Nachlass

Rhythmen
Nachdichtungen ausgewählter Lyrik von Emile Verhaeren, Charles Baudelaire und Paul Verlaine

Romain Rolland

Die schlaflose Welt
Aufsätze und Vorträge aus den Jahren 1909 – 1941

Silberne Saiten
Gedichte

Sternstunden der Menschheit
Vierzehn historische Miniaturen

Tagebücher

Tersites · Jeremias
Zwei Dramen

Triumph und Tragik des Erasmus von Rotterdam

Ungeduld des Herzens
Roman

Verwirrung der Gefühle
Erzählungen

Die Welt von Gestern
Erinnerungen eines Europäers

Zeiten und Schicksale
Aufsätze und Vorträge aus den Jahren 1902 – 1942

S. Fischer

fi 555 016 / 3 / b